U0825037

常青作品选

新闻卷

常青 著

作家出版社

目　录

第二部分 消息

第三部分　新闻特写

第四部分　新闻述评

第五部分　评论

第六部分　综述·调查·专访

第七部分　新闻理论文章

追寻感觉（代序）

一

新闻，是我的工作，也是我的事业。

从1974年开始，二十多年的新闻职业生涯，正是我人生路上最执着、最投入、最忘我，也是最成功的一段里程。当然，所付出的代价也最昂贵。因为我突然发现了自己人生路上的两大憾事，既没有对父母尽孝，也没有安排好个人生活。仔细想想，虽然不是有意要放弃什么，但是对事业的狂热，使我忽略了家庭。

为什么对事业会这般忘情？因为新闻是一个施展才干、释放热情的高尚职业吗？原因一言难尽，但是有一点非常明确，那就是新闻的吸引力，或者说是在寻找新闻过程中的那种感觉。那是一种不掺杂任何人际关系和名利思想、一心一意干事业的单纯感、成就感、好心情。现在想想，都觉得那么可贵。后来，有了点名气和地位，引人注目了，工作反倒不那么简单了，有许多问题烦扰，有许多关系要挣脱，干事业难以一往无前了。

二

整理过去的新闻作品，同时整理这美好的回忆，有些难以割舍，由此萌生了结集的想法。

三十多年，三百多万字，细细检索，感到最有品位、新闻性最强的还是入选的这百余篇作品，尤其是那些曾经获得全国和省级好新闻奖的作品。这些作品虽然不足三十万字，只占所发表新闻作品的十分之一，但是，每每看到它们，为之奋斗的身影便会跃然眼前。难道这就是我美好人生的轨迹吗？我不知道。

当年，从众多社会现象中挖掘新闻线索；现在，从大量新闻作品里寻找新闻感觉，我才发现新闻竟是那么震撼、那么美！

像当年一样，我发现最耐人寻味的还是这些社会问题报道。二十几个基层政府部门的工作人员凭借权势赊账吃大户，把一个刚刚盈利万元的个体饭店吃得负债四五万元。在报道事实的同时，我提笔写了评论《这是一笔什么债》，指出：他们赊欠的是一笔无法偿还的债务，那是一笔政策和法纪观念债，它严重刺伤了个体户的心！记得当时报社总编辑十分支持这组报道，破天荒地在一版连续让欠债者亮相，逐笔点名道姓地报道其还债情况，使这些政府官员颜面扫地，报道可谓淋漓尽致。省政府各相关部门也纷纷下发文件予以批评管束，各基层组织和个体户也都把我的报道当成“文件”学习讨论，举一反三，不仅使相关政策更加深入人心，也促使一些疑难问题得以迅速解决。一时间，这组报道轰动了全省。

轰动全省的报道，那几年，竟然每年我都有几篇。

见闻《双城设卡勒索进省菜车》。目睹双城市一些执法人员在进省城的公路上强行扣押菜车收费，我亮出了省报记者证。只见刚刚还对司机横眉立目的“执法”者，此时脸上挤出了不自然的笑容，收钱的手顿时也颤抖不停。

老百姓说这是“仗势欺人”，记者说他们是“执法犯法”。这些市场经济的“怪现象”，如今仍不失为最抢手、最震撼、最有新闻价值的新闻。

能有机会在省报上为市场经济发展加油，为勤劳善良的劳动者说话，记者感到十分欣慰。

通讯《“小八”出生前后的风波》。这是一组坎坷中伴着风险的报道，当地干部、职工和群众无不欢迎记者前去采访，可是当事人的长子却在准备炸药要轰走记者。作为一个主管职工教育的干部，竟然一口气生了八个孩子，还把“小八”当作长子的儿子落户。对此“奇闻”，不仅党纪国法难容，老百姓也不能理解，记者想不冒险采访都不行。可以说，这在全国也是数得上的新闻了。因此，一时间竟有许多国家级媒体来信向记者约稿。

消息《区长深陷会海》。由于长时间在新闻事件中摸爬滚打，磨砺了敏锐的新闻触觉，突然发现哈尔滨市六大行政区的区长比谁都忙，采访找不到，预约安排难，更不用说让他们深入基层见百姓了。

他们在忙什么？他们在忙开会。

六天之内六位区长必须参加的 2 小时以上会议就有 53 个，而且多是会中套会，这个会还没散就得去赶那个会，何况会外还有一堆文件等着批阅。结果，仅“文山会海”就把他们逼成了“官僚”。

此报道一发出，立即有反响，搬“文山”、填“会海”被列入日程，市政府下了狠茬子：“预告”结合“监督”，每月全市性会议（含活动）锐减到五个。

特写《不能愧对农民》。那是在安徽省的六安市，那是一个屡出革命将领的红色山区。然而几十年过去，先烈们的后人却还在过着刚能填饱肚子的日子。

虽然天灾不可避免，但是人患却不能原谅。中央的政策不落实，村干部变着花样克扣农民，对此地方政府责无旁贷。可是农民不知情，还打心眼里感谢政府让自己有了饭吃。多么有担当、知感恩、厚道而又本分的农民啊！

此情此景，令记者心里十分酸楚，一路上思绪万千，全部报道瞬间凝结成一句话：不能愧对农民！

……

这类报道多了，记者的名气也就大了，仅省长和市长立即在当天报纸上批示的就有十几篇。那些年，还不断有人来报社点名找我，要求帮助落实中央政策，为其鸣冤诉苦。

当然，在所有报道中，还是正面的居多。不仅因为新闻报道的需要，也因为记者有着一颗善良的心灵，更喜欢真善美。尤其是那些报告文学（见《文学卷》）、通讯和人物特写。

报告文学《登上 6250》。主人公赵宝安，一个普通的技术人员，竟然千方百计研制出世界一流水平的数字组合磁头，而且还在不同档次上一再为祖国添补空白。

那时，“文革”余孽未除，科技不受重视，搞科研没人支持，研制条件又十分简陋，作为科技人员的赵宝安唯有心智未泯，他一心要登上6250。记录密度从556到800，又攻下1600，直逼顶峰6250，这一路他仅仅用了十几年时间。十几年，赵宝安就让祖国赶上了美欧诸国的三十年。

采写这样的事迹，书写这样的人物，感动接着感动，激情追逐激情，新闻感觉油然而生。似乎不用记录，也不必苦心琢磨，文字便汩汩涌动，文章自然成形。进行这样的采访报道，如食甘蜜，如览太空，连记者自己都觉得瞬间成长了不少。

《放羊娃的思考》中那位率先拿下重大环保课题的杨永林，《激流勇进》中那位锐意金融改革、助推农民致富的行长王祥，《在希望中》的那些曾经几度游离于希望之外又重新找回希望的文学青年，还有《诚于中而形于外》的国际知名学者叶嘉莹先生，等等，都以其特有的魅力跃然纸上，都以其巨大的精神能量长存记者心中，伴随记者阔步行进在美丽的人生路上。

还有关于日趋活跃的金融市场、关于国有大型企业股份制改造、关于省城节日市场供应的，等等。那么多重要的新闻，那么多快慰的报道，都吸引记者一路狂奔，乐此不疲。财、税、银、商、粮、供，六大财经战线，既是记者负责报道的领域，也是国民经济的核心。那些年，天天采写这些重要的财经新闻，上知省府号令，下闻百姓心声，记者如同身处社会生活舞台的中心一样，离国民经济很近、很清晰，似乎时时都能感受到社会发展的脉动，不仅明白自己在做什么，更明白自己在写什么，如数家珍。当然其中也不乏官样文章，如：政要新闻、会议消息等都带有浓厚的“任务”色彩，因为记者责无旁贷。

还有那篇记者述评《信贷管理的一场革命》。银行信贷工作专业性很强，当时记者负责对中央媒体供稿，报道既要说明白，又不能太“业务”，分寸难掌握。但是经过飞奔到广东实地采访，记者被这场变革中的人和事深深打动了。竟然像写那些熟悉的领域一样，不仅迅速写出了报道，而且还边述、边评，简洁生动，得到了许多权威人士的赞许，《经济日版》、《金融时报》等专业媒体也都拿去刊发在重要位置上。

那个年代，“提笔就兴奋，文思如水流”，这似乎已经不仅仅是人们的赞誉了。的确，记者一提起笔来，就进入一种完全忘我的状态，忘了时间，忘了吃饭，忘了疲劳，甚至忘记自己是在做什么。心无旁骛，似乎只有停下笔来才能回到现实中，才觉得腰酸腿痛了。

有了极为敏感的新闻触觉，加之天性勤奋，那时候总能在纷纭复杂的社会现象中挖到新闻。甚至常常能发现一连串的新闻题材，刚刚见报一篇，手里又写着一篇，包里还背着一篇采访记录。那时最多一个月竟连续发稿二十多篇，而且大多是要闻版的重头报道……那感觉真好！

记得有一天晚上5点半钟，省政府新闻发布会一结束，我便马上赶回报社写第二天要见报的头题。22点钟交稿签字，回宿舍的路上买了一个面包边走边啃。“咕咚！”一声滑倒了，后脑勺重重地磕在坚硬的冰上，也不觉得疼，站立来揉一揉，心里竟还美滋滋的……

就这样，几十年下来，总是忙得不亦乐乎。有时，我甚至想：自己是否生来就该干新闻？

三

翻阅已经发表过的这些报道，整理几十年的思路和行程，感触最深的总是离不开“新闻”二字。

有人说“新闻”贵在“新”字上。不错，但“新”并不单指时间。在事物发展变化过程的各个阶段、各个层面上，“新闻”都会不断推陈出“新”。

整顿金融秩序，防范金融风险，国有银行向商业银行转轨，十年前记者就曾做过若干报道，十年后竟还是新闻！

制止“三乱”，打击假冒伪劣，防止偷税漏税；强化市场营销，搞活城乡流通，支持贸工农一体化发展；推动企业转制，夯实乡镇企业根基，大力扶持民营和私营经济成长，等等，近三十多年中这些新闻也都层出不穷。

其实，也不难理解，因为三十年只是历史的一瞬，是社会发展这条长河溅出的一滴水。许多经济现象会反复出现，被反复认知，反复报道，由此也展示了市场经济起伏跌宕的发育过程。人类社会就是这样，像黄河、像长江，虽蜿蜒，虽曲折，但总是一波未平，一波新浪又起，终究滚滚向前！

在追寻新闻的漫漫征途上，为了磨砺富于感召力的新闻创意，我还曾尝试在新闻与文学体裁之间打了几个“擦边球”，我惊喜地看到：

新闻鲜活了起来。

三十多年来，数千个日夜，没有八小时内外，没有年节假日，没有家庭和自我，常常白天采访，深夜交稿，睡觉时来了灵感也不忘提笔。那时，连偶尔回乡探望老母亲都成了奢望。就这样，在对新闻的追寻中，我消耗着全部思绪和心血，难说是为了什么。

回忆已经走过的六十多年人生里程，读书占去了十九年时光，是“文革”中断了我的校园生活，给我增添了四年“兵团战士”的经历，那是在兴凯湖畔。此后，还有机会就读了社科院新闻硕士研究生班。这些，都曾不断地为我火热的新闻生涯助燃。

后来，虽然承担了组织领导责任，需要拿出很多时间策划重要报道，组织采编工作，审阅稿件，但是激情未减，一有机会便带着年轻记者出去采写重大报道。尤其调京之后，大部分时间都致力于新闻报道的组织领导工作，其间还曾受托全面改革报纸。自己也是满怀期望和信心，从版面设置、采编思想到出版流程等，对整个报纸进行了全方位改革。那年，不仅热情奔放地彻底改变了报纸的整体形象，使之更具新闻性，还培训了一批年轻的编辑记者，很受赞誉。改革成果被人窃取上报领导邀功，我竟然没有察觉，得知后也并未介意，因为我一心只想办出一张一流的报纸。与此同时，自己采写的报道、评论不仅比之前还多，而且分量也都更重了，几乎包揽了要闻版所有的重头报道和评论。因为报纸上几乎天天都有自己的名字，后来很多报道干脆不署名了。再后来，又被调去机关专司对中央媒体的新闻报道工作，策划多了，为社会主流媒体提供新闻稿件的责任大了，但是那股执着的新闻激情和活力依然如故，一有机会就提笔采写，五年当中年均在中央媒体发稿百余篇，也受到中央一些媒体的嘉奖，仍然是个好记者。

……

如今，已过知天命、认天命之年。但是，如果重新来过，我仍愿回归新闻圈。

（此文为 1998 年 2 月作者的新闻作品选《里程》的序言，这里有改动）

第一部分　深度报道

一、《发生在透笼街市场的一桩怪事》

获《黑龙江日报》好新闻一等奖、黑龙江省好新闻一等奖。

1989年4月2日至28日共发稿14篇：

1）市长批示；2）省长特急批示；3）新闻特写“发生在透笼街市场的一桩怪事”；4）短评“且看此事如何处置”；5）消息“透笼街怪事报道之后”；6）后续报道：消息“秩序有好转，问题仍不断”（约稿，文略）；7）记者点评“要注意‘怪事’背后的因素”（约稿，文略）；8）后续报道：消息“省政府再次过问处理情况”；9）后续报道：“编者按”、读者反响；10）后续报道：“文明个体户座谈纪要”（文略）；11）记者述评：2篇。

1. 哈尔滨市副市长李嘉廷报道当天早上在报纸上批示：

“此事情节恶劣，性质严重，影响极坏，必须进行公开、严肃查处。对专门坑害百姓、目无法纪的不法商贩要坚决绳之以政纪法律，直至吊销执照、追究刑事责任；对那些与不法商贩串通一气，不为民做主，却为虎作伥的工商管理人员，特别是工商民警（包括协管人员），除给予党纪政纪处分外，要坚决清出队伍，道里区及市工商系统要以此为戒，举一反三，整顿队伍，提高素质，改进工作，切实加强市场管理，为繁荣市场，控制物价做出最大努力。此事昨晚我已告工商局处理，请办公厅列为重大督办；欢迎报社和各舆论部门跟踪报道，加强监督。”

李嘉廷

1989年4月2日

2. 省长邵奇惠在报纸上的“特急”批示

“特急：完全同意并支持李嘉廷市长的批示，务必从严从重大张旗鼓公开处理，哈市和省新闻单位、工商部门都要以此为重点大张旗鼓进行宣传教育，树正气，压歪风。此事似应追究领导责任，作出处理，请哈市政府研究。妥否，请酌。”

邵奇惠

1989年4月2日晚

3. 新闻特写：发生在透笼街市场的一桩怪事

4月1日下午，在哈市连续进行物价检查的省市物价局人员来到道里区透笼街农贸市场，发现生肉和蔬菜摊床上没挂一个价格标签，业者随便要价；卖油炸糕、烧饼、花卷的售货车也有一些未挂价格标签，群众根本无法监督这里的物价执行情况。检查人员问6号车主：“烧饼多少钱一个？”答：“二两粮票一毛钱，没有粮票一毛四！”“谁让你卖一毛四的？”“谁也没让，我就这么卖了！”“卖一毛四不对，违反价格规定。”“不对我也卖！”业者不仅态度强硬，而且明明是松滨饭店的货车却硬说自己是建民饭店的，被罚款30元。随即检查人员又问1号车主的花卷一个卖多少钱？通常情况下，前者违价被罚，后者就不敢再要高价了。但是1号车主根本不在乎：“1个一毛二！”根据她的进货渠道每个花卷违价三分五，被罚款30元，业者很坦然地说：“对，罚吧，我接受！”这时围观的一位顾客说道：“该罚！”不料，当检查人员刚刚走开，业者的妹夫（负责给业者送货）便拍拍另一个小伙子说：“走！收拾他！”于是，这两个人扯着这位赞成罚款的顾客，逼他到附近墙角，问：“你跟他们（指检查人员）是不是一伙的？”“不是！我是来买鱼食的。”“那你是不是喝多了？”这位顾客感到势头不妙，赶紧应道：“是，是，我喝多了。”“喝多了？拿钱来！我们被罚的钱你给出！”“我现在没钱。”“没钱回去取！你家住哪？”顾客告饶：“我得先去接孩子，实在不行，你们就一人打我一拳吧。”在这位顾客连连拱手作揖、苦苦哀求下，只见上来了三个人对他一顿拳打脚踢才了事。

因检查物价引起了这起恶性事件，物价检查人员要求工商管理所马上当众处理，在场的群众对此很感兴趣，纷纷上前围观。可是，这个市场工商民警队的李玉祥不仅态度十分凶狠地驱赶围观群众：“有什么好看的，别看了！都走开！……”而且，当工商所长指派他把要溜走的一个打人凶手带进民警队办公室时，他和民警队其他人员竟擅自把凶手放走了，使事件无法继续处理。工商所长及在场的二十多名检查人员对此十分不满，一位记者也随着发表了一点意见，被一个卖肉的个体业者听到后转告了民警队的李玉祥，李玉祥当即凶恶地甩掉身上的皮夹克，喊叫着去撕扯这位记者，被其他人挡住。这时，只见私下递话的那个肉贩子悻悻地坐在门口看热闹，被工商所长强行推走。

现场气氛一时比较紧张，为了保护这位赞成罚款的顾客（他叫田德臣，是哈市电表仪器厂工人）的人身安全，物价局派车将他送走。

此情此景令在场群众感慨万千，人们议论纷纷：“应当表扬这位顾客！”“小贩子太不像话了……”“对政府人员都这么凶，群众谁还敢监督物价？”“没人保护顾客，却有人保护不法商贩！”“物价这么乱，与这有直接关系！”……

（1989年4月2日《黑龙江日报》一版）

4. 短评：　且看此事如何处置

发生在透笼街农贸市场上的这起恶性事件并非偶然，市场管理部门也承认以前曾发生过几起类似事件。

整顿市场秩序，开展治理物价工作已非一日。尤其近一个时期，全国各地都在狠刹乱涨价歪风，省政府最近也派出大批工作人员，在全省全面检查物价，哈尔滨市的物价检查和市场整顿工作更是接连不断。可是，广大群众仍旧纷纷反映到处都在乱涨价。一些经营者根本不把政府的三令五申和物价检查当回事，物价照涨不误，市场秩序仍然混乱，不法商贩有恃无恐。一些人违价被罚后，私下通过短斤少两、罚一次涨十次，把罚款转嫁给消费者的不乏其人。更令人难以相信的是：远近闻名、多次被评为先进、文明的透笼街农贸市场，位于繁华市区，就在市政府的眼皮底下，却发生了这种令人不能容忍的事件，岂不发人深思！

从透笼街农贸市场发生的问题中不难看出，市场秩序和物价混乱，与一些管理部门的工作人员素质低下、与不法业者串通一气，甚至明目张胆地充当他们的保镖、打手有着直接联系。请看，市场工商民警队那个叫李玉祥的人，不正是这样一个角色吗！

对于某些经济、社会条件不具备，或一时难以办到的事情，群众可以理解；而对那些人为制造的混乱状态，完全可以办好、管好的事却放任不办、不管，群众是不能接受的。发生在透笼街市场上的事件，就属于后一类。人们有理由要求有关管理部门，有始有终地处理好这件事，并从中引出必要的经验教训，向群众做出应有的交代。

（1989年4月2日《黑龙江日报》一版）

5. 消息：透笼街市场一桩怪事报道之后

本报发表的《发生在透笼街市场的一桩怪事》已引起哈尔滨市有关部门重视，今日虽是星期天他们也立即开始联席办公予以查处。

副市长李嘉廷在本报一版的报道上批示："此事情节恶劣，性质严重，影响极坏，必须进行公开、严肃查处。对专门坑害百姓，目无法纪的不法商贩要坚决绳之以政纪法律，直至吊销执照、追究刑事责任；对那些与不法商贩串通一气，不为民做主，却为虎作伥的工商管理人员，特别是工商民警（包括协管人员）除给予党纪政纪处分外，要坚决清出队伍……"

市工商局、道里区委及区工商局今日上午在现场联席办公，提出5条处理决定:（1）由市场民警队立即拘传打人凶手。（2）对违价的1号、6号摊车各罚款300元，吊销1号摊车营业执照。进一步加强市场物价管理，凡进场经营的业者必须亮照经营，明码标价，使用统一的标牌或标签售货，工商管理人员要加强物价管理，对违价者严管严罚。（3）对治安联防队员李玉祥责令其停止工作，清出治安联防队伍。（4）对失职放走打人凶手的执勤人员刘洪武停止工作，调离岗位，责成道里区工商局视情节做出必要的处理。（5）以此事件为戒，对全市工商管理人员的管理思想、管理作风和遵纪守法情况进行检查，进一步整顿队伍。

截至今日上午11时，记者到透笼街农贸市场了解处理情况时看到，1号主食摊车已被停业。据工商所长介绍，由市场民警队雇用的治安联防队员李玉祥正在写反省材料；民警刘洪武已被派出拘传凶手，到记者发稿时凶手尚未抓到。各摊车悬挂价格标签情况如昨，尚无明显改进。

（1989 年 4 月 3 日《黑龙江日报》一版）

6. 消息：省政府再次过问“透笼街事件”处理情况

今天，省政府副秘书长杨德彬受省政府委托召集有哈市政府和省市工商、物价、税务、公安、技术监督、卫生防疫等部门参加的会议，就透笼街市场发生的违价打人事件总结经验教训，并传达了邵奇惠省长的批示，听取了哈市政府的处理报告，对集贸市场的管理整顿工作提出了具体要求。

《发生在透笼街市场的一桩怪事》在本报发表后，省长邵奇惠十分重视，当天作了批示：“完全同意并支持李嘉廷市长的批示，务必从严从重大张旗鼓地公开处理，哈市和省新闻单位、工商部门都要以此为重点大张旗鼓地进行宣传教育，树正气，压歪风。此事似应追究领导责任，并做出处理，请哈市政府研究。”

3 日，省政府曾召集有关部门研究过透笼街市场违价打人事件。在今天的会上，哈尔滨市副市长赵明孝总结经验教训时说，发生在透笼街的违价打人事件说明我们控制物价不力，工作存在薄弱环节，我们应当检讨。昨天，市政府召开各有关单位参加的会议，就领导责任问题由市工商局局长王洁纯作公开检查，对透笼街农贸市场工商所所长张国通报全市批评。这一事件敲响了警钟，我们决定举一反三：一是要全面整顿市场；二要在现有的 65 个市场建立物价监督检查站，并要建立个体户自我监督、管理机制；三要对市场实行目标管理，把目标层层分解落实到个人。

会上，省市工商、物价、税务、公安、技术监督及卫生防疫等部门分别从自身工作方面总结了经验教训，并对集贸市场管理工作交换了意见。

省政府副秘书长杨德彬希望哈市政府吸取教训，转变作风，改进工作。对今后集贸市场管理工作，杨德彬代表省政府提出要求：（1）要提高对这一事件重要性的认识，从发展、整顿、完善这三个方面入手，进一步加强对集贸市场的监督和管理。（2）发展、整顿、完善集贸市场工作的指导思想要放在搞活上，不能一管就死。要做到管而不死，活而不乱，综合治理，健康发展。要取缔无证经营，坚决打击哄抬物价、欺行霸市等坑害消费者的不法行为。（3）要强化市场管理和组织领导工作。工商、物价、公安、税务、技术监督、卫生防疫各部门要密切配合，齐抓共管，各负其责。（4）要加强市场管理人员的队伍建设，整顿思想，改进作风，提高人员素质，解决少数人吃、拿、要、卡、勒等不廉洁问题，要着装、戴号公开办事。个体劳动者协会要组织个体业者开展优质服务活动。

（1989 年 4 月 6 日《黑龙江日报》一版）

7.“读者来信谈透笼街事件”编者按：

《发生在透笼街市场的一桩怪事》见报后，许多读者给编辑部来电话、来信，反映这类怪事普遍存在。而且，广大人民群众进一步指出“怪事”不怪，因为许多商贩敢于违价，不法分子敢于逞凶，关键是有的监督和管理人员执法不严，甚至和他们串通一气。群众希望不仅要对这一事件真正做到从严处理，而且有关管理和治安部门应当真正做到举一反三，多从内部找原因，借此事件彻底解决点实际问题。

读者来信（文略）

（1989 年 4 月 8 日《黑龙江日报》）

8. 记者述评： 对集市贸易的多角度观察

——市场违价打人事件引起的思考之一

透笼街农贸市场发生违价打人事件被公开查处时，有人说：市场管理人员都让小商贩给喂出来了。这件事算啥？拉出几个枪毙也不过头，上工商所办事不递上高档香烟，他们连头都不抬一下。应当让他们好好抖搂抖搂。似乎不严惩工商管理人员不足以平民愤。

工商管理人员则说：我们经常早晨四五点钟就上岗，晚上六七点钟散市了才回家，逢年过节也不能休息，不仅家庭得不到温暖和照顾，个人还经常受到不法商贩恐吓，老婆都要离婚了。哪个政府干部像我们这么辛苦、这么冒风险？似有冤无处伸。

这两种议论反差之大，令人困惑。几天来，记者同在职和离任的工商干部、政府官员及一些商贩和群众进行了广泛交谈。他们认为，这反差是政治、经济体制改革不完善时期的自然现象。现在需要把各方面情况都透透亮，该治理的治理，该理解的理解，逐渐缩小反差。

记者在采访中，各方人士议论的焦点之一是集市贸易，对这方面的看法归纳起来，大致是：

集市贸易本身就是议购议销贸易，价格上不能搞单轨制，否则就会有价无市；

从业人员成分十分复杂，不能严格审查，不可能把市场办得像军队那么干净纯洁；

但是，从严管理是十分必要的，既要管住，又不能管死，办法只有一个，就是引导、教育、惩戒，常抓不懈。

以上只是要点，为了促进相互交流沟通，记者愿把各方意见，尽可能详尽一点记述下来。

——集市贸易发展到今天，在人们生活中，已由拾遗补缺变成不可或缺。不仅肉蛋禽类，就连蔬菜水果也由“补充”变为“主渠道”，国营商店没有的市场有，国营商店进蟠桃得用火车运输，不等运到就烂了，而小商贩用汽车直接送进市场。若压低价格谁还费劲经营？外地来出差的买烧饼没粮票，二角钱一个他也愿意，难道你说不卖？总得以方便生活为本嘛。再说市场也能使国家财政增收，哈市去年“国营”蔬菜倒挂数千万元，而市场不仅一分钱补贴没要，还上缴税费数千万元。

——价格嘛，不能限死。限死了，市场就不存在了。由于市场商品进货渠道乱，进价不统一，如要销售价只有一个，小商贩就会涌进大街小巷去卖，危害更大。要管住物价，首先得管住国营、集体商店，透笼街农贸市场卖烧饼违价被停业，国营、集体商店违价是否也应当被停业？何况国营商店多经营关系国计民生的大商品，它涨价影响大、波及面广。许多商贩乱涨价，往往是国营商店带的头。“国营”、“集体”违价不严惩，就没有说服力，也不能体现政策的一致性。其次是定价和管价工作不能脱节。今年春节元宵价格混乱，物价局只给商委发文，把工商局扔在一边了。其实很多小商贩都是在集市上卖元宵，但工商部门不知该怎么管，物价部门来查只好当场追卖。眼下的问题是，国家规定物价部门管物价，我省则把市场这块物价管理给了工商。怎么管？首先物价和工商部门必须协调动作，明确哪些商品执行统一定价，指导价格和限价由谁确定。同时，工商部门也应及早拿出一套管价办法来，使市场管理工作有所遵循。不应一味推、拖、靠、等，平时不严管，出了问题才抓一下，治标不治本。这里关键，是得下决心去管。

——集贸市场也是个小社会，人员流动性大，投机机会多，业者来源面广。哈市有证商贩2.3万多人中，光是“两放”人员就有三千多人，还有一些是被单位优化出来和关停企业没活儿干的职工及离退休人员、社会闲散人员、农村剩余劳动力、不能升学的学生和其他待业青年等等。这些人国营不收，集体不要，当个体户又没有“个体局”来管，工商局是政府的职能部门只好承担这一责任。这部分人思想状况比较复杂，文化素质偏低。有的一开始就盘算办一个执照一年能捞多少钱，三年捞足就不干了。国营商店承包前短秤现象很少；承包后个人可以得一部分了，再加管理工作没有跟上，开始短秤、掺杂使假；个体商贩赚多赚少都是自己的，因而强买强卖、短斤少两的更为严重。有人在加拿大访问时询问对方怎么处理卖假冒商品的？对方不理解，说这怎么可能呢？经营者卖假冒商品不等于自杀吗？人家商品经济发达了，经营者讲究信誉；我们则因企业信誉是国家的，没人愿意负责；小商贩的信誉属自己，但不打算长期经营。这种低素质、短期化行为使伪劣商品满天飞，连种子、化肥都敢搞假冒的。这种商品经营早期的弊端和败家子现象在我国俯拾即是，这也是政治和经济体制改革不同步造成的。因此，市场要管好难度很大，若管严了，杀你砍你的都有。1987年前每年发生上百起打击报复事件，现在加强市场治安工作，每年还有十几起。目前，个体经营者越来越多，现有的市场已经容纳不下，在市中心扩建已无可能，往城边发展又没人愿意去，于是都挤在一起。办不到执照就搞无证经营、打游击，致使管理与反管理的矛盾越来越突出。但是，不好管也得管，这是社会需要，也是政府部门的责任。目前由于机制不健全，只能加强教育，及时引导，并辅以必要的惩罚。但是，政府必须出面协调，各部门配合运作，对市场进行综合治理。抓一点就会好一点，循序渐进，形成一种风气就好了。对无证商贩和不法经营者一定不能手软，该取缔的坚决取缔才行。

——人民群众对市场要求高，期望值大。集贸市场商品零售额目前仅占社会商品零售总额的10%多一点，与物价指数关系不大，但是市场联系千家万户。由于人们对涨价的承受能力低，又分不清哪些商品是国家统一定价，哪些是放开的，因此即使萝卜、白菜涨1分钱，人们也要说“又涨价了”。于是感觉物价不稳，怕别的也要涨价，连火柴、肥皂这样的低价商品也大量抢购回去进行自我保值。这里既有一个制止乱涨价的问题，也有一个教育群众增强商品经济观念、正确认识市场上多数商品允许议购议销的问题。

上述情况说明，透笼街农贸市场发生违价打人事件并不是偶然的，不过是千百件同类事件中的一件，比这更为严重的问题不是没有，也不可能不再发生。因而必须从严管理，常抓不懈。

（1989年4月27日《黑龙江日报》）

9. 记者述评：　工商管理者的种种议论

——市场违价打人事件引起的思考之二

要对市场从严管理，常抓不懈，除了解决被管理者的问题外，还必须解决管理者的问题。管理者究竟有些什么问题，应当怎样解决？人们对此十分关心。一些管理者说：绝不允许有人靠拉拢腐蚀管理者庇护自己搞不法活动，更不允许管理者挖空心思去以权谋私、败坏政府声誉。

说起工商管理工作来，人们更是众说纷纭，这里有怨气，有苦衷，也有难言之隐。

——几位退居二线的工商部门领导干部说，前些年，机关干部都不愿意和小商贩们打交道。现在可好，工商管理成了热门职业，还不是因为这工作有利可图。有的人甚至就是抱着“揩油”的动机设法钻进工商队伍的。有些小商贩为了减少“麻烦”而讨好管理人员，更有人为了从事不法经营而千方百计拉拢管理人员。5年前，曾给透笼街农贸市场派去10个转业军人协助管理。一开始他们还挺硬气，后来架不住小商贩今天往你兜里揣盒香烟，明天送他几对大虾的，刚过两个月，就没一个敢说话的了，只好全部撤掉。目前看，工商干部中不称职的少说也有30%，协管人员素质低的就更不用说了。

——两位现职工商部门领导干部说，工商干部有个素质不高的问

题，更有害群之马，不过不称职的也就10%左右。作为执法监督人员，素质低的确不合适，出了问题我们领导干部不应手软。但是，目前除了教育提高外，我们又没有别的办法。机制不健全，留用——没有工人编制；调离——我们没权，得由人事部门安排，再说哪个部门肯接收？开除——推给社会也不是办法，他的生活出路怎么办？……这些问题谁来解决？透笼街农贸市场发生违价打人事件被揭露出来是好事，在管理和被管理者中都形成了一种加速整治的良好氛围。以前开会要求，有的动有的不动，现在都担心自己那一块出问题，因此全动起来了，主动检查，主动汇报。我们领导干部也借机解决了一些久拖未决的问题。但眼下看，违价打人的事只能就已经掌握的问题进行处理，对我们这个队伍不要再分析了。如果群众再揭发出新问题，我们就再作新的处理，我们自己还没有查出新的蛛丝马迹。再说市场治安民警人员和业务都不归我们工商管，是公安部门的事。我看你们新闻单位就别再报道它了。群众不满意可以理解，但是我们的情况也需要别人理解。市场还得以搞活为目的，我们不能把它办得像秋林公司那么干净纯洁。再说工商管理人员和从业人员的比例现在1∶400，人员少，根本管不过来。管理工作得不到群众支持也是目前的一种怪现象。人们都要求工商部门从严管理，管理不好，有人不满意；但是一听说你要去检查了就有人给商贩报信儿；你在那处理违法经营时，还有人为商贩说情：“算了吧，都挺不容易的。”你说这心理怪不怪？同情“弱”者是国民的一大特点，其实，这是一种自我怜悯。

——**两位工商中层干部说，关键还是领导问题。只要领导班子不软不散，下边就好约束。**现在对市场管理与反管理、对工商干部的监督与反监督等问题都很突出。商品经济越发展，对管理水平要求越高，可是却没有专门学校培训工商管理人才，各部门奖惩机制也不健全。干好了，我们没有权力为其晋级或提薪；干不好的又无力将其调离或降职。没有奖惩机制就等于没有治本之道，没有约束力。另外，工商干部也得合理流动，否则，今天罚、明天罚，天长日久必然放松；一放松，小商贩就往上贴乎，不仅增加了管理工作的难度，给群众感觉也不好，认为“着装戴帽”的都不怎么样。

——**一位政府官员说，提高干部素质还得以教育为主。**干部素质低，与我们领导干部教育不够、抓得不实有直接关系。制度都有，但落实不够，说的多、做的少，或一头扎进具体事务工作中，而把提高人的素质这个根本问题抛在脑后。此外，还得有一套健全的监督体系，监督者失去监督就很容易被腐蚀。

——一些工商管理研究人员说，小商贩的素质低，政府干部的素质低，都反映了我们整个民族素质问题。个体户违法的、工商干部和政府官员枉法的都不少。得统筹解决，抓一个突破口，引起各部门重视，一起动手进行综合治理。另外，发生问题与领导不力有直接关系，不处理领导只处理当事人，当事人自然认为自己倒霉。对监督人员的逆向监督很重要，可是由于机制不完善，近几年内部揭出来的问题不多，以权谋私，你知我知，互相关照。作为工商干部，我们看到有些人办事不那么地道也气愤，群众能满意吗？群众看不到省长、市长什么样，但工商干部的行为却摆在人们的眼皮底下，包括协管人员，都是代表政府在工作，群众自然因为你的举止不好而迁怒政府，感觉政府不怎么样，结果败坏了政府的名声。

在谈到透笼街农贸市场和道里区工商局的先进、廉政问题时，有人说，不能一俊遮百丑，有问题是正常的，但应该引起重视，及早解决。道里区工商局的问题，是我们整个工商工作的一次大暴露，工商局是市场的主管部门，物价和治安出了问题，工商部门自然有责任。说市场治安不好与工商没关系，这是推诿。“工商市场民警队”的政委就是指定由工商干部来担任的，公安部门也要求市场成立“治保会”，许多市场都是由工商所长任治保会主任的。在市场发生了打人事件，怎么能说工商部门没责任？有人说，市场治安联防人员录用了不少有前科的“两放”人员，因为治安部门认为当过小偷的都会抓小偷，这种认识看来还是有问题的。否则，照此办理，让当过小偷、杀人犯的去当公安局长怎样？也有人说，道里区的工作还不错，摊子大，又都在市政府周围，出了一点事谁都看得见，不批评就算是表扬了。当前由于问题太多，有些人对宣传政府部门廉政产生了逆反心理，出了一点事儿就往不廉洁上想。据说有一个警察到兆麟工商所说：“你们局长已同意给 ××× 办修笔执照了。”尽管这个执照并没有给他办，来说情的也不少，但有人就由此猜想工商局不廉洁、局长走后门，等等。

以上仅仅是记者的走访笔录，它使有些问题透了亮，反映了一种心态和现实，孰是孰非，尚待众口评说。但是，透笼街农贸市场发生的违价打人事件使工商管理部门受到很大触动却是真的。有人说，如果省长、市长不批示，大概也不会引起这么大的震动。不管怎样，工商部门现在确实全都行动起来了，市场管理人员正以高度紧张的姿态在工作。据说小商贩们每天也很谨慎，准备随时接受检查。看来，常抓不懈，需要配合，需要支持，更需要管理者主观努力。

（1989 年 4 月 28 日《黑龙江日报》）

二、《万元户何故负债累累》

获《黑龙江日报》好新闻一等奖、黑龙江省好新闻三等奖。

这组报道是记者下乡采访时发现线索并及时组织报道，在全省引起极大反响，省府各部门纷纷表态并发文严肃查处。个体户反响强烈，把报道当文件组织学习讨论，并给本报来信要求为个体经济发展护航。本报领导更是高度重视，破例在一版不断刊发“欠债者还钱情况”，使赊账吃喝的当地干部颜面扫地。1987 年 4 月 11 日—1988 年 5 月 21 日共发稿 11 篇：

1）调查报告；2）评论员文章“这是一笔什么债”；3）社会反响；4）省政府秘书长发表谈话；5）欠债者还钱情况：3 篇；6）消息：华淑清对记者谈话；7）记者述评“为何熟视无睹”；8）读者来信；9）消息“华淑清经营如初”。

1. 调查报告：“万元户”何故负债累累

不少人都知道，林口县五星乡个体迎宾旅餐部经理华淑清在当地是颇有名气的“万元户”。一年多来，由于她坚持守法经营，靠勤劳致富，还得到过县工商部门授予的“先进个体户”光荣称号。迎宾旅餐部是一个拥有 20 张床位、8 张餐桌、6 个人经营的农村小客栈，1985 年 5 月 16 日开业，两年来纯收入两万元。华淑清致富不忘国家，积极主动认购国库券 1200 元。但是有谁知道就是这样一个靠勤劳致富的“万元户”，如今却两手空空，负债累累。这个旅餐部刚刚开业一年零四个月，由于周转金短缺，不得不先后六次向银行贷款 15000 元，现在连本带息共欠银行 17567 元。

从“万元户”到贫困户，到底因为什么？据了解，其陷入困境的主要原因就是政府工作人员前去吃饭赊账次数多、欠款金额大所致。开业至今，赊账次数为 1013 次，日均 1.5 次；欠款金额为 38698.73 元，日均 57.8 元。这些赊账欠款多数有欠条，个别以记账为据。其具体情况是：

五星乡政府所属办、站、所等部门赊账次数、欠款金额如下：乡政府机关 352 次、17906.67 元；乡派出所 38 次、1752.32 元；乡交通管理站 7 次、303.07 元；乡财政所 6 次、162.88 元；乡机关食堂 6 次、163.86 元；乡土地办 7 次、161.40 元；乡文化站 9 次、191.59 元；乡水利站 3 次、91.25 元；乡林业站 2 次、31.64 元；乡司法办 11 次、480.19 元。

五星乡有关单位赊账次数、欠款金额分别为：乡工业公司 31 次、1463.66 元；乡陶瓷厂 28 次、251.66 元；乡龙山煤矿 28 次、962.27 元；乡工业办 37 次、1466.91 元；乡工业砖厂 29 次、936.35 元；乡机加车间 6 次、183.35 元；乡银行营业所 36 次、1215.58 元；乡信用社 58 次、2713.74 元；乡烟草收购站 5 次、172.51 元；乡粮食供应部 1 次、28.84 元。

五星村村民委员会及有关单位赊账次数、欠款金额分别为：村民委员会 21 次、535.00 元；村砖厂 8 次、278.79 元；个人 212 次、4818.60 元。

此外，还有只吃而没写欠条的，仅今年 1 月 13 日至 3 月 14 日就有 72 次、欠款 2426.20 元。

值得一提的是，乡政府曾把一辆作价 7500 元的旧吉普车让给这家旅餐部，用来抵偿部分吃喝欠款。但是，由于这家旅餐部急需的是经营资金而不是吉普车，只好再转手按乡政府原价把这辆车卖给县客运公司王守田。

早在两年前，林口县工商局就赊账问题曾对林口镇 42 户个体饭店进行调查，发现赊欠账金额达 24 万元之多。

（本文系记者约稿，1987 年 4 月 11 日《黑龙江日报》一版要位）

2. 评论员文章：　这是一笔什么债

《“万元户”何故负债累累》告诉我们这样一个事实：在华淑清办旅餐部 660 天的时间里，光五星乡政府机关来吃大户就吃了 352 次，两天不到就去吃一次；赊欠 17906.67 元，次均赊欠 51 元。真是吃馋了嘴，跑惯了腿。而且，上行下效，乡政府机关成了吃大户的样板。乡派出所、乡交通管理站、乡土地办、乡司法办、乡工业办、乡银行营业所、乡信用社、乡办厂矿……以及五星乡所在地的五星村村民委员会，也都鱼贯而至吃大户。这家大户开业六百余天，吃大户者就有一千余伙，吃掉了三万八千多元。结果怎样呢？这家旅餐部的利润被吃光了，流动资金被吃空了，最后不得不举债做给他们吃，成了他们的“御用灶”！

党中央有关文件曾着重指出，个体经济“是社会主义经济必要的有益的补充”。特别是在“适宜分散经营的经济活动中，个体经济应该大力发展”。作为乡一级政府机关以及所属职能部门，应该认真贯彻执行党的这一方针政策，从各方面关心、扶持个体经济发展，为他们排忧解难。而五星乡政府及其所属部门一些人却反其道而行之，为图个人口腹之快，强人所难，借故大吃大喝，直到把“万元户”吃得债台高筑，还在照吃不误。华淑清旅餐部的遭遇说明：党的方针政策在有些地方并没有得到贯彻执行，党的纪律也被一些人践踏得不成样子。

本报还收到一些读者来信，反映“个体户的挠头事”、“个体户难唱曲儿”。总之，众口一词：“不赊欠得罪不起人；赊欠吧，资金周转难。”这不正是有些地方个体工商户发展受阻的一个重要原因吗！从这个意义上讲，五星乡政府及有关部门一些人吞掉的不只是华淑清的三万八千多元人民币，更重要的是吞掉了广大人民群众发展个体经济的积极性。

有一点需要提及，就是当华淑清本人得知她负债的情况被公之于众后，十分害怕。怕什么？显而易见，怕报复。那些身为人民公仆的国家干部对此该作何感想？

欠账还钱，这是没啥可说的。我们希望，欠账的那些部门和个人，早点还上人家的账，早还比晚还好。也难免有赖着不还的。对于这样的欠账户，上级主管部门也该过问一下，必要时亲自去查一查、整一整。若是债主诉诸法律，那欠债者更被动了。同时，更应该查一查，那些欠债者为什么总去人家那里吃喝？都是哪些人、凭什么去吃喝？即使还了欠债，是自己掏的腰包，还是用的公款？用公款还个人吃喝债，是否符合政策规定？把这些问题弄个水落石出，必定会对端正党风、纠正某些行业不正之风有好处。此风不刹不得了。这样大吃大喝下去，受损的远不止一家小小的旅餐部。所以，这笔账应当算一算。

（1987 年 4 月 11 日《黑龙江日报》一版要位）

3. 社会反响

编者按:《“万元户”何故负债累累》一文在 4 月 11 日本报一版发表后，在社会上引起强烈反响。省个体劳动者协会及省城一些有关的行业主管部门纷纷给本报编辑部来电话，表示对问题的查处十分关注。现把其中一部分反映及电话记录摘发如下。

省个体劳动者协会主任聂孝田读了报道后十分感慨，对本报记者发表谈话说：这个旅餐部开业仅六百余天，赊账吃大户者竟有一千余伙，欠款三万八千多元，真是令人气愤。赊欠个体工商户欠款的事不光在林口县有，其他地方也不同程度地存在着，致使一些个体户遭到破产或面临破产，因而使一些个体劳动者对党的政策产生了疑虑，严重打击了他们从事个体经营、发展商品经济的积极性。他说，中央 1987 年的五号文件和《黑龙江省个体工商户条例》，把发展、保护、管理个体经济的政策用法律形式固定下来，既使个体工商户有法可依，也使个体户有了保护自己的法律武器。“条例”明文禁止“利用职权侵占勒索个体工商户的财物”。个体工商户可以依法及时向个体劳动者协会反映，直至诉诸法律。他希望各地都来制止对个体户的赊欠行为，关心支持个体户的合法经营活动。也希望有关部门为个体经济发展提供条件，创造适宜的环境，促进我省个体经济健康发展。

省农业银行来电话说：省农行党组书记、行长王祥对此十分重视，当天即召集党组成员会议，决定由省、市、县农行系统主要负责人和纪检负责人组成三级调查组，已于 4 月 13 日前往林口县五星乡进行调查。

省公安厅向编辑部反映，他们已向牡丹江市公安局纪检部门提出三点要求：一要抓紧调查，弄清情况；二要指令有关人员限期还款；三要对情节严重者进行严肃处理。对此，省公安厅将通报全省公安系统，吸取教训，引以为戒。

省土地管理局当天即打电话给牡丹江市土地管理局，责其派人到林口县调查核实，督促解决。如情况属实立即还款，并向业主赔礼道歉。他们还要以此为例，举一反三，纠正行业不正之风。

（1987年4月15日《黑龙江日报》）

4. 消息： 省政府秘书长杜显忠发表谈话——
迅速刹住侵害个体户利益歪风

省政府秘书长杜显忠，就报纸刊登林口县五星乡迎宾旅餐部因外部赊欠过多而濒临倒闭的报道，向记者发表了谈话。他说，各级政府和有关部门应从这一事件中吸取教训，迅速刹住侵害个体户利益的不正之风，为确保个体经济的健康发展提供方便，创造条件。

他说，党的十一届三中全会以后，全省个体工商业户有了较大的发展，它对于发展社会生产，活跃城乡市场，方便人民生活发挥了重要的作用。但是，从去年上半年开始，我省的个体工商业户却出现了下降的趋势。据今年第一季度末统计，同1985年底相比，全省个体工商业户减少了4.2万余户，下降了12.8%。为什么会出现个体经济萎缩下降的趋势呢？这里，当然有个体户本身违法经营、不擅经营、在竞争中被淘汰的问题，但主要原因是由于某些领导同志对党的开放搞活政策理解不深，贯彻不力。他们怕个体经济上去了会影响、冲击国营、集体经济的发展，甚至有怕搞乱了市场的担心，于是在思想上、政策上不是采取积极扶持的态度，而是多方限制、刁难。他们中也有些人法制观念淡薄，认为自己有权，让你开你可以开，让你关你就得关，于是对个体工商户任意摆布，随便设关卡。特别是政府机关中的一些职能部门的少数管理人员，借职权之便，吃个体户的，拿个体户的，赊欠个体户的，强行借款，乱摘摊派，甚至进行敲诈勒索，使有些个体工商业户处于极度困难的境地。

他说，各级政府应当从这一事件中吸取教训，看一看、查一查你那里个体工商业的状况怎么样？有没有类似问题的存在？对于那些吃拿个体户、敲诈勒索个体户等不法行为，要勇于抵制，敢于纠正，充分揭露，严肃查处，以保护个体工商业户的合法权益，促进个体经济的健康发展。

（1987年4月19日《黑龙江日报》一版）

5. 消息：　　欠债者还钱情况（3 篇）

（1）五星乡政府机关赊账 352 次，欠款 17906.67 元。截至 4 月 13 日还债两次，一次用一辆旧吉普车抵债，作价 7500 元；第二次用一张支票还 1 万元。

（1987 年 4 月 15 日《黑龙江日报》）

（2）《“万元户”何故负债累累》见报后，林口县立即派出工作组到五星乡检查处理，赊欠者正迅速还款。

县工作组将几百张借据按部门分类，组织乡政府各部门负责人逐张回忆参加吃喝的人员，之后对照还款。县直各部门和乡政府也不断有人去还款。截至 18 日，赊欠款只剩三千余元没还。县委书记毛维山要求日内全部还清。五星乡党委书记和乡长到华家赔礼道歉，表示今后要保护好个体户合法权益。饭店今日生意兴隆。对有关人员的处理问题，正在酝酿中。

（1987 年 4 月 19 日《黑龙江日报》）

（3）林口县委办公室 4 月 22 日电，给五星乡个体迎宾旅餐部还款的赊欠者，近日又有增加。其中：乡司法办 480.19 元，乡文化站 210.00 元，乡陶瓷厂 83.05 元，乡白石矿 49.43 元，乡畜牧站 115.40 元，乡供销社 179.19 元，乡财税所 1170.00 元，乡中心学校 130.00 元，乡粮食供应部 28.84 元，乡土地办 49.39 元。尚有尾欠的单位：乡派出所 418.42 元，乡林业站 55.60 元。没还的单位有：乡工业砖厂 36.85 元，乡翻砂车间 421.75 元，乡二砖厂 302.79 元，五星村民委员会及五星乡其他村干部 3406.61 元，五星村砖厂 147.01 元。

（1987 年 4 月 24 日《黑龙江日报》）

6. 消息：　　华淑清对本报记者说——一定要把旅餐部经营好

一度负债累累的迎宾旅餐部业主华淑清，通过这次事件的处理，得到社会各界的关怀和支持，对党的政策更加托底了，决心加倍努力，把这个旅餐部经营好。

日前记者又去采访华淑清。当谈到社会各方面对她日后处境的担心和关怀时，华淑清笑着对记者说："请代表我谢谢大家的关心和支持，这方面我心里是有数的。从经营这个旅餐部以来，我就订阅了《黑龙江日报》和其他一些报纸，从报纸上我了解了党对发展个体经济的方针和政策。有了党的政策，只要我坚持守法经营，旅餐部就一定能办好。即使遇到一些困难，也是暂时的，日后一定能够解决。虽然说乡里一些干部在我这里吃饭赊欠了一些钱，但我这个旅餐部在申请地号和其他一些事情上，乡政府都帮我做了很多工作。尤其是在我缺少经营资金时，银行多次为我贷款。工商管理部门也经常来了解我的经营情况，帮助我解决一些问题，还选我当先进个体户。这些都说明党的政策好。这次为了帮我解决这些赊欠问题，省里、牡丹江市和县新闻单位以及政府都派人来了解情况，帮我催还欠款。现在，赊欠我的钱大多都还上了，欠银行的贷款我已还上，来我这里住宿吃饭的人仍旧很多。前几天牡丹江市个体协会的主任来看望我，说要对我这事儿负责到底。乡政府的干部也向我赔礼道歉，还鼓励我有话大胆说，今后要把买卖做好，并打算召集全乡个体户征求意见。乡亲们都说，这下可好了，今后我们再遇到问题向谁反映都行，有人管了。我个人一定会把这个旅餐部办得更好。"

（1987年4月24日《黑龙江日报》）

7. 记者述评： 为何熟视无睹

编者按：《"万元户"何故负债累累》发表后，引起有关领导部门的重视，赊吃单位纷纷偿还欠款，使迎宾旅餐部得以重新营业。但事情并未完结。欠债还钱，理该如此，问题是钱从哪来？譬如，五星乡政府拿公家的吉普车和公款顶了干部吃喝的欠款，下步怎么办？最近，中纪委通报要求不准用公款吃请，这是关系端正党风、纠正不正之风的大事，不可听之任之，要管到底。

《"万元户"何故负债累累》一文曾经提到林口县五星乡政府用

一辆旧吉普车抵偿吃喝欠款的事。可是，从吃喝赊欠到用公家汽车抵债，不论怎样不光彩，在很长时间里都一直没有引起某些干部应有的警觉。

今年3月8日，当牡丹江市个体劳动者协会主任褚士庆等人来给先进个体户华淑清总结经验时，偶然听她谈到经营困难、赊欠账目太多等问题。褚问："这么个穷乡，赊吃这么多，拿啥还你呀？"华答："乡政府给我一台旧吉普车，我又不会开，也用不上，又把它卖掉了。"3月9日在县政府召开的宣讲"省个体工商户条例"大会上，褚士庆又向与会的各部门领导干部讲了用吉普车抵偿饭费的事，并说"有些干部很能吃，一年中吃了一万多元，等于吃了两台半偿还的那种吉普车"。但当时亦没有引起应有的反应。

不仅如此，从3月8日到4月5日这件事被公开报道时止，乡政府机关还在赊着吃，不到一个月，又去吃了52次，吃掉3046.20元。结果，乡政府机关一年多的赊欠款额从17906.069元上升到20952.89元。现在，除吉普车作价7500元交给华淑清外，其余欠款也是用公款垫付的，来源主要是财税罚没等提留款。

让我们再看看这辆吉普车及垫付的公款究竟是被谁吃掉的？

据林口县委调查组调查，从1986年1月到1987年3月，乡政府机关干部共去吃了404次，赊欠的20952.89元，其中：五星乡政府机关干部吃饭赊欠4284.96元，占赊欠总额20.45%；乡政府接待县委、县政府及县直属机关干部吃饭赊欠13023.78元，占赊欠总额62.16%（其中，司法局1052.62元，公安局784.22元，整党办782.64元，政法委753.44元，县政府办662.24元，县委办512.70元）。

把县、乡干部吃喝赊欠金额加在一起是17308.74元，占赊欠总额82.61%。这就是说，这辆吉普车和垫付公款的大部分是被林口县和五星乡的一些干部吃掉的。吃，可以，饭店就是办给顾客吃的。但是，吃了要给钱，而且还要看看这笔钱的出处。决不允许像群众所说的乡党委一位领导干部那样："行不离车，吃不离桌"，来人必吃，每吃必陪，每吃必赊。

我们可以研究一下来自群众的这样一些反映：在党政机关，如果对于这种吃喝不分公私的行为，也能像那些因失职而造成事故一样，严肃追究有关领导者的责任，是否可以减轻一点落在群众头上的"灾情"，而不至于天天说，天天不改，没完没了地“亡羊补牢”？

（1987 年 5 月 6 日《黑龙江日报》）

8. 综述：读者来信呼吁——不能让吃大户的人占便宜

绥化市万发供销社宋军来信说：省报 4 月 11 日发表的《“万元户”何故负债累累》的报道，连日来在绥化市城乡一些个体户中反响很大。他们说：省报“个体劳动者之窗”为个体户伸张正义，为个体户办了一件好事，希望问题得到彻底解决。

宜春市友好区红卫生产队高庆泰在信中说：华淑清的个体旅餐部被五星乡政府等单位的干部们给吃欠得两手空空又负债累累，经营难以为继，这怎么谈得上支持发展个体经济？再说乡政府把吉普车拿出来顶账，这又是一笔什么账？要弄清楚，绝不能让吃大户的人再占公家便宜！

林口县五星乡常林江、林章广在来信中说：《“万元户”何故负债累累》的报道，对全乡震动很大，有的群众说：“这些人成天光知道吃喝，还能去想工作吗？”“连吉普车都被干部吃掉了，五星乡不得穷上加穷吗！”

林口县个体劳动者协会五星分会来信说：连日来，很多个体户业主来我们这里借阅《黑龙江日报》，都说：除了让欠债者还账外，还得举一反三，好好整顿一下干部们的思想作风，再别干损害个体户利益的事儿了。

（1987 年 5 月 6 日《黑龙江日报》）

9. 消息：华淑清的迎宾旅餐部兴隆如初

编者按：去年 4 月 11 日本报以《“万元户”何故负债累累》为题，报道了个体户华淑清经营中遇到的麻烦，之后又连续报道了欠债者的还钱情况，引起社会各界普遍关注。许多个体户为华淑清担心，担心她因触犯了有关部门自己的日子会不好过。时隔一年，这位一度负债累累的个体户命运如何呢？请看下面的报道。希望广大个体业者解放

思想，大胆经营，相信党的政策，相信各级政府一定会为守法经营者撑腰。

一年前，曾因各方赊账吃喝而负债累累的林口县五星乡华淑清个体迎宾旅餐部，在各级领导部门的关怀和支持下，如今生意兴隆。

去年 4 月 11 日，华淑清陷入困境的问题见诸报端后，舆论哗然的同时，也引来了许多不友好的目光。之前常在这里待客的乡政府及有关单位，不再登门，致使店主人几次动议关门迁徙。

在此关头，牡丹江市委书记、省市工商局的领导同志多次登门了解情况，并针对实际问题调节店主与各方面的关系，鼓励店主人一定要在原地把小店办好。各级政府的大力支持，使华淑清夫妇重新坚定了办店的决心。去年秋天，他们投资 1.9 万多元改善经营条件，买下了相邻的 84 平方米公房，改修成旅店，存车场地扩大了一倍，可存 10 台东风带挂汽车，职员也由原来的 6 人增至 10 人。小店继续坚持薄利多销，赢得了众多的回头客。去年，华淑清被评为县三八红旗手和文明个体户。为了方便顾客联系业务，华淑清正着手安装电话。目前，这个迎宾旅餐部又是一派门庭若市的新景象。

（1988 年 5 月 21 日《黑龙江日报》）

三、《双城设卡勒索进省菜车》

获《黑龙江日报》好新闻一等奖，黑龙江省好新闻三等奖。

1990年5月23日—6月22日共发稿5篇：

1）消息：双层设卡勒索进省菜车；2）省长批示；3）省政府调查组调查；4）省政府秘书长代表省府决定；5）消息：问题查清责任者受处分。

1. 消息：双城设卡勒索进省菜车

双城市随意设卡，拦截进省菜车，并随意罚款，影响了商贩为省城进菜的积极性。

我省春菜不足，主要靠从南方和辽宁等省进菜。京哈公路修通后，一些个体运输户的菜车主要从京哈公路进省城，却遭到双城设的路卡拦截和罚款。19日，记者循此线索乘车上了京哈路，发现在双城境内京哈路段共有两处“检查站”。记者在双城市交警中队设在京哈路的临时检查站看到，这个检查站已经拦截了许多菜车，在路边排起了长长的队伍，正焦急地等待着检查站罚款后放行。这时，只见双城市工商局车辆管理所4人又截住一辆准备进省的菜车。一个检查人员被几个车主围在中间，问什么时候才能走？再不走车上的蔬菜就要烂了。他也不加解释，只说：“交钱就让走！”当检查人员拿笔给另一个车主开具罚款收据时，记者走过去向他出示了“记者证”。他刚才还理直气壮的脸上顿时变了色，开发票的手也抖了起来，不由自主地站起来，一边说着“啊，不知道是记者，走，走，去屋里说……”一边拿起发票就往检查站走。于是几个车主高兴地喊了起来："记者来了，记者来了！走，走，去看看，看他还敢罚款吗？"还有的车主乘势问记者："我们可以走了吧？"记者说："你问他（检查人员）？""走吧！走吧！都走吧……"检查人员没好气地轰赶着跟过来的车主。记者说："你们先不要走，跟我说说具体情况吧……"据初步了解，一辆从沈阳来的圆白菜车，以货主没带蔬菜检疫证明和工商管理费收据为由被罚款 200 元，经货主一再央求，才交 100 元了事。另一辆从辽宁来的黄瓜车，因货主不想交 300 元罚款而被扣两个多小时。

另一个是由双城市交警、粮食和工商管理部门联合设置的出省粮油检查站。据副站长、双城市粮食局干部王乾洪介绍，他们也对进省蔬菜等进行检查，并对货主以没有检疫证明或工商管理费收据等名义处以罚款，近 1 个月用了 4 本工商罚款收据，共 200 份，罚款 1.3 万多元。当记者问他们什么菜需要有检疫证明时，检查站交警柴向臣说："具体品种我不知道，我看到有的菜车有检疫证明，那么没有的就该罚。我就是自己摸索着干的，卫生手续不全的都得罚。"

双城市工商局副局长于海军说："对路过此地的长途蔬菜贩运户，我们不该收管理费，没有检疫证也不是罚款理由。车辆管理所更不应该拦截过往菜车。"

据省食品卫生监督检验综合业务办公室的同志介绍，我省没有蔬菜进省需要检疫这个规定。

（1990 年 5 月 23 日《黑龙江日报》一版头题）

2. 省长邵奇惠立即批示

"看了今天报载，令人气愤。我们有些部门乱立规矩、任意设卡，他们正事不干，专门想歪点子捞油水，破坏党和政府的威信，十分可恶。"

（1990 年 6 月 1 日《黑龙江日报》一版）

3. 消息：省政府派出调查组　严查双城设卡勒索菜车事件

（1990 年 6 月 1 日《黑龙江日报》一版，文略）

4. 消息：　　省政府秘书长王玉夫在听取赴双城

调查组汇报后，代表省政府提出四条决定

抓住双城典型　解决普遍问题

（1990年6月1日《黑龙江日报》一版，文略）

5. 消息：　　双城设卡勒索进省菜车一事

问题查清　责任者受处分

（1990年6月22日《黑龙江日报》，文略）

四、《提高营销素质　搞活农村流通》

获《黑龙江日报》好新闻一等奖

1991 年 3 月 4 日—4 月 2 日共发稿三篇：

1）消息“提高营销素质　搞活农村流通”；2）评论员文章“在销售上下功夫”；3）省长亲笔信。

1. 消息：　搞活农村流通　提高营销素质

省供销社评出百名销售大王

省供销社系统最近评选出百名“销售大王”，去年他们人均销售额近 200 万元、创利 20 万元。

面对市场疲软，农村商品流通渠道不畅、农民买难卖难、供销社经营滑坡等问题，省供销社去年在全系统开展以评比“销售大王”为重点的群众性商品销售竞赛。省社根据省里的“五十条”政策制定了相应激励措施，建立了省、地、县、乡、村五级信息服务网络。各地供销社制定了实施方案，人人有销售目标，实行一月一检查、一月一评比、一月一通报制度。

省、地、县社主任带大篷车下乡送货，上街销售。一些基层供销社职工全员出动，店内销售和走出店门推销相结合，见缝插针扩大销售。

各地在销售活动中十分注重研究市场动向，掌握顾客心理，提高销售水平。根据妇女爱打扮、年轻人讲穿戴以及农村应时、换季、日常生活用品不可少等方面需求特点，在进货渠道和品种上做到“多、新、全”，保证各层次消费需要。还实行勤进快销、保本微利、同类商品以价廉取胜的办法，在售前、售中、售后采取了一些优质服务措施。

在销售形式上，他们把老供销办法和新经营招数结合起来，灵活多样，摸索出十余种有效促销方式。各地普遍增加销售网点，延长销售时间，对积压库存商品实行有奖销售或保本让利倾销，大件或特殊商品担保赊销或预约销售，婚丧嫁娶用品包购包销，用农副产品或有价证券换购工业品，为农村个体工商户开办小批发、小市场业务等，使农村工业品销售日益活跃。去年全省供销社有数千人带样品出省推销农副产品，还通过千余家加工企业就地加工转化渠道，拓宽了粮油、禽畜、浆果等农副产品销路。

供销社系统的商品销售竞赛活动还提高了职工素质，使供销社的销售水平跨上一个新台阶。去年商品纯销售53.5亿元，比上年有所增长。

（1991年3月4日《黑龙江日报》一版头题）

2. 评论员文章：在销售上下功夫

去年在市场疲软的情况下，省供销社认真贯彻落实省委六届六次全会精神，在全省供销系统开展了群众性的促进商品销售竞赛活动，对于启动农村市场，制止销售下降、效益滑坡的局面发挥了积极作用。他们评选出百名“销售大王”，我们向荣获“销售大王”称号的销售人员表示祝贺！

我省是个农业大省，农村人口约两千万，占全省人口总数的百分之五十点七，农村市场十分广阔。搞活我省商品经济，一定要把农村市场的开拓作为一项长期战略方针，一以贯之地抓下去。

开拓农村市场，应当把真功夫下在搞好为农民服务上。要扩大服务视野，既为消费者服务，也为生产者服务；要使服务社会化，既搞产前、产中、产后服务，也搞销前、销中、销后服务；要使服务内容多样化，既搞销售服务，也搞生产、加工、储运等服务。通过良好的服务促进销售，启动市场。

从某种意义上说，启动和开拓农村市场是一个系统工程。各级政府应加强对供销社的领导，各有关部门要大力支持供销社，帮助解决启动农村市场中遇到的困难。供销社要与国营商业携起手来，合力启动农村市场。与工业部门密切配合，及时向工业部门反馈农村市场信息，促进工业产品产业结构调整，全力支持工业部门多层次地开发适合农民需要的、具有消费示范作用的新产品。注意搞好产销衔接，打破地区、城乡、部门的封锁，与工业部门开展联合经营，积极推行贸工农一体化，扩大地方工业产品的销售。有条件的地方可以发展集团化经营，培育多档次、多花色、多品种、渠道畅通的农村市场。

壮大供销系统销售队伍，提高供销系统职工素质，是启动农村市场的强大动力。省供销社系统开展“销售大王”评比竞赛活动，领导直接指挥，带头推销，职工人人争当“销售大王”，使之成为群众性的促销竞赛活动，把职工中蕴藏的潜力挖掘出来，并引导到商品销售上来。这样启动农村市场、促进销售就有了一定基础。

（经济部领导撰稿，1991 年 3 月 4 日《黑龙江日报》一版头题）

3. 省长邵奇惠的亲笔信

省供销社李树文同志并全体同志们：

看了报载《提高营销售素质　搞活农村流通》的消息，兴奋不已。在当前经济困难的时候，你们组织开展的“销售大王”评比活动，不仅直接服务于农村经济和广大农民群众，而且有助于启动整个市场。作为省长，我高度评价你们的工作，并希望一以贯之，继续更有组织、更有针对性地开展下去，在推销我省地方产品中再立新功。

同时，也感谢《黑龙江日报》组织编写了这样的好文章、好评论。

邵奇惠

1991 年 4 月 2 日

抄：《黑龙江日报》社

五、《千余张条子助长了抢购势头》

获《黑龙江日报》好新闻一等奖，黑龙江省好新闻一等奖。

在生活物资供应比较紧缺的1988年，很多人凭借关系或权力进行抢购，使物资短缺的气氛更加浓重。这组报道就肥皂问题揭开了抢购“谜团”，在全省引起很大轰动。1988年9月9日—10月8日共发稿11篇：

1）消息：千余张条子助长了抢购势头；2）消息：肥皂哪去了；3）省领导态度鲜明：“坚决查处官抢”；4）新闻点评：2篇；5）消息：读者望有处理结果；6）哈市职工呼吁“治治官抢”；7）哈税三分局抢购问题查清；8）省监察厅发出通知；9）香坊公安分局抢购问题查清；10）记者述评“整顿经济秩序需要同心协力”。

1. 消息：　千余张条子助长了抢购势头

哈轻工化学总厂不得不用上千箱肥皂照顾“关系”

连日来，哈尔滨市市场上平价肥皂无货，群众议论纷纷。9月7日，记者随同省物价检查所的检查人员来到省内主要肥皂生产厂家之一的哈尔滨轻工化学总厂，发现持“条子”来买肥皂的甚多。物价人员检查时发现光“条子”就有15本1000多份，日期都在近半个月之内。条子有求购三五箱的（每箱60条），有买上千箱的，用途不明。

据厂家介绍，该厂与齐齐哈尔市的黑龙江油脂化学厂每年各产肥皂1.6万吨，完全可以满足省内市场需求，年初以来，虽然原材料紧缺，该厂仍旧千方百计增加生产保证供应。5月1日开始按规定每条肥皂价格提为0.76元以后，厂家以为会滞销一两个月。但事实却相反，货主照购不误。到8月底，产量虽然比去年同期增加了3.9%，但目前仓库没有一箱存货。9月7日这天，该厂院里院外大小车辆排队等着提货。为了防止转手加价倒卖，该厂规定，自9月1日起，内部职工一律不开票；关系单位求购的须持单位加盖公章的介绍信，售价不变，一视同仁。以往，哈市商业部门每天只从该厂购入肥皂300多箱即可保证供应，但9月5日至9月7日这三天，哈市商业部门日均从该厂购入肥皂已达1300箱，仍旧满足不了顾客需求。此外，还有来自惹不起的关系单位的求购者。该厂从企业维持生产的种种难处考虑，不能不拿出近千箱肥皂作机动处理，主要用于照顾关系单位。

这些条子多数只写了求购者是“关系单位”、“朋友”、“亲属”等字样，看不出单位的具体名称；厂家从日后生产考虑不愿得罪某些人，只对检查人员说“都是关系单位”，而不提供具体名称。记者只好将条子中购买数量较多、又能看出单位名称的记录如下：

油化部——劳保商店200箱

轻工厅200箱

香坊火车站调度室50箱

顾乡粮库100箱

王×办肥皂150箱

银行信贷科×××20箱

测绘局200箱

×××亲属办肥皂300箱

税务三分局20箱

×××老领导单位搞福利需300箱

××五金商店300箱

省医院50～100箱

南岗公安分局要300箱，批200箱

税务局同志120箱

香坊公安分局100箱

汽水厂卫生所1000箱

轻工局（洗衣粉）100箱

轻工局集体处 100 箱

市轻工局供销经理部要 1000 箱，批 300 箱

××× 亲属 200 箱

香坊调度站 40 箱

（1988 年 9 月 9 日《黑龙江日报》一版头题，配发照片：哈一百柜台挂出“告示”：“肥皂无货”）

2. 消息：在上千家商店不见零售，也无库存 肥皂哪里去了？

省城最大的一家百货商店贴出“肥皂无货”的告示，已经有好些天了。在其他大大小小的商店，近来也极难买到肥皂。

肥皂生产厂家向记者提供的材料表明：肥皂生产正常，产量比去年同期还略有增加，且已全部出厂。5 日至 7 日，哈市商业网点日均从该厂购入肥皂已达 1300 箱，而其正常购量日均 300 多箱。

究竟是在什么环节上出了漏洞？

记者采访时发现，肥皂出厂通过两条渠道。一条是制约厂家的非经营单位即所谓“关系户”，从厂家直接成批购买（见昨日一版报道《千余张条子助长了抢购势头》）。另一条渠道是进入经营部门，而经营部门亦被“关系户”围追堵截，致使零售柜台无货。

位于香坊区的华商百货商店，洗衣粉、香皂都零售，唯独不零售肥皂。是没有吗？不！ 8 月 20 日至 9 月 8 日已从厂家购进肥皂 2400 箱，全都转手批发给其他商店和供销社了。比如批发给香坊区的妇女儿童用品商店 100 箱。8 日下午，妇儿商店的柜台营业员对记者说“有二十多天没卖肥皂了，因为根本弄不到”。据后来调查，一位知情者证实：是香坊商委的一个下属部门以这家商店的名义，把这 100 箱肥皂全部直接提走了，连商店业务人员都不知道有此事。

厂家批发给通乡商店 300 箱。这家商店 1 箱也没摆上柜台零售，都转手批发给了大约三十家“关系单位”。

厂家自办的道里销售部，8 月 16 日至 31 日，9 月 7 日和 8 日，共进肥皂 18300 箱，只在 8 日那天拿出 10 箱零售了，其余都批发给了有“关系”的哈市一些商店和批发部。

但是，据哈市物价部门调查，7日和8日两天，上千家商店仍没有零售肥皂的，库里也没有存货。

只有少数例外。香坊建新食杂店1日从厂家进肥皂100箱，6日开始摆台平价零售，三天卖出30箱。中央大街百货商店5日进货,6日即零售。

8日，厂家特批给哈市第二百货商店200箱“要求商店零售”。记者在商店看到顾客如蜂拥，许多人成箱购买。15时25分，有人要留出10箱给“老客户”。只见一个小伙子汗涔涔地走进商店，告诉营业员：“快都卖了吧！物价局的人和记者正在我们那（指厂家自办的道里销售部）检查呢。”临走时，小伙子还开玩笑说：“你们可得给我十块钱报信儿费啊！”于是，那10箱肥皂又被顾客一抢而光。

记者在现场还听到顾客这样议论：“一家存1箱，生产再多也不够”；“有门子的家里肥皂怕是用一年也不成问题”；“真都是存下自己用还好了呢，有人都倒卖了”。

据记者追踪调查，大批肥皂被转手批发了三四次，但是在发货票上却都是一样的批发价。他们这样批发来、批发去，真的一个大钱都不赚，图的又是什么？物价检查人员告诉记者：光从发货单据中什么问题也看不出。有谁能把“回扣”、“好处费”和提价写出来，等你来查呀？可也是。

哈市物价部门于7日和8日检查，在南岗区和道里区发现了二十五家个体户高价零售肥皂。在动力区的省安装公司食杂店，买进的100箱哈市产肥皂，只高价出售了24箱，其余都在内部分掉。

（1988年9月10日，《黑龙江日报》一版右上角）

3. 消息：哈尔滨职工呼吁：治治“官抢”

（9月15日《黑龙江日报》，文略）

4. 消息：黑龙江省领导态度鲜明

坚决查处官抢

本报9月15日发表的《哈尔滨职工呼吁：治治“官抢”》之后，社会反响很大，认为报纸、新闻媒体就是应该发挥舆论监督作用。也有群众说“报纸登了处理也难，因为都是有权有势的单位”。其实不然，

9月15日当天，黑龙江省执法检查团听取哈尔滨市分组汇报时，检查团第一组的负责人说：省里几位主要领导同志的意见是：对凭“条子”抢购肥皂的单位，肥皂一律收回，被“倒卖”的要上缴非法所得；严重的要给予行政和党纪处分，现在有关部门正在加紧查处。

（约稿，9月21日《黑龙江日报》一版右上角）

5. 消息：本报揭露流通领域怪现象后读者望有处理结果

（9月23日《黑龙江日报》，文略）

6. 消息： 哈税三分局抢购肥皂问题已查清

（9月29日《黑龙江日报》，文略）

7. 消息： 省监察厅发出通知 严格制止政府部门工作人员参与抢购商品

9月28日，省监察厅就关于严格制止政府部门和工作人员参与抢购商品发出通知。

通知指出，近一个时期，社会上刮起了抢购商品的歪风。一些政府部门和政府工作人员也参与抢购商品，在人民群众中造成了不良的影响，妨碍、干扰了价格和工资改革的顺利进行。各级监察机关要同有关部门密切配合，采取有力措施，坚决制止抢购风的蔓延。

通知要求，要认真贯彻中央和国务院关于党政机关必须保持廉洁的重要指示，严格制止和纠正政府部门及其工作人员中参与抢购商品及其他干扰、妨碍价格和工资改革的各种不正当的行为。要教育全体政府工作人员正确对待价格和工资改革中所出现的矛盾和问题，树立全局观念，服从国家的整体利益，克己奉公，遵纪守法，令行禁止，步调一致。

要严肃纪律，采取果断措施制止抢购商品行为。各政府部门及其工作人员不准以单位或个人的名义随意到生产厂家或销售部门抢购紧俏商品，如果遇到或发现政府部门或政府工作人员因抢购商品倚仗职权勒卡的问题，要及时向监察机关举报。

要认真清理抢购商品的问题，查究违法违纪行为。各级政府及其各部门，要对本单位以集体或个人名义到生产厂家和销售部门抢购商品的问题进行一次认真检查清理。对弄权勒卡、倒买倒卖等问题以及那些有令不行、有禁不止、仍继续参与商品抢购的，一定要严肃查处，必要时进行公开处理。

（10月2日《黑龙江日报》一版右上角）

8. 消息：香坊公安分局抢购肥皂问题已查清

（10月5日《黑龙江日报》，文略）

9. 新闻点评：话说“条子”

（10月7日《黑龙江日报》，文略）

10. 新闻点评：不能小看的“肥皂”

（10月13日《黑龙江日报》，文略）

11. 记者述评：整顿经济秩序需要同心协力
——肥皂问题报道引起的反响与思考

关于肥皂问题，本报9月9日和9月10日分别以“上千张条子助长了抢购势头”和“肥皂哪里去了？”为题作了报道。报道之后在社会上引起很大反响。

反响之一，多数读者认为报道披露了一些社会上的腐败风气，为广大群众说了话。一位省直机关的领导干部给编辑部来电话说，他和一些机关干部读了报道后，对目前一些职能部门的人不顾大局，利用种种关系扰乱市场的行为表示气愤。他认为这也是一种腐败风气。对于这种风气，对于一些职能部门，许多人不敢过问，可是党报敢于碰硬，进行舆论监督，希望能坚持下去。同时，编辑部还收到大量读者反映，一致谴责官抢之风，并要求报道处理结果。

反响之二，报道引起领导部门的极大重视。省、市领导同志都一致表态，要认真处理。并经过主管部门的努力工作，从9月12日开始，哈市一些大小商店已有平价肥皂摆台出售了。

反响之三，来自被批评者。有三种情况：一种是通过进一步调查研究，对有问题的同志进行了批评，并对部门内部的职工进行了教育，如哈市税务三分局等单位。第二种情况是就事论事，由于上级领导追得紧而急于洗清自己，缺少必要的思想认识。如市轻工局集体处一位同志9月10日中午给编辑部来电话说，局领导找他们要说清楚写条子买肥皂的事，他们去工厂没看到有条子，也没有介绍信，气呼呼地说是记者给他们捏造的条子，要求登报更正。其实，记者当时记录条子时，有十多人在场，并反复核对过。第三种情况是有的部门对工厂不满，说“跟你们的关系不错，买点肥皂，还被你们给捅出去了”。客观上给工厂施加了压力。

反响之四，来自肥皂生产厂家哈尔滨轻工化学总厂。有关负责人9日最初看了报道时说，记者给工厂说了话，为工厂立了功。但很快当他接到关系单位对他表示不满的电话后又说，记者给他得罪了关系单位，看来以后得带上样品去向关系单位道歉了。9日傍晚他给记者来电话时还埋怨记者给他惹下了大祸，担心今后的日子恐怕要难过。等到9月23日记者给他去电话询问肥皂产销情况时，他大骂记者不够意思，是小人，说记者的报道把工厂逼上了绝路，等等。许多部门去看条子，使他们连续好多天什么工作也干不了，并对记者说：“明着告诉你，你当时看到的好多条子都没有了，因为工厂没有义务保管条子。工厂有经营自主权，肥皂愿意卖给谁就卖给谁。今后再来记者概不接待。”最后他要求记者报道该厂因油脂供应难以为继，工厂打算宣告肥皂停产的消息。

面对这种种反映，记者深深感到治理经济环境、整顿经济秩序，还是存在一定难度的。

报道肥皂问题的本意，在于揭示一个群众反映十分强烈的社会性问题，即在当前市场供求矛盾比较大的情况下，有些干部和有实权的人不顾大局，利用种种关系抢购商品，既扰乱了市场秩序，又制造了紧张空气，败坏了社会风气。但从上述反映中可以看出，一些批评者没有考虑到抢购肥皂扰乱了正常商品秩序的后果，没有积极地去总结教训，反而把矛头都集中到工厂。小小的肥皂问题，骤然间严峻起来，反映了一种倾向，使人感到治理经济环境是一个多么复杂而艰难的课题。为什么会这样？其中有许多问题不能不引起人们的思考。

思考的问题之一：从广大群众对肥皂问题的强烈反映来看，商品秩序已经到了不整顿不行的时候了。不彻底整顿经济秩序、治理经济环境，新的改革措施就难以出台。治理经济环境，既是人心所向，也是党中央的既定方针。

思考的问题之二：只要领导重视，当作大事来抓，并且从根本上抓起，问题总是可以解决的。哈尔滨市场上挺长一段时间平价肥皂无货，小商贩弄到手后高价叫卖，引起群众恐慌。但是主管部门认真抓了一下，市场上马上就有肥皂了，群众心里平静了。但是，流通环节要理顺，还不是一朝一夕的事，恐怕还需要坚持抓到底。

思考的问题之三：为什么各种矛盾会一股脑儿地集中到肥皂生产厂家？这里是否存在一个对治理经济环境有没有社会责任感的问题？一方面，被批评的一些单位有些是领导部门，应当具有社会责任感，为被领导者作出表率，而不应当认为是被领导者、被管理的部门触犯了自己的威严，不应该看不到自己侵犯了工厂自主权、损害了人民群众利益、败坏了党风党纪这一面。另一方面，工厂是否也应当树立积极治理经济环境的责任感？本来，批评一些不正常的权势和“关系”，对工厂来说是一种解脱，是帮助工厂从不正之风中寻求自主权，寻求管理与被管理部门之间、服务与被服务对象之间那种正常的关系，开辟一条适于商品经济发展的产销渠道。工厂如果也能把治理环境当己任，而不是仅仅以经济效益为目的，就不会感到报纸的批评是一件不利的事情了，也就不会怨气冲天了。

（1988 年 10 月 8 日《黑龙江日报》一版）

六、《哈市房管部门为什么强迫我搬迁》

获《黑龙江日报》好新闻一等奖

报道在省内引起很大反响，个体户纷纷给报社写信、送锦旗表扬记者。1988年5月7日—9月3日共发稿八篇：

1）群众来信；2）调查报告；3）短评“要依法办事”；4）连续报道：编者按、消息“清理转租公房要依法”；5）消息“法院开庭审理个体户诉讼”；6）记者综述；7）消息“一个体户状告政府部门胜诉”；8）编者的话。

1. 群众来信：哈市房管部门为什么强迫我搬迁

编辑同志：

我是一个个体户，1984年6月从哈市一个“二房东”手里转租了一间公房，开办“夜明珠餐厅”。1986年12月，关于清理整顿转租公房、支持第三产业发展的哈政发150号文件下发，1987年4月向我转租公房的“二房东”对我停收房租，结束了对我的转租关系。从1987年5月开始，哈市南岗房管处按每平方米6元的标准，由房管员向我直接收取房租；也就是说，产权管理部门在收回“二房东”的承租权后，已经和我建立了新的租赁关系，使我的餐厅营业没有受到影响。

但从今年1月14日起，哈市南岗房管处和市房地局突然改变了态度，先后三次下文通知我按指定日期倒出公房，由他们另行安排使用，否则就要强制执行。我认为这不符合150号文件精神。150号文件明确说明，这次清理整顿的目的是要“认真解决承租公房的个人和单位转租、转兑公房牟利的问题，支持第三产业发展”，其中第三条第一款规定“对已转租的营业用房，适合独立使用或能够分割收回的，由产权管理部门收回承租权建立新的租赁关系”。我已与产权管理部门建立了新的租赁关系，哈房地局限令我搬出是没有理由的，是不符合市政府发的150号文件精神的。但我有理没处说，只好请报纸为我们个体户说句公道话。

吴永海

（1988年5月7日《黑龙江日报》）

2. 调查附记：

接到读者来信之后，记者走访了哈房地管理部门。据市房地局称，他们撵吴永海搬迁的理由主要有两条：一是吴永海与转租户（“二房东”）原签订的协议早已过期；二是150号文件规定“由产权管理部门收回承租权，建立新的租赁关系”，并未指定我们必须和现营业户吴永海建立新的租赁关系。至于和谁建立新的租赁关系，由我们房管部门说了算，没有什么原则需要遵守。

但记者调查中看到，南岗房管处有一份“报告书”，上面认定他们在收回“二房东”的承租权后，“现转租给夜明珠餐厅”，“每平方米租金应收6元”，“此决定从1987年5月开始执行”。上面有房管员签字，亦有领导的批示。这说明，从1987年5月开始，哈市房管部门与吴永海建立新的租赁关系已成事实。

对于哈市房管部门提出的第二条理由，即建立新的租赁关系的范围，按哈市房管部门对150号文件有关规定的解释是否妥当的问题，记者又走访了具有立法解释权的省人大常委会。《黑龙江省城镇公有房产管理条例》（以下简称《条例》）起草工作的同志对记者说，哈政发［1986］150号文件是根据《条例》制定的，《条例》是地方性法规，不能随意解释。它的立法解释权在省人大，哈市房地局没权解释，必须严格遵守。在制定这项法规时，曾就收回转租公房后，在那里开办的产业怎么办的问题做了重点说明，那就是“要保护、支持第三产业的发展”，尤其是要扶持个体户；并特别强调不能因为清理整顿转租公房而把在那里已办起的营业网点挤垮，不得将从业人员挤走、由房产主管部门建立新的租赁关系。否则，哈市当时将有三千六百多人因此而失业。“建立新的租赁关系”就是指房管部门收回“二房东”的承租权后同现营业户建立的租赁关系，决不是没有原则要遵守。

当记者说明吴永海是连续4年的区先进个体户时，省人大的同志说，那就更应当支持了。

（1988年5月7日《黑龙江日报》）

3. 短评：“要依法办事”

改革开放九年来，黑龙江省人民代表大会及其常委会依据宪法、法律和行政法规，结合我省实际，制定并颁布施行了多项地方性法规。

这些法规，在我省管辖区内具有普遍的约束力和强制性，不论是机关、团体，还是企事业单位和公民，都要在法律、法规的范围内进行活动。但是，在实践中，确实有那么一些单位，甚至少数行政执法部门，无视法律的严肃性，有法不依，执法不严，滥用职权，以权代法。不仅侵犯了各类经济组织和公民的合法权益，也损害了党的声誉，影响了社会的安定团结。

1986年5月16日黑龙江省第六届人民代表大会常务委员会第22次会议批准通过的《黑龙江省城镇公有房产管理条例》，使我省公产房的管理工作纳入了法制轨道。取缔二房东，保护第三产业的发展，是立法的出发点之一。作为基层各级行政执法单位应依法对转租公房问题进行正确处理，决不允许按本部门的所需所愿随意加以解释，以切实做到依法管理房产。

我省的经济体制改革，特别是第三产业和个体与私营发展得还很慢。同其他省、市和地区比差了一截。这不仅需要人们在思想观念上给予支持，更需要在政策上予以扶持，在法律上给予保护，只有维护合法经营者的正当权益，才能促使其健康、迅速发展。

（1988年5月7日《黑龙江日报》，记者请省人大同志撰写）

4. 连续报道：哈市一些个体商户呼吁——清理转租公房要依法

7月4日，哈尔滨市五家个体、私营和青年集体商业户，联合向在哈的十三家新闻单位记者反映，哈市有关部门在清理整顿转租公房过程中使他们面临停业问题，寻求法律保护。

他们反映，1987 年 12 月 10 日，哈市有关部门有一个“纪要”，按照“纪要”要求，哈市房管部门和一些“二房东”不准现营业户开业，强行现营业户搬迁。这样一来，哈市将有五千多青年失去职业。

据了解，省人大常委会 1986 年 5 月 16 日已经颁发了一项地方性法规，即《黑龙江省城镇公有房产管理条例》，条例规定，在依法管理公房、取缔“二房东”时，要保护第三产业，尤其要保证使已经就业的待业人员不致废业。

据在位于哈市道里区中央大街和 12 道街从事经营活动的个体、私营和青年集体商业户们反映，哈市政府 1986 年 11 月 25 日也曾下发了“关于清理整顿转租公有房产的通知”，这个“通知”的宗旨是打击“二房东”转租公房非法牟利行为，积极引导门市房的开发经营，支持第三产业发展。“通知”规定“对已转租的营业用房适于独立使用或能够分割收回的，由产权管理部门收回承租权，建立新的租赁关系”。并规定“不准转租户强迫现营业户搬迁”。这些商业户认为市政府这个“通知”保护了他们的合法权益，如果贯彻这个“通知”，在这里就业的近百名青年可避免失业。可是，哈市有关部门在清理整顿转租公房的过程中，并没有按这个“通知”办事。他们对应该收回承租权、依法取缔的“二房东”不仅保留了承租权，反而支持“二房东”强迫现营业户搬迁；而对应当与之建立新的租赁关系、应依法受到保护的现营业户不仅没有建立新的租赁关系，反而采取封门关店等措施，使近百名已经就业的青年又面临着失业。这些个体、私营和集体商户要求有关部门考虑他们的利益，解决他们的营业问题。

（1988 年 7 月 13 日《黑龙江日报》）

5. 记者综述

个体户吴永海关于“哈市房管部门为什么强迫我搬迁”的来信在本报发表后，哈市个体工商户反响很大。连日来，又有一些个体业者到本报编辑部，反映有些部门由于在清理“二房东”工作中和房屋动迁问题上没有严格执行党的政策，而使他们的经营活动受到严重干扰，有的面临破产失业。迫使他们长年累月四处周旋、上访、打官司，不仅精神上受到很多磨难，经济上受到很大损失，而且也有损于政府部门在人民群众中的威信和形象，不利于贯彻执行党的发展个体经济政策。

这些个体户希望有关部门严格按党的方针政策办事，不要再给个体经济发展人为地设置各种障碍。

（1988 年 6 月 18 日《黑龙江日报》）

6. 消息： 个体户对房管处提出诉讼

南岗区法院开庭审理

本报 5 月 7 日在二版以“哈市房管部门为什么强迫我搬迁”为题刊登了个体户吴永海的来信和记者调查，来信中所提出的问题至今没有解决。

南岗区法院受理此案后，5 月 27 日开庭审理。在庭审调查中，南岗区房管处否认他们与吴永海建立了新的租赁关系。主要理由是：吴永海手中没有房管部门签发的进户手续；在清理二房东工作中，房管处没与现营业户建立新的租赁关系的不止吴永海这一户，以此说明房管部门的做法一直是对的。对此，吴永海委托的律师反驳说，南岗区房管处不仅内部有认定双方建立了新的租赁关系的文字材料，而且已向吴永海收取了九个月的房租，在法律上这将被确认为“事实上的婚姻”；没给吴永海办理进户手续的责任在房管部门。按照省人大常委会颁发的有关法规规定，房管部门收回二房东的承租权后，必须和现营业户建立新的租赁关系；南岗房管处挤走的个体户不止吴永海这一户，只能说明他们做的违反有关法规的事更多。

（1988 年 6 月 18 日《黑龙江日报》）

7. 消息： 哈市一个体户状告政府部门

*南岗区法院排除干扰依法审理

*吴永海一审胜诉

哈尔滨市南岗区夜明珠餐厅业主吴永海诉哈市房地局南岗房地产管理处租赁纠纷案，经南岗区法院三个多月的审理，8 月 27 日作出一审判决，个体户吴永海胜诉。

本报5月7日二版曾以“哈市房管部门为什么强迫我搬迁”为题，报道了吴永海给本报的来信及记者调查，以后又作过连续报道。

南岗区法院受理此案后，排除干扰，认真调查，依法审理，认定：1984年6月哈市房产信托公司清理房管站未经产权单位（即被告哈市房地局南岗房管处）同意，私自和原告签订的为期二年的租赁房产协议无效。此间，被告未做出任何处理，也未提出异议，并从1987年5月开始直接向原告收取房租费至1988年1月。被告不考虑原有和现实的实际情况，让原告从该房产中搬出是不妥的。因此，判决该房产（南岗区西大直街362号，包括地下室）继续由原告承租；吴永海从1988年2月起每月交南岗房管处房费496.62元；案件受理费由被告承担。

被告声称要向市中级人民法院上诉。

（1988年9月3日《黑龙江日报》）

8. 编者的话

1986年省人大曾颁发过《黑龙江省城镇公有房产管理条例》，全省公有房产的管理有法可依。“条例”对取缔“二房东”、保护第三产业的发展也已做出明确规定。但是，有的行政管理部门和执法部门却不按“条例”的要求做，我行我素，致使这一起案情本来比较简洁明了的租赁纠纷却越搞越复杂，最后只好弄上法庭依法解决问题。

从这起纠纷案的审理过程也可以看出，只要严格依法办事，事情就能办好；反之，不管是谁，如果不依法办事，法律也是无情的。

当然，司法部门办案也要敢于排除干扰，严格依法审理，这也是清正廉洁的一种表现，很值得一提。

（1988年9月3日《黑龙江日报》）

七、《小八出生前后的风波》

获《黑龙江日报》好新闻一等奖

报道引起很大社会反响，先后被《工人日报》、《中国青年报》等多家媒体转载或约稿，1983 年 2 月 28 日—12 月 4 日共发稿 7 篇：

1）调查报告“小八出生前后的风波”；2）评论员文章“基本国策不容违反”；3）社会反响：编者按、三封读者来信；4）消息“曲森茂被‘双开’”，编者按；5）通讯“‘小八’易父记”。

1. 调查报告： 小八出生前后的风波

——对一封读者来信的回访

1 月 20 日，正当全国上下开展计划生育宣传月活动的时候，本报收到一封署名郑纪的读者来信。信中揭露大兴安岭松岭区职工教育办副主任、共产党员曲森茂，在已有五男二女七个孩子之后，其爱人又生了个“小八”。为使这“小八”取得“合法”地位，竟然颠倒人伦，欺骗组织，把“小八”当作孙子落在儿子户口上，致使儿子和儿媳为此争吵不休，终致感情破裂、夫妻离婚……

为了确定此事的真实性，从 1 月 24 日起，记者用了近十天的时间进行了回访调查。

易地偷生

松岭区，是大兴安岭地区松岭林业局的所在地。当记者带着郑纪的信来到这里的时候，“小八”一事已被当地群众传为奇闻。

曲森茂，现年四十九岁，十年前之所以从辽源市来到收入较多的林区，就是为了解决多子女带来的经济困难。曲的老伴史桂清，四十八岁，之前曾有工作，也是因为孩子多才辞职回了家。曲森茂已有五男二女，有谁会想到他还会再要孩子呢？然而，1981 年曲森茂的老伴却真的又怀孕了。而且，为避开计划生育风头得以保胎，显怀前曲森茂竟以探亲为名，打发老伴回了辽源老家。半年之后，小八在辽源呱呱落了地。

小八偷生出世之时，计划生育已成为基本国策，国家所定的章法难于违反。曲森茂却别有高招，他决定利用新婚儿媳的户口本上出生指标的空白，将小八当儿子的儿子落户，于是老两口首先取得了儿子的同意，接着又动员儿媳：“老嫂比母嘛，小八就算你们的孩子了，长大了让他养活你们……”转眼之间，小八便被作为这对新婚夫妇的孩子开出了“准生证”。

家庭风波

曲森茂夫妇将小八硬塞给了大儿子，对儿子和睦的小家庭来说，不啻是投入了一道阴影，矛盾很快便暴露出来了。1982 年 10 月，小八将近一周岁。一天，结婚刚刚半年的大儿媳林颖抱着小八第一次去医院看病，立刻引起了人们的注意。不明底细的人嗤之以鼻，说她真不像话，“刚结婚儿子就这么大了！”熟悉小林的人却奇怪道：“啥儿子呀，她一天班也没耽误，咋生的？”一时间，这莫名其妙的孩子成了小小松岭镇议论的话题。新媳妇这才意识到事情的严重性，开始认真考虑了。请看她和丈夫的一段对话；

媳妇：“这孩子给了咱们，将来咱们要再有了可怎么办？”

丈夫：“我妈说了，要罚款他们出。”

媳妇：“要是到时候不出呢，谁一天跟着他们要账去！再说，咱们都年轻，办这种违反政策的事还要不要进步了？这孩子不能要。”

丈夫：“你不要我要！”

口角就这样开始了。随着时间的延续，麻烦事越来越多：孩子要人喂奶；半夜连续哭闹：一次次在炕上拉屎撒尿……丈夫懒，媳妇烦，矛盾开始激化。夫妻俩由口角到动手打，最后把结婚时置办的新家具都砸了个稀碎。11月12日，怀孕四十多天的林颖去医院做了人工流产。12月3日，小夫妻在松岭镇法院正式办理了离婚手续。一个美满的家庭就这样散了。面对自己一手制造的悲剧，不知做为长辈的曲森茂两口子当时曾作过何种感想？

当面撒谎

1983年1月26日下午，在进行了广泛的调查之后，记者同曲森茂本人见面。想不到这个一向自诩为“曲马列”的人，竟说了如下的谎话：

“我家的确有个小男孩，但那不是我的孩子，是我四弟的。我四弟家生活困难，孩子是送到我这里寄养的。原来说几天就抱回去，没料到他们一去就不回来了。我和老伴商量了，等天暖和了就给他们送回去。”“……落户口的事有是有，当时我反对过，我四弟的孩子也就是我侄呀，把侄当孙子落户不是差辈了嘛，这我不能同意。不过我大儿子喜欢这孩子，他总是想要……”

记者提醒曲森茂作为一个党员应当胸怀坦荡，实事求是。曲森茂却满不在乎地说：“这些嘛，我都懂。你们可以随便去调查，如果真是我的孩子，我承担全部责任。组织从重处理，我心甘情愿！”

几天前，当松岭区纪律检查委员会代表组织找曲谈话时，他也是这样说的。这就不能不使人产生一个疑问；面对事实，曲森茂究竟凭借了什么，才敢于如此瞪目说谎，甚至公然向组织叫号？！

妻妹出证

为了取得更直接的证据，2月2日，记者赶赴小八的出生地吉林省辽源市。在当地党组织的帮助下，找到了曲森茂的两个妻妹史明兰和史明芝（二人均为党员，市委机关干部）。她俩感情波动很大，经过一番思想斗争，很惭愧地对记者讲述了实情。下面抄录的，就是她们所作证言的一部分：

“我姐姐（指曲森茂的老伴史桂清）来辽源平岗的娘家生孩子这件事，整个平岗没有不知道的。姐姐分娩后大流血，用门板抬到医院去抢救，闹得满城风雨。这种事不像别的，想瞒也瞒不住哇！

“她怀孕是在1981年夏天，当时我们在娘家看见都很生气，就悄悄商量：说啥也不能让她再生了。我俩劝她做人流，她开始不肯，我们就半宿半宿地劝她，后来她终于同意了。这样我们就相信了，以后回娘家的次数少，想不到她到底还是生了。

“小八生下后我们又劝姐姐送人，她当时也答应，可当去年8月份抱着小八来辽源时，又说找不到合适的人家，只得自己要了……”

至此，曲森茂还能说些什么呢，也许，他会为自己错误地估计了当前的形势和人民群众的觉悟、错误地估计了党纪的严明和威力而悔恨吧！

郑纪的来信最后说：“像曲森茂这样弄虚作假、欺骗组织的基层干部，如果一味姑息迁就，计划生育怎么能够搞好呢？”这话说得很对，相信中共松岭区委能够倾听群众的意见，早日拿出让群众满意的处理结果来。

（1983年2月28日《黑龙江日报》，合作者段文斌）

2. 评论员文章：　基本国策不容违反

曲森茂身为共产党员、领导干部，在计划生育这个问题上，却无视基本国策、无视群众影响，在本来已经有七个子女的情况下，仍然要了第八个孩子，其错误可谓严重。更为恶劣的是，当组织发现这一问题进行调查时，他竟然顽固地坚持错误，欺骗组织。其所作所为，是与一个共产党员的称号不相符的。

正人必先正己。要求下级和群众做到的，领导和党员首先要做到。党中央1980年《致全体共产党员、共青团员公开信》以及前不久中央九个部门联合发出的《开展计划生育宣传月活动通知》中，一再强调党、团员和干部要在计划生育方面起带头作用。然而，在我们的党员干部中，目前仍有少数人对计划生育的重大意义缺乏认识。有的热衷于“传宗接代”，宁可受处分，也要达到儿女双全；有的尽管儿女齐全，但自恃手中有权，以为奈何不了他。曲森茂就是后者的突出一例。对这种把基本国策当成儿戏的党员干部不抓不管，不进行严肃处理，群众岂能信服！国策岂能落实！

抓好计划生育工作，关键在于党委重视。各地党委要切实做到“两种生产”一起抓，“两种责任制”一起落实。要通过算细账的方法，使每一家职工、每一户农民都了解计划生育和自己切身利益的关系，从思想上真正懂得基本国策的意义；要把是否实行计划生育作为考核党员和干部的一项重要内容，做到奖惩分明，对好的要大张旗鼓地进行表扬；对不好的要严肃处理，决不敷衍迁就。我们相信，凡是真正这样做了的地方，那里的党员、干部的带头作用就一定发挥得好，那里的广大群众就一定会积极响应，计划生育工作也就一定会出现新局面。

（1983 年 2 月 28 日《黑龙江日报》）

3.《小八出生前后》引起社会反响：

编者按:《小八出生前后》发表后（见本报 2 月 28 日第三版），在社会上引起很大反响。许多读者在来信中对大兴安岭地区松岭区职工教育办副主任曲森茂严重违反计划生育政策，以及弄虚作假、欺骗组织的行为表示了极大义愤，同时希望能尽快看到此事的处理结果。我们选编其中三封读者反应发表如下。(1983 年 3 月 15 日《黑龙江日报》,

读者来信:(文略)

4. 消息：中共松岭区委决定开除曲森茂党籍

区政府决定给于行政撤职处分

编者按: 今天本版集中发表了一些单位对群众在报纸上的批评的检讨及处理结果的答复。对于群众在报纸上的批评，这些单位能认真地进行调查，及时给予实事求是的答复和处理，发扬了我们党密切联系群众，认真开展批评和自我批评的优良传统，是值得欢迎的。但是，也有些单位，对群众在报纸上的批评，视而不见，置之不理，采取拖的办法，这是完全错误的。我们希望这样的单位能够认真总结经验教训，迅速答复我们。让我们共同努力，为争取尽快实现党风和社会风气的根本好转而奋斗。

大兴安岭地区松岭区职工教育办副主任曲森茂同志，在已有五个男孩、两个女孩的情况下，其妻史桂清 1981 年 9 月 21 日在吉林省辽源市的娘家又生一男孩，严重违反了党的计划生育政策。党组织找曲森茂谈话时，曲森茂不但不承认错误，反而将这个孩子说成是他弟弟曲森盛的。

曲森茂同志身为党员、领导干部，非但不执行党的计划生育政策，反而在已经多子女的情况下又生了第八胎，事实面前还不承认错误。其错误性质非常严重，给党造成了很坏的影响。为了教育党员及其本人，中共大兴安岭地区松岭区委员会决定开除曲森茂同志党籍，并建议行政撤销其副主任职务。对曲森茂违反计划生育的经济处罚，因其本人还有其他经济问题，现正由公安机关审查，待审结后即按规定一并处理。

另据称：松岭区政府、区人大已分别决定撤销曲森茂区职教办副主任职务，免去其人大代表资格。

（1983年3月21日《黑龙江日报》）

5. 通讯：“‘小八’易父记”

“小八小八，拿嫂当妈。人伦颠倒，误我中华”。在宣传计划生育的锣鼓声中，这段顺口溜传遍了黑龙江省大兴安岭区的家家户户。人们早就在议论关于某人偷生“小八”的奇闻了。区职工教育办公室副主任曲森茂同志也义正词严地表了态：“什么缺德的人都有哇，不整整不行了。”其实他自己心里也明白，这不过是“贼喊捉贼”的把戏。

前年3月份，曲森茂刚传达完党的计划生育政策，有人跟他开玩笑：“还是你神机妙算啊，十几年前就一气儿生足了。”因生了五男二女而得雅号“曲老七”的曲森茂，想到自己孩子虽多，但质量还不足以自豪（有的还被拘留过），不禁惨然一笑：“这些年没少受累呀！崽子们把我从辽源市（在吉林省）拖到大兴安岭，全家紧紧巴巴刚能对付上吃穿。放到现在，我说啥也不能要这么多呀！都像我这么敞开生，国家也受不了哇！”曲主任现身说法，使听者无不肃然起敬。曲森茂心满意足地回到家，老伴却是一脸苦相——她正为怀了小八而犯愁呢！曲主任觉得好笑，有了就生呗，何必自寻烦恼？至于落户嘛，他自有锦囊妙计。

月余后，左邻右舍都说：“曲森茂开通了，头一回让老伴回辽源市伺候娘家妈。”大儿子新年要结婚，10月份去辽源接他妈。哪承想，一进门却看见妈妈正卧月子床，未满月的弟弟小八又哭又叫，姥姥正端水烧汤地伺候呢。不久，曲森茂的老伴只身回到大兴安岭，没断奶的小八被忍痛留在辽源的四叔家。

不料，吉林省计划生育工作抓得特紧，小八难以藏身，屡屡告急。去年年初，小八要“光临”大兴安岭，被曲茂森挡驾。去年夏天，四弟媳又把小八抱到大兴安岭，这可急坏了曲主任，他一再对人声明：“那是我四弟家的小三。”可惜四弟媳没有认可。怎么办？曲森茂急中生智：大儿媳妇不是刚过门儿吗？……好，就这么办。不久，由主任夫人出面，对新婚的儿媳妇做了一番耐心细致的思想工作：“俗话说‘长嫂比母’嘛，小八就算你俩生的，你俩再有孩子，挨罚我掏钱！”新媳妇看看坐在沙发上品茶的公公，又瞧瞧正兴致勃勃逗小八玩的丈夫，不得不含着泪点了头。转眼之间，“准生证”弄到了手，小八摇身变成了大哥和长嫂的“亲骨肉”。

深更半夜，小八的哭叫声使哥哥心疼不已，惹得嫂子心烦意乱。“肯定作风不好，要不，怎么刚结婚孩子就这么大了？”左邻右舍的议论，常常叫新媳妇无地自容。可是，丈夫却说；“这孩子，你不要，我要！”为了小八，恩恩爱爱的小两口由吵嘴打架，迅速发展到劈柜、砸缸，弄得家不成家了。对此，小八的生身父亲曲森茂倒十分坦然：“他俩本来就不能往一个槽上拴。”结果，儿媳妇做了人工流产，离了婚。

今年1月份，当组织上找曲森茂了解“小八”问题时，他拍着胸脯担保：“那个小男孩不是我生的，是我四弟的小三呀！要是你们查出那是我的孩子，怎么处分我都行！”事隔不几天，在吉林省辽源市党组织的教育下，曲森茂的两个妻妹幡然悔悟，含泪向组织道出了曲妻去辽源偷生小八的实情。

前不久，四十九岁的曲森茂受到了开除党籍、行政撤职、免去区人大代表资格的处分。他这才掂量出小八的分量可真不算轻。

（1983年12月4日《中国青年报》）

八、《如此虐待儿童岂能容忍》

获《黑龙江日报》好新闻三等奖

此报道社会反响十分强烈，读者纷纷给报社写信要求严肃处理，《人民日报》1984年10月13日也刊发了读者来信“孩子何罪？阿姨太狠！”并派记者现场调查，刊发了调查报告《官僚主义庇护下的丑行》，以及编者的话。本报发稿三篇：

1）调查报告“如此虐待儿童岂能容忍”；2）短评“坚决不许虐待儿童”；3）批评报道的回声“我们的检查及处理意见”。

1. 调查报告： 如此虐待儿童岂能容忍

5月9日上午，哈尔滨南岗区芦家街十名群众来本报反映：哈尔滨红卫汽车修配厂托儿所虐待儿童现象十分严重。如对孩子非打即骂，经常罚站，长期给孩子吃腐败食物；保育员串通一气，从孩子身上大肆揩油，等等。对此，孩子父母、街道干部以及周围群众非常气愤，强烈要求调查处理。

日前，记者对上述问题进行了实地调查，其问题之严重已达到了令人不能容忍的程度。

托儿所食宿和卫生状况极差，保育方式重在体罚

这家托儿所是去年10月初由红卫汽车修配厂指派四名女工、租用一家新盖的民房开办的。它面向社会收托，本厂职工的孩子只有三四

名。这里冬季室内满墙冰霜，最高温度不过零上 10 度。一个仅有二十多平方米的房子，却招收了四十多个孩子。这里没地方安床，没有专用厨房，没有消毒用品，也没有任何玩具。四十多个孩子共用两个脸盆、三个便盆、七八条毛巾、十三四只茶缸。

在这样的环境里，孩子们挤挤撞撞，又哭又闹；保育员使用小木条“点”孩子的脑袋，扯胳膊、拽耳朵、罚站的事更是常见。去年 12 月，六岁的女孩张静的耳朵连续被阿姨“拨拉”得睡觉不敢挨枕头，接着又光脚被拎到靠窗台的小条桌上“罚站”。孩子站累了，一个劲儿地央告：“阿姨，我听话了，让我下来吧。”“阿姨，我要尿尿……”，结果棉裤都尿湿了。这里的孩子尿裤子、尿床很普遍，家长普遍反映尿频，与罚站、着凉有关。今年 4 月份，两岁半的男孩张宁挣着要到外面玩，被阿姨拽回来，一顿耳光，小脸立刻红肿起来。还不会讲话的小阎冰，先是手指头被挤坏，接着前额磕开了一道又深又长的口子。多数孩子央告父母：“我不去托儿所，阿姨老打我……”

把腐败变质食品做给孩子们吃

据了解，该厂食堂 1982 年初解散时有三十斤粉条、六十来斤粉面子（其中一半是给一个职工喂猪的）、二十多斤炸过东西的油底子，这些东西在一个破板棚子里放了近两年。保育员把这些东西捡回托儿所给孩子们做吃的。用粉面子做的汤，上面一层灰，下面一层泥。然而，他们竟用这些东西给孩子们食用了半年。

今年春节期间，托儿所从该厂会计手里买了二十三斤猪肉。切肉时，她们发现猪骨头及周围的肉都黄了，可是她们还是拿这块肉给孩子们吃了一个多月。当时好多家长只知道孩子又拉又吐，却一直没找到原因。

附近居民和菜床子都知道这家托儿所专买减价的处理菜，今春托儿所又买了四十斤烂萝卜，给孩子们做汤、包馅。

保育员克扣孩子的伙食

据家长们反映，托儿所下午三点开饭，可是四点多钟孩子一进家门就喊饿，抓起凉馒头就啃，狼吞虎咽吃得吓人。孩子们说："我们一吃饭，阿姨就喊：'快吃，看谁第一个吃完！'"本来就贪玩的孩子，谁不想争个第一呢！

翻开这个托儿所的食谱，记者看到孩子们经常吃的伙食是：大米粥咸菜、大米粥酱油、剩面汤馒头、两个鸡蛋做的"鸡蛋汤"、一斤半肉馅做的包子。细菜从未有过。四个保育员全吃孩子们的伙食费，分文不交，而且在出锅时还要把本来就少得可怜的鸡蛋花、骨头肉先捞出来吃掉。她们还用孩子的伙食费买面包、红肠、糖、酒等自己吃。

把孩子们的粮票换鸡蛋，再把鸡蛋作价从孩子们的伙食费里换成钱分掉。就是这样，她们不惜采取种种卑劣手段，每人每月从孩子们身上揩油分得五六十元。

这个托儿所所长王梅英，一个人独管记账、现金、采购和所有大事小情。当记者找她了解情况时，她竟满不在乎地说："由于我平时不注意读书看报，很多问题考虑不周。"说得多轻松呀！记者找到工厂领导，厂长王宝仁同志一口咬定："她们分钱很均匀，这是一起集体贪污案！"如此严重地摧残儿童、虐待祖国的下一代，难道这仅仅是一个经济问题吗？

（1984年5月18日《黑龙江日报》，合作者魏佳雪）

2. 短评：坚决不许虐待儿童

儿童是祖国的未来，保护儿童的合法权益是我党的一贯政策。自中央书记处发出全党全社会都要重视少年儿童工作的指示之后，我省各地儿童福利事业有了很大发展，为儿童解决了很多实际问题。可是，也有一些地方和单位，还未把这项工作摆到日程上来。那里对儿童的教育和保护还存在许多问题。哈尔滨红卫汽车修配厂办的托儿所从孩子身上揩油，为此不惜虐待、摧残孩子，就是这方面问题的一个突出的例子。各级领导和儿童福利部门、司法部门应当把这个事例作为一个警号，引起对保护儿童合法权益的高度重视。

红卫汽车修配厂托儿所虐待、摧残孩子的手段之恶劣，情节之严重，令人震惊。这里的某些人、甚至有的领导者将此仅仅看作经济问题，是不对头的。应当认清，虐待、摧残儿童是违反人类起码的道德准则的犯罪行为。希望有关部门对这一事件的主要责任者予以严肃处理，以确保儿童的合法权益不受侵犯。

（1984 年 5 月 18 日《黑龙江日报》）

3. 批评报道的回声：我们的检查及处理意见

看了 5 月 18 日《黑龙江日报》刊登的《如此虐待儿童岂能容忍》的报道后，我们认为托儿所问题的产生，是我们领导上官僚主义所造成的。我们没有把托儿所的保教工作摆到工作日程上来，不闻不问，使得保育员为所欲为，给孩子吃不符合卫生要求的食物，克扣孩子的伙食费，打骂孩子，比较突出的是所长王梅英和保育员杨喜春。我们深深认识到这是犯罪行为，是不能容忍的。党中央一再提出维护妇女儿童的合法权益，而我们办的托儿所却摧残儿童的身心健康，我们领导班子成员一致感到非常痛心。

现在我们对四名保育员已分别作了处理：开除原托儿所所长王梅英厂籍，留厂察看一年，这期间每月发三十五元生活费；给予原保育员杨喜春行政记大过处分，一次性罚基本工资的百分之二十；给予原保育员张淑英和毛德霞行政记过处分，取消一级浮动工资，追回四人克扣的儿童伙食费和非法所得的托儿费。

哈尔滨市红卫汽车修配厂

（1984 年 6 月 7 日《黑龙江日报》）

九、《水！水！水!!》

获《黑龙江日报》好新闻一等奖

报社总编辑马放直接指挥记者采访、进行报道，并亲自撰写消息“喜！喜！喜!! ”。此报道可谓“速战速决”，效果显著，广受社会好评，1983年4月30日—5月2日共发稿三篇：

1）调查报告“水！水！水!!”；2）新闻点评“‘服务第一’和‘水霸作风’”；3）消息“喜！喜！喜!! ”。

1. 调查报告：水！水！水!!

新建大楼断水二十余日　乔迁居民叫苦不迭

4月27日下午，一位年已八十二岁的退休老教授代表九十五户居民群众给本报写了一封信，信中说：“我们居住在哈尔滨市南岗区邮政街与海关街拐角处的六层大楼，全楼居民数百人。自本月2日全楼断水，今已二十日有余。民非水火不生息。住户不断请求，毕竟无效……”

28日晨，记者带着来信来到这座建筑壮观的大楼。随便敲开一家房门，进屋后还没等坐稳，居民们便闻讯拥了进来，围住我们七嘴八舌地说：

“老百姓也是人啊，犯人还得给水喝呢，为什么把我们的水给断了！”

“我们住进了新楼，本来从心里感谢人民政府，有人却不给我们水喝，二十多天了谁受得了！”

“我是这里的老住户，住了几十年了，这种事从来还没遇到过！”

看得出来，群众很是气愤。起初，我们还觉得大家过于偏激，待走了几家之后，才从心里理解了。爬上六层楼，是居民老郭的家，只见屋子里摆了一排大盆小罐，里面的水一盆比一盆脏。主人介绍说：每天都是这样，洗完脸的水留着洗衣服，洗完衣服留着擦地板，擦了地板还不敢倒掉，好匀着多冲几次厕所。空身爬六层楼都很累，老郭已年过五十，每天都要向单位请一小时假回家往六层楼上担三挑水，其艰难可想而知。跟记者上楼来的一位民民说：“每天下午四点多钟，全楼的男女老少就一齐出动去找水，附近的工地也走水表，时间长了人家不愿意给，只好到远处居民户挨家求情，真难啊！”另一位七十多岁的老太太，家里只有老两口，她可怜巴巴地望着我们，说着说着，难过得流下眼泪。还有一位教师告诉我们，为了不给党造成不好的影响，他们没有聚众到政府机关去吵闹，而是一边忍耐着，一边派代表去市自来水公司不停脚地跑，但二十多天都过去了，水闸却依旧没有打开。

这里究竟发生了什么严重问题，要对居民们施以这样惩罚？告别挤了一院子的居民群众，我们来到哈尔滨市自来水公司南岗服务部技术组，找到了负责办理这件事的郭组长。情况原来如此：

这幢九十五户的居民楼，是省社队企业局专为动迁户盖的。市自来水公司南岗服务部曾提出安放水表的地沟挖得太小，不便维修。今年4月初，由社队企业局出钱，南岗服务部出人，开始扩地沟。因一只水表安装在居民住室内，需要打开刚刚整修一新的地板，居民要求起完后再给修好也属正当要求，施工人员不答应，双方闹僵了。南岗服务部随即决定给九十五户居民全部断水。过了几天，铁路房产段派人把地沟修好了（居民中有铁路家属），至此，问题本已解决，理应恢复供水。但南岗服务部又提出，在这中间居民私自开了两次水闸（居民反映只一次，放半天水），一要罚建筑单位两千元（先是要罚一万二，后说八千，又说四千也可，最后咬定罚两千）；二要交出开闸的人，予以惩处。否则，别想吃水。我们看了一下南岗服务部作为罚款依据的“规定”，原文写道：“私自开闭干、支线闸门和水栓造成损失者，除赔偿全部损失外，造成严重后果的，依法惩处。”试问，居民是在什么情况下开的水闸（是在断水后屡求无效忍无可忍的情况下开的），究竟造成了什么损失（是一万二千元，还是二千元），严重后果又是什么（应当追究的恰恰是断水的严重后果）。

（1983年4月30日《黑龙江日报》一版）

2. 新闻点评:“服务第一”和“水霸作风”

一张“服务第一”的大字标语就贴在哈尔滨市自来水公司南岗服务部的迎面墙壁上。可是，这个水站管辖下的一幢新建大楼九十五户居民，却整整干渴了二十七天！人们守着成龙配套的上下水道却没有水做饭、洗漱。逼得八十多岁的老教授四处讨水，半瘫的病人为群众奔走呼号。这些，岂非咄咄怪事！

服务部门为群众服务，这是神圣职责，不能动辄滥施职权、损害群众的利益。自来水公司南岗服务部被群众斥为水霸，就是因为他们颠倒了“谁为谁服务”的关系。劝告那些被称为“霸”的单位和部门，摒除霸道作风。南岗服务部应立即解决这次断水问题，改进工作作风。

（1983 年 4 月 30 日《黑龙江日报》一版）

3. 消息: 喜！喜！喜！！

哈尔滨自来水公司树立正气接受群众批评

哈尔滨市自来水公司南岗服务部，因以本单位规章制度乱卡居民用水受到本报批评后，随即打开闸门向海关街拐角处新建大楼供水。断水二十七天的九十五户居民，喜得自来水，相互见面连声道贺喜喜喜！投书本报的八十二岁高龄的唐永权老教授，即兴赋诗一首《乐水来》:“今天下午水即来，如降甘霖乐开怀，奔走相告喜喜喜，党德法治争光彩！”

昨日下午五时许，自来水公司派两名干部来到这座大楼向居民赔礼道歉。

（1983 年 5 月 2 日《黑龙江日报》，总编辑马放撰稿）

十、《石货郎之死说明了什么？》

获《黑龙江日报》好新闻三等奖

当时正值个体经济发展初期，社会上“左”的思想流毒还在经济领域作怪，成为个体经济发展的严重障碍，尤其在农村。为了落实党的个体经济政策，报社以石货郎一事作为典型案例，派出三名记者前去采访报道。1983年6月13日发稿两篇：

1）调查报告：“石货郎之死说明了什么？”；2）短评“深刻的教训”。

1. 调查报告： 石货郎之死说明了什么？

“石货郎吊死了！”今年2月6日（腊月二十四）在林口县的偏僻山区五星公社西桥大队，传出了这一出人意料的不幸消息。

石货郎的突然死亡，给人们心上罩上了一层迷雾；他为什么要自缢身亡？

本报是从一封读者来信里发现这件事的。但信中对事实真相写得不太充分。为了弄清事情的原委，5月份我们到林口县拜访了老石头家和他乡里的一些亲朋。

夙愿未泯

石货郎原名石春奎，今年六十九岁，在新中国成立前后当了七八年货郎，走乡串屯，方圆几十里地的老人无不知晓。至今，人们还习惯地叫他石货郎。他当过生产队长、护林员，办事认真。党的十一届三中全会的富民政策照亮了老人的心。有时他拿出珍藏了三十多年的货郎鼓，熟练地摇动出那有节奏的鼓点来，还开心地对老伴说：“你听，我还能摇出点来呢！”老两口没有生育儿女，就要了个养女秀玲。养女的亲生父母子女多，如今她三个姐姐全都嫁到城里，女婿都是工人。石货郎却给养女找了个纯朴、厚道的社员做女婿。他说：农村社员将来不会比城里的工人差到哪！如今政策放宽了，有两只手靠劳动也能富起来，不信你等着瞧！老石头去年把新姑爷“娶”到了家。人们说：石货郎这也叫破了旧俗了。

他们这个大队有三百多户人家，一千六百多口人，从东到西有两里多长，东头有个分销店，办得不咋样，商业机关化，节假日关门，早午晚闭店，打个酱油醋都不方便。有人说：这里屯大人多，再办个小商店也不多。石货郎还常注意听广播，他觉得：上级允许农村办个体商业，大队社员又需要，自己又做过买卖。老两口、小两口办个小食杂店准能行。他对全家说：“咱请求办个小店，不再拖累生产队，往后日子一定能兴旺！”全家过了一个从来没过的欢乐的元旦。

举步维艰

石货郎要办小店的消息像春风一样吹到各家各户，乡亲们都赞成。但也有人担心地劝他：“办店虽好，手续难办！”

按当时的规定，办个体营业执照的手续非常繁杂，得经过十几道关卡，据说少说也得三个月时间。一个不识字的农民办起来就更困难一些，石货郎决定找找熟人。五星公社主管财贸工作的副主任王占奎同志也是西桥人，他了解石货郎，更了解西桥的供销工作，因此非常支持石货郎。在他的帮助下，石货郎从基层工商管理所拿到了申报表，他高高兴兴地到照相馆照了相，把照片端端正正地贴在申报表上，又到公社盖上了章。从屯里邻居亲友家借来六百多元钱，去三十里外的桦林置办了缸、坛、桶、提漏等营业备品，还动手搭了货架子。

当王占奎领着石货郎找到供销社主任郭兆民时，郭主任一口咬定：“这个戳我不能盖！要办，到县联社办去！上边让办你就办，我不反对。”王占奎希望他们支部再商量一下，郭说：“商量什么？班子早就定了，谁的也不批！”王占奎安慰石货郎并出主意说：“曲福仁常去县联社，你让他也到那边问问。”

石货郎的外甥女婿曲福仁是五星供销社的一般干部，他答应了姨父的要求。可是当他最后一次找到县联社时，一位新任股长回答说：“我刚来，情况不熟，得让基层社同意，带个意见来。”而曲福仁知道郭兆民不同意，因此，也没敢去找。这件事情就在供销部门卡壳了。

供销部门究竟为什么不给盖章呢？

据郭兆民讲的重要理由就是：“几年来西桥供销店营业额最低”，“农村再办个体商业户，我们供销社的买卖就更没法做了”，“个体户只有越少，供销社的营业额才能越多”。

绝望之后

春节前几天，石货郎最后一次来到曲福仁家。外甥女对他说：“供销社不给盖章，执照没办妥。”对党的政策深信不疑的石货郎受到了沉重打击。人们看到他朝着三十多里外的马北祖坟蹒跚走去，在那里哭了很久……也是在那几天里，他愁绪满怀地到两户屯邻家里归还了手头一部分借款，并眼泪巴巴地对老伴说：“老了，老了，还给孩子欠下债，真是谁都对不起呀。”腊月二十四傍晚，他走出门再也没回来。直到第二天清晨，人们发现他已吊死在马号窗框上。

村里有些人失声痛哭；“石大哥死得冤呀！”而百般拒绝为石货郎签字盖章的郭兆民却说：“他死和我针鼻大的关系都没有，我不负任何责任。”当然也有人说：“他是叫债款压死的”；更有人说：“他是和养女的生父闹别扭被逼死的”，等等。但是一个严肃的事实却是任何人都不能否认的，那就是：如果石货郎办成了营业执照，他就决不会自杀。而且，如果办成营业执照，他对养女生父的许诺、债款的压力，以及屯邻的面子等问题也就迎刃而解了。因此，他的死因不是已经很清楚了吗。

（1983 年 6 月 13 日《黑龙江日报》，合作者林茂森、陈永昌）

2. 短评：深刻的教训

调查报告《石货郎之死说明了什么？》告诉我们这样一个事实，由于“左”的思想流毒没有肃清，在党的十一届三中全会后已将近五年的今天，竟逼得一个想经营农村个体商业、活跃农村经济、靠劳动致富的农民，在受到沉重打击后自缢身亡。当然，他的轻生是不足取的。但是，另一方面，他的死也是对“左”的思想流毒提出的严正控诉和抗议，值得我们认真吸取教训和深思。

当前，我省农村商品流通渠道还不够多，也比较梗塞，这对活跃农村经济、发展生产、促进农民尽快地富裕起来很不利。石货郎年龄较大，又有经商经验，适应当地发展个体商业的需要，这本来是一件好事。可惜，“好事多磨”，由于某些同志，特别是从事基层商业工作的同志头脑里“左”的思想影响作怪，存在着怕发展个体商业会抢了供销社生意的错误思想，因而一再刁难阻挠他办理执照。结果，使这位刚刚被党的搞活经济政策的光辉照亮了心头的农民，成了他们排挤个体商户的“牺牲品”。

现在，我们党在指导思想上的拨乱反正任务已经胜利完成了。但这并不意味着每个地方、每个部门、每个单位的业务指导思想，都已经纳入了党的方针、政策的轨道，还要下功夫继续把这个任务彻底完成。应当指出的是，至今，我们有的同志像石货郎之死这一事件中的供销社主任郭兆民那样，他们对于因自己不执行党的政策所造成的恶劣影响，还不感到痛心，拒不检查自己错误并总结经验教训，这是应该批评的。

经过几年的实践，我们国家关于个体经济的政策、法规已明确和健全起来。从我省农村情况看，无论从搞活经济、方便群众，还是为农村多余劳力找出路来说，都需要个体商业的适当发展。前车之鉴，后事之师，希望类似石货郎之死的悲剧再也不要重演。

（1983 年 6 月 13 日《黑龙江日报》，合作者林茂森撰稿）

（**作者注：**其实，当时的政策规定也有很大问题，农民要经营个体商业，不应该让竞争对手供销社签字认可；因为反之，供销社要经商难道还得征求个体业者的同意吗？所以，政府部门不该把裁判责任推给供销社。如果政府部门自己来当这个裁判员，悲剧可能就不会发生了。）

十一、《个体劳动者之窗》专栏

获《黑龙江日报》好新闻一等奖，黑龙江省好新闻三等奖，全国好新闻二等奖。

本人担任编辑工作时收到大量个体劳动者来稿，所反映的问题不仅涉及党的政策、法规、政府部门的工作，也涉及个体劳动者的从业、纳税、缴费，以及组织生活等方方面面。作为党报记者、编辑，深深感到这些问题不回答不行，一一回答又不可能，如果能办一个专栏，把这些问题分门别类，有计划地采编发稿，将会对个体经济发展发挥很大作用。这个建议立即得到经济部领导的大力支持，决定由本人主办，从1986年12月21日开始在《黑龙江日报》经济版每周一期，至1988年末两年时间内共编发八十多期，刊稿五百余篇。其中有：消息、评论、通讯、调查、来信、问答等多种体裁。

例一：1986年12月21日《个体劳动者之窗》第一期发稿四篇，有发刊词“致读者”、消息“依兰县个体户愈四千”、通讯“高淑芳专营中老年服装”、照片“透笼街个体百货店守法经营”。

1. 致读者：

今天，《个体劳动者之窗》与读者见面了。我们和广大个体劳动者一起为之高兴。

近几年来，我省个体经济在党的开放、搞活的政策指引下得到了迅速发展。现在，全省有三十万个体工商业户，有四十万个体劳动者。

他们所从事的工、商、饮食、服务、运输等行业，在我省的经济发展中起到了很大的作用。

《个体劳动者之窗》旨在进一步宣传党和国家的有关方针、政策和法令，维护个体劳动者的正当权益，同时还将反映个体劳动者的思想风貌、心理诉求，介绍个体户的成功经营经验和失败教训，刊载个体经营者的愿望和呼声，揭露和批评个别违法经营者的行为等，总之，是为了推动全省个体经济健康发展。

为此，热切希望广大个体劳动者和读者多提宝贵意见和建议，积极供稿，共同把《个体劳动者之窗》办好。

2. 特写：　　高淑芳专营中老年服装

屡屡听说“老年人做衣难”。这些老年人自己无力做，儿女不会做，服装厂家不给做，服装商店没有货，穿衣怎么能不难?

哈尔滨市道外个体时装店的高淑芳看准了这个空当，捷足先登，一改七年之久的经营项目，开办“中老年服装店”。走进这家服装店时，“扑通！”一声，正碰上一位老年顾客跌坐在地，原来他误把隔板当案子靠坐了。眼神如此不好的老人，为什么还要冒着风寒奔这小店而来呢?

细细察访，发现这里不仅出售老年人特需的中低档服装，而且备有各种规格的半成品，供老年人前来试穿，然后，根据所需尺寸略加改动，便可成衣。市内一位老同志因出远门急需新装，连跑几处都很失望，因他四尺胸围，矮个胖体，衣服难做，多加钱也没人接活。不料，找到这里，仅用三天就如愿以偿。这里备有的衣里、衣兜、衣肩、衣扣等多种辅料，免除了腿脚不便的老年人四处奔走之劳。与那些只满足于“衣服卖出钱到手”的服装店相比，这里还有一大方便之处，就是售出的衣服，只要不脏不坏，都可退可换。今年夏天，有一位老大娘来这里给自己去海南探望女儿的老伴买去一条浅色裤子。入冬了，老头儿拿着裤子来，说是不可体，希望给代卖。高淑芳十分理解老人的心情，当即给他退款。老人很受感动，随后又来买去三件可身的衣服，并领一些老伙伴到这里裁做衣服。

为了方便老年人，这家服装店还上街摆摊裁剪，登门量体收活，并为外地顾客邮寄衣服。伊春一位顾客就是通过信函解除了自己买不到可体衣服的苦恼。许多顾客都说，去商店买衣服常遭售货员冷眼：“买不买？”“交钱吧！”根本不容那些耳聋眼花的老年人再挑选。来这里就不同了。你要想“将就”、不仔细挑选，主人还不让呢，说：不可体不仅穿着不舒服，而且也影响店里的声誉。有一位连来两次试穿五六件衣服的老人说：“这样好的服装店上哪找去？！”

是呀，上哪找去！热心专为老年人服务的服装店在哈尔滨这是头一家。虽然地处偏僻，一般人难找的道外天一街五十五号，但现在天天顾客盈门。

是呀，上哪找去！热心专为老年人穿用的中低档衣料太少，更没有专业商店。这只能寄希望于纺织厂了。

例二：1988 年 5 月 30 日《个体劳动者之窗》第五十二期发稿三篇，其中：

1. 广开言路：　零比四万说明了什么

——谈谈个体户入党难

佳木斯市共辖 15 个县（区），只有 4 个县（区）建立了独立的个体劳动者党支部，4000 多名个体劳动者中竟没发展一人入党。很显然，经济建设飞速发展，而组织建设却远远落在后边。

主要原因仍然是个体户的入党问题没人管。原单位不管，所在街道也不管。有一名个体户是市劳模、省人大代表、全国先进个体户，要求入党已三年，但至今仍旧没人发展他入党。之前他曾在街道党支部接受培养，后来街道党支部对他说：“我们这里不负责发展个体户入党。”他又找到区工商局党组织，工商局党组织是机关党委，也不负责个体户的入党问题。情况反映到了中央组织部，中组部的同志说：“像这么优秀的个体户都不能入党，那什么样的能入党？”

个体经济要发展，个体劳动者与国营企业职工一样政治上要平等，那么个体户入党难的问题是否应该尽快得到解决呢？

（读者董立利）

2. 消息：崔凤岐经营有方

*同雇员签订劳务合同

*为团支部和职代小组提供活动场所

*家住外地的雇员给补贴

（约稿，文略）

3. 来信：外侨老人盛赞个体服务队

（约稿，文略）

例三：1988 年 7 月 30 日《个体劳动者之窗》第五十九期发稿 6 篇，其中：

1. 消息："南岗区个体工业发展面临三难"

（约稿，文略）

2. "编后"

这篇报道提出的问题带有普遍性。当前一些个体业者有志于经营生产加工型企业，这是一件好事，理应得到重视和支持。因为个体业者从事的是拾遗补缺性生产，不受国家计划约束，且其经营十分灵活。有关职能部门应该扶持他们发挥自己的长处，允许他们用市场经济的眼光安排自己的生产活动。同时加强指导，提供服务，使个体工业尽快发展起来，多为人民群众提供生活必需品，多为社会创造财富。

当然，个体业者也要大胆创出好的品牌，建立良好的市场信用，用自己的产品质量去改变人们的传统观念，这一点也很重要。

十二、《区长深陷会海》

获《黑龙江日报》好新闻一等奖，黑龙江省好新闻二等奖。

1991年9月2日—1992年4月7日共发稿两篇。

1. 消息：区长深陷会海

据记者本月12日至18日对6个区的统计，6位区长共参加2小时以上的会议53次，每位区长人均8.8次。

请看其中一位区长在这一周内所参加会议的情况：

参加省、市精神文明汇报会	12日上午
参加区抗洪表彰会	13日下午
主持区长办公会	13日下午
参加市卫生城领导小组成员会	13日晚上
参加区社教工作现场会	14日上午
召开办事处主任会	14日下午
参加人大卫生城工作汇报会	16日下午
参加书记碰头会	16日晚上
参加市政法工作现场会	17日上午
主持区政府常务会	17日下午
参加书记碰头会	17日晚上
参加区委常委会	18日上午
参加区普法动员会	18日下午

据反映，各位副区长的会议比这还要多，有时是会中套会，活动中套活动。会议之多，逼得有些区长不得不利用星期天和晚上处理工作。一位区长感叹道：大大小小的会议都想让区长参加。没办法，有急事只好早晨直接从家走，来找你去开会的就没“咒”念了。但是晚上必须到办公室看看第二天有没有必须办的事情，不能把重要的事情耽误了。至于文件嘛，要区长批阅的每天至少有一两寸厚，也只能晚上处理了。

从上述情况看，前不久市委扩大会议关于压缩会议、减少文件的要求是十分正确的，要真正把会议、文件压下来，还真需要下一番功夫。

（1991 年 9 月 2 日《黑龙江日报》）

2. 消息：哈市精减会议

缩短会期　每月预告

哈尔滨市委、市政府切实精减会议，采取每月会议事先预告的办法，提请下属部门监督。4 月份预告的全市性会议（活动）只有 5 个，多数时间只需半天。

为了集中精力抓经济工作，哈尔滨市委、市政府日前就精减会议、文件和领导同志的一般性事务性活动做出具体规定。“规定”对会议的规格、次数、范围、时间、形式及费用等方面都做了严格控制。原则上，市级会议只开到区、县(市）和市直部门、单位。控制区、县(市）和市直主要领导参加会议。全市性大型工作会议会期不超过两天，各部门的会议控制在一天。凡能用电话、电报、文件、报纸、广播、电视等方式解决的问题，不召开会议，并要求领导干部带头控制“三多”。

为便于工作沟通和下属部门监督，从 4 月份开始，市委、市政府每天预告一次会议安排，将全市性会议、活动提前通报。市委、市政府办公厅现已将《4 月份会议、活动安排》发出。4 月份全市性会议（活动）只有 5 次，除市委全会需用 2 天时间外，其余 4 次会议（活动）共需 2.5 天时间，会议（活动）内容及拟请领导、参加人员等也都明确下来。

（1992 年 4 月 7 日《黑龙江日报》）

十三、“四川分行敢揭短”

获《中国城乡金融报》好新闻一等奖

这是本报连续报道“管理年话管理”专题报道之一，1996 年中国农业银行开展了“管理年”活动，重点是要解决各级行领导班子存在的诸多问题。本人时任《中国城乡金融报》总编室主任，受托对报纸的采、编、出版等进行了整体改革，重新确立了报纸及各版面的编辑思想，突出了报纸的新闻性和思想性，全面规范了采、编和出版流程，使报纸彻底改头换面，回归新闻。在此基础上，策划并组织实施了一系列重大典型报道，很受好评。“四川分行敢揭短”系列报道就是典型报道之一，1996 年 4 月 1 日—12 月 26 日，共编发 10 期、15 篇稿。包括：

1）消息：四川分行敢揭短；2）短评：自我剖析需要胆识；3）四川省分行党组文章“加强支行班子建设，提高经营管理水平”；4）上海分行行长严其汾来稿“四川省分行揭短揭到了点子上”（文略）；5）云南分行干部来稿“不是新闻的新闻”（文略）;6）深圳分行干部来稿“自我揭短显精神”（文略）；7）绵阳涪城区支行职工一席谈“领导需自律”（文略）;8）西安市分行行长修建国谈“敢揭短，更要会补短”（文略）；9）福建分行干部来稿“明智之举”（文略）;10）绵阳分行党组来稿“‘十个问题’须认真纠正”（文略）；11）绵阳三台县支行党组书记、行长苏培德来稿“班子建设一刻也松不得”（文略）；12）绵阳涪陵区支行党组来稿“好班子仍需时刻自警”（文略）;13）读者来稿“向自己开刀”（文略）；14）读者来稿“反思自省”（文略）；15）记者采写消息：“制定措施对症下药四川分行班子建设成效显著”（文略）。

1. 消息：　　抓基层　必须先抓头头

四川分行敢揭短

绵阳分行对县级领导班子“十个问题”通报曝光

前不久，农行四川绵阳市分行根据省分行的安排，对所属九个县（市、区）支行行级干部进行了考核。考核结果认为：各支行领导班子总的情况是好的，但有些行还存在一些不容忽视的问题，归纳起来主要有十个。

一是有的班子不够团结，正、副职之间在一些小事上闹无原则纠纷，又不积极解决，影响了班子的团结和业务工作的开展。二是有的行内部管理偏松，工作无序，长时间不开行务会和职工会，工作步调难以一致。三是费用控制不严，基层和职工紧，机关和领导松。四是有的行对职工思想行为管理不够重视，劳动纪律松弛，对影响工作的行为不认真查处。五是扭亏增盈措施不力。六是有的行领导干部工作作风浮飘，对新情况、新问题不调查研究，不及时解决。七是有的行领导决策不按程序，造成一些失误和资金损失。八是有的行领导不讲究工作方法，工作无计划，忙于事务，乐于应酬，忘了大事。九是有的领导律已不严，公车私开问题严重。十是有的干部群众观念差，办事决策与职工意愿相差甚远，职工抵触情绪大，工作受影响。

绵阳市分行对上述问题进行了通报，四川省分行党组又转发了这个通报，认为：绵阳市分行通报中反映的问题在全省不少行亦不同程度地存在，要各市、地、州行党组一定要高度重视县级支行领导班子的思想作风建设，针对存在的问题采取有力措施，认真解决；情况严重的或限期不改的，要坚决采取组织措施。

（1996 年 4 月 1 日《中国城乡金融报》一版头题）

2. 短评：　　自我剖析需要胆识

四川省及绵阳市两级分行对县级支行的领导班子进行了认真的考核分析，对存在的问题不掩饰，不偏袒，如实通报全辖，并提出了普遍性的要求。这种重实际、不护短、向前看的做法值得提倡。

抓好县级支行领导班子的建设，对于改善农行的经营状况、推进

“两个转变”、顺利实现向商业银行转轨都至关重要。抓好县级支行领导班子的建设，也是抓好“管理年”工作的关键环节，因为县级支行是农行这个庞大机构的主体，县级支行经营管理的好坏，决定着农行整体的前途和命运。可是，就农行的现状看，县级支行经营管理方面的问题还比较多，其中，领导班子方面存在的问题尤为明显。四川省及绵阳市两级分行党组高瞻远瞩，本着对事业、对人民、对同志负责的精神给基层行领导班子敲响了警钟，提出的十个问题一针见血，切中要害。这样做，不仅有利于基层行建设，有利于调动职工搞好经营管理的积极性，而且有利于挽救一批干部，使他们不至于在下坡的路上滑得太远。自我剖析需要胆识和魄力，解决问题更需要胆识和魄力。现在，问题是提出来了，下一步还需要进一步分析这些问题产生的原因，并采取有力措施加以解决。

四川省及绵阳市分行给各行带了个好头，希望其他行对经营管理方面存在的问题也能勇于自我剖析，勇于公开曝光，大刀阔斧解决问题。尤其欢迎绵阳市分行所辖九个县（市、区）支行的领导班子成员、广大干部职工都能给本报来信，谈谈自己的看法。同时，也欢迎其他行的干部职工来信对这件事发表见解。

（1996年4月1日《中国城乡金融报》一版头题）

3. 四川省分行党组文章:“加强支行班子建设　提高经营管理水平”（文略）;

编者按:

农行绵阳市分行通报了“县级行领导干部应注意的十个问题”后并未就此止步，而是把“通报”作为一个新的起点，从分行党组到基层所社的员工全面行动，提问题、查根源、定措施，下决心把县级行的领导班子建设好。四川分行党组现已提出了整改措施，本报摘要刊出。

（1996年4月10日《中国城乡金融报》一版右上角）

十四、《湘阴县发生一起严重违法事件》

获《中国城乡金融报》好新闻一等奖

1995年12月29日—1996年2月5日共发六组8篇稿，其中：

1）消息“湘阴县发生一起严重违法事件”；2）评论员文章“必须严惩凶手”；3）湖南省人行、农行、农发行联名给三家总行的“调查报告”（文略）;4）连续报道之四“湘阴‘12·19’事件引起各方关注”（三篇，文略）;5）连续报道之五消息“央视焦点访谈节目组赴湘调查”（文略）；6）连续报道之六综述“粮食收购款难禁挤占挪用——湘阴各界反响强烈，中央电视台焦点访谈曝光——厂长逞威闹银行”（文略）。

1. 消息：挪用收购资金未成公然殴打农行职工
湘阴县发生一起严重违法事件

12月19日，湖南省岳阳市湘阴县发生了一起粮食企业两次公然挪用收购资金未遂而引起的打人事件。该粮食企业——湘阴县金威饲料厂纠集近百人冲击农业银行，并殴打农行干部致使多人受伤、银行无法正常工作。这起事件在当地引起强烈反响，人们一致呼吁从速严惩凶手。

据人民银行湖南省分行、农业银行湖南省分行、农业发展银行湖南省分行联合调查：湘阴县金威饲料厂和城关大米厂是该县粮食局的下属企业，系“两块牌子，一套人马”，法人代表均为金孟南一人，金威饲料厂在县工商银行开户，大米厂在农业发展银行开户。12月11日，湘阴县粮食局划拨给城关大米厂收购资金180万元，12月14日城关大米厂开出汇票委托书，到该县农业银行代理农发行收购资金业务的办公室申请办理49万元银行汇票汇往黑龙江，用途为“收购”。农行按国务院规定审查确认此款不能用于跨省收购，于是拒付了这笔汇款。12月15日，城关大米厂又开出转账支票60万元，转给在工商银行开户的金威饲料厂，用途为偿还贷款，该支票由县工商银行信贷员来农行办理进账时，农行按有关规定审查认为此款违反了收购资金专款专用原则，又拒付了这笔转账资金。这两次拒付引起金孟南的强烈不满。12月19日下午2时30分左右，金孟南带着会计甘红来到县农行理论此事，由此引起银企之间一场激烈争吵，影响了正常工作秩序。农行保卫人员前来阻止，双方发生推搡时，金孟南挥手不慎碰碎窗户玻璃划破了手指。此时，随同金孟南来的会计甘红打电话给厂里叫人。约10分钟，金威饲料厂六七十名职工及若干不明身份的人冲进县农行机关，有的把住大门，有的冲上二楼，在金孟南鼓动下见人就打。农行职工报案后，县委、县政法委、县政府及公安部门有关领导带领公安干警赶到现场劝阻，此间仍有4名凶手将县农行晏行长打得口鼻流血，休克倒地，被警车送到岳阳市人民医院救治，县农行保卫股长刘国传被送到长沙163医院抢救。事件直到晚上8时才逐步平息，第二天上午县农行仍旧无法恢复正常工作秩序。

事件发生后，引起各级领导的高度重视和社会各界普遍关注。县里决定由公安局派8名干警保卫农行，并组织专案组进行调查，要求缉拿凶手。省、市、县三级领导也提出了依法办事的具体意见。到记者发稿时，凶手尚未全部缉拿归案。

（1995年12月29日《中国城乡金融报》一版要位，合作者赵学良）

2. 评论员文章：必须严惩凶手

发生在湖南省湘阴县的这起打人事件令人震惊！

这不是一起普通的违法事件，它反映了一些地方和部门对党中央国务院政策法令的态度问题。

有效解决收购资金被挤占挪用问题，不给农民打白条，这是关系社会稳定、关系国家长治久安的一件大事，为亿万人民所关注。收购资金封闭运行是各级党政、各有关部门经多年探索，总结经验研究出的一条行之有效的资金管理办法。农行代理农发行业务，必须遵照这一原则行事。党中央国务院三令五申，要求认真贯彻执行收购资金管理的各项政策措施，坚决制止挤占挪用。国务院在颁发的［1995］12号文件中强调；“粮棉油收购资金供应和管理要在当地政府的统一领导下，坚持实行分级、分部门责任制”，“专户资金只能用于收购及相关费用支出，不要逃避检查监督”，“粮棉油收购主管部门要强化对收购企业资金使用情况的监督和检查”，“收购企业不得以系统内往来等任何形式将收购资金用于经营性业务，对将收购资金用于经营性业务的，一律按挤占挪用收购资金处理”。中国农业银行要“严格执行粮棉油收购资金供应和管理的各项规定”，中国人民银行“对逃避专户管理、挪用专户资金和不及时清算资金的，要按规定予以处罚”。朱镕基副总理为此提出了“约法三章”。

如此严肃的一件国家大事，湘阴县这一粮食企业竟置若罔闻，明目张胆地挤占挪用，一计不成便再生一计，用于跨省收购不行、便用于当地还贷，公然违背国务院专户资金专用原则，达不到目的便兴师问“罪”，甚至大动干戈，气焰如此嚣张，谁还敢执行国家政令。这一事件说明当前在收购资金问题上，监管与反监管的矛盾还比较大，敢于逃避监管甚至公开反对监管的还大有人在。对这样的企业法人，政治责任和法律责任必须一起追究，决不能姑息迁就。

中国农业银行湘阴县支行严格执行国务院关于收购资金供应和管理的各项规定，认真代理农发行业务，为了保证粮食收购资金专款专用，坚决制止挤占挪用，拒付了金威饲料厂挪用当地收购资金搞跨省使用和偿还工商银行贷款，因此农行遭到冲击，干部职工遭到殴打。从这里可以看出，农业银行执行国家政策措施的坚决，说明我们的金融干部在关键时刻是过得硬的。同时，这起事件也使我们清醒地认识到：我们的金融秩序还需要法律保护，农业银行要搞好代理农发行业务还需要各方面的充分理解和支持，尤其需要企业及各兄弟行的协助和配合。

我们希望类似湘阴县的事件不再发生，同时希望加大对这起事件处理力度，以维护国家政策法令的严肃性。

（1995年12月29日《中国城乡金融报》一版要位）

十五、《安徽夏收资金问题的调查与思考》

获《中国城乡金融报》好新闻奖

多年来，夏收资金问题一直困扰着政府和金融部门，而辛苦了一年的农民则更担心卖了粮食拿不到现金。为了了解收购资金紧张的真实情况，以粮食生产大省安徽为典型，本人策划并带队采写了这组深度报道，1993年6月3日—6月22日共发表“记者来信”及“记者述评”六篇。其中：本人撰写四篇，另两篇（文略）由合作者执笔。

1. 记者来信：用实物顶替价外加价补贴 安徽有关部门认为行不通

国家有关部门对安徽省采取用实物顶替粮棉挂钩化肥差价的做法，在安徽省引起较大反响。安徽省政府希望国家有关部门迅速采取措施，确保粮棉价外加价补贴中央财政负担部分能如数兑现给农民。

记者日前在安徽省采访时了解到，国务院决定改进粮棉挂钩物资兑现办法，实行价外加价的政策，即从1993年起，将粮棉挂钩的化肥由供应实物改为平议差价补贴，在收购粮棉时直接付给农民。安徽省农民对此举十分欢迎，盼望政策能够兑现。小麦价外加价属省财政局负担的部分，日前安徽省财政已筹足下拨；属中央财政负担部分，有一块已经预拨了平价化肥。安徽省有关部门反映：这部分化肥很难顶替粮棉挂钩化肥差价，地方无法操作，从而将导致中央有关政策落空。

据安徽省政府有关方面负责人介绍，这些化肥中，由原商业部今年一、二两个季度分批预拨的1993年生产年度粮棉挂钩肥，折合尿素共计 9.83 万吨，仅是挂钩化肥总量的一部分，其中粮挂肥给了 1/4，棉挂肥给了 2/3。这部分化肥仍执行调拨平价实物的办法，其价外加价补贴已被国家调拨部门相应扣减。由于这不是挂钩化肥的全部，那么在同一生产年度倘若采取一部分供应实物，另一部分找补差价的做法，工作涉及千家万户，不仅各地无法操作，而且究竟给谁化肥，给谁差价款，也很难掌握，极易使农民对政策发生误解，由此产生种种矛盾，何况农民都已知道今年是实行价外加价补贴政策的。倘若把这部分平价肥卖议价，把差价款给农民的话，存在两个问题，一是国家调拨部门是按最高限价每吨 1200 元扣减平议差价款的，而安徽省化肥市场零售价最高仅为每吨 1120 元，远远低于国家限价，1 吨将赔 80 元；二是从 4 月 1 日起，国家平价化肥由送货制改为取货制，加上运杂费上涨，调入方对每吨化肥要多承担 61.44 元费用。这样，国拨平价肥的平议差价每吨只能达到 400 元，而国家主管部门却按平议差价每吨 540 元扣减价外加价补贴，两者 1 吨就差 140 元，地方和企业对此都无力弥补。

眼下，小麦收购在即，届时必须向农民落实价外加价补贴政策。因此，安徽省有关部门吁请中央或者给地方补上这块平议差价款，或者把应由中央财政负担的价外加价补贴全额补给农民，对已预拨的平价化肥另行处理。

（1993 年 6 月 3 日《中国城乡金融报》一版要位）

2. 记者述评：不打白条　必须深化改革

——安徽省夏收资金问题的调查与思考之一

收购农副产品给农民打白条，已成为几年来屡禁不止的“老大难”。它不仅违背了“商品——货币”交换这一市场经济的基本原则，而且严重损害了农民的合法权益和经济利益，挫伤了农民的生产积极性，影响了党和政府与农民的关系。为此，党中央、国务院三令五申：今年决不允许打白条。

这一决心应该说受到社会各界的普遍欢迎。那么，今年是否能够做到坚决不打白条呢？夏收前夕，记者就此问题走访了安徽省政府办公厅、财政厅、粮食厅、人民银行、农业银行以及六安地区的有关部门和一些农户。走访的结果得出了一个令人忧虑的结论，就是现行经济体制不改变，不打白条难。这也是各部门的共同感觉。根据何在？

恐怕不仅仅是个思想认识问题。其直接原因是资金问题，而根源还是体制问题。记者感到来自这两个方面的情绪火辣辣的，直呛人肺管子。

可以说，连日来，记者所到之处，无不在为贯彻落实党中央、国务院“夏收不打白条”的文件而搬兵发令、成立机构、分配任务、落实责任、制定措施……省政府仅有关会议就开了五六次，各部门虽然职能不同，但会议、文件、章程之多是共同的，情绪之大也是共同的。他们说：茶、茧、油、棉、麻、麦、稻、烟几大农副产品，安徽省样样都有，从春到夏、到秋、到冬，一年四季马不停蹄忙收购资金。除了1991年因水灾没为收购资金发愁外，1988年以后年年如此，令人头疼不已。各有关方面负责人说起此事，无不深感焦头烂额，计无可施，其情绪之大溢于言表。可谓不打白条，中央决心大，地方情绪大，情绪倒比决心大。尤其今年，油菜籽普遍减产，安徽自己没有足够资金全部收购，眼看着邻省拿钱来安徽收，这样不仅会失去自己唯一的资源优势，而且省内菜油加工企业也面临原料供应紧张的局面，这叫他们怎么能不闹情绪。

情绪大的关键还是资金没有着落。在资金问题上，各部门都有一笔账好算。这里有历史上形成的沉重的资金亏损包袱，也有现实的资金不足造成的严重缺口；有资金供应渠道不畅问题，也有管理体制不顺问题；有政策性亏损，也有经营性亏损，更有政策性亏损掩盖着经营性亏损问题；有因基础薄弱为了维持机构正常运转养活职工而不得不为的开支，也有借机扩大开支搞福利而挤占挪用，更有层层扒皮之类的难言之隐。总之，安徽省夏季农副产品收购总值在26亿元左右。目前尽最大可能压到各部门头上的任务总计13亿元，周转起来使用后不足部分再由人行最后“收秋”兜底。而在各部门算的账中，无论如何也不易凑齐分配的任务数，都留有一块刚性空白等人民银行来填补。但也不能否认，各部门计算的需求额中也都多少留有余地。可以说，资金问题上有一个不小的皮球被踢来踢去，最后踢到人民银行的门前，等待发票子撑口袋。

资金问题的形成，说到头来主要还是个经济体制问题。在六七十年代计划经济体制下。粮棉油由国家统一调拨，调销回笼正常。80年代前期回笼款归银行，不够再贷，收购部门资金管理比较规范，挤占挪用仅是个别现象。眼下计划经济向市场经济过渡，两种经济体制并存，搞商品经济，扩大固定资产投资，要用钱，没钱只有挤占；加上宏观失控，致使农副产品该保却没保住。体制问题，横向说，既有社会整体体制问题，也有各部门内部管理体制问题。单就一个粮食资金问题来说，从政府到银行、到企业，无不为此发愁。但记者走访中深切感到无论哪一个部门单独说都说不清，各部门之间互相掣肘、互相推诿扯皮，出了问题互相埋怨。纵向说，从中央到省、地（市）、县、乡、村、民，哪个环节都难免出问题，一旦出了问题就会影响全局。单就今年的收购资金分配而言，记者在安徽省看到，该省根据今年的农副产品收购总值初步匡算了一个资金需求盘子，分配到各部门头上，而各部门却不敢照此再往下分配任务，担心主管部门分配的数字与此有出入，犹如运动员站在起跑线上时动静两难。再如，今年中央定的358亿元收购资金，究竟是需要一次性投入的资金额，还是滚动周转累计额，安徽省一些部门对此弄不清楚。有一个部门挂电话到北京，问主管部门，主管部门也说不清，无奈只好照葫芦画瓢，按中央的分配比例往各部门头上套，各部门下属分支机构也只好如此办理。层层叠叠的机构如此传达、贯彻、落实中央精神，难免不走样，难免照往年办法干，难免不出现白条。更何况资金实际投入使用过程中因体制不顺而难以避免地要出现种种弊端。真如一团乱麻，剪不断，理还乱。

记者在安徽的见闻是否能说到问题的点子上，安徽的情况是否有代表性，记者虽然不敢断言，但有一点可以肯定：安徽的问题决不仅仅局限于安徽，安徽各部门的苦衷，各方面的难言之隐，在其他地方并不少见。那么，不打白条，究竟是“不能也”，还是“不为也”？恐怕一言难以蔽之，还是让我们看看各部门的实际情况吧。

（1993年6月12日《中国城乡金融报》一版要位）

3. 记者述评：粮食部门困难重重

——安徽省夏收资金问题的调查之二

（1993年6月15日《中国城乡金融报》一版要位，文略，合作者张青撰稿）

4. 记者述评：　银行的责任与困扰

——安徽省夏收资金问题的调查之三

（1993年6月17日《中国城乡金融报》一版要位，文略，合作者张培玲撰稿）

5. 记者述评：　政府方面力不从心

——安徽省夏收资金问题的调查之四

粮食在国民经济中占有头等重要的位置，各级党委和政府历来也都把粮食作为头等大事来抓。尤其到了收购季节，全党上下，各级政府一起动手抓粮，情势极为紧迫，近几年更是如此。然而也就是近几年，由于方方面面的原因，致使粮食收购资金紧缺，使本来就很急、很重的粮食收购工作更加困难重重，出现了很多白条。于是，由收粮打白条是新闻，变成不打白条是新闻，甚至打了白条能否尽快兑付成了新闻。虽然打白条与收购部门和资金供应部门都有一定关系，但在农民心目中，责任最大的似乎还是政府。他们认为，令是政府下的，政策是政府定的，粮食是政府让种的，收购部门和银行也是代表政府在工作的，不怪政府怪谁？据记者在安徽省采访时了解，政府部门对此并不推卸责任，只不过深感自己工作被动，力不从心罢了。

今年更是如此，虽然说中央不打白条的决心之大、对粮食工作的重视程度之高都是前所未有的，但是一些地方政府并没有以此为多大的有利条件。在他们心目中，粮食工作千头万绪，已经缠绕成一团乱麻，要想不打白条，光靠决心不行，还得动点真格的。拿安徽来说，历史上几十亿元的财务挂账，眼下十几亿元的资金缺口，加上政策、体制方面的众多问题，远不是一个决心所能了结的。

安徽省政府一位有关方面负责人就表示：不打白条，省府信心不足。他说，粮食收购工作年年如此，忙作一团，叫人头痛，可是，到现在（5月27日）中央的385亿元收购资金总额还没有分解到地方，省内各部门摸不着头脑，又等不得，昨天（5月26日）只好按22日省府协调的数目安排了。据他讲，安徽省政府今年夏收共安排了13亿元资金，占全省夏季农副产品商品收购总额的一半。其中，农行和粮食部门占大头，但这两家完成任务都有相当大的难度，眼下只能筹集一部分。以前粮食收购是由人行一家拿钱，没这么复杂。现在多渠道筹资，各部门都喊钱紧，省里也没有财力。中央有些政策是空的，各级政府无法落实。去年就是中央政策规定银行信贷要与财政拨补同步进行，结果延误了收购时机，粮价下跌，引起农民不满。今年中央话是讲到头了，但调控不了。地方政府也没有更好的办法，眼下只好学中央，由人行牵头成立收购领导机构，负责协调资金工作。

从安徽省财政状况来看也确有困难。省财政厅一位负责人介绍，全省财政收入40%来自农业，而农业收入又很低。全省5800万人口，1992年财政收入55.14亿元，人均不足100元，80%用于吃饭。全省72个县（市）中有三十多个保不了人头开支。到1992年底，全省财政累计赤字12亿元，预计到今年年底将达18亿元。今年预算收入66.3亿元，按包干比例需上缴中央13.3亿元，可用财力仅53亿元，而预算支出一块就达58.9亿元，当年预算赤字5.9亿元。据了解，今年该省粮棉“三挂钩”价外加价补贴地方财政负担1.043亿元，省财政原定预算中没有考虑，后经国家有关检查组检查协调后修改了预算，其中夏季3172万元现已拨补到位。对此，省财政厅这位负责人讲，因为作完预算了规定才出台，现在追补上的这块钱，再报赤字好了。否则压谁都难，为了保工资，支农就到不了位，保支农就只好欠发工资，这样的财力怎么能够消化掉巨额的粮食挂账。六安地区财政更困难，五个县是国家定贫困县，一市（县级市）是省定贫困县。全地区没有效益好的企业，没有拳头产品，本级财政吃饭还不够。去年全地区粮食挂账多少，根本未算，因为一算账就要钱，没钱给只好不算账，过一天算一天。今年夏收六安地区的资金调拨也交人行牵头协调，行署未成立专门机构，决定需要地方协调时由一名副秘书长出面。可是人行方面说，我管不了那么多，企业问题，我怎么协调，我只保我自己这一块。有关人士说，去年收购资金也实行了责任制，但最后打了白条并未追究责任，何况责任不清，是一本糊涂账。挤占挪用的也有，但谁也不愿讲出来。最后由人行拨短贷才兑付了白条。今年要不打白条，也得寄希望于人行多争取一块资金。行署与银行只是互相支持的关系，为资金问题拍桌子的事常有，关系比较僵，说话都很谨慎。

从上述情况中不难看出，安徽省的政府部门对农副产品收购不打白条缺乏信心并非没有根据。首先，财力不足就是一大困扰，当年拨补都难以做到，要消化历史挂账并逐月扣清新发生的挂账，既没有能力，更拿不出措施，有人讲即便制定出办法也是一纸空文。也有人提出预算内财力不行，预算外呢？可是预算外这块即便有潜力，因地方建设千疮百孔，为官一任宁可用来搞建设，也不愿出钱补亏，这也是常情。其次，是政策问题。政策界限不清，政策措施不配套，有些政策有漏洞，造成责任不明，挂账有增无减，上靠下推，谁也没有压力。地方政府部门认为，国家宏观决策造成的亏损，应由中央财政负担；而上级财政则认为，财政已“分灶吃饭”，粮食财务实行包干了，超亏应由地方负担。在这种政策下，有些领导则产生了“不挂吃亏”的想法。这些问题，地方政府都难以从根上进行纠正。最后，也是最重要的即体制问题。处于过渡时期的经济体制，宏观调控体系没有建立起来，上下级财政部门、财政与粮食企业及政府、财政与银行之间关系不顺，造成政府部门指挥、调度不力。计划经济的管理模式与商品经济运行机制搅在一起，计划经济条件下的好处谁也不想放弃，商品经济条件下的好处谁都想要。众多问题困扰着作为收购主体的政府部门，而这些问题又不是短时间所能解决的。所以，即便地方政府对不打白条认识不高，措施不力，信心不足也不能过分责怪。在这种情况下，如果夏收还可想法应付的话，对秋收这个大头却决不可等闲视之，非及早采取硬性措施不可。

（1993 年 6 月 19 日《中国城乡金融报》一版要位）

6. 记者述评：出路何在　众说纷纭
——安徽夏收资金问题的调查与思考之五

人们关心农副产品收购资金问题能够早日妥善解决，并为此而焦急、忧虑，这是记者在安徽采访中随处都可以感受得到的。对此许多人建议学学国外的做法，有人对美国、日本、加拿大等国的经验已经作了许多考察和研究；但也有人认为中国的国情不同，人家的东西没法学；更有人说，那就按照中国的国情确定一套合适的办法好啦，总不能长期无所适从啊。议论中，产生了很多说法，有的也很开阔思路。

说法之一：粮食是特殊商品，应该进行大胆改革。可以不包资金，不给任务，全面推向市场，促使粮食企业转换经营机制，去赚钱，去自补，从而解决收购资金吃大锅饭、伸手向上要和挤占挪用问题。不包资金，但可以预付启动资金，每年增收、加价部分可以增加点贷款。有一个县日前在几个乡搞了类似试点。因为这几个乡的农民已经对两金不感兴趣，也不愿受两金的束缚。于是在这几个乡不再与农民签订定购粮合同，粮食企业走向市场，靠勤进快销去赚钱，届时负责把粮食任务交给国家，把国家给农民的“三挂钩”补贴交给农民。两金一部分用作粮食经营的启动资金，一部分可用来搞农业设施。对此，也有人说，粮食企业走向市场，必须先得有政策和资金支持，一方面帮助粮食企业卸掉包袱，国家保护农业不要只保产前不保产后，只保生产不保流通，否则企业替政府背包袱，上了市场也走不动；另一方面粮食企业要养活几十万职工必须搞多种经营，需要国家扶持建些网点，三五年后才能自己找米下锅。

说法之二：最直接的解决途径是搞下贷上转。1989年搞过一次，由银行先给铺底资金，到时谁也虚报不了，得有实物在那顶着。今年采取明确筹资责任、建专户、搞综合反映和检查监督制度等，都是没有办法的办法。现在，几个部门到一起就吵，吵得一塌糊涂，几家银行也相互埋怨，都讲人行不给钱；人行又讲企业借钱为啥不还农行？农行为啥不还人行？这办法得改。

说法之三：农采这块应有稳定的资金来源，或者人行启动资金提前到位，或者早设专户管理，全部体内循环。否则，像这几年，人民银行钱没少拿，如果正常投入并进入良性循环后足够使用，但事实上每年都非常被动，不是用来启动，而是到位太晚，有时甚至用于堵窟窿，加上管理不善，造成累进式沉淀。如果启动资金到位早，保证第一次良性循环，周转起来，一个钱就可以变成两三个钱用。今年国家对收购资金虽然也开始实行专户管理，但为时已晚，因为资金早就分流了。眼下根本没钱进专户，谈何专户管理。人民银行解决收购资金的渠道很多，如果从年初就开始建专户，拿出专项资金存入专户备用，就不至于像现在这么被动了。当然，这样做，这块资金在时间上也会造成浪费，但可以另想办法补救。

说法之四：国家最好成立专业收购银行，这样既可以做到专款专用，保证这块资金的完整性和连续性，不打白条，又可以减轻各行压力，解决层层扒皮、处处渗漏问题，解决政府行为和企业行为混淆不清等问题。但也有人认为成立专业收购银行也不一定什么问题都能解决。因为经济运行是连环式的，哪个环节不通畅也不行，一是专户管理不一定专得住，也可能被挪用去搞项目，二是企业销货款回来也不一定进专户，现在安徽7000万元粮食三角债就都在系统内。类似问题追究谁的责任，怎么追究，追究了就能彻底解决问题吗？

说法之五：必须尽快改革现行经济体制，缩短计划经济向市场经济过渡时间，改得越快越好，越彻底越好。因为在农副产品收购资金问题上各方面情绪都很大。眼下服从命令可以，但极容易出现短期行为，同时资金在长途旅行中不断沉淀，又没有办法妥善处理，会加剧沉淀，会严重影响整个经济的正常增长。改的出路是国家建储备粮，用于平抑粮价，调剂余缺，不搞定购粮。建储备粮的关键是建多少为宜？否则，粮食储备多了，风险少了，但代价却大了。

当然，上述各说法不一定完美，但瑕不掩瑜，其用意是好的。此外，还有一些说法，记者不便一一录出。

* * * * * * * * * *

总之，一提起困扰各部门多年的农副产品收购资金问题和加快经济体制改革问题时，各界人士都有很多话要说。因为经过长期经济工作的风风雨雨，人们的思想已不像过去那么封闭保守了，不少人思想活跃，很有胆识，也很有见地。虽然一说到问题时就难免流露出一些情绪，但其心情不难理解，这也正说明人们早已把自己置于改革的浪潮之中，担心经济问题会日益复杂不易治理，更担心一味修修补补，补上一个问题，会带出两三个问题，问题多了反而掩盖了根本问题。大家都希望中央尽快推出一些治本的办法，这应该是改革开放带来的一种思想解放，是生产力解放的重要前提，如果加以积极引导，会化作改革的重要动力。记者采访中也明显感到，大家敢亮思想，说真话，对中央决策是大有好处的事情。因此，记者决定打消种种顾虑，把了解到的情况和盘托出，或许对经济工作会有所裨益。

（1993年6月22日《中国城乡金融报》一版要位）

十六、《湖南省农行千军万马抓储蓄》

这是一组新闻特写，继六篇记者来信和记者述评“安徽夏收资金紧缺原因调查思考”之后，为了提供银行解决收购资金问题的典型经验，本人又策划并带队采写了“湖南省农行千军万马抓储蓄”的报道。1993 年 7 月 20 日—7 月 27 日共发稿四篇，其中：本人撰写三篇，另一篇由本人指导，合作者执笔。

1. 新闻特写： 从疑虑中奋起

——湖南省农行千军万马抓储蓄特写之一

前 言

“没有钱的行长不是好行长，不能保支付的银行不是好银行，不会抓存款的银行干部不是好干部。”——这是湖南省农行一些领导干部被困难逼出来的心里话。也是全行广大职工面临开不了门时的共同感觉。

曾经哺育过毛泽东、刘少奇、贺龙等若干风云人物的三湘大地，如今正经受着经济变革的严峻考验。这里，政治遗迹太重了，以至于在经济特区林立的今天，这里竟被人们戏称为“政治特区”。面对市场经济大潮的冲击，人们手足无措，碰撞了好几年，还是找不准感觉，难于当好弄潮人。

商品经济发展的滞后，带来了一系列要命的问题，而资金紧张首当其冲。仅拿农副产品收购来说，湖南，作为一个农业大省，收购量大和资金短缺的矛盾十分突出，今年在全国五个收购资金最困难的农业省份中居首。收购资金不足，农业资源优势发挥不好，资金投出去收不回来，这类问题不仅压得政府部门喘不过气来，历来被指定以支农为主的农业银行更是不堪重负。

今年资金分流又如此严重，看着人家把钱拿去创收，农业银行没钱还得搞收购，不仅压力大，日子难过，心里也很不好受。在这种情况下，是等政策、靠上级、怨天尤人，还是不怨上，不责下，想办法，渡难关？湖南省农行的干部职工带着革命老区人民特有的气度，从疑虑和焦急中奋起，果断地选择了后者。

储蓄工作虽然极其普通，不比革命战争需要流血牺牲。但是，如果没有团结协作精神，没有坚强的革命意志，没有一定的经济头脑，便很难在金融市场这个经济主战场上取胜。

6月的湖南大地，阴雨连绵，闷热得透不过气来。而湖南农金战线却刮起了阵阵“春风”，从上到下，从省会长沙到娄底、益阳、株洲、常德、大庸、桑植……从分行机关到乡村营业所，从行长到储蓄员，人们满怀希望，以从未有过的热情和干劲抓储蓄、抓存款。

6月17日，记者一来到长沙，立即被市中心一带漫天飞舞的储蓄宣传广告所感染，大大的气球上拖着长长的飘带腾空而起，飘带上大字书写着“存上一元钱，献上一片爱国心”等口号。身边穿梭往来的小汽车车身上也挂着五颜六色的储蓄宣传条幅。到了湖南农行之后，所遇之人，更是言必谈储蓄。再看看农行近期的工作日程，一连串的明传电报、紧急电话会议、中支行长会议，层层分解指标，层层签订责任状……8月份以前的工作安排几乎被抓存款、保收购所占满，那声势、那气氛与其他一些地方大不相同。

主抓资金组织工作的副行长朱世强见到记者时，人还未落座，对资金问题的看法便一下子宣泄不止。他讲了农副产品收购形势，也讲了农副产品收购任务和资金分流的严峻形势，讲了湖南的特殊情况。当谈到在严峻的资金形势下如何保收购时，他说，“有利条件很多，现在中央重视，省委省政府重视，全省人民也都认识到支援农业是应该的。在这一大环境下，狠抓储蓄存款，让每个人都挤出一点钱来不是没有可能的。为此，我们提出‘奋战100天，组织资金保收购’。分行从6月份开始，全面展开宣传攻势，省城做到广播有声，电视有影，报纸有文；省长电话会议上动员支农储蓄，省委书记带头储蓄，组织人员到党政机关揽储，各地向社会招聘储蓄员，报名条件每人储蓄4000元；行社4.8万人，每人都有揽储任务，最低2000元，高的数万元，激励和约束机制并重；两千多个储蓄所、柜全部承包，工效挂钩；开办旅游储蓄，中奖者可免费去新加坡、香港等地旅游；增加电脑设施，变单纯的笑脸相迎为方便、高效服务……”朱世强像指挥员一样讲述着他们的作战方案，给人成竹在胸之感。按他的方案算，3个月后，农行5.2亿元收购资金足额到位没问题。

6月24日，全省农行中支行长会议的最后一天，14位中支行长怀着沉重而又振奋的矛盾心情，与分行长签下了责任状。责任状包含7项指标：其中3个大项分别是：存款净增额、8月底前农副产品收购资金到位额和降低联行汇差额。任务硬得很，没有讨价还价的余地。7项指标全部完成的，奖励行长10000元；3项主要指标少完成一项的，罚行长1000元。但当时各位行长的心情无论是沉重还是振奋，都不在奖罚上，他们都想要当一任好行长，向党、向千百万革命老区的农民兄弟交一份合格的答卷。

分行资金组织处长刘先智是储蓄战线的一员猛将，他一开口便是“银行第一位的工作就是组织存款”。他说：“储蓄这东西，谁的力气大就往谁那儿跑。”为了储蓄存款能上新台阶，他忙得头发胡子长了都没时间修剪。他们确实想了不少办法，可以说是多渠道、全方位地与资金分流进行奋力的抗争。从老百姓手中暂时不用的钱，到水、电、煤气费等零星支出，到社会筹资，甚至到湖南一百多万外出打工仔的收入，资金流到哪，他们的“手”就伸到了哪。结果，他们胜利了。湖南农行今年的储蓄存款从以前的全国20名左右跃入了前10名。

乍听起来，农行的人一个个火气大得很！好像到了最后时刻，豁出去也要拼个你死我活。其实地方党政军民在筹措支农资金方面也大有“不到长城非好汉”的劲头。

6月18日，长沙市农行率先到市委、市政府上门揽储，市委书记、市长带头储蓄，当天吸储13万元。

6月25日，省委机关大院彩旗飘舞，农行的同志一大早就上门揽储来了。监察厅的干部最先走出办公室，接着是科委、纪委、办公厅、老干部局、保密局的同志，他们把八张临时“柜台”围得严严实实。省委常委吴向东利用开会间隙匆匆赶来存款。副秘书长易锡兴带着孩子的压岁钱和老伴的一片心意也存了一笔钱。老干部局的三十几位同志一起来到柜台前，其中一位马上要结婚的女同志从嫁妆中拿出 2000 元，行政处的一位女同志将准备买空调的 3900 元存上了。省委书记熊清泉、副书记杨正午、人大主任刘夫生等正在北京开会，得知信息后，立即打电话委托家里人代为存款。杨副书记还捎回一封信，上写：“储蓄存款，利民、利己、利国家；支工支农，靠你、靠我、靠大家。”时近中午，90 岁高龄的第一任湖南省委书记周里同志委托夫人、81 岁的常杏云女士前来存上了 500 元。这一天，在省委大院共办理 485 笔业务，吸储 32 万多元。

分行机关是龙头，龙头摆起来，龙尾才能甩起来。

株洲地区农行实行工效全面挂钩，完成任务重奖，完不成任务只发生活费。为此，有一位储蓄员的丈夫借给市府领导开车之便，帮妻子到处揽储，连副市长、书记家都去过了，还把一个煤窑老板请到家里吃饭，买烟给他，仅一个月就揽储 75 万元。

常德市农行干部业余揽储人人有责，行长任务 1 万元，一般干部 5000 元，储蓄网点跟着农民的资金走，资金流到哪，储蓄网点就办到哪。其中有 7 个网点跟着资金走，仅 5 个月时间就吸储 2800 万元。

大庸市农行干部上不埋怨，下不指责，团结协作，开展百日筹资活动。市行机关 53 人，人均已揽储 1.1 万元。6 月下旬，行长带队，分别到市委、市政府、市人大、市政协和军分区上门揽储。新进农行的 38 名储蓄员自发倡议两个月揽储 100 万，作为进行的第一份答卷。

由于全行上下的共同努力，1 至 5 月份，全省农行系统储蓄净增 7.14 亿元。

当然，在开展储蓄存款中也有一些人有不同想法，认为贫困地区完成任务艰巨，完成多少算多少。更有一些人有埋怨情绪，认为储蓄设施落后，工作辛苦，储蓄工作在金融工作中不吃香，等等。但牢骚归牢骚，干归干。正如分行行长王德振同志所说，无论对金融形势看法上，还是对经济政策措施认识上有什么分歧，行动上都不能我行我素，一定要从大局出发，自觉按中央要求办事，舍此别无出路。

（1993 年 7 月 20 日《中国城乡金融报》一版要位）

2. 新闻特写：　　有钱才有地位

——湖南省农行千军万马抓储蓄特写之二

银行工作千头万绪，最重要的是要有钱。没有钱，银行就没有生命。

“财大才能气粗，有钱就有地位”。这话对于计划经济、对于传统观念来说，未免带点离经叛道的色彩。然而，刚成立不到一年半的株洲市郊区支行，就是靠自己对市场经济的这种独到见解，才搅活了郊区资金这潭死水，才在困境中立于不败之地。

株洲市郊区支行470名职工一年半吸储净增近3亿元，不仅极大地壮大了农行自身的资金实力，而且增加了胆识，改变了农行“土老帽”的形象和地位，在湖南农金战线独树一帜。他们靠自己独有的雄厚资金，不仅大包大揽了郊区农民的“两金”和农副产品收购资金，而且支持了14个区属企业、700多个乡村企业的发展。郊区经济上新台阶离不开农行，农行已成为当地的“大哥大”，说一不二。

年仅41岁的支行长刘仕凤十分精悍，给人的第一印象就是不信邪。他把抓储蓄存款看得比什么都重要，要求他的行员树立组织资金是立行之本的观念，树立“财大才能气粗，有钱就有地位”的观念。他说：“银行工作千头万绪，最重要的是要有钱，银行没有钱就没有生命。”因此，他大会小会讲储蓄，动员全员全方位抓存款，行社干部人人有责。他们对公存款和储蓄一把抓，争取党政部门协助抓，动员亲朋好友帮着抓，所有的轮子都转起来，把所有的关系都带起来。

他要求全体行员组织存款要想千方百计、说千言万语、走千家万户、历千辛万苦。为了拿到钱，可以“不择手段”，要不怕麻烦。他们所讲的“不择手段”，不是去偷去抢、去干违法的事，而是要打破四平八稳的常规做法，联络感情，多交朋友，上门揽储。他们不搞花架子，定的业余揽储任务都是硬性的。今年元月“庆新春业余揽储”人均1万元！“大战红五月”人均5万元；6月份时间过半人均再揽5000元，上半年人均总任务6.5万元。而且不能只报数字，必须把现金拿到柜台当场办理；不得从自己行里提出再存；存期必须1年以上，提前支取多少，必须如数补上多少，确保总额只增不减。完成任务重奖，少完成1万元罚300元。刘仕凤和他的三名副行长带头，刘仕凤从礼陵县几个朋友处拉来8笔，共17.5万元。副行长黄丽珍也通过到熟人中揽来储蓄存款十余笔，共18.4万元。下属劳动服务公司经理康桂于由于刚从部队转业，熟人不多，到最后10天还差1000元没完成任务，刘仕凤毫不客气，郑重通知他当天下班前完不成就撤他的职，最后靠大家帮忙补上了1000元。刘仕凤也知道，一人数万元现金，不好办，不是弯腰就能捡来的，但他说："不动真格的就没得储蓄。"有一位局长责怪刘仕凤做过分了，他说，"你讲几万元储蓄过分，如果只给你贷款几万元够不？不够，你帮忙储蓄好了。"结果，全部按时完成任务，人均揽储8.4万元，除了受奖之外，无一人受罚。

刘仕凤还对储蓄所搞了五包一定的承包责任制，实行万元工资含量包干。8个所、4个专柜给个最低基数，谁出的高就包给谁。结果几个单位全都超定额承包，有的所提前半年完成了任务。

"没有钱的行长不是好行长，不保支付的银行不是好银行，不抓存款的银行干部不是好干部。"刘仕凤要求全行落实这三句话。他讲话算数、不留余地、六亲不认。结果郊区支行上下拧成一股绳，凝聚力大大增强。行长、副行长责权分明。他说："当副行长的就要办副行长的事，办不好就别当，出了事我负责。"所以副行长都敢于开拓。副行长对行长负责，科长对副行长负责，科员对科长负责。全行上下团结一致，心往储蓄上想，劲往储蓄上使。这是株洲市郊区支行走向成功的一条重要经验。

与此同时，株洲市郊区支行也非常关心职工生活，职工两地分居等实际问题，现已全部解决。支行经济效益明显提高，21层的办公大楼将于今年8月开工，所、社都有进口汽车，行员的年平均收入都在万元以上，科、股长家里都有电话，信贷员都有呼机，新建的72套住房明年秋天即可交付使用。行员的腰杆挺起来了，走在外面敢于自豪地说自己是农行的人了，再不像以前只承认自己是银行的。为此，哪个不愿玩命干。

（配发照片，1993年7月22日《中国城乡金融报》一版要位）

3. 新闻特写：芙蓉国里选美

——湖南省农行千军万马抓储蓄特写之三

克服困难的办法并非只有一个，特殊情况下必须采取特殊办法。而这办法往往来源于有为之士的胆识，来自于对商品经济的特殊思考。

不少人认为，要想多组织存款，最有力的办法就是提高利率。这话不无道理，从今年上半年某些地区发生的储蓄之战可见一斑。但是，增加储蓄存款的路是否只有一条？湖南省益阳地区农业银行的做法可以给我们带来一点启示。

这个地区农业银行的“储蓄杯礼仪小姐大奖赛”活动，不仅打破了吸储办法单一的沉闷空气，开阔了人们的思路，而且在益阳地区的人民生活中掀起了不小的波澜。

“这办法真绝！”不少人这样赞叹。所谓“储蓄杯礼仪小姐大奖赛”，参与者的先决条件就是必须在农行储蓄4000元，然后经过三轮比赛，选出一部分小姐招进农行从事储蓄工作。此举对益阳农行来说，也是被困难逼出来的。

今年以来，眼看着储蓄滑坡，而农副产品收购任务又迫在眉睫，益阳地区农行曾想了许多办法增加储蓄存款，先后规定所有所、社干部6月份每人揽储1万元，地区中支机关干部人均最低2万元，全年人均3万元、4万元、5万元不等；对一百三十多个储蓄网点实行工效挂钩，承包经营；在城郊新建储蓄网点等。采取这些办法后，5月份开始，益阳地区农行储蓄额日渐回升。这使行领导从中看到了曙光和希望，他们不甘心就此止步，决定发动群众，在特殊时期再想特殊办法。

益阳位于洞庭湖区，山清水秀，人杰地灵，曾有“益阳出美女”之说。为了扩大农行知名度，大造储蓄存款的声势，增加储额，益阳农行根据群众建议开展了“储蓄杯礼仪小姐大奖赛”活动。规定凡在行社储蓄网点存款1年期4000元者均可报名，年龄在16岁至25岁之间的初中毕业女青年，不分城乡户口，无论是否在职，都可参加，这一消息4月末公布后，立即在全区城乡引起反响。到6月15日，报名者已经有1100多名。经过初赛，选出90名参加复赛和决赛，其中，决出前 20 人不仅有奖金，而且将被录用为农行正式储蓄员，30 人将被录用为农行合同制储蓄代办员，最后 40 人由农行负责输送到外地的一些公司做礼仪小姐工作。

由于入选小姐不仅年轻漂亮，而且气质风度、人品俱佳，大壮了农业银行门面，促进了农行招工制度的改革，而且密切了农行和储户的关系。许多女孩子为了入选，反复演练语言表达能力和应变能力，准备应试。一些在职女青年也纷纷应试，一位已在医药公司任职的地区检察长的女儿，不愿放过机会，也已报名参加。

这项活动，现已给益阳中支新增一年期储蓄存款五百多万元。新入选的 20 名礼仪小姐将被安排在市区 3 个新建的规范化储蓄所工作，这三个储蓄所将办成一流储蓄所，增加对储户的吸引力。

（配发照片，1993 年 7 月 24 日《中国城乡金融报》一版要位）

4. 新闻特写：娄底“大决战”

——湖南省农行千军万马抓储蓄特写之四

大决战，意味着你死我活，令人振奋，令人鼓舞。事实上，面临支付难保的银行部门已经到了生死边缘，早点认识到这个问题，早点采取断然措施奋力自救，实在是上上之策。

往年 3 月份，是娄底地区农业银行储蓄存款增长最多的“黄金季节”，但今年却不同，3 月末，全地区储蓄存款余额比 2 月份减少 548 万元，一下跌入谷底。其他存款也大幅度下降，全地区存款总额比 2 月份共下降 7400 万元，六分之五的支行、营业部出现支付困难等问题，平均备付储率仅为 0.8%，形势极为严峻。新上任的行长单志华要求各支行倾全力、筹资金、决战一个月，扭转存款下滑局面。

革命老区湖南，历史上不知有过多少次“决战”，但这一次“决战”却不同，它没有枪林弹雨，可那紧张气氛又不亚于枪林弹雨。在这场“大决战”中，全行上下采取了不同形式的承包责任制。

领导干部层层签订组织资金的目标责任状，行长、副行长、储蓄股长及储蓄股其他干部，每人要交 300 元、200 元、100 元不等的保证金，完不成任务没收保证金，完成任务给予同额奖励。对党组成员划分责任区，每个人负责一个市县，如果一个月之内责任区内存款不回升，不许回机关工作；市县支行领导每个人承包一至两个营业所；营业所干部再包每位储蓄员……储蓄任务完成情况与领导干部业绩及工资奖金挂钩。层层加压力，迫使各级领导都站到了储蓄存款工作的第一线。

全体职工要进行业余揽储，4 月份每人必须完成 1 万元，并将此项任务与职工的奖金、岗位及职务津贴挂钩，完不成任务者与先进称号无缘；与评职称挂钩，只有完成任务才有资格参加职称评定。从而迫使每个人都当公关先生、公关小姐，形成了一个全员争储的大气候。

对储蓄所实行“联储计酬承包责任制”。将储蓄所的各项费用与储蓄额挂钩，实行“万元储蓄费用含量包干”，多储多得。此举打破了储蓄所的大锅饭，迫使银行中最基层的组织为生存、为发展不遗余力地工作。全区 41 个储蓄所 260 多名职工的积极性被极大地调动起来，内部管理由此得到加强，大家主动加班加点，不分八小时内外，全部时间用于揽储。有一个储蓄所，3 月份储额下降 70 多万元，全所被罚款 1700 多元，9 名职工人均罚款近 200 元。结果到 4 月份，全所超额完成任务，仅张新和主任一个就揽储 60 多万元，他甚至跑到云南、贵州等地吸储。

重奖重罚，奖罚分明，是此次大决战中的一个重要战略。到规定时间，根据完成任务情况兑现奖罚。有一个县支行因超额完成任务得奖金 1.48 万元，而另两个县支行因未按时完成任务分别被罚款 4100 元和 3800 元。在业余揽储活动中，中心支行机关干部里有 4 人未完成任务，其中两名是会计，去参加新会计制度培训，支行同意延长一个月时间，到时再论奖罚；另外两个是机关干事，当场被罚款。而对超额揽储的人，则按储蓄额的 5‰给予奖励，最多的得到千余元奖金。

开现场会，让人们现场学典型，激发人的内在潜力，是此次大决战中另一个重要战略。新化县是国家定的贫困县，全县有 40 万人缺衣少食，靠政府救济过日子。而县支行却在 4 月 21 日提前 7 个月完成了全年的储蓄任务。4 月 25、26 日两天，中心支行在该县召开了现场会。此举将了其他县的军，各县市支行行长纷纷表示，新化县能完成任务，别人无话可说，更该完成任务。到26日止，双峰县还差420万元储蓄任务未完成。有人说，“现在就是到人民银行借头寸都来不及了。”对此，参加现场会的支行副行长陈比亲，散会后赶了120多公里的夜路回到县城，晚上10点多钟开始通知有关人员第二天开会，电话整整打了一个小时。次日，县支行从上午8点至晚上9点，先后开了支行党组会、营业所主任会、支行全体机关干部职工会和城区储蓄所职工会。所有的会只为一件事：决战三天，县支行的240名职工每人必须揽储2万元。所有的人心里都装着一句话：“人家办到的事，我们为什么办不到？！”接下来的三天时间，除了值班人员外，其余的人都出了门，有的跑到株洲、郴州，有的跑到长沙、湘潭，有的甚至跑到广州……终于，奇迹出现了，三天共“抓回”储蓄630万元，储蓄所的人数票子数到半夜两点钟，有个姑娘数票子竟累哭了。4月30日，双峰县的储蓄额从倒数第一跃为全地区第二名。

谁说资金分流如此严重，储蓄利率低，要遏止滑坡不可能？钱是死的，人是活的，只要不放松打挺，只要还有点牺牲精神，就没有办不到的事情。娄底“大决战”讲的就是这点精神。

到4月底，全地区农行6个县、市级单位全部超额完成任务，一个月净增储蓄2363万元，并提前半年多完成全年任务。5月初，中心支行提出全年净增储蓄存款1亿元奋斗目标。仅5月份储蓄存款比上月增加了1286万元。在全省名列第一，再次打了胜仗。到5月底，全地区农行各项存款余额达6.4亿元，比年初增加6639万元，6月上旬储蓄存款又增850万元，创出了历史最好水平。储蓄存款五个月净增7751万元，完成省分行下达任务的133%。

经过艰苦卓绝的“大决战”，短短两个月时间，娄底地区农业银行就从根本上扭转了储蓄存款的被动局面，以他们自强不息的精神，以踏实坚定的步伐，一步步走出了困境。

（1993年7月27日《中国城乡金融报》一版要位，合作者张青撰稿）

后　记

湖南农行的做法说明了什么？它说明：农业银行，作为基础最差、网点最多、人头费开支最大、而承担国家政策性贷款任务又最重的银

行，要想在当前激烈的市场竞争中走出困境、生存下去、壮大起来，必须全力组织资金，进行自救。而进行自救的关键在于领导重视，在于把每个员工的积极性都调动起来，充分发挥出来。这一点，在湖南这样的“农业大省、工业弱省、财政穷省”都能办得到，其他地方又该如何呢？

十七、《罗田县农村合作基金会违规办理存贷业务》连续报道

获《中国城乡金融报》好新闻奖

1995年8月30日—1996年2月7日共刊发稿件6组11篇，包括：

1）报道之一：调查报告“对扰乱农金秩序的行为不能熟视无睹”；2）评论员文章“光发文件不行”；3）报道之二：消息“‘两办’15日发文纠正‘两会’办存款”；又讯：“基金会18日仍在高息揽存”；4）报道之三：消息“行社多种形式宣传法规　敦促基金会规范经营”；5）新华社讯“我国将加强对农村基金会的管理”；6）报道之四：消息“罗田县领导作出四条规定——整顿势在必行”；7）消息：“湖北省副省长王生铁指出：基金会要按规定办事”；8）报道之五：“罗田县有关部门访谈录”；9）报道之六：消息：“罗田县党政牵头‘九马拉车’整顿金融秩序”；10）新闻点评：“高明之举”。

1. 调查报告：对扰乱农金秩序的行为不能熟视无睹

（1995年8月30日《中国城乡金融报》二版头题，湖北分行行长马能泽供稿，文略）

2. 评论员文章：光发文件不行

这位分行行长在来稿中反映的问题很有普遍性。

尤其在《中华人民共和国中国人民银行法》颁布之后，反映农村合作基金会扰乱农村金融秩序的来稿仍屡见不鲜。究其原因，主要是

有的部门还没有站在全局角度考虑问题，执法缺少共识和决心，当然其中也不乏站在部门利益角度上审时度势者。仅就农村合作基金会而言，早在中发［1993］11号文件《中共中央国务院关于当前农业和农村经济发展的若干政策性措施》中就明确规定:“农村合作基金会要办成社区性的资金互助组织，不搞存贷业务，在社区范围内为农业、为农民服务。”此后，农业部和中国人民银行又联合在农经发［1994］21号文件《关于加强农村合作基金会管理的通知》中指出:“总的来说，农村合作基金会发展的主流是好的，但在一部分地区也存在一些问题，突出表现在，一是管理、监督部门不够明确，不合理的行政干预较多；二是跨社区设置机构、违规经营金融业务、高息吸收资金；三是内部监督管理制度不健全，风险很大。此外一些单位还打着农村合作基金会的牌子，从事着与农村合作基金会的性质、宗旨、基本任务完全不相符的活动。”文件规定:“中国人民银行依法对农村合作基金会的业务活动进行监督，并会同农业行政部门对违反规定办理存贷款业务的行为进行处理。”该文件还重申:“农村合作基金会是社区内的资金互助组织。它的宗旨是:主要为入股会员服务，为农业、为农民服务，不以营利为目的。”

上述两个文件都明确规定农村合作基金会不能经营存贷款等金融业务，然而从这位分行行长的来稿看，湖北省罗田县农村基金会违规经营存贷款业务的行为还相当严重。如果说在《中华人民共和国中国人民银行法》颁布实行以前纠正这类问题障碍较多的话，那么如今该法已颁布五个多月了，罗田县的农村基金会的情况怎样了？据了解，他们仍旧我行我素。直到8月初，罗田县人民银行依法上门进行金融监督管理，有关部门才口头允诺予以纠正。罗田县委办公室和县政府办公室8月15日发文要求“切实加强对农村合作基金会、农村救灾扶贫互助储金会管理”。时至今日，纠正农村合作基金会违规经营金融业务等问题，国家立了法，从上到下各有关部门也都发了文件，规定已十分明确，就看能不能落实了。

由全国人民代表大会通过的《中华人民共和国中国人民银行法》是国家的法律，是为了保护全国人民的共同利益、保障国民经济健康发展而制定的。立法如此，执法也如此。人民银行有权依法进行金融监督管理，各部门都必须服从法律约束，不能“因地制宜”，更不能因人而异，正所谓“法律面前人人平等”。

我们希望罗田县的问题能尽快得到解决，更希望其他地方都能自觉依法办事，共同维护法律的严肃性，共同努力把我们的经济建设搞上去。同时也希望农行各级行长都能够像湖北省分行行长那样，带头深入实际调查研究，带头贯彻落实中国人民银行法，把执法中遇到的问题提出来、研究解决好，为把农村经济搞上去尽自己的一份力量。

（1995 年 8 月 30 日《中国城乡金融报》二版右上角）

3. 消息： 规范“两会”业务，严肃利率政策
罗田县党政牵头“九马拉车”整顿金融秩序

（1996 年 2 月 7 日《中国城乡金融报》一版头题，约稿，文略）

4. 新闻点评： 高明之举

湖北省罗田县委、县政府以大局为重，依法整顿金融秩序，不仅平息了在当地相持已久的银行与“基金会”之争，而且调动了银行和“基金会”两个积极性，共同为理顺金融秩序、推动地方经济发展出力，实为高明之举。

农村合作基金会创办之初名副其实，确也为一方经济发展出了力。但是，后来由于多方面原因，不少地方的“基金会”一反初衷，名实不符，不仅违规办起了银行业务，而且在集资手段、利率标准和资金使用上都严重违背了国家有关规定。因此，类似罗田县的“银行和基金会之争”在全国并不鲜见，并因此而诱发了不少事端，人民银行不得不三令五申，一再要求各地按章程规范“基金会”的行为。但是，是不是所有地方都照章办事儿呢？没有，不少地方还在听之任之。在处理“基金会”问题上是这样，在处理银企冲突、处理地方利益与国家利益等涉及局部和全局关系的问题上也有类似的情况。一些地方领导面对诸多难题时往往过于看重局部利益，目光不够远大，短期行为较多，以权宜之计解决经济工作中的复杂问题，比如偏袒企业挪用国家粮棉油收购资金、掩护企业搞假破产、真逃债，等等。这些地方还没有看到规范“基金会”行为、约束企业、维护国家法律法规不仅势在必行，而且也有利于地方经济发展。因为依法办事既有利于集中一

方之财力，办好一方之事业，更有利于提高一方公众的法治意识，及早依法规范商品经济行为，建立起社会主义市场经济秩序。其实，用发展的眼光看，一个地方只有党、政、银行和企业都依法办事，这样的地方才能有凝聚力和向心力，人们才能齐心，社会才能稳定，经济建设才能走向繁荣。

罗田县委、县政府在贯彻落实《银行法》、规范“基金会”行为这方面确实为各地带了好头，做了表率，值得称赞。同时，各地银行也应该像罗田县的银行一样，坚决执行《银行法》，在当地党和政府的领导下，共同维护社会稳定和经济秩序，毫无保留地为地方经济发展献计献策，出力尽力。

（1996年2月7日《中国城乡金融报》一版头题）

第二部分　消息

1.　一再违价　知错不改

哈市道里蔬菜经营问题多

不知此风何时了

哈尔滨市道里区一些蔬菜零售部门，违价现象相当普遍。今天，省物价局工作人员在检查中，视不同情况对违价者进行了罚没处理。

为了维护消费者利益，搞好端午节前蔬菜供应，昨日和今日两天，省物价局派出3组物价检查人员分别对道里、南岗、道外区的零售蔬菜执行计划价格情况进行抽查。道里区被抽查的道里菜市场、丰收食杂商店、朝鲜民族食杂商店和新阳菜市场、高谊食杂商店，在比较抢手的品种黄瓜销售上均有违价现象。

道里菜市场三营业室，29日以每公斤1.20元的进价，从蔬菜公司购进656公斤黄瓜，若执行果菜22%的批零差率，每公斤零售价应是1.46元；道里菜市场却以每公斤1.70元的零售价当天销出186公斤。检查人员指令其把剩余的470公斤黄瓜的价格纠正过来，但当30日前去检查时，黄瓜的零售价仍然是每公斤1.70元。道里菜市场一再违价，有关人员知错不改，除了没收其非法所得的130元外，当事人被罚款50元，经理被罚款20元。

丰收食杂商店，把30日购进的一百多公斤非本地产黄瓜零售价定为每公斤1.80元，口称进价是每公斤1.50元，实则当天非本地产黄瓜的批发价每公斤普遍低于1.40元。因其没有任何凭据，在价格方面没有执行三公开，又高于当地零售价，被没收非法所得20元。朝鲜民族食杂商店30日购进290公斤黄瓜，以每公斤高出0.04元的零售价销出；当顾客要买黄瓜时，营业员回答“没有”，却又从柜台下拿出一筐黄瓜放在秤上，营业员公开声称“这是卖给关系户的！”经检查人员质问，才把这筐黄瓜当场零售给排队的顾客。该商店被罚20元。

此外，新阳菜市场30日刚到货的三百多公斤黄瓜，每公斤售价高出0.10元，因其尚未实销，被指令立即纠正价格。高谊食杂商店的黄瓜30日上午零售价每公斤高出0.06元，因受到有关部门警告，下午检查时零售价已得到纠正。这两家商店受到批评教育。

（1987年5月31日《黑龙江日报》）

2. 加强领导　通力合作　确保出口计划和各项任务完成
省政府召开对外经贸工作会议

9至12日，省政府在哈尔滨召开对外经贸工作会议。会议传达了全国外贸出口计划会议精神，总结了1987年经贸工作经验，研究了我省外贸体制改革的实施方案，安排部署今年的出口计划和各项工作。会议还对出口创汇成绩显著者进行了表彰奖励。省长侯捷、副省长杜显忠到会讲话。

会议认为，要使我省的经济得到更快发展，必须全面贯彻十三大精神，落实省政府提出的“紧中求增，控制中求发展”的方针，重视发展对外经济贸易，积极发展具有竞争力的出口商品，扩展国际经济技术合作和贸易交流，进一步发展旅游业和劳务合作。总的来说，就是要加快对外经贸工作速度，不然没有出路。

会议指出，各级政府要加强领导，更新观念，树立生产建设要适应国外市场需求的观念，参与国际竞争促进自身发展的观念，以及时间就是金钱、效率就是生命、信息就是资源的观念。这样才能积极做好工作，确保出口计划和各项任务的完成。

会议要求，各部门要密切配合，通力合作，事事从全省这个大局出发，凡是有利于经济发展和出口创汇的都要认真去办，遇事要主动协商，互相支持。各部门要认真落实出口计划，保证货源供应，海关、银行、铁路等相关部门要提供服务，努力解决生产企业基金和原材料等方面的困难。

会议强调，要加强对经贸工作的宏观控制和管理。严格执行出口计划，计划内的货源要按国家规定价格收购，按时供给出口企业，控制外流。严格物价政策，对于违反物价纪律的，要给予处分和制裁。

会议明确，今年的外贸体制改革任务很重，轻工、工艺、服装三个行业要进行自负盈亏试点，地市县经贸公司要全面实行经营承包责任制，省直其他进出口公司也要继续完善承包经营。对三个试点行业，省里要求在外汇留成、周转金等方面给予支持和帮助。

省委、省政府领导同志侯捷、陈云林、安振东、杜显忠向出口创汇成绩优异单位颁奖。

（1987年12月13日《黑龙江日报》一版要位）

3. 为振兴少数民族地区经济做贡献

崔秀镇办起民族经济开发公司

公司有49名朝蒙满回汉族职工，1987年至今年元月经营进出口额6000万元，创利税1240万元

“我们公司的宗旨就是为振兴少数民族地区经济作贡献。目前，公司已与日本、美国、朝鲜、加拿大等国家和地区的商团建立起贸易关系。今年头一个月已实现利税180万元，预计年底进出口总额可突破1亿元，实现利税2000万元。我们就用获得的利润向少数民族地区投资，以振兴那里的经济。”这是省民族经济开发总公司经理崔秀镇日前接受记者采访时介绍的情况。

崔秀镇是朝鲜族人，原是延寿县东明化工厂厂长。在省民委的支持下，1985年，他组织个人和集体投资50万元，在哈尔滨创办了这家外向型集体商业企业。总公司现有的49名朝、蒙、满、回、汉族成员，多是辞职的国家干部和工人。

1986年，这家公司与一个市场很好的不发达国家做生意，出口当时对方急需而国内滞销的纺织染料、自行车、涤纶短丝、甘油及玉米饲料等，换回国内紧缺的天然橡胶、苯酐和丙酮。当年创利税78万元，去年创利税1060万元，人均创利税居全省商业系统之首。

他们用公司挣来的钱帮助少数民族地区办经济实体。1987年，崔秀镇带人到密山县朝鲜族聚居的连珠乡考察。那里经济落后，群众生活贫困。他根据连珠山地下资源丰富的优势，投资150多万元就地开发石墨矿，吸收150个农民务工。该矿已于去年10月投产，年产2000

吨磷片石墨可全部用于出口。崔秀镇决定把石墨矿年利润的20%用于当地其他村办企业。近两年，公司还投资35万元，扶持佳木斯市郊区光明轧钢厂和延寿县东明化工厂等朝鲜族村办企业改造更新设备，帮助东宁县上高岭土刮刀涂料（国内空白）项目。

崔秀镇领导的这家公司十分注重为少数民族地区培养经济管理人才和技术人才。去年，公司拿出二十多万元，从全省少数民族地区选拔了62名青年送到大专院校学习深造；聘请了7名科技人员成立了科技咨询部，重点为少数民族地区提供科技咨询服务。目前已无偿承担了十几项咨询课题，提供了二十多项可行性信息。在五常县等地，他们还建立了个体科技信息部，定期举办专业技术讲座。公司已作出计划，每年投资20万元用于少数民族教育事业。

这家公司一直坚持勤俭办事业。总公司49名职工至今还在一个50平方米的低矮房屋里办公，4人一张办公桌；月薪最高不过130元。谈到这些，崔秀镇感慨地对记者说："工作和生活有困难，我们能够克服，但我们搞经济活动，要和许多部门打交道。现在办事太难了，特别是我们集体企业，搞外贸要受到种种限制，有时，不得不去外省寻找边贸代理。我们的唯一希望是在本省能获得一个较为宽松的环境。"

（1988年2月15日《黑龙江日报》一版右上角）

短评：为振兴少数民族地区经济多出力

我省一些少数民族聚居地区由于环境闭塞、信息不足、加上语言障碍，经济发展缓慢。国家每年虽有较多拨款，但由于是行政性发放，效益不佳。为了开发少数民族地区的资源、振兴少数民族地区经济，崔秀镇他们这些普通人以特有的情怀和胆识，办起了非同寻常的大事业。省民族工作及一些相关部门理解他们，支持他们。但是，也有的部门不理解、不支持。这些部门不是从解放和发展生产力出发，不能灵活运用国家的有关规定，而是死搬条条框框，横加限制。

为什么普通人办事这么难？为什么集体企业就不能为搞活外贸做贡献？在改革不断深化的今天，这是应该引起每一个人、特别是那些权力部门的领导和办事人员认真加以思考的。它说明我们的思想还没有真正解放。

我省少数民族有1.4万人，分布在全省各地。如果我们能够把那里的人力资源和自然资源都充分开发起来，利用起来，就一定会加快全省经济的振兴。所以，有关部门有必要进一步解放思想，为解放生产力、发展生产力多做有益的工作。赵紫阳同志在十三大报告中指出："是否有利于发展生产力，应当成为我们考虑一切问题的出发点和检验一切工作的根本标准。"这应当成为我们每一个致力于改革者的工作指南。

（1988年2月15日《黑龙江日报》一版右上）

4. 进一步解放思想 落实“南联北开西进东出”战略方针

省政府提出加快边贸发展新政策

18 日，省政府召开全省边贸工作会议。杜显忠副省长在讲话中指出，这次会议就是要解放思想，放宽政策，交流经验，制定措施，全面落实省委、省政府提出的“南联北开，西进东出”的战略方针，加快发展对苏边境贸易，为振兴我省经济做贡献。

杜显忠副省长分析了我省对苏开展边贸的有利条件、制约因素和发展趋势，指出国家的边贸政策使我省对苏边贸面临新形势，挑战和机遇同在，压力与活力并存。我们应该抓住机遇，扩大边境贸易，大胆吸引外资和先进技术，积极开发新产品，努力提高竞争力。

他指出，落实省委、省政府提出的“南联北开，西进东出”的战略方针，要本着“立足长远，着眼当前，重点突破，先易后难，积极主动，稳步发展”的原则，以贸易为主，实行经贸结合、工贸集合、技贸结合，通过扩大地方易货贸易，带动经济技术合作，进而有步骤地在更广泛的领域里开展对苏贸易和经济技术合作，开通欧洲贸易走廊。

他强调说，实现上述目标，必须坚持以下几点：一是进一步解放思想。按照有关要求，实行多层次、多渠道、多形式的全方位开放，坚持省贸、市贸、城镇间和企业间贸易一起上，凡是有条件的都可以自找苏方贸易伙伴，申请对外经营权。可以易货、合资经营、“三来一补”、承包工程、劳务出口等。

二是进一步放宽政策。原则上凡是能给地方的权力都下放给地方和企业，凡是能放宽的政策都要放宽。省里已经决定，对苏经贸实行进出口挂钩；适当放开进口商品作价权；省属企业税后盈利与省财政实行倒四六分成。

三是积极稳妥，有领导、有计划、有步骤地进行，既要放权，又要加强宏观调控，防止一哄而起、一拥而上。

四是开展边贸不要影响国家出口计划，不影响国计民生。还要注意初级产品的加工增值，优化出口结构，提高经济效益。

五是加快北开南联步伐，增强边境口岸的吸引力。

他还就实现今年对苏边贸工作目标和今后发展战略问题，提出了一些措施。

（1988 年 4 月 20 日《黑龙江日报》一版头题）

5. 促进个体经济和私营经济发展
省政府决定进一步放宽政策

进一步解放思想，放宽政策，促进个体经济和私营经济的发展，这是省政府今天召开的首次个体经济、私营经济工作会议的主题。

截至1987年末，全省个体户已达32万户，从业人员44万人，其中私营企业0.38万户，从业人员5.8万人。行业领域不断拓宽，经营规模日趋扩大，个体经济和私营经济不但成为国营经济、集体经济的必要补充，而且在某些行业已起着主渠道作用。个体税收在全省地方税收金额中的比重由0.38%上升到2.1%，已逐渐成为地方财政收入稳定增长的一部分。但是，我省个体经济和私营经济无论从自身潜力看还是与国内先进省份比，都尚有很大差距。从自身潜力看，一是不稳定性，在1985年之后到1986年底出现了大幅度跌落，从去年开始虽有所回升，但仍低于全国平均增长水平。二是不平衡性，全省东部地区好于西部地区，内地好于边境，城镇好于农村。同全国比，我们仅好于新疆、西藏等5个省区。落后的主要原因：一是传统观念破除得不够。加上有些地方和部门的领导同志，把发展个体经济当作权宜之计，对个体户的毛病看得过多。二是管理体制没有理顺。管理个体经济的部门太多，部门之间又相互交叉，实际上处于无人管理的状态。个体户遇到问题，各部门相互推诿；而向个体户收费时，许多部门又一哄而上，乱收费、乱摊派、乱罚款，使一批个体户承受不了而废业。三是管卡多，扶持少。四是部分人非法经营和偷税漏税，败坏了个体户的声誉。

会议认为，应当从我国实际出发，以生产力为标准，坚定地把它们作为特定的“初级阶段”经济构成的一部分加以大力发展。因此，必须进一步放宽政策。提倡和鼓励有经营能力的城镇待业人员、农民以及国家允许的其他人员，从事个体经营；允许科技人员在提供身份证明、办理登记的情况下，利用业余时间从事技术、咨询服务；允许停产倒闭企业职工在办理登记手续后，从事临时性经营活动；允许外省个体户来我省从事生产经营活动。在经营范围上，除国家规定不准个体经营的项目、品种外，各地、市不宜另作限制性规定；对个体户特别是农村个体户，允许在生产、经营的品种不互相有碍的前提下，实行多品种、跨行业经营。在开业条件上，对于个体饮食业的设施，要从实际情况出发，不要规定过高，允许有个逐步完善的过程，可以先因陋就简，发给临时执照，限期完善，而后再发正式执照。在税收上，对农民及待业青年从事个体经营，开业当年或一年后纳税确有困难的，经税务部门批准，应当给予减免照顾。鼓励发展私营企业，保护其正当经营和合法权益；提倡农民、待业青年、社会浮闲人员和个体户，采取独资、合伙、集股等多种形式兴办私营企业。开办者只要在人员、资金、生产经营场所和技术、设备等方面具备一定条件，属于经济实体，就要及时予以登记发照。符合法人条件的私营企业，经工商部门核准，可以取得法人资格。各级政府和各部门要认真地检查一下过去所制定的政策规定，凡是阻碍、限制个体经济和私营经济发展的，该纠正的要纠正，该放宽的要放宽。

会议强调，要尽快理顺管理体制。各级工商行政管理机关要积极组织协调有关部门对个体经济、私营经济的管理和服务；营业执照的发放和吊销权只能由工商行政管理机关行使，其他任何机关或部门不得插手。各级政府对各种收费和摊派要进行一次清理，不合理的要立即废止。各级政府及有关部门要为个体经济和私营经济的发展创造宽松环境，在办理执照方面，要减少层次，简化手续，提高效率；在资金方面，各级工商银行、农业银行，对个体户特别是开办家庭工厂的个体户，只要具备贷款条件就应予以贷款；农业银行应该在贷款总额中划出一定比例，用于发展农村个体户。在进货或原材料供应方面，商业批发部门要为个体户提供便利，要本着国营、集体、个体一视同仁的原则，划出适当供应比例。城建、环卫、公安、街道办事处等有关部门，也要按照各自的职权范围，主动提供服务，积极扶持发展。

（1988 年 4 月 22 日《黑龙江日报》一版要位）

6. 猪肉　大路菜鸡蛋食糖零售价格变动

省政府宣布给职工适当补贴

从本月起，每月给每个职工（包括离退休者）
补贴数额：哈齐两市为10元，省辖其他八市为9元，
县城为8元；大中专和技校在校生每月发给每人8元

省政府今天宣布了试行主要副食品零售价格变动给职工适当补贴的办法，自本月起实行。这次列入补贴的品种只限于猪肉（禁猪民族为牛羊肉）、大路菜、鸡蛋、食糖（即白糖）四种。每月补贴每个职工（包括离退休者）最高标准，哈尔滨和齐齐哈尔市为10元，省辖其他八个城市为9元，县城（包括县级市）为8元；大中专和技校在校生每月每人补贴8元。

城市居民凭票供应的粮食、食油仍按现行办法供应，价格不提高。

过去省定其他各项补贴款如数照发。

已公布使用的猪肉供应凭票仍按原价沿用到本月底，过期作废。

上述试行办法省政府今天下午在电话会议和新闻发布会上做了宣布。陈云林副省长还就各地实施问题作了部署。主要是：

——每月每人补贴标准是：猪肉哈齐两市2公斤，省辖其他八市1.75公斤，县镇（县级市）1.25公斤；大路菜均为15公斤；鸡蛋哈市1公斤，其他九市0.75公斤，县镇0.5公斤；食糖均为0.5公斤。

——补贴品种的基期价格：猪肉，以1987年当地同期带皮带骨统货肉国家指导价为准；食糖以暗补改明补前的价格为准；大路菜和鸡蛋，以1987年当地同期价格为准。

——补贴发放时间为1988年5月。

——补贴对象为国营和集体企、事业单位及机关、部队的干部职工（包括离退休人员）。城镇优抚救济人员给予适当补贴。国营农场系统按当地标准执行。

——对暗补改为明补后实行明补的副食品价格，要相应地调整或放开。

省政府新闻发言人赵宇回答记者提问时说，我省这项补贴款一年约需10亿元，而我省地方财政今年如能完成增收10%的计划，也只能增收6亿元左右。

据了解，根据国务院的指示，全国已有16个省市试行了这一补贴办法，都是按职工补贴，每月都不超过10元。我省给大中专和技校在校生的补贴标准与京津沪相同。

（1988年5月7日《黑龙江日报》一版头题，本文有删节）

7. 省三家火柴厂联合抬价受查处

记者从省物价局获悉，呼兰、铁力、迎春三家火柴厂联合搞行业垄断价格，将普通火柴每件的出厂价由21.2元提高到23.42元。近日被查处，所收金额将收缴财政。

呼兰、铁力两家火柴厂火柴销价较乱，工厂把省管价格的火柴擅自放给厂销售科定价，致使火柴出厂价格五花八门。4月11日至14日，营口火柴厂发起主持了东北三省火柴产销座谈会，会上达成“君子协定”，九家火柴厂自行联合签订了“统一销售价格协议书”，我省的呼兰、铁力、迎春三家火柴厂都在“君子协议”上签了字。他们提出以“限产保价”为原则，将国家规定的普通火柴每件的出厂价上浮10%。会后未履行任何审批手续，即以东北火柴联销协调组的名义监督执行。会后，我省的呼兰、铁力两家火柴厂亦未经省物价主管部门批准，都把普通火柴每件出厂价由21.2元提高到23.42元。4月14日，呼兰火柴厂对4月9日销出但尚未提货的900件火柴，向购货单位索取差价款1998元。铁力火柴厂4月14日以后以高价共销出普通火柴21446件，多收金额9007.32元。迎春火柴厂的问题正在调查中。这三家火柴厂因提价多收的金额将全部收缴财政。

（1988年5月29日《黑龙江日报》）

8. 省农行实行三公开

对56个乡的1.3万笔贷款逐一核查，没发现违纪现象

省农业银行对以贷谋私现象进行全面清理整顿，办事制度实行对外开放。主动把贷款金额、贷款对象和用途公开置于农民的监督之下；对内强化了监督机制，实行八不准和若干处罚规定，解决了有章不循等梗阻问题，基本上杜绝了渎职违法行为。农民对此拍手叫好。

1984年和1985年两年中，全省农行系统以贷谋私现象很多，银行规章制度被严重破坏，信誉降低。为了严明法纪，1986年，省农行党组先后召开了7次专门会议，并在全系统内造成强大声势，把112人交由司法机关审管，106人受党纪、政纪处分。并调整了基层所、社的领导班子，从县行以上机关中抽调了10%政治素质较好的干部下派到基层，迅速刹住了不正之风。

在此基础上，省农行先在富锦县试点，然后在全省农村推行了贷款三公开制度。即贷款金额公开、贷款者姓名公开、贷款用途公开。农行和信用社与乡村干部配合，按照农贷发放计划，对农户分类排队，经共同审查再发放贷款。放款后，在各村将贷款情况列表上墙，向农民公开，接受监督。

贷款发放实行三公开被作为铁的制度确定后，省农行又制定并下发了严禁搞不正之风的22条规定和贷款中的“八不准”，从结算、联行、贷款审批和贷款管理等各个环节上严密了手续。为了解决有章不循或违章不纠的问题，省农行在全系统一千多个单位的干部职工中公开了监督处罚条例。规定，农行和信用社人员在贷款发放中以权谋私或为

小集团谋私，索取回扣、好处费、手续费、奖金、提成、接受财物的，一律以受贿论处。工作人员自批自贷、互批互贷、发放人情贷款的，必须给以行政处分，严重的报送司法机关追究刑事责任。

对于平庸无能、只想当官、不想干事的干部进行调整、淘汰。实行这些措施后，有效地解决了中间梗塞、政令不通等问题。

目前，全省农行系统通过内外公开监督，初步形成了公开管理贷款、民主管理贷款的新局面。基本上做到了不放人情款。头几年，上省行机关上访告状的农民应接不暇，现在几乎无人上门。人们说，农行刹不正之风是真抓，不是假的。经对22个县56个乡发放的13908笔332万元贷款逐笔核查，没发现一笔违纪贷款。富锦县全县农行干部拒绝人情贷款1500多笔，金额100多万元。

（1988年6月5日《黑龙江日报》，**获黑龙江省农业好新闻二等奖**）

9. 省投资银行外汇贷款资金宽松

上半年转贷外汇 477 万美元，尚有 800 多万美元正待批项

我省人民币信贷偏紧，可是外汇资金却比较宽松。中国投资银行黑龙江省分行经过多方努力，为我省争取到大量外汇贷款。上半年，这家银行已对正式批准的五个项目转贷外汇 477 万美元，现在还有比较充裕的外汇贷款有待利用。

目前仅有 18 名职工的中国投资银行黑龙江省分行，在成立三年多时间里，共为我省争取了 16 个贷款项目和两个租赁项目，这些项目都是经过论证上报总行批准的，共计转贷世界银行外汇贷款 0.24 亿美元和配套人民币 0.45 亿元，两个租赁项目相当于借贷外汇 0.2 亿美元。今年年初以来，除了总行批给的 1000 万美元外汇贷款指标外，这家银行又因选项好，从总行自筹的外汇资金中争取到近 300 万美元。截至 5 月中旬，他们经过充分论证已报批了克山麻纺厂二期工程等五个项目，转贷世界银行外汇贷款 477 万美元。这五个项目投产后，年创汇可达 205 万美元，年可实现利税近 2000 万元。

这家银行还千方百计拓宽筹资渠道，除了承办国际租赁有限公司的项目外，年初以来，他们先后与一些能够直接从国外筹资的金融单位建立了融资关系，今年可取得 100 万美元和 50 万元人民币的低息贷款。

这家银行目前外汇贷款资金偏松，有些资金甚至不能得到充分利用，原因除一些企业对其业务情况缺乏了解、申报贷款者较少外，还存在有些企业素质较低，所申报的项目不具备外汇贷款或租赁条件。

三年多来，到这家银行申报的一百多个项目中，因企业资质或项目效益问题而不具备贷款或租赁条件的约占50%。日前记者采访时，这家银行负责人说，在国家控制信贷规模的情况下，我们开辟了外资来源，在我省却不能很好利用，对此只有表示遗憾了。

（1988年6月23日《黑龙江日报》）

10. 省政府举行新闻发布会
介绍我省烟酒价格改革方案
省物价局就有关问题作了说明

省政府今天举行新闻发布会，介绍了我省烟酒价格改革方案。

省政府发言人赵羽在新闻发布会上说，方案对我省地方产卷烟价格共调整了 15 个牌号、22 个规格，提价幅度甲级烟均价提高 19.61%，乙级提高 8.82%；白酒价格除了声誉较好的玉泉方瓶提 44% 外，其他白酒价格都没有超过国家规定的提价幅度，啤酒价格也低于国家规定的提价幅度。

赵羽还说，今年以来物价上涨较多，上半年全省物价上涨水平比去年同期上升 11.3%。在这种情况下提高烟酒价格将会加重群众紧张心理。省政府要求各有关部门要各司其职，严明纪律，严禁“搭车”涨价。今年下半年省管价格不再出台新的调价措施，市县管理的价格也要严格控制。烟酒生产经营单位要严格执行国家规定，不准扩大放开的品种范围，不准加大提价幅度。对扰乱市场、哄抬物价者要依法严处。

又讯：在今天的新闻发布会上，省物价局局长薛昌荣还就我省对提价烟酒价格的安排情况和群众关心的一些问题作了说明。

他说，过去名烟名酒都是国家统一定价。这次价格放开后作价权放给生产企业和经营部门，本着摆得住、卖得出和略低于市价的原则自主定价，随行就市。根据国家要求，我省对地产卷烟中的 8 个牌号、

14个规格，乙级烟中的7个牌号、8个规格的定价做了调整，带过滤嘴的卷烟不分等级一律加价4分。省产白酒龙滨特酿、中国老白干、北大仓、嫩江春（3个牌号），这次提价幅度均未超过20%；瓶装和散装啤酒提价分别为20%和22%。

薛昌荣说，名烟名酒价格放开后，专卖制度不变。对特需供应的名烟名酒，只保量不保价。烟酒不属于人民群众的生活必需品，这次一般卷烟不提价，低档酒提价幅度不大，对大多数消费者来说影响不会很大。烟酒是最终产品，提价后对其他商品不会引起连锁反应。

（1988年7月27日《黑龙江日报》一版右上角）

11. 在哈市四个直属税务分局的管户内

一些高收入者逃避个人收入调节税

1至7月主动纳税者只有三十几名外国人

哈尔滨市许多高额收入者税法观念淡薄，自觉履行纳税义务者寥寥无几。1月至7月份，主动到税务机关申报纳税者只有三十几名在华讲学和施工的外国学者和专家。

据反映，哈市许多饭店和宾馆的厨师，月收入超过纳税起征点400元甚至近千元的不在少数；教授学者业余兼课、专家门诊业余出诊个人收入超过起征点的也不乏其人；许多演员来哈演出收入十分可观；承包租赁者按基数分成的奖金红利数额较大：书写牌匾获润笔费一字400元至800元的也不少。然而，据哈市四个直属税务分局掌握，至今没有一个主动申报个人收入调节税。今年1月至7月份，哈市的个人收入调节税仅征收入库17万余元，其中大多数是出版部门代为扣缴的稿酬收入。出现这种情况的原因，除了本人税法观念淡薄外，有关部门为维护自己的利益，也千方百计为取得高额收入者隐瞒保密。

（1988年8月16日《黑龙江日报》）

12.　600余吨高低压聚乙烯倒来倒去"身价"倍增
省物价所查出一起"官倒"案

增加调拨费用；公司加价；主管部门截留倒卖；厂家转手渔利；共查处非法收入30.9万元

700吨塑料原料违价案，由省物价检查所基本查清。除62吨尚待进一步核实外，其余638吨中，78吨被高价倒卖到省外，93.5吨在省内高价倒卖，已经拨给生产企业的4056.5吨中的90%在调拨环节中被提高了调拨费用，甚至乱加价。

据省物价检查所介绍，今年2月份，省计经委为了扶持乡镇企业发展，拿出高低压聚乙烯700吨调给全省乡镇企业系统的生产部门。规定这批原料"戴帽"拨给厂家，减少中间环节，不准截留或倒卖。但许多单位没有照办，不仅在调拨中增加环节层层加价，而且发生转手高价倒卖的违法行为。

1. 擅自多加费用调拨。齐齐哈尔、牡丹江、佳木斯、大庆及绥化地区的化轻公司拨给市县塑料厂的原料，在增加费用上都超过了规定标准，最多的每吨增加费用389元。其中，绥化地区化轻公司拨给肇东等地的100吨多加费用获非法收入2.9万元。

2. 主管部门乱加价调拨。富裕、青冈等县化建公司拨给塑料厂原料每吨都加价600元；木兰县化建公司每吨加价2397元，5吨获非法收入一万多元。

3. 高价转手倒卖。一是主管部门擅自截留高价倒卖。松花江地区倒卖了27吨，其中方正县化建公司拿到5吨调拨单后，在哈市就地每吨加价1780元卖给哈市北方装饰公司；延寿县化建公司每吨加价500多元卖给县乡企局供销公司，供销公司每吨又加价1000多元卖给哈市电子局。二是生产企业得到原料后不用于农膜生产，也转手高价倒卖。勃利县乡企局综合厂在哈市拿到20吨的调拨单后，就地在旅馆里与河北省玉田县张某拉上钩，每吨加价3000多元将13吨调拨单卖给了对方。省水产机具网线厂得到原料后倒卖了40吨，每吨加价2000多元，其中35吨卖给省农场总局供销公司；省农场总局供销公司每吨又加价200元卖给湖北省东西湖农场25吨，每吨加价400元卖给浙江省萧山农垦局10吨。大庆市龙凤塑料厂将15吨原料全部转手给安徽省，每吨加价近3000元。省分配给肇东市乡企局的50吨"戴帽"给该市塑料二厂15吨、四厂15吨、宋站塑料厂20吨。但从绥化地区化建公司开始加价调拨到肇东市化建公司，市化建公司又加价转拨给市乡企局物资公司，市乡企局物资公司又加价拨给肇东市塑料二厂5吨、四厂13.5吨，并高价转手倒卖给省轻工第二供销公司20吨，松花江第二轻工公司6.5吨。这两家公司又二次转手倒卖到省内外一些地方。

这一加价调拨或高价倒卖塑料原料案，共查出非法收入30.9万元，分别作了罚没处理。

（1988年9月14日《黑龙江日报》一版头题，**获该报好新闻一等奖**）

13. 不见商店销售 却见商贩倒卖

众"关系户"多渠道抢购卧虎牌毛毯

商贩问:"你要多少?100条也行,明天去给你取货……"

国优产品卧虎牌毛毯自6月1日国家牌价定到每条170元以后,在产地哈尔滨市商店里极难买到。自7月下旬出现抢购风以来,哈百一商店没有,秋林公司没有,同记商场也没有。可是道里、道外和南岗的一些个体摊床上却有货:每条250元至270元不等。这些"卧虎"自哪里出山?

9月12日,奋斗路地下商业街有四家个体摊床出售卧虎牌毛毯,售价250元一条。记者和省物价检查所检查人员问个体户:"不是170元吗?""170元?我们210元接的货!"另两名商贩插话:"210元还得凭关系哪!""不给好处,关系也不行!"又问:"你有多少货?"商贩:"你要多少?……100条也行,明天去给你取货……"当问到去哪里取货时,回答说:"那不能告诉你。"

9月12日至16日,省物价检查所调查了卧虎牌毛毯的产销情况。据生产厂家哈尔滨毛织厂介绍,该厂今年1—8月份的产量是16万条,其中,给纺织工业部2.4万条,给省、市外贸4万条,给天津天鹅毛毯联合进出口公司3万条(用于进口羊毛),给哈百一商店、秋林公司和同记商场三家分别牵头的"贸联会"1万条(用于搞活市场和企业);其余5.6万条由厂家自行销售了,约占整个产量的1/3。

厂家的自销渠道如下:

1. 厂销售科批给市外贸内销1.5万条。从发货单据上看到,市外贸加收手续费后大多卖给了省外经营单位。

2. 由厂销售科整包批出的有 2.4 万条，厂销售科样品库拆包售出 7320 条。分别卖给了省华侨旅游民族商品供销公司和部分商店、关系单位及个人。这些关系单位和个人多凭“条子”购买，记者在该厂销售科看到了 8 月份的两本条子（第一册和第三册），仅把其中求购量在 1 包以上的条子抄录如下：

• 厂长：关系单位首长们要毛毯特别急！没有办法，还得请你再批给壹包（一包 20 条），170 元的就行。供销处高德 ×（字迹不清）

• 李总会计师：请解决毛毯贰拾条。银行杨德风

• 李总：梁处长来财务科买毛毯 17 条。赵少君

• 滕科长：请您帮助解决 5 条毛毯。张志伟；（另）加 175 条（170 元的），孙；（批文）省商检局伍条（160 元的）

• 会总：请批给关系单位毛毯壹包。供应科战洪勋

• 小侯办：请卖给一包毛毯。王凯

• 兹有我局佟晓光前去购毛毯 20 条。哈尔滨市公安局道外分局

• 请解决 10 条毛毯。滨江站调度室（另）加贰拾捌条

• 请卖给一包毛毯（170 元的）。王凯

• 江北疗养院关系单位 1 包。申保民

• 李秀珍 20 条

• 靖宇商店急需 20 条。王荣文

• 市工会 1 包。市工会李文秀

• 我急需 20 条（亲属朋友找我）。王克明

• 请批 10 条。二处郝刚

• 请批一包。二处郝刚

• 请给市外贸等王厂长客人解决：114 条（170 元的）；6 条（152 元的）；4 条（157 元的）；16 条（165 元的）。李芬亭、黄 ××（字迹不清）

• 我厂关系单位一包。宋振兴

• 小侯：卖给两包（165 元的）。王凯

• 批给两包（165 元的）。林有发

• 哈尔滨客车厂求援 1 包

• 我厂关系单位哈水泥厂 1 包。史育刚

• 呼兰建筑公司两包。徐立滨

还有些关系单位和个人没有条子，据8月份发货单记载：

- 哈经协土地房屋综合开发总公司160条（179元的）;460条（153元的）
- 大庆驻哈办340条（153元的）
- 省纺织工会招待所40条（170元的）
- 省进出口商品检验协会60条（170元的）
- 唐文声20条
- 张鹤师60条
- 计凤明20条
- 银行邢毅60条
- 王义等9条（165元的）；131条（170元的）

销售科长说："有的小商贩找到厂长，又哭又叫要几条，厂长批了我就给，他拿去卖高价。"

3. 批给厂办服务公司下属零售商店6252条。7月末以来被这家商店卖大户的有：哈尔滨铁公百货商店100条；王事军200条；锦州长城百货商店600条；王桂银100条。

4. 批给厂工会办的"三得利"百货商店3403条。据商店介绍，卖给关系单位一部分，另一部分零售了。

（1988年9月21日《黑龙江日报》一版要位）

14.　　哈市肉食品零售以次充好问题多

抽查四个区12家商店发现10家存在优劣混放、变相涨价问题

21日、22日两天，省物价检查所会同哈市物价检查部门对哈市四个区的副食品零售市场进行了节前物价检查。两天共抽查了十二家副食品商店，其中有十家商店的肉食品存在变相涨价等问题。

猪肉和红肠是节日市场的大宗商品之一。许多群众反映买不到后臀肉，对其他部位肉由于弄不清分割界线也不知柜台标价是否合理，对红肠也是如此，由于生产厂家较多，从表面看更是优劣难辨，只能按商店的要价付钱，经常吃亏上当。近两天记者随同省及哈市物价部门检查发现群众反映的情况普遍存在。主要问题是：

1. 在生肉柜台，许多商店切割部位肉不严格执行有关规定，脖头不去净，或前槽带腰盘，鱼目混珠，把1.14元（500克）的脖头肉和2.04元（500克）的腰盘肉当作2.82元（500克）的前槽肉出售。在道里区肉类商店的生肉柜台和生肉切割间，均发现把部分脖头和腰盘当前槽切割出售的现象，切割间负责人强辩说："我们一直都是这么切的。"在切割间还发现十只塑料袋里装满了后臀肉和肘子，负责人说："是给市老干部活动室留的。"在太平区三棵副食菜市场有两块前槽肉上带着脖头出售；剔好的十几半儿猪肉上均无后臀，负责人说："都卖了"，但从冷冻柜里找出五个后臀，切割间里还有四个，负责人只好承认"是营业员留下的"。太平区南直路综合商场生肉柜台上前槽肉普遍带着腰盘肉出售，负责切割的同志说："这两天上边虽然已经通知要来检查，但不是我值班，是帮忙的人给切割的。"在哈市第一副食品商

店，生肉柜台上摆的全是 2.3 元（500 克）的统肉，却挂着部位肉的价格签，一位顾客把营业员低声叫到一边儿，只听营业员回答说：“等一会儿，来检查的了。”

2. 在红肠柜台，以次充好、优劣混放等问题普遍存在。道里区肉类商店，5.25 元（500 克）的红肠中掺有少量 5.5 元（500 克）的红肠，又没挂价格签，有人问：“红肠多少钱一斤？”营业员答：“5 元 5 角。”显然以次充好。哈市第一副食品商店对 5.5 元（500 克）和 5.25 元（500 克）的两种红肠衔接处摆放混杂。道外区的大新菜市场对已经发霉长毛的红肠仍摆台出售，营业员说：“肠衣长毛，里边没坏，擦一擦还能吃。”这家商店还把应卖 3.9 元（500 克）的红肠实卖 3.99 元（500 克），应卖 1.12 元（500 克）的肉丸子实卖 1.2 元（500 克）。此外，道里区新阳菜市场把北方加工厂产的红肠标作肉联厂产；道里区石头道街星火食杂商店和道外区南十七食杂商店出售的红肠批零加价高出规定；道外区北三副食品商店和南十六副食品商店对不同牌价的红肠摆放界线不清。

对上述存在问题的商店，物价检查部门分别作了罚款和警告处理。其中道里区的肉类商店以次充好出售红肠被罚款 200 元。

所抽查的十二家商店中，只有南岗区的宽城食杂商店和太平区的太平桥菜市场尚未发现类似问题，有顾客说：“这也是这几天天天检查的结果。”

（1988 年 9 月 24 日《黑龙江日报》）

15. 省政府召开电话会议要求各地 增收节支　确保财政收支平衡

省政府今天召开全省财政电话会议，就全省财政有发生赤字危险问题，要求各地把增收节支、平衡预算作为中心任务抓紧抓好，全力以赴，大干第四季度。副省长陈云林在讲话中提出具体要求。

第一，要明确预算平衡目标，消除思想障碍。今年全省财政收入要力争达到59亿元，比计划超收3亿多，财政支出要控制在财力允许的范围内。各级政府都要提出收支指标，坚持市地管县、下管一级的原则，预算执行好的地方不要留“后手”，预算已经出现差额的地方不能等待上级照顾。省政府重申，超收归己的政策不变，不鞭打快牛；发生赤字的地方省里不但不补，也不借钱帮助周转。

第二，要采取有力措施组织收入，确保完成或超额完成超收任务。坚持应收尽收，重点一是工商税收必须完成国家下达的超收任务。二是耕地占用税征收任务必须完成。如果完不成，按短收数额，国家扣省财力，省相应扣各地财力。三是组织好农业税收，不准越权自行减免。

第三，要狠抓企业扭亏增盈，认真解决重点企业超亏严重的问题。工业方面，各级政府要力促企业自主经营、自负盈亏，彻底改变靠国家减免税、靠财政补贴或退库维持生存的状况，该兼并的兼并，该倒闭的倒闭。生猪减亏方面，产猪县旺季多收购一些，销猪县要坚持合理库存。粮食减亏上，要重点抓好出口创汇，增加议价收入，以盈补亏。

第四，要采取果断措施严控财政支出，坚决压缩集团购买力。

第五，要组织好今年的财税大检查，通过监督增加收入，加强力量，突出重点，公开处理违纪问题，新闻媒体要点名曝光。

第六，要坚持鼓励平衡、不补赤字的政策，奖优罚劣调动增收节支、扭亏增盈的积极性。

（1988年9月25日《黑龙江日报》一版右上角）

16. 省人大、省政府领导检查省城节日市场物价

省人大副主任何首伦、副省长陈云林、省府秘书长王玉夫，今天到哈尔滨市百货和副食品商店及农贸市场检查物价。

陈云林对记者说，省政府对物价和市场采取了一系列综合治理措施，哈尔滨市也做了大量工作，加强了管理和监督检查。目前市场形势趋于好转，货源充足，购销两旺，物价平稳，节日市场十分繁荣。

省人大省政府领导先后来到秋林公司、奋斗副食品商店、建设街农贸市场、哈一副食品商店和哈一百商店，对几十种敏感商品仔细了解。看到厨房用各种铝制品、塑料制品、自行车、尼龙、毛料、樟木箱等日用工业品价格已趋于稳定，节前没有突击涨价的现象。看到秋林公司肥皂摆满柜台，陈云林询问了进货和销售情况，营业员回答说："有时每天能进上百箱，限量销售，每天可卖十几箱。"何首伦说："没人走后门，商店就有货了。"在白糖柜台，营业员介绍说："年初以来凭票供应，群众比较满意。"在建设街农贸市场看到很多鲜活鱼销售，有人介绍说："由于养鱼专业户多了，货源充足，1公斤重的鲤鱼比去年便宜30%多。"

市商委和蔬菜公司的同志，还向省领导反映了他们对物价和市场工作的一些看法。省领导也询问了商业部门的卖钱额和利润情况，并提出几点要求：一是要顾全大局，坚决按中央要求治理环境，整顿秩序，做到令行禁止。今年后几个月严控物价上涨，不允许商业部门哄

抬物价。二是一定要搞好火柴和肥皂供应，坚决堵住“后门”，解决“官倒”和“私倒”问题。三是做好秋菜供应工作，坚决按中央要求办，不能乱涨价。

（1988年10月1日《黑龙江日报》一版头题）

17. 省政府召开电话会议

部署税收财务物价大检查

当前要重视物价检查，以平抑物价、稳定市场

省政府今天召开全省税收、财务、物价大检查工作电话会议，副省长、省大检查领导小组组长陈云林做了工作部署。

我省这次大检查，从10月份开始，至春节前结束，分为企业和单位自查、重点检查和总结验收三个阶段。根据国务院要求，检查范围主要是国营、集体、私营和联营企业，以及行政事业单位和个体工商业户1988年发生的违反法纪问题，以及1987年发生而未检查纠正的违反法纪问题；对1985年至1987年大检查中已经查出来的各项违反法纪问题，也要有重点地清理一次。具体内容包括：（一）越权减税免税和偷漏各种税款和能源交通重点建设基金的；（二）侵占、截留、私分、挪用应交国家利润、罚没收入和其他收入的；（三）虚报亏损、骗取国家财政补贴，或搞虚增利润、虚盈实亏的；（四）擅自扩大成本费用开支范围、提高费用开支标准和各项专用基金提取比例的；（五）擅自以税还贷或项目未投产见效就用税前利润提前归还各种科技性和基建性贷款的；（六）越权制定与调整价格和收费标准，将国家计划内产品转为计划外高价销售、就地转手加价倒卖生产资料和紧俏消费品，或把提货单倒手、买空卖空的；（七）以联营“返利”、“投资”为名、产品价外加价、变相提价，以及超过国家规定允许提价、加价、议价的收入，不列作销售收入和利润总额、逃避纳税交利的；（八）滥发奖金、补贴、实物和把应由奖励基金开支的奖金引入成本费用开支的；（九）

发放的奖金和实物不列入奖金总额，从中偷漏奖金税的；（十）用公款请客送礼、游山玩水，擅自购买国家专控商品、禁购商品或超过控购指标购买商品、挥霍国家资财的；（十一）在节假日和年终前后滥发钱物和突击花钱的；（十二）其他各种违反财经纪律的问题。

这次大检查的重点：一是大型企业，特别是央企、省市属企业和县属大型企业。二是各类公司，包括各种贸易型公司、金融性公司、技术开发公司、劳动服务公司和综合性公司等。三是各种经济主管部门和有罚没收入的机关单位。对上述重点的检查面不得低于50%。

省政府还就检查机构和办事机构，以及检查质量、政策、原则等问题做了强调和部署。陈云林强调要重视物价检查，重点是流通领域中重要生产资料和耐用消费品的价格，以及群众反映比较强烈的问题。他说：要查一下乱涨价的钱都到哪里去了？特别要注意检查流通环节层层加价的问题。要通过检查平抑物价稳定市场。

（1988年10月9日《黑龙江日报》一版头题）

18. 省人民银行严管金融市场

检查非银行金融机构，堵塞金融市场漏洞，召开地市行长会议部署控制货币投放、稳定金融

省人民银行抓紧对各种信托投资公司和城市信用社等非银行金融机构进行检查和整顿，堵塞了金融市场的漏洞，并通过改进结算手段等办法，提高了现有资金的使用效益。

为了加强金融宏观调控作用，自8月份以来，省人民银行对省内34个信托投资公司进行检查，发现大部分非银行金融机构存在问题较多，一是突破规模，搞了大量固定资产投资，拉长了基本建设战线；二是为了获取手续费而转手拆借资金，增加了中间环节；三是向一些不该贷款的企业放款，不利于在资金供应上扶优限劣。目前，省人民银行已采取果断措施对有问题公司进行了整顿和清理，收回了今年发放给这些公司的全部短期贷款1.44亿元，用于农副产品收购；规定今后一律不允许转手拆借资金；要求严格按国家规定的经营范围营运资金；采用比例管理的办法控制拉长基建战线，规定用于固定资产的投资不能超过信托资金来源的50%。与此同时，省人民银行还对民办、专业银行办和主管部门办的城市信用社重点进行了检查，目前这些信用社已与主办部门脱钩，全部收回由人民银行统管；并对信用社的资金来源、贷款投向和利润分配做出了明确规定。

在现金管理方面，由于消费资金和社会集团购买力现金支出等方面均比去年同期有较大幅度增长，致使货币投放现已突破全年计划，省人民银行对后三个月现金投放制定了从严控制的措施，违反者将追

究责任，给予处罚。

为了减少在途资金，提高现有资金的使用效益，从年初开始省人民银行改进了结算手段，对各专业银行的资金调拨由电报、信件改为电话结算方式。在牡丹江经济区11个市县试行经济区内转账信用支票结算办法，改变了支票只在同城使用的做法，并采用传真手段传递；从结算管理上省人行要求各专业银行开办了用户电报业务，不仅使日在途资金减少50%左右，同时也使企业减少了付息。

又讯 省人民银行日前召开地、市人民银行行长会议，对控制货币投放、稳定金融工作作了具体研究和部署。

会议对旺季短期贷款占用指标进行了分配，决定采取“以块为主，条块结合”的办法加强对今年农副产品收购资金的管理。要求各地人民银行要把农副产品收购资金供应放在首位，重点保证粮食收购。在短期贷款安排上要坚持专业银行资金自求平衡的原则，人民银行给予适当支持。人民银行对旺季现金调拨要及时，不能脱供，不能由于现金调拨不灵打白条。对于已经突破信贷规模的专业银行，农副产品收购等以外的非重点项目，没按规定完成挖潜任务的坚决不贷款；不准突破指标发放短期贷款或挪用短期贷款。

在开展信贷、资金大检查中，还将根据国务院的部署在近期开展一次外汇大检查，重点检查对外交往多、外汇收支多的大公司、大单位今年以来的外汇收支情况。对截留外汇、逃避上缴、将外汇私存境外和私设外汇小金库等违反外汇管理规定的一律从严处理。

（1988年10月16日《黑龙江日报》）

19. 省政府召开电话会议部署 全面清理整顿各类公司

省政府今天召开电话会议，副省长、省政府清理整顿公司领导小组组长杜显忠在会上对全省清理整顿公司工作作了动员和部署。

杜显忠肯定了一部分公司在发展生产中的积极作用，同时指出确有相当一部分公司存在官商不分、政企不分问题。有些党政机关干部、离退休干部在公司中任职，利用手中的权力和过去的影响大搞投机倒把，危害极大。明确这次清理整顿的重点是1986年下半年以来成立的各类公司，特别是综合性、金融性和流通领域的公司，也包括今年以来批准的对苏边贸公司，之前成立的公司凡问题严重者也要进行清理整顿。

清理整顿的主要内容和要求：一是凡生产经营性公司都必须是实行独立核算、能承担民事责任的经济实体，是企业法人。全民所有制的公司财务要与同级财政挂钩。二是除经国务院批准的少数公司外，其他所有公司都不得兼有政府的物资和投资分配、基本建设和技术改造立项审批、进出口商品和外汇计划审批、行业管理以及其他行政管理职能。三是各级机关均不得用行政费、事业费、专项拨款、预算外资金和银行贷款开办公司或企业。已经开办的原则上撤销。四是严格执行党中央、国务院关于党和国家机关干部不得经商办企业的规定。党和国家机关的在职干部不得到公司兼职包括名誉职务，也不得停薪留职去经商办企业。县以上党和国家机关离、退休干部不得兴办商业性企业，不得到这类企业任职。无论是否在职均不得利用权力和关系进行商业经营和金融活动，从中牟利。五是要对各类公司的经营范围和经营方式进行整顿。凡是转手倒卖重要生产资料和紧俏耐用消费品、谋取非法利润的都要予以取缔，严肃处理。六是从事科技开发、技术咨询的公司不得从事商业经营活动，已核准的要予以撤销。七是要对经营粮食的单位和个人进行清理整顿。坚决取缔无照经营，严厉制裁哄抬粮价、投机倒把。八是金融业是这次整顿的重点之一，主要是整顿信托投资公司和非金融系统办的金融企业。九是整顿劳务公司，各级党政机关办的劳务公司不准从事经营活动。十是要对几种特殊类型公司进行清理整顿，包括新闻出版部门、大专院校、科研机构和公安、安全及各级经合委、经协办等部门开办的公司。十一是过去对一些公司特批的减免税优惠待遇和银行贷款优惠利率也要依法进行整顿。十二是要建立健全严格的审批制度，新成立的公司必须按规定报批。十三是清理整顿中，企业有哄抬物价、囤积居奇、投机倒把活动的要坚决取缔。

这次清理整顿要严格执行各项规定，态度坚决，宽严适度，时间从现在开始到年底结束。

（1988 年 10 月 18 日《黑龙江日报》一版头题）

20. 省政府办公厅紧急通知
购粮不得压等压价

省政府办公厅18日紧急通知各行署、市、县，重申在粮食收购中不得压等压价。

通知说，据有关部门和群众来信反映，一些粮库在收粮过程中存在压等压价问题。有的粮库检验人员工作不认真，凭眼观、手感随意定等，农民要求重新检验遭到拒绝。在全省粮食收购会议和最近召开的电话会议上，省委、省政府领导反复强调，粮食部门要热情地为送粮群众服务，认真纠正行业不正之风，不得压等压价，也不能随意提等提价、收人情粮。省政府重申以下几点：

一、认真执行粮食质价政策，关系到农民的切身利益和党与政府的群众威信，各级政府和粮食部门应加强政策教育和工作检查；对出现的问题要采取有力措施加以纠正。

二、对群众揭发出来的问题要认真调查，确属压等压价的要严肃处理。

三、质检人员一定要按操作规程办事，感官检验一定要与仪器复验相结合，让送粮农民信服。对农民提出异议的，要及时复验，并做好解释。

四、质检人员应模范执行政策，维护群众利益，扦样要爱惜麻袋，抽样多的要计重量。

（1988年11月21日《黑龙江日报》一版要位）

21. 我省外资项目审批加快

省外国投资联合办公室2日现场办公，省计经委、经贸厅以及工商、税务、银行、海关等管理部门联合会审了中外合资“绥盈草业有限公司”项目，过去是几天审不完的项目，一个上午就审批完了。

利用外资对许多企业还是新课题，由于体制问题，办理一个项目需要众多部门审批，有的企业为此四处奔波，甚至跑坏了一辆车。省外国投资工作联合办公室成立4个月来，实行一个窗口对外、一条龙服务，外商和国内企业在一个地方，就可以基本办完相关手续。这个办公室目前已接待美、日等国的14个团组，达成一批意向性协议；并协调各部门解决了在利用外资项目中国内企业间的纠纷等问题。在12月2日的联合审批办公会上，省水利第五工程处与香港中盈实业有限公司合资开办的“绥盈草业有限公司”项目，经过会审，一次即获得批准。

（1988年12月11日《黑龙江日报》一版）

22. 省府领导查看省城节日市场

副省长邵奇惠和省政府副秘书长杨德彬今天查访了省城节日市场供应和物价情况。邵奇惠今天有意避开已经得到检查信息的几个市区，选择对检查尚无准备的香坊区和道外区进行查访。

查访发现柜台商品标价管理混乱。香坊区通乡百货商店五百余种商品鞋一律挂着红色的“商品标价签”，上写“国家统一定价”（蓝色标价签上应写“国家指导价”，绿色标价签上应写“市场调节价”），其他商品和其他商店乱挂标价签的问题也普遍存在。物价部门的同志介绍说，许多商品国家目前并没有统一定价，有的商店这样做不过是想利用“国家统一定价”作招牌。有的商品甚至有签无价。邵奇惠要求物价部门立即采取措施予以纠正，做到上市商品要明码实价，以便群众监督。

查访发现，仅通乡百货商店的小商品柜台就有 5 种商品是从一些小商店进货的，价格偏高。营业人员还反映：铝制品、锁钥等金属制品、棉布和搪瓷制品进价都涨了。邵奇惠与物价局长研究解决价格多次顺加问题时说，商店搞批零兼营也是商业部门的一种改革，但层层加价问题必须解决，是否可以对有些商品规定一个最高价格？省外涨价我们管不了，但在省内各环节都应该管一下，都消化一点才行。

省物价局前天抽查一包呼兰火柴，发现 10 盒中 9 盒不足支，最少一盒只 33 支（每盒平均不应少于 50 支）。今天在道外区南头副食品商店证实了这种情况。呼兰火柴普遍头小，有的有支无头，而且盒内多数不足支，打开一包发现最少的一盒里仅有 25 支。

这次查访还发现其他一些问题。道外区延爽农贸市场管理混乱，

90%以上的商品没有标价，1角钱一个烧饼卖1角2分；一个卖豆腐干的个体户台秤零点高出30克……看完这些情况后，邵奇惠走进市场工商管理所，从正在说笑的工商管理人员中找到所长，和他交换了对市场管理工作的看法。

这次查访还看到肥皂、手纸等日用品有货摆台，节前肉蛋鱼禽蔬菜等商品品种多、上市量足、价格稳定。许多商店反映库存状况也不错，电冰箱等紧俏商品已不那么抢手，群众存有等待降价心理。

（1988年12月31日《黑龙江日报》一版要位）

23. 省税务系统检查5.2万户工商企业结果表明
利用发票偷漏税严重

利用发票偷税漏税的问题在我省一些工商企业中普遍存在。据省税务系统近两个月对5.2万户工商企业重点检查的结果表明，近两年内有7456户在发票的管理、使用上存在偷漏税问题，占重点检查户的14.1%；现已处罚4272户，补税罚款401.6万多元；其中集体企业的问题最多，约占有问题企业的1/4，偷漏税的金额也最大。这些问题主要有：

——开大头小尾发票。利用这种办法偷漏税的较为普遍。哈市道外区个体永胜鞋料商店开出大头小尾发票46张，发票联开7.9万元，存根只开340元，偷税2559元。五常县风城建材商店仅3张大头小尾发票就隐瞒销售款7.2万元，偷税2100元。

——私印、倒卖发票。据税务部门统计，全省有14户企业私印发票5840册，已查出9家有偷漏税问题，偷漏税额18万余元。倒卖发票的现象也时有发生，一些不法分子将一些作废的或他人丢失的发票拿来兜售，有的还按票面金额比例提成，为偷漏税者提供了方便。

——用白条顶替发票。这是一种明目张胆的偷税行为。按国家规定，用白条顶发票是非法的，但明知故犯者不乏其人。仅对鹤岗市四个县(区)统计，自制非法结算收据的就有112户企业，他们以招待费、维修费等名义开出白条3986份，偷漏税款4.5万元。大兴安岭地区税务部门在检查的89户企业中发现466张白条，金额25.8万元，均未完税。

——以借用、代开、开假发票等形式偷税。目前全省已查出2390

户企业代开转借发票15.2万多份，占偷漏税总户数的10.8%。哈市一家电料商店为一个体户代开10张发票，金额达10万余元，偷税3511元。

（1989年1月3日《黑龙江日报》）

24. 省农行实行“一长三师”制

1988年12月28日，农业银行国家总行向省农业银行宣布了农行“一长三师”任职令。自此，省农业银行沿着企业化的改革方向，彻底改变了现行的党组集体领导体制，按着专家治行的原则实行行长负责制。自新领导体制运行开始，农行党组即行撤销。

为了把银行办成真正的银行，把资金管住管好，自1987年以来，省农业银行以强烈的改革意识对银行企业化管理和领导体制改革进行了大胆尝试，按“一长三师”的模式在绥化市农行试行专家治行，取得成功经验。去年下半年开始，农业银行国家总行选定北京、上海和广州市分行及黑龙江省分行试行并推广这一经验。我省农行采取委任和选举相结合的办法，组成“一长三师”新的领导群体，取代党组集体领导。行长王祥、副行长王君仁、总经济师王书文、总会计师毕惠清、总稽核师高云琦、行长助理张国群均系高级经济师。按照责权挂钩的原则，行长处于全行的领导中心地位，直接对总行负责；副行长及“三总师”分别承担综合服务、资金营运、财务核算和调控监督工作，各自对行长负责。

目前，我省金融系统已有省农行、牡丹江市农行（地区行）和绥化、双城、尚志等（县级）市农行实行了“一长三师”新领导体制，这一经验今年将在面上进一步推广。

（1989年1月9日《黑龙江日报》）

25. 农资使用技术推广在全省形成网络

省供销社系统发挥科技优势，不断完善服务体系，为农民组建“庄稼医院”和农资技术推广网络，在促使传统农业向现代化农业转化中发挥了积极作用。

省供销社系统在农业生产资料专营第一年，为我省农民争取到手化肥、农膜和农药分别比去年增加 9.6%、56%和 23.5%。为了提高农用生产资料利用率、降低农业成本，他们针对我省今年农田积温低、春旱、病虫害严重等不利因素，指导农民科学使用化肥、农膜和农药技术。为了防病除虫，他们在全省组建了 76 个“庄稼医院”，聘请有理论和实践经验的专家当坐堂医生，视庄稼病情诊断开方，农民凭方购药，用多少买多少。“庄稼医院”对开药农民进行详细登记，把用药情况收集起来，进一步指导农民解决生产中的技术性问题。五常县兴胜乡今春两百多亩水稻苗床发生严重枯萎病，农民心急如焚。县“庄稼医院”闻讯后立即派人带药下乡喷洒，并日夜兼程到其他乡村检查苗床情况，及时帮助农民采取了防范措施。

据统计，目前全省“庄稼医院”已为农民防治庄稼病虫害出方四万余份，在 180 个试验点落实 28 个农药新品种，为农民维修并租赁药械五千余台，凡是经“庄稼大夫”诊断用药的没发生一次农药事故。

为了搞好农资售前和售后服务工作，目前全省供销社系统已建立了 1481 个技术咨询服务站，形成了遍布全省的四级农资技术推广网络。他们针对许多农民由于缺乏科学用肥知识，造成肥效降低，浪费较大等问题，专门举办培训班，培训农民近七万人次，为来访农民解答两万多个疑难问题，并在全省搞了三十六万多亩不同品种的试验田，推广配方施肥126万亩，有效地提高了农民科学施肥水平。

（1989年1月18日《黑龙江日报》）

26. 我省下半年资金供应大体有着落

7.9亿元净缺口尚需下力气解决

省人民银行近日对全省下半年重点资金需求，尤其是麦麻秋收收购资金做出安排。初步测算，下半年重点资金需要量为73.3亿元，而可筹集的资金为55.4亿元，资金缺口17.9亿元，其中麦麻秋阶段收购资金缺口为4亿元。省人民银行要求各行通过增加储蓄存款、搞好挖潜清欠等项工作解决资金缺口。

上半年，我省资金形势由严峻渐趋缓和，企业存款由大幅度滑坡转为有所回升；城乡储蓄存款比年初增加34亿元，比去年同期增加1倍，对缓解我省资金形势起了重要作用，使上半年工农业贷款比年初增投22亿多元。但是，由于企业不合理资金占用偏多，粮食贷款居高不下，企业间拖欠货款增加等原因，压死资金过多，影响周转使用。加之下半年工业生产要完成全年计划并为明年生产作准备，农副产品收购进入旺季，以及商业购进冬寒和节日物资等因素，资金需求矛盾仍然十分突出。

据省人民银行初步测算，下半年全省重点资金需要量为73.3亿元，其中55.4亿元可以通过吸收各项存款、财政拨款及收回贷款和预约定金等办法来解决，尚有17.9亿元的资金缺口，其中麦麻秋阶段约需资金19亿元，按现有来源可解决15亿元，尚缺4亿元。如果把人民银行短期贷款中可调剂的10亿元资金用来补缺，下半年整个资金净缺口为7.9亿元。因此，省人民银行要求各级人民银行和各专业银行必须严格控制贷款规模，调整贷款结构，把收购农副产品资金供应放在首位，从现在开始采取有力措施筹集资金。1. 进一步稳定和增加银行各项存款。我省每年增加的银行存款约占银行贷款的80%以上，其中大部分是居民储蓄存款。储蓄存款是制约银行资金来源的关键，下半年必须力争储蓄存款纯增57.4亿元。2. 目前全省工商企业和农业贷款中不合理占用的资金达70多亿元，下半年必须按国家下达的清仓挖潜任务，再盘活9.2亿元；并盘活煤、木、食糖和电视机四大优势产品占压的十几亿元资金，依法清收逾期呆滞货款和职工欠款。3. 抓紧组织清理企业间互相拖欠的货款，减少在途资金。4. 按照《全省农副产品收购资金专项管理办法》规定，各专业银行新增存款的30%要在人民银行作农副产品收购资金专户存储备用，并要在9月末以前全部存足；粮食部门应抓紧调销粮食，催收货款，使收购资金及时归位。5. 银行对粮食贷款拟实行包干供应办法，以确保粮食贷款专款专用。6. 下半年还将进一步整顿金融秩序，减少资金流失。

（1989年1月20日《黑龙江日报》一版要位）

27. 我省银行结算将实施重大改革

按照国务院办公厅部署，从4月1日起银行结算改革将在全国全面铺开。中国人民银行总行颁发了新的结算办法和会计核算手续，省人民银行近日协调各家专业银行对新办法进行研究讨论，对我省银行结算改革提出了具体意见及配套措施。

银行结算改革是金融改革的大动作，涉及国民经济各部门，是经济体制改革的重要组成部分。银行现行的结算办法是按照产品经济的模式设计的，由于结算办法规定较死、种类繁多、管理监督多及结算环节多，反映在结算中的错、乱、压、慢、拖的问题日趋严重，使企业该用的钱不能及时得到运用，企业支配资金权没有保证。国民经济各部门要求改革结算办法，加快资金周转。

经过认真论证考核，这次结算改革主要是推出了以票据化为主的结算办法，从总则、结算方式、结算纪律与责任以及附则都作了较大变动。一是明确了结算的性质不再是行政监督手段，而是社会经济活动各项资金清算的中介，在结算原则上把钱货两清改为恪守信用、履约付款；把维护购销双方的正当权益改为谁的钱进谁的账、由谁支配；对结算监督内容规定只审票据和结算凭证的要素是否齐全，不代任何单位扣款和冻结存款。二是在结算办法中推出的票据和结算方式是以“三票一卡”为核心，保留了汇兑和委托收款结算。“三票一卡”是汇票、本票、支票和信用卡。取消的结算方式有托收承付、托收无承付、付款委托书、保付支票、信用证、省内限额支票及信汇自带的做法。大力推行使用商业汇票结算是这次改革的核心和关键。商业汇票将成为商品交易过程中资金清算的主要方式。三是在结算纪律与责任的改革中，取消了不准赊销产品、不准预收付、不准拖欠货款的规定，并增加了新规定。新办法具有方便性、灵活性、通用性特点。这次改革不仅是业务改革，而且是整个银行结算制度的根本性重大改革，它将改变过去以银行信用代替企业信用的不正常现象，有利于结算手段的现代化。

（1989年2月26日《黑龙江日报》）

28. 省政府将推出财政预算“保盘子工程”方案

代省长邵奇惠说：这一方案将把整个财政工作纳入政府综合工作里面，改变“自扫门前雪”状况

为了贯彻治理整顿、紧缩财政的方针，实现保农业、教育、科技和保改革、保后劲，做到财政紧中求活、预算平衡有余，省财政厅代省政府拟定了1989年财政预算“保盘子工程”方案，今日将提请省人代会批准。

今年我省财政整体上严峻面大于宽松面，将有数亿元减收增支缺口需要消化，主要是粮食增亏增支过猛，生猪增亏过多，企业资金占用过大，财政补贴和公费医疗增支过快。为了完成财政任务，省财政厅经批准代省政府制定财政预算“保盘子工程”方案，其总体思路是：使预算指标分解化，责任具体化，政策公开化，途径目标化。代省长邵奇惠、副省长陈云林今天在全省财政工作会议上谈了省委财经领导小组的意见。邵奇惠说，实现“保盘子”不仅是财税部门的事，各部门各单位都要为此奋斗。省委、省政府赞成这个思想，就是要把整个财税工作纳入省政府综合工作里边去，从而改变过去“自扫门前雪”、自己顾自己的状况。我们要沿着这条路子走下去。陈云林说，通过实施“保盘子工程”指导平衡财政预算，是一个有益的探索，提供了新思路。要实施好这一方案，必须着重解决四个问题：一是要分级、分口分解财政预算指标，十万、百万、千万元以上的收支大户都要分层次纳入重点分解考核的范围。二要落实预算收支的责任。国民经济各部

门、各企事业单位都有责任。各级政府要落实本级财政的“保盘子工程”方案，形成一个组织保证系统，谁出了问题就追究谁的责任。三要公开预算执行政策。四要明确保证预算实现的途径和目标。

（1989年3月1日《黑龙江日报》一版头题）

配发评论员文章：**加强财经管理的新路子**

（文略）

29. 哈市南岗查封一药品黑市

哈市南岗区工商局3月1日查获一起违反市场管理及药品管理法的重大倒卖药品案。共截获价值七万余元的进口和国产的名贵中西药品及脱销的常用药；查出的12名无证经营的药贩子，他们多由以蛋换药、进而发展到从医药经营和生产部门整件批发倒卖渔利。

哈尔滨市南岗区工商局3月1日获悉，哈尔滨火车站前春远胡同有一个药品黑市，立即派人调查，当场堵获一大批药品和12名违法经营的药贩子。经工商民警队连夜审讯发现，这12名药贩子系肇东、呼兰、五常、巴彦等地和吉林省的农民。他们多是以鸡蛋换粮、换药起家，进而纷纷在哈站前北京街春远胡同租房常驻，以假证明信或给回扣等手段，从哈医药供销公司医药经销部、哈医药供销总公司中西药批发部、哈红霞医药经销部、哈白马天然补品公司、哈医疗物资供应站及哈制药四厂等医药经营和生产厂家批量套购药品，转手在黑市零售或销往农村医院、个体诊所。有的甚至举家在哈经营此道两年多；有的从农村高利借款3万元作资本。其中人称“老四”的吴成林，是肇东市昌五镇农民，租哈市北京街75号作点，大宗收售药品。北京街春远胡同成了药品黑市，远近闻名。工商人员堵截当时发现一些人正大包小裹从春远胡同逃往火车站，还有一些人下火车后径奔春远胡同取货。安达市中本镇家畜疫病防治院来人在此地买药也被截获。截获的药品中有成箱的进口青霉素和国产白霉素、麦迪霉素、先锋5号、安乃近、安痛定、维脑路通、回天再造丸及男宝等，还有一些医疗器械。3月1日下午所查获的药品共装了4辆三轮车和一辆“130”汽车，初步统计价值七万余元。其中有些药品已经过了有效期。此外还有一些空药瓶、药盒和医药包装用品，据药贩子供认，他们打算用此物装上别的药品出售。

哈市南岗区工商局已经成立专案组，将对此案一查到底。

（1989年3月5日《黑龙江日报》）

30.　　全省财政形势不容乐观

省府要求各地克服困难，确保“保盘子工程”顺利运行

前4个月我省财政收入增长不均衡，财政支出控制难度加大，有关收支指标还没有全部落到实处，亏损企业亏损额增加过多，全年财政形势不容乐观。省政府今天召开电话会议，要求进一步实施“保盘子工程”，扎扎实实解决存在的问题，确保完成全省财政预算任务。

1至4月份，全省各方面增收节支工作逐步加强，银行占压税款的问题初步缓解，财政收入进度出现逐月上升的势头，工商税收好于企业收入，地市财政收入好于省级，财政支出做到了有保有压。存在的突出问题，一是财政收入增长不均衡。全省（剔除计划单列的哈尔滨市）财政收入低于计划平均进度4.1个百分点，与省财政直接挂钩的21个地市县中，有5个财政收入增长低于10%，有3个财政收入平均下降9.2%。后8个月，由于农副产品收购等因素，资金紧张状况可能进一步加剧，企业原材料吃掉上年的老本后不足问题可能更为突出，粮食和生猪亏损将是继续增加的趋势，加上各种减收因素多在下半年体现，完成全年财政收入任务十分繁重。二是财政支出的控制难度加大。全省去年后翘和今年增支因素高达4亿多元，大部分要在后几个月体现出来，有些地市和省直部门要求提高开支标准，预算外要求增支资金已超过省财政全年预备费总额的1倍多；有些地方的预备费也动支过早，提前上了“前线”，不合理购买专控商品等问题，使追加支出的“温度”还没有降下来。三是有些地方、部门和单位，对“保盘子工程”方案规定的收支指标还没有真正落到实处。有些地方多打了收

入；个别行业有畏难情绪，争争讲讲；有的地方打赤字预算，没有进行必要的紧缩；少数省直单位没有保重点，留下硬缺口。四是亏损企业亏损额增加过多。前4个月，全省工、商、粮、森工、外贸和文教方面的亏损企业亏损额比上年同期增长50%。

副省长陈云林要求，各级政府必须高度重视财政工作，组织国民经济各部门、各条战线共同努力，分解指标，落实责任，明确途径，公开奖罚，确保“保盘子工程”总体目标顺利实现。

陈云林强调，要进一步控制和节约支出，把整个财政支出控制在财力允许的范围之内。预备费不能轻易动支，严格控购管理，节减行政开支、整顿补贴范围、控制公费医疗经费增长。要进一步松动资金，加快周转，提高企业的经济效益。当务之急是加强经济核算，把资金占用减少到最低限度；组织催收外省欠我省的资金；抓紧处理积压产品；大力清收职工欠款。要进一步强化财政监督，严肃财经纪律。

（1989年5月16日《黑龙江日报》一版要位）

31. 哈市站前农贸批发市场

引缺泄余形成规模

已建立170多个果菜和水产品供货基地，日均上市果菜30万公斤，占全市果菜上市总量的三分之二

哈尔滨市站前农贸批发市场以其日益强大的“引缺泄余”作用令人刮目相看：现在，每天有四十多个品种、30万公斤的蔬菜、水果从关内各地涌向这里，又源源流入市民的菜篮子。这个数量，占哈尔滨全市果菜上市总量的2/3。

这座由哈尔滨市南岗区工商局建立的4500平方米的批发市场，靠完备的设施、优良的服务吸引了上万名客商竞相前往交易。安装在市场内的彩色闭路电视监测和微机数据分析处理系统提供了可靠情况，并把上市品种、数量、产地、价格等信息及时反馈给商贩；54个冷暖库房为商贩存储果菜；检斤、开票、结算……整个交易一条龙服务。一位贩运户对记者说：“花钱难买方便，就冲这一条，有货也得拿这来出手。”

据了解，南岗区工商局派人到全国21个省市建立了170多个果菜和水产品供货基地。规定：从基地引进的果菜优先安排货位，淡季进货的减半收取服务费，有计划有组织进货的除代办包销外，造成损失的给予经济补贴，完成淡季引进计划70%以上的本市贩运户年终予以奖励。这些措施对商贩来说犹如无形的指挥棒，对保证市场淡、旺季均衡供应起到很大作用。与此同时，市场管理人员还在大庆、鸡西、佳木斯等地建立了“泄余”基地，通过“泄余”基地，把约占进货总量

20%的多余果菜输送到外市县销售。

这个市场分设服务与管理两套机构，为了搞活市场，两班人马协调动作。八十多名服务人员担负着对贩运户的系列服务工作，13名管理人员集中精力打击欺行霸市、哄抬物价、沿途拦路设卡、偷抢截扣果菜等不法行为。目前，已疏通各地向贩运户强收“买路钱”等关卡上百次，拘留了23名扰乱市场的不法分子，保护了商贩的正当权益。据估算，这里的果菜交易价格比国营商业每公斤低1角钱左右。

最近，站前批发市场被评为全国先进集贸市场，区工商局被评为全国工商管理先进单位。

（1989年5月26日《黑龙江日报》一版要位，**获本报好新闻二等奖**）

32. 我省资金紧张状况缓解但基础不牢

银行方面提出解决供求矛盾具体措施

经政府协调，银企共同努力，我省资金全面紧张状况目前已见转机。但记者走访人、工、农、建、中、交通和投资7家银行之后发现，由于宏观经济环境和企业内部经营管理等造成资金吃紧的一些根本性问题并没有完全解决，资金缓和的基础并不牢固。特别是有些问题，将会造成资金再度趋紧，亟须引起重视。

这些问题是：1. 各种不合理资金占用现已由去年的60亿元增至70亿元。其中产成品占压资金比正常情况下增加一倍左右。由于产业结构、产品结构不合理，不仅使滞销产品积压，而且原木、原煤、食糖、彩电、乳品、粮食等大宗优势产品由于运力不足、价格因素等原因也大量积压。流动资金周转一次比去年慢21天。2. 往来拖欠货款由去年的40亿元增至58亿元。这么多资金滞留在结算环节上不能参加周转，却又必须先拿钱去购买原材料，企业同时占用两套资金，加剧了资金紧缺矛盾。3. 原材料涨价吃掉了30%左右的流动资金，拿1元钱买不来1元钱的东西，使相当多的企业原材料储备下降到合理界限以下。4. 粮食贷款该降未降。前几年到了月末年均下降5亿元左右，今年反而增加1.8亿元，影响了对工业的资金增投。5. 企业自有资金少，80%要靠银行贷款。而工业生产效益又不理想，一季度企业全部流动资金占用增长幅度超过产值增长幅度的19%，实现利税比去年同期下降15%。

针对上述问题，各家银行提出了坚持紧中求活、缓解下半年资金供求矛盾的具体措施。主要包括：继续广泛吸收储蓄，在稳定企业存款的同时，目前还有一百多亿元的现金在“体外循环”，吸储余地很大，应当抓住利率调整和物价平稳的有利时机，力争全年储蓄纯增40亿元。全力调整信贷结构，要按产业政策对企业排队，按规定的比例先收回一般企业贷款用于支持重点企业；农业贷款现已安排1.7亿元向夏锄和防灾上倾斜，还要适当支持养殖业、多种经营和出口创汇的乡镇企业，对旺季收购资金实行专项管理。盘活滞死资金，协助企业采取按挖潜进度对到期贷款收回再贷等办法，把不合理资金占用压下来；清理拖欠要先系统内后系统外、先本地后外地、先易后难，6月底前搞完，优先清理重点企业；对逾期贷款要依法清收。货币投放今年务必要比去年增量减少一半，对各种形式的小金库、小钱柜全面清理，采取多种措施为个体工商户在建户、清算、存取现金上提供方便，减少“体外循环”的资金。进一步整顿金融秩序，解决金融机构过多、储蓄大战、多头建户等问题；同时，资金越紧越要搞活资金融通，省人民银行拟建立省级资金调剂中心，提高资金效益。

（1989年6月16日《黑龙江日报》一版要位）

33. 实行信贷倾斜 促进经济调整

省工商企业信用等级评估揭晓

以民主方式评估了8871户工商企业，121户被评为特级信用企业，银行将视信用等级发放贷款，浮动利率

为了有效解决工商企业资金供求问题，从3月份开始，全省各级工商银行自上而下地对工商企业进行了一次大范围的企业信用等级评估工作。评估结果今天揭晓，银行将视企业信用等级发放贷款。

这次评估是在人民银行、省计经委、商业厅局等企业主管部门的专家参与下进行的。全省一共评估了8871户工商企业，占该行贷款企业总数的68%。这些企业贷款占用额达193.4亿元，占该行贷款总额的81.3%。通过评估，大庆石化总厂、哈尔滨轴承厂、佳木斯造纸厂、齐齐哈尔第二机床厂等68户工业企业和哈一百、哈秋林公司、牡丹江百货大楼等55户商业企业，被评为特级信用企业，银行将在贷款、利率、结算、经济信息咨询等方面给予最优惠待遇。2306户工商企业被评为一级信用，银行将优先供应贷款，利率不上浮。3747户工商企业被评为二级信用，银行将对其适当供应资金；其中70%的企业可享受基准利率，30%的企业将根据其资金使用中的问题按不超过30%的幅度上浮利率。1640户企业被评为三级信用，银行将对其贷款管紧管严。1057户企业被评为四级信用，银行对其只收不贷，利率一律上浮30%。

这次评估，对企业的固定资产、自有资金、流动资金的使用状况，对产品适销程度、实现利税情况，以及企业领导者的决策水平、发展趋势和历史遗留资金处理等都进行了充分的调查研究，广泛征求各方面意

见，在公开评估内容和标准的基础上，通过县（市）、地、省三级民主评估确认。有些大中型骨干企业虽为社会所瞩目，但由于资金使用和完成国家计划等方面存在一定问题，没有评上较高信用等级，这也将有利于促进企业努力改善经营管理，充分发挥资金效益，争取尽快转化升级。

（1989 年 7 月 6 日《黑龙江日报》一版要位）

短评：信用是企业的生命

企业经营离不开银行的信贷支持，而信用是决定企业能不能获得信贷的关键因素。因此，工商企业的信用等级评估为全省各级政府和经济部门所瞩目，它决定了银行的贷款支持和限制对象，提高了信贷的透明度；也使各级政府、经济主管部门和企业了解了企业在经营管理、资金使用、产品结构等方面存在的问题，明确了改进的方向。

这次评估结果表明，当前影响我省工商企业信用等级的突出问题，一是企业历史遗留资金包袱沉重，不合理占用多；二是产品结构不合理，产品适销率低；三是经营管理不善，经济效益不高；四是企业底子薄，自有资金少。因此，我省工商企业必须努力提高产品适销能力，改善经营管理，增强经济实力，灵活有效地运用资金，不断提高企业的信用度、知名度。

外部条件的支持和督促也是必不可少的。在当前新旧体制交替、价格双轨制的情况下，许多问题是企业自身解决不了的。各级政府要转换职能，为基层、为企业服务，配备好企业领导班子，协调各方面的关系，为企业卸包袱增后劲创造条件。各级经济管理部门也要密切配合，运用行政的、经济的、法律的手段，帮助企业调整产品结构，促进企业转化升级。

企业的信用等级是随着企业的经营管理状况的变化而变化，这次信用等级评定较高的企业，如不注意巩固成绩，继续提高经营管理水平，社会信用也会降低，等级就会变化；这次信用等级评定较低的企业，只要总结经验，吸取教训，改善经营管理，迎头赶上，社会信用就会提高，转化升级也是有希望的。

（1989 年 7 月 6 日《黑龙江日报》一版要位）

34. 牡丹江民间借贷利弊交织

据牡丹江市人民银行调查，1988年以来民间借贷呈现出参与面广、规模扩大、利率增高、“倒贷”者多及因放贷而致富、因借贷而负债累累等情况。

牡丹江市人民银行最近对海林、宁安、林口三个县若干农户调查，发现民间借贷规模不断扩大，仅海林县满城、古城、旧街三个村，1988年参与民间借贷的农户就占农户总数的44%，比上年增加25%；借贷额23万元，为银行和信用社对这三个村贷款总额的80%，比上年增加73%。放贷者已由农村扩展到城镇，外来资金成为民间借贷的主要来源，53%的放贷者来自城镇，主要是城镇个体工商户，还有工人和干部。借贷投向由生活消费转向生产经营，借贷户中62%用于购买生产资料，13%用于经商，25%用于生活消费；借贷额中的83%用于生产经营。一些乡镇企业和村办企业由于资金紧缺，不得不向民间借贷维持生存和发展。

随着民间借贷规模的扩大，借贷手续更为严密，减少了贷款的风险性。放贷人对借贷人的信用情况经充分了解，由有一定经济实力的中介人担保，借贷双方一般都签订文字契约作为依据。贷款利率也由低到高，上涨幅度很大。1987年民间借贷利率为30%，1988年则普遍升为50%，高出银行利率35%，有的则更高。

由于民间借贷有利可图，出现了“倒贷”者和专营放贷者。有些人不再单纯用闲置资金放贷，而是将从银行、信用社和个人那里借来的钱再贷放出去，其数量约占民间贷款总额的25%。宁安县江西村一农户1985年放贷2000元，当年获利1200元；次年将本利再贷放出去，这样连续4年共获利15000元，成为本村一等富户。有一些借贷者则负债累累，仅海林县旧街村负债严重的就占全村农户的13%，其中有5户离村逃债；有的村还有人因此而离婚甚至自杀。

牡丹江市人民银行认为，农村民间借贷是农村商品经济发展的必然产物，是国家和集体金融信用的必要补充，但必须积极引导，趋利避害。他们建议充分发挥农村信用社的作用，并扩大信用社利率浮动权，以平抑民间借贷利率；加强民间借贷管理，确定一个最高、可行的限率；禁止国家干部从事民间放贷；对专营放贷者实行个人收入调节税。

（1989年7月17日《黑龙江日报》

35. 省政府召开电话会议要求 麦麻收购坚决不打白条

省政府在今天的电话会上要求各级政府、各有关部门认真做好收购服务工作，千方百计筹措资金，麦麻收购期间坚决不打“白条”，确保完成今年的粮食收购任务。

省政府决定：在全省推行“三清、一转、一管、全面包干责任制”，即：清理被挪用的资金、清理外债、清理拖欠；农户卖粮时尽量转账，减少现金结算；人民银行要切实管好各专业银行的现金，按一定比例用于农副产品收购；对粮食部门实地收购资金包干。

首先要大力开展“三清”。据分析，目前全省企业不合理占压的资金高达70多亿，要逐个落实清理积压、挪用和职工欠款任务，限期完成。财政部门对企业应补未补的亏损要及时拨补。其次是收购中坚持实行合理转账结算。要实现与农民协商，将其卖粮和交售农副产品的收入，与其应缴纳的税款、应归还的预购订金、到期货款、购买生产资料款以及生产费存款等，采取转账方式进行结算。但要特别注意防止发生其他代扣款、乱扣款问题，保护农民的正当权益。三要切实加强农副产品收购资金专项管理。各专业银行9月末之前要将新增存款的30%存足，并将粮食贷款及时归位，以保证旺季农副产品收购。四要积极推行粮食部门收购资金包干责任制，层层落实，保证粮食收购资金专款专用。

副省长陈云林在电话会议上说，我省农业生产形势很好，初步估算小麦将比去年增产6.5万公斤、亚麻增产1万吨、烤烟增产151万担。全省小麦合同订购任务15亿公斤，准备收购议价小麦3亿公斤，由于小麦收购牌市价差进一步拉大，我省资金紧缺的矛盾又一直十分突出，下半年资金缺口为7.9亿元，其中仅麦麻收购就有4亿元缺口，因此完成今年的收购任务非常艰巨。去年秋季农副产品收购打了不少“白条”，农民对此深为不满。不久前省委、省政府已郑重宣布：在今年整个粮食收购中，要力争做到不打“白条”；在麦麻收购期间坚决做到不打“白条”。对此，各级政府、各有关部门要负起责任来。要注意保重点，解决资金问题一要抓紧、一抓到底；二要抓细，措施明确、具体、行之有效；三要抓实，抓一项成一项。

省农委、省人民银行、省工商银行、省农业银行和省粮食局也都按照省政府的要求，对本部门的麦麻收购工作在电话会议上作了部署和安排。

（1989年7月21日《黑龙江日报》一版头题）

36. 全省各级工商行政管理部门严格执法 查处违法倒卖案件五千余起

全省各级工商行政管理部门一年多共查处投机倒卖违法案件5178起，案发呈上升趋势。其中大要案1998起，收缴罚没款3200多万元，为受骗者追回货款2500多万元。作案者多是国营、集体企业，倒卖的物资多是国家控制的重要生产资料和紧俏耐用消费品，而且制售伪劣产品活动越演越烈，手段诡秘，多以合法手段掩盖非法行为。

从1988年到今年6月末，全省工商行政管理部门共查获倒卖钢材及有色金属16万多吨、汽柴油5.6万多吨、水泥8600多吨、木材27.7万多立方米、煤炭60多万吨、化肥8.7万多吨、汽车474辆、彩电1.54万台。在查处的大要案中，属国营、集体企业作案的占80%以上，倒卖重要生产资料的占70%以上。在一些产品的产地倒卖活动尤为严重，大庆和绥化地区查处的汽、柴油案件和数量分别占80%和90%；牡丹江和佳木斯两市非法倒卖彩电数量占76.8%；鸡西、鹤岗、七台河三市倒卖煤炭量占90%多。

制售假冒伪劣产品活动日益增多。集贤、绥化、桦川、庆安查获4000多吨从美国进口的假冒二胺其氮磷含量甚微。伊春、大庆、七台河查获了近千吨质量低劣的旧彩电。鹤岗市燃料公司1988年在销售的原煤中掺入大量矸石粉，非法获利5万多元。

作案手段日益诡秘，有的造假账目、开具假发票，有的打着联营和调剂的合法招牌进行到卖活动，有的用假批件、假证明弄虚作假。

巴彦县粮食局两名职工采取虚假手段一路闯过数十道关卡，将从广东私购的三辆进口汽车开回转手倒卖。

（1989年7月24日《黑龙江日报》一版）

37. 海城乡公安干警挥霍巨额公款

肇东市海城乡公安派出所干警滥用职权，严重违反财经纪律，吃喝挥霍巨额公款，近日被查清移交监察部门处理。

据省税收、财务、物价大检查办公室介绍，肇东市海城乡公安派出所共有3名干警，从1986年初开始，在两年多的时间里共花出人民币6.2万余元，个人占用和借给外单位1800余元。在花出的款项中，用于吃喝送礼4.1万多元。这个派出所除将所收缴的罚没款2.6万多元全部截留花光外，还借债1.2万多元，欠债2.5万余元。其中欠一个体饭店吃喝款9855元，该所将4000元购买的摩托车作价2600元交给饭店抵债，目前尚欠该饭店7255元；此外还欠农民西瓜款4515元，欠农民用车运费2125元等也未偿还。

在这个派出所，白条罚款、白条支出报销现象十分严重，在1155张收支单据中，白条就有1001张。经查实，去年这个所3名干警划区包干，到农民兼办的小食杂店检查安全保卫和防火设施，不合格者罚款归己，额度不限，仅该所领导人就罚款650元。这个所还自定政策，私分截留赌资4950元。此外，据该所人员反映，上级主管部门写条子要西瓜等物品的较多，仅本市主管部门来该所吃喝和写条子要东西的就有10个科、所、队、站，金额达8584元。

（1989年7月26日《黑龙江日报》）

38. 省政府采取措施
提高出口商品质量和履约率

我省出口商品质量和履约率近一个时期有所下降，严重影响了我省的外贸信誉和出口创汇。省政府要求有关部门坚决取缔各种败坏对外贸易信誉的行为，保证完成今年的出口创汇任务。

据省政府介绍，我省八年前开始自营进出口业务，已同10多个国家和地区的1700多家客户建立了比较稳定的经贸关系，出口商品由200多种增至400多种，八年出口创汇增长8倍多，年均递增32.6%。去年外贸公司全面承包经营后，当年出口额突破9亿美元；今年前八个月在最困难的情况下又创历史最好水平，同比增长2%。但是，由于有些企业承包后急功近利、盲目签约以及生产设施落后、出口管理不善等原因，致使近一个时期出口商品质量和对外履约率明显下降。目前全省现汇履约率同比下降6.7个百分点，完成今年出口任务形势非常严峻。

省政府要求各有关方面立即行动起来，对本单位出口商品质量和履约率进行一次自查，切实纠正短期行为。对那些掺杂使假、投机取巧者坚决予以制裁，并追究领导责任。对抬价抢购出口商品货源的公司以及经营能力差、履约不力的企业坚决予以整顿，限期完成。各级政府要加强对外贸工作的领导；金融、运输、物资、电力等部门要重点保外贸出口商品生产；出口商品生产和经营单位必须按质、按量、按期提供出口商品。省政府近日将就严禁出口伪劣商品和加强出口履约率管理工作作出规定，以促进我省经贸事业长期稳定、健康发展。

（1989年9月14日《黑龙江日报》一版右上角）

39. 省政府对粮食收购做出安排

- 坚持既定政策，保证完成包干任务，歉区不减，丰区不加
- 灾区可放宽品种互顶政策、放宽大豆和玉米等级、放宽接收水分
- 以县为单位全面完成任务前粮油市场不能开放，大米实行专营

大灾之年我省粮食生产仍取得较好收成，为了确保完成今年的粮食收购任务、安排好省内粮油市场，省政府公布了今年的粮食收购政策，并做出具体部署。

今年我省农业生产遭受了伏旱、冰雹、洪涝和早霜等灾害，一些地方粮食减产幅度较大。但由于增加了种植面积和投入、提高了科学种田水平等因素，全省粮食产量比预计的要好一些，完成53亿公斤的订购任务有一定物质基础。截至10月4日，全省小麦已完成订购任务93.8%，比去年同期快了近一倍。省政府日前强调：秋粮收购也要坚持既定政策，保证完成包干任务，歉收的地方不减任务，丰收的地方不加任务。丰收和正常年景的地方，必须按包干要求保质保量全面完成粮食合同定购任务，定什么交什么，定多少交多少。受灾的地方，通过各自增加的系数、订购保证金和地方财政支持等办法解决问题。受灾较重地区经过批准可以放宽互顶政策，杂粮、杂豆可以顶任务；可适当放宽大豆、玉米的等级，用一部分等外粮豆顶任务，并实行保护价。此外，还可以放宽粮食接收水分，在保证不坏粮的前提下，水分由各地自定。一些总体上是正常年景的地方，因大豆质量较差，收购等级可适当放宽；接受水分以不坏粮为前提自定。原则上小麦、水稻、大豆不限水，玉米接受水分由当地按规定掌握，上大冻后全部放开。农户

要紧打消费，除口粮、种子和饲料留用外，必须全部兑现合同。对同样自然条件下邻里能完成任务的，本人因不按计划种植或弃农经商务工的，应令其以工补农、以副保粮、买粮完成任务。各级种子部门要按种、粮分开的原则，按计划及时收购种子，灾区更要留足。要保证及时结算粮款，不打白条，让卖粮群众见到回头钱。

农户全面完成任务后，余粮可以议价出售，但以县为单位全面完成任务前市场不能开放，粮食部门要适时收购这部分议价粮。在粮油市场开放前，任何机关、企事业单位和个人都不准到农村采购粮食；粮油市场开放后，也要严格执行省政府规定，大米实行专营，必须是粮食经营责任单位才能经营粮食；出省的粮油要审批，议价粮要首先保省内市场需要。对经济效益差、浪费粮食的农村四坊要关掉一批，农村小酒坊一律关闭。要进一步搞活粮油集贸市场，促使粮食由农村向城市、由产区向销区、由丰收区向歉收区流动。

省政府要求各地把粮食收购作为当前农村第一位的工作来抓，集中领导，全力以赴，豆麦和水稻产区要在11月底前完成任务，全省要在12月底前全面完成任务。

（1989年10月10日《黑龙江日报》一版头题）

40.　牡丹江市全面清理企业多头建户

牡丹江市人民银行对近一个时期日益增多的企业在银行多头建户问题进行了全面清理。全市共清出企业多头建户 2446 户，除需要回收贷款等而允许保留的账户外，现已撤销企业不合理建户 1195 户，划转存款 2100 万元，收回贷款 2400 万元，并对日后企业账户支付现金及贷款的管理作了详细规定。

据省人民银行介绍，在全省范围内清理企业多头建户工作中，牡丹江市人民银行率先清理完毕。他们对企业在银行多头建户问题进行了全面调查，发现，由于有些政策界限不明确，又缺乏具体要求，使有些银行和企业对“企业选择银行、银行选择企业”的规定难以全面理解，执行中带有很大的随意性，出现多头开户后又没有适时纠正；加之各金融部门因竞争客户而放松了管理，企业风险观念淡薄，不考虑负债能力，甲行不贷找乙行，敢借敢花。

在不合理多头开户的企业中效益差的较多，仅市区多头建户的企业中就有 66%是三、四类企业。其中 30%有三个以上的户头，有一个企业甚至在六家银行建立了账户。在该市所辖的县市中，三、四类企业多头建户平均达到 70%。全市三、四类企业从多家银行贷款约 3 亿元，市区七个信用社因企业多头建户增加逾期贷款 600 万元，影响了国家对产业结构和信贷结构的调整。在多头开户的企业中，加工业占 70%以上，使其超前发展的势头难以遏制。一些企业为了逃避银行收贷，将销货款存入非贷款行，东宁县第三陶瓷厂在工商行的逾期贷款较多，便到建设银行建户转移销货款六十多万元。

（1989 年 10 月 22 日《黑龙江日报》）

41. 宾县11个公安派出所违纪动用罚没款18万元

据省税收财务物价大检查办公室介绍，宾县11个乡镇的公安派出所违反国家关于罚没收入必须全部上交财政的规定，两年中坐支18万余元，被用来大吃大喝、擅自购买专控商品、支付出差费等。

不久前，宾县税收财务物价大检查办公室，对全县22个乡镇中11个乡镇公安派出所罚没收入的支出情况进行检查，发现在1987年、1988年的罚没收入21万多元中，坐支款达18.8万余元，占全部罚没收入的87%。其中糖坊派出所坐支达4.8万多元。这11个派出所总共不足40名干警，却从坐支的18万余元中拿出6.81万元用作大吃大喝。永和派出所两年罚没收入6000元，而吃喝竟花了6400元；7.2万余元被用来支付办案、出差和其他费用；1.9万余元被用作支付民警用枪伤人的医药费；4.8万余元被用来购买车辆等专控商品，糖坊派出所用9000元罚没款买的吉普车不落户、不办牌照，跑黑车。检查中还发现，多数派出所不使用国家统一规定的罚没收据，不建账，有些罚没款不知去向。

另据省税收财务物价大检查办公室介绍，各地反映擅自动用坐支罚没收入违纪问题，在各执法部门程度不同地存在着，希望及早引起重视。

（1989年11月8日《黑龙江日报》）

42. 全省零售物价水平继续回落

部分市、县尚需努力补上欠缺

9月份我省物价涨势继续回落，全省零售物价总水平比上年同期上升5.3%，低于上月2.4个百分点。在九大类社会商品中除书报医药类外，食品、服装、日用品、文化用品、建材、燃料等7类商品价格比上月均有下降，食品类降幅最大。1至9月份，我省物价涨幅在全国30个省区市中居第28位。这是省政府在10月28日召开的市场物价新闻发布会上公布的。

据省统计局分析，9月份各地物价涨幅回落是贯彻执行“383工程”的结果。各地积极组织货源，使市场的商品上市量有较大幅度增长；同时各市、县对肉、蛋、禽、菜等主要副食品增加了财政补贴，9月份，全省十城市此项补贴达1387万元，比上年同期增加42.5%。此外，各地政府从装满、装好“菜篮子”出发，增加农业投入，加强了蔬菜生产的基础建设。我省从9月份起降低了毛毯、电冰箱等商品价格，节日期间各地开展让利销售活动，对工业品价格涨势回落也起了一定作用。

我省物价涨势已连续8个月逐月回落，但1至9月份零售物价总水平比上年同期上涨18.1%，价格总水平仍然很高，潜在的涨价因素很大。全省还有10个市县有完不成年初所定控制目标的危险，全省实现物价涨幅比去年减少4至5个百分点的难度还很大。

省政府要求各地、各部门都要对本单位的控制目标实现情况进行分析，克服盲目乐观和悲观畏难情绪，科学组织，精心安排，补上欠账，不拖全省后腿。商业部门要努力处理积压，千方百计扩大销售；生产部门要根据市场疲软现状适时调整产品结构，开发适销对路新产品；并要继续整顿流通秩序，严肃处理违价问题。

（1989年11月12日《黑龙江日报》）

43. 省政府举行第九次新闻发布会 10月份零售物价涨幅继续回落

省政府在今天举行的第九次新闻发布会上公布：10月份全省零售物价上涨幅度继续回落，总水平同比上涨3.8%，比9月份回落1.5个百分点，比1月份回落23.8个百分点。

从各类商品价格变化情况看，10月份与上年同期相比，消费品价格上涨3.5%，涨幅比9月份回落1.5个百分点。其中，食品类和建材类价格略有下跌，穿、用商品价格涨幅回落较大，农业生产资料价格上涨6.6%，涨幅比9月份回落1.1个百分点。食品价格下跌的主要原因是鲜菜价格大幅回落。十个城市供应的秋白菜、土豆和大葱数量均超往年，价格同比却下降22.3%，群众普遍感到满意。

10月份与上年同期相比，国营商业价格总水平上涨5.6%，集市贸易价格总水平下降2.9%，与9月份相比涨幅均有回落。目前看，我省物价总水平上涨幅度低于全国总水平，连续三个月处于各省、区市最低位置。

据有关部门分析，入冬以来，一些地方肉食等商品价格有所抬头，供需矛盾仍在扩大，有效供给的增长速度缓慢，稳定物价的基础还不牢固。省政府要求各地认真贯彻十三届五中全会精神，落实“383工程”实施方案，继续控制好市场物价。

（1989年11月25日《黑龙江日报》一版头题）

44. 调剂余缺　活化资金　促进生产
全省物资交易大会在哈开幕

黑龙江省物资交易大会今天在哈尔滨市省物资贸易中心隆重开幕。

来自省内14个地、市和省森工总局、省农场总局系统1200多个单位，以及北京、浙江、江苏、湖北和辽宁、吉林等省市的客户共计2000多人参加了大会。省内各单位向大会提供的可供物资和商品达数万种，总值23亿元左右。会期6天。副省长田凤山到会讲话。

这次物资交易大会，是省政府为贯彻治理整顿和深化改革方针，促进我省经济持续、稳定、协调发展而采取的一项积极措施。今年前三季度，我省与全国相比经济发展波动较小，物价涨幅明显下降，市场相对稳定。进入9月份形势发生很大变化，其突出问题是工业生产速度和效益均呈下滑趋势，资金紧缺。到10月份，全省占压资金77亿元，其中产成品占用资金36亿元，商品库存和工业库存都有较大增长，使本来就紧缺的资金周转更加不灵。为尽快克服这些不利因素，省政府组织公交、物资、外贸企业举办了这次物资交易大会，通过以货易货、买卖转让、赊销和分期付款等多种方式缓解物资超储积压等方面矛盾，帮助各地区、各部门、各企业互通有无，调剂余缺，为明年生产稳定发展创造必要条件。

参加交易大会的各单位（包括160多家大中型企业），向大会提供的物资主要是生产资料，如钢材、有色金属、汽车、机电产品、化轻产品和木材等，此外还向大会提供了近两亿元的自行车、彩电、冰箱、服装等生活资料。

交易大会开幕后，来自各地的推销员、采购员纷纷将自己的可供物资和商品、需求物资和商品列表张贴，互相交换，会场交易气氛十分活跃。

省政府还协调工商、物价、财政、银行、税务等部门派人驻会办公，实施省政府在交易大会期间制定的一系列临时优惠政策，当场解决相关事宜，深受各方欢迎。

（1989年12月20日《黑龙江日报》一版右上角）

45. 全省银行行长会议提出

立足内部挖潜　解决资金问题

扶优限劣，把支持农业放在首位

省人民银行今天召开的全省银行行长会议确定：今年我省将在继续紧缩银根、控制总量的前提下，按国家经济、产业政策安排信贷，做到有保有压、有松有紧、区别对待、适时调节，把支持农业放在首位。

据了解，今年我省需要增加资金投入的新因素很多，但是国家给我省的钱却少于去年，信贷资金缺口118亿元。会议认为：解决缺口的唯一途径就是眼睛向内，增加储蓄存款、盘活存量资金、自求平衡。因此，必须下大力气调整信贷结构，优化贷款投向，同时适时灵活调节信贷资金。

为此，会议要求各级银行和其他金融机构要制定行业、企业和产品发展序列，扶优限劣。首先是积极支持农业生产，全省计划投放13亿、力争14亿，重点支持“丰收计划”。其次是支持工业生产适度增长，新增贷款将用于保重点。对基础产业、大中型骨干企业、科技兴省和“383工程”项目优先安排流动资金。三是积极支持商业部门收购，支持国营商业发挥“蓄水池”作用，优先解决计划内外贸进出口资金需要。

副省长陈云林到会讲话。他说，省委、省政府下决心自力更生解决资金不足问题，各政府各部门要齐抓共管，增强资金安排的透明度，把钱用在刀刃上。对保重点、压一般的信贷举措，任何人都不得从本地、本部门利益出发进行干涉。

（1990年2月14日《黑龙江日报》一版要位）

46. 贷款投向合理　放、收及时
新民村信用社使贷款成为一溪活水

海林县农业银行帮助新民村成立村办信用社，由农民自己管理资金，自主经营，适时调度，合理投放，使村商品经济和农业生产迅速发展，抑制了资金积欠和高利借贷等问题的发生，全村资金成为一溪活水。

随着农村商品经济发展，不少农民手中有了闲钱。怎么让这些钱用到有用之处呢？1987年9月，海林县农业银行在拥有9个自然屯5500多农户的新合乡新民村成立了村办信用社，在农行的监督指导下，由村委会领导信用社自营储蓄、结算业务，村民组成的信贷检查小组负责审批贷款。两年时间，新民村信用社通过自愿入股和吸收闲散资金等，资金已达60多万元，村民储户接近全村总户数的90%，在本村农业和8个村办企业生产中周转使用额累计近百万元。由于村办信用社对全村经济发展和资金余缺情况了如指掌，使贷款投向合理，数额准确，发放及时，又可以及时收回。去年村里根据资源和市场情况要建一座白灰厂，在村信用社贷款4万元，当年投产受益，当年归还了贷款。今年这个村办信用社又低息向农民发放春耕生产贷款3万多元，资金不足的农户全都备足了种子、化肥和农膜。去年以来，全村农业生产没要国家一分钱，没有一户农民因资金问题种不上地，当年贷款没发生一笔呆滞陈欠，全村也没有高利贷现象。村办信用社给村民和村办企业带来很多方便，不出村即可办理结算。

（1990年3月8日《黑龙江日报》）

47. 我省开始大面积清理三角债

预计可清理三十亿

省内首次为期一个月的大面积清理企业“三角债”工作从近日开始。预计清理“三角债”30亿元，约占目前省内企业间往来拖欠款总额的近1/3。

这次清欠的主要对象是国营工业，包括粮食和外贸在内的商业以及物资、供销、基本建设等方面的重点企业3月末以前相互拖欠的货款，以及与上述企业交易往来、符合清欠条件的中小企业拖欠的货款。

为了帮助企业盘活资金，这次清欠不搞简单债权债务划转，而是选择石油、煤炭、化工、粮食、木材等行业为龙头，从启动流通环节入手，以促进产品销售为目的，采取启动付方、指定收方、全额清算、差额注入的办法，对人欠、欠人同时清理，做到清一点活一串。

全省确定以付出大于收入的差额和收入总额的一定比例增加信贷规模、注入资金。对符合条件的工商企业，从收回的货款中划出一定比例，留给企业周转；国家和省重点企业的留存比例适当高些，一般企业略低些，企业困难大的适当高些，困难小的略低些。这次清欠工作由各级政府负责，在省清理“三角债”领导小组领导下统一进行。

（1990年4月21日《黑龙江日报》）

48.　全省查出近千起违价经营农资案

已退还农民差价款 200 多万元

我省对今春农用生产资料价格的检查基本结束。在被检查的 3790 个经营单位中，24.8%有问题。共查出违价经营案件 951 件，违价金额 393 万元。现已退还农民和用户 219.9 万元。

经全省物价检查部门近两个月检查发现，今春农用生产资料经营管理的主要问题是越权定价；同城、异地转手加价经营；不执行有关规定擅自加价出售，或采用提高运杂费等办法，将平价农用生产资料高价销出。按粮油挂钩政策，售粮户都可购买挂钩平价柴油，但是相当多的售粮户由于没有农机具，用不上柴油，这部分柴油被经营部门高价出售。高出部分应归属农民，但却被经营部门独吞。双城市检查的 11 个经营柴油的农机站，有 9 个违价。松花江农管局岔林河农场在没有满足场内农户需要的情况下，将计划内二氨高价销给依兰县 46 吨，并高价销售柴油和硫酸钾 25 吨。通河县浓河镇农机加油站采取不按批发起点开票的办法，不让农民按批发价购买粮油挂钩柴油共计 200 吨左右，占该站年供应挂钩柴油总量的三分之二。

（1990 年 6 月 24 日《黑龙江日报》一版要位）

49. 全省清理三角债近60亿元

省政府从3月份开始统一组织大规模清理三角债，到6月21日共为省内工、商、农、牧企业解决省内外往来拖欠货款59.7亿元。

以协助大中型企业解决资金困难为重点，3月份以来，省政府组织各地、市专业银行共进行四次大规模清欠活动。一是各地、市“自扫门前雪”，按块包干清理，解决辖内企业拖欠货款18.7亿元；二是各专业银行按专业系统清理省内跨地、市拖欠货款，为石化、木材、煤炭、机械、粮食、供销、外贸清理三角债21亿元。三是由省政府设立的清欠机构统一协调，五家银行互相对账，签订还款协议，协助企业解决省内跨系统三角债3.8亿元。四是以省为单位参加东北大区清理三角债，解决省外拖欠货款16.2亿元。四次清欠已解决年初158亿元三角债的38%。目前我省仍有132亿三角债，省政府正在统筹安排，准备进一步进行清理。

（1990年6月25日《黑龙江日报》一版头题）

50. 税收形势严峻
省税务局提出促产增收措施

记者从全省税务工作会上获悉，1至5月份，全省工商税收比计划平均进度短收3.55亿元。省税务局以促进生产、培植税源为重点，采取一系列增收措施。

受工业生产速度回落和市场疲软等因素影响，1至5月份，全省工商税收比计划进度落后3.9个百分点，预计到6月末仅能完成全年税收计划的47%左右，税收形势比较严峻。省税务局近日动员广大税务干部转变观念，帮助企业发展生产，培植财源，增加税收。其主要办法是执行好现行税收政策，对国家为帮助企业渡过难关而采取的减、免税措施，税务部门要及时予以兑现，并加强监督管理，使减免的税收资金在生产中真正发挥作用；对纳税有困难的企业，税务部门要按管理体制及时报批，妥善帮助企业解决困难；对按政策以税还贷、税前还贷等采取照顾性措施的骨干企业和重点产品，税务部门要及时办理有关手续。

各地税务部门要科学掌管手中的周转金，用其帮助集体企业进行改造，解决开辟新的生产门路等关键性问题，使周转金对企业起到扶一把就能活的作用。

各地税务部门要注意发挥掌握经济综合情况这一优势，积极参与各地经济决策，主动向企业反馈信息，帮助企业确定促产项目，提高资金使用效益。

省税务局21日召开全省税务工作会议，针对偷、漏、拖、欠税款等问题，在依法治税、加强征管等方面提出了一系列应收尽收措施。

（1990年6月25日《黑龙江日报》一版二题）

51. 利用交通方便优势建立农副产品集散地 周家镇形成以销促产服务体系

双城市周家镇利用优越的地理条件，为农副产品的生产和销售提供系列化服务，禽蛋、奶牛、西瓜业扶摇直上，去年农民人均收入超千元，4 年接近翻一番。今年上半年仍然保持了良好的发展势头。

周家镇位于哈尔滨、双城、阿城和五常三市一县交界处，拉滨铁路和哈大公路从这里穿过，具有交通便利、辐射面广的优势。镇政府从 1986 年开始集中力量扶持多种经营生产，建立了为全镇 13 个村服务的奶牛配种站和畜牧综合服务站，各村配农民防疫员。1988 年建立了一座日产 8 吨的全价饲料加工厂和有 40 万只孵化能力的雏鸡孵化厂，并以低价出售饲料和鸡雏。使奶牛和蛋鸡由零星、分散饲养逐渐发展为专业大户和专业村。他们还通过搞培训，推广西瓜丰产和保鲜技术，并向农民提供西瓜良种，鼓励农民种植西瓜。

周家镇狠抓流通环节，以销售促生产。他们建立了以站前农副产品批发市场为中心的销售服务体系，由工商管理所集中管理站前市场，公安部门负责场内外治安。在西瓜和鸡蛋旺季到来之前，镇政府统一组织人员到天津、鞍山、大连、营口、哈尔滨、大兴安岭、伊春等地联系客户。这个季节，仅从站前市场直接装火车运走的西瓜，1 天就多达 50 万公斤。如今他们已吸引省内外长期贩运户两千多人，其中有本镇的八百多人。这个镇还建立了鲜奶收购网点，保证了牛奶及时收购和运送。

几年来，周家镇一方面确保粮食定购任务的完成，一方面在 13 个村中，已建立起 5 个西瓜专业村、3 个养鸡专业村；全镇 4800 多农户，户均从事两项多种经营生产。全镇现有奶牛 1800 多头、蛋鸡 21 万只、种植西瓜 1.5 万亩，且早、中、晚三期拉开，直到上冻还有西瓜卖。

副镇长周财日前对记者说，我们是被逼上了马，政府部门系列化服务跟不上群众需要不行。其中，搞好销售服务，非常重要。眼下的问题是国产畜牧用药药效太低，今年疫病又较多，新抓鸡雏死亡已近一半，给蛋鸡业带来不利影响。

（1990 年 7 月 10 日《黑龙江日报》一版头题）

52. 鼓励企业开发新产品提高经济效益

省财政厅推出财税新政策

根据需要重申以往规定

记者从4日结束的省财政工作会上获悉，为了支持国营工业企业加快产品结构调整，提高经济效益，省财政厅推出财税新政策，8月1日起实行。

新政策主要包括：对现有成熟、高效、具有推广价值的科研成果，财税部门将促其尽快转化为生产力，重点扶持利税率高于20%以上的新产品，省财政每年在预算内安排一定基金专项扶持。各级财政部门每年在预算中安排一定贴息资金，支持微利和亏损企业开发新产品，银行相关贷款可用税前利润归还本息。财政部门将把新产品开发纳入企业承包责任制，按规定实行奖罚。开发新产品的技术改造项目投产后可单独核算，也可以直接纳入企业统一核算实行承包。对质次价高、效益差、无市场、国家和省规定的淘汰产品，财政不予退库、税收不减免、资金不安排。财政规定用于技术开发的专项资金必须专款专用，对挪用、串用的企业除严肃处理外，取消各项优惠政策；两年以上不用的要上缴财政。企业新产品开发费用可按规定进入成本。实行承包经营的国营工业企业可在销售收入中提取1%的技术开发费，省“特企”可提取2%，专项用于新技术、新产品开发。开发的新产品销售收入率达30%以上的，可提取1%的新产品开发费，专项用于开发或归还开发借款。对引进新技术、开发新产品当年投资见效的，可从新增利润中提取不超10%的奖金奖励有功人员。对列入国家计划的新产品，可减免产品税、增值税一至三年；

列入省级计划的可减免产品税、增值税一至两年；列入地市、级而纳税有困难的，可按体制报批适当减免。

又讯：为便于企业用好用足各项政策，促进新产品开发推广，省财政厅对过去制定的一些规定根据需要予以重申。（文略）

（1990年8月7日《黑龙江日报》一版要位）

配发评论员文章：**可贵之举（文略）**

53. 一户一议　对症下药

牡丹江市政府组织服务队下厂“巡诊”

牡丹江市政府组织的服务队连续7个月到基层现场办公，为企业解决生产难题，使60多户企业复苏、39个企业的47种积压产品找到了销路、13条新老改造项目实现或接近达产达标。

这支服务队是由政府职能部门、经济杠杆部门和物资流通部门联合组成，市长（副市长）带队，从年初开始采取逐企业办公、一户一议的办法，帮助解决影响企业生产的急难问题。

第一季度开展了帮助企业渡难关服务。服务队对全市64户陷于困境的企业逐户考察，帮助解决了这些企业所需的资金、原材料等问题，目前这64户企业已有59户走出困境。

第二季度以组织市内产品协作配套为服务中心，组织有条件的大中型骨干企业和主机厂，帮助可与之配套的零部件生产企业提高产品质量、降低成本，解决在同一地区内，同种零部件一方面靠外进，一方面却销不出的矛盾，使二十多户企业重新找到了生路。连年亏损的牡丹江印染厂，与盈利大户牡丹江床单色织厂、第二纺织厂、光大织布厂开展协作后，在纺织业形成了工艺专业化一条龙生产体系。现在，全市有一百二十多户企业加入协作配套生产行列，协作配套工作由行业内扩展到行业外，由市区扩展到县、镇。上半年在基本没有增加投入的情况下，全市通过协作配套新增产值6000多万元，新增利税787万元。

进入第三季度，他们根据省委六届六次全会精神，以挖掘存量资产潜力为中心，帮助企业开展技术改造达产达标，努力提高经济效益。

目前对全市30个没达到新增能力的技改项目逐项分析研究，协调解决资金、材料不足等困难。第四季度将以确保全年目标实现为中心，对完成全年目标有困难的十几户较大企业逐户指导。

（1990年8月13日《黑龙江日报》一版二题）

54. 省政府进一步搞活粮食市场 制定10项促进粮食购销政策

为了进一步搞活粮食市场，切实解决农民卖粮难问题，省政府今天推出10项促进粮食购销的政策措施。

——下放粮油市场管理权。按国务院规定，以县为单位完成定购任务后，要及时放开市场。根据今年的粮食形势，以哪一级为单位完成任务放开，何时放开，什么品种先放，什么品种后放，采取什么方式放开，由行署、市、农场总局在向省政府作出全面完成定购任务保证的前提下，自行决定。可以完成一个品种放开一个品种；也可以乡为单位完成任务后放开；物质基础和工作基础好的地方，也可除个别完成任务难度大的品种外，同时放开；非定购品种常年放开。

——不论粮食市场以哪一级为单位完成任务放开，都不能影响农民及时出售余粮。以户为单位完成定购任务后，就可以卖议价粮。市场尚未开放的地方，由粮食部门负责收购，农民也可自行到集贸市场出售。

——粮食集贸市场常年开放。农民可随时到集贸市场出售余粮。消费者和用粮单位可随时到集贸市场采购粮油。有关部门要提供服务。

——省内粮食运销完全放开。各行署、市、县及农场总局设置的粮油检查站一律撤掉。出省粮油由县（市）批准即可外运。省在平衡运输计划时，除对个别冲击定购任务的采取必要措施外，一律放行。平衡运输计划，也要简化手续。

——在本粮食年度内，出省粮油一律暂免征收农业技术改进费和粮食经营补偿费，出省大豆（包括豆粕、豆饼碎）是否征费，新年后依据实际情况另行决定。

——凡有经营粮油执照、守法经营的多渠道经营者，都可以经营包括大米、大豆在内的所有品种粮油。要充分发挥粮食、供销、乡企等单位经营粮食的优势。无论是主渠道还是多渠道的经营，都要从社会效益出发，既要经营紧俏品种，又要经营其他品种，由当地政府依据余粮情况确定各经营单位的品种数量或比例。社队企业可常年加工粮食，在粮食定购任务完成前可代农加工，原料不足的也可经批准收购一部分。

——大力组织工业品下乡兑换粮食。商业、供销、工业、物资等部门，都可以用工业品与农民对换粮油。无经营粮油执照的，可到工商和粮食部门办临时执照，以缓解收粮资金不足，拓宽工业品销路。

——在完全自愿的前提下，农民和农场可用余粮提前交售下年合同定购任务，交什么品种顶什么品种。

——国营粮食部门要充分发挥主渠道和“蓄水池”作用，敞开收购议价粮，不拒收，不限收，充分满足农民出售余粮的要求。同时，要充分发挥粮食批发市场、交易市场的作用，积极开展议价粮销售。既要大力寻求外销门路，又要开拓省内市场，组织区域间品种调剂。

——进一步搞活平价粮油市场的供应。要提高质量，增加花色品种，搞好熟食加工。大米除按居民定量供应外，可以将一部分议价大米经物价部门批准转为“中价”在口粮定量内供应，由群众自愿购买。还可以按此办法供应一些稀少品种，丰富市场，方便群众。

在进一步放开搞活的同时，要继续加强粮油市场管理。管理也是为了更好地放开搞活，实现有领导、有秩序地开展多渠道经营。对生产者不完成合同定购任务就卖议价粮的，要进行说服教育和必要的制止；禁止到尚未完成任务或尚未开放市场的地方抬价抢购，冲击国家定购任务完成；禁止私人或私营企业经营粮食批发业务；禁止无证经营、逃税违法经营，打击不法商贩低价向农民收购以转储价卖给国家的投机倒把行为。

（1990年10月18日《黑龙江日报》一版头题）

55. 海伦农行、供销社联手启动市场

去年新增7000多万购货资金，激活600万呆滞贷款，促工业品销售增长

海伦市农业银行与供销社密切协作，联手启动农村市场，搞活资金，使双方都增添了活力。1989年这个市28个农村基层供销社中有19个销售下降，平均下降8%左右。去年初，农行与供销社联手启动市场，搞活资金，到年底，全市28个基层供销社中已有21个销售额上升10%以上；全系统工业品销售额比上年增长15.8%，创历史最好水平；600多万元贷款由死钱变为活钱，多次参加周转。

这个市的农行和供销社共同对商品结构和存量资金实施“大手术”。他们先从清理库存商品入手，对存大销小、积压、残损商品，采取供销社各网点互相调剂，或进行加工、改制、削价等办法处理。处理有问题商品收回的货款农行不收贷，全部用于供销社充实库存；削价损失允许供销社挂账；由此形成的亏损不按亏损企业对待；按计划收回的有问题商品占用贷款不加罚息。银企双方还联合成立了清收不合理资金办公室，统一清收各部门拖欠供销社货款及供销社内部职工欠款；动员供销社职工自筹一部分流动资金；帮助供销社内部实行收取经营风险抵押金办法；农行对供销社不合理开支进行压缩，并通过压缩非重点企业贷款、收回到期贷款等办法，增加对供销社贷款7000多万元，用于购入适销商品。农行与供销社多次联合调查市场，并逐公司落实商品购进品种、数量、资金，增加适销商品400多种，旺季商品储备增加10%，商品适销率提高到95%。

市农行还采取了一些有利于加快资金结算和商品流通的措施：对有明显好转的亏损社发放贷款支持，供销企业暂时形成的超储部分不按积压商品对待，清欠货款可以增加贷款。减少化肥贷款下摆环节，及时办理结算，监督企业按时结付货款等。

这些办法的实施，提高了供销企业加强经营管理、活化资金、搞好流通的积极性。各供销企业普遍开展了职工担保赊销家电等大件商品及为厂家设专柜、搞代销、展销、联销等让利销售业务；对一些积压的地方产品重新作价、有奖销售；用白酒、豆油、冬寒品换购农民的玉米、大豆、芸豆等农副产品；组织大篷车下乡送货，赶集出摊。全市供销社系统去年工业品纯销售 1.02 亿多元，实现利润比上年增长 1 倍，税金比上年多缴 9 万元。

（1991 年 1 月 23 日《黑龙江日报》）

56. 我省将增加企业效益审计比重

今年我省审计工作将以“五十条”为依据，发挥对较高层次的审计监督作用，加强对财税、金融和重点企业、重点资金等方面审计，适当增加企业效益审计比重。这是记者从日前结束的全省审计工作会议上获悉的。

1990年我省各级审计部门在对财税和金融部门、基建项目及土地、烟、酒、粮食等方面审计中，查出不少关于违反财政法规、信贷资金管理不善、基建投资损失浪费、截留坐支征地费用政策性亏损掩盖经营性亏损、挤占挪用专项资金等方面问题，全省共审计1.3万多个单位，查出违纪资金7亿多元，应上缴1.8亿多元，已上缴1.3亿多元，对平衡财政收支，纠正行业不正之风，帮助企业堵漏、挖潜、增收、提高管理水平起到了积极作用。

副省长陈云林在全省审计工作会议上讲话，要求审计工作加强对违纪资金审计监督的同时，还要深入挖掘为经济发展服务的内涵。不但要查清存在问题，还要找出问题的症结所在，提出改进意见和措施，为政府加强和改善宏观调控当参谋。要进一步开展对企业以经济效益为重点的综合审计。帮助企业分析影响经济效益的因素，制定扭亏增盈措施，完善内控制度，切实协助企业解决一些实际困难；帮助企业挖掘内部潜力，提质降耗，促使企业恢复生机和活力。在对违纪资金的审计处理上，既要坚持原则，又要从实际出发，在审计法规与某些政策发生矛盾时，要善于在二者之间寻找变通的结合点，把原则的坚定性与政策的灵活性有机地统一起来。对一些确有困难的企业，在分清是非的基础上，可考虑企业目前的实际困难和今后发展的需要，对企业的违纪资金采取分期上缴、缓缴或减缴的办法进行处理。对向企业乱收费、乱罚款、乱摊派的违法行为，要认真查处，给企业发展创造一个良好的外部环境。

（1991年2月6日《黑龙江日报》一版要位）

57. 省物价局推出控价促产新政策

省物价局今年将分别采取倾斜、优惠、鼓励性政策和措施，以发挥价格杠杆在经济发展中的调节作用，促进产业产品结构调整，增强企业活力，提高经济效益。

记者从9日结束的全省物价工作会议上了解到，1990年我省物价上涨幅度继续回落，通货膨胀得到控制。按照“控、调、放结合”的物价原则，今年我省将继续从严控制物价总水平，落实国家和省定控价目标，进一步理顺价格关系。重点控制关系国计民生的70种重要商品价格。整顿省内产销的重要生产资料价格。对与国计民生关系不大的产品价格逐步放开，实行完全的市场调节。

省物价局制定了一些新规定。主要是：实行倾斜的价格政策，促进产业产品结构调整，包括尽快解决我省基础产品价格偏低问题，理顺省定优先发展的产品价格，制定惩罚性价格迫使一些产品更新换代；对一些试制投产的新产品允许企业自定试销价格，把我省短线产品价格理顺到位。对我省一些拳头产品实行调整或浮动等优惠价格政策。对基本可满足省内市场需要的一些地方产品，通过适当调整差率等鼓励性政策。对乡镇企业和城市集体企业的产品，一般实行市场调节价；“三资”企业可享受国内同类企业价格政策。对出口商品制定最低限价，并放开部分边贸出口商品的国内收购价格。

副省长田凤山到会讲话。

（1991年2月11日《黑龙江日报》一版要位）

58. 省财政部门采取倾斜措施扶持乡企

省财政部门在政策和资金方面采取倾斜措施，全面实施包扶目标管理责任制，扶持乡镇企业发展。

全省各级财政部门把扶持乡镇企业发展作为今年一项重要工作，全面实施包扶责任制。省、市（地）、县分别确定包扶对象和任务，从企业发展、经营等方面参与决策和管理，提供信息和资金服务。县级财政部门选定几户作为效益型或效益兼科技型的财政支柱企业进行重点扶持，使产值、利税、科技进步和新产品开发等经济技术指标在一两年内达到既定水平。

省财政部门还确定了投放给乡镇企业的周转金增长幅度和来源。今后5年每年以10%的幅度递增，择优扶持，合同管理，周转使用。从今年开始，把乡企每年新增税金、乡企上交利润、乡镇财政结余、往年财政投放乡企周转金收回部分、乡企上缴管理费的结余及乡镇其他预算外和自筹资金中的间歇资金和闲散资金中的一部分或全部，作为乡企周转金，采取适当集中、小额投放、加速周转的办法，解决乡镇企业生产资金不足或其他临时性困难。

（1991年2月12日《黑龙江日报》一版要位）

59. 供销社为养禽业提供综合服务

望奎大鹅产销形成规模

望奎县供销社为当地大鹅饲养、收购、加工、销售提供系列化服务，扶持农民发展养禽业。全县大鹅生产现已形成规模经营，去年农民养鹅收入300多万元，供销社增加利润40多万元。

望奎县有28万亩草原、山坡荒地和近7万亩水面，适合养殖节粮、抗病能力强的大鹅，多数农民都有养鹅习惯。这里的鹅个大、肉厚、鹅绒含量高、质量好，市场竞争能力强。1989年，县供销社对生产潜力和市场需求调查论证后，开始对大鹅养殖、加工、销售提供系列化服务，使大鹅生产形成规模经营。

两年来，全县已建立6个大鹅生产基地、8个专业化生产合作社，扶持了2万多养鹅大户。去年县社帮助农民串换种蛋4.8万枚，种雏2.5万只，还拿出7万元资金帮助贫困户买鹅雏。为了方便农民交售活鹅，供销社还下乡收购。

1989年，县供销社自筹255万元资金建成一座现代化的宰杀、冷冻、羽绒加工、服装生产综合加工厂。近两年共加工鹅鸭35万只，带动了周围地区养鹅业发展，去年在周围十几个县收购加工大鹅7万只。

望奎县供销社强化大鹅的销售工作，组织推销人员到南方去推销白条鹅和羽绒。到去年底，这个县供销社已和上海、广州、浙江等10省市近百家客户建立了贸易关系。由于他们注重商品质量和商业信誉，望奎的白条鹅被上海食品行业定为免检商品，有三十多家菜市场争相经销。1990年秋季，省外大量客户预付货款求购望奎大鹅，求购量达

40万只，由于货源不足未能满足需要。

目前，望奎县供销社为更好地扶持大鹅生产，正着手建立鹅雏孵化车间，扶持专业户、专业生产合作社和生产基地向更大规模发展。

（1991年2月25日《黑龙江日报》）

60. 省政府将颁发一系列政策规定 为外商投资创造良好环境

记者从日前召开的全省对外经贸工作会议上获悉，为改善外商在我省的投资环境，省政府将于今日颁发一系列鼓励外商投资的政策规定。

截至去年末，我省共获准利用外资项目 481 项，外资金额 6.43 亿美元，利用外资工作已由低层次的“三来一补”转向外商直接投资办企业。这些外资主要来自港澳地区，以第二产业的生产项目为主，行业覆盖面大，地域集中，对弥补我省建设资金不足、促进产业结构调整、提高生产力水平等都起了重要作用。但是与沿海城市相比，我省利用外资水平还有很大差距。主要问题是资金紧张，工作人员素质低，内部纠纷较多，有的已造成很坏影响，还有一些不依法管理的问题。其中，软环境问题已成为影响外商投资的主要障碍。

针对上述问题，省政府经全面调查，根据国家有关方针政策，制定了六个鼓励外商投资的政策文件，在会上征求了意见，将于会后颁发执行。这些政策规定在产业倾斜、原有企业技术改造、减免地方税和土地使用费、新建生产型外资企业固定资产加速折旧、保障外商投资收益以及外商企业产品销售等方面，都有一些新规定，制定了一些更加优惠的政策。其中对本省所能解决的税种，如地方所得税、车船牌照税、房地产税等都有相应减免规定。地方所得税规定比沿海地区免税范围宽、免税幅度大。土地使用费比沿海地区和一些内地省还要优惠。此外，在“三资”企业对苏开展易货贸易、减少企业中方人员出国审批环节、企业外商人员在省内生活费用人民币结算、外资企业用车、资金、原材料、水电气供应、运输及外汇平衡等，都做出了鼓励性规定。

（1991 年 3 月 25 日《黑龙江日报》一版要位）

61. 调整经营结构　增强应变能力 望奎县供销社为发展粮牧企当好台柱子

望奎县供销社坚持改革开放的方针，为搞活农村流通发挥主渠道作用。在为农民创收、增强企业自我积累发展方面，年均分别以18.12%和29.5%速度递增，成为该县重要财政支柱和全省供销社系统生机勃勃的县级社之一。

由农民当家做主的供销社素有“合作小铺”之称，农民买油盐酱醋找它，出售农副产品也找它。近几年由于各种经济成分发展，加上烟麻粮猪等大宗产品归口经营的原因，使“合作小铺”的经营日益萎缩。到去年底，全省千余基层供销社中约有三分之一亏损，有的养家糊口都困难。但是，望奎县供销社在工、农业产品销售这两大主业上不断调整经营结构，增强应变能力，不仅绝路逢生，而且成为农村发展粮牧企的台柱子。

在工业品产销中，面对个体经济蜂拥而起、许多供销社不同程度地退出主渠道潮流，望奎县供销社坚持改革，坚持从实际出发，对内采取集体承包、层层负责、超利分成的“小包干”经营机制，对外创办全省第一个供销批发合作社，大量吸收个体户入股、分红，为个体户提供货源，使其减少进货费用，享受批零差价，使竞争对手变为帮手，农村工业品经营阵地不断扩大。为了解决工业品综合价差率多年不变、费用不断增加、亏损面扩大的问题，望奎县供销社又以本社贸易公司为龙头，率先成立联购分销集团，使群体内各户工业品联购分销额年均以30%左右的速度递增。

针对农副产品购销难的问题，望奎县供销社的对策是分购联销。

他们采取提供种子、种畜、技术指导等系列化服务，组织农民发展杂粮、杂豆、白瓜及大鹅等禽类生产，并成立了米、面、油、饲料、糕点、禽类加工厂，实行计划种养，基层社分购，县联社统一组织加工、销售。农副业产销全面发展，年均递增35%左右，仅这一项每个农户年均增收200多元，供销社年均获利百余万元。

在市场普遍疲软的情况下，望奎县供销社跳出经营小天地，面向国内外大市场，不断拓宽购销渠道。他们先后在上海、福建、大连和省内各地设置窗口，捕捉信息，寻找工业品进货厂家和农副产品外销渠道，建立了几十处商资协作关系。内部增强县联社经营服务功能，成立供销总公司，统一指挥协调系统内经营活动。经过全面整顿，现已建立杂粮、大鹅等13个农副产品生产基地；兴办了以农副产品加工为主体的四大系列、29个加工项目，实现农副产品二次增值；创办了有万余农户参加的白瓜、笤帚苗等一批产购销一体化的专业合作社；工业品销售条块成网，覆盖全县城乡各地。1990年，全县供销社系统工业品销售7227万元，收购农副产品为农民创收2480万元，实现利税361万元。

望奎县供销社上述以变应变的关键是提高企业的综合素质，领导班子每年集中整顿培训两次，投资45万元自办供销学校长期培训职工队伍，90%都达到了高中以上文化程度。他们还建立了一整套严格管理制度，为供销社继续稳扎稳打奠定了基础。

（1991年4月21日《黑龙江日报》一版要位）

短评：事在人为

望奎县供销社坚持为发展农村商品经济服务，坚持为农民生产生活服务，找到了农村供销社搞活之路，广大农村供销社可以借鉴。

供销社的办社宗旨是为农民服务。现在为农民服务的首要问题就是扶持农村发展商品生产。只有农村商品生产发展了，供销社的经营才能成为有源之水、有本之木，企业效益和社会效益才能得到相应的提高。要适应农村商品经济发展，供销社就要面向大市场，提高应变能力。供销社在农村，但又不能局限于农村那块天地，也不能局限于“我卖你买”，而是要把自己的经营活动与社会化的大生产、大市场联系起来。以市场为导向，不断调整经营结构，扩展服务领域，实行多元化经营，把农民从一家一户的小农经济中引导出来，引向商品经济大市场。望奎县供销社就是从市场需要出发，集中基金、集中人才，既搞供销，又办工业，既解决了农副产品深加工和销售难的问题，又使国家、企业和农民都获得了较好的经济效益。像望奎县供销社那样，各地应该在县联社的统一指挥下，实行工业品的“联购分销”和农副产品的“分购联销”，用经济利益把生产、加工、销售环节连接起来，在农村流通领域逐步形成合力和群体优势，发挥农村商品流通主渠道作用。

中国有句俗话叫“事在人为”，望奎县供销社的领导班子积极进取，勇于开拓，在供销工作遇到很大困难的情况下，善于发挥职工的集体智慧，调动职工的积极性，带领职工开辟出发展农村商品经济的新途径，取得了较好的经济效益和社会效益，这不能不说是事在人为吧。

（1991年4月21日《黑龙江日报》，部门领导撰稿）

62. 收旧利废　净化环境

省供销社注重再生资源利用

上半年收购废旧物资1.8亿，同比增三成

省废旧物资回收公司，组织全省万余废旧物资收购网点的四万多名“破烂王”，在全省城乡开展废钢铁、废旧化纤等再生资源突击收购活动。到6月末已收购废旧物资金额达1.8亿元，比上年同期增长30.3%。

今年7月7日是周恩来总理和李鹏总理分别为废旧物资回收工作题词33周年和3周年，供销社回收废旧物资40年。40年来，省供销社系统抽出25%的干部和工人搞废旧物资（“破烂”）回收工作。这些职工不避严寒酷暑，走遍千家万户，为净化环境、变废为宝默默奉献。年废旧物资收购量由50年代的1万多吨增长到现在年收购60多万吨，收购品种由几十种增加到1000多种。去年仅废旧钢铁就收购近50万吨，占社会废弃量的2/3；收购废旧塑料3500多吨，占社会废弃量的1/3，在一定程度上减少了环境污染。去年以来，他们努力提高废旧物资转化能力，使再生资源深加工取得重大进展，加工产值达3000多万元，有50多种废旧物资加工产品直接供应城乡市场。鸡西市供销社用废钢铁加工铸造的铁路配件“承载鞍”，现已批量出口苏联和波兰，两年累计出口1.3万件。

为了促进我省地方工业生产回升，今年上半年，省供销社系统发挥回收再生资源的主渠道作用，仅省废旧物资回收工作，到6月末全省供销社收购废钢铁20多吨，相当于我省西林钢铁厂一年的产量。回收公司以收购网点为依托，系统内外联合协作，推行汽车进厂矿，手

推车穿小巷，自行车下村庄的收购办法，并采取有奖收购、挂牌服务、定点联系、巡回取货等灵活多样的收购形式。

为迎接周恩来总理题词 33 周年、李鹏总理题词 3 周年，省供销社从 5 月份开始在系统内开展了百日收购会战活动，进一步推动了废旧物资回收工作。上半年为我省工业生产部门提供紧缺的废旧钢铁及有色金属、废纸、杂骨等原材料共计 14 万吨。

（1991 年 7 月 7 日《黑龙江日报》一版要位）

评论员文章：一件利国利民的大事（部门领导撰稿，文略）

63. 副省长陈云林要求

下大决心彻底根治“三乱”

一些问题严重部门和单位被通报批评

全省治理“三乱”（乱收费、乱摊派、乱罚款）工作会议今天结束。省委、省人大常委会、省政府、省政协、省纪检委领导同志到会，副省长陈云林在会上讲话，他要求各地、各部门一定要提高认识，下大决心，排除阻力，彻底根治“三乱”。

陈云林在讲话中说，这次会上一些地方反映治理“三乱”难度大，尤其是一触动部门、单位的经济利益，阻力就更大。尽管这里有很多原因，但最根本的还是认识不高，行动不自觉、不坚决。据一些企业反映，企业目前困难的原因之一，就是有相当一部分财力叫“三乱”给吃掉了；一些人利用我们在管理上的漏洞，自立项目，以权谋私，人民群众意见很大。

陈云林说，下一步全省治理“三乱”工作要转入审核处理和建章建制阶段，这是一个关键环节，矛盾更多，难度更大。首先要求各级党委和政府以及各主管部门的领导同志要真正重视起来，认真负起责任。要把这项工作切实提上日程，认真落实责任，并根据进展情况加强分类指导，对那些出现反复、搞攀比、边查边犯的要追究责任，严肃处理。一切收费、罚款、集资都要依照法律、法规办事。除中央和省两级外，绝不允许各地区、各部门自行审批和擅自出台收费、罚款、集资项目和自定标准。省编委、人事、财政、物价等部门要在明确性质、区别类型的基础上，清理取消单靠罚没收入作为开支来源的执法部门和名目繁多的监察检查大队。特别对自定政策、乱收滥罚的单位要严加清理，坚决取缔。要进一步强化措施，认真搞好审核处理和建章建制工作。各地、各部门对清理出来的各类项目要逐类别、逐项目地进行审核。对合理合法的项目，要予以明确并继续执行；对不合法不合理项目，要坚决取缔并向社会公布。

又讯：记者从全省治理“三乱”工作会议上获悉，我省治理“三乱”工作取得很大成绩，但还存在一些不容忽视的问题，主要是有些地方和部门认识不高，行动迟缓；还有些地方和部门在治理“三乱”的同时仍在自定政策，乱收费滥罚款，其中比较严重的受到了通报批评。

据会议介绍，由于“三乱”问题形成的原因比较复杂，涉及很多部门和单位的利益，在治理整顿的认识上和行动上存在一些差异。最为严重的是有些地方和部门我行我素，边查边犯，自定政策，乱收滥罚。受到通报批评的有：依安县政府今年6月中旬擅自决定搞县电视塔集资，要求县城内有电视的住户各交30元或20元。五常县物价局今年6月初违反审批权限单方下文，规定凡进入友凤山旅游区的每人收1元钱，每台大客车收20元、小车收10元，在旅游区内经营照相和航运的个体商贩分别交5元和10元管理费。甘南县妇联向全县有职称的女同志每人收20元发放“女技术员”证。这样的事情在煤炭销售、机动车管理等许多方面都有发生。哈尔滨市交通局第一稽查大队自制票据，超职责范围对乘客进行罚款。省政府治理“三乱”办检查发现，公安部门无视有关法规，随意收费、罚款、提高收费标准、坐支挪用罚没款等方面问题较多。哈尔滨市公安局今年上半年擅自收取“人户分离证”每证2元，非法收费2.4万元，并自行发文将省规定的“外来人口寄住证”收费标准由每证1元提到5元，超标准收费16万元；七台河市北岗派出所将两年的罚没款全部截留挪用；呼兰县新民派出所从1989年到1991年5月罚款近2万元，坐支1.6万余元；大庆市让胡路公安局治安科收费罚款均无票无账，等等。

（1991年7月20日《黑龙江日报》一版要位）

64. 国务委员李贵鲜到我省考察

国务委员、中国人民银行行长李贵鲜最近在我省考察时说：银行部门要注意研究货币流向问题，信贷投放要适度；下半年金融工作重点是协助企业清理三角债、抗洪救灾、收购农副产品，并搞好银行队伍建设。

李贵鲜是7月28日至8月9日到我省考察的。

孙维本、邵奇惠、陈云林、杜显忠等省领导同志，分别陪同李贵鲜对我省一些金融部门和农、工、商、外贸、三资企业进行考察，了解了信贷和资金使用情况，察看了农情，听取了省委、省政府工作汇报。

在详细了解了我省上半年金融形势和资金运行情况后，李贵鲜指出，银行要认真研究一下货币流向和群众的持币心理。他说，信贷和货币大量投放而回笼不多会带来新的问题。去年信贷放松一些，对经济回升起了一定作用；今年如果不适度掌握，等出现问题后再紧缩，损失就太大了。所以必须及早掌握好投放度。下半年金融工作重点是协助企业清理三角债、抗洪救灾和收购农副产品。清理三角债要从源头清起，有关政策和办法都已确定。国务院正在组织东北三省四市清理三角债，黑龙江省有63户企业参加，能缓解一块资金。但最重要的还是治本，要下大力气防止新的投资缺口，防止新的产成品积压，防止新的亏损，从而防止新的拖欠。除了清理三角债之外，企业欠税、欠付的贷款利息及逾期贷款等债务也要清理。当然这方面工作难度相当大，银行方面要积极配合，特别要注意结算环节，无论如何不许延压结算票据或拒付结算款。企业结算不及时的要按规定加收滞纳金，银行照顾情面不收的从银行利润中扣除。

李贵鲜说，银行部门从下半年开始还要开展加强队伍建设工作。银行应在人民群众中有个好的形象、好的信誉、好的行风。现在看确实存在一些问题。这些问题的发生，既有客观因素影响，也有内部人员素质问题。一定要把银行队伍建设当大事来抓，主要还是加强思想教育、制度建设和班子建设。对少数人也要采取组织手段或依法制裁。

（1991 年 8 月 10 日，《黑龙江日报》一版报眼）

65. 哈站前农贸批发市场

广开货源　方便交易

今年果菜上市早、品种多、价格稳中有降

哈尔滨站前农贸批发市场提前动手，南下扩建果菜生产基地，组织货源，同时加强本地市场治安管理与服务，吸引了大批客户进场交易，促使今年全市果菜上市早、品种多、平均价格稳中有降。

近几年，冰城哈尔滨即使寒冬腊月也不缺新鲜果菜。尤其今年，不仅柑橘、香蕉、苹果、韭菜、蒜薹以少见的便宜价格大量进入市民的菜篮子，就连往年春季少见的西葫芦、尖椒、香菜、草莓等果菜也早早上市。刚进入早春 3 月，全市集贸市场、街头摊床便摆上了顶花带刺的黄瓜及大头菜、豆角、西红柿等，令冰城人目不暇接。

为了保证冰城淡季果菜供应不淡，满足市民日益增长的消费需求，哈尔滨站前农贸批发市场工商管理所几年来先后多次派人南下二十几个果菜产地组织货源，建立生产基地。为了吸引客户，多方协调打通路上关卡，并在检斤、帮销、收费、食宿等方面推出了一系列优惠措施。今年春节刚过，这个工商所就派人到辽宁、山东、河北等地的果菜生产基地了解果菜的长势和供应能力，提供本地市场供求信息，征求长途贩运户的意见，签订产销协议。同时，还根据本地市场需要，及时发展了山东泰安市房村乡黄瓜基地、丹东东沟县草莓基地等。目前仅重点果菜生产基地就已经建立了 32 个，保证了冰城果菜供给源源不断。

这个工商所还通过培训提高市场管理人员素质，加强市场管理，调整帮销队伍，扩大服务范围，并为商贩建立了食堂。为使长途贩运

户放心进货，他们还强化了市场治安力量和防范措施，治安人员增加了一倍，及时惩治了滋扰市场、拦车抢菜的不法人员，市场秩序明显好转，丢货、要货、拿吃等问题基本杜绝。

目前，辽宁、河北及省内阿城、呼兰、绥化等地的贩运户纷纷前来送货、上货，人数比前明显增加。该市场日均进销果菜20多万公斤，仅草莓每天就进销四五汽车。与去年同期相比，草莓提前半个月上市，数量增加5倍，价格便宜一半多。黄瓜、蒜薹等鲜菜价格，每公斤也比去年便宜3角左右。

（1992年5月17日《黑龙江日报》）

66. 既为经济发展铺路搭桥又兴办实体产业

哈市政府驻外机构向实体转化

哈尔滨市政府驻外埠办事处一边发挥政府职能，为本市经济发展铺路架桥，一边大办第三产业，向经济实体过渡。今年以来，9个驻外办事处又新办8个经贸公司，涉外经贸业务也有新进展。

9月3日上午，记者看到只有3名工作人员的哈尔滨市政府办公厅外联办忙得不可开交，有来谈开办公司的，有联系引进项目事宜的，其中也有前来申办驻哈办事机构的省外人士，大搞经济工作的气氛很浓。

据了解，为了加快改革开放步伐，哈尔滨市政府加大内引外联力度，1985年至今已在京、津、沪、穗、厦门、深圳等地建立9个办事处。这些办事处并没有把力量集中在迎来送往上，而是以经济工作为中心，实行一个机构挂两块牌子，既肩负指导、协调、服务等政府职能，为哈市经济腾飞穿针引线，又充分利用驻地资源、政策等方面条件，大办第三产业，创建经济实体，为本埠财政增收节支。截至目前，已建立的9个办事处共为本埠发回有价值的信息两万多条，已被市府采用的约占1/3。哈市关于搞活流通的两百多条政策措施就是通过这些信息，借鉴外地经验出台的。这些驻外机构现已为本埠衔接经济技术项目530项，其中50万元以上大项目约占一半。仅今年上半年就引进39个经济技术协作项目，其中25个是50万元以上的大项目。哈府驻北京办事处去年与哈市计委、建委、哈依煤气指挥部配合，落实了国家对本埠城建及依兰煤矿改造资金等5个大项目，总金额3.1亿元；年初以来又引进总金额2亿多元的4个大项目。各办事处还充分发挥在驻地与外商接触机会多的优势，在引进和利用外资项目上有新突破，仅去年以来就谈成中外合资合作项目二十多个。

各办事处千方百计为本埠企事业单位搞活经济创造条件。现已接待安排了数十万外出办事人员；帮助本地企事业单位在驻地设立分支机构、兴办工厂、店所等实体一百三十多家，有的已经获得比较好的经济效益；协助本市企业把产品打入驻地，促进了企业生产发展。为了减轻财政负担，壮大自身经济实力，这些办事处还努力向经济实体转化，在国内外建立的18个公司和一些宾馆饭店也已初具规模，近1年来已陆续开始创收，今年上半年经济效益达210万元，其中新办公司效益约占1/4。

（1992年9月9日《黑龙江日报》）

67.　哈市工业企业扭亏势头好

前八个月亏损额同比降15.5%，8月份比前7个月月均降近40%

哈尔滨市下大力气抓工业企业扭亏增盈工作，今年前8个月，全市294户预算内工业企业中亏损企业135户，比上年同期减少22户，下降8.03个百分点；亏损总额19018万元，比上年同期减亏3497万元，减幅达15.5%；8月份当月亏损1449万元，比前7个月月均亏损额下降近40%；有16户企业扭亏增盈，总额近300万元，新增亏损户数、金额也都在缩小。

哈市扭亏形势好转的原因，主要是全市各级党委、政府全力以赴抓扭亏。年初开始，哈市就把扭亏增盈工作作为经济工作的重中之重，采取了一系列超常规措施。这些措施包括：党委、政府一起参与，市政府主要领导分片负责，各部门一把手包干，以亏损大户为重点，指导、协调扭亏工作。市里统一制定扭亏目标，层层分解，市府与各区、县主管签订扭亏责任状。市委组织部从各部门抽调30名骨干派往企业挂职帮扶。对扭亏有望又有当家产品的企业注入资金，对有盈利产品的企业财政提前退库，对开发新产品的税收上予以照顾，外贸为亏损企业代理产品出口的免收代理费。对20户亏损大户分别从班子、管理等方面进行指令性整顿，对其他一些企业有的加快内部转换经营机制步伐，有的采取了关停并转措施。

哈市工业企业扭亏也得益于市场形势好转这个大气候。主要是建材、机电、冶金、电子等产品市场见好。冶金系统今年可望全行业退出亏损行列，最近已连续 3 个月减亏增盈。

据了解，哈市年末实现预期减亏 20%的目标，任务仍很艰巨。主要问题是企业管理粗放，资金占用过大，提高了产品成本，降低了市场竞争力。产品结构调整步子不快，很多产品销售不景气，但仍在继续生产。粮煤价格放开等新因素将加重企业负担。此外，一些企业班子领导不力，企业内部转变经营机制步子不大，也是影响扭亏增盈的一个重要因素。目前，全市潜亏额已达十亿多元。有关方面负责人说，扭亏根本出路在于改革，一要换“脑筋”，多点商品经济意识，尽快给企业改善一下大环境；二要加速企业内部经营机制的转化，使企业把自己放在市场经济中组织生产，自觉扭亏增盈，不应单纯依靠政府扶持。

（1992 年 9 月 15 日《黑龙江日报》一版头题）

68. 哈市对亏损企业领导果断调整

市委组织部抓好四件实事，促进企业扭亏增盈

哈尔滨市委组织部积极为扭亏增盈工作提供组织保证，年初以来，在党建和干部工作方面共办了4件实事，保证和促进了全市扭亏增盈工作的顺利开展。

哈尔滨市委组织部明确提出，组织工作必须为经济建设服务，培养为基层解决实际问题的作风，把服务成效作为组织工作好坏的标准。

他们在调查中发现：一是好多企业由于厂长、书记素质差造成亏损以致无力扭亏；二是亏损企业经济条件差，困难较大，在这种情况下，就更应注意发挥党员的先锋模范作用，克服困难，增强企业的凝聚力。为此，哈尔滨市委组织部把党建和干部工作作为强化扭亏力度的一项重要措施来抓。

一是下决心调整一批亏损企业的领导班子，有免有调，加强了班子建设。到目前为止，经市委组织部直接调整班子的有哈尔滨电表仪器厂、绝缘材料厂等近三分之一的市属企业。此外，市委组织部还指导各主管局调整了一些企业领导班子。经过调整的企业，有的已经扭亏为盈，有的大幅度减亏或控制了下降幅度。二是理顺党建、干部工作和经济工作关系。除11户大型一类企业的党建、干部工作仍归属市委组织部外，把原市属的70户企业划归主管局，便于经济工作和组织工作一齐抓。这样做，不仅避免了原来组织工作与经济工作脱节的现象，而且加强了党组织在扭亏增盈工作中的地位和作用。三是选派一批中青年干部挂职下企业抓扭亏。8月份，全市从计委、经委、工商、

税务、银行等部门共选派78名干部到亏损企业挂职，其中市委组织部直接选派30名，到30户亏损大户帮助扭亏。既加强了亏损企业领导班子的力量，又有利于干部的培养。四是抓扭亏经验交流，扩大典型引路的作用。哈尔滨市委组织部9月11日召开了全市企业党组织在扭亏增盈工作中发挥作用经验交流会，介绍了哈尔滨电表仪器厂和绝缘材料厂加强班子建设、发挥党组织作用、先进的党务工作者与企业劳模同等对待、党政同心协力带领全厂职工扭亏增盈的经验。会上，市委组织部进一步要求全市企业党组织进入扭亏增盈工作主战场，认认真真为厂长排忧解难，积极发挥政治核心作用，并要求广大党员要在急、难、险、重岗位上发挥先锋模范作用。

（1992年9月18日《黑龙江日报》一版右上角，合署名）

69. 积极帮扶与从严治理相结合

哈市扭亏增盈主要措施是：一改二扶三包四治五加强

哈尔滨市采取政府转变职能与企业转换经营机制相结合，企业扭亏增盈与领导责任、职工利益挂钩等办法，大大增强了全市扭亏增盈的工作力度。

哈尔滨市抓扭亏增盈工作不是停留在口头上，而是采取一改、二扶、三包、四治、五加强等多项配套措施，使扭亏增盈工作收到了显著成效。

改：即加大改革力度，促进企业转换经营机制，解决工人待着、设备闲着、工资开着、企业亏着等问题，把企业早日推向市场。上半年，猪鬃厂、香坊木材厂等一些亏损企业分别通过划小核算单位，剥离出一部分人员、设备，上盈利项目，富余人员创办第三产业，企业内部办小“特区”、小“特企”等形式，收到明显效果。

扶：一是资金上帮扶。哈市今年年初以来筹集2000万元作为亏损扶持金，用于短平快项目，到7月末已帮扶38户亏损企业上了38个项目。税务、银行、劳动、环保、工商管理、外贸等部门分别对扭亏有望企业的技改项目在减免税、资产损失、待业救济、出口代理费等方面共给予数千万元的减免照顾。二是在人员上，全市24个经济部门坚持定点帮扶35户亏损大户的工作制度，主管部门三分之一的干部到企业帮助扭亏，市经委对26个亏损大户“一厂一策”，现已为企业解决四十多个难题。

包：建立了市级领导包扶盈亏大户的工作制度，市里五大班子主要领导共包扶23户盈亏大户，人均包2个企业；有关的副市长、秘书长各包一个行业主管局。组织部从综合部门选派30名优秀干部下企业包干。市里把扭亏目标层层分解，市政府与各主管局、区、县签订责任状。从市级领导到企业一把手人人交纳扭亏风险抵押金，完成扭亏目标有奖，完不成受罚，上半年共奖励53个责任人，处罚14个责任人。

治：从严治理，决不手软。一是对继续增亏、超亏的企业实行“三断”，目前已对电缆、电碳、造纸、化工四厂、无线电十厂和标准件工业公司等6户企业停发奖金，对其中3名副厂长以上干部减发25%工资；对领导班子素质差、扭亏不利的电池厂、制锹厂党政领导就地免职，并断其易地做官后路。二是对扭亏措施不落实、亏损严重的企业给予黄牌警告，撤销荣誉称号以及优惠政策，到期仍无起色的予以关停并转。上半年对哈一机床厂、合成树脂厂、塑料三厂等企业发布黄牌警告，对其中两户警告后仍无转机的已兼并或关闭。

在实行上述措施进行扭亏的同时，哈市还注意加强了一些扭亏增盈工作的制度建设，实行及时对亏损原因及扭亏办法说清楚制度。亏损情况定期通报制度，按时召开政策协调会和领导办公会制度，对企业亏损性质和企业班子经常分析制度等。

（1992年9月20日《黑龙江日报》一版要位，合署名）

70. 哈市加大企业转制步伐

“两分四自”、股份制、投入产出总承包等试点企业不断增多；企业自主权扩大，活力增强

哈尔滨市通过“两分四自”、股份制、投入产出总承包等试点工作，企业自主权不断扩大，国有企业转换经营机制的步伐大大加快。

从去年11月开始，哈尔滨市首先在哈医药集团股份有限公司、电子集团公司、电站集团公司这三条线共38户国有企业进行以政企职责分开、经营权和所有权适当分离；自主经营、自负盈亏、自我约束、自我发展为内容的“两分四自”综合改革试点。实行试点的企业自主权加大，调动了生产经营者的积极性和创造性，企业出现了新的活力，并对其他企业产生了积极的影响。今年，哈市试点工作又有新的进展，截至目前，全市已有72户企业加入“两分四自”试点行列，其中工业企业68户，占全市预算内工业企业的36.6%，利税占55.14%。哈医药集团所属企业已完成全员劳动合同的签订和鉴证工作，剥离富余人员1466人，上半年实现利润、销售收入分别比去年同期增加30.3%、12.3%。

哈市股份制试点企业今年新增22户，全市38户实行股份制的企业实现了股权的多元化，从根本上解决了企业附属行政机构的状况。

有的股份制企业已做到企业发展与市场对接，自主开发新产品，自主制定并实施把产品打出本省、本国和走向世界的“三圈”经营战略，并采取切实步骤实现“工业企业商业化、商业企业立体化”的立体战略。

在转换企业经营机制过程中，哈市有重点地选择了发展后劲大、“八五”、“九五”期间技改还贷任务重的冶金集团等实行投入产出总承包，改变了过去企业多创收，向国家多上缴的“鞭打快牛”的做法。

实行了“两分四自”、股份制、投入产出总承包等形式，试点企业感到环境宽松，政策稳定，绝大多数经营者都能较好地改善企业内部的管理工作，约束自己的短期行为，其中7户被列为三项制度改革的试点企业步伐较快，效果显著；67户企业的三项制度改革正在进行中。在深化改革中，各试点企业都把以市场为导向作为深化改革的核心问题抓住不放。哈印刷机械集团瞄准市场，开发新产品，由原来一种产品发展到了3个系列23种，年产值从100万元发展到2000万元，实现了扭亏为盈，年利税可达200万元。

下半年开始，哈市又选择部分企业实行“剥离式”经营试点、“一企多制”试点、嫁接式试点、比照中外合资企业实行放开经营试点。

（1992年9月25日《黑龙江日报》一版要位，合署名）

71. 哈市向亏损企业提供技改资金

7个月投入1800万扶持短平快项目

哈尔滨市改进扭亏扶持金的使用和管理方法，变过去“陈州放粮”式的救济性做法为用扶持金帮助企业技改和开发新产品，取得良好效果。今年前7个月已批复约1800万元，支持38个工业企业上了短平快项目。

哈尔滨市上年末亏损100万元以上的企业有78户，占全市当年亏损户数的52.7%，亏损额占全市预算内工业企业亏损的93.7%，是全市扭亏减亏工作的重点。对此，哈市采取“一厂一议”的办法分别进行帮扶治理。分析发现，有些亏损企业急需进行技术改造、开发新产品，但是资金紧缺。哈市1991年开始从财政退库资金中挤出一块作扭亏扶持金，但当时多用于对困难企业的救济性发放，把钱扔进了“无底洞”。今年开始，哈市决定改变扭亏扶持金的用法，按项目给钱。

从年初开始，哈市经逐户调查分析、评估论证，到7月末已为38家企业批复了项目并投入了扶持金。通过扶持，氨基酸厂等12户企业开发出“当家产品”或新产品，印刷二厂等两户企业完成了高新技术改造，兴龙机械厂等7户企业改善了生产环境，拖拉机配件厂等13户企业形成了新的生产能力，造纸二厂提高了产品档次和质量，建材行业多数企业开发了“第二产品”。新型建材总厂新上的轻钢龙骨项目可使原产品配套投入市场；广播器材厂从国外引进的100千瓦短波广播发射机技术，不仅有利于企业扭亏增盈，还有利于解决全国广播器材换代的问题。目前，得到扶持的哈市第三水泥厂、钢板弹簧厂、织带厂3户企业当年实现扭亏为盈，轻型建材总厂等13户企业大幅度减亏。

（1992年10月3日《黑龙江日报》）

72. 省供销社推出改革新举措——放鸟出笼　租壳卖瓢

发达于计划经济时期的省供销社系统近年来亏损不断增加。今年初开始，他们彻底放开手脚，实行“放鸟出笼”、“租壳卖瓢”、“柜台承包”等改革举措搞活经营，使大批严重亏损的基层企业逐步甩掉包袱，轻装前进。

省供销社大批基层企业近年来被农村市场上的多种经济成分挤得瘦弱不堪，全系统商品包袱、企业亏损、资金占用不断增加。实行大包干、联销计酬等措施后，一些企业还是感到束手束脚。于是他们积极探索彻底放开的经营模式，于今年初在全系统推开。

放鸟出笼，即放出供销社职工搞个体经营，当“公有个体户”。供销社与他们签订合同，为他们统一办理执照，提供摊床，并分别提供3000至5000元垫底资金。资金用商品代替，由职工自选，分期偿还，放出职工原有身份不变，实行档案工资，剔除上缴利润后多挣多得。上缴利润一次订死，年订月缴。率先放鸟出笼的兰西县临江（镇）供销社现已放出三分之一职工。原来门里卖不过门外的个体户，现在门里门外供销社都做生意。这个供销社年增收6万多元，职工个人收入提高四五倍。望奎县供销社去年底放鸟出笼时许多人不愿干，现在争着干，现已放出2800多人。目前各市县都在搞，到年底可以放出2万人，约占全系统职工总数的12%。

租壳卖瓢，即将边小微亏的基层门市部、小商店等零售企业固定资产出租给职工，店里的商品按进价卖给职工个人，等于职工租用供销社房屋设备从事个体经营。租金视情况一年核定一次，到期还清租金。全省供销社系统现已有70%的市县采取这一做法，共挽救了2000多个半死不活的小企业。

柜台承包，即将供销社的中心门市部和一些较大的零售商场的柜台承包给本企业职工，按月交承包费。现已包出5000节柜台。

与此同时，省供销社还对千余户独立核算的零售企业全部实行经营、价格、用工、分配四放开，县联社以上机关转换职能变实体，大办第三产业，实行内部退休和停薪留职等办法允许职工另谋出路。

目前，进行上述改革的企业面貌发生很大变化，有效遏止了亏损的增长。到年底若放鸟出笼2万人，仅工资支出即可减少4000万元。职工在个体经营中不断添入资金，缓解了集体资金占用。职工积极性和劳效明显提高，前8个月营业额、个人收入和集体利润都比前有较大增长。

（1992年10月23日《黑龙江日报》一版二题，**获本报好新闻一等奖**）

新闻杂谈：“只收鸡蛋”有何不可？

公有身份，个体经营——省供销社系统为了遏制亏损，连连出了几着好棋。可谓“一巧拨千钧”。“巧”，就巧在点子发现，巧在思路创新。

供销社系统的亏损，是个老大难。且不说过去，即使在更加改革开放的今天，其亏损仍有增无减。有资料表明，今年1至6月份，全省供销社两级企业亏损单位673个，比上年增加82个；亏损额达5618万元，比上年增加1482万元。改革开放的大局如此之好，供销社系统的企业经营反而每况愈下，这种现象是反常的，也实在让人难以接受。

症结何在呢？还是个改革问题。换言之，就是改革的力度不够，改革还没有到位。正如一个重患病人，本应动大手术，而医生偏偏让他吃些营养药，于病何补呢？多少年来，对于供销社亏损的“病灶”，人们一直在探求治疗途径，不论“输血”也好，“造血”也罢，结果总不见效，这就不能不重新审视一下我们的改革思路。

扬汤止沸不如釜底抽薪。实际上，供销社的许多企业早已“空壳”，或者说资不抵债、名存实亡了。“皮之不存，毛将焉附？”倒不如把人员放出去，让他们另起炉灶，自谋生路。当然，供销社系统的企业作为一种合作经济，也有不少经营好的，我们要积极扶持，使它顺势而上，有个更大的发展。

对于省供销社的做法，可能有人顿生疑窦，要问一问它姓什么？这个问题暂且放在一边。退一步说，假如它沾上了“私”字，又有何妨？对此，温州人说了一句很精彩的话：“对国有企业来说，如果国家想得到一个鸡蛋，须先造一个鸡笼，再买一只母鸡喂养大，才能得到鸡蛋。而对私营企业来说，国家只收获鸡蛋。”

不管怎么说，我们总不能只造“鸡笼”、不收获“鸡蛋”吧！

（1992年10月23日《黑龙江日报》一版二题，报社副总编辑李惠东撰稿）

73. 哈市16户企业何以扭亏为盈

有关部门分析：主要是“有个好的领导班子；推进企业改革；企业走向市场；强化企业管理”

同时指出：这些企业治本措施还不够明确，扭亏基础脆弱；应克服短期行为，把扭亏与长远发展结合起来

企业有个好的领导班子、企业内部改革不断深化、走向市场步伐加大、企业管理加强，是哈尔滨市16户预算内工业企业上半年实现扭亏为盈的关键性因素。有关部门分析，这仅是个良好的开端，这些企业能否继续保持增盈势头，以及解决企业扭亏与长远发展结合、促使亏损大户扭亏等问题仍是紧迫课题。

据有关部门调查，这16户工业企业由去年底亏损2608.6万元，转为今年上半年盈利156.9万元，其原因主要是企业采取了一些得力措施。一是建设好企业领导班子。在这16户企业中，领导班子重新调整的有6户。这16户企业的领导班子都敢于面对企业现实寻找扭亏途径，并果断决策，把企业职工的积极性调整到最佳点，使全厂上下形成扭亏合力。二是推进企业内部改革。这16户企业中半数以上的企业在“三项制度”改革上步子较大，在完善承包经营责任制、打破干部和工人界限、奖金分配向一线职工和科技人员倾斜等方面都有较大进展，有的还实行了全员风险抵押，调动了职工积极性，对扭亏起了很大推动作用。三是企业走向市场。这16户企业中，有12户是因市场变化而由盈变亏的。这些企业不断开发新产品，提高与市场的对接度。其中有5户企业从市场需要出发进行了技术改造，有9户开发出71项新产品，有 2 户及时调整了产品结构。这些企业都加强了销售工作。四是强化企业管理。各亏损企业几乎都存在管理粗放问题。这 16 户企业中有 7 户仅节能降耗就增加效益 800 多万元。哈尔滨第三水泥厂年用煤 6 万吨，过去购煤供需不见面，仅运费 1 年就多支出 20 多万元。现在该厂与煤矿建立了直接的供需关系，年节约费用 48 万元。

但是，按 1991 年末的口径计算，这 16 户企业仅占哈市亏损企业总数的 10.81%，其亏损额占 6.55%，基本属于中小型企业。在扭亏中，有些企业的素质并无质的提高，治本措施还不明确，扭亏增盈基础十分脆弱。其中有半数企业是由于市场变化、需求增长而拉动生产效益回升的。目前，这些企业受大环境影响，限产压库任务和涨价因素压力很大，给今后的生产经营增加了难度。有关部门认为，哈市下一步工业企业扭亏工作的重点是抓亏损大户，并要注意克服扭亏工作中的短期行为，把扭亏工作与企业长远发展结合起来，把提高企业经济效益的重点放在提高企业素质、夯实企业基础上来。企业要在科技、市场、管理上寻找摆脱困境的出路，把企业转换经营机制作为企业扭亏的根本措施来抓。

（1992 年 11 月 3 日《黑龙江日报》一版右上角，合作者史伟）

74. 积极探索为经济服务新路子
哈市委组织部选派干部国内“留学”

哈尔滨市委组织部积极探索组织工作为经济建设服务的新路子，多次选派干部进城、下厂，到南方跟班学习、锻炼，为振兴哈尔滨培养经济人才。

针对县城工业相对薄弱，缺少懂经济、会管理的人才问题，哈尔滨市委组织部去年底从呼兰、宾县、方正、依兰4县经济综合部门、企事业单位和乡镇选派42名干部，根据其岗位需要分别安排在哈市各委、办、局、大中型企业和街道办事处挂职锻炼或从事专业技术学习。通过进城锻炼，目前，他们的思想已有了较大变化，考虑问题的层次有所提高，不仅提高了干部自身素质，也促进了城乡经济发展。宾县木材加工厂副厂长杨国民在哈木器厂学习期间，受该厂先进管理经验、产品上档次等方面启发，向原单位提出了一整套改革措施被采纳，使昔日不景气的企业变得生机勃勃。这些干部注重信息沟通，联系两地市场，促进地区间、部门间的合作，聘请哈市人才帮助各县的企业发展生产，取得一定成效。宾县宾西制毡厂、宾州毛巾厂、呼兰县农机公司、依兰县经委等单位派出的干部分别为本厂解决了联营联产、改变产品结构、扩大销售等问题。

年初以来，哈尔滨市委组织部对责任范围内的企业领导班子进行调整，在充实了近三分之一的基础上，8月份又从市直一些经济综合部门选派30名干部，到30户亏损企业学习、锻炼，协调解决一些实际问题，并协助企业扭亏增盈，两个多月来已经取得一些成果。日前，哈尔滨市委组织部又选派30名干部，到经济发达的南方地区跟班学习、考察、工作。

哈尔滨市委组织部通过采取这些措施，使哈尔滨市的一些干部通过国内“留学”，广泛学习先进的科学管理、经营方式和先进经验，架起南北以及本市城乡间的桥梁，对于加速哈市经济发展将起到重要作用。

（1992年11月12日《黑龙江日报》，合作者组言）

75. 哈电站设备集团公司实行“两分四自”综合改革

哈尔滨市政府今天推出哈电站设备集团公司“两分四自”综合改革实施方案，并举行哈电站设备集团公司承包经营合同签字仪式。该集团公司从 1993 年开始直接对市政府实行承包经营，一定 8 年不变。这标志着这家国内大型集团公司从此进入转换企业经营机制的快车道，也是哈市培植最新经济增长点的一项重大举措。

“两分四自”，即政企职责分开，所有权与经营权适当分离，自主经营、自负盈亏、自我约束、自我发展。哈电站设备集团公司是国务院批准在国家计委实行计划单列的大型企业集团，所属企业有哈电机厂、哈锅炉厂、哈汽轮机厂、阿城继电器厂、哈绝缘材料厂。目前集团有职工 4.2 万余人，固定资产 15.4 亿元，年产发电能力 360 万千瓦，占全国发电设备生产能力的 1/3 以上。哈电集团公司实施“两分四自”综合改革后，国家机电部、哈尔滨市政府各委、办、局在人事、劳动工资、投资、财税、物资供应等方面将统一对哈电集团公司进行管理。哈电集团公司将对全面完成国家计划和所属企业的经营活动结果负责。哈电集团公司对所属企业在发展规划和年度计划等方面将实行统一管理；集团公司对政府统一承包经营，并分别发包给所属企业，对上统包统算，对下分包分算；重大基建、技改项目贷款将逐步过渡到全部由集团公司统贷统还；进出口贸易和相关商务活动，由集团公司统一对外；核心层企业和紧密层企业中的国有资产由政府委托集团公司经营管理；集团公司所属企业的党政干部按有关规定任免。哈市政府将对哈电集团公司实行国有资产委托经营管理，赋予哈电集团公司产品定价权（除国家、省管产品价格外）。

（1992 年 11 月 20 日《黑龙江日报》一版头题，合作者刘振英）

76. 农总行十九个调查组调查结果表明——
金融秩序趋于好转 收购资金难在后头
依赖农行垫付思想严重，吁请有关部门尽早重视

负责农副产品收购资金和整顿金融秩序调查研究工作的农总行19个调查组，日前已从全国各地回到北京。他们不仅推动了各地工作开展，而且带回了下一步工作决策所需要的第一手材料。8月19日、20日两天，马永伟、林中杰、何林祥、段晓兴、胡楚寿等总行领导及各部、室负责人听取了各地情况汇报，并就有关问题进行了磋商。

在近一个月的时间里，农总行调查组分赴全国19个省、市、自治区，宣传加强宏观调控的政策，检查督促各地农行贯彻落实党中央、国务院有关农副产品收购和整顿金融秩序工作布置情况。他们听取了各地行社工作汇报，有重点地对一些市县区乡进行了调查研究，并且走访了农户，听取了农民的意见和要求。有些调查组还就发现的问题与当地党政部门和人民银行一起进行协调解决，他们掌握的情况和一些建设性意见，为下一步工作安排提供了可靠依据。

据调查组反映，各地农行贯彻落实党中央、国务院有关指示精神行动快，措施果断，收效明显。在夏季农副产品收购工作中，农行资金普遍提前超额到位，加上各地党政领导高度重视，各部门配合较好，收购进展顺利，没有出现白条。尤其定购粮部分，国家实行了保护价，不少地方实际收购价格又高于保护价，任务完成好。议价部分，由于价格低，农民不愿卖，加之调销难，企业不愿买，收购任务难以完成。还有一些地方没有实行户交户结的办法，有的地方甚至村长坐镇，农

民一边卖粮，村长一边收费，农民对此颇有怨气。秋季农副产品收购资金日前正在筹备中。由于秋收是大头，资金缺口较大，筹集起来困难较多，各地做法也不尽相同。尤其今年实行新的收购资金供应办法后，很受各地政府欢迎，但农行压力加大。因为各地虽然也对财政、企业、银行等部门分配了资金任务，但各部门依赖农行垫付的思想严重，有的地方甚至连资金需求测算都不搞了，这对确保收购十分不利，急需引起重视。此外，由农行垫付的资金在期限等问题上尚须进一步明确，否则将来账好算，钱难收，风险大，隐患多，难免扯皮。如福建省和安徽巢湖地区由政府牵头，对各部门落实资金责任任务，签一协议书，先垫后补，按协议算账的办法则较好，但这样做的地方不多。三是农行保支付保收购，其他一些合理资金需要贷款下降，对项目发展和农行资金效益都带来不利影响。四是保了粮、棉、油、烟等大宗农副产品收购，而其他如水果类一些富民农副产品则无力收购。

据调查组介绍，在整顿金融秩序工作中，各地农行态度坚决。据调查，各地农行拆借资金主要用于解决头寸不足问题，大部分可以按期归还。农行办实体多是科工贸、服务型，目前与农行脱钩工作正在进行中，有些问题还待拿出个办法来。

在听取汇报中，马永伟行长强调要注意研究新情况、新问题，及时向上反映，把农行的工作做好。

（1993年8月21日《中国城乡金融报》一版头题）

77. 马永伟强调——秋收资金供应是当前中心任务

多方筹资、专户管理的原则不变

中国农业银行日前召开专门会议，研究进一步做好秋季农副产品收购资金供应以及落实“约法三章”的具体措施，行长马永伟强调当前中心任务就是抓好秋收资金供应工作。

马永伟讲话指出：近期农村金融工作出现良好转机，各级行社集中资金保重点，基本消灭了“白条”现象；储蓄存款大幅度增长，资金头寸明显好转；金融秩序趋于稳定，违章拆借活动停止，收回了部分违章拆借资金；优化了信贷结构，支持了农业生产。但是，各级行社对当前面临的困难必须有一个清醒的认识，必须克服消极畏难情绪和等待观望思想。要看到金农农副产品收购范围扩大、收购价格上升，收购资金需求量将大于去年，约需 1133 亿元。为了确保不给农民打“白条”，各级行、社一定要把秋季农副产品资金供应当作中心任务、政治任务来完成。必须坚持：国务院确定的政府牵头多渠道筹资的责任制不变，收购资金专户管理的办法不变。总的原则是，凡农副产品所需资金规模保证解决，其余各项规模严格按计划掌握，总行对各分行拨付的收购资金必须专款专用。为此，必须大力组织存款，盘活资金存量，扩大资金来源；要全面落实“约法三章”，整顿和规范资金拆解工作。下一阶段的任务将更加艰巨，各级行社要一抓到底。总行重申，今后再有违章拆借的，一定从严查处。

（1993 年 8 月 26 日《中国城乡金融报》一版头题）

78. 稳健经营带来协调发展

福建农行资金充裕运筹从容

当许多地方的银行部门正在忙于整顿金融秩序，为保支付、保收购、力争增加正常信贷投入而愁眉不展的时候，福建农行却以逸待劳。这里不仅金融秩序有条不紊，收购资金已超进度进入专户，而且可以拿出更多的精力为农村经济全面发展而运筹帷幄。

请看福建农行的营运大账：支付从无困难现象，备付率全省平均始终保持在6%以上。收购从无白条问题，今夏主要农采总值7.2亿元资金在握，现已投入3亿多元；秋收资金60%已进专户，远远超过规定比例。经营从无七拆八借之类负债状况，因富裕还支援兄弟省农行2.3亿元。信贷投放上从不盲目开发项目，农村经济发展资金需要得到满足。全省农业生产投入每年都在13亿元以上，今年最多，已累放30亿，占全年贷款总额30%多，其中，农行支持的对虾、鳗鱼等养殖水面已发展到20多万亩，800万亩果树实现水（浇灌）陆（运输）两通，果品达到早、中、晚均衡供应；生产资料等商流贷款今年新增8000多万，余额已达8亿元；乡企贷款今年累放32亿，1元贷款可创3元产值，资金利润率为17%；在建的20万千瓦水电站农行已贷款3亿多元，发电能力可占全省60%。行、社财务去年100亿规模创利2.4亿元。

福建农行所以能潇洒度日，重要得益于他们的稳健经营，稳健带来协调，稳健促进开拓。在资金来源上，他们眼睛向内不向外，向下不向上，始终把资金组织工作放在第一位，以丰补欠，有多少钱办多少事，不超负荷。去年该行存款结余21亿元，有人出高利来拆借，福建农行硬是没答应，也没搞房地产，而是用来弥补了今年因存款滑坡而造成的信贷资金不足。上半年行、社新增存款12亿，新增贷款却达19亿，收回再贷累放130多亿。在资金调度管理上，他们坚持改革方向，以县支行为经营单位，自主经营，自求平衡，自担风险，不论资金余缺，都通过系统内市场融通。同时，坚持把各支行新增存款10%作统筹资金使用，保正常贷款需要，剩下的自主经营，凭本事干。他们还时刻注意梳理金融秩序，不因小气候好而放松宏观调控。向非银行金融机构拆出资金仅3笔、7000多万元，其中除1笔因受不可抵御的干扰不得不为之的5000万元未到期外，其余2笔2000万元早已收回。农行自办的106个经济实体的资本金中没有1分信贷资金。分行不占总行1分汇差，省内结算也从不压票压汇。对粮食贷款这个老大难问题，他们一面加强协调，促使财政、企业资金及时到位，一面狠抓非正常占用清理，根据收购进度灵活调度规模头寸，每年调销回笼和工行贷款归位情况都比较好。

（1993年9月4日《中国城乡金融报》一版要位）

79. 周正庆提出今年金融工作指导思想 适度从严　强化监管　抑制通胀

中国人民银行1月10日在北京召开全国金融工作会议，副行长、党组书记周正庆作重要讲话，提出了今年金融工作的指导思想和今年金融工作的重点。

周正庆副行长肯定了1994年金融工作在加强宏观调控、改革开放、整顿金融秩序等方面的成绩之后，提出了今年金融工作的指导思想是：实行适度从紧的货币政策，进一步强化金融监管，改善金融服务，坚决抑制通货膨胀。他说今年的金融工作的重点是：从紧控制货币信贷总量，大力调整贷款结构，增加对农业的信贷投入；强化金融稽核监管，坚持金融企业经营和管理，深入整顿金融秩序；进一步推进商业银行改革，实行信贷管理责任制，改善金融服务，提高信贷资产质量；完善外汇结售汇制度，加强国家外汇储备管理。

周正庆要求金融部门各级领导统一认识，协调步伐，自觉地把金融工作的各项方针政策落到实处。一是坚决把抑制通货膨胀放在金融工作的首位。二是金融系统的各级领导干部要树立宏观意识。三是控制通货膨胀要协调运用各项经济政策。四是必须坚持金融企业经营和管理的原则。

周正庆最后强调，随着金融体制改革的深入，不断提高金融系统干部职工的业务素质和政治素质，是金融系统面临的一个重要而艰巨的任务。因此，必须认真贯彻落实党的十四届四中全会精神，重点抓好各级领导班子和队伍建设，进一步加强纪检监察工作，深入开展反腐败斗争，继续抓紧做好“三防一保”工作，为完成全年工作任务，支持国民经济持续、快速、健康发展作出新的贡献。

（1995年1月11日《中国城乡金融报》一版头题）

80. 农业银行完成向商业银行转轨

1月10日在京召开的农行全国分行行长会议，是农行发展史上的一次重要会议，农业银行行使国家专业银行职能的15年已载入史册，从此翻开农行作为国有商业银行的第一页。史记良行长宣布：今后将按照效益兴行的商业银行机制运作，农行改革与发展进入新阶段。

史记良代表新一届党组对15年来农行为繁荣农村经济所作的重要贡献给予高度评价，对农行和信用社的百万大军同心协力、勤奋工作给予热情鼓励。他客观分析了面临的各种情况后说，今年工作的总要求是，认真贯彻中央经济工作会议和金融工作会议精神，坚决落实抑制通货膨胀的各项措施，加大支农力度，提高资产质量，加快改革步伐，强化内部管理，抓好队伍建设，支持农业和城乡经济持续、快速、健康发展。实现这一要求，必须认真做好三件事：一是切实加大支农力度，全力支持粮棉生产和“菜篮子工程”，提高信贷资金使用效益；二是以业务经营为中心，以扭亏增盈为目标，使全行的财务状况有一个明显的改善；三是积极稳妥地深化改革，在转换机制方面迈出关键一步。他说，商业银行经营机制的重要特征就是自主经营、自求平衡、自负盈亏、自担风险、自我约束、自我发展。今年要抓好四项改革，即：以利润为目标，完善经营责任制；以推行资产负债比例管理为突破口，建立信贷资金计划良性循环机制；围绕提高信贷资产质量和防范信贷风险，逐步建立统一、规范、科学的信贷管理体制；积极稳妥地推进机构和劳动人事制度改革。

中国人民银行副行长戴相龙到会讲话，提出三点要求：一是农业银行一定要支持农业生产，为抑制通货膨胀再做贡献；二是深化金融体制改革，要在加强资产负债比例管理上下功夫；三是搞好增收节支，实现财务状况根本好转。

（1995 年 1 月 11 日《中国城乡金融报》一版二题）

81. 全国金融工作会议闭幕

朱镕基到会讲话 周正庆明确工作任务

1 月 14 日全国金融工作会议在京结束。会议期间，国务院副总理兼中国人民银行行长朱镕基到会作重要讲话，中国人民银行副行长周正庆对 1995 年全国金融工作提出具体要求。

周正庆说，1995 年全国金融工作指导思想和工作重点已经明确，抑制通货膨胀金融部门责无旁贷，要继续强化金融稽核监管。在谈到人们都关心的几个问题时，他说，今年计划安排农业方面贷款占整个新增贷款规模的 10%，比上年增长 26.4%。对国有商业银行办的非银行金融机构，实行彻底脱钩和严格的企业管理。今年要重点做好中国农业发展银行省分行的分设工作，有计划、有步骤地加快组建城市合作银行，农村信用社的领导和管理体制保持相对稳定。各家各级金融机构要严格执行人民银行和邮电部《关于春节期间确保邮政汇款及时兑付的紧急通知》的要求，坚决杜绝“绿条子”问题发生。

（1995 年 1 月 17 日《中国城乡金融报》一版头题）

82. 围绕三件大事　强化首脑职能
农总行狠抓机关形象建设

史记良在机关干部职工大会上分析全系统及机关工作现状，通报党组后五个月工作意图

加大支农力度、改善经营管理、加快改革步伐，农总行党组紧紧围绕这三件大事摆布力量，并把工作突破口放在总行机关形象建设上。自去年7月以来连打几个战役，今年8月3日又一次召开总行机关干部职工大会。党组书记、行长史记良要求后五个月要切实转变机关作风，大兴调查研究之风，完善用人机制，搞好廉政建设。在京的党组成员何林祥、段晓兴、李殿君、王川出席了会议。

史记良行长在分析农行系统及总行机关现状时说，各级行积极贯彻年初分行行长会议精神，以抓好三件大事为工作重点，以向国有商业银行转化为中心，振奋精神，改进工作，真抓实干，各项工作有条不紊，取得了较大成绩。主要特点是：各级行领导思想统一，干部队伍面貌好转，围绕三件大事安排工作，经营意识、效益意识明显增强。上半年总行党组对近20个分行班子进行了较大幅度的调整，有力地促进了各项工作开展；各项业务、特别是信贷支农进展不错，到6月底，各项存款余额已达6900亿元，比去年同期多增近100亿元；各项贷款余额5467亿元，比去年同期多增79亿元；经营状况有所好转，各级行采取调整负债结构、改善贷款质量、加强财务管理和资金管理等措施，使农行经营有了转机，上半年比去年同期收入有较大幅度的增加。内部改革迈出新步伐，完成了经营目标责任制，资金计划改革在11个分行试点，信贷管理逐步推行审贷分离制度，总、分行机构适度调整，金融法律观念提高，三防一保工作得到加强。总行机关也发生较大变化：各部室调整之后运转正常，发挥了党组的参谋助手作用，两手抓初见成效；机关管理水平有一定提高，制度建设有所加强；工作秩序明显好转，机关作风发生了明显变化；干部职工整体面貌有新起色。总行党组深深体会到：管理是一项重要的基础工作，总行机关是农行的首脑机关，只有切实加强机关建设管理，才能保证发挥对全系统的决策、指挥、协调、监督职能，推动全系统工作开展；调动搞定干部职工的积极性，实行层层负责制是关键；分类指导和调查研究是重要的工作方法，农行百万职工、6万网点，工作头绪多，又兼具商业银行、代理政策性银行、代管信用社三重职能，光靠文件不行。因此我们必须保持清醒的头脑，对成绩不能估计过高。史记良行长还对机关存在的问题及大家关注的热点进行了分析。

会上，史记良行长着重谈了农总行党组后五个月的工作思路。指出要围绕央行最近提出的金融工作指导思想，认真抓好三件大事。一要继续抓好信贷支农各项政策措施的落实；二要事实求是地完成今年财务收支计划；三要积极稳妥地推进机构改革和网点撤并工作，下决心解决机构重叠、人员过多的问题。同时，认真负责地做好代理农发行业务工作，继续抓好三防一报工作。为此总行机关要抓好四件事：1. 切实转变作风，加强调查研究，改变文件多、会议多、调研不足的状况。要搞几个专题调查，对分行三年规划第一年进行综合考评。2. 完善用人机制，促进人才成长。要加大改革力度，建立激励机制，组建机关人才市场，组织新进人员下基层锻炼，提高用人透明度。3. 坚持不懈地抓好机关作风建设，把任务分解到人。对有中师以上技术职称人员的能力、质量、水平进行业务考评，不合格的要解聘。要加强机关制度建设，使之规范化。4. 继续抓好清正廉洁，树立总行机关良好形象。

（1995年8月5日《中国城乡金融报》一版头题）

83. 认清形势　明确任务　团结协作 唱好收购资金供应管理重头戏

人行、农行、农发行共商秋季农副产品收购资金供应管理工作

如何既保秋季农副产品收购资金供应、不向农民打白条，又要加强资金管理、严防挤占挪用造成收购资金流失，围绕这一原则问题，9月4日，中国人民银行、中国农业银行、中国农业发展银行联合在京召开全国秋季农副产品收购资金管理工作会议。人行副行长朱小华、农行行长史记良、农发行行长朱元樑分别在会上讲话。

三家银行分别总结了以往农副产品收购资金供应管理工作的经验和教训，分析了面临的形势和存在的问题，进一步明确了各行的任务和职责。

人行副行长朱小华指出，为了保护农民利益，促进国民经济健康发展，几年来，党中央、国务院就不打“白条”问题采取了一系列硬性措施，保证了收购资金需要，但是挤占挪用收购资金问题并没有根本解决。这次会议就是落实既要保证收购资金供应、又要加强收购资金管理的办法，做到“两手抓、两手都要硬”。农行和农发行是国家在农村的两只胳膊，两行合作实行新的收购资金管理体制，夏收是练兵，秋收才是实战。朱小华强调，为了保证收购不向农民打白条，同时防止收购资金流失，必须坚持的政策和措施：一是财政、收购部门和银行要认真落实粮棉油收购贷款管理责任制；二是农行和农发行要严格遵循两行《协议》规定，加强配合，共同做好收购资金的供应和管理；三是进一步加强收购贷款的管理，实行政策性贷款和库存挂钩；四是加强粮棉油政策性收购资金专户管理；五是改革结算办法，提高

收购资金管理水平。

农行行长史记良、农发行行长朱元樑分别就各自的责任和互相合作问题在会上讲话。（以下文略）

（1995年9月5日《中国城乡金融报》一版头题）

84. 新春伊始 农总行干部整装上阵

史记良在机关大会上号召：总行机关干部要立即行动起来，带领全系统抓好三件大事

正月初八，节后第一天上班，农总行即告别节日气氛，总行党组召开机关干部大会，书记、行长史记良号召总行干部立即把注意力调整到工作上来，集中精力抓好加强基础管理、深化内部改革、推进“两个转变”这三件大事，带领全行员工向既定目标前进。

史记良中肯地评价了总行机关过去一年的工作，指出取得的成绩还只是初步的、恢复性的，不能估计过高。针对存在的一些实际问题，他再次重申了党组的工作思路，强调今明两年要进一步深化体制改革，调整发展战略，切实提高经营管理水平，为向商业银行转变积蓄力量，夯实基础。总行党组把1996年作为我行的“管理年”，总的要求是全面加强基础管理，全面深化内部改革，全面推进“两个转变”。他说，我们面临的困难不少，任务很重，速战速决不可能，畏难不前不可取。必须坚定信心，苦干实干。为此，他要求总行机关必须把加强领导、强化协调指挥和系统管理作为工作重点，把总行机关办成高效、廉洁、指挥得力的司令部。一是各部室要落实各项制度措施，严格考核，规范言行举止；二要改进工作作风和方法，加强调查研究，抓好典型，指导全局；三是各部室要发挥职能作用，加强计划性，建立良好工作秩序；四要反腐倡廉，正确使用权力，严格约束自己。

（1996年2月29日《中国城乡金融报》一版头题）

85. 农总行发出通知——清理整顿系统内报刊

根据中共中央关于新闻出版业要治散、治滥的精神，中国农业银行日前发出通知，决定对农业银行系统所办的报纸、杂志进行清理整顿。

《通知》说，继续办好总行现有的“一报二刊”，即《中国城乡金融报》、《中国农村金融》和《农村金融研究》，以及总行信用合作管理部主办的《中国农村信用合作》。未经批准，总行各部门不得兴办任何报刊。各省、自治区、直辖市分行、各直属院校原则上只保留一份杂志，所办的报纸原则上一律停办；确需保留的，必须报经总行批准。各计划单列市分行（包括哈尔滨、沈阳、西安、武汉、广州、长春、南京、成都、杭州、济南市分行、新疆兵团分行）、各地（市）分行、县（市）支行所办的报纸、杂志一律停刊。

《通知》要求，凡属保留的报刊应将报刊名称、出版宗旨、出版周期等上报总行办公室备案。所保留发行的各类刊物要立足于提高质量，不应盲目追求数量。要开阔办刊视野，拓宽调研领域，在探讨宣传农村金融理论和农业银行改革发展动态的同时，还应积极介绍我国经济体制、金融体制改革的理论和动态，以及国外商业银行的经营管理方式。凡属停止发行的报刊，各级行应做好善后工作。属于内部发行的报刊自收到本《通知》之日起停止发行；属于公开发行的报刊，截止到本年度（1996 年 12 月 31 日）停止发行，要抓紧做好刊物注销等工作。

《通知》强调，中国农业银行系统报纸、刊物管理工作由总行办公室负责。各行要认真、及时落实本通知的规定，在8月底前将清理整顿的结果（并填好附表）报总行办公室。

（1996年7月18日《中国城乡金融报》一版头题）

评论员文章：集中精力办银行

农业银行清理整顿本系统所办报纸杂志，既是繁荣我国新闻出版业、使其健康发展的需要，也是农行"管理年"加强管理的一项重要工作内容。尤其在深化金融体制改革的进程中，要与党中央保持一致，要集中精力办好银行，就必须把舆论宣传当作一件大事来抓。

一个时期以来，随着我国两个文明建设的推进和文化市场的繁荣，农业银行同其他行业一样，在创办报刊方面也做了很多工作，投放了很多人力和物力。据初步统计，目前农行系统（除总行一报二刊外）办报20多种，办刊60种。总的来说，这些报刊对于宣传党和国家方针政策、宣传金融工作以及活跃职工文化生活确实起到了积极作用。但是，报刊与银行的专业性质区别很大，搞好这两方面工作都需要高素质的专业人才，两方面都兼顾难度较大。尽管农行引进了一些新闻工作者，但还是满足不了众多报刊的需要，也给管理工作带来很多困难。因此免不了一些报刊良莠不齐。这不仅在人力和物力上造成很大浪费，而且由于质量不高，致使宣传不力，甚至在一定程度上损害了农行的信誉和形象。对此，农总行党组经过调查研究，并根据中共中央关于新闻出版业要治散、治滥的精神，果断决定对全系统各级行所办报刊进行清理整顿，同时严格了管理措施。这对于推动新闻出版业健康发展，推动农村金融体制改革和农行向国有商业银行转化都具有重要作用。

清理整顿后，大多数报刊将要停办，节省下来的人力和物力将要集中用来办银行。这并不意味着削弱了舆论宣传，而是要把舆论宣传工作搞得更集中、更有声势、更富于特色。这就需要全行干部职工共同努力，把农总行现有的"一报二刊"（即《中国城乡金融报》、《中国农村金融》和《农村金融研究》）办得更好，为推动金融事业发展服务。为此，这次清理整顿后留办的报刊，必须承担起高度的政治责任，尤其是在农业银行既要进行“转轨”、又要解决好农村金融体制改革中遇到的一些困难和问题的情况下，特别需要农行的报刊要与党中央保持一致，认真发挥喉舌、导向、监督作用；要利用这块阵地大力宣传政治，正确宣传党的各项方针政策，宣传金融工作法规和业务发展情况。同时，要讲究宣传艺术，增强报刊的吸引力、感召力和说服力。为此，这些报刊的工作人员要政治强、业务精、纪律严、作风正，要树立新闻工作者的良好形象，为促进社会全面进步、营造良好的舆论环境尽一份力量。

（1996年7月18日《中国城乡金融报》一版二题）

86. 看新年春风化雨

农总行举行新闻发布会，何林祥副行长宣布：1996年农金体改取得突破性进展，农行经营管理明显改善，农行支农做出重大贡献；“调整、管理、改革、建设”将是农行明年的工作主线

曾经排名全国第二大专业银行的中国农业银行，经过“一分一脱”之后面临怎样的形势、今后市场定位如何以及如何支农等问题，已引起社会普遍关注。元月10日，在全国金融工作会议召开前夕，农总行举行新闻发布会，向新华社、人民日报、中央人民广播电台、中央电视台、中央国际广播电台、经济日报、农民日报、中国日报、金融时报、香港文汇报和香港大公报等二十多家主流媒体就人们普遍关心的问题作了通报。新闻发布会着重介绍了改革，使人们确信：农村金融体制改革如同春风，必将给农行带来丰沛的雨水，滋润农金“大地”开花结果。

新闻发布会由农总行党组成员、副行长李殿君主持，党组副书记、副行长何林祥作中心发言，党组成员、纪检组长王川及各主要业务部室负责人到会与记者对话。党组书记、行长史记良中午从国务院有关会议上赶回来会见了记者。

何林祥副行长用三句话对1996年农行的工作做了高度概括。他说：1996年是农村金融体制改革取得突破性进展的一年，是农行经营管理明显改善的一年，是农行支持农业和农村经济发展做出重大贡献的一年。

何林祥说，首先，改革是主旋律。1996年农村金融体制改革取得了重突破性进展和阶段性成果，农行顾全大局，为改革做出了贡献。其主要标志：一是农行与农村信用社脱钩工作圆满完成了预定目标，农行划走干部 11500 人，划走准备金和转存款 1878 亿元。二是农业发展银行增设营业机构，划走农行职工 4500 人，分出 25 亿左右的资产，以省市自治区为单位的业务交接全部完成。其次，农行较好地完成了金融调控和自身业务发展目标。到去年末，农行各项存款余额达 8943 亿元，年净增 2003 亿元，增长 28.9%；各项贷款余额达 7769 亿元，年净增 1208 亿元，增长 18.4%，有效控制在计划之内；超额完成了央行收回再贷款任务，同时按时足额完成了政策性银行金融债券和国库券承销任务；财务目标完成情况好于上年，经营状况明显改善。再次，农行支农力度明显加大，全年农业贷款（含乡镇企业贷款）净增 458 亿元，增长 20.6%，高出各项贷款增幅 2.2 个百分点，重点支持了粮棉大县和“两高一优”农业示范区建设、中西部乡镇企业、科技开发及农业产业化经营和开发，为夺取全国农业大丰收做出了重要贡献。第四，围绕贯彻商业银行法，农行开展了“管理年”活动，加强了内部管理。一是抓紧清理违规经营，保质保量完成了任务；二是加强了计划、信贷、财务、人事等方面的规范化管理，全面修订了二十项农行基本制度；三是强化了稽核监督，做到了集中统一领导。第五，善始善终地完成了农村政策性金融业务的代理工作，农行在改革压力很大的情况下尽职尽责，高度重视，富有成效，粮棉油收购未因农行工作出现资金供应断档等问题。同时农行还加强了农村信用社的业务领导，促进了信用社的业务发展和在支农中发挥重要作用。

何林祥副行长还向新闻界客观地分析了农行面临的问题和困难，希望社会各界给予支持和理解。

在谈到 1997 年农行的新举措时，何林祥说，马上要召开的农行全国分行行长会议，是农行发展史上新的里程碑。会上将提出农行向商业银行全面转轨阶段的主要任务、总体思路和目标。其中，1997 年的主要任务和目标是：存款总量要突破 1 万亿；支持农业产业化和城乡经济一体化的力度要加大，贷款比重要增加；信贷资产质量要提高 3 个百分点；利润要保持稳定增长；要防范和控制违规违章经营。为了实现这些目标，全行将以“调整、管理、改革、建设”为工作主线：一是调整农行职能定位，主要是按照商业银行的经营原则，在完成国家特定的支农任务的前提下，把主要注意力放在支持农业产业化和城乡一体化上；二是要继续把加强内部经营管理作为重点，认真整顿金融秩序，防范金融风险，提高经营管理水平；三是要稳步推进内部管理体制的改革；四要按十四届六中全会要求，加快精神文明建设。

会上，李殿君副行长宣布：为了进一步加大农行对外宣传工作力度，农总行成立了新闻宣传中心，专门负责农业银行的社会宣传工作，请各新闻单位给予支持。

（1997 年 1 月 13 日《中国城乡金融报》一版头题）

87. 确保国民经济增长 8% 农业银行年中再加油

中国农业银行把确保国民经济增长 8% 和人民币币值稳定作为主要工作目标，召开机关处以上干部会议，进行年中再加油。

农业银行上半年连续召开了六个专业会议，派出十五个工作组深入基层研究解决具体问题，重新制定了十个规章制度和六个主要业务的处罚规定，稳步推进了组织机构和经营机制改革，保证了存款稳步增长和贷款保质保量发放。前五个月新增存款 705 亿元，新增贷款 94 亿元，存贷增量均居四大国有商业银行之首。

针对存在问题，行长何林祥要求从领导机关做起，采取措施，克服困难，坚决完成全年目标。一是全面完成今年的信贷工作，确保贷款投向合理，绝不支持重复建设项目。改革存贷比例管理办法，县支行不搞比例管理；加大资金调度力度；把农发行划转业务迅速开办起来，不误农时。二是提高信贷资产质量。以业务经营为中心，解决信贷管理不到位问题；降低不良贷款，把利息提高 2 到 3 个百分点；搞好五级分类并带动清分工作；落实行长责任制。三是严控各项财务指标。以收定支，狠下心来过紧日子一分钱也不增加；控制基建规模，逐项清理，停一批、砍一批；总行要带头执行勤俭办行的 13 条规定。四是加强劳动人事统一管理。坚持下岗分流、减员增效；严格德才兼备、业绩为主的用人原则。五是强化纪检监察工作落实领导干部自律 19 条规定，加强业务部门自身检查，努力恢复“三铁”形象。

（1998 年 6 月 22 日《金融早报》一版要位）

88. 拓展农业和农村市场优质客户 农行为龙头企业开通“绿色通道”

中国农业银行树立办好商业银行的经营思想，抓住农业和农村经济结构调整的有利时机，面向市场，拓展农业和农村优质客户，优先安排资金和规模，使重点龙头企业信贷服务有了“绿色通道”。

经过充分调查研究，农行认为农业产业化龙头企业的发展，对于提高农业的比较效益、培育农村市场经济、改善农行的经营环境有着重要作用。为了市场双赢和“优化县镇、开拓城市”的业务发展目标，农行日前确定了支持重点龙头企业的标准和信贷政策。

核心内容是：严格按商业银行经营原则，坚持市场化运作。立足当地资源优势，立足客户需求，支持“公司＋基地＋农户”的产供销一体化、跨区域生产、有稳定的销售渠道和深加工及出口创汇效益明显的龙头企业。既要为原有客户提供优质高效服务，又要尽快选择一批具有竞争力的客户给予重点培育。二要集中规模资金，提高经营层次，保证优良客户的资金需求。根据这些龙头企业自已周转季节性强、流量大的特点，及时做好信贷规模配置和系统资金的调度，向全国性及省级的重点龙头企业适当倾斜。除了总的支持外，分行要对纳入支持范围的龙头企业贷款所需规模直接配置，实行客户管理。适当提高对农业产业化重点龙头企业的经营层次，对符合一定条件的企业总分行要直接进行开发，并创造条件逐步实行直接经营。贷款执行利率要根据企业的信用等级、企业的在农行的存款和结算等业务量，依照审批权限确定。三在服务上，农行将以信贷政策、业务处理、运作程序和服务手段等方面制定标准化服务规范，使龙头企业在农行系统任何层次、任何部门办理业务，都享受优质服务。同时，农行将加快结算服务，节省在途资金占用；开发配套使用的金融产品，提供信息、咨询、理财等综合性服务；对符合条件的企业，可实行公开统一授信管理，有些企业的信用资金可周转使用、封闭运行、按期收回；对特别优良的客户，可以通过绿色通道办理业务。

（2001年7月7日《金融时报》一版头题，合署名）

89. 从“专卖店”走向“百货公司”
农行百家金融超市即将开业

中国农业银行百家金融超市将于9月16日在全国百余大中城市同时向社会开放。此举开创了农业银行个人金融业务的新局面，增强了农业银行的业务功能，加快了现代商业银行的进程，也为我国金融市场增添了一道亮丽景观。

农业银行的百家金融超市是全面办理个人资产业务、中间业务和负债业务的新型业务营销载体，它集多种功能于一身，面向社会大众。包括个人存取款、个人消费贷款、个人理财咨询、代收代付、借记卡营销、个人实盘外汇买卖、银证转账、代理保险、保管箱等业务。除传统的本外币外，还经营个人住房贷款、汽车消费贷款、房屋装修贷款、助学贷款等等，日后还将承办国债柜台交易、开放式基金代销等业务。加大了全行资源配置和直接营销的力度，体现了商业银行一级法人的系统合力和优势。引入以人为本的理念，以客户为中心，改变了银行与客户之间传统的沟通方式，使客户在一个门市即可办理所有个人金融业务。百家金融超市还引进了律师、保险、公证等中介机构，现场提供相关服务。金融超市的开办将有效推动农行的个人业务发展走上快车道，预计到今年年底，个人消费贷款将比上半年增加一倍以上。

（2001年9月10日《中国城乡金融报》）

90. 提高认识　共谋良策
农行党委谋求改革发展大计

农行党委中心组认真学习中央领导同志讲话和有关会议精神，结合农行实际提高对体制、机制改革和业务发展等重大问题的认识，共谋良策。

农业银行的改革和业务发展一直是行党委面对的核心问题，江泽民、朱镕基、温家宝等中央领导同志在全国金融工作会议上的讲话和“两会”文件给农行党委指明了方向。行党委经过认真学习和深入探讨，认为：中央领导同志在讲话中强调金融是现代经济的核心，国有商业银行是现代金融企业，强调了金融监管和社会信用建设的重大意义，指出了现有金融体制存在一些弊端，并提出了国有商业银行的改革目标，在中国金融事业发展中将产生深远影响。通过学习，进一步增强了农行党委的使命感和责任感，认为现在国家已为金融改革创造了很多有利条件，由于农业银行历史包袱重，观念更新压力大，因此在推进有效发展的同时深化改革，二者不可稍有闪失。当前关键是农行的实际情况，在市场用工、分配以及实施人才战略和科技创新战略、提升经营层次等重要问题上拿出切实可行的办法，形成一套有效的管理机制。一是必须有非常明确的经营目标和发展策略；二要形成一套完整的决策机制、约束机制、激励机制和监管机制；三要调整体制框架和法人治理结构，进行综合改革。农行党委表示，将遵循中央领导讲话和有关会议精神研究农行的问题，修改并不断完善已有的改革思路，拿出实施方案，推进改革和各项业务发展，尽快提高农行的综合竞争力。

（2002 年 3 月 20 日《金融时报》一版要位，合署名）

91. 农业银行推出大学生置业贷款

根据大学毕业生的需求特点，日前农业银行在全行推出了大学毕业生置业贷款新产品。

据农业银行房地产信贷部介绍，大学毕业生置业贷款是针对大学生购房后因收入变动采用递增还款方式的个人住房贷款品种。农总行经过充分研究论证，认为我国大学毕业生群体是预期收入有望逐步提高的潜在黄金客户，是信用优良的个人群体。根据需求定制符合其特点的金融产品，不仅有利于推动消费市场的发展、解决大学毕业生的切身需求，也丰富了农行的个人住房贷款业务品种，增强市场竞争力。

大学毕业生置业贷款的对象，指大学本科学历以上、年龄在 35 以下的群体；贷款期限最长不超过 30 年。在还款期的最初几年里，月还款额将保持在较低水平，几年后则按一定额度或比例提高月还款额度，以后根据其月收入的增长情况，每隔几年提高一次月还款额，直至贷款清偿。根据大学毕业生收入低的特点，重点支持购买二手房和小户型房屋。对农行来说，贷款发放后可向贷款人发放信用卡、办理存款、贷款、消费代收代付等综合理财业务，有利于带动中间业务发展，增加收益。为了防范风险，贷前将加强对贷款人的品行、上进心和工作表现及所从事行业前景调查，贷后还将定期进行跟踪调查。

（2002 年 4 月 3 日《经济日报》；2002 年 4 月 2 日
《金融时报》另文报道合署名）

92. 农行汽车贷款业务发展快

农业银行把开办汽车信贷业务作为继住房贷款之后的个人消费贷款主打品种，加强金融服务，力争2002年汽车贷款增量比去年翻一番。

近几年，农业银行开办了住房、汽车、房屋装修、助学等多种消费信贷业务。其中，住房、汽车消费信贷业务为主打产品。2001年农业银行汽车消费贷款余额为143.15亿元，比年初增加97.33亿元，占所有金融机构汽车消费贷款余额的30.84%。目前，农行系统获准经营汽车消费贷款业务的县级支行已近一千个，贷款客户十三万多个，汽车贷款不良率为0.46%。据预测，受信贷利率调整等因素影响，今后将有相当一部分城乡居民的消费重点放在购买汽车上，市场潜力巨大。因此，农行将加大对汽车贷款的市场开发力度，加强与汽车生产商、经销商的联系，力争今年汽车贷款增量比去年翻一番。

（2002年4月6日《人民日报》;《金融时报》合署名）

93. 农行上下联动　瞄准利润

首季本外币存款净增 1060 亿元
实现账面利润 14 亿多元

农业银行进一步树立办商业银行思想，面向市场，面向客户，改变营销策略和方法，努力加大盈利能力，今年首季业务经营势头良好，截至 3 月底全行本外币各项存款增加 1060.91 亿元，常专合并实现账面利润 14.86 亿元。

今年第一季度，农业银行各项存款持续增加：全行人民币存款增加 1061.73 亿元，同比多增 75.51 亿元，占国有四大银行增量的 29.96%，同比提高 3.37 个百分点；贷款结构继续优化：全行引导类贷款、农村电网贷款占新增贷款的 47.42%；A、B 类行贷款增加占全行增量的 63.82%；中间业务保持稳步增长：全行中间业务收入 3.09 亿元，银行卡发卡量增加 733 万张，实现卡消费 70.51 亿元；国际结算量同比增加：全行实现账面利润 14.86 亿元。

为了继续保持后续盈利能力，努力实现全年工作目标，农业银行日前要求各行：一要加强产业、行业分析，总分行联动，系统攻关，加大产品创新和营销力度，实行全程服务。二要在坚持审慎信贷原则的前提下，加大贷款投放力度，加大对批发性业务、基础设施项目、文教卫生、个人住房按揭贷款等具有有效需求领域的介入力度，集中系统力量拓展优良客户。三要严格控制费用支出，加强成本核算，逐步引入管理会计原则，制定全面的成本管理体系和管理办法。四要继续加强风险管理，加大集中清收、盘活两呆贷款的力度，保证不良贷款实现“双降”。五要加强利差分析，提高收息水平，早做安排，同业协作，规范贷利率浮动管理。六要认真抓好专项贷款业务的经营管理工作。

（2002 年 4 月 29 日《金融时报》，合署名）

94. 确立支持重点　完善服务措施
农行出台农业产业化信贷工作指导意见

为改善金融服务，全方位满足农业产业化企业的金融需求，农业银行近日出台了《关于进一步做好农业产业化信贷工作指导意见》，进一步确立了支持农业产业化经营的重点，完善了金融服务措施。

《意见》围绕国家农业产业化政策的调整，进一步确立了支持农业产业化的重点。立足规模型、特色型、科技型农业，突出支持“公司加基地连农户”、“生产、加工、销售”、“科研、示范、推广三结合”的产业化经营模式，把精深加工业、种养殖业、畜牧业、特色农业、重点龙头企业、优质农产品生产基地、农村市场流通体系、高科技农业、农业科技园区等各级行营销服务范围，构建农行在农村的经营区位。

《意见》进一步完善了支持农民工业产业化经营的金融服务措施。一是转换职能，提升经营层次。把国家级、省级龙头企业作为总、分行直接营销的重点，建立产业化项目库，实施资产、负债、中间业务一体化综合营销。二是整合系统资源，加大倾斜力度，促进龙头企业快速发展。对重点龙头企业，季节性收购资金的需求，采取“期限管理、库贷挂钩、专款专用、封闭运作、进贷销还”的管理办法；适当放宽了龙头企业、基础设施和公共服务项目使用扶贫贷款的条件。三是改善金融服务，提高运作效率。推出了投资、咨询、理财、网上银行、账户托管、应收账款融资等新的业务品种，全方位满足农业产业化企业的金融需求。

（2002年8月25日《金融时报》，合署名）

95. 农行放宽扶贫贷款条件 进一步做好农业产业化信贷工作

农业银行最近出台《关于进一步做好农业产业化信贷工作的指导意见》。《意见》进一步确立了支持农业产业化经营的重点，完善了相关金融服务措施，适当放宽对龙头企业、基础设施和公共服务项目使用扶贫贷款的条件，推出了投资咨询等一系列新的金融业务品种。

《意见》中进一步确立了支持农业产业化经营的重点，立足规模型、特色型、科技型农业，突出支持"公司加基地连农户"、"生产、加工、销售"、"科技、示范、推广三结合"的农业产业化模式，完善了支持农业产业化经营的金融服务措施。一是转换职能，提升经营层次。把国家级、省级龙头企业作为总、分行直接营销的重点，建立产业化项目库，实施资产、负债、中间业务一体化综合经营。二是整合系统资源，加大倾斜力度，促进龙头企业快速发展。适当放宽了龙头企业、基础设施和公共服务项目使用扶贫贷款的条件。三是改善金融服务，提高运作效率。推出了投资咨询、理财、企业网上银行、账户托管、应收账款融资等新的业务品种，从而培育一批区域优势明显、市场占有率高、经营规模大、辐射能力强、能尽快促使农民增收、企业增效、银行发展的龙头企业。

（2002 年 8 月 27 日《经济日报》）

96. 农行积极支持国债项目建设

加大配套贷款投放力度，收效明显

农行加大对国债项目的信贷支持力度，通过支持基础设施建设、支持重点行业、重点企业、重点产品进行基本建设和技术改造等，目前已累计为国债项目配套贷款1300多亿元，有效地配合了国家积极财政政策的贯彻实施，促进了国民经济的持续稳定发展。

农业银行高度重视国债项目配套贷款工作，1999年以来陆续出台了一系列有关国债项目贷款管理的政策文件，并制定了具体管理措施。从1999年到2002年6月底累计为国债项目配套贷款1308亿元，涉及行业有公路交通、城市供水、通信、电力、冶金、石化、纺织、造纸、建材、机械、生物工程和林业等，在国债建设项目中发挥了重要作用。一是农村电网建设与改造项目1151亿元，第一批农网改造工程已覆盖了全国240多个县，既拉动了投资，又直接减轻农民负担300亿元，促进了农村经济发展和农民生活水平提高。二是基础设施建设项目86亿元，支持国道干线"五纵七横"、城市供水等一批基础设施建设项目，如同三公路、灵吴青公路、绍兴小舜江供水工程等项目的实施，为改善地方经济建设条件、带动地方经济发展起到积极作用。三是国家前六批国债贴息重点技术改造项目61亿元，直接拉动投资约102亿元，如武钢、邯钢等一批项目的实施，有力支持了重点行业结构调整，增强了重点企业的国际竞争力。四是高技术产业化项目10亿元，如上海西派埃公司智能仪表及成套专控装置产业化示范工程、天津化工研究设计院锂电子电池用六氟磷酸锂产业化示范工程、合肥丰乐种业公司离子束生物技术产业化示范工程等，使一批重点产品得以更新换代、技术含量得以大幅提升，起到了较强的科技示范作用。

（2002年8月26日《金融时报》一版头题，合署名；9月2日《经济日报》）

97. 农行加大对优质中小企业支持力度

出台《关于进一步加强和改善对中小企业金融服务的意见》

根据央行有关文件精神，农业银行日前出台了《关于进一步加强和改善对中小企业金融服务的意见》，在进一步加大对优质中小企业支持力度、改进金融服务、拓展和培育中小企业优质客户群体等方面推出系列具体措施。

《意见》要求各级农行在坚持信贷原则的基础上，对产权明晰、管理规范、担保落实、无不良信用记录的有市场、有效益、有信用的中小企业，积极给予信贷支持，提供全方位、高效率的金融服务，努力培育中小企业优质客户群体。要按照商业银行经营原则，确定中小企业贷款投向，促进中小企业向专业化、科技化方向发展。特别是对产品市场潜力大、效益好和还本付息有保证的企业，科技含量高、创新能力强和发展前景好的企业等，进一步加大信贷支持力度。对不符合国家产业政策的一些中小企业，要限制或禁止贷款。

适度扩大中小企业短期信用审批权限。对辖内中小企业发展状况认真分析，区别对待，分类指导。对经济发达、信用环境好、中小企业比较集中的区域，可实行区域化信贷政策，适当简化审批程序。对符合条件的可采取公开统一授信和可循环使用信用等方式；对符合条件、时效要求高的信用企业可采取特别授信和特事特办的方式；对符合条件的经有权审批行批准，可以发放信用贷款。

进一步提高信贷款决策效率。各级行要按规定严格信贷各决策环节的工作时限，对流动资金申请到受理不超过一个工作日，从受理到贷款答复不得超过十四个工作日。针对资金额度小、使用频繁等特点，经总行批准后，对AA级企业可采取有效审批行贷审会审议、行长审批确定年内最高综合授信额度和担保方式，在授信额度和授信期限内发放短期信用，由经营行按客户部门调查、信贷部门审查、行长审批的流程办理。

增强服务意识，强化激励机制。要树立市场营销观念，完善服务体系，采取直接营销、牵头与有关行联合营销、协助营销等方式，主动开拓市场。对市场开发有贡献、贷款管理好的单位或个人予以奖励。

创新金融产品，提供全方位、高效率金融服务。一是创新担保方式，解决中小企业担保难的问题。二是扩展服务领域，开发适应中小企业发展的金融产品。三是合理确定中小企业贷款期限和额度，不设置最低贷款额度限制。

（2002年8月31日《金融时报》，合署名）

第三部分　新闻特写

1.　　爱，使生活充满阳光

在现实生活中，婆婆虐待儿媳妇、儿媳顶撞公婆，或者后娘被邻里议论“虐待”孩子的事时有发生。似乎婆婆、儿媳、后娘多么难当。难，但也不难。关键何在?

关键在于有没有爱心。

马洪升，今年50多岁了。她有一个90多岁的公公、两个儿媳，还有一个牙牙学语的小孙子。马洪升既是儿媳，又是婆婆，还当着后娘。身兼“数职”，却从未与身边人发生过摩擦。四代九口之家中，总是洋溢着由衷的欢乐和幸福。

解放初期，马洪升和黑龙江省建筑五公司的张瑞岩结为伴侣。可是这个不满20岁的新娘当时怎么也没想到：自己已经成为两个孩子的继母了。谈起往事，张瑞岩似有歉意。马洪升却说：“你年轻轻的就死了妻子，也够可怜的，快把孩子们接来同住吧。”

不久，两个孩子相继怯生生地走进了后娘的家门。马洪升看到他们衣裤单薄，面黄肌瘦，顿时泪如雨下。这泪水里含着三分惊喜和七分疼爱。于是，她买来新衣给孩子们换上，又买来猪肉和鸡蛋做给他们吃。不料，长子张家乐病情日益严重。马洪升带着他从当地医院来到省城医院求医。她陪着孩子住在医院里，喂饭、洗衣、擦拭便下的血。孩子已经懂事了，有一天，他突然紧紧攥住后娘的手说：“妈妈，我不会好了，您别费心了。”眼泪早已盈眶的马洪升再也忍不住了，抱着孩子痛哭失声。

1981年，身患癌症的张瑞岩弥留之际，还记挂着次子张桂喜的婚事。

马洪升理解丈夫。就在这一年，她独自一人操办了这个家庭里的三件大事：分别给两个儿子（前妻的一个，自己生的一个）打制了全套时兴的新家具，娶了媳妇，之后又安葬了丈夫。就在这一年，由于日夜操劳，她这个精壮的当家人却一下子病倒了。病得形容枯槁，使人难以辨认。

可是，病中的她并没有忘记细心伺候年近90岁的公公。公公还是早些年听孙子说“后娘善良”，才试探着从山东来到了黑龙江。他本想有人送终就不错了，没想到晚年还会这么享福。打来那天开始，20多年，马洪升每天给他冲一个鸡蛋、热一两酒。全家都吃粗粮，她单给公公蒸白面馍。仅有十几平方米的住室，马洪升给老人间壁出一个清静的暖阁。还给他做了两套被褥，替换着浆洗和晾晒。她自己病得走路都困难，却坚持给公公洗头、理发、剪指甲。像往常一样，她拿过小板凳，给公公读报纸，天南海北唠家常。可是，保养得很好的老人并不糊涂，他心疼地看着强打精神的儿媳妇，说：“孩子，爹让你挨多少累呀！”因此，公公可以10天不见儿子，却不能一天不见儿媳妇。马洪升若是哪一个中午忙工作没回家，公公总是摘了菜、扫了地，还要出门巴望好几回。

是因为马洪升怜老惜贫吗？也许吧。她不仅精心照料自己的公公，而且公司里好几对五保老人的生活料理，几乎被她包下了。但是，这又不仅仅是出于怜惜之情。她是公司里的后勤保管员，无论是她分内的备品和账目，还是在她分外的人、事儿或生活问题，到处都洒满了她辛勤的汗水，她到处受到人们的赞扬。

那么，她是那种只知“包打天下”、不要爱情和家庭的“女强人”吗？也不！她深深地爱着自己丈夫和家庭。三年困难时期，丈夫考入同济大学，她每月寄去月薪的三分之二，自己却带着孩子用萝卜缨子拌土豆充饥。她的家里虽然只有用5元钱买的货架子做“衣柜”，但却十分整洁清爽。节假日，她也买回点儿啤酒，来个家庭“便宴”。看到一家老小那么快活，她心里舒坦极了。

常言道：娘矮儿矬，媳妇随婆。马洪升的一言一行，在儿子和儿媳的心里投下了深深的影子。儿媳和儿子一样，在她心里从没有亲疏之分。她处处疼爱他们，因此也换来了他们的尊重和爱戴。

两个儿媳一不嫌家有老小，二不嫌屋小家贫，都想和婆婆住在一起。家里人换下的衣服，经常弄不清是谁洗的。但是，马洪升更希望年轻人多把精力用在学习和工作上。因此，一家五个职工中有三个劳模、两个先进。这个五好家庭已经连续获得多种奖励，从地方到大庆、到黑龙江省、到全国妇联，竟有十几种奖励和证书。

有人猜测：也许因为马洪升不太计较钱财的缘故吧？因为钱财几乎是家庭矛盾的焦点。

当然，巴尔扎克笔下的“老葛朗台”虽有万贯，却不舍一文，因而失去了女儿的爱。但是，“高老头”把全部资产都投到女儿身上，临死却难得见女儿一面。在维系人们之间的关系上，金钱的作用虽然有效，但最终还是有限的。

马洪升早年丧父，旧社会母女俩相依为命，备尝人间凄凉。因此，在选择丈夫上，她的标准不是金钱，她看中了被称作“老太太”的张瑞岩的厚道。在家里，她说：“不能让孩子们再过缺爹少娘的日子。”在社会上，她说：“新中国就应该处处有温暖。”

爱，是生活的阳光。马洪升珍爱社会主义公民的权利和义务，她做的那一桩桩、一件件豁达而又仁慈的往事，不正是这种满腔爱的结晶吗！

（1984 年 3 月）

2. 华罗庚爱才治学二三事

致毕生精力于科学工作的华罗庚教授，晚年不仅仍旧孜孜以学，而且对青年一代关怀备至。他带研究生，出国讲学，在国内各地推广应用数学成果，还承担经济数学研究项目，等等。

十月下旬，年已74岁高龄的华老又冒着北国的初寒前来大庆油田指导工作。据他得力的年轻助手、中国科学院应用数学研究所副研究员陈德泉同志介绍，华老走到哪里，哪里就形成求学的漩涡。

我来跟她谈

1979年，华老到英国讲学，一些国外学者闻讯蜂拥而至，连正在接受伯明翰大学为自己举行七十寿典的一位荷兰皇家学会会员，也放下自己的生日蛋糕，抢先来到华老身边，聆听华老的数学讲座。

一天，英国帝国理工学院一位刚读完博士研究生的年轻女士，捧着华老著的《堆垒素数论》前来请教，见华老正与别人交谈，急得团团转，便截住华老的助手陈德泉先生不放："我请您吃饭"，她想了个好主意。按照英国的礼节，陈德泉先生擦去忙碌的汗水，只好随其就餐。可这哪里是吃饭呀！餐桌上，这位女博士的问题一个接着一个……急于办理住宿、取行李等事务的陈先生借口"如厕"，脱身而出，不料这位女博士又堵在他们的宿舍门口。陈先生解释说："有些事情在等着我们去办，三点钟剑桥还有一个约会……"但这位小姐好像没听见一样，紧追他们不放。华老见她这样好学，非常高兴，便对陈说："你一个人去办吧，我来和她谈。"就在楼下的长椅上他们谈得忘了时间。当陈先生来找华老赶往剑桥的时候，这位女士又侧身挤进华老的车里。后来她接着华老的理论进行研究。她感谢地对陈先生说："我需要花很长时间解决的问题，华老一席话就给解决了。"

不严格要求出不了人才

几年来，华老深切感到与国外相比，我们在人才培养上做的工作太少了。比如在电子计算机方面，国外普遍致力于软件研究与人才培养，而我们却往往在硬件研究上做重复性的工作。这是关系到科研改革的大问题。华老便在自己的工作范围内身体力行地做好人才培养工作。

华老对他带的研究生，最喜欢采取组织"讨论班的方式进行教学"。在"讨论班"里，华老用两个独到的方式加快人才培养，一是"拆架子"，二是"挂黑板"。对此，研究生们虽然不无紧张之感，但都乐于从事。因为这样做学习效果显著。

什么是"拆架子"呢？无论谁的著作，华老不是让学生从头到尾生吞活剥，而是要求学生掐头去尾，除去"装潢"，弄清它的骨架到底是什么，是真的好东西，还是……他让学生简述书中新观点："不要拿那些专用名词来唬人。"这样，一本书由厚而薄，最后留在学生脑海里的就全是有用的干货。

"挂黑板"就是每看过一本书，都要让学生站在黑板前面讲述，听的人可以随便提问。谁如果说听懂了，那么"好，请你再讲一遍"。于是经常有人讲不清楚，就像挂在前面的黑板一样狼狈不堪。

华老带的应用数学研究生都是二十几岁的青年。对他们身上的青年人常有的那种"无所谓"、"慢慢来"、"不懂装懂"的毛病，华老毫不客气，常常逼得他们寝食不安，鞭策他们从头学起。有时在一起吃饭，华老也要提出一些问题让学生回答，谁若说"没考虑过"，那好，华老马上就讲给你听。华老着急呀，他常说："不能像'文革'时那样，师生之间只有'好，好，好'。不严格要求，出不了人才。"

"住 院 工 作"

华老一天二十四小时总是安排得满满的，深夜一两点钟睡觉是常事，刚到五点，他已经伏案疾书了。七点钟，他的姐姐来唤他吃饭，可是他却说："你怎么来打断我的思路？！"

人们了解他，更理解这位老科学家的心情。尤其他那卷厚厚的经济数学手稿在"文革"中被一个"大盗"（放在一起的钱却没动）窃走后，人们和华老一样着急：国家的经济改革多么需要他那卷著述呀。前不久，华老心脏病发作住进医院，但他的大脑并没有住院。医生感到这样对心脏反而不好，便对他说："不让你想问题，你反而想得更多，干脆你就想你那玩意儿好了。"破例为这个患者开了"住院工作"的绿灯，门上挂着"谢绝探视"的牌子。在医生的保护下，华老第二次完成那卷不翼而飞的经济数学手稿——即将出版的《计划经济大范围最优化理论》一书，它将促进解决国民经济发展中的一些重要问题。

当然，华老也注意锻炼身体，但时间很短，也很简单。陈德泉同志说：华老因在年轻时被伤寒病搞得一个胯关节坏死，不能跑步，就只好在室内地上做滚翻运动来锻炼身体，有时也漫步一圈透透空气或听听京戏。陈德泉说华老喜欢听戏，却又不得不克制自己，因为好多工作在等着他，他没有时间啊。

（1985 年第一期《学友》月刊，**获本刊好稿奖**）

3. 美的设计者

——访年轻的服装设计人员霍若虹

她叫霍若虹，笔名雨佳，29岁的女孩子，是1983年“中国时装文化奖首届大奖赛”优秀奖的获得者。她除了刚强好胜外，还有一个突出的特点，就是爱美。

谈到美，不仅指衣饰打扮，从她那从容洒脱的举止上，人们能看出一种美的神韵。据她说，父亲早年在部队文工团工作，母亲也喜爱艺术，自己从小在家就受到艺术熏陶，一心想投考文工团或艺术学校。但是母亲有海外关系……是啊，当年这是个“政治问题”，曾耽误了多少人的前途啊。

同学们纷纷下乡，她因患胸膜炎，留了下来。待在家里，她感到时间如流水，心里闷得慌，有股劲儿没处使，于是就像一般女孩子那样拿衣服撒气，整天把些旧衣服拆了改，改了拆，拆来改去，折腾出了新式样。逐渐步入生活，心里也觉得敞亮了。分配工作时，别人都往物资丰富的商业系统跑，她呢？“哪有服装厂我就上哪去”。就这样来到二轻局衬衣厂搞起了服装样板。她总是在美的追求之中，读书，看资料，研究人们的衣着，搞了一些较好的设计，1978年又被抽到新成立的哈市服装工业研究所正式搞设计。

我说：“你是自学成才啊。”

“谁说的，我还读过大专哪，”她说，“我读大专是在业余学校里学过一年多美术以后的事……”她是怎样念大学的啊！听着她的讲述，那顽强的求学精神简直像一个男子汉。

1980年，中央工艺美术学院招生，全国只收15人。“好不容易盼到了一个学习机会，我是死也不会放过的”。小霍当时已经在美术、文艺和服装设计上都小有名气了。考大学，一怕单位阻拦，二怕考不上丢人，就央求她原来工作过的衬衣厂开了个报考介绍信，偷偷自费进京去应试。自己也没想到，靠自学的一点功底竟然考上了。不幸的是，刚入学就患了中毒性痢疾，接着又发现患有肺结核。“这可糟了，学校一旦知道，会强迫我休学，甚至退掉的。”她哭了，几个好心的同学给她出主意：“到校外医院自费治疗吧，生活上我们照顾你。”整整两年，她天天吃药，可又天天看书、设计到半夜。结果一学期拍一个胸片，症状一个比一个重。结业前到广西采风时，她几乎是走着去，被抬着回来的。不仅父母不放心，同学着急，老师知情后也担着一份心啊，可是谁也不能把她劝回来……

“终于学成了。”我替她松了一口气，“现在搞服装可是个热门，海阔凭鱼跃呀。”她笑了。

“现在怎么样？工作紧张吧？”

她说：“研究所的任务总是紧一阵儿，松很久。我学的又是日本、美国的圆形变化和立体裁法，没有固定尺寸，裁剪人员往往和我配合不好。任务松时，对方弄不明白的，来找我一起商量着改；一忙起来，我就只好自己设计自己裁了。那我也挺高兴，在设计和裁剪二者的矛盾中，我可以找到更接近民族特点的美。我最怕的就是没活儿干。这不，现在又闲了很长时间了。这是我又一次品尝闲待着的滋味了。”

原来，她这套获奖服装设计就是在她没活儿干时搞成的，还有那些在《科学时代》等杂志上发表并参加过轻工部“时装技术会议”的论文，也是这时候写完的。

我奇怪，“那你为什么还怕闲着呢？搞搞这些也不错嘛！”

“事情可不那么简单。现在随着人民生活水平的提高，全国的服装几乎天天在变。可咱们这儿，要看资料吧——没有；要出去了解信息吗——又不允许；想独立承揽一些外地任务——一个人力量还办不到。真难呀，在这种情况下，荒废时间叫人心疼。”

末了，她对我说：“我并不想搞买卖，只是想在事业上有点发展，可是，太闭塞了，还怎么为生活设计美呢？”她苦恼，我也为她着急了。搞时装的人，长期接触不到时装，这个问题确实是应当引起重视、得到解决的。

（1985年第二期《学友》月刊）

4. 侥幸的女博士

不久前，贺业春在日本新潟大学获得了医学博士证书。在不到一年的时间里（其实只用了四个月），在一个至今无人涉足的领域内，这就不能不在同时赴日的科技人员里、在医学界的同行中引起极大震动。

贺业春，身材矮小，嗓音细弱，言辞淡淡。这种毫无成功者锐气的外表，使我这个采访者在失望感中多少掺杂着一点惊奇。

是不是侥幸呢?

她说，成功是侥幸，出国进修也是侥幸。因为在具备条件的人选中没有人懂日语。我虽然业余一直在自学日语，但年龄又过了“杠”，没想名额竟会落到我的头上。

说“侥幸”，实属自谦。能够领略一下异国风情，这不仅是行前亲友们对她的嘱托，就连新潟的专家教授也是这么看的。“出国观光学习嘛，不过是走走看看，再了解一下有关的学术研究方法，也就不错了。”然而这话却深深刺痛了贺业春的心。

作为哈尔滨医科大学解剖教研室的讲师，贺业春和其他许多同行一样，只是知道淋巴球从血液先到淋巴结，再到达淋巴液这一大体运动过程，而对淋巴结的整体构造并不清楚；对淋巴细胞的各部分具体通道，在形态结构上并不十分了然；尤其是淋巴细胞最密集的那部分几乎一直是个谜。这对进一步探讨免疫反应不能不说是一个障碍。如何去突破它呢?

机会终于来到了。她说：恰好，我所在的地方有我从来没有见过的扫描电镜（能观察立体状超微结构的电子显微镜），这个攻关不可或缺的精良医学器械强烈地吸引着我，哪里还有心思上街观光，就连每天上下班必须经过的道路我也尽量乘车走。规定早上九点上班，我六点钟就到了，晚上也总是乘十一点的末班车赶回宿舍。导师藤田恒夫教授早就在留心我的学习情况了，有一个星期天，他去检查了我做的切片。结果出人意料，他说我基础很好，可以马上进扫描电镜室了。而且破格规定：扫描电镜我可以优先使用，连藤田先生所带的研究生也得在我不用的时候用。这真是我们赴日研修人员想也不敢想的事情，我想说句感谢的话，可泪水却早已涌了出来……于是，往日那些被拖模糊了的医学问题又渐渐清晰起来，紧迫起来，非解决不可了。46岁的人，竟突然焕发了青春活力，复活了事业心……本来，46岁，学业上就不该再是光提问题的年龄了。

大概由于我整天在扫描电镜室里忙活吧，引起了电镜室的日本技师的好奇，有一次他问我："以前我曾觉得中国人干啥事都是慢悠悠的，是不是因为中国地方大的关系呀？日本地界狭小，所以干什么都急匆匆的。"

他本来是赞扬我，但我听了却老大不自在，我为我们民族的工作效率脸红。因此，我只是本能地回了一句："不对呀！"却再也说不下去了。对方看我发窘，便赶紧用话给我解围："日本人急性子多，中国人急性子也不少，你不就是一个嘛。"

这次谈话，我一直记在心里，至今难以忘怀。那时虽然每天的工作量在家一星期也干不完，但我还不满足，总是想方设法加快速度，累得我没工夫想家，连食欲都没有，一到晚上就光想能足足地睡上一觉该多好。可是不能呀，我要做试验，试验……新潟方面组织我们旅游，我放弃了，他们不理解。我们自己的代表团又邀请我们聚会，也被我谢绝了，他们还是不理解。我不在乎，现在时间是属于我自己的了，我不愿再忙于日常应酬。

头两个月，我顺利地通过了语言等必要的关卡，当然最主要还是增长了信心并赢得了导师信任这道"人"的关卡。6月份，我开始向我们主攻方向进击。我本来是搞人体解剖的，对淋巴组织结构不熟，这回有了扫描电镜，乐得我竟对淋巴整体进行了全面观察。一般认为最难于看清楚的细胞多的那部分，被我选作重点，我要突破它，要向医学界揭示这里的结构秘密。我像走入一座神奇的迷宫一样乐而忘返。我一边观察，一边查阅大量难以见到的日美欧有关文献。（那里的资料特别丰富，规定每人对新材料都要先浏览一遍，以清楚科研动向。）我从各种不同见解中寻找焦点，分析研究。然后把我自己摄制的几百张图片按顺序拼接起来，形成一个完整的淋巴断面图。光这样的照片，我一共拍了十本，每本200张。经过反复观察分析，我提出了与现今可查的记载完全不同的问题。我的导师藤田教授是脾脏专家，他的研究成果居世界第一。他拿过我那些分门别类张贴好的图片，以及用文字说明的与别人的异同点和我的见解，只扫了一眼便立即对他的研究生说："你们看，多清楚，一目了然，太好了！"

细细看完之后，他又对我说："你这份淋巴结构研究也可以称作世界第一了。"

不久，我拍的图片被选入日本《科学大辞典》。11月份，我在"第十三届日本扫描电镜学会"上作了学术报告，进行了图片展览，并当场回答了一些著名学者、专家的质询，我的回答被他们称作"富有创新意义的独到见解"。接着，我用英文写的论文被藤田教授命名为《迄今未知的淋巴迷路》，刊登在向全世界发行的《日本组织记录志》上。于是，他们开始为我申请博士学位。

可是，连他们自己也不相信，语言刚入门，就弄清了这么重大的问题，而且还用英文写出了论文，还要提为博士？不相信，就是不相信。

经过一个多月的资格审查，我的学术答辩获得各方面赞许，疑问消除了。3月16日正式批准授予我博士学位，并颁发了学位证书，一时轰动了整个新潟大学。

……

本以为贺业春还能讲出很多她的动人故事，不料，她却平静地说："其实，没有什么了不起，在条件充足、时间保证的情况下，谁都可以做出来，我不过尽了一点责任。"

也许她说得对吧，条件是成功的重要因素，而责任心呢？责任心又是由什么引起的？如果每个人都有这么强烈的愿望和坚韧不拔的毅力，是不是就一定会有很强的责任心呢……我正这样想着，只听贺业春笑着说："藤田本人就是一台医学上的扫描电镜。"

"他也是人才学上的扫描电镜。"说完，我也笑了起来。

的确，他们同去日本研修的一行八人中，荣获博士学位的仅有她一人。她说她不过是在淋巴通道方面，对过去的机能理论给了一个形态学上的证明。其实，内行的人都知道，这一发现对免疫学的研究具有重要意义。因此，仅她归国后的第一个星期，就收到了寄自美国、法国、加拿大、奥地利、南斯拉夫等世界各地的14张明信片，纷纷向她索要关于“淋巴迷路”的论文。人们欣赏她的成功，更钦佩中国人的见识和能力。我想，或许每一个中国人尤其是自学者，大概都会和我们一样，在思索中感到欣慰吧。

（1985年第十二期《学友》月刊）

5. 这，应是一次挑战
——王丽大夫针灸治疗子宫肌瘤小记

“二度宫颈糜烂。”

“三度宫颈糜烂，这么重了才来看？！”

“这是外阴白斑病，能治好。”

“子宫后位。要想受孕，应注意……”

“王大夫，我又给你领来一个做‘人流’的。”

……

哈尔滨市道里区中西医医院，妇科门诊室，早晨刚上班，就挤满了前来就医的人。子宫肌瘤主治医师王丽大夫，一边用针灸治疗子宫肌瘤，一边利用行针的时间接待其他患者。

我们的采访不时中断下来。

“王大夫，我们改日再来吧？”

“天天都这样，你们就别写我了。”

“这里不是还有别的妇科诊室吗？您应该集中精力研治肌瘤呀。”

“咋说呢？”王大夫迟疑着，“都来找我，再说，得这病也是女人的不幸啊。”

不知不觉中，周围静了下来，只听有人低声议论：“是记者？”“报社的。”“报社的？”于是，刹那间好几个声音嚷了起来：

“我长这瘤，若不是工大夫给我灸，早就得开刀了。”

“你过来摸摸，原来婴儿头大的硬块，现在就剩这点了。”

“我们早就想给报社投稿了，你们来写，太好了！”

诊室里共有九张病床，一架妇科诊台，再加上躺在床上行针的和站在过道里候诊的诸多患者，小小病室早已拥挤不堪。此时，人声嘈杂，周围一切好像沸腾了起来。这是感情的热浪，是心的交流。母亲是伟大的，女性是伟大的。然而，她们给人类带来欢乐的同时，却把病痛留在自己身上。这些来自女性生理方面的病痛，并不是所有人都能体会和理解得到的。年近50岁的王丽同志，早已是两个孩子的母亲了，女人的痛苦，她深知。

“当初我也没想到自己会用针灸治疗子宫肌瘤，多少年来医学界几乎都是用手术刀解决的。”王大夫本来不善言辞，在人们的一片赞扬声中不免有些窘迫。

前来针灸的患者，几乎都是被大医院确诊为子宫肌瘤，而且有的已经到了非手术不可的程度。做肌瘤单纯剔除或子宫切除术，每个女人都有恐惧感。

不手术不行吗?

刚从卫校毕业时就画过的这个问号，王丽没想到会成为自己终生为之奋斗的课题。

目标是她自己选定的。卫生学校虽然只是她在医学道路上跋涉的起点，然而知识本身却给了她不怕虎的勇气。几十度春风秋雨，带来了芬芳的果实。她记得，早期针刺肌瘤比较成功的病例，似乎还是在七年以前，在计划生育工作中，她认识了张玉芝。

张玉芝，45岁，哈尔滨酱油厂工人，因流血过多，1979年经几家大医院均被诊断为子宫肌瘤，有的医院还验有癌细胞，必须住院手术。可是作为多年省劳模的张玉芝扔不下工作，她找到王丽大夫。王丽听说有癌细胞，不免为难。“扎吧，扎不好也扎不坏，不行时我再手术也不迟。”患者的信任和支持是可贵的，就从当天开始，张玉芝下班就去，随到随扎，仅仅一个疗程，流血量就减少了。两个疗程之后，月经正常，腰腹痛随着消失。经两家大医院复查：子宫大小恢复正常。七年过去了，张玉芝现在身体仍旧很好。

成功是意外的，但也是必然的。小小银针竟有那么大魔力，王丽自己也没有想到，她用针刺法先后对不孕症、乳腺炎、偏瘫、甲状腺囊肿等多种疾病展开攻势，都有不同程度的收效。当然，她自己也挨了好多针，那是为了体会针感。

据介绍，女性生殖器官的肿瘤约占全身肿瘤的五分之一，其中又以子宫肌瘤和卵巢瘤最多见，被视为妇女的常见病多发病，多发于35—45岁左右的中年妇女。而这个年龄正是工作的好时候，谁不想寻找妥帖的办法解除病痛呢！消息传开，哈尔滨、牡丹江、河南、北京等地的一些子宫肌瘤患者纷纷找上门来，要求针灸治疗。

北京市东城区康乐餐馆服务员赵××，30岁，婚后三年不孕，腰痛一年多，1984年在北京医院确诊为多发性子宫肌瘤，并已手术切除四个。去年二月怀孕，不料三个月后自然流产，经查发现子宫肌瘤又在生长，且速度很快。六月初经我省中医院“B超”探查子宫平面在8.1×5.3（cm）范围；针灸治疗两个月后，“B超”探查子宫已缩为6.5×4.5（cm）范围。

七年多来，经王丽针灸治疗的子宫肌瘤患者已有400多例，据介绍，治愈率为83.2%，接近痊愈率者达11.3%。对此，有人不由得惊问：

“这些人患的是子宫肌瘤吗？哪诊断的？”

“治好了？到大医院复查了吗？”

这些疑问并不奇怪，人们已经习惯这样思考了。那好，为了满足他们的好奇心，我们摘录几份病志如下：

去年10月16日，朴瑛从牡丹江市给王丽寄来一封热情洋溢的感谢信，并附有一张她和爱女百日的彩色小照，她感谢王大夫给她治好了子宫肌瘤，并使她解除了婚后三年不孕的痛苦。她在信中说：“……女儿生下来八斤半，非常喜欢笑，这笑声是您给我们家庭带来的，幸福和欢乐应该属于您。”

“怪了”，有人说，“针灸能治好子宫肌瘤，道理何在？”

发行国内外的《中国针灸》（1981.1）上曾刊载了王丽的文章，文章简单地介绍了她取穴和进针的情况，并说明她采取的针刺法是“采用平补平泻，待有针感后留针15—20分钟，隔日一次，十次为一个疗程，一般患者两三个疗程即可见效”。据王大介绍，子宫肌瘤是由不成熟的平滑肌细胞与纤维组织过度增长而形成的，发病因素与体内大量的雌激素长期刺激有关。子宫肌瘤，可使月经血量过多，患者多有不同程度的月经血量过多、经期延长及不规则的阴道出血等。经针灸治疗后，可以达到通经络、调气血，使患者月经血量减少，周期恢复正常，个别患者月经周期延长。此种改变，可能是针灸刺激大脑皮层，使其反射性地对丘脑下部性中枢神经产生轻度的抑制作用。使促性腺激素释放激素分泌减少，从而使垂体促性腺激素分泌减少，因此卵巢分泌的雌激素也降低，使子宫内膜变薄，月经量减少，周期变化也接近正常。由于垂体促性腺激素受到轻度抑制，卵巢分泌雌激素减少，限制了肌瘤的继续发育，使子宫肌瘤营养发生障碍，迫使肌瘤停止生长，组织细胞坏死、溶解、吸收后变成代谢产物，而排出体外，这是促使肌瘤停止生长发育、缩小、消失的主要原因。

怀疑也好，好奇也好，事实不可抹杀，科学技术总是要按着自己的步伐前进。其实，哪怕只是一例成功，似也值得思考，值得研究和推广。这些患者每每谈到她们都是在大医院确诊，而在小医院治愈时，心里真是别有一番感触。

几次病室采访之后，我们当初曾建议她"集中精力研治针刺肌瘤"的话也不好再提了。因为她对患者的同情和体贴，使她不愿意机械地接待病人；只要病人有要求，她就捎带着给她们增加几个穴位，解除她们患气管炎、关节炎以及肝、胃、脾、神经方面的病痛，从不怕耽误时间。此外，她还要亲自作病志，与有关人员讨论如何补充备品；她的丈夫和孩子也需要她去照料，人，能有多少精力呢！

虽然她忙，但是我们还是怀着喜悦的心情，把一个个患者介绍给她。有人可以把梦想变为现实，真叫人欣慰。我们祝福这些患者好运，也祝愿那颗希望之星在人们心灵的夜空里闪烁。

（1986年第八期《智慧泉》月刊）

6. 卖方过分活跃　买方矜持傲慢　黑市活动频繁

省城国库券市场见闻

· 有关部门吁请群众注意，6月份我省还将有四个城市同时开放国库券转让市场，届时可就近买卖

· 要注意行情，切勿向票贩子抛售

· 不急于用钱者以买进为宜，持券吃息有账可算

国家首批试点城市之一的哈市开放了国库券转让市场。自4月21日开盘营业不久，“三方割据”形势便急遽形成——卖方“一厢情愿”势头持续增长；买方矜持傲慢，序幕缓缓拉开；黑市活动频繁，票贩子有恃无恐。

5月13日，记者走访了道里、道外和南岗区的三个营业点，现将所见所闻记录如下。

位于道里区的省农行信托投资公司营业室，门板刚一拉开，就涌进了十七八位持券者。其中，市商委的一位干部要转让200元，说“等钱用”。阿城地质队的一位工人进城办事，想把100元券换成现钱买点东西带回去。这时又走进两位买券者。动力区一位退休工人怀揣1075元现钞，想买1985年券。他说：“这钱眼下用不着，买1000元券，到期可得1450元，比储蓄合算。”另一位买券者不愿披露身份，像个小商贩。她想买230张10元面值的1985年券。当听说私买比公家的便宜15%时，又抽身退了出去，说“回去商量商量”。心态有点微妙。

据这家信托投资公司经理介绍，国库券市场开放后，群众误以为是国家拿钱收购国库券，加之急需用钱和物价上涨等因素，抛售情绪十分活跃。开盘当天一小时之内，就涌进300个持券者，公司三天买进

110万元。因准备金不足，加之为防止倒票的，第四天开始限额买进。由于卖主不把它当作买卖自由的市场，以为“我卖，你就得买”，因而有些不满情绪。后经宣传解释算细账，群众认识到还是持券吃息合算，形势始有变化。5月4日后日均买卖持平，到12日共买进133.97万元，卖出105万元。卖方多是持券数量很少的国家职工；而买方多是有闲钱的商贩、教授、离休老干部等。某大学一位教授前天一次买去6000元，准备两年后给孩子办喜事。也有与国家杯里分羹的票贩子，乘机在城乡之间炒卖国库券。内蒙古一顾客一次就带来3万元。面对此种情景，这位经理对黑龙江人急于抛售、不算细账而深感遗憾。

上午10点30分，在道外靖宇北九道街市工商银行信托投资公司营业室，记者看到，有20人在办理转让手续，室外尚有20多人排队等候，只见七八个小伙子，手持大把现金，三三两两地把持券者堵截到一旁：“卖我吧！不用排队。”“哦——又挣了……”另一个倒票的小伙子跑过来，叫喊着把钱甩给他们的“头儿”。路那边，一个推自行车的人被几个票贩子围住，正在交易。有人插了一杠子：“给多少？”“怎么？你出得多，我让给你！”票贩子斜了问者一眼，继续付钱。“我这还有……”推自行车的从衣兜里翻出一把废纸，里边夹着15元1987年券。“1987年的里边不收，我只能给你十一块。……妈的，买贵了，每天都给70%”。说着，票贩子转向一个陌生人：“我那有一万，够不够？”新来的“倒票”正犹疑，另一个票贩子凑过来：“还寻思啥？我们从开市就在这儿，现在不行了，价低。你没看那（指银行），天天有人在撺掇，不让（买卖）！”

说是“不让”，可他们仍旧照炒不误。“怎么没人管？”我问营业室负责人。他说：“那是公安的事儿，咱敢管吗？”据介绍，前两天，宾县两个农民带几千元券，刚到这就被倒票的围住了，以低于牌价6%—8%强行购买。农民不卖，挨了一顿揍。13日早，依兰县一位农民受乡亲委托带来17775元券，银行买下后只好叫出租车把他送走。倒票的没得手，都气红了眼。截至12日，这家营业点买进110多万元，卖出却只有18万元。吞吐不平衡，他们感到吃不消。

南岗区中山路123号的省建设银行信托投资公司营业室负责人向记者介绍说，这里每天早晨只发100个号，拿到顺序号的人上午都给办完。开盘以来，只卖出5万多元，目前库存已达120万元。这里黑市活动也很凶。前几天，武警抓罚了几个人，现在已不敢公开，但每天仍有七八个人前来捣乱。

省及哈市人民银行的负责同志说，为了融通资金，解决群众急需，哈市营业网点马上要由6个增加到19个。6月份，齐、牡、佳、伊春4个城市将作为国家第二批试点城市开放国库券转让市场。为此，他们吁请各地群众，不要急于涌入哈市抛售，更不要廉价卖给票贩子。若不急于用钱，持券吃息还是有账可算的。

（1988年5月26日《黑龙江日报》）

7. 深圳的“北大荒人”

深圳，像一颗闪光的明星，笑脸透过时代翻涌的潮流，牵动着亿万颗热烈的心。

前不久，笔者有幸走访了深圳和深圳的几位黑龙江人。有人说去深圳的都是干才，其实，是深圳使他们的才干得到充分施展。他们都是普通的黑龙江人，在深圳却如鱼得水。他们热爱深圳，也热爱家乡；热爱祖国，也热受自己。笔者愿做鸿雁，把他们的话捎给故乡，宽慰那些关切的心。

光有拼劲不行

王澄宇，蛇口旅游公司车队队长，都说他属于进取型。可惜，我去蛇口拜访时不曾见到他，无法直观描绘。

“队长在家吗？”

“在家？在家你就别想找到他！”王澄宇的妻子直爽地说道。据介绍，王澄宇自从上车队当队长，黑白不着家，孩子病了，家里没粮了，妻子连丈夫的影子也抓不着。说起这些，妻子不免有些怨气。如果说，“文革”那些年，年轻人都有一股子拼劲，到建设兵团去闯一闯未尝不可。但八年的农垦生涯他似乎还没有拼够，1978 年又考入黑龙江大学经济系，毕业时他以优异的成绩被留校任教。他是学经济的，在经济学讲坛上搞经济学理论已经蛮不错了。但他还不满足，他希望什么呢？他希望找一块最适宜拼搏的阵地。经济改革、经济特区、深圳这些崭新的词汇如同春风吹进他的心坎。不久，他携妻带子，毅然辞别高校讲台，投身蛇口。

当时面对正在腾飞的特区经济建设，他是多么兴奋呀，他顾不得安家，顾不上温饱，全身的劲儿都要使到工作上。不料，安排给他的活儿并不是他理想中的经济工作，而是文化宣传。起初，他蒙了。虽说大学本科毕业生搞宣传并不费劲，可他希望的是做些费力的工作。怎么办？特区的一切工作都是为特区的发展服务的，这一点，他明白。作为特区的第一代儿女，必须对得起特区，就像当初对得起锤炼了他那筋骨的北大荒一样。

他热爱特区，特区也了解他。不久，正当他在宣传处干得十分出色的时候，传出了一个爆炸性的新闻：上级要调王澄宇在蛇口区最乱的旅游公司汽车队当队长。最乱，很显然，等待他的不仅仅是经济工作，不仅仅是方向盘。光有拼劲行吗？对此不知王澄宇是怎么想的，他都做了些什么？我很想找他本人谈谈，可是他不在，我只好先随便走走。

蛇口，距离深圳不算远，虽说是工业区，然而却比深圳市内显得清幽华贵。一条宽阔笔直的大道辟在山左，直通工业区首府，路上行人稀疏，车辆稠密。这条路左侧，穿过那大片的企事业办公楼群，便是蛇口消夏、旅游和游艺中心，一座规模十分庞大的饭店像悬崖峭壁一样矗立海边；一幢幢雅致清幽的别墅林立岸上；一艘巨轮被改装成“海上世界”，终年泊在海涛里，华灯闪烁，彩带飘扬，吸引着源源不断的游客在“海上世界”和岸边游乐场之间悠然往返。那么闲适，那么惬意……唯有空调豪华旅游汽车穿梭般行来驶去。有的还沿路不断停车招呼欲归的游客，那态度，那热情，那诚心，俨然是在关照自家人。突然，一种直觉唤醒了我的思索：这些旅游车的服务态度，不正印证了车“头”王澄宇的工作作风吗？

我急忙返回车队，队长虽然还没回来，但几位在场的职工却顺着我的思路聊开了。

从他们的谈话中，我知道了“十六张驾驶证”的事。这件事，对王澄宇可是一个考验。

据说，去年6月，新队长上任头一天，车队院里就刮起了冷风：“他来当队长？让他笑着进来，哭着出去！”

上任第二天，车队院里又传出一阵冷风：“16张驾驶证在新队长手里没影了！”

“哈！哈哈！”

原任队长一口咬定：“已经在交接中给你了！”

车证？交接？王澄宇清楚地记得虽有交接，但无车证。如何解开这个谜，这又是一个怎样的谜？当他迈进这个“乱”大院的第一步时，他就准备解谜了，可眼下还找不出证据。

有人提议：既然谁也拿不出证据，就应各打五十大板。各打五十？新队长没放心上，可原队长却有点吃不消。于是，一个深夜，王澄宇办公室里，一个陷阱挖成了：16 张车证被人悄悄放进抽屉里。

第二天刚一上班，有人突然惊呼：“看！车证在队长的抽屉里！”

人们纷纷涌了上来，蔑视、辱骂，一起冲向王澄宇。王澄宇先是怔了一下，接着，头脑里一根神经抖动起来：

“不要动！”他一把拦住人群，顺手挂通了报警的电话……

为了挤走王澄宇，原任队长自己掉进了亲手挖掘的陷阱。

车队里仍旧有人想借特殊条件搞名堂，不守法。王澄宇已经准备好了：批评不听，那好，“炒掉（指炒鱿鱼）！”

有人看他真的不手软，于是自己腿先软了，还请来不少有权势的当说客。但这是特区，在车队，队长说了算！说客无言以对，人心归顺了。

盛夏，烈日炎炎。王澄宇甩着汗珠在公路上、在旅游区、在企事业之间往返奔波，一条新的运输线路终于被他找到了：增开广州——深圳——蛇口旅游车，搞联运、拉散客，进行综合性经营。结果，利润直线上升，下半年比上半年多了三倍。

“立法”生效了，经营方向稳定了。35 岁的王澄宇和他手下的 34 台旅游车一起，正以特有的风姿行进在特区大路上。

“不能说‘……都会了！’”

深圳市服装厂车间副主任、服装设计师，28 岁的王作良浑身焕发着一股奋斗者的气息。

我见到他时，他正挽裤脚，和工人们一起装卸布匹。有人喊他：“‘哈尔滨’，有人找你！”

他抬头瞧了我这个陌生人一眼，黑红的脸膛上泛起了笑容。也许我太像黑龙江人了，使他一见如故，竟兴奋地跑了过来：

“太高兴了，家乡有人来看我！”

“他们都叫我‘哈尔滨’，全厂就我这么一个哈尔滨人，其实是就我这么一个东北人！”

“噢！我怎么不记得以前认识你……”

他一时语无伦次地不知先说什么才好了。说实在的，在“天涯海角”能见到这么一个纯真善良爽快的家乡人，着实叫人高兴。没有寒暄，我们立即愉快地谈了起来。

不过，他在深圳的日子似乎并不很好过。深圳市服装厂由于经营不力，一直亏损，职工每人每月只能拿到一百多元的薪水。而深圳的生活费用又高，只能勉强度日。加之没有宿舍，更谈不到住宅，他只好和几个当地乡下来的青年工人挤在一间破旧的简易房子里。他的处境引起了我的同情：

“你现在是不是很想回哈尔滨？”

“不！你知道，我来时曾遭到所有亲友的反对，可我坚信在这里一定能干出一番事业。现在一点眉目还没见到，怎能马马虎虎就走！”

提起他的事业来，小伙子顿时来了兴致。他说，他并没有错看深圳，这里的服装业太有发展前途了，内地眼下还没法和它相比。

去年8月份，他刚来深圳时，厂子里积压了一大批布料，他看了很着急，就找到厂长，自荐搞服装设计。他一下子拿出来十几个设计方案。厂长惊呆了，当场拍着王作良的肩头说：“你从北方大老远跑到这，还是很有本事的。好！这活儿以后就交给你了！”接着，厂长找来车间的头头，指定其中六种式样马上投产。加工出来的服装很快脱手了，但王作良还不满足，心里总觉得缺点什么。

听说商店又有新服装上市，王作良中午下班顾不上吃饭，乘车跑到市中心。在那些豪华的大商场，王作良赤足裸腿，却一件也不买。营业员疑惑地盯着他，最后竟不耐烦地把他撵了出来。

那一道道鄙视、怀疑的目光虽然像一条鞭子一样抽打在王作良的身上，可他出得楼来心里却十分愉快，那五花八门的款式经他头脑一加工，一些新的图样已经形成了。

刚巧，一位香港服装设计师来到深圳，王作良立即迎了上去，希望对方能就这类问题给他讲一讲。不料对方却说：“很难讲，每分钟都在变化，都要学。”这是拒绝吗？不！这里含有深刻道理。王作良深有感触地点了点头，是的，生活日新月异，人们对服装的要求也千变万化，每分钟都需要学。

……

接下去他对我说：“我很想把四个月来在深圳感受到的这一切告诉家乡人，我也很想把新式服装介绍给家乡。将来，我一定设计一些新式样专销哈尔滨！”

王作良没有忘记家乡，而家乡人呢？也一定会为他的进步和成功感到欣喜、快慰和骄傲。

（1988年第十二期《新青年》）

8. 改革，就要敢于碰硬

——记省农行系统第一个选举产生的支行行长万里

10月28日，是绥化市农业银行行长万里同志三年任期的最后一天，我们采访了他。我们问他：任期即满，你有什么打算？他坦诚地笑着说："听了十三大的报告，真想再当三年行长！……"

十三大的主题是讲改革。改革，给农行工作带来了生机，也给万里带来了胆识和力量。

1983年10月，48岁的万里由兰西县农行调到绥化市主持农行整顿工作。他，在农行系统工作了二十多年，没见过像绥化市农行这么乱的：职工晚来早走，丢失钱款的事时常发生，东西随便拿，一夜之间丢光了二层楼房施工用的门窗料和壁灯……

一年时间，他制定规章、整顿纪律、严格管理，没少得罪人。1984年，省农行决定在绥化市农行试行行长选举制时，有些人担心老万选不上。万里却想："搞选举，就要来真格的"。他照常主持日常工作，将个人去留置之度外。10月28日，行里召开职代会，没有候选人，57张选票中万里以53票当选，出人意料。

但也在意料之中。因为人心思治，人心思改。二十多年中，万里在农行管过货币，做过会计、信贷、农金员，也当过秘书股长，业务精通、作风严谨、工作干练。而最被人们称道的是他敢于开拓，不怕碰硬。上任三年，万里对得起这53张选票、53颗心。

三年中，他第一年抓治理，第二年打基础，第三年上水平，中心不离"治理"和"改革"。治，为了改；改、治同步。实行行长负责制，改革干部、人事制度，动一动谁都得触动关系网。农行职工中，上级干部子女占近1/10，称职的少，不出活儿，还要挑挑拣拣。万里横下一条心：称职的，上！不称职的，下！不管是谁。他采取聘任制，行长聘任股长。结果，降职一人，未聘一人，提升3人。股长聘用干部，96人中22人被多股争聘，16人无人聘用，其中，领导干部子女占多半。名单一公布，那些谁管也不听的人顿时傻了眼。万里组织他们到一块开座谈会，让他们各自找差距，改变习惯。然后，分别作了安置，有的从头学起，交股里暂时留用，教育提高；只剩一名上级行领导干部的儿子，不干活儿，总打架，谁也不要，决定下浮工资，停发奖金，挂岗学习。有了这样的“一改、一治”，风气很快好转起来。

“这样做当然得罪人”。他看出了我们的担心。“对下，丢了选票；对上，领导不得意。先后有两名干部写信告我，我没往心里去。有的老子叫号说：“处分我儿子试试！”试了，他也无可奈何。不过，也有在工作上卡我的，在信贷规模和利润安排上卡我。这不是个人利益，我当然要争。”

就这样，他理顺了人事关系，给改革打下了基础。三年中，他健全了民主管理体制；内设机构由10个减为6个；实行营业所和信用社分设，或撤所留社；向支行放权，转换职能，自主经营；改革信贷资金管理，存贷挂钩，差额控制；打破资金“供给制”，上下级之间借钱也要付息；营业所独立核算，储蓄所全面承包；职工实行责权利岗位责任制，等等。

说到任期目标完成情况时，行里的一位同志随口向我们介绍了如下数字：前9个月，资金营运率达到98%，省行要求是95%；信贷周转比去年加快0.2次；清理回收陈欠比去年同期增加8.8倍；去年尚有13个营业所亏损，今年可全部消灭掉，行、社年底可超计划盈利100万元；在保粮食稳定增长所需资金的基础上，投放于农业科技应用和资源开发的资金比去年多200万元；支持乡镇企业贷款比去年同期增加3.5倍。在农行扶持下，全市多种经营生产也有较大幅度增长。

采访快要结束时，万里语重心长地对我们说：“这几年，农行改革刚上路，视野开阔了，我真想再干上它几年。”

（1988年12月8日《黑龙江日报》）

9. 众企业携手渡关

——省物资交易大会见闻

24 日，省物资交易大会进入最后一天。连日来，购销额迅速增长，购入或销出的钢材、木材和煤炭数量均以数万计。外省购物超 1 亿元，从省外购入钢材 1600 多万元。此次交易会从资金和原材料两个方面为我省明年生产创造了条件。

交易大厅内，各种物资的目录犹在，前几天还在这里你挤我攘的购销人员多已满意而归，留下的正在进行更深层次的洽谈。

有人曾说，来交易的人都想通过交易会把自己从困境中解脱出来。事实并非如此。因为整个交易活动体现着一种互相理解、互相支持、共渡难关的团结协作精神。不少企业都是怀着互相体谅或同情之心，将自己的物资以保本、降价、赊销、易货等形式调剂同行的。佳木斯市冶金局供销处的 400 吨矽钢片被众人围住，一客户欲每吨加价 150 元购入，这个供销处从生产需要考虑，却不加价卖给了一家急需的电机厂。省金属材料公司在出让一些高价物资的同时，配以大量低价可用物资调给生产企业，不让低价物资流入中间环节。省机电设备公司提供的叉车、节流阀、冷冻机等上亿元物资削价幅度达 60%以上。牡丹江市石油化工局系统生产需要的无缝钢管、角钢、钢板等物资 80%得到了满足，其中银溪化工厂明年第一季度生产所需 50%浓度的液体烧碱已全部解决。省工商银行为牡丹江物资贸易中心和桦林橡胶厂以橡胶易轮胎所形成的差额一次提供资金 200 万元。佳木斯市调出的物资除了钢材、煤炭外，其积压量较大的木材多以货款交易方式被省外客户买去，积压的部分彩电也以赊销等形式出手。齐齐哈尔市在调出大量白织布、纯碱、皮鞋的同时，购进了生产所需的钢材、有色金属等原材料。安达毛纺厂将1/3的积压毛毯换成了资金，保证了明年一季度的生产需要。哈尔滨市物资回收公司不仅卖出了手中50%的物资，同时把省内大中企业超储的五金轴承，弓、槽、角、板等型材及省内用不上的大量铝板、铝棒等吸收过来，准备冰雪节全国交易会时抛出，再换取一些重要生产物资。

这次交易活动也给一些企业敲了警钟，有位经理感慨地对记者说，我们积压了这么多机电产品，多是人为因素造成的，盲目采购，长期积压，背着利息包袱从事亏本买卖。

记者在交易会还看到，一些新产品销路也不畅，如大庆市塑料制品厂引进技术设备生产的塑料管材和配套管件，佳木斯机筛厂生产的与联合收割机配套的气垫带式输送机，齐齐哈尔第二机床厂获部优称号的升降台铣床等。由此可见，即使开发新产品，也一定得瞄准市场，适销对路才行。否则，仍旧没有出路。

有人担心，一些优惠政策回地方后怕得不到兑现。对此，省政府又再次协调各有关部门，确保政策实施。

（1989年12月25日《黑龙江日报》）

10. 在黑龙江，售出的十台冰箱中有七台是它，被称为赶不走的“吉诺尔”

吉诺尔牌电冰箱，以其周到的服务和性能稳定等综合信誉，赢得黑龙江人的青睐。今年前9个月销出3万多台，占黑龙江省各种牌号电冰箱总销量的近70%。各大商店以先款后货方式争相进货，产品供不应求。

吉诺尔牌电冰箱自去年6月打入黑龙江市场以来，不仅没被地方产品取代，而且销势日旺，在各种牌号的电冰箱销量中位居榜首，成为“赶”不走的吉诺尔。除了产品质量不断提高，性能稳定，已由国家A级产品的第三名进到第二名等原因外，最为消费者满意的就是该产品的销售服务真正数一流。

“吉诺尔”生产厂家在黑龙江各地、市都设置了销售服务部，17名工作人员既能销售又会维修。他们以消费者的心情对待消费者，不分早晚，无论远近城乡，商品有故障随叫随到，严格奉行保修、保换、保退制度。对顾客的求购、商品咨询或投诉，每天都有完备的记载，每个问题都处理得有头有尾。工作人员无论自己多忙，也不怠慢一位来访者；无论自己多累，也不说一句撂脸子的话。残疾人、老年人或有特殊情况的人购买冰箱，不论楼层多高，工作人员都免费送货上门，安置停当，讲清用法，留下联系电话。伊春林区一位老工人3月份买了一台“吉诺尔”，因一点故障，维修人员闻讯及时赶去排除，感动了老人，10月15日，老人一次给7个儿子每人买了一台“吉诺尔”。对一些不属于他们责任范围的事，也总是尽心竭力帮助解决。今年4月和9月，哈尔滨市有两位消费者先后因意外事故引发火灾而损坏冰箱，找到服务部想再买一台，服务部考虑到消费者买冰箱不易，决定一人给换了一台新冰箱。

“吉诺尔”的销售服务在黑龙江交口称赞，商品十分抢手。各城市大百货商店也都争抢着订货，7月份一次订货会竟多去了一倍的人，使年前的产品没够分配。消费水平很高的大庆市前10个月销出的“吉诺尔”相当于去年各种冰箱的总销量。托人挖门子求购者更是接连不断，看见哪到货就去哪排队。在市场不景气的情况下，吉诺尔电冰箱独具优势，厂家无库存，商业也无库存，到货后给谁，给多少完全由厂家决定。

“吉诺尔”的销售维修人员宁肯自己吃尽千辛万苦，也要把服务搞得一丝不差，不让消费者有半点为难。他们长期工作、居住在一栋黑洞洞的房子里，没有节假日，生活马马虎虎，忙得蓬头垢面，34岁的负责人刘茂华变得像个瘦老头。当记者问他们是否多销个人多得的时候，刘茂华摇摇头：“多销多少我们个人也不多得一分钱。但是大伙都有一个责任心。我们是军转民厂，为了让民品在社会上站住脚，也为了工厂能正常生产、三千多职工生活稳定。”

（1990年11月11日《吉林日报》一版头题）

“编后随笔”：　“吉诺尔”的启示

听多了“市场疲软”、“产品滞销”，欣闻“吉诺尔”走俏黑龙江，竟占去市场70%的销量，不禁精神一振。前一段，我们曾为10名吉林健儿夺走亚运会四金五银而骄傲，如今，我们该为吉林省有“吉诺尔”而自豪了。

不知外省人咋看，反正在我们本省一些人的眼里，吉林省似乎不足道哉：楼房不如人家高，花钱不如人家冲，工厂不如人家多，产品不如人家俏……言谈话语中，常常自轻自贱，妄自菲薄。

当然，与有些省份相比，我们省经济发展水平还不够高，财政状况也不甚理想。但是，同样有目共睹的是，所有这一切，都在迅速而显著的好转。远的不说，且翻一翻近几日报纸：一汽解放载重车在国际招标中8次中标，远销14个国家；我省机械产品出口成交922万美元，为历届最高水平。而这些，不过是松花江中的几滴水珠。至于“吉诺尔”走俏畅销，不是连外人也为我们高兴嘛！这位黑龙江日报记者情不自禁地写就这篇报道，特寄本报，其诚可鉴！

吉林省能够生产出“吉诺尔”这样风靡黑龙江的产品来，能够有刘茂华这样一批苦干、能干、会干的推销员，那就绝不止于此！他们的今天，就是全省的明天！富国，离不开强烈的民族自信心；富省，离不开明智的自我认识。妄自菲薄没有根据，妄自菲薄必须打掉。这就是“吉诺尔”的启示。

（1990年11月11日《吉林日报》一版头题，作者:《吉林日报》总编室主任文彪）

11. 一举多得

——副省长杜显忠考察肇东“以物换粮”纪实

11月26日，副省长杜显忠带领省人民银行、工商行、农行、物资厅、商业厅、供销社、粮食局等省直有关部门，专程到肇东市黎明乡研究以物换粮问题。

肇东市经过摸底算账，在黎明乡开展以物换粮试点，取得成功经验。他们的基本做法是：先由银行把购粮款贷给供销社进化肥；当农民把粮食送到粮库后，由粮库给农民开专用支票到供销社取化肥；供销社再把这些支票交银行还贷款。换其他物资的方法也大体如此。这样做，只用一笔钱就可以解决收粮和进化肥等物资同时需要支付两笔钱的问题，而且这笔钱在短时间内周转了两次，既收了粮，农民又买到了生产资料等物资。

副省长杜显忠听取了肇东市以物换粮试点情况汇报后，带队到黎明乡长富村倾听农民的意见。在石玉昌和纪永江家，杜显忠看到了他们用玉米换回的77袋化肥、3桶柴油、120公斤良种，还有收录机和彩电。两位户主高兴地说：“以物换粮两方便，明年种地不用愁了。”

在黎明乡粮库、农行营业所和市百货公司工业品下乡大篷车等处，杜显忠又了解了粮食入库、资金结算和工业品销售情况，并组织同去的省直有关部门领导在黎明乡现场办公研究落实以物换粮工作。各部门一致认为，肇东市以物换粮是在资金紧张的情况下，对国家和农民都负责任的积极做法。商业、供销、物资部门表示保证供货。但是在具体品种上如何满足农民的要求，以及由于全省各地资金和农民贫富等方面情况不尽相同，实施以物换粮不宜一刀切等方面，大家也提出了一些想法。

杜显忠在听取大家意见后说，我省今年粮食总产超过200亿公斤，收购资金问题突出，省里很着急。肇东市采取以物换粮的做法，既缓解了资金，又启动了市场、引导了消费、方便了群众，一举四得。有条件的地方都可以这么办。在交换的物资范围上，农民普遍欢迎的是生产资料，目前我省化肥货源不足，要多组织一些；种子和柴油问题不大；对生活资料，考虑到便于农民挑选和结算，可以电视机、收录机等大件商品为主，在农村摆足样品，敞开挑选。他要求涉及购物的商业、供销、物资部门必须保证供应，保质保量及时兑现，并要诚心诚意地服务，让农民换后满意。他强调以物换粮必须坚持农民自愿的原则，可以宣传和解释，但不准强迫。

谈到粮食购销问题，杜显忠说，由于资金和仓容有限，把粮食完全推给国家不行，要坚持国家、地方和农民都储备一点的做法，搞好宣传教育，全面安排。粮食部门要在储粮、销粮和就地转化方面多想点办法。

（1990年12月1日《黑龙江日报》）

12.　　检查组碰上乱收费

记者在全省治理“三乱”工作会议采访时，听到这样一件事：

6月21日，省政府治理“三乱”办公室的同志到东宁县检查治理“三乱”工作，途经绥阳林业局附近的一个林业防火检查站，该站值班人员放杆拦车要司机出示防火入山证。司机说没有证。值班人员说没有证就在这儿买，否则不能进山，一个证10元。车上的检查人员问，入山证规定5角1个，为什么要10元？值班人员说：“队长交代让收10元我就收10元。”司机买证后要收据，值班人员说：“没有收据。”

闻听此事，不禁一阵议论：

“这不奇怪。现在乱收费的可太多了！多得弥眼睛，想躲都躲不开。”

“是啊，以至于乱收费的人都失去了警觉。”

“还真是这样！可谁能想到：治理‘三乱’的检查组也会碰上‘乱收费’？”

“那……接下来会怎样呢？……”

（1991年7月20日《黑龙江日报》）

13. 纪委书记率团搞推销

为了给哈尔滨春夏季服装市场多增加一些花色品种，进一步引导人们消费，美化人们的生活，哈一百从石狮市四十多家三资企业引进两千余种新潮服装，4 月 23 日开始在哈一百新楼和时装大厦展销。展销前一天的座谈会上，石狮市前来搞服装展销的率队人员引起人们极大兴趣，他们是市委常委兼纪委书记、市政协一位副主席和市人大常委会一位常委。

“到底是石狮，连纪检书记都出来推销商品，而我们这的纪检部门直到现在还只是围着案子转。”

“几大班子携手抓经济，真是只有一个中心。”在场的哈市各有关行政管理部门、工商界人士及新闻记者们对此无不议论纷纷。连一些很爱穿戴的女士们也置时装于不顾，全神贯注地倾听石狮市“小政府，大社会”的机构改革情况。有人说，在石狮市，政府部门只为企业服务，搞好税收，而不干预企业的生产经营活动；企业亏损了，政府部门也只是表示同情或尽可能协调。因此，企业也就不盲目依靠政府，而是千方百计自找出路了，这才有利于调动各方面积极性。哈一百经理赵兰田对记者说，石狮市不仅把经营自主权都给了企业，而且党政各部门都全力支持企业的生产经营，所以，他们的经济搞得很活，商品物美价廉，很受欢迎，仅哈一百每年的服装销量中就有 30%是石狮市的产品。

石狮市的产品素有国产小洋货之称。这次来哈展销的夹克服、女时装、西装、童装等全部实行开架销售，方便群众选购。展出的各种新潮时装，大多是高中档精品，顾客争先选购，有的现货在不到一上午就卖光。23 日一上午营业额五十多万元。

（1992 年 4 月 25 日《黑龙江日报》）

14. 就等这一天

人们盼望已久的“股票买卖”，在黑龙江姗姗来迟。

为了满足省城哈尔滨广大投资者的需求，从7月份开始，省证券公司就开始紧锣密鼓地筹办代理上海二手股票买卖业务。在人们的热切期盼中，9月28日终于挂牌开张。按照省长“好事办好”的要求，首批1万张“股东登记开户凭证”全额公开发放。

28日早8时许，哈尔滨下起了淅淅沥沥的秋雨。出门上班的、办事的、往市场送货的……大街小巷一连串儿的身影无不来去匆匆。唯有省证券公司以及被指定的道里、南岗、道外和香坊四大区的街道办事处门前排起了长龙，争相入围上海股市的黑龙江省首批股民擦去脸上的雨水，再也掩饰不住兴奋的笑容。尽管“股东登记须知”上面写着“股市风险莫测，务请谨慎选择”字样，但是仍有不少人一边读着传单、一边不断往队伍后面站，真是风雨无阻，雷打不动，那意思似乎在说“早就等这一天了”。

人们的投资热情、发财欲望以及被深圳和上海股市“炒”起来的冒险精神，就像一团火！

记者在省证券公司门前看到：冷冰冰的秋雨天，不少人还只穿着单衣，衣服淋湿了，冷得瑟瑟发抖，也都咬咬牙坚持。带着雨伞的还好，那些没带伞的都在想办法往屋檐或树下挪动，也有人干脆把刚才还垫在地上坐着的纸板儿捡起来，顶在头上遮雨。

据了解，省证券公司门前自27日中午就有十几人前来排队，到28日凌晨队伍已有两三百人，快到早8时人数又增加了一倍多。天气虽然寒凉，但并没有冻结人们的热情。许多人半夜冻得受不了，就自发组织起来，在每个人的胳膊上画上号码，轮班出去跑跑、喝点酒，或弄件厚实衣服穿上，再回来按顺序号站队。那一夜，没有人拥挤吵闹，其秩序井然，大大出乎人们的预料。排头一位五十多岁的男士，27 日中午就来排了个第一号，此时他正得意地看着身后的队伍，脸上露出美滋滋的笑容。老伴前来送饭，老两口乐呵呵地等着“发财”。动力区某公司一位汽车司机，27 日中午开着车来排队，爱人按时前来换班，配合十分默契。队伍中多数人不愿透露姓名、身份，都平平静静地揣着各自的希望和秘密，唯恐被别人抢了去。但也有人毫无顾忌地与记者攀谈。一位省中医学院的大夫诚恳地说道：“人家个体户有本事赚大钱，干咱这行的没办法。买卖股票，合理合法，为什么不试一试！”一位机关干部插话道：“就是啊，这几年靠工资也攒了一点钱，有机会炒股票撞撞运气呗。”还有一位来自科研单位小伙子，此时已按捺不住心里话，爽快地抢着说：“没钱也得试一试，不能错过机会。这不是嘛，我手头虽然只有 5000 块，又跟父母借了 5000 块，已经和一个朋友商量好了，分头了解行情。赔就赔，不试一试总有点不甘心。”……闲谈中，虽有不少人流露出怕看不准行情、怕自己不会炒作等种种疑虑，但更多的人还真的是信心十足。这不是吗，有一对夫妇是退休干部，也拿出早买的企业债券，前来兑换现金买股票。

刚到 8 点，站队的人们就紧张起来，连呼吸都有点急促了。口鼻里呼出的气体遇冷形成了白雾，伴随着心头上的那点疑虑在队伍上空飘来飘去，渐渐消散。此时不分男女老少，一个跟紧一个，一个看着一个，松散的队伍紧凑得像一堵墙，似乎针也插不进。人们的心理突然间强大了起来，都理所当然地站牢在自己的位置上。

8 点半，省证券公司在人们的雀跃欢呼声中打开了大门。还好，两个窗口同时办理，有条不紊，速度加快了，仅二十多分钟就有百余人办完手续。看着手里的“股东开户登记凭证”，人们的脸色难免喜悦伴着紧张，那是一种陌生的希望。此时一位二十岁出头的小伙子，正在跟工作人员磨叽，按人员分流安排，他应该去南岗区街工委排队办理。只听他恳求道：“半夜就来了，今天还得去工厂上班，照顾照顾吧。”

突然间，刚刚拿到“凭证”的人们围成了一团。原来，省人民银行副行长王家福、还有省证券公司的几位负责人一出门就被人们围了起来，此时正在那冒雨解答人们提出的各种疑问。一位高个头的女研究生挤到前面问道：“我明年出国，出国前如果不买股票，存进‘凭证’的这 1 万块钱还能不能退我？”“当然能退，只要是现金，不管存多少，随时都可以取走。”听到如此肯定的答复，她乐了，飞快地跑去告诉正在排队的亲友。

截至12点，省证券公司及哈市四大街区均按需求顺利办理完毕，剩下来的部分“凭证”，今明两天还将陆续发放。初步统计，前来申办股东登记的人员中，机关厂矿的在职和离退休干部居多，还有一些知识分子、教师、军人和工人，大都是一些因为没有其他赚钱渠道，因而寄希望于炒股票发点小财的人。当然，其中也有一些腰缠万贯的个体户，他们还想冒把险！

（1992年9月28日《黑龙江日报》）

15. 一个体户来本报反映交费问题时说——
他不知应该服从谁

日前，哈市个体书摊业户刘某来本报反映，哈市文化市场上向个体户收费问题政出多门，有些政府部门的规定互相矛盾，他不知应该服从谁?

刘某原在和平糖厂子弟中学任教，因公伤退休，经批准今年 4 月中旬开始在南岗区博物馆附近摆个体书摊。按规定，刘某每月交工商、文化、市容卫生等方面管理费及个体工商税共计近 300 元，今年 5 月至 9 月他都一直主动交纳。后来，他从哈市文化局、财政局、物价局三个部门合发的 [1992] 第 134 号文件中得知，省文化厅、财政厅、物价局三个部门经请示省政府同意，1992 年 4 月 22 日曾对文化市场收费问题发出通知，此《通知》说，文化市场管理费由文化部门负责收取，“自本文执行之日起，各级工商行政管理部门停止向私营、个体文化经营者收取工商管理费”。刘某也听说哈市有些地方已按这个《通知》办了。据此，10 月和 11 月，刘没再送交工商管理费。不料，11 月 10 日，工商所又派人前来追缴，拿去 300 多元钱的书作抵押，并让刘某暂停营业。据工商部门介绍，工商部门收取工商管理费是依据国家的有关规定，文化、财政、物价部门无权对工商部门收不收费的事做规定。那么，这方面的个体业者应该听谁的呢?

（1992 年 11 月 19 日《黑龙江日报》）

16. 不能愧对农民

——收购前夕访农家

乍晴又阴的坏天气，给丰收在望的皖西大地罩上了一层乌云。1991年遭受水灾，1992年大旱，心头还隐隐作痛的皖西农民如今又面对着这接连不断的阴雨天，心情不免沉甸甸的。但是，他们还是不辞辛苦地在地里忙活着。劳作一年了，总巴望着能收获一点什么。

5月下旬的一个星期天，安徽省六安市城里的干部职工正在平静地打发着假日时光，郊外的农民却天刚亮就下了地。记者走出六安市区一路南行，沿途所见男女老少一派繁忙：插秧的、割麦的、担着油菜籽上场的……不少人家房前屋后都堆满了小山似的油菜籽。

在城南的一片麦田边上，迎面走来一位扛着扁担绳子的中年男子，记者问他今年收成怎么样？他指着眼前的小麦叹息道："阴雨天多，小麦霉了不少。"记者顺着他的指向望去，这才发现地里的小麦几乎全部长了黑斑。这位农民说，"俺一家九口人，以种田为主，农闲时打打工。前两年受灾，颗粒未收。今年虽说比前两年强一点，但是能不能卖上好价钱就难说了。"他边说边叹着气，末了又补充了一句："嗨！再说，今年'上边'能不能兑现'不摊派'的政策还都说不准……"记者本想仔细问一问关于摊派的事儿，可是这位本分的农民却欲言又止。也许因为涉及"上边"吧？或许他还想从记者这里打探个准信儿？看着他那疑虑中带着期盼的目光，记者却没法回答他，因为这些年没落实的政策太多了！

也是在城南的一个村边上，记者带着前面这位农民的疑虑，又向另一位青年农民问起了有关摊派的事儿。他倒很直率："去年老早摊派的条子就下来了，平时乡干部不下村，只有下条子摊派时才来。今年因为有检查组在，原定每人新增加的十几块钱不算了。但还是要摊，已经给信儿了，一家两百多块。”听到他的话，又有一些担着担子的农民停下脚围拢过来。有人不满地插话道：“今年的预购订金到现在也没给呢……”仔细一问，方知是去年受灾，当年的“两金”上边没收，因此今年也就没再发，二者相抵了。“也不知这么做合不合政策？按理说受灾的年份就不该收‘两金’，没受灾的年份该给农民的还得给才行，一码归一码嘛。”一位年长的农民听到这里大声说道：“上边说什么也没用，下边就是不照办。”另一位中年妇女则说：“请记者给捎个话吧，不要让农民辛辛苦苦干一年，到头来孩子交不起学费，老人看不起病，还得筹划着怎么才能先填饱肚子。”……看到大家有点气愤，虽然不了解具体情况，但也不像是在编瞎话。记者不好再问什么，只是难过地点了点头。

在中店乡中店村，一位正在打场的60多岁老农听说记者来了，马上放下手里的活儿说：“天下雨，油菜籽不出油。今年光交提留就得350块钱，剩下刚够吃饭的。”这时，站在他身边的一位老婆婆扯着上衣袖子擦去脸上的尘土和汗水，也凑上前来说道：“粮食还没卖，就让先交钱，哪有钱可交呀……”他俩你一言、我一语地对记者说了很多心里话。可惜因为他俩的地方口音太重了，记者大都听不太懂。不过，看样子都很生气，两手比画着，说了好半天。

在张店镇，记者带着刚才听到的一些问题询问了一位农行的干部。他说：“这一带几年来基本没有打白条，今年的收购资金比较紧张，小麦、油菜籽缺口较大，现在正努力筹集。”但是究竟能不能真的不给卖粮的农民打白条，他没有明说，只是咬定一句话“我们一定努力”。

张店镇，也就是解放前的张家店，是著名的革命老区，也是如今的贫困地区。据了解，这里的农民大多是革命先烈的后人，这里还曾出过几位革命将领。解放后，除了这段谁也忘不了的革命历史之外，就没有其他能拿得出手的业绩了。现在，种粮只能解决吃饭问题，其他比如穿的、住的、还有日常生活用品等，都得靠搞副业或外出打工来解决。全镇四万人口，今年外出打工的接近三分之一，主要都是青壮年劳动力，去城里靠卖苦力赚钱。也有全家倾巢出动的，他们对土地的收入失去了信心。与往年相比，外出打工的人数增多，时间也提前了。以前都是过了正月十五才走，今年初一早上就纷纷动了身。个别地方弃耕撂荒的现象也已经出现了。

距张店镇中心较近的从全村，是一个相对富裕的村子，村支书葛显祥给记者做了一个比对。他说，全村250多户，人均年收入才400元左右，除了种地外，主要靠养鱼、搞运输。因为村里办起了养殖场，外出打工的也不多了，都愿意留在村里搞工副业。现在，全村有砖瓦房的户数已增加到70%，还住在纯草房里的仅占10%。他说：要农民改善生活，不能光靠种地。

在张店镇桎树庵村，记者走进一栋普通农民的大草房里。没想到草房里面竟然空荡荡的，抬头就能看得见房顶上的木头椽子和泥巴，连顶棚都没有，屋里也只有几张陈旧的简易桌椅。但是，土墙上却贴着歌颂共产党、毛主席的条幅和年画。家里唯一的奢侈品是儿媳妇陪嫁带来的黑白电视机。这位老农很高兴地招呼记者坐下，可是当他唠起家常时，那笑呵呵的语气里难免夹杂着些许苦涩和无奈。“俺家七口人，承包了七亩半水田。因为上边去年就说今年不收油菜籽，俺今年也就没敢多种。去年俺家被村里收去了350块，也不知道都是什么钱。现在通知又下来了，今年一个人得交58块，俺全家就得交400块。可是、可是今年的合同还没签，订金也没给……”尽管这样，当记者问他生活还过得去不？他立即回到道：“国家眼下也不富裕呀。俺们农户虽说好也好不上去，可是坏也坏不多少。要是和十几年前相比，那可强多了……就是盖房子这事儿，眼下还指望不上。”当记者问他对政府有什么要求时，没想到，他竟毫不犹豫地脱口就说：“政府？好啊！现在的政府可是好啊！俺们都能吃饱饭了。别的，没要求，俺们农户满意啊！”

望着这些纯朴、老实的农民，这些曾经为革命献出生命的先烈们的后人，现在只要能吃饱饭就很知足，就满心欢喜地感谢共产党、毛主席。他们既不怨天尤人，也没有其他壮志和奢望，反倒体谅国家，知道感恩。想到这，记者不由得一阵心酸，还像革命战争时期一样，他们是多么可爱、可靠的“根据地”的民众啊！

傍晚时分，记者从“张店革命战争胜利纪念碑”前出发，返回六安市，一路上心绪纷乱，只想着一句话：“不能愧对农民！”

（1993年6月5日《中国城乡金融报》）

17. 禄劝夏收未打白条

——写在《人民日报》社论发表之后的禄劝县

4月15日《人民日报》在题为今年决不允许打白条的社论中提到：云南省有个禄劝县，十年未向农民打白条，以至当地农民竟不知“白条”为何物。

在《人民日报》社论发表两个月之后，也就是禄劝县夏季农副产品收购的时候，记者来到云南省禄劝县，采访了县委、县政府、县人行、县农行，以及崇德乡政府和一些农民，了解到该县今年夏收仍旧没有打白条。

不管资金多么紧张，为什么禄劝县都能做到不打白条？经过了解，记者感到虽然原因较多，但根本的有两条：一是有坚定的党性原则。对党中央、国务院不打白条的要求，坚决无条件服从。二是对农民的深厚感情。禄劝县是全国重点贫困县之一，1992年人均收入仅有270多元。倘若再对农民打白条，无论如何说不过去。所以，在采访时，他们坚定地对记者说：“就是不能打白条。”

据了解，禄劝县地处贫困山区，交通极不发达。多年来经济发展速度缓慢，基本上处于没有工业，农业也很脆弱的状态。1992年县财政收入1873万元，支出4564万元。靠上级财政补贴2800多万元度日。为了摆脱贫困，该县也想方设法发展工业。去年，他们根据当地水利资源十分丰富的优势，量力而行，下决心上了一个装机容量1800千瓦的水电站、一个复烤厂、一个农贸市场。三个项目总投资约需3000多万元，到目前投入尚不足2000万元。不料今年资金形势全面趋紧，而全县今年夏收小麦、蚕豆和油菜籽商品总量达500多万斤，加上秋收，农副产品收购总值约1.026亿元，资金缺口在一半左右。历史上一直没有向农民打白条的禄劝县，今年很难度过不打白条这一关。

《人民日报》社论发表之后，鲜为人知的禄劝县一下子在全国出了名，本来就为资金发愁，如今又被推到台前，各部门压力陡增。怎么办？为了不打白条，县委、县政府与金融部门同心协力，采取紧急措施，调动各方力量筹集资金。人民银行把90%的短贷交给农行用于农采；农业银行集中信贷资金保收购；县财政延缓了政府部门的部分人头费开支；烟草、糖酒贸易公司等有关部门也发动职工集资，先后拿出100多万元用于收购。到目前为止，已投放426万元收购资金，据各方反映确实没打白条。6月16日正赶上该县崇德乡大集，记者看到农民成群结伙地在集市上出售小麦、蚕豆等新粮，他们告诉记者，这几年出售农副产品时都拿到现钱了。

目前，尽管夏收已经结束，但是该县并没有放松筹资工作。因为秋收资金供应是大头，尤其是烤烟，秋收9000多万元资金中，仅此一项就占7000多万元，缺口很大。

记者在采访中还了解到，这些年，该县为保收购做出了很大牺牲，经济建设受到影响，连电站这样的能源项目都没有足够的资金扶持，仅有的工业企业开工不足，不少人工资缓发。农业银行因农采贷款占用大，周转慢，经济效益滑坡，今年上半年全县一般商业流动资金贷款已压回停贷，下半年如果再停贷，农村商业部门将因无钱购进日用商品而影响到人民生活必需品的供应。记者感到，禄劝县确保收购不打白条的积极性应当得到保护。对这样的县，除了荣誉上鼓励外，是否在政策上予以照顾或者经济上给予补偿？况且，禄劝县是贫困县，为了保证兑现党的政策，已经牺牲了地方利益，难能可贵，国家在经济上扶持一下，政策上适当倾斜一下还是十分必要的。

（1993年6月29日《中国城乡金融报》）

18. 良好的开端

——农总行今年第二次行务会侧纪

乍暖还寒的京华大地，春风悄悄吹绿了枝头。3月14日，开了近一天的农总行行务会还在紧张进行。

如果把大小会议都算上，记不清这是第几次了。为了带领百万农金职工向商业银行推进，新一届党组上任以来，紧锣密鼓，未雨绸缪。每一次会议都有一个重要议题，几次会议连贯有序，步步深入，展示了新一届领导班子锐意进取的风姿，也给人以莫大的鼓舞和力量。

记得在第一次机关职工大会上，农行首脑机关的“军容风纪”很少经受那么严肃的检阅，人们一度松弛了的心弦被重新拉紧了。不久又召开了处级以上干部大会，把机关机构、人事改革这一重要课题摆到了每个人的面前。接下来是全国分行长会议，金融改革和业务发展的一系列重大举措纷纷出台……好久没有这么认真操练了，人们紧张而又兴奋，那感觉，记忆犹新。

这次行务会的主题仍旧十分鲜明，在京的总行领导成员和各部室负责人一起审定计划、信贷、财会、总务等部门的改革和实施方案。这方案既是机关机构改革到位后几个主要部门上交的第一份答卷，也可以说是总行党组对这些部门新班子的一次考核。

13日下午，综合计划部首先介绍了1995年信贷计划分配与调控大账及其安排原则，提出了推行资产负债比例管理工作和加大系统资金调控力度的意见。几位行领导听得十分认真，并不时插话，各部室负责人也积极参与讨论，普遍表示赞成。何林祥副行长补充说，要加快软件开发，便于总行掌握情况，减少资金占压，管好资金市场。史记良行长说，计划要体现适度从紧的货币政策，向商业银行运作今年这一步怎样，要看计划安排是否适合农行实际。他表示赞成这一安排，并强调要特别体现加大支农力度这一政策特点，稳步推进信贷资金计划改革。

接下来，总务部介绍了后勤管理体制改革的设想。由于该设想改革步子较大，讨论十分热烈，有的部主任还介绍了来自国务院直属部门和外地的改革经验以及近几年总行对后勤改革的一些思想。一致认为：改革的方向要坚持，但经验不足，要不断摸索，具体问题要认真讨论。何林祥副行长强调了改革的标准：一是要努力节约人员和费用开支；二是要提高管理水平和为机关服务的质量；三是要有利于国有资产的保值增值，增加人员收入，要注意调动两个积极性，收益分配要相对集中，要合理合法。

14 日上午，财会部谈了他们关于落实经营目标责任制考核办法、完善财会规章制度、强化清算管理、加强资金安全防范和会计电算化，为效益兴行当好管家等几项大的工作安排。史记良行长详细了解了盈亏大户情况和费用水平后说：力度够大，难度也不小，改善财务状况今年很有希望。

接下来，农业信贷部在规划中提出了要努力完成全年农贷计划，优化信贷投向、确保支持重点、促进农业信贷结构进一步调整，强化信贷管理、提高信贷资产质量等几个工作重点、工作目标和措施。工商信贷部围绕今年几项主要任务谈了工作部署，一是以分行为单位做出规划，使非正常贷款逐步下降；二是切实做好代理业务管理工作；三是落实供销社贷款债务；四是贯彻落实《中国农业银行加强贷款管理若干规定》；五是以支持农资供应为重点，全面做好工商信贷服务与支持工作。几位总行领导对优化信贷投向、促使非正常贷款下降等方面安排很感兴趣，对搞好代理业务等问题提出了基本要求，认为这几个主要业务部门工作涉及全行，务必要认真对待。

听完各部门工作汇报后，段晓兴副行长要求总行各直属单位也要拿出全年工作思路来。李殿君副行长要求抓好落实工作，各部主任要采取硬性措施，加大工作力度，确保实现目标；要将全年工作细化分解，落实到人头，并要剖析正反两方面典型，指导全行工作；对各部主任要有量化考核指标，建立激励机制。纪检组长王川就加强经营管理，防止发生经济案件等问题谈了几点意见。最后，史记良行长说，前一段工作主要抓了三件大事：安排了全年工作，机关机构、人员调整到位，机关作风整顿后运转正常，势头很好，中层以上干部精神面貌有很大改观，全行干部职工向商业银行运作的积极性正进一步调动，总行作为全行首脑机关的指挥和凝聚力进一步增强，工作有了一个良好的开端。但也不能估计过高，还要进一步抓下去。他要求各部主任一要发挥榜样、领导作用，对本部门工作要严格要求，严格管理，坚持原则，真正做到一级抓一级，全面贯彻全国分行长会议精神。二要在人员到位的基础上，健全规章制度，规范工作程序。特别要建立工作责任制，做到目标、责任明确，下级对上级负责，定期考核，奖罚分明，与选拔任用干部挂钩，把真正优秀的分子提拔到领导岗位上来。要坚持工作考核制度，特别是业务部门要有具体标准，要用书面材料反映下面的情况，并提出问题和建议，便于领导全行工作。三要工作抓重点，避免一般化号召，要培养典型指导全局。每个部要分阶段作出工作安排，并要分解落实。四要重申总行建立经营活动分析会制度，每季度一次例会，使全行的改革和发展有条不紊地进行。

（1995 年 3 月 17 日《中国城乡金融报》一版头题，**获本报好新闻奖**）

19. 在全国分行行长大会上 史记良讲话语重心长

1月14日下午，农业银行全国分行行长会议开幕，行长作报告。

一年一度，一样的会议，一样的程序，但行长“报告”的内容却与以往大不一样。史记良行长万余字的“报告”内容十分集中，主题十分鲜明：抓管理、上质量、增效益。针对农行新职工多、摊子大、管理基础薄弱的问题，史记良行长在报告中有两段插话，令与会者感慨万千。

一是史记良行长报告伊始就宣布了一个令人振奋的好消息：按财政部的统计口径，1995年农业银行盈利30亿元，上海、深圳、北京、广东等省市分行名列前茅；河南、湖北、安徽、湖南、山东等省分行财务状况明显好转；之后他说：只要全行上下共同努力，狠抓各项措施的落实，我们就有可能克服困难，塑造起农业银行的新形象。

二是史记良在强调狠抓经营管理问题时宣读了一个市分行的通报，该“通报”围绕该市基层行存在的管理混乱等问题，一针见血地进行了通报批评。史记良行长逐条宣读其中有：支行领导闹无原则的纠纷、长时间不开行务会、不抓大事、忙于应酬、思想政治工作松懈、凝聚力不强、职工抵触情绪大、扭亏增盈措施不力、费用支出控制不紧等共十个方面问题。对此。史记良行长十分气愤地说：这个“通报”提出的问题很有代表性。我们收到的举报信中就反映有些领导到基层吃喝玩乐，而且逢吃必喝，逢喝必醉，作风浮飘，基层敢怒不敢言。接下来，他缓和了一下语气又说：如果各级行都能像进行“通报”的这个行一样，敢于揭露自身的问题，认真抓好基层工作，抓好基础管理，大练基本功，我们农行的经营管理水平就一定会有很大提高。

从史行长的插话中，与会代表深深感受到总行党组对效益和管理问题的高度重视，对农业银行实现“两个转变”的良苦用心，对各分行领导班子的殷切希望。

（1996 年 1 月 17 日《中国城乡金融报》一版右上角）

20. 以“防”为主

17日上午，农行全国分行行长会议在讨论“分行经营状况综合评价试行办法”时，人们对案件在考核中所占的比重议论热烈。

此时，恰巧一位分行行长被总行纪检组长王川找去谈话，河北分行行长李兴奇开了句玩笑：“纪检找谁谁心跳。”会议气氛更加活跃了，北京分行行长王纯风趣地说了一句：“‘三防’——防火防盗防纪检。”说得大家哄堂大笑。山东分行行长彭汉民补充道：“是啊，营业室不见保卫处长不锁门。”……人们边说笑边议论，总行办公室主任周继太接过话来引导说：“对经济案件的考核扣分应对发生额与是否破案区别对待。”李兴奇赞同道：“应鼓励预防法案和积极办案，减少损失，在这事儿上不应搞倒逼机制，不‘鼓包’不查。经济案件与刑事案件不应同等扣分，前者内部因素大，后者外部因素大。”王纯又补充了一句：“经济案件经过努力可控，而刑事案件难防。”彭汉民也深表赞同地说：“主要还应考核发案后是否及时查处，以利于挽回损失。”……

这时，刚好被找去谈话的那位分行行长笑呵呵地回来了，李兴奇看着他诙谐地打趣道：“白心跳了吧？你看他啥事儿也没有……”

（1996年1月18日《中国城乡金融报》一版）

21. 稳健过渡

——农村金融体制改革在天津

历史上曾有“政治家后花园”之称的天津，如今已经变成了改革、开放的前沿，商品经济的摇篮。

秋高气爽，一场农村金融体制改革的大潮正在这里悄然涌动。日前记者前来采访时，清晰地感觉到人们投身改革、迎接挑战、勇往直前的脚步声。

农村金融体制改革酝酿已久，在天津，农业发展银行、农业银行和农村信用社的广大干部职工对此早有准备。这里通过十几个部门六十多人的座谈发言，给记者的总体印象是：农金体改在天津将稳健、顺畅过渡。这里，没有疑惑，更没有停滞，而是改革在继续，业务在继续，发展在继续。

在农业发展银行天津市分行，改革正在顺利运作。满腹文韬武略的分行行长丁杰对该行的改革与发展进行了全方位的思考，他向记者介绍道，农发行同农行一样，对这次改革满怀信心。但是必须提高干部素质，为此，他们正在开展“做农发行合格行员”的大讨论，他认为，改革还有几个问题需要认真对待，即农发行作为政策性银行，其性质定位、业务范围、经营机制的内涵和外延是什么，等等。

在农业银行天津市分行，各级班子抓机遇求发展，认识一致，目标明确，精神振奋，正深入研究发展战略等大事。这里，人们也谈问题，摆矛盾，但那是为了找对策、求发展。分行行长杨明生就以金融家的大手笔绘制了一幅“城乡一体化”的发展蓝图，并将它付诸实施。他提出的“老支行走简政放权路、新建城区行走体改创新路、跨行政区域行走与国际接轨路”这三种模式已经变为现实。“天上”（指最高建筑物上）有农行的名字，地上有农行的客户群体，抓形象、抓机制、抓业务，农行实力不断壮大，由25亿贷差行变为25亿存差行，在天津可谓举足轻重。

在农行分行机关，各处室干部认真分析计划、信贷、储蓄、财会等方面的情况，对过渡时期可能出现的困难做了充分的思想准备。他们把更多的精力投放在对策研究上，改革激活了他们的思想，增加了他们的胆识。

在农行分行国际业务部，机构完全按国际模式设置，员工们着装讲究，谦恭而自信，在世贸广场大厦迎接他们的黄金客户，展示着国际大银行的气派。该部已加入全球性资金清算网络，开通了路透金融信息及交易系统等，正按商业银行的经营思路拓展未来。谈及改革，该部总经理刘宝瑞说：“改革对我们有种春天来临之感，面对激烈的金融竞争，我们有信心说‘行’！”

在农行海河支行，谙熟商业银行运作机理的年轻行长赵振江，正与他的同事们潜心研究未来并筹划第二笔银团贷款。当谈及支行行长想什么时，自负、深沉而又开朗的赵振江向记者娓娓倾诉了他的内心世界：“我每天只想三件事，即新品种、发展战略和劳动用工制度的改革。要做今天的事，想明天的事。要抽空接触大客户，谈思维，学管理……”目前，他正为支行行长的权力界限不清而苦恼，他希望改革能解决这个问题，在用人和设备费用等方面支行能自主。

在农行南开、河东、西青、武清和蓟县等城区、城乡接合部和山区县支行，干部职工对改革情绪乐观，增强了竞争意识，正为改革后发展而未雨绸缪。他们认为，改革对农行来说有许多有利条件，改革为机构、资产和劳动重组提供了机遇。但机遇不等于现实，必须迅速调整思路，在运行机制、复合型人才、新业务开拓和综合服务功能上下功夫。他们希望上级行制订城区业务长期发展计划，在信贷计划、费用管理上分类指导，区别对待，单项考核。

在天津市大港区信用联社，刚刚确定以“务实、稳定、发展、提高”为指导方针的领导班子对改革心态积极，认为“不管怎么变，还得实实在在地干，不干没出路”。他们对有利条件估得足，解决困难有办法，对未来有信心。认为信用社有农行打下的基础，有改革的机遇，有自主、灵活的底子，独立后经营上与农行将是“哥俩”，在农村形成一个拳头。他们建议：模式上不搞一刀切，“三防一保”应逐步过渡。

天津的农村金融改革在大城市中很有代表性。在这里，改革在期盼中推进，业务在改革中发展。相信饱经商品经济风浪考验的天津农金人一定能够如愿以偿。

（1996 年 9 月 12 日《中国城乡金融报》一版头题，**获本报好新闻一等奖**）

22. 如何理解97年农行工作主线

——对总行几位部室负责人的访谈札记

题 解

“调整·整顿·改革·提高”八个字，一条主线，内涵丰富，不仅高度概括了农总行党组1997年全年的工作思路，而且充分表达了全行干部职工的愿望和要求，成为本次全国分行行长会议的主旋律。为了围绕这条主线开展工作，总行各部室认真组织了学习和讨论，本文主要介绍几位部门负责人对这条工作主线的理解和对今后工作的思考，以促进全国分行行长会议精神全面贯彻和落实。

插 曲

全国分行行长会议一结束，总行各部室负责人就立即投入紧张的工作中，有的甚至已经出差在外，一时间找人很难。21日晚7时，准备第二天一早就出差的农业信贷部总经理尉士武在家接待了记者。22日早8时，正忙于重要工作的财务会计部负责人陈锡达和资金计划部总经理罗哲夫分别答应下午或下班后抽点时间谈。22日晚9时30分，刚下飞机的人事教育部总经理李占臣接受了电话采访，并答应第二天再谈，不料第二天刚上班，他的办公室就坐满了要谈工作的人。

话题之一：为什么说“调整·整顿·改革·提高”是今年全行的工作主线？

几位部室负责人一致认为：一方面是由于“一分一脱”后，农业银行的资金、业务和客户结构等方面都发生了明显变化，而且由于各方面因素造成的不良贷款等经营上的潜在风险也在加大，加之多年来因内部体制不顺造成许多措施难以落实、管理不能到位，以及农行整体形象和队伍素质还不很高等因素；另一方面，今年是农业银行在农金改革后集中精力办好商业银行的第一年，做好今年的工作，对实现总行党组今后一个时期改革和发展的总体思路非常重要。根据当前经济和金融工作的整体要求，农业银行必须适应新的变化，为农业和农村现代化建设作出贡献。为此，必须从现在起，努力调整结构，理顺关系，大力支持农业产业化经营，积极培植新的效益增长点；必须推进内部改革整顿经营秩序，从严治行；必须加强职业道德建设，提高员工素质，为城乡经济发展提供优质服务。

话题之二：“调整·整顿·改革·提高”这条主线的核心内容是什么？

几位负责人说：这条主线的核心内容就是要集中精力办好商业银行。它实际上概括了四项主要工作，反映了总行党组思路清楚，重点突出，可操作性强，行长讲话对此阐述得十分透彻。

谈到“调整”，总经理尉士武说：“调整”今年有新意，有特色，针对性强，这是重头戏。这不单是某一方面简单的调整，而是改革后农行面临全面调整。农业银行要适应农村金融市场的现状，尽快站稳并有所发展，关键是要因地制宜地搞好“调整”，要特别注意调整工作思路，转变思想观念。总经理李占臣、罗哲夫也特别强调了转变观念的重要性。罗哲夫说：当前不适应的问题比较普遍，表现之一是很多人位置角度还没调整过来，还是专业银行的思维方法。比如报计划，不是按“能筹集多少资金、能产生多大效益”来报经营计划，还是报过去那种“收购多少烤烟要多少钱”式的传统计划；表现之二是对商业银行业务陌生，还是沿袭过去的管理方法；表现之三是核算观念也还是过去那一套，只要借到钱就行，不计成本。因此，转变观念十分重要。同时，管理行要调整工作方法，比如搞调研，要务实，通过电话能解决的问题就不要去人。这几位负责人都认为调整经营策略和业务结构是“调整”的重要内容。尉士武说：市场定位应是整个业务领域定位，这次会议讲得很清楚，要按照商业银行的经营原则支持农业产业化，促进城乡一体化经济发展，其中比较突出的问题是处理好信贷支农与效益的关系。

谈到“整顿”，尉士武和罗哲夫都说：应以提高效益、提高资产质量为核心，整顿金融秩序和工作纪律，加强规章制度建设和风险防范措施。

谈到“改革”，几位负责人认为，大力推进内部管理体制改革，是实现农行发展的重要条件。尉士武说：一要建立自我约束机制，重点是落实资产负债比例管理，部分行实行有条件的存贷比例管理，体制上要增强一级法人观念及其权威性，这条很重要。二要建立激励机制，这是多年改革的重点，也是难点。三要进一步建立自我发展机制，鼓励能够加快发展的行先走一步。罗哲夫说：从计划这块讲，一要按效益型原则改革分配计划方式，这一步不能太快，但非走不可。过去是以“基数”为基准，以后要与各行效益和资产质量挂钩。二是存贷上要建立比较合适的比例关系，原则应多存多贷。三是资金管理方式上行政的和经济的手段都要有，但主要还是用利率杠杆来调剂，尤其适用于经济发达地区。再就是在编制和执行综合业务经营计划上，今年应有所突破，不仅要考虑存贷的增加，还要考虑存款成本、贷款收益及原资产收益的改变。

谈到“提高”，几位负责人几乎众口一词，认为是时候了，应该在人员素质、工作效率和经济效率等方面来个全面提高。

话题之三：在贯彻落实以“调整·整顿·改革·提高”为主线上有何考虑？

几位负责人都紧紧围绕“调整·整顿·改革·提高”这条主线作了比较周到的安排。其中，陈锡达谈了三个“强化”、两个“扎实”和三条措施，即：强化会计出纳联行结算工作，强化财务管理，强化固定资产投资管理。会计工作要扎实，打牢基础；要把财务数字搞扎实，挤干水分。要相应改革内部分配方法，财力上要围绕效益原则适度倾斜，费用上要明确安全保卫和电子化建设两个专项，专款专用；要加快电算化步伐和第二代会计应用软件的开发；要加大固定资产的投资改革力度。李占臣说：人事教育部要树立“以人为本”的指导思想，在全面提高干部职工队伍素质上下功夫，为实施全行改革发展战略提供有效的人才支持。今年的工作有四个要点：一是要加强领导班子建设，改进机关作风，为改革与发展提供有力的组织保障；二是以“115 工程”为核心，进一步加大干部培训力度，培养高素质人才；三是以全员劳动合同制为重点，建立有活力的人事、劳动、工资制度及科学的员工考评制度和激励机制；四是要研究建立农行按商业银行机制运作的组织机构。为此，人事教育部将组织力量深入实际调查研究，制定具体可行的操作方案。

（1997 年 1 月 24 日《中国城乡金融报》一版头题，**获本报好新闻奖**）

23. 农行人，好样的

——农行抗洪救灾侧记

天，终于晴了；洪水已不在全线上涨。但是，抗洪大军并没有停下脚步。

近两个月来，荆楚大地，松嫩平原，抗洪大军中有一支特殊的队伍：当营业所房屋被冲垮的时候，他们大包小包地抢救账款，抢救国家的财产；当大批民众从城里往外撤退的时候，他们高举红旗逆流而上，迎战洪魔；当赈灾物资告急、抗洪资金紧缺的时候，他们划起木船，搭起帐篷，租借民房，现场开办起各项应急业务……

他们就是奋战在灾区的农业银行的干部职工。在抗洪救灾第一线，他们送上的不仅是个人的捐款、农行的贷款，还有真诚的服务、永远的责任与使命。

日前，农总行派往湖南、湖北、安徽、江西、黑龙江等洪涝灾区慰问调研工作组已返回北京，农总行召开行长办公会，听取了工作组的汇报。行长何林祥传达了党中央国务院的重要指示，要求全行继续努力做好抗洪救灾工作。

面对肆虐的洪水，机构主要分布在县以下的农行人经受了严峻的考验，做出了重大牺牲，涌现出许多英雄模范，得到了民众的信任和敬重。据不完全统计，在湖北、湖南、江西、安徽、黑龙江等地，农行约有两千多营业网点受灾，6000 多间营业房屋全部或局部倒塌，微机等办公通信设施严重损毁，直接经济损失 3 亿元左右，另有数千职工家庭受灾。其中，仅江西分行就有 451 个营业机构受灾，有的营业所进水高达 5 米。

当洪水到来的时候，农行人迎难而上，纷纷成立了相应的抗洪领导机构和抗洪抢险突击队，全力以赴抗洪救灾。

湖北分行下发明传电报，提出支持灾区恢复生产、确保资金支付和账款安全的动员令。

湖南分行两次下发紧急通知，要求加强抗洪抢险工作的领导，省地行领导奔赴一线坐镇指挥。

江西分行连发两个特急电报，紧急部署抗洪救灾，加强资金调度，确保生产生活用款。

安徽分行连开三次救灾会议，研究抗洪措施，急派工作组到一线指挥。

黑龙江各级农行都成立了抗洪救灾领导小组，下设抢救组、保卫组、通信组，确保账款安全和抗洪需要。

湖南灾区地市分行派出 30 多个工作组，到基层帮助抗洪救灾。岳阳、益阳分行行长一直坚守在抗洪大堤上。临湘支行一位副行长带领 16 名干部，在 3000 多米险堤上日夜战斗，一个多月没下战场。

湖北嘉鱼、公安支行分别在重灾区增设了“挎包银行”、汽车银行，哪里需要到哪里。

安徽无为支行土桥营业所被淹后，他们确保了“人在账在”、“人在款在”，搭建临时场所开办业务，通告灾区民众 24 小时服务，还租借了一条木船，负责接送民众前来存款、取款。一连 22 天，办理业务 400 多笔。

江西灾区行现场发放救灾贷款 3830 万元；湖北分行对沿江五个地市分行紧急调拨资金 5.2 亿元，仅 7 月份就发放救灾贷款 8290 万元。

湖南分行 6、7 两个月共调集资金 4.27 亿元，通过流动车船为民众服务，确保重灾区存款支付和正常业务需要，稳定了灾民情绪。信贷部门还及时安排救灾贷款 2.1 亿元，支持受灾企业恢复生产，受灾企业不愁资金，地方党政也宽了心。

8 月 16 日，农总行组织全行干部职工一次性赈灾捐款 1500 万元，此前各分行自发捐款尚不包含在内。

农总行认真研究了灾区各行的情况，行长何林祥要求：一要支持各地抗洪救灾，保证汇路畅通、支付正常；二要大幅度调整信贷结构，把重点放在支持移民建镇上；三要密切关注各地灾情，关心受灾客户现状，跟踪调查，做到心中有数；四要依靠地方党政领导，加强党的建设。

……

洪水滔滔，阻不断农行人的乡情和亲情。

好样的，农行人！

（1998年8月25日《金融早报》一版）

24. “先”字当头
——农总行机关党员先进性教育活动一瞥

“走，学习去！”

“走，听党课去！”

“走，讨论去！”

连日来，在农总行机关大楼里这样的声音不绝于耳；埋头读书、记笔记、谈体会、沟通情况、编辑板报的身影随处可见。党员先进性教育活动在农行高潮迭起，一扫往日的松散和沉闷，紧张而又热烈的气氛弥漫整个大楼，按捺不住的激情溢于每个党员言表。行领导多次上台作报告，部门总经理带头谈体会、讲党课，处长们更是学习、督导走在前，普通党员不叫自到、几乎言必称“先进”。在学习演讲大会上，在革命歌曲演唱会上，经久不息的掌声中，行领导拍红了双手，离退休干部眼里噙满了泪水，青年党员激情满怀，事前不知演练了多少遍。党委组织部率先垂范，把组织机关开展教育活动与本部门的教育以及日常工作统筹安排，紧张有序，忙而不乱。做到：每天上班后先自学半小时，每个人都提出“岗位先进性具体要求”，每两天进行一次小组学习讨论，每个笔记本都可以进行展示，每天晚上都有人加班，支部书记、副书记每人两次党课。教育活动也进一步鼓舞了人们的工作热情，从行领导、总经理到普通党员，人们边学边改，中午不休息，晚上八九点钟离开办公室时还要带上电脑和文件，双休日进出大楼忙业务的人日渐增多，工作质量和效率得到员工和基层普遍称赞。人们说：好久没看到这样热火朝天的政治气氛了，好久不见党员发动得像现在这样广泛、党员的政治热情像现在这样高涨、党支部的作用发挥得像现在这样充分、群众的向心力像现在这样强大。而这些，还仅仅是总行机关开展先进性教育活动之一瞥。

在中央指导协调组和中央督导组的指导下，农业银行先进性教育活动学习动员工作实现了起步有力、开局良好的阶段性目标。体现在五个“先”字上：思想发动先行一步，动员部署做到早、快、细；学习教材内容先进，研读原著的同时运用革命传统和先进典型进行教育；教育活动采用了最有吸引力、最简便快捷的先进手段和载体；党员领导干部身先士卒，边学边改；广大党员发挥先锋模范作用，学习工作两不误。

胡锦涛同志指出，加强党的先进性建设，始终是我们党生存、发展、壮大的根本性建设。早在中央正式发文之前，农行的先进性教育活动就已“暖风”频吹，吹醒了党员心田里的那颗“火种”，一经正式发动，便迅速形成“燎原”之势。

1月20日，农总行召开了机关党员先进性教育动员大会，会后各支部又结合实际进行了再动员。通过层层动员，广大党员思想上产生了共鸣，行动上达成共识，积极性和自觉性都明显增强。根据中央的要求，农总行机关成立了先进性教育活动领导小组及办公室，各支部也都成立了领导小组，负责组织实施。他们把学习作为一种责任、一种追求、一种思想境界来对待，埋头研读原著，尽情地从中吮吸甘露和营养。2月25日，总行机关举行了一场别开生面的先进事迹报告会。总行干部宁通占十年中两次被交流到西藏分行工作，他努力克服高原反应，与当地干部团结协作为西藏分行的发展做出了突出贡献。软件开发中心叶又升怀着对科技创新的不断追求，十八年如一日，始终站在银行信息化建设的前沿。国际业务部党支部，积极探索新形势下做好党建工作的有效途径，以人为本，了解人的需求、培养人的素质、开发人的潜能，实现了党建工作与业务经营互动。这些先进事迹就发生在身边，鲜活生动，感人至深，多功能厅座无虚席，掌声此起彼伏，气氛十分热烈。

按照学习培训时间要求，信贷部、审计局等部室利用节假日集中学习，出差的党员人走到哪里，学习材料带到哪里，笔记记到哪里；公司业务部、机构业务部、国际业务部等前台部门，业务全天候运转，党支部就利用下午下班后一小时或午休时间，见缝插针学习；托管业务部将全体党员按工作性质分成3个小组安排学习；银行卡部节后一上班就集中交流了春节期间的学习情况；资产风险管理部、人事部等部室对因出国培训、出差、生病住院、回家探亲的党员组织了集中补课。对于学习内容没完成的个别支部，行党委决定延长10天学习时间，做到时间服从质量。通过检查验收，各个支部、党员现已全部达到了学时和人员要求，做到内容、时间、人员三到位，党委成员的平均学时达到50多个小时。

先进的方式最有感召力，也最有效，热烈的氛围就无须再去苦心营造，而是通过党员真心实意地要求学习、踏踏实实地深入学习，必要的政治氛围就会自然形成，想挡都挡不住。先进的方法也促进了学习效果，使党员受到深刻的党性教育和心灵的洗礼。个人业务部3月5日30多名党员开展“徒步宛平城　重走革命路”专题教育活动。出发时大家走得还有说有笑，可是进入四环路后腿部肌肉开始发酸了，一些老同志开始观察公交车站牌和出租车。体力较好的青年组也产生了动摇情绪，步伐慢了下来。这时队伍后方的青年突击组10余人健步走来，人们的疑虑顿时打消了，三股力量合为一起向目的地进发。两个半小时后，全体党员都按时到达抗日战争纪念馆，重温了八年抗战的艰苦历程，明白了保持党员先进性要始于足下，从一点一滴做起。

总行机关举行了先进性教育学习体会演讲大会，28个部室层层演讲之后，推选出12人以“我心目中的共产党员”为主题，生动阐述了一名共产党员应有的思想品质和情怀。还开展了“高唱革命歌曲、陶冶高尚情操”演唱会、“我是一名共产党员”征文、“学习培训测试”、组织参观张思德革命事迹、观看革命影片、重温入党誓词、到扶贫县了解社情民情、捐资助学，等等。目前已采取的学习教育活动方式约有20多种，切实做到了“规定动作”一个不少，“自选动作”富有特色。

行党委率先启动，组织了5次专题学习，春节后上班的第一天，行党委中心组就组织学习胡锦涛同志的讲话，每位成员都作了发言。行党委成员先后3次参加所在支部的学习，每次都带头发言；还深入联系点指导，使各联系点都成了示范点；日前又封闭一周，集中学习教育读本，撰写学习体会。在行党委的带动下，各部室也纷纷组织讲党课，日前已经进行了40多次专题党课教育。领导干部带了头，群众没得说，广大党员的学习热情空前高涨。

广大党员先锋模范作用好，做到学习工作两不误。一位党员说得好，理想信念是一个思想认识问题，更是一个实践问题。没有远大理想，不是一个合格的共产党员；离开现实工作而空谈远大理想，也不是合格的共产党员。这话深刻表达了总行机关千余名党员的共同心声，积极参加先进性教育活动，已成为每个党员的内心要求和自觉行动。

总行机关开展的“保持党员先进性”大讨论吸引了每个党员，他们说：这样的讨论，看得见，摸得着，避免了“放空炮”。在各部室充分讨论的基础上，行党委把争当“六个模范”作为总行机关党员的先进性具体要求。

昨日之日不可追，今日之日须臾时。工作头绪多，任务压力大，时间紧迫，不仅要求边学边改，而且也必须边学边改。各党支部找出问题155个，已整改61个，正在整改的有94个。教育活动取得初步成效：党员思想认识有了新的提高，精神面貌有了新变化，党员的工作纪律性、事业心强了，上班迟到早退的少了，工作的劲头更大了；党群、干群关系进一步密切；机关作风有了新的转变，党员的责任心增强了。

（2004年6月）

25. 党建工作的魅力

——中国农业银行国际业务部党建工作侧记

在市场经济日趋发展、金融业竞争日益激烈的社会条件下，国有商业银行内部的党建工作是否有被边缘化、业余化倾向？党建工作与业务经营是否无法兼顾？党的思想政治工作是否只是一句口号？面对新时期党建工作遇到的新问题，中国农业银行国际业务部党支部给出了自己的答案。他们通过几年的艰苦探索，在始终坚持人性化教育、一体化管理、制度化建设和民主化决策等方面，努力实践，取得了显著效果。

用人性化教育塑造人

农业银行国际业务部有员工116人，其中研究生32人，本科生63人，党员近40%，平均年龄34岁。在这支知识型、年轻化的队伍中，党的思想政治工作并不是一句口号，而是实实在在了解人的需求、培养人的素质、开发人的潜能的人性化教育。

信任员工、依靠员工、帮助员工、保护员工，是他们进行人性化教育的关键，要让每一位员工都有主人翁的责任感，让每一个员工都把工作当作自己的事来办。党、团支部每年要召开几次青年员工座谈会，广开言路征求工作意见和建议，形成座谈纪要，经党支部认真研究后，一一落实相关处室和责任人，进行限时整改，并在部内信息网上公开。他们还在信息网上公开了总经理信箱、基层和部内信息交流窗口，员工和分行可以不署名地发表意见，总经理亲自处理员工的意见和来信。他们从内心里珍视员工的意见和建议，坚持平均每周召开一次部务会议，每两周有一次总经理谈心日。支部还规定书记要与每位支委谈心，每位支委要与六七名党员谈心，处长要随时与员工沟通交流，发现问题及时向支部反馈。对于员工的思想汇报、调研报告和学习心得，部门领导逐份阅读，对于优秀的学习体会，部领导总是认真批阅后再上网共享。由此，每位员工都有了被重视的感觉，那也是一种家的感觉。

农行国际业务部党支部今年在员工中开展了《敬业》和《没有任何借口》的“读书会”活动，倡导完成任务不讲条件这一理念，培养大家爱岗敬业意识，提高工作执行能力。根据都是年轻人这一特点，团支部和工会每年都按计划开展联欢会、球赛等丰富多彩的文体活动，寓教于乐，培养竞争意识和团队精神。

用一体化管理激励人

党支部把党建工作与业务经营紧密结合在一起，实现了党的建设与业务发展互动。

在提高人的政治思想素质的同时，针对员工都是年轻人、求知欲强的特点，他们加快队伍业务建设，致力于打造一支学习型专业队伍，这一点在国际业务部十分突出。仅近两年就利用业余时间举办了十多次外汇交易、风险管理、贸易融资、经济资本、世界经济等方面专业讲座，选派100多人次参加国内外业务培训，并对员工进行外语测试和水平评定。安排员工轮岗、换岗28人，下基层实习1人，组建工作项目组多个。不仅要求所有人员出差或出国回来，都要写出自己的学习体会和调研报告，还要针对部门工作提出自己的建议，在部内讲课或上网公布，使全体员工能够共享。

在业务发展上，他们紧紧抓住普及外汇业务、加大产品营销、做强国际市场、加快系统改造四项战略性工作，极大地提高了业务处理效率和风险控制能力。他们顺势而为，进一步提出了三位一体的营销岗位系列设想，在全系统率先建立了外汇产品经理队伍，为员工成才开辟了新路子，极大地激发了员工的工作热情和拼搏精神。

用制度化建设约束人

几年来，国际业务部建立健全了一系列工作制度。“党支部工作规则”就是其一，对支部议事原则、形式、范围、制度以及决议的执行、检查、组长的职责等，都做出明确规定，大家看得见，摸得着，好执行，好监督，公平合理，一视同仁，不搞小动作，凡事都在阳光下进行，员工无不心服口服。

同时制定了严格的考勤制度、工作检查制度、处级干部值班制度，形成了《国际业务部工作暂行规则》等八项制度，凡事都有据可依，有制度约束。几年来，按制度规定严格行事，先后辞退5名员工，还严厉处罚了2人，并严格追究了相关领导干部的责任。

用民主化决策吸引人

国际业务党支部始终把民主化管理放在重要位置，不搞一言堂，不打棍子，不强加于人，确立了“集体议事、集中决策、分工负责”的工作原则，无论发展党员、提拔干部、利益分配、还是业务经营管理，所有重大问题一律在总经理办公会充分讨论的基础上，由支委会最终研究决定。为了探索部务公开的方式方法，他们通过内部办公网开设了部务栏，将部内管理及业务动态等事项向全体员工公布；并按期公布办公用品、劳保用品、福利用品的采购和领用情况，让所有员工都做当家人。近两年来每年的费用支出都要比上一年度减少百余万元。在用人方面，全部由用人处室提出需求、公布条件、公开报名，部门集中考试，最后由支委会研究决定。

他们严格业务决策和风险控制，组建了风险管理小组。由党支部书记、总经理任组长，其余9名小组成员都是业务骨干。规定：重大事项一律按规矩议，按规律办，组长没有表决权，小组成员四票否决有效。明确：各处室每季度都要向风险管理小组报告投资计划、新产品开发计划、风险状况以及海外机构的信贷投资项目进展情况等。

在国际业务部，书记带头，支委齐心，党员干部处处做表率已经成为一种风尚。党支部书记、总经理李庆萍一次去国外开展营销活动，马不停蹄地四处奔波，8 天时间里拜访了 14 家银行，同行的分行行长都有点吃不消了，无不被李庆萍的拼搏精神而深深感动。

通过全员的共同努力，农业银行的外汇业务取得了突破性进展。国际业务部党支部也连续两次被评为总行机关优秀党支部，最近又在机关大会上介绍了他们的先进事迹，赢得数千名机关干部经久不息的掌声和称赞声。

（原文系为国际部总经理李庆萍撰写的大会演讲搞，获一致好评。此文系 2005 年第 10 期《紫光阁》摘要发表）

第四部分　新闻述评

1.　　都来关心支边青年的成长

编者按：建国以来，许多有志青年满腔热情地从全国各地奔赴祖国边疆，投身北大荒的开发和建设。不少人获得了优异的成绩，做出了突出贡献。也有些青年在征途上，由于遇到了种种困难，使自己犹豫徘徊起来，急切需要有人给予正确的引导。李怀同志就是其中之一，肇东县委在政治思想上给予关怀，使他受到鼓舞。他本人还在征求热心同志的帮助和指导。希望革命前辈和知识分子都来给青年当热心的导航人。

记者回信

李怀同志：

你的来信我们看过了，毫无疑问，你热爱祖国边疆，从部队复员后不回家乡湖南，只身来到黑龙江参加边疆建设的精神是可嘉的。你在工作岗位上努力学习英语，并有一定收获，愿意为四化多做贡献的决心和毅力也是应该赞许的。这些都说明：你是一个有理想、有抱负的好青年。

但是，从来信中我们感到你目前的情绪过于低沉了。当然，这里也有一点客观原因，比如你有强烈的求知欲，但苦于条件不足；你想换个环境，目前又办不到，等等。尽管客观环境很重要，但是客观环境的作用也并不是绝对的。王冕自幼只能在教室外边听课，用沙盘练字，骑牛背读书的故事你一定熟悉。

一个半世纪以前，有一位叫阿贝尔的挪威数学家，二十三岁的时候他在数学史上第一次做出了五次代数方程一般不能用根式求解的证明。但因他是小人物，只得自费印刷论文，然后送给欧洲的“数学王子”高斯，高斯竟惊呼“这太可怕了”，一下子将其打入冷宫。直到他二十七岁那年，柏林一大学才发现了这位天才。十二年以后，他的论文被公认为19世纪最出色的论文之一。如此孜孜不倦、百折不挠的事例太多了，一个真正有理想的人就应该有这种精神。何况我们的时代、我们的国家又为青年人的奋斗提供了前所未有的便利条件。即使由于其他一些原因，造成了目前的某些困难，也可以通过组织和同志们的帮助逐步加以解决。相反，如果你知难而退，稍不遂心就发牢骚、闹情绪，甚至想到去追随社会流氓“痛快”一时，这样自暴自弃的结果恐怕只能是自我毁灭。到那时，不要说找一个“双眼皮”的爱人，就连独眼的姑娘也不敢去爱你呀！

你刚刚二十五岁，正当努力学习、好好工作之时，切莫囿于悲观情绪而不能自拔，以至于蹉跎了大好年华。相信你不会总持庸人之见，只要积极进取，就一定能早日做出成绩而被发现。也一定会找到幸福的伴侣，说不定有些姑娘正看着你究竟怎样选择道路呢！

（1983年9月5日《黑龙江日报》）

2. 工厂为什么阻挠我们上职工大学

记者调查

牡丹江工具厂三名青年工人来信反映工厂不让他们上职工大学的问题，经查基本属实。这三名青年工人都是1981年入厂的技校毕业生，工厂领导承认他们“工作表现很好”，市工农教育办也认定他们“完全符合职工高校的入学条件”，并且具备了必办的手续，机械局负责同志也曾签署意见，要求基层“给予支持为要”。可是经有关部门先后十几次给工厂领导做工作，问题仍没有解决。原因何在？

现任厂长认为；在他来厂前，原厂长不考虑工厂生产情况，在四百多人的小厂中一下子批准十五名青工报考职工大学，考取的七人中仅刀具车间模具小组就有四人，占全组人数的三分之一。而他们报考的机械专业对模具生产又没用。

调查证明：厂长的这种顾虑也有一定道理，十二个人的模具小组一下子走掉四人，对生产是有一些影响，也给工作带来一些困难，但这种困难并不是克服不了的。

九月中旬，牡丹江市总工会本着“工人之家要为工人说话、办事”的精神，会同市工农教育办等部门，先后数次苦口婆心地做说服动员工作，并帮工厂出主意，想办法，最后以“把工人转厂上学，工厂缺员由局里调补”为条件，该厂领导终于同意已经考取的七名工人全部上学。

编　后

今年5月23日，本报曾于一版发表了齐齐哈尔橡胶厂工人李宝彦“为啥不许我上电大”的来信，省委领导同志曾就此指示：“为我们的国家前途大计，要认真地培养人才，工矿企业都不例外”。“关键是做好工厂领导干部的工作，使他们今后能把培养有前途的工人上大学当作一件大事，认真抓好”。可是有些地方并没有很好地贯彻执行，牡丹江工具厂就是一例。

工人上大学为啥这样难？除了生产单位确有一定困难之外，主要原因还在于这些单位的领导干部只看到眼前的生产和本单位的经济利益，不重视智力投资。这对为四化培养人才是十分有害的。对于这种现象，有关的领导部门绝不应听之任之，除了积极帮助他们解决实际困难外，应采取有力措施，妥善加以解决。

（1983年10月9日《黑龙江日报》）

3. 知青就业问题的编辑复信

查哈阳农场党委：

现将你场李敬等十五名待业青年来信转发给你们。

这十五名青年同志高考落榜后在家待业，虽然有满腔热情，却苦于报效无门，加之生活上的困难，思想很苦闷。希望领导同志能在思想上关心他们，解答他们提出的问题，在政策允许的范围内帮助他们解决学习、生活中的困难，鼓励他们把自己的青春献给四化建设。

——编者

致查哈阳农场暨李敬等人的公开信：

一年多来，本报陆续收到一些关于知识青年就业问题的来信，有的反映“名落孙山”后的苦闷，有的申诉个体经营中受到的刁难，也有的参加集体企业后由于经营不力而重新待业。这些问题虽然还有待于逐步解决，但自从国家为大批知识青年广开就业门路之后，仍无业可就的现象已经越来越少了。

查哈阳农场李敬等十五名知识青年，看似无业可就，其实不然。这封信反映了有些知识青年在就业问题上除了认识褊狭以外，更主要的是思想上对工作还有些挑挑拣拣。由于社会不良风气的影响，很多人都抢着端“铁饭碗”，以为只有铁饭碗才光荣，参加集体和个体生产不光彩，端不着“铁饭碗”就是失业。这种看法显然是错误的，尤其是经济体制改革之后，以吃“大锅饭”为就业的思想就更要不得了。

最近，胡耀邦同志就曾指出：不论集体还是个体，凡是为人民服务的事业都是光彩的事业。

从这封来信中，我们应当注意以下两个问题：一是对广大知识青年必须加强思想教育工作，使他们认识到：除了国家统一招工之外，自谋职业、参加农业生产或集体服务行业，都应该看作有业可就，也都是光荣的，因为都是社会主义经济的一部分，只不过经济体制和分配的形式不同罢了。过去那种“山上下乡”不算就业的思想认识应该改变一下了。应该教育青年人，不要总以为自己天生就是继业、守业的，必须像自己的父兄那样勇于创业才行，应该在社会主义建设的任何一个环节上大胆起跑，努力做好有益于人民的各种工作。二是对广大就业青年还要注意积极引导，不要把他们的就业看作自己工作的终点，以为知识青年有活儿干了，有关部门的任务就算完成了。还要不断提高他们，帮助他们学习文化，开展科研活动，等等，使他们对自己的工作发生兴趣，对前途充满信心，为国家做出较大的贡献。这样，才能使青年人积极、乐观地从事各行各业的生产劳动，才有助于改变社会不良风气对他们的影响，使他们及早成为四化建设中的一代新人。

——编者

（1983年10月10日《黑龙江日报》）

4. 丰富多彩的节日市场
——哈尔滨市春节市场供应安排述评

今年省城节日期间商品供应形势如何？连日来，记者就此走访了哈尔滨市的一些商业部门。

首先，正如人们从大好经济形势中所预感到的，节日供应将十分丰盛。市商委有关部门向记者甩出了一大串很可观的商品数字：肉蛋禽、鱼虾蟹、烟酒糖、水果糕点饮料，还有品种齐全的新鲜蔬菜、小食品以及各种调料，等等，比物资丰富的去年有增无减。人民生活必需品货源充足，节日饮宴宾客佳品繁多。商办工业部门还深入探讨人们饮食结构的变化，拿出了一些新产品，如市肉联厂的羊干肠和方火腿、市糖果厂的仙桃夹心水果糖、市前进糕点厂的奶油豆沙酥及十几种松软爽口、营养丰富的日式包馅糕点等等。

更令人欣喜的是一些商业零售部门，充分发挥自己的采购能量，提前几个月甚至半年就订购了很受欢迎的节日商品。其中，道里市场和南岗市场备有数万公斤螃蟹、白条鸡；市第一副食品店半斤装的高瓶水果罐头，高档人参补酒、低度白酒等货物充足。值得一提的是奋斗副食品商店，他们竭尽全力从全国一百七十多个联营厂家购入一些名牌产品，除了糖果糕点外，还有鲜竹笋、“五星”和“雪花”牌啤酒。仅南味五香瓜子就有九个品种之多，还有相当数量的牛羊兔肉、鲤鱼鲫鱼鱿鱼和本地产猪肉，以及三四万公斤国产香蕉，售价将在一元以内。说到价格，奋斗副食品商店有些商品，销价要比其他商店低那么几分钱。这说明，他们很会做生意。此外，哈一百商店将有数百台上海“金星”牌彩电和沈阳产高压锅上市。秋林公司将有上海羊毛衫展销。知名度颇高的广州向阳童装厂“华龙牌”

童装目前已摆上秋林的柜台，款式新颖，很受欢迎。

这些商品，对节日市场不仅仅是一种装点，而且由于品种较多，数量不小，对于比较紧张的供求关系将有一定的缓解作用。它充分说明搞活市场、发展横向联合大有可为。如果每一个商业部门都充分发挥自己的能量，节日和日常供应也一定会更好一些。

当然，尽管一些商业部门尽了自己的努力，但节日供应也还会有一些不能尽如人意之处。首先，本地产猪肉还嫌少些。本地产猪肉为什么一直不多？据一家商店介绍，今年初他们曾与几个县商定全年有猪肉提供。可到了夏季，由于统管部门分配的关里猪肉太多，只好拒收各县提供的猪肉，伤了对方的心，节日来临，人家也不愿供货了。还有一个原因，是与商店的存储条件有关系。

再就是啤酒问题。有些零售部门反映，前些日子，市产啤酒调令开到后，提一次货得跑三两天。近期虽说有所缓解，而且又有相当数量的高档啤酒和外县啤酒补充，但按哈尔滨市民对啤酒的需求量来讲，节日货源还嫌偏紧。此外，儿童玩具新式玩具较少，电脑玩具基本上无货。据两家大商店介绍，主要原因是国内没有货源，进口又绝非易事。至于人们津津乐道的“苏合力”等风味食品，据秋林公司介绍，由于一直沿用手工操作，加之工艺复杂，目前还无力大量生产。对于有些一时还无法充分满足社会需求的商品来讲，除了生产能力方面的问题外，不知是否也有个进货和销售渠道方面的问题？

另外，记者也曾探询有些食品包装是否还想搞得精美一些？店家说，多数消费者的要求还是要实惠。比如铁盒包装的糖果点心类，因其在价格上“外表”往往高于“内容”，而问津者少；至于瓜子、果丹皮等小食品类，往日经验是带包装反不如论斤卖好销。

总之，关于节日供应，哈尔滨的商业部门千方百计作了安排。是否能如愿以偿，还有待于商业职工的努力。

（1987年1月13日《黑龙江日报》）

5. 私营经济起伏较大　一些政策亟待落实

我省私营经济发展迅速，目前已有38万多户，55万多从业人员，分别比十一届三中全会前增加74倍和105倍。去年4月省个体经济工作会议之后，各级政府普遍对这一新的经济成分施以扶持政策，发展势头继续加快，全省平均增长速度达19.7%。但与此同时，也出现了一个令人忧虑的现象。这就是，业户经营极不稳定，新老增减幅度过大：去年全省新增业户13万，而老户废业的就有8万；近些年，业户几乎年年以3比2的比例增减，有的地方甚至增10减9。今年前4个月以增剔减后总户数月月下降，到4月末已减少1.4万户。

据有关部门分析和一些个体劳动者反映，出现上述问题，有经营者自身的经营思想，经营能力和资金不足，竞争机制引起结构自然调整等等原因。但主要的，是由于政策变化较大和各部门工作不协调造成的。其表现是：

1. 政策缺少一致性。许多人说，有些事昨天行今天不行，下马后资产又不好处理，所以许多人不敢放手大干。

2. 对个体户与私营企业的划分，至今没有可行的鉴别标准，有关部门只以雇工多少判断。这给申报和清理工作都带来很大难度，致使我省对私营企业至今拿不出一个确切数字。从经营者来看，申报私营企业后，不仅原材料和产品销售上得不到照顾，而且各种赋税都要加重，远不如当个体户自由。因此，许多业者尽管资产颇丰，却不愿多雇员去搞私营企业。加上办集体企业有很多优惠政策，又允许个体企业挂户经营，致使许多个体户、私营企业在资产性质没有变化的情况下摇身变成了集体企业，损害了国家利益，肥了集体和个人。最近调整税负后，富锦、肇东、青冈等地一些集贸市场曾出现个体户停业现象，农村个体食杂店等停业的也不少。摊区放给区街管理却没有相应政策伴随，使无证商贩屡屡出现，不法活动大量增加。

3. 各部门工作步调不统一。一些领导部门对发展个体经济还存有模糊认识，认为是权宜之计，个体户都为自己捞钱，不应支持；发展多了不好收拾，应适当控制，因此便走着瞧、推着干。有些部门为了保护国营、集体企业，对个体经济设卡限制发展。近一个时期，许多部门为增加收费和罚没处理权限，纷纷实施行业管理，制定了一些与“个体条例”和工商管理相冲安的规定，限制了个体经济参与竞争。目前，一些部门乱收费、乱摊派、乱罚款现象又有增加，各行其是。有一天早上，哈市防洪纪念塔附近的早市同时出现了79名着装戴帽的人员去收费、罚款，搞得经营者无所适从。

4. 服务工作跟不上。当前，个体、私营企业对生产资料、资金、技术、劳务、信息、场地的需求越来越紧迫，急需建立多层次的生产要素市场。各级个体劳动者协会组织会员联合集资、开展联购分销等活动解决了一些问题，但远远不能满足发展的需要。乡村个体食杂店由于资金、运力、进货等重重困难，只能勉强维持生计。大量有钱商贩怕政策变，不愿改行经营产业，只好在流通领域打转转，甚至拿着钱吃喝嫖赌。一些个体科研成果虽然填补了国家空白，也由于受种种条件的限制难以推广应用。

（1989年5月28日《黑龙江日报》）

6. 现钞：大面值沉淀严重

省人民银行1987年以来共发行50元、100元面值的现钞220多亿元，初步测算，目前回笼率仅占30%左右，没回笼的绝大部分被个人或一些单位的“小金库”收藏起来。据牡丹江市人民银行在辖属范围内调查，去年3月份以来，投放的现金中大面值现钞占87.5%，目前银行回笼尚不到10%，市场流通不到15%，75%以上被收藏起来。

大面值现钞沉淀的主要原因是，一些个体户为了外出采购时携带方便，加之一旦急需从银行大量提取现金比较困难，所以大量储存大面值现钞的现象十分普遍。有的甚至雇人用107元的小钞换1张100元的大钞。牡丹江市人民银行对50户经营轻工和从事餐饮服务业的个体户调查发现，持币量达212.5万元，户均持币4.25万元，其中75%左右为大面值现钞。全市这类个体户1.02万户，如果按调查口径测算，仅牡丹江一个市，个体户储存大面值现钞量就高达3.8亿多元。此外，一些单位看到用现金进货在价格上可得到10%的优惠，同时一手钱、一手货不仅落个“账外飞”谁也查不着，还便于逃税，因此也千方百计收集大面值现钞存入“小金库”。牡丹江市一个1000人的工厂，各科室、车间共有9个“小金库”，仅市人民银行去调查的当天，库存现金就8万元左右，其中63%是大面值现钞。

由于大面值现钞沉淀严重，迫使银行多发票子，“体外”循环现金增多，使银行内的现金相应减少，不仅不利于银行宏观控制，也给银行支持企业生产和商品流通带来一些困难，同时也使有限的资金分布更不合理。

对此，有关方面建议，应按照方便、通用、迅速、安全的原则，改革银行现行的结算方式，建立以票据为主体的结算制度；引导多层次的客户到银行开户并办理转账结算；保障客户支配资金的自主权；银行应多为个体户建立储蓄专柜和支票转账业务。

（1989年7月26日《黑龙江日报》）

7. 假冒洗衣粉何其多

省合成洗涤剂厂生产的“冬梅”牌加酶、低泡洗衣粉是我省的省优产品，市场供不应求。近一个时期以来，假冒“冬梅”牌洗衣粉的生产和销售者纷纷出现，不仅侵犯了该厂的泣册商标专用权，损害了生产厂家的名誉，而且由于假冒产品质量低劣，也严重侵害了消费者的利益。然而，此类案件虽经许多地方、许多部门查处，却屡禁不止，假冒洗衣粉仍旧行销于省内许多地方，引起消费者强烈不满，生产厂家对这种商标侵权行为要求给予经济赔偿。

经省合成洗涤剂厂近半年的调查取证，发现在哈尔滨、绥化、肇东、安达、兰西、青冈、双城等地，经营假冒该厂“冬梅”牌洗衣粉的公、私批发部竟有数十家之多。肇东市向阳百货批发部一位营业员曾对该厂调查人员说，她可以大量出售洗衣粉，但必须由她本人将货送到指定地点，而不许随她到仓库提货。不久，其储存场所便被查获，四百多箱假冒洗衣粉被市检察院查封，并查清了制造者杨明胜非法生产700箱假冒“冬梅”牌洗衣粉的犯罪经过。肇东市检察院在该市先后查出6个假冒洗衣粉生产点。肇东市四站镇塑料纺织袋厂经镇党委同意使用四站化工厂的营业执照生产洗衣粉，使用的是省合成洗涤剂厂已注册的“冬梅”牌塑料包装袋进行销售。该厂今年三、四月份生产了1.3万袋，现已销出6000袋，均由肇东市工商联百货食杂批发部经销，而肇东市的一位省、市人大代表也置人民利益于不顾，参与了该批发部经销假冒洗衣粉的违法活动，市工商局现已对该批发部作了罚没处理。目前，省合成洗涤剂厂和工商管理部门一起，已从个体销售网点查获假冒“冬梅”牌洗衣粉塑料包装十五万多个。这些包装袋印制得和正品大体相同，内装物却是芒硝、烧碱、白灰和卫生香等混合物，不仅去污力极低，而且严重污损衣物。一位消费者反映，他的一身毛料衣服用假冒洗衣粉洗后弄得污迹大圈套小圈，于是根据包装袋上的地址向省合成洗涤剂厂提出抗议。据该厂和有关部门调查，哈市一些土法生产洗衣粉的培训班，不仅教人如何做假，而且出售假冒包装袋，仅太平区工商局从该区私立先行洗衣粉培训班就查出非法买卖假冒名牌洗衣粉包装袋十余万个。据有关部门追查，假冒包装袋除培训班出售外，哈市太平区、道外区和肇东市的集贸市场上销量都很大，其中一部分是省外印制的，而省内印制者至今尚未查出。

省工商行政管理部门介绍，在我省出售的假冒洗衣粉一开始由外省制造，近年来省内造假者也屡见不鲜。但因管理部门执法手段有限，制售者又十分诡诈，致使打击不力，收效不明显。目前，制售伪劣洗衣粉者，除大量社会流窜闲散人员和个体户外，省日化检测部门还发现了二十多家企业和一些社会办学的技术性学校，遍布全省十几个市县。

（1989年8月12日《黑龙江日报》）

8. 百万只鸭鹅无销路

据有关部门和农民反映：今年我省鸭、鹅产销矛盾突出，约有上百万只鸭鹅无销路。

近两三年来，我省鸭鹅生产发展迅速。尤其去年，由于南方销售市场很好，确实给农民带来很大收益，调动了农民大养鸭鹅的生产积极性。1988年，全省鸭鹅存栏1200多万只，出栏500万只；今年存栏已发展到2500万只，估计可有1500万只出栏。但是，一度销路十分好的南方市场今年已被辽宁、吉林占领，加之省内销路有限，产大于销的迹象已十分明显，如不立即采取得力措施，可能会出现鸭鹅滞销的局面。

据了解，目前省内商业食品部门已与省外签订160万只销货合同，但在10月至11月的屠宰旺季，调往省外的车皮计划难以落实，加之一些市县的冷库容量小，而冻鹅在上海等地市场的销售季节性又很强，过了季节就会滞销，将造成很大的经济损失。多渠道经营中的有些单位由于加工能力较差，这两年经营鸭鹅已造成亏损，在运力紧张的情况下也放弃了经营，更加大了国营商业主渠道经营的难度。鸭鹅属于三类商品，银行收购贷款有限；多数食品企业由于多年亏损，而且收购资金也愈加不足。

省商业部门和广大农民希望各级政府眼下要尽力协调金融和运输等部门，从保护农民生产积极性出发，给予财力和运输上的大力支持；应加强对鸭鹅生产的计划指导，加强对商业主渠道的仓储建设，以便在关键时候充分发挥主渠道的储运及收购能力。

（1989年9月23日《黑龙江日报》）

9. 大豆蛋白：值得开发推广的营养品

大豆蛋白是从大豆中提取出来的，它的营养成分很高，含有人体所必需而人体自身又不能合成的8种氨基酸。1公斤大豆的蛋白质含量在40%左右，相当于两公斤多瘦猪肉，或3公斤鸡蛋、12公斤牛奶。通过工业加工手段，即可将大豆蛋白等营养成分从大豆中充分提取出来，并除去有害物质，制成各种大豆蛋白食品。

两年前，我省三江食品公司根据国家安排，从国外引进全套技术和设备，按国际标准新开发了大豆综合加工项目，现已有11个品种的大豆系列产品问世。其中，可以当作精瘦肉制作各种菜肴的“组织蛋白”，0.5公斤相当于1.5公斤瘦肉所含蛋白量，而价格仅相当于瘦肉的1/3；同样，半公斤面粉中加入15%的蛋白粉，蛋白质含量即可增加60%。由此可见发展大豆蛋白的效益。这些物美价廉的营养食品自去年4月份问世以来，很快在省外市场叫响。在上海，三江食品公司的大豆蛋白已被纳入“菜篮子”工程，并成为食品加工业的重要原材料。天津市用大豆蛋白制成三百多种菜肴，受到各界高度评价，现正与厂家协商大量购货。相比之下，大豆蛋白在省内市场就显得备受冷落。不仅其应用技术研究者稀稀寥寥，而且实际应用者亦十分有限。据了解，现仅佳木斯和哈尔滨市两家肉联厂购进几十吨制作香肠、火腿等，再就是几家大专院校和工厂的食堂开始用它烧菜。

大豆之乡的人不认大豆蛋白，原因是多方面的。一是厂家在省内宣传不够。产品上市之初，厂家在上海、广州等地召开了大豆蛋白产品应用技术交流会。他们主要考虑到南方开放城市多，市场消费受外来影响因素多（国外利用大豆蛋白已有四百多年的历史），因此忽略了对省内市场的开发。二是我省食品工业照比南方一些省市差距大，不仅对必要的应用技术研究不够，而且缺少加工技术和设备。三是受传统观念限制。长期以来形成的温饱型心理，使许多人还没养成讲究食品营养的习惯。说到吃大豆蛋白有营养时，有人就说："吃一把大豆什么都有了。"孰不知，大豆在包含多种营养成分的同时，也含有一些对人体有害的物质。何况，我国传统的豆制品加工工艺很难做到既兼顾营养又除去有害物质。然而大豆蛋白就不同了。四是与人们的饮食习惯有关。

我国食用大豆已有两千多年历史，然而在这漫长的历程中，还只以吃豆腐为主。

大豆蛋白在大豆之乡受冷落，已引起一些专家的关注。有关研究人员和生产厂家正在试图根据北方人的生活习惯，推出一些新品种和实际应用技术。

（1989年12月2日《黑龙江日报》）

10. 一条被企业忽略了的融资渠道

资金短缺，是1989年企业的一大难题，给工业生产和商品流通都带来了很多困难。然而与此同时，还有一大块“间接”资金在我省闲置了整整一年未被企业理睬，这块资金就是短期融资债券。

短期融资债券，是国家专为企业解决流动资金不足而开辟的一条直接融资渠道。凡是属于国务院颁布的产品目录系列的企业，与“383工程”有关的工商企业，及其他经营情况好、偿还能力强的国营、集体企业，只要自愿申请经人民银行批准，均可自办或委托金融机构代理，通过发行这种债券直接向社会各界人士筹集资金。去年国家批给我省1.2亿元短期融资债券指标，可是到年底仅使用了不足0.1亿元，其余白白闲置了一年时间。

据省人民银行介绍，目前人民群众手头持币量相当大，资金资源广阔，而短期融资债券的利率又比同期储蓄利率高出4个百分点，群众十分感兴趣，因此筹资比较容易。牡丹江桦林橡胶厂因资金短缺，原材料不能及时组织进货，生产受到很大影响。厂领导得知可通过发行债券筹资的信息后，立即组织发行工作，解了燃眉之急。可是，我省去年下半年只有5家企业利用这种债券融资，总发行量不过750万元，仅占武汉市的6.25%，而且多集中于牡丹江经济区，全省发展很不平衡。

初步分析，除了金融部门宣传不够以外，我省没有充分利用这条融资渠道的主要原因是，多数企业在资金问题上依赖思想比较严重。许多企业心目中只有银行贷款和上级拨款这两条间接融资渠道，而不去多方挖掘资金潜力，尤其没有主动挖掘资金市场这块潜力。也有些企业图省事、怕麻烦而把眼睛只盯着银行，加上个别企业领导存在短期行为，因而放弃了发行债券这条由企业直接去融资的重要渠道。省人民银行的同志对记者说，发行者和认购者双方都不必担心到期不能还本付息，因为允许发行债券的企业都是经营好、有偿还能力的。

今年国家继续实行双紧方针，资金紧张问题依然存在。而今年我省的短期融资债券指标仍然是1.2亿元，而且分3个月、6个月、9个月、12个月四种期限，周转得好就会大大超过1.2亿元，不仅可以解决企业急需，而且有利于全省经济发展。

（1990年1月26日《黑龙江日报》）

11. 我省个体经济呈下滑趋势

1990年经过治理整顿，全国个体和私营经济户数由降转升，至今年3月底已普遍走上稳定发展轨道。可是本来发展就比较缓慢的我省个体和私营经济，至今年3月底户数、注册资金、产值和营业额等经济指标等仍呈全面下降趋势。个体工商户1989年比上年减少14.9%，1990年比上年减少2.4%，今年前3个月减少3465户。我省个体从业人员占全省人口比重和占全省国营、集体职工比重现已分别位居全国第25位和27位；全省私营企业目前不足1000户，1年多下降25.6%，从全国第20位降到24位。而且行业结构越来越不合理。全国个体、私营经济成分中生产型约占70%，我省则由21.8%降到20.7%。八大行业中除饭店外，工、交、建筑、修理业等均呈下降趋势。省内各地发展也不平衡，有的地方已见回升，但多数地市仍在下滑。

据有关部门分析，我省个体、私营经济下滑原因除了治理整顿所采取的一些全国性政策因素外，在我省也有一些非正常因素：

一是认识上的问题仍未解决。有些地方领导干部认为支持公有制经济保险，支持个体经济危险，对发展个体经济不感兴趣。受这种思想支配，各种限制措施屡屡出台。有的规定各行业一律停止发展个体户，有的非法查封了一些个体商亭，有的不许用公房从事个体经营，等等。

二是在去年工业生产滑坡和商业出现亏损情况下，有些地方为保全民、集体企业和主渠道经营，采取了一些限制个体、私营经济发展措施，比如所有商品一律不准个体批发；国家实行大米专营，我省有的地方则连小杂粮都予以限制；有的对猪肉、果菜、烤烟，甚至花椒面都限制个体经营；有的在行业管理上对个体生产、经营什么品种都由行业主管部门用许可证进行控制，理发、洗染、修理等行业也控制个体成分发展。

三是“三乱”项目有增无减。全省目前向个体工商户的收费和摊派项目共有七十多种，户均八种左右。仅卫生费一项就派生出十几种收费名目，重复收费，多头收费，加上有的税负调整不尽合适，加重了个体业者的经济负担。

四是从个体和私营业者自身情况看，在有关政策不稳、措施不力和舆论歧视下，不少人产生了怕被打入资本主义而挨整的思想；有的心里不托底，不敢大干，把生产资金变成了消费资金；有的不敢大干又舍不得下马，捞一把是一把，或挂靠集体，或变有证为无证经营；有的业者也因为自身素质低，生产经营能力差，制售假冒伪劣商品等而使生产经营活动难以为继，不得不停产或歇业。

（1991年4月18日《黑龙江日报》）

12. 日趋活跃的我省金融市场

一

几年前，像重点建设债券、金融债券、短期融资债券等带有商品经济色彩的各种有价证券，在黑龙江还鲜为人知。

1989年，资金那么紧缺，但大多数企业仍然只习惯于靠银行贷款和国家拨款这种间接融资方式维持生产，而不愿尝试靠自己发行债券去直接融资，致使当年国家批给我省的1.2亿元短期融资债券经多方动员，到年底才用去700万元，剩下的1.13亿元指标只好如数上缴国家。省人民银行行长李家祚说，听任大量资金"体外循环"已成为一种习惯，不少人眼看着群众手持大量货币找不到合算的投向只是"啧啧"叹息，而不想法加以吸收利用。而与此同时，广东、上海、湖北、辽宁等地的融资债券指标被企业争先恐后抢用，群众手持现金整日在银行门口等候发行，这种情况与我省债券市场门庭冷落形成鲜明对比。

也是1989年，由于某种原因，我省已经成立的省证券公司等六家金融机构纷纷停业，致使我省二级证券市场还没等人们看清眉目便打烊歇业。提起"金融"二字人们只知有银行，去银行也只是为了存、取现金或借贷、结算。人们熟悉的国库券也只是靠行政手段派购，百姓只等到期兑付，多数人并不知道它也可以进入市场买卖。结果黑市交易猖獗，不少人用一两件十几元的化纤衣服就可以从农民手中换到百元国债，飞往上海一次就变成万元富户。而当时的上海、广东等地，不仅国债可以买卖，而且为我省人民所罕见的股票等有价证券也已合法进入市场，为众多投资者所瞩目。

二

近来，尤其去年下半年以来，情况发生了变化，体现计划经济和市场经济有机结合的金融体制改革在我省有了新进展，金融市场迅速发展起来。这个市场主要包括三大块，即：发行市场、交易市场和同业拆借市场。

发行市场稳步上升，日趋活跃。一是国债，1988年初以来，我省发行国库券、特种国债、财政债券和重点企业债券等各种国债32亿多元，相当于前7年发行总量的两倍还多。二是地方企业债券市场也有了相应发展。近两年利用发行地方企业债券等有价证券用于省内经济建设资金共36亿元，其中仅1990年以来就发行金融债券、地方企业债券、企业内部债券及大额可转让存单等5种债券共计25亿元，相当于我省近5年债券发行总量的70%。全省共有七十多家企业利用这条渠道进行融资，主要用于解决能源、交通、建材、化工行业的五十多个重要建设项目的资金缺口。今年的债券发行范围又扩展到流通领域的商业网点建设，为加速我省经济建设、调整产业结构、提高经济效益起了重要作用。全省有7个电厂靠发行企业债券筹资1.8亿元，其中有5个现已竣工投产，效益可观。由于直接融资发生了债权债务关系的变化，迫使企业注意节约使用资金，特别是企业内部集资，把职工的切身利益和企业效益捆在一起，调动了职工搞好生产的积极性。今年上半年，用于解决流动资金的短期债券来势更猛，仅8个企业就发行1.5亿元，分别相当于1989年和1990年全年使用指标的21倍和18倍。经两次向国家申请追加，今年全年指标已达2.2亿元，申请发行的企业仍络绎不绝。

目前，我省有价证券交易市场买卖兴旺，证券上市种类已由1988年的国库券一种，增加到地方企业债券、金融债券、大额可转让存单等13种。证券交易机构也由点到面，在全省基本铺开。到今年上半年，已形成了一个以省证券公司为主，以一百二十多个证券交易网点为依托的全省证券交易网络。1990年证券交易额为1.3亿元，比上年增长20倍；今年上半年又成交2.5亿元，预计到年底可达10亿元。

同业拆借市场由萧条转为回升。在这个市场上，各金融部门充分利用时间差、地区差互相调剂余缺，有效使用资金。去年，全省累计拆借资金72.1亿元，比1989年增长14.4％。但是这种拆借尚未完全打破银行行际间、地区间界限，初步测算，全省今年一季度约有十几亿元资金尚未充分周转使用。有的专业银行有规模没钱，有的专业银行有钱没规模。为使闲置资金真正流通起来，以余补缺，今年上半年省内先后成立了3个调剂资金余缺的金融业短期融通资金专门机构，各家银行以会员形式拿铺底资金，由该机构视余缺情况在全省范围内统一调动使用。到6月末，已拆借资金3亿多元，主要用于解决粮食、甜菜等农副产品收购及工、商企业购进原材料、商品资金不足等困难。省级同业拆借机构仅6月份试营业期间就拆出资金1亿元，其中50％用于中国银行弥补外贸企业资金的缺口。

三

解决生产所需资金，融资是一条重要渠道。据李家祚行长介绍，今年上半年，全省工商企业各项贷款需求量很大，保证生产所需资金尚有较大的缺口，需要通过各种融资渠道来解决。初步测算，我省目前城乡居民储蓄316亿元，手持现金约100亿元，人民群众购买债券的潜力还很大，也就是说企业靠发行债券直接融资的渠道十分广阔。目前只是受国家宏观调控指标控制，有价证券市场尚处于有计划的发展阶段。而且发行市场机制还不十分完善，发行手续尚较烦琐，发行指标往往在下半年才下达，经常要延误企业发行债券的大好时机。去年我省申请7亿元地方企业债券的指标，结果仅批准发行2亿元，这些也在一定程度上影响了企业发行债券的积极性。我省现在已有13种债券上市，但股票市场尚未形成，尽管各级政府在过去的两年里批准了520个股份制企业，到目前只有一户企业公开向社会发行股票33万元，远不及上海、深圳股票市场活跃。

（1991年8月1日《黑龙江日报》一版右上角）

13. 工商联手　必须联心联利

——一次产销衔接订货会的启示

如何让地方工业产品占领我省农村市场，这个问题已为众人瞩目。近两年来，从各级政府及至工、商主管部门和企业都在不断探索解决问题的途径，于是“工商联手”这个命题被提了出来。但是，在实际操作过程中，许多是并不成功的。不少以这种形式举办的订货会也仅是一把一利索，没等散会就走了不少人，有的甚至带着怨气和失望而归。有关人士认为，其关键是没有解决联心、联利问题。

日前，省供销社与哈市轻、化工业局联合举办的产销衔接订货会，由于解决了联心、联利问题，五十多家到会企业个个满意，成果出乎意料。会散了，工、商双方还恋恋不舍地聚在一起交流信息，商谈长期合作问题。

这次订货会从8月13日至17日五天时间，参加者有工业方面7个厂家和商业方面的四十多家联购分销龙头企业及零售单位，会上只推出7大类33个系列330个品种，一日一厂逐品种订货，成交额却突破2000万元。哈尔滨自行车厂负责人说：“这次以很小代价完成了很大一块任务，一天销出8200辆自行车，平时得推销一个月。”以前只和商业二级站打交道的哈尔滨保温瓶厂负责人说：“出乎意料一天订货120多万元，农村市场真有潜力。”

联心，是这次订货会的主调之一。工、商双方互相理解，互相支持，共同为促进工业生产发展，满足农村消费需求负责。与会工业界人士说，互相理解不能只唱高调，应该像供销社这样扎扎实实在联心上办点实事。为了扩大地方工业产品销售，增加灾区生活物资供应和旺季农村市场商品储备，这次会前，省供销社认真研究了农村市场和本系统基层企业的经营情况，将行政干预手段和扩销奖励政策结合起来，要求全系统在同质同价的前提下首先订购省内产品。并把供销社的实际状况和在农村市场的主渠道作用及消费者的需求意见一起反馈给工业部门，表示一旦签合同保证履约并按时结算。在哈市轻、化工业局的支持下，他们整整花费一个多月时间，跑遍与会的七个厂家，多次了解情况，就产品质量、规格、花色、品种及价格问题反复磋商。他们主动搭台唱戏的诚意感动并启发了正在寻找产品销路的工厂。这七个厂家也把生产、经营及资金周转等方面的喜与忧毫无保留地端给了供销社。厂家说，以前他们眼睛只盯着商业二级站，既不敢轻举妄动毁了商业这条主渠道，对供销社在农村市场的覆盖面和信用心里也没底。有时产品好销，供销社上门进货不给，伤了客户。结果，产品经过二级站等多个环节才到达农村市场，提高了价格，商品拨不下去，工厂只好大量增加推销员天南海北撞大运。偶尔与供销社满天飞的采购员碰上也能推销一点，但并没有当作主渠道。舍近求远，浪费了人力、时间和费用，还造成产品大量积压。年产八亿多元的哈市化工企业，现仅库存和外欠货款就达三亿多元，在银行的贷款余额也是三亿多元，销售利润还不够偿还利息。两个橡胶厂虽然是国家重点企业，但产品销售无门，尤其胶鞋，打入南方市场十分困难，而省内农村市场又没去努力疏通，企业步履艰难。厂家的句句苦衷赢得了供销社的理解和体谅。双方还是头一次这样促膝谈心，并就产品的具体问题进行了协商和调整。会上，七个厂家推出的全是农村市场需要并获省、市优以上的产品，有的还获国家金、银奖。哈尔滨自行车厂按供销社提供的信息还特意赶制了1800辆自行车，会上全部销出。哈尔滨黑又亮日用化学品总厂把供不应求的黑又亮鞋油拿到会上，共销出近80万元产品。松江橡胶厂面向农村新开发15个产品。会上，他们和哈尔滨橡胶厂的优质胶鞋和水靴等共销出180多万双，销售额1400多万元。

但是，工业产品能有销路，农村消费者能买到满意商品，光靠工、商双方联心还不够，双方联利同样是重要因素之一。这是一个争议很久、谁也不肯让步的问题，因为无论工业生产，还是商业经营，无利可图谁也不干，谁也没法干。这次订货会规模不大，但却空前成功，圆满解决利益分配问题起了决定性作用。在会前准备工作中，工、商双方就各自利润问题进行充分探讨和协商。省供销社把目前农民购买自行车、暖瓶、胶鞋、面盆等省内外产品的价格区别及经营省内产品利小甚至无利的具体原因，向工厂做了详细介绍，使厂家深深感到不以厂价把产品直接销给零售企业而造成层层加价、费用提高，大差价流失在中间环节，不仅影响了供销社销售地方工业产品的积极性，也增加了农村消费者的负担。为了扩大产品销售，工商双方认真研究了省政府先后出台的若干政策规定，逐品种算了产销大账。7个工厂针对供销社来的都是联购分销龙头企业和大零售单位，进货后直接销往农村市场，并统一结算这一特点，工厂在基本维持正常利润情况下，对价格和结算办法各厂分别采取了优惠措施。主要是按厂价或三级站调拨价进行批发，不同品种，不同批量实行不同优惠政策；按省政府规定给推销奖励，销量越大让利越多；视运途远近分别实行免费送货或给运费补贴；在结算方式上各厂做法比较灵活并有突破。这样做，供销企业也有利可得，农村消费者也能买到比较便宜的商品。

会上，7个工业厂家普遍同各地供销企业建立了长期稳定的合作关系，对照农村消费需求找到了自己的薄弱点和改进方向。哈尔滨橡胶厂的代表说，农村生活水平也在堤高，以后不仅产品质量要好，更新换代也得快。哈尔滨搪瓷厂负责人说，原以为本厂有几十个系列品种足够了，通过交流才发现远远不足，农村与城里在产品色调、式样等方面需求有别，比如里外全红带花边的面盆会上要求订货，但产量没有跟上未拿到会上，回去马上增加生产，9月份一定全面投放市场，首先满足农村需要。松江橡胶厂从会上看到了农村市场的巨大潜力，深感产品积压与老厂子不注重服务有直接关系，决心改变服务作风，把80％以上的供销企业抓住，并在会上预约为其开发三四种新式胶鞋。哈尔滨自行车厂负责人说，客户反映由于省内没有自行车零配件厂家，农村进货困难，仅绥棱县一年就销售几十万元，都得到省外采购。该厂在会上决定将本厂生产的零配件和从省外进的货按成本提供给农村供销企业。

（1991年8月26日《黑龙江日报》）

14. 机会来了

——哈市9月末办理股东登记卡

广州、上海人玩股票，搅得哈尔滨人坐卧不宁。一些玩股心切者四出访听股票信息，稍有风吹草动，便能掀起层层波澜。单看银行里的个人储蓄存款吧，一个时期以来，不少储户将定期变为活期，犹如一只张着大嘴的老虎，随时准备扑向股票。

其实，热衷玩股者多是有钱阶层。在上海，也仅有20%的市民陷于股票旋涡。在哈市，想当股民的主要是这几年通过各种方式赚了大钱的买卖人、企业家们。他们有钱吃不完用不光自然想到玩股。玩股票又是个很有诱惑力的新鲜事，弄好了，一可以变十，十可以变百；亏点儿对这些人来说也不至于伤筋动骨，何况冒点风险，寻求点刺激，又可有利于心理平衡。也有一些科技、教育、文化界人士和机关干部在关注股票市场。这些人闲钱不多，致富无门，盼望通过炒股票使手里的小钱翻上几番。可惜的是，哈市目前虽有股份制企业，却无股票上市，未免令玩股者心冷、扫兴。

为了满足人们的投资欲望，促进金融事业发展，省及哈市的证券公司、国际信托投资公司等部门紧锣密鼓，纷纷赴上海申办股票代理业务窗口。日前，省证券公司、省国际信托投资公司已获准成为上海证券交易所的第三批会员单位，可以帮哈市股民在上海炒异地二手股票。

据省证券公司负责人介绍，该公司日前已在上海和哈市各设一个股票营业部，10月中旬前后可为全省股民办理异地股票代理买卖业务。该公司上海营业部已从上海证券交易所争得两个席位，一个是254号，一个是256号。其中，256号席位8月26日已在上海开张营业，代上海股民买卖股票，委托成交额日均40万元人民币。该公司哈尔滨营业部设在中山路75号银行大厦一楼，营业面积500平方米，可同时接纳千余顾客。该营业部将与上海营业部的254号席位10月中旬同时开业，为哈市股民代办在上海上市的股票买卖。

为使哈市股民随时掌握上海股市行情，省证券公司所需两条专用通讯线路问题现已解决。一条是远程同步高速数据传输线路，此线路可将上海证券交易所显示终端上的数据在哈市营业部的显示终端上同时显示出来，与现场直播分毫不差。另一条是热线电话，可将哈市股民决定买卖上海股票的有关信号快速传递到上海营业部的254号席位，输入电脑自动成交。9月末，有关电脑通信设备即可安装调试完毕，届时将在哈市发放上海证券交易所的股东登记表，经上海同意可有2万人通过该公司办理股东手续。此外，省国际信托投资公司也已从上海证券交易所得到一个席位，有关准备工作已在加紧进行，很快可为哈市部分市民办理股东手续。

（1992年9月6日《黑龙江日报》）

15. 尚须更上一层楼

——哈市股份制企业发展现状述评

股份制企业的发展作为一种崭新的经济现象，不仅日益为企业界人士所瞩目，而且随着股票市场的发展，也越来越被众多的市民所关注。最近，省城两家金融机构率先在上海开办股票买卖窗口，人们更加热切盼望本埠股份制企业加快发展步伐，对本埠企业股票早日公开发行上市更是翘首以盼。

据哈尔滨市体改委介绍，目前，全国三千多家股份制企业中公开发行股票的仅有89家，占总数的3%。哈尔滨市的股份制企业试点不仅在全省起了龙头作用，在全国也是起步较早的城市之一。哈尔滨松江木器厂1982年就搞起股份制。同记商场的股份制试点始于1987年，也早于北京的天桥商场，并且由于实行股份制而跨入大企业行列。哈尔滨医药行业进行股份制改革1988年一步到位，医药管理局变为实体，成立医药集团股份有限公司，现已有股本金4亿元。这期间，由于客观情况变化，也使股份制试点出现了一些曲折，有一段时间徘徊不前。但是，哈尔滨市根据国家体改委有关规定，坚持有领导、有计划地进行了试点，现已基本形成有国有大中型企业参加的以公有制为主体的格局。今年年初邓小平南巡谈话为加快股份制试点注入新的活力。哈尔滨市进一步加强了对试点的组织领导，成立了以主管副市长为组长的市股份制试点协调领导小组，负责规划、协调、审批工作。这个市组织体改、财政等部门到上海、深圳考察，制定了《哈尔滨市关于进一步完善扩大股份制试点办法》，将外地的先进经验汇编成操作性很强的《股份制指南》出版，市体改委还组织各有关部门和企业负责人进行股份制学习培训，上半年共培训五六千人，使全市股份制试点在规范化基础上得到较快发展。仅今年上半年新组建的股份制公司就有秋林商厦、哈赛集团等22户。这22户企业起步规范化，涉及生产、经贸、工贸、高科技、咨询信息和第三产业等多领域多类型。哈市上半年还对前几年试点的同记商场、医药集团等股份制企业重新进行了资产评估、股权界定等方面工作。截至8月末，哈市已有规范化股份制试点企业38户，其中股份有限公司4户，有限责任公司34户。试点企业总股金达5.59亿元，公有资产股占79.1％，私有资产股占20.9％。

股份制改革不仅促进了企业经营机制的转变，实现了股权的多元化，从根本上解决了企业是行政机构附属物的状况，而且加速了资金筹措，加快了企业技术改造步伐，促进了生产要素合理流动和横向经济联合，增强了职工的责任感，给企业带来了生机和活力。哈尔滨医药集团股份有限公司充分利用无行政干预的良好环境，今年又深化了企业劳动工资保险制度改革，所属企业已全面完成全员劳动合同的签订和鉴证。据不完全统计，全市股份制试点企业法人入股资金已达2500万元，其中外地市资金一百多万元，加上大量职工入股资金，保证了这些企业技改和扩大生产资金需要。同记股份有限公司职工人均持股1500元，有的职工说:“买股票几乎动用了自己的全部积蓄，怎能不关心企业的好坏呢！”

目前看，哈市股份制改革步伐在全国还不算快，还存在一些亟待解决的问题。一是试点企业规模小。由于前几年对股份制思想认识不统一、政策法规不配套，试点工作几经曲折，几起几落。在现有的38户试点企业中，注册资金1000万元以上的股份有限公司只有4户，百万元以上的有限责任公司只有13户，其余均为几十万元的有限责任公司，尚未形成一定经济规模。二是试点企业没有完全按股份制管理机制运行。政府对企业管理方式的问题尚未从根本上解决，现实环境下一方面还存在主管部门的干预和控制，另一方面试点企业也希望有个“婆婆”好办事，董事会的许多权限没有到位，试点企业的经营者大部分来自原企业和主管部门，影响了股份制管理机制发挥效力，一些试点企业甚至出现了董事长、总经理、党委书记“三心”的矛盾。三是缺少股份制的明白人，直接影响了股份制试点工作的进程。此外，不久前我国股票交易中出现的一些不正常现象，也使有些同志对股份制试点产生了动摇。

权威人士认为，从深圳、广州、上海等地股份制试点的实践看，股份制改革势在必行，它是全民所有制企业实现自负盈亏的一条有效途径，是解决国民经济发展全局中若干重大问题的需要。据悉，哈尔滨市现已着手采取措施，推进股份制试点工作进程，包括做好股票公开发行易地上市的准备工作等等。哈尔滨医药集团股份有限公司和新组建的秋林商厦股份有限公司，这两户企业在国内外均有较高的知名度，哈市正努力争取将其列为国家股票发行上市企业。哈赛公司和同记商场也在着手创造股票发行上市的条件。此外，哈市还将在高新技术开发区和经济技术开发区重点进行股份制试点，扩大法人持股的股份制试点，加快内部股份公司的改造步伐，选择几户素质好、资产来源清楚的小型国有企业和集体企业，进行资产折股出售改造成股份制企业的试点。对此，哈市现已开始研究具体办法。

（1992年9月14日《黑龙江日报》）

16. 哈市企业兼并喜中有忧

1+1>2，哈市部分企业兼并结果再次验证了这一点。哈药集团、印刷机厂和制锅总厂等企业兼并其他企业后，均收到良好效果，兼并与被兼并企业都焕发生机。但据许多企业反映，兼并需要条件，一是企业必须考虑自身的实际能力，不能搞拉郎配；二是企业兼并顺利进行，离不开政府部门支持。

到目前为止，在哈尔滨市经营权、产权转让服务中心和体改委的努力工作下，全市已有165户企业兼并了208户企业。不少兼并取得成功的企业的经验表明，这些企业在兼并过程中不搞硬凑合，他们坚持以市场经济为导向，以有利于优势产品的成龙配套、有利于规模经济效益的形成、有利于生产要素的重新组合为原则，找准双方利益的结合点，重在优势重组。

哈药集团从1988年开始先后兼并13户企业，其中跨行业6户，集体企业11户。这些被兼并企业多数比较弱小，只能搞点为大厂配套产品，但因其生产规模小，保证不了大厂需要，又没有能力进行自我改造。这些企业被兼并后，厂房、设备、人员被集中使用，生产能力大大提高，年利润都在100万元以上。其中药用包装材料厂被制药三厂兼并后，不仅解决了原厂改造问题，提高了配套生产能力，而且使制药三厂降低了包装成本，在全国蜂王浆大战中占据优势，至今销量不减。北方制药厂是集体企业，有好项目，但因生产条件差而无法施展，1989年兼并国有企业省医疗设备厂后，厂房扩大，产品慢慢成型，开先后搞起了4个可上高科技产品的合资企业。中药二厂也是如此，双黄连粉针研制成功后，因厂小人少施展不开，去年兼并其他企业后，产量剧增，今年前8个月实现利税比去年同期增长73%，目前又有四五个新产品研制成功并投入生产。哈二锅炉厂在基本停产成为亏损大户的情况下，忍痛将一分厂让别的企业兼并，用得到的330万元兼并费进行技术改造，购进原材料，上了新产品，现在已恢复了三分之一的生产能力，还给职工买了2辆通勤大客车，预计到年底可扭亏为平。制锅总厂去年兼并一家铁路砖厂后，从拥挤的居民区迁到新厂，不仅扩大了传统产品的生产能力，而且上了两个新产品，增加了出口货源。印刷机厂去年兼并连续亏损10年的第一机床厂后，扩大了两个厂子的优势产品生产能力，销售收入明显增加，今年利税预计可比去年增加50%。

据有关方面介绍，哈市企业兼并工作也存在一些问题。主要有两点：一是有的企业对兼并可行性缺乏充分论证，盲目行事，兼并后产品结构调整困难，不能做到优势互补，致使一些企业兼并后背上了沉重的包袱，反而消弱了原有优势。有4家企业兼并后现已双双陷入困境。其中有一户企业由于班子领导不力等原因，多次丧失市场机遇，连自己搞的全国独家产品都被别人抢了先，越干越萎缩。二是一些部门支持不够。有的企业反映，兼并后手续十分烦琐，有一个企业在批准兼并后，上项目光办手续前后整整用了10个月时间；还有一个企业光厂房改造计划就用3个人跑了2个月，办基建开工证又用去2个月，前后共盖了18个公章，等办完手续已过了施工的黄金季节；有一个企业拿着市长办公会纪要去办手续，仍然得反复报材料，反复审批，光某局局长就先后签了4次字才办下手续来。有些优势企业虽有心通过兼并扩大再生产，但苦于兼并后办基建、技改项目等手续不顺，收费多，积极性严重受挫。有一个企业光交各种费用就花了二十多万元；有一个部门给企业挂一个牌子收费150元，另一个部门给企业办手续复印件3张纸收费400元，还有一个部门收厂房改造资料档案保管押金3万元。谈到这些问题，企业负责人既不敢暴露自己名字，也不敢披露对方姓名，只能自吞苦水。不少企业一致反映改革不能孤军作战，即使优势企业也各有难题，需要政府支持。他们希望市里对兼并双方助推一把，不要吃不上饭时无人问津，刚有能力端起饭碗各部门就“齐抓共管”。

（1992年11月10日《黑龙江日报》）

17. 钱多粮少 农业生产堪忧

——浙江省富阳县夏粮收购完不成任务已成定局

一度粮多钱少，农民卖粮难这一普遍现象，如今在富阳县被颠倒了过来。今年富阳县的夏粮收购出现了新情况，主要是有钱买不到粮食，不仅收购进度十分缓慢，而且到目前为止，大量收购资金放在那里，而粮源已近枯竭，定购粮完不成任务已成定局，议购粮入库量更是微乎其微。

据富阳县农行和粮食部门介绍，该县今年夏粮定购任务是 2860 万公斤，截至 9 月 10 日实际入库 2008 万公斤，仅占计划的 70.2%，其中大麦收购不到 20 万公斤，仅为去年的 8%，为历史最低水平；议购计划 570 万公斤，实际入库仅 5900 公斤，占 1‰略强，这还是农民卖定购粮时剩下的一点不愿拉回去。目前尽管粮食部门已经采取措施下乡收购，但农民手中余粮无几，个别粮农虽然还有千八百斤粮食，但宁可留作饲料也不愿出售了。收购前夕本来担心资金不足，为此县政府提前召开了资金供应协调会，安排全县夏粮收购资金为 1742 万元，其中企业自筹 390 万元，财政 400 万元，农行 230 万元，工行 246 万元，人行 476 万元，实行专户管理。截至 8 月底企业资金足额到位，财政因无粮可购资金用不上而没有到位，农行实际安排了 300 万元（多安排 70 万元），但累计只用上 134 万元，工行资金到位后也没有用完，人行安排的基金基本没有动用。

从收购进度看，往年到 8 月 25 日夏粮收购已全部结束，今年到 8 月 25 日入库粮只占计划 38%，到 8 月 31 日入库粮只占计划 53.6%。该县共有 5 个粮管所，在农行开户 3 个，到 8 月 15 日，农行累计贷款 112 万元，粮食入库 113 万公斤，仅需资金 67.8 万元；到 8 月 20 日，农行累贷114万元，粮食累计入库126.5万公斤，共需资金75.9万元；到9月5日，农行累贷134万元，入库粮累计223万公斤，需资金133.8万元。仅农行安排的资金目前就结余一半还多，不仅影响了银行资金周转，也加重银企双方的利息负担。

出现上述问题的原因，综合各部门反映主要有四点：

一是种植面积减少，产量下降，粮源不足。粮食购销和价格放开后，不少农民调整了种植结构，增加了经济作物种植面积。据统计，该县仅草莓、芦笋的种植面积已达4200亩，比去年增加700亩；部分农民将三熟改两熟或只种单季稻；有的还弃耕抛荒。全县今年春粮种植面积仅有16万亩，比去年减少3万亩，下降18%，其中早稻下降19%；由于低温多雨等原因，粮食亩产比去年减少8.3%。种植面积和单产的减少，全县今年夏粮总产仅有2997万公斤，比去年减少13%。

二是种粮成本高，粮食销价低，农民种粮积极性大不如前。今年富阳县定早稻中心指导价100公斤56元（不含三挂钩补贴），与去年差不多，但物价总水平却比去年高出不少，尤其农业生产资料价格涨幅大，农民种粮收益不多，弄不好还要倒贴，因此不愿多种粮。据对国有农业种粮综合成本核算，去年亩均成本费为329元，今年亩均成本费增加了100元左右，而早稻亩均产粮仅值200来元，与亩成本相去甚远。粮农亩均成本虽然低于国有农业，但也好不了多少。部分农民认为其他物价都在涨，盼望粮价上涨后再卖，这也是收购进度缓慢的一个重要原因。此外，由于猪肉价格上涨，不少农户认为卖粮不如作饲料合算，因而将原来打算卖掉的早稻留作饲料养猪，因此也影响了夏粮收购任务的完成。

三是地方政府部门对粮食生产、收购的重视程度不如往年，工作力度有所减弱。粮食放开后，不少人认为粮食卖与不卖，卖多卖少全由农民自己决定。因此，今年从春种开始，由过去直接与农民签订种粮合同改为与村签订，有的村与农民有口头协议，有的连口头协议也没有，随意性很大。农民种多少粮或交售多少，根本没有法律约束力。农民反映，往年乡村干部多跑田头农户，今年只跑工厂和市场。收购工作也是这样，上紧下松，有的把收购视为可抓可不抓的事，仅作一般性号召进行布置，有的连例行的收购会都没开过。加之一段时间舆论宣传上片面强调农民家庭经营的微观效益，农民“多种粮、多卖粮、多贡献”的观念逐渐淡化。富阳县的种粮大户已由去年的177户减为今年9户，仅这一块商品粮就减少了41万公斤。

四是粮食企业亏损制约了收粮积极性。近些年粮食企业经营效益低，亏损挂账数额大，职工收入不高。今年尽管对粮站实行了承包经营，但由于早稻米质差，购销两难，加上各项费用开支大，多收多亏，收粮不如从外地调粮。调销1斤安徽米，至少有1分多钱好赚，销路又好于本地的早稻米，因此，也影响了企业收粮的积极性，作为国家商品粮基地之一的富阳县，如今已经吃上了安徽米。此外，多渠道收购对富阳县的夏粮收购也带来一定冲击。全县个体粮食购销点已达413户，而国有网点仅102处。个体户什么粮紧俏收什么，致使粮质稍好一点的大麦，国有粮站入库量极少。

富阳县的收购资金和粮食问题并非特例，在浙江省很有普遍性。据《浙江日报》报道，全省早稻入库进度之迟缓为历年所罕见。往年已近尾声的8月25日，今年全省才入库合同量的51%，到9月5日，全省共入库早稻9.7亿公斤，离当初乐观估计还有一定距离。往年每天用于支付农民的售粮款要35万元，今年一天3.5万元都用不了。往年担心资金不足打白条，今年足额的收粮资金因为用不了，反而成为粮食和金融部门增加利息支出的“包袱”。这种现象被《浙江日报》称为“艰难的收购”。对此，从富阳县到杭州市、浙江省，上上下下都在分析原因，寻找对策。因为早稻入库历来是浙江省全年粮食收购的关键，粮食生产又是农业生产的主体。主体如此，对农业生产这个国民经济基础的担心就绝非“杞人忧天”了。

（1993年9月28日《中国城乡金融报》一版头题）

18. 决不允许刁难储户

王古同乡信用社用数百斤硬币支付储户存款意欲何为

安徽省阜阳市王古同乡信用社拿4尼龙袋硬币支付储户存款这一做法，在全国农村信用合作系统引起很大震动。不少信用社职工给本报编辑部来电话，认为全国五万多个独立核算的信用社下设30万个服务网点，这些集体所有制的合作金融组织，在支持农业和农村经济发展中发挥了举足轻重的作用，发生在王古同乡信用社的事确属罕见，广大信用社职工不能容忍这种事情发生，要求从严处理。阜阳市信用合作联社以及安徽省信用合作管理部门，日前均已采取措施对此事进行了严肃处理。

据中央电视台2月15日报道，去年12月19日，安徽省阜阳市王古同乡信用社由于其他原因与一储户发生纠纷后，竟刁难储户，用数百斤硬币支付该储户4100多元储蓄本息。

此事经当地信用合作管理部门调查，大致经过是：5年前，阜阳市瓦房信用社代办员周洪亮给该乡农民周玉河贷款1600元，吸收周玉河定期存款2000元（未报账）。事后，周洪亮因贪污等问题被除名并被依法起诉后出逃。1992年1月，瓦房信用社与王古同乡信用社合并后曾多次向周玉河催收贷款，周拒不还贷。因此，当周玉河到王古同乡信用社支取存款时也被拒付。市联社知情后书面通知信用社按存款章程先付款，其他问题待后处理。于是发生了王古同乡信用社当班人员带着怨气支付了4尼龙袋硬币一事。12月27日，周玉河背着部分硬币找到市联社，市联社主任当即表示道歉，并在市支行帮助下及时用纸币换掉了周的硬币。市联社并于当天召开社务会，研究决定给王古同乡信用社主任刘洪恩、出纳员徐广英停职检查及经济处罚。12月末，市联社将此事在全辖和有关会议上先后进行了通报批评。

2月15日，安徽省农行从新闻媒介中得知此事后，立即责成信用社主管郎门——信用合作处进行严肃处理。2月16日，阜阳地区中心支行及省分行的信用合作主管部门决定：1.撤销刘洪恩的王古同乡信用社主任职务，扣发一个季度奖金；给出纳员徐广英开除留用处分，扣发一个季度奖金；对会计胡怀华、复核员张淑珍行政记大过处分，扣发一个季度奖金。2.省信用合作管理部门负责人与市联社主任及当事人等一起去周玉河家赔礼道歉。3.在全地区信用社开展“假如我是储户”的大讨论，联系实际找差距。4.安徽省信合管理部门将此事通报全省，要求加强对信用社职工的职业道德教育，增强法制观念和信用观念，提高服务质量。

由人民银行授权领导和管理农村信用社的农总行信用合作管理部主任张华，2月17日对首都一些关心此事的新闻单位发表谈话。他说，王古同乡信用社发生了一件令人非常气愤的事情，该社用数百斤硬币支付储户存款这一做法，实为故意刁难储户，这件事在当地造成了恶劣影响。我们信用合作部对此非常重视，同意安徽省信用合作处的处理意见。这件事情的发生，对农村信用社的影响极坏，教训十分深刻。这事虽然只发生在一个信用社，但全国五万多个信用社都要引以为戒，举一反三，下决心提高管理水平，改善服务质量，进一步提高信用社在农民和社会上的地位和声誉，决不许怠慢储户，更不许借故刁难储户，应该努力使信用社真正成为农民自己的银行，为支持农业生产、帮助农民脱贫致富、促进农村经济发展做出更大的贡献。

（1995年2月18日《中国城乡金融报》，**获本报好新闻一等奖**）

19. 雄心不已 再塑丰碑

——“农金改革与发展·分行长访谈”述评

时事造英雄，改革出人才。对于曾为农业生产发展塑造过丰碑的中国农业银行来说，多年与农村经济同风雨，共荣辱，几番含辛茹苦，终于迎来了农金改革发展的春天。置身改革的大潮，五十万农金大军才思涌动，一大批人才脱颖而出，我们的数十位分行行长就是这批人中的一部分，面对困难，面对机遇和挑战，他们高瞻远瞩，雄心勃发，一展风姿。

围绕总行党组的工作思路，本报自去年10月8日开设《农金改革与发展·分行行长访谈》专栏至今年1月8日，历时3个月，载文26篇，先后有24位分行行长将他们的胆识和韬略奉献于人前。他们在深刻理解总行党组意图的基础上，对农行的改革与发展进行了认真的分析与探讨。困难当头，他们互相启发，互相激励，各抒己见，相得益彰，对稳定队伍、对帮助总行党组正确决策、对顺利推进全系统的改革与发展起到了不可低估的作用。

机遇最重要 困难是暂时的

对此，全系统很快就达成了共识。

1996年，是农业银行发展史上最不平凡的一年。这一年，农业银行从职工队伍到资金、财产都被划走一大块。农行前途何在，人们何去何从？一时间基层干部人心思动。但是，这种局面很快便稳定下来。其重要原因之一就是因为有了一批困难面前不低头的分行行长。他们善于辩证地看问题，很快从困境中看到了机遇。在这个问题上，分行长傅春生、彭汉民、黄文豹、祁振汉、卞百林、陈子诚、曾庆全等人都作了深刻的分析和阐述。用分行行长符史峰的话来表述就是：改革使农业银行的管理职能减少了，同时也就减少了矛盾，有利于我们集中精力办银行；信用社的灵活政策不能依靠了，迫使我们注重自身发展；干部分流了，迫使我们加快培养；资金减少了，迫使我们努力拓展业务领域。他的话中“迫使”二字很重要，说明机遇不等于现实，必须付诸努力。此外，综述大家对有利因素和机遇的看法还有三条：一是在政策和大的经济环境上有许多有利条件；二是农行有一个好的领导班子，有多年奋斗，在各方面打下的基础；三是农行可以按照商业银行的经营原则从事经营活动，这些对于把农业银行的“后发优势”或叫“潜在优势”变为现实都至关重要。

加快发展　明确定位　转变观念

这是分行行长们谈论最多的一个话题。

这组“访谈”与以往的最大区别就是分行行长们打破了传统的思维定式，采用了市场经济式的思维方式大胆设想，具有起点高、操作性强等特点。

在转变观念问题上，率先转变了观念的分行行长们大声疾呼：要从思维观念上来个大讨论，大更新，要树立农行的市场营销观。分行行长们一致认为：观念的转变是根本的转变，农行干部职工的经营意识和效益观念、竞争现念是农行改革与发展的思想基础。

在定位问题上，分行行长张少士、马能泽、程凤谷、罗正亚、马长贵、王纯、赵建贞、谢霆福等人都进行了多方位的思考，普遍认为，农业银行作为国有商业银行，具备了自主选择市场的法人资格，因此在遵循市场经济规律，按商业银行的经济原则调整市场定位、经营策略和业务格局。要围绕新的经济增长点优化网点布局；要重点支持农业产业化和城市一体化商品经济的发展，培植优良客户群体；要推进集约经营，调整资产和负债结构，大力拓展新业务，实现资产多元化；要改革经济管理体制，实施分类指导，加大金融业务创新力度。

在加快发展问题上，不少分行行长的见解十分深刻而又独到。他们提供了很多积极的建议，为农行的未来勾画了一幅美好的蓝图：即到本世纪末，要把农业银行建设成为经营稳健、实力雄厚和效益良好的国有商业银行，促进城乡经济持续、快速、健康发展。为了达到这一目的，他们辩证地分析了各方面的关系，认为：必须通过深化改革来促进业务发展方式的转变，必须把握好发展与管理的关系。分行行长马能泽说："没有发展的管理是无为无效的管理，没有管理的发展是不稳健不规范的发展，必须实行分类管理和分类指导，促进均衡发展，必须把加快发展的各项任务落到实处。"这话很有代表性。

积极推进 "改"字当头

总览这26篇"分行行长访谈"，留下的一个深刻印象就是不论身处经济发达地区还是欠发达地区，分行行长们都很务实，他们把社会主义市场经济理论与本行工作实际相结合，紧紧围绕总行党组的部署设计自己的工作方案，其中有些思路很有见地，也很令人鼓舞。

分行行长马长贵结合深圳金融服务需求旺盛的情况，提出了"企业金融服务和消费金融服务并重"的观点，以"人脑＋电脑"来提高服务水平。分行行长杨振中提出江苏可以依托其"乡镇企业发达、农业产业化、城乡一体化和经济日趋国际化的优势"，加快优化资金负债结构，加快业务拓展速度，加快管理科学化，加快业务电子化进程。分行行长赵开元提出了内蒙古分行发展的几个着力点，即：抓资金，加快网点建设，实行资金内部计价体制；抓管理、制定区别对待政策；抓领导，培养一批高素质的金融人才。分行行长孙兆海说：宁夏分行决定"改"字当头，稳中求进，尽快形成一个决策、经营、管理、监督、激励五个方面链条式相互作用的新机制。分行行长李兴奇介绍了河北分行实施对城中和农村工作分别部署、分类指导、城市行利用自身"一分一脱"任务不重之机加快发展的做法。此外，分行长马贵霖对吉林分行"未来的构想"、分行行长李世经对陕西分行行"夯实网点、电子化和人才三大硬件基础，厚积而薄发"、副行长朱世强的"瞄准新领域"、分行行长刘明廉的"寻求新的效益增长点"等论述，都十分耐人寻味。

市场经济的蓬勃发展，金融领域的激烈竞争，都给以支农为己任的农行人以强烈的冲击，人心思改，人心思变，五十万大军上下一心，因此，我们有理由相信，经过这场改革洗礼的中国农业银行一定会再塑丰碑。

（1997 年 1 月 22 日《中国城乡金融报》一版头题）

20. 寻找生机

——从农业产业化发展看农行经营

多少年来，“银行支持企业”这句话已成为银企关系的代名词，银行人士这样讲，企业老板这样讲，政府官员也这样讲。这种讲法虽有计划经济色彩，但也不无积极作用。

十几年来，农业生产和农村经济有了巨大发展变化，农业银行也不断成长壮大。但是，这种发展、壮大，基本上还是计划经济体制下的最自然的变化，而竞争意识、效益意识、生存压力等市场经济意识还不那么强烈。如果用市场经济的眼光来看，就会发现银企双方作为利益共同体结合得并不紧密，并没有真正形成市场经济关系。

1997 年初，随着从中央到地方对农业产业化认识和实践的深入，随着金融体制改革和农业银行向国有商业银行转化步伐的加快，农业银行开始从市场经济高度来审视自己的经营思想和工作方式，提出：把农业产业化经营作为农业银行商业化的契机，成为农业银行的基本市场定位。

农业产业化的形成需要一个过程，农业银行信贷的投入产出需要一定周期，银企双方作为利益共同体就是在这个过程中显现出来的。

据初步统计，农业银行自 1994 年以来累计投放支持农业产业化经营贷款已达 6000 多亿元，贷款余额超过 2000 亿元。这些贷款在促进当地经济发展方面发挥了巨大作用，也使农业银行自身得到了长足的发展。其中，扶持重点龙头企业发展壮大、发挥辐射和带动作用是信贷重点。三年多来，农行累计发放约 4000 亿元贷款，在全国范围内支持了年销售收入在 1 亿元以上、利税在 1000 万以上的农业产业化龙头企业 3000 多家。

我国是农业大国，农业银行从恢复之日起就与落后的农业生产、农村经济结下了不解之缘，信贷资产因而也背上了沉重的历史包袱。从某种意义上说，我国农业生产的出路与农业银行的生存和发展息息相关。

1996年，江泽民同志在河南考察农业和农村工作时指出："如果把农业生产与农产品加工、运销、综合利用等环节有机地结合起来，实行贸、工、农一体化经营，农业的综合效益并不低"，要"发展贸、工、农一体化的产业经营方式"。

在农业生产和农村经济的巨大变化过程中，农业银行既为农业产业化发展提供了巨额信贷支持，起到了巨大的助推作用，同时农业产行业化发展也促进了农业银行商业化改革和业务全面发展。正如农业银行行长何林祥所说：农业产业化经营为农业银行商业化经营提供了契机，成为农业银行的基本市场定位。实践证明：农业产业化有利于农行发挥优势，实现商业银行经营目标，实现业务增长方式和管理体制的根本转变。因为农业产业化壮大了县级经济实力，增加了农业银行的资金来源；一批龙头企业的崛起，为农行信贷业务集约经营创造了有利条件，有利于调整业务空间，实行城乡联动，发挥整体优势，同时也弱化了信贷风险。农业产业化需要农行实施"龙型"资金配置，贷款风险以新的形式出现，对农行信贷风险防范手段提出了新的课题。

农业银行在整个农业产业化过程中所起的作用虽然不是唯一的，但却是十分重要的。他们坚持按市场经济规律办事，坚持以"三个有利于"的标准精心选择信贷重点。无论是山东潍坊的蔬菜，还是河南省南街村的粮食加工等典型都证明：农行坚持了以效益为重、以市场为导向，选择有资源优势、市场前景广阔的主导产业、产品，选择有优秀人才的优良企业进行项目贷款。其次就是统筹安排粮棉大县、"两高一优"专项贷款和重点企业贷款，从高层次支持农业产业化角度出发，相对集中资金对重点项目循序渐进、连续投入。第三是建立了一套与企业发展相适应的科学信贷管理制度和全方位的金融服务体系，稳定经营。

由于社会效益与农行自身的效益和使命紧密关联，所以，随着农业产业化企业集团的不断发展壮大，农业银行进一步强化了信贷管理。一方面严格了贷款条件和监管制度，防止不顾条件一哄而起，防止弄虚作假套取信贷资金，防止利用行政手段人为培养典型，防止偏离基础产业和低水平重复建设。坚持适度经营原则，防止信贷风险过于集中，做到支持和管理并重，并根据农业产业链不同环节的不同特点，分别采取担保、抵押、主办行制度，等等。有的实行系统内几级行共保，同时完善了贷款责任制度，建立风险预警和补偿机制。另一方面，又与发展壮大起来的企业集团配套建立了全方位服务体系，从顾问咨询、决策参与、机构设置到结算服务等实行全程跟踪服务。

（1998年1月27日《经济日报》“产经透视”版）

21. 信贷管理的一场革命

被金融界人士称为“信贷管理革命”的清分工作，在时下正值火热的南方已经“火”了两个多月。

早在5月初的一天，中国人民银行行长戴相龙在全国银行清分工作试点动员大会上说：“经国务院同意，中国人民银行决定在全国银行业中开展清理信贷资产、改进贷款分类工作，简称清分工作。这是我国信贷管理制度的一项重大变革”，“是整个银行管理和银行金融监管制度上的一场革命，其意义极其重大和深远。”

这个动员大会，标志着这场革命在广东拉开了序幕。为此，中国人民银行发了“特急通知”。一时间，广东金融界成为我国工、农、中、建、交五大商业银行清分工作的“试验田”。

这场革命十分迅猛，仅仅两个月之后的7月11日，中国农业银行广东地区三家分行的清分工作已经进入全面检查验收阶段。

非改不可

改进贷款分类工作，就是实行五级分类法，即主要根据企业的还款能力把贷款分为：正常、关注、次级、可疑和损失五类。

之前的贷款期限管理法仅以期限为标尺，偿还能力看不清：改革之后的五级分类法，将以风险为标尺，偿还能力一目了然，国际通行。可是，在我国能否行得通？企业现有资料不足，信贷人员水平高低不一，分类标准如何确定？旧方法掩盖了很多弊端，采用新方法后很多问题都将被揭穿，怎么对待？

改革，时间紧、任务重、难度大，疑惑丛生。但是，中国农业银行党组毫不含糊。行长何林祥、主管副行长王川多次强调：要吸取东南亚金融风波的教训，信贷管理制度弊端越多越要改革，问题早暴露有利于早解决，有利于为建立现代金融制度和现代企业制度打基础。关键是要掌握指导思想、原理方法和操作技能。

为此，农总行党组多次专门研究部署，按照央行要求总、分、支行层层成立专门机构；细化央行提出的原则、方法，制定了一系列实施方案和实施细则，编制了统一的操作手册；召开全国信贷工作会议进行安排部署，并请来专家授课培训。总行派出清分办副主任周清玉率8人工作组坐镇广东指挥。广东、广州、深圳三家分行精心组织，集中人财物单独办公，层层办班，层层培训，节假日也不休息。总行以高明、鹤山、羊城、上步四家支行为“点”中“点”，探索一些做法，总结一些案例，指导面上工作。开局运作缜密，工作进展顺利。

回头来看，思想认识问题人们最担心，但在实践中已迎刃而解。农总行助理行长、时任广东省分行行长的魏士武颇有感触地说：清分对思想观念是个大冲击、大转变。通过清分，期限管理的粗放、被动、监管的滞后性暴露无遗，谁也不想抱残守缺；五级分类客观、科学、真实，不仅很容易被认同，而且作为信贷文化被接受。“五级分类应早点推行”，这话发自很多基层行员内心。

清分难，难在对标准的把握上。总行清分办副主任周清玉介绍：期限管理法，一张表能填好几笔贷款；五级分类法，一笔贷款要填十几张表、成百上千个数据，要掌握企业的今昔里表，研判问题的成因趋势。二者对信贷管理的要求层次大不相同。为此，农业银行认真走完了培训、清分、检查验收全过程。全程三个阶段，两个多月，一次大练兵。广东地区三家分行培训清分人员达7000，是有史以来最大、最系统的一次信贷业务培训，为准确清分提供了保证。清分无专家，边干边探索。他们遵循央行提出的基本原理，根据农行自身特点对统计报表做了较大调整：工作底稿由2张增为6张，情况反映更为真实；开发了报表软件，设计了自然人贷款分类矩阵表，对一户多笔贷款“逐笔登记、总体评价、分别反映”。1992年就已率先实行风险度管理的深圳分行这次清分更是得心应手，他们潜心研究，细化了《调查论证报告书》，共设计十大项、200多条款，促使信贷员不得不深入调查、认真论证。

技术难关，他们已顺利通过并有所作为。“进展顺利，富有成效”，这是央行清分办对农行的评价。

上千笔数据并非结果

这话不是农行人自谦。

两个多月来，农行上下联动，企业业内外折腾，双方报表“轰炸”，一笔贷款多则上千数据，还不是最终结果，怎么理解?

农总行清分办主任罗熹一语道破：不是为清分而清分，只有在得出结论的同时掌握了信贷管理的科学方法，树立了风险管理观念，培养出过硬的队伍，并最终有效地防范了风险，才算正果。

这也是农业银行在清分工作中的最大收获。通过清分，农业银行不仅提高了信贷管理工作的标准，而且对许多重大问题进行了更深入的探讨和研究。

从农行信贷业务来说，历史上形成了摊子大、规范企业少、贷款笔数多、数额小、客户资料严重不足等状况。清分，需要了解的财务和非财务多种因素、若干数据，有的难免应急对付，有的捉迷藏今日报明日改，有的老板强迫会计造假……因此不仅数据不准，而且据此研判贷款风险必然有误，怎能算最终结果。对此，农行人经过客观分析认为：有资料总比没有资料好，这就需要日后不断监测、补正，进行动态管理，减少风险。

从五级分类要求来说，定量与定性结合，重视概率，主观判断性强，而银行贷款人员素质参差不齐，论证判断也会有误差。所以农行人说：必须不断实践，不断提高，才能得出正确结论。

从建立现代金融制度来说，清分不是临时任务，是自身业务发展的需要，清分的过程也是发现问题、解决问题的过程。通过清分，广东分行收贷8亿、收息1亿；深圳分行收回两呆贷款1500多万元、收回表外应收利息近1200万元；鹤山支行不良贷款占比较年初下降、应收未收利息同比少增。清分，促使三家分行建立健全了企业档案，设计了新五级分类监测台账，完善了贷款审批收回办法，拒绝了一些不合理的授信申请，确定了需要优先支持的优良客户。“当了一回明白行长”，一些基层行长如是说。清分，澄清了许多模糊观念，诸如银行不是当铺、抵押贷款必须能替代第一次还款来源才行，等等。清分，提高了人们的警觉：贷款不能刚一放出就进入次级！

但是，新的金融体制的建立任重道远。有人说：五级分类法是部好车，在国外好车上高速好跑；在国内好车上土路难跑，恐怕得长期磨合。首先政府方面：银行和企业哪个是国家的、哪个是自己的，不能护短；企业破产，需要法院配合依法收贷，企业造假，也应承担法律责任。企业方面：有的转制后老板、会计变动频繁，有人身兼数职，财务报表严重虚假；有些私人承租的乡镇企业根本不做报表；还有的主管部门逃避银行债务、有的资不抵债、抵押无效，等等。银行自身，信贷管理电子化、标准化、规范化问题，及其他软硬件建设问题还很多，还有待进一步解决。

总之，企业经营所需的资金80%来自银行的信贷资金，管好信贷资金意义之重大不言而喻。为此，清分工作将很快在全国推开，取得一个诚信的说法，我国银行才能平等、自信地走向世界。

（1998年7月30日《经济日报》、1998年8月1日《金融时报》、1998年7月30日《金融早报》、1998年7月29日《中国城乡金融报》、1998年第九期《中国金融》月刊）

22. 放得出　收得回　有效益
农行信贷扶贫变了思路

在我国扶贫工作中，农业银行始终扮演着不可或缺的角色。在努力完成2001年扶贫贷款计划的同时，也在积极探索商业银行管理政策性贷款的有效方法。

由于贷款投向、计划管理和贴息范围、方法上都有了较大变化，在这种情况下，农业银行按照“放得出、收得回、有效益”的原则，采取“开发式、产业化、商业性”扶贫思路，继续支持贫困农户从事有销路、有效益的种养业，重点扶持能够带动贫困户增加收入的农业产业化项目，支持既有经济效益又有社会效益的贫困地区基础设施项目，努力改善贫困户的生产、生活条件，较好地完成了2001年信贷扶贫工作任务。全年累放扶贫贷款217亿元，贷款余额达792亿元，完成全年计划的117%。

调整信贷扶贫思路

国家“八五”扶贫攻坚计划基本完成后，扶贫开发任务一方面是继续扶持部分尚未解决温饱问题的农村贫困人口，另一方面要巩固“八五”扶贫成果，改变贫困地区的生产生活条件，提高农户的生产经营水平和规模，使初步脱贫的农户能稳固脱贫，并稳步增加收入。因此，信贷扶贫要做到贷款户经济效益与银行经济效益相结合；贷款投放要由单纯扶持农户从事简单种养业向“公司＋农户”、产业链带动农户转变；由片面强调扶贫贷款到户，向综合扶持、突出效益到户转变。

为此，农业银行强调扶贫贷款主要用于国家重点扶持的贫困地区，按照“放得出、收得回、有效益”的原则，支持具有一定规模的种养业、农业产业化企业、劳动密集型企业、市场流通企业和基础设施等扶贫项目，改善当地的生产生活条件和生态环境；在社会信用体系基本健全、政府帮扶措施落实、联保手续完善的贫困地区，对具备商品生产经营条件、守信用、能按时还本付息的贫困农户，积极稳妥地发放小额到户贷款。

提高信贷扶贫效益

农业银行十分注重对信贷扶贫工作的领导和管理，努力创新扶贫方式，提升服务层次，提高信贷效益。

首先实行分类指导，整体推进，积极支持产业化企业，带动贫困农户脱贫。通过支持河南科迪集团奶牛养殖和牛奶加工等一大批农业产业化龙头企业，把分散经营的贫困农户与龙头企业连接起来，提高了农户承受市场风险的能力，从而增加了收入。

同时，他们还支持贫困地区围绕市场调整产业结构，促进了优势产业和特色资源的开发利用。此外，加大贫困地区基础设施建设和小城镇建设的支持力度，既吸纳了大量贫困农户的劳动力，增加了他们的收入，又优化了老地方经济发展环境，改善了当地的生产生活条件。

建立扶贫开发项目库，是保证贷款效益的重要措施。2001 年农业银行各分行进一步完善了对扶贫项目库的管理，采取集中申报和分散申报相结合的办法，对符合条件的新项目“随时申报、动态管理”，对进入项目库的项目要经过扶贫开发小组成员单位共同研究。农业银行在项目库中择优选项，提高了所选项目的科学性和准确性，保证了贴息贷款真正用于扶贫项目。

改进信贷扶贫服务

多年来，扶贫贷款主要投向贫困地区，用于支持弱质产业，扶持农村贫困人口。在这些地区，产业和群体中难以选择优良客户和收益较好的项目，沉淀了大量贷款。农业银行接办扶贫贷款以来，不断加大信贷结构调整力度，高度重视清收不良贷款，但由于扶贫贷款的特殊性，不良贷款占比仍未得到有效控制。

主要原因是贫困地区自然条件差，农户自身素质低，大部分农户只能维持简单再生产，无法偿还贷款。连年自然灾害，迫使相当一部分贫困户将贷款用于基本生活保证，扶贫贷款成了救济款。而有关部门工作不到位，帮扶联保措施不能真正落实，银行难以真正了解农户真实情况，农户也不了解国家政策和市场信息，不掌握科学技术，贷款无法产生效益。

银行由于撤并低效网点、精简人员，对涉及农户多、户均数额小的到户贷款，难以做到“放得出、收得回、有效益”。加上扶贫贷款的政策性与商业化经营的矛盾没有真正解决，如：信贷资金商业化经营要求经营者优化资源配置、追求利润最大化，而扶贫贷款则要求银行要“讲政治”，必须将资金投向贫困地区扶持贫困农户；加之发放、管理扶贫贷款成本高、脱困机制不健全，致使亏损得不到合理补偿，等等。

为了有效解决这些问题，2002年农业银行必须不断改进金融服务，防范和化解金融风险，努力增加盈利。按照“放得出、收得回、有效益”的要求，做好信贷扶贫工作，支持贫困地区经济发展。扶贫贷款计划比照上一年的规模进行安排，力争有所增加。

同时将大力调整扶贫贷款结构。重点支持能够带动农户增加收入和贫困地区经济发展的资源开发项目和产品有销路、生产有效益、管理水平高的农业产业化项目，把调整农村经济结构与提高贫困户的经济收入结合起来，提高扶贫贷款的使用效益，增加贫困地区农户自我积累和自我发展能力。加强贫困地区基础设施建设、生态环境建设、小城镇建设，致力于改善贫困地区农户的生产生活条件和市场条件。建设项目必须吸纳贫困农户的劳动力，使农户切实受益，促进贫困地区农民整体素质的提高，推动贫困地区经济、科技、文化的全面发展。

此外，农行还将积极稳妥地发放管理小额到户扶贫贷款。在农村信用社体系比较健全、政府有关部门帮扶管理措施到位的地区，对具备商品生产能力与条件，守合同、重信用的农户，落实担保联保措施后，将积极发放小额扶贫贷款。

（2002年3月7日《经济日报》、《中国金融》月刊2002年4月号，合作者武建平、赵红梅）

第五部分 评论

1. 评论员文章：改得让农民叫好才行

发展社会主义商品经济，离不开资金这一重要生产因素。特别是农村进入第二步改革后，资金的供求矛盾尤显突出，迫切需要加快农村金融体制改革步伐，与农村经济改革相适应。

我国目前处于社会主义初级阶段，农村经济具有多层次性和不平衡性，这就要求金融机构多样化发展，来满足不同方面的需要。农村发展商品生产，离不开国家银行和信用社的支持，但也需要其他金融组织和经济组织加以补充。各种金融机构和经济组织，都必须坚持社会主义经营方向。当前，不少地方以集体积累和各种基金办起了各种形式的合作基金，把这些基金微利借给有临时性困难的农民，为广大农民勤劳致富发挥了很好的作用。有的地方在有关主管部门的支持下，试办地方性金融机构，开展存贷业务，有利于广泛集聚资金，扶持生产。还有的地方依靠农民改造信用社或下属的信用社，使其变成真正为农民致富的金融组织。这些都应当加以肯定，并积极引进、扶持，把它办得更好。

农村金融改革，必须注意划清合作基金会与金融机构的界限，因为两者有着根本性的区别。合作基金组织，它不吸收存款，资金来源于集体拥有的各项自有基金，在农民之间互相借用，加以周转。办基金会也不能追逐利润。借款的利率要低，保本微利，否则就不是合作基金会了。金融机构，是经营货币和信用的机构，它拥有一定的资本金，可以吸收存款和发放贷款。因此，不管办什么形式的金融机构，必须经过人民银行审查并颁发营业执照，才能营业。这样做，不是限制人们改革金融的积极性，相反，正是为了保证金融改革的正确方向，有利于提高金融机构的信誉，使其更好地发挥作用。

改革农村金融的根本目的，是促进生产力的发展，为广大农民发展商品生产服务。这是必须把握的方向。这里发表的消息“太平川村自己动手改革信用站”，就是一个很好的例子。它好在哪里呢？一是管理形式好。信用站由村里的农民实行民主管理，资金取之于民用之于民；二是存贷款利率合理，让利于民；三是按照国家规定办理存款；四是资金用得合理，把资金与开发当地资源结合起来，为农民致富帮了大忙，使全村70%的农民成了万元户。这样改革，农民能不欢迎吗？农村金融改革，就是得由农民来当裁判，改得让农民叫好才行。

而发表在这里的另一篇消息《一个不受农民欢迎的借贷站》，就是相反的例子。借贷站不经国家批准，非法办理高利率存贷款业务，并把大量资金挪用给乡政府建房、买小汽车、开运动会、发工资等。这样搞法，会搞乱农村金融，造成资金浪费，影响生产发展。名为借贷站，实际变成了乡村干部乱花钱的“小金库”。这不仅为国家金融政策不允许，广大农民也是不会欢迎的。

（1987年12月7日《黑龙江日报》二版，**获本报好新闻一等奖。这是为两条消息：“太平村自己动手改革信用站”、“一个不受农民欢迎的借贷站”而配发的评论员文章**）

2. 评论员文章：商品经济发展的必然产物

过去一提起经纪人，往往把它与资本主义联系起来，似乎那是资本主义社会的“专利”，认为经纪人是一些不劳而获者，与社会主义不相容。现在看来这种观念未免过于僵化、陈旧、甚至迂腐了，其原因是对商品经济并不了解所致。如今哈尔滨市大力发展经纪人中介服务政策，彻底冲破了旧观念的束缚，是新时期深化经济体制改革、搞活市场经济的大胆尝试。

不能否认新中国成立前的经纪人队伍中，确有一些居间牟利、投机倒把、不劳而获者，但是，如果据此否认经纪人整体在社会经济发展中的作用就不那么恰当了。由于一些特定因素，造成了我们的社会主义社会是建立在半封建半殖民地基础上，与当时一些发达的资本主义国家相比较，我们的商品经济发展还远远不够。新中国成立后我们对此曾有过清醒认识，但时隔不久，由于经验不足而照抄照搬，加上受“左倾”路线的干扰，不仅把我们的认识又拉回原地，而且使我们的经济建设走了很大一段弯路。“文革”后经过理论和思想上的认真清理，确立了我国尚处于“社会主义初级阶段”的理论并从基本理论上论证了商品经济的不可逾越性。几年来，我们的社会主义商品经济有了很大发展，人们的商品经济意识正逐步加强，认识到：资本主义社会的某些经济思想和发展经济的方法并没有过时，有些东西，甚至在社会主义这一新的社会形态下获得新的生机，甚至可以更充分地发挥作用，从而促进社会生产力的发展。经纪人就在这一新形势下应运而生。实践证明他们的商品中介服务活动，的确促进了商品经济流通，活跃了市场，利国利民。

实际上，只要搞商品经济，经纪人就会以不同形式、或明或暗地存在，因为经纪人的工作是一种服务，是商品交换过程中不可缺少的环节。如果我们不承认、不允许经纪人的存在，他们的工作就必然要由政府或企业的工作人员来承担，势必加重经济运转的负荷，影响效率。因此，哈尔滨支持经纪人发展的政策和举措实在是明智之举。他们把经纪人从地下转移到地上，给以合法地位，调动了离退休人员和社会上一些闲散人员的积极性，发挥了他们的特长。不仅如此，把经纪人公开化，也有利于管理，有利于从法律上制裁经济活动中的违法乱纪行为。因此，无论企业还是经纪人自身，对政府的政策和举措都持欢迎态度。企业感到多了一个信息来源和产品交换渠道，经纪人也通过自己的中介服务为国家和市场经济发展做了贡献，赢得了合法收入，利国、利民、利己。

扶持和发展经纪人开展中介服务活动，在全国一些大中城市逐步兴起，哈尔滨市虽然刚刚起步，但已看到了社会效益和经济效益。相信随着政策和措施的不断探索和完善，经纪人开展中介服务的活动将更加正常、健康，更趋有序和合理，并为全省的经济工作提供经验。

（1988年8月8日《黑龙江日报》，这是为消息“哈市商品中介服务活动初见成效”配发的评论员文章）

3. 新闻点评：　　多一点疏导与礼貌

作为全省政治、经济、文化中心的哈尔滨市有自己的形象。这个形象令人关注，也令人向往。尤其改革开放以来，不少地方都在效仿省城的做法。因此其中一些不尽如人意的地方也被学了去，交通管理就是其一。外市县车进哈尔滨，哈尔滨车去外地，互相扣车罚款的事儿并不少见。

改革开放以来，哈尔滨与外市县的交流日趋频繁，为了来省城办事、联系工作、洽谈业务，许多外市县汽车不得不来哈尔滨、却又怕来哈尔滨。有些司机抱怨：哈尔滨的路难走，进城像过关，大街小巷处处提心吊胆，稍不小心上了单行道或停靠错了地方，不是罚款、缴证就是扣车、挨训，惹一肚子气不说，还往往误了办事，不得不起大早贪大黑。言外之意，不是交通违章不该严管严罚，而是如何管如何罚。尤其哈尔滨，这些年道路发展过缓，而机动车又大量增加，不从严进行管理，哈尔滨的交通将不堪设想。

近闻沈阳等地为了便于开放搞活，在加强城市交通管理的同时，增加了文明指挥、疏导和服务等措施。一旦遇有机动车走错了路，交警说话之前先敬礼，然后指点该走哪条路，即便必须给予处罚时，也是先放行让车去办事，回头再做处理。此举备受人们称赞，因为这不仅仅涉及交通管理和交通法规的普及，更重要的是它体现了社会各界、尤其是管理部门为改革开放服务的意识，反映了各方面都以经济建设为中心开展工作，同时它也是社会主义精神文明进一步发展的一个标志。作为省城，作为开放大潮涌动的哈尔滨，在交通违章严管严罚的同时，加强疏导、礼貌、客气也大有必要。这方面，省城应当带个好头。

（1992 年 6 月 10 日《黑龙江日报》）

4. 新闻点评： 迈出开拓性一步

稳步推进国有商业银行改革，重在“推进”上。

改革，不仅仅是要对机构实施手术、对人员重新划分组合，改革的核心是要转变内部经营管理机制，把国家专业银行转变为国有商业银行。而新机制的建立，需要一个较长的磨合过程，不会一蹴而就。也可以说，强化内部管理，建立有效的约束机制和风险防范机制，既是专业银行改革的重点，也是专业银行的一项长期重要工作。既是重要工作，就不能一味等待观望。必须及早披挂上阵，早行动才能早主动，早采取措施，才能早拿出过渡性办法。何况国外早有成功经验可借鉴，国内各家银行也已改的改、转的转，阵阵紧锣密鼓，处处生机勃勃，更不乏起步就在“正规”上的交通银行等众多“弟兄”。面对严峻的改革大势和日趋激烈的业务竞争，农业银行要有危机感、紧迫感才行。坐等“分家”，只能错过战机，贻误改革和发展。一万年太久，只争朝夕！

其实，农业银行的广大干部和职工也并非等闲之辈。他们当中的许多人颇有韬略和胆识，君不见不少分行已经采取行动，正稳步向国有商业银行推进吗！那么，我们还等什么呢？快快行动起来吧，早日加入改革的行列之中，与开拓者携手推进转轨正当时。

（1994年1月28日《中国城乡金融报》，为“分行行长采访纪要”配发的言论）

5. 短评：　　这种要求应该支持

这封读者来信（“请给我们订一份《中国城乡金融报》”）令编辑感动不已。因为在采编人员的心目中，最大的鼓励莫过于读者对报纸的认可和欢迎。同时，它也鞭策我们要加倍努力地办好报纸。

读者需要什么呢？正如这封来信所讲，农金系统广大职工要做好本职工作，要为金融改革出谋献策，就必须了解国家大政方针，了解改革开放的进程，尤其要了解金融事业的发展和相关信息。而对一个普通职工、尤其是基层营业所的职工来说，报纸无疑是这些情况的重要来源。

我们十分理解这位读者的心情，它具有一定的代表性。由于种种原因，目前一些所、社网点的政治、业务和文化学习还不够活跃，职工队伍的素质还不适应事业发展的需要，这种状况亟待改变。而改变现状的一个重要因素，就是各级领导必须给以足够重视。农行系统百万职工中，大部分人工作在基层，他们的政治、业务学习主要靠自己，因此给他们提供相关的学习资料就显得非常重要。当前，我国金融界正面临重大改革，国有专业银行要向商业银行转轨，有许多新问题要研究，有许多新做法要探讨，我们的员工渴望掌握新知识、掌握改革的脉搏，跟上金融事业前进的步伐，这种精神难能可贵。相信农行系统的各级领导一定理解、也一定重视职工的这种要求，积极支持他们的学习热情，多给他们创造一些方便条件，这也是一级领导应尽的责任。

（1994年11月10日《中国城乡金融报》，为读者来信“请给我们订一份《中国城乡金融报》”配发的短评）

6. 编辑寄语：读者新年好

各位读者，收到了吗？我们的新年问候和祝福！

在这温馨热烈的节日气氛中，在这深沉庄重的新年钟声里，在报纸金融版的每一个栏目、每一篇文章的字里行间，无不充满我们编辑记者的美好心愿和祝福。

又过去了一年，金融版开设的十二个栏目都与读者见面了。这些栏目不仅倾注了编辑的智慧和心血，也得到了各位读者无私的支持和厚爱，成为沟通编读思想情感的桥梁，我们谨向各位读者表示衷心的感谢！同时还要告诉读者，在新的一年里，我们不仅要继续与各位读者一起把已有的栏目办好，而且还将推出三个新栏目，即:《金融瞭望》、《金融企业文化传真》和《金融漫话》。

《金融瞭望》，以介绍金融政策性举措和金融研究重大课题为主，及时传达总行的决策和相关信息，以期对我们的金融改革和金融实践有所指导。

《金融企业文化传真》，将把那些美好的金融企业形象推到前台，把他们注重形象塑造的经验介绍给大家，加快专业银行商业化的步伐。

《金融漫话》，顾名思义，就是要漫话金融，轻松一点，知识性、趣味性强一点。

亲爱的读者，金融版这块园地有待我们共同去开垦、去耕种。有什么好主意、好点子欢迎来信说说，更欢迎积极投稿。让我们编读携手，为金融事业的繁荣昌盛再加一把劲儿！

（1995 年 1 月 3 日《中国城乡金融报》）

7. 短评：具有革命性的挑战

今年7月，农总行决定在北京等12家省、市分行试行“资产负债比例管理”，并将于明年在全系统推开，这是农行向商业化经营转轨采取的又一重大举措。

商业银行是以负债经营、风险经营为特点的特殊企业，由于其主营产品是货币，经营的目的是取得最大利润，因此在资产运营上必须实现“盈利性、流动性、安全性”三者统一。因为商业银行经营管理的核心问题，便是对资产组合与负债组合进行有序的对应调控，即实行“资产负债比例管理”。

作为发达国家商业银行几十年的管理方法，“资产负债比例管理”是通过对资产和负债在总量上、结构上、期限上若干具有规律性的比例关系的确定和执行，对于商业银行实现稳健经营发挥着重要作用。

农业银行在向商业化经营过渡、在与国际金融接轨的过程中，及时引进并吸收现代化经营理念和管理方法至关重要。从计划管理到限额控制下的比例管理、再到全额资产负债比例管理，堪称农业银行资产运行管理方式上的一场革命，对农行的改革与发展必将产生深远的影响，有利于农业银行尽快建立起商业银行经营机制，即：实现业务上自主经营、财务上自负盈亏、经营上自担风险、行为上自我约束、资金上自求平衡、竞争上自我发展这一新模式。

实现资产负债比例管理，有利于实现资产负债上的总量平衡，加快资金流动，防止超负荷运行，摆脱信贷高风险的被动局面；有益于资产负债在机构上相对应，及时调整信贷结构，减少由于贷款沉淀而出现的风险；有利于实现资产的优化配置，力争以最少的投入获取最大效益；有利于实现资产风险的分散管理，不断提高现代化管理水平。

从试点情况看，通过试运行“资产负债比例管理”，各行根据自己的特点制订了各具特色的计划并付诸实施，均取得了一定成效。尤其可喜的是，人们的经营理念正在发生变化，对于加快农行的现代化进程，有了更为强烈的责任感和紧迫感。事实说明，运用国外现代商业银行的理念和方法进行运作，对我们的银行来说不是不行，而是一直没有实行，因为这是一场具有革命性的挑战。

应当指出的是，改革与发展绝非一蹴而就，观念上的滞后和方法上的偏差都是现代化进程中的阻力。为了正确认识实行“资产负债比例管理”的必要性，及时总结经验教训，普及推广这一现代商业银行管理方法，本版特设“资产负债比例管理系列谈”专题，今天刊出的这篇“农行实行资产负债比例管理的前途与选择”就是其一，期盼大家都能参与进来，各抒己见，共同做好这篇大文章。

（1995年10月24日《中国城乡金融报》）

8. 评论员文章：为完成全年经营目标再加油

日前在宁波召开的农业银行全国财会工作会议传出喜讯：1-9月份，农行全国财务状况呈现良性发展的好势头，已有14个分行完成年度利润计划，费用增势和固定资产投资规模得到控制。前三个季度就能取得这样的好成绩，对于转轨路上的百万农行职工来说，这无异于是一个巨大的鼓舞。

但是，据会议分析，农行面临的经营形势还不容乐观。主要是：保值贴息支出增加，存款付息率还很高，资金结构急需改善，第四季度应收未收利息和催收逾期贷款任务还很艰巨，资产质量还有待进一步提高，固定资产投资规模控制压力也不小。尽管如此，今年是农业银行向商业银行转轨的第一年，也是农行实施三年全行经营效益根本好转的第一年，因此今年的经营目标一定要完成。对此，总行党组是下了决心的。前三个季度基础打得不错，因此完成全年经营目标也就有了一定把握，关键在后两个月。而后两个月有利条件也很多。一是在思想组织上，全行上下认识较为统一，队伍精神面貌明显好转，多级行认真贯彻年初全国分行行长会议精神，以业务经营为中心、以利润为目标、以加强管理为手段的各项政策措施进一步落实。二是在内部管理上，经营目标责任制进一步完善。全行建立了以利润为中心的指标考核体系，强化了对基层机构的经营目标管理，改革了资金计划配置办法，规范了信贷管理。这些措施的实施，将有力地促使系统内经营状况的改善。三是各项业务有了新发展。在确保支农的前提下，国际业务、信用卡业务及资信评级等中介业务有了较大发展，电子化建设也进一步加强。四是这次会议还充分考虑了储蓄保值贴补支出、信贷利率调整和代理农发行业务等因素对财务收支所带来的影响及各地实际情况，对今年的利润计划做了重新认定，使利润指标更客观明了，更具现实可能性。

而从这次会议来看，人们的精神面貌也与以往大不相同，态度积极，情绪高昂，各项措施实事求是，这是完成全年经营目标的先决条件。另外，目前已有不少分行完成了全年利润计划，而进入旺季增收节支还有潜力可挖。因此，有理由相信只要再加一把劲儿，今年经营目标一定能够圆满完成。这种分析有理有据，很有说服力，更坚定了人们的信心。

因此，后两个月要想一举拿下全年任务目标，首先必须突出支农这个重点，在确保支农效益的前提下，狠抓扭亏增盈各项措施的落实，强化经营管理，大力增收节支。一方面要扩大低成本资金来源，严格费用开支；另一方面拓宽新的收入渠道，清理非盈利资金占用，重点是应收未收利息的清理收回工作，实事求是地反映财务经营状况。同时要严格执行适度从紧的货币政策，重点做好农业、生产资料和代购资金的供应；做好代理和自营收购工作；围绕提高信贷资产质量和防范信贷风险，尽快引入风险机制，强化信贷管理；年底前完成地、县两级行的“三定”工作，积极稳妥地进行基层营业网点的撤、并、转、建工作。

剩下的时间不多，目标明确，关键是要齐心协力，扎扎实实，为完成全年经营目标再加油！

（1995 年 11 月 22 日《中国城乡金融报》一版二题，这是为消息“农行财务状况呈良性发展势头”而配发的评论员文章，均由本人撰写）

9. 评论员文章:“速决”不可能 “畏难”不可取

史记良同志在全国分行行长会上描述农行发展前景时说:1995年是理顺关系、开始起步的一年,1996、1997年要积蓄力量,夯实基础,到2000年基本形成国有商业银行体制架构与经营机制,到2010年主要指标要跻身于世界大银行前列。实现这个目标,简单急躁、企图在一两年内“速战速决”是不可能的;但是坐等时机、单纯强调外部条件的畏难情绪同样不可取。

史记良同志一语中的,辩证地分析了面对实现宏伟目标时的两种错误态度。对农业银行来说,要在体制上和业务发展方式上实现“两个转变”,不可能在一两年内速战速决。因为从农行改革和发展的自身条件上看,前进过程中还存在许多问题和困难。首先,农业银行作为专业银行的历史烙印在很长一段时间内还会在思想上和工作作风中表现出来,而思想观念和工作方法的转变是不可能一蹴而就的。其次,农行的信贷资产质量还较低,内部管理水平还不平衡,业务基础和技术装备还比较落后,干部职工队伍素质也参差不齐。同时,农行自身的发展要与外部环境相适应,还必须进行必要的调整。但是也不能因此就裹足不前,因为农业银行不仅有十几年经营管理和改革等方面的成功经验,而且也经历了多年的锻炼和考验,取得了一定成绩。当前农行百万职工队伍心劲儿正足,士气旺盛,已经做好了克服困难的各方面准备,加之整个宏观经济形势及一系列金融法律法规的颁布实施,客观环境也十分有利。

正是这种既着眼于未来而又正视历史和现状的辩证分析,使人们明白了“速决不可能、畏难不可取”的深刻道理,看清了道路,增强了信心。因而“团结一致、齐心协力、收拢五指、抓好基层、抓好管理、苦练基本功”，就成为实现“跻身于世界大银行前列”这一宏伟目标的必然选择。

（1996年1月16日《中国城乡金融报》一版头题）

10. 评论员文章：　新的起点

1996 年召开的农业银行全国分行行长会议，把“实行资产负债比例管理”和“切实提高资产信贷质量”这两个内容列为重要议事日程，标志着中国农业银行在向商业银行转轨的道路上又找到了一个新的起点。

全面推进资产负债比例管理，是信贷计划管理体制改革迈出的重要一步，被一些分行称为信贷计划管理的“第三个里程碑”，农业银行经过去年的试点，已经取得了成功的经验。经验证明，实行资产负债管理，并不是要通过这种形式扩张信贷规模，而是要通过各项比例的约束，缓解目前超负荷经营的状况，提高信贷资产质量和基金营运效益，实现建立商业银行经营机制这一目的。实行资产负债管理，也是加强内部经营管理一项综合性系统工程，需要因地制宜，区分不同情况，划分类别，核定不同增量比例，认真组织实施。

切实提高信贷资产质量，是把农业银行办成国有商业银行的中心工作，也是提高经营效益的关键所在。多年来，由于政策性因素影响以及内部经营管理等多方面原因，农业银行信贷资产质量整体水平不高的问题还比较突出。因此，农总行决定，从 1996 年起全行上下主要精力要放在提高信贷资产质量上，力争在 3–5 年内，使信贷资产质量状况有一个明显的好转。欲达此目的，必须从提高企业效益着眼，从严格管理入手，多管齐下，标本兼治，综合治理，在农行内部逐渐形成一种对不良贷款“增量控制、存量盘活”的有效机制。这不仅需要农行自身做出很大努力，也要取得地方政府和各相关部门的大力支持。对那些借破产之名、行逃债之实而造成贷款损失的地区，要宣布为信贷高风险区。

总之，推行资产负债管理，切实提高信贷资产质量，对农业银行来说，已成为主客观环境的必然要求，也是农业银行实行自主经营、自负盈亏、自担风险、自我约束的必然选择。当前，各方面条件已经基本具备，下一步一定要走好。

（1996年1月17日《中国城乡金融报》一版头题）

11. 评论员文章：　再上新台阶

效益，既是把农业银行办成国有商业银行的核心问题，也是今后按商业银行机制运作的一个永恒的主题。为此，农总行在全国分行行长会议上推出了一个重要文件——《关于进一步落实全行经营目标的工作意见》。文件提出：继续以效益为中心，以省市分行三年财务状况根本好转为目的，使全行经济效益再上新台阶。文件还对1996年的利润、固定资产、利息收回率等四大目标作了具体描述。要攀上这个新台阶，从农行的现状看，困难因素不少。比如：客观形成的负债成本高、资产风险大以及人员、机构、资源配置不合理等问题尚需进一步理顺，行社脱钩出现的新情况也需要认真对待。但是，总行和分行行长们经过认真分析认为：十四届五中全会已对金融体制改革提出了明确要求，按照商业银行机制运作有金融立法护航，又有1995年经全行共同努力打下的扎实基础，加上贷款利率的调高增加了增收的潜力，控制物价涨幅还有可能减轻保值贴补支出的压力。此外，为了实现效益目标，总行在这次会议上又推出了"分行经营状况综合评价试行办法"。这个"办法"解决的不仅是配套措施问题，更重要的是要学习借鉴国外商业银行的做法，按现代商业银行的内在要求制订一套科学、完整的评价、监控指标体系，来强化对分行的综合考核，从而把各分行置于同一起跑线上，从而有利于调动人们的积极性，有利于提高农业银行的经营管理水平，并使之纳入规范化的科学管理轨道。

目标明确，办法具体可行，人气旺盛。因此，我们有理由相信：1996年的经营目标一定能实现。

（1996年1月18日《中城乡金融报》一版头题）

12. 新闻点评：　这一步非走不可

不破不立，要真正建立起现代化商业银行运作秩序，必须把沿袭已久的官僚主义的旧秩序连根拔掉，农行陕西省分行这一步走得好。

为了充分发挥农行首脑部门的指导、协调、组织职能，农总行新一届党组去年上任伊始就狠抓了总行机关的作风转变，一年多来从未间断。今年春节刚过，农总行党组又从转变机关工作作风入手，召开干部大会，把搬文山、填会海、大兴调查研究之风作为一项制度定了下来。史记良行长强调：搬文山、填会海，必须从领导机关做起。在这方面，陕西省分行在省级分行中先走了一步。这一步非走不可，早走早主动。各级行都应该像陕西省分行这样，搬文山、填会海，痛下决心。

当然，下了决心，制定了措施，关键还要抓落实。我们有很多工作之所以出现反复，关键是落实不够。在解决“文山会海”的问题上更是这样，这个问题已经强调了好多年，但往往是讲归讲，做归做，使“搬文山、填会海”的文件、会议又成了新的文山、会海。从农行来说，很多基层行不仅十分反感文山会海，而且自身已经解决了文山会海的问题，但是，在我们的领导机关里还有很多人就是不能深入实际调查研究，不能现场办公解决问题，习惯单凭发文开会发号施令，很多计划经济体制下形成的旧的习惯势力还相当严重地束缚着我们的手脚。好在我们现在面临的形势和任务都与以前大不相同了。向商业银行转轨，增强金融市场的竞争力，对农业银行来说，已经刻不容缓，很多问题单靠发文开会已经难以奏效。所以，文山得搬，会海得填，官僚主义作风得彻底清除。

（1996年3月15日《中国城乡金融报》一版头题，这是为消息“搬文山填会海清摆设消肿胀——农行陕西分行集中财力办大事”配发的编辑点评）

13. 评论员文章：　有力的保证

农业银行按照党的十四届五中全会制定的宏伟蓝图，提出了“九五”期间要积极推进“两个转变”的工作目标，日前在思想政治工作会议上又提出了进一步加强思想政治建设的具体措施，这就为实现“两个转变”、推动农行改革与发展提供了有力的思想保证。

江泽民同志最近指出：领导干部特别是一、二把手，务必牢固树立两手抓、两手都要硬的思想。要把是不是坚持两手抓、两手都要硬，作为衡量一个党委、一个领导干部领导水平和工作政绩的重要标准。对思想政治建设的重要意义，必须提到能否与党中央保持一致的高度上来认识。这是个原则问题，必须保持清醒的头脑。尤其在当前，农行的改革和业务发展中出现了许多新情况，需要认真研究和解决。解决这些问题，离不开人，更离不开思想政治工作，各级领导必须讲政治。

讲政治，不仅是我们党的鲜明特征和优势，更是各级领导干部加强党性锻炼和反腐倡廉的需要，是培养企业精神、增强企业凝聚力的需要，是改革开放与各项业务发展的需要。各级领导干部必须把握正确的政治方向，提高思想政治水平和组织领导艺术，在开展各项工作中，始终把做好人的思想政治工作放在首位。改革的深入发展，需要进一步引导人们解放思想，统一认识，克服前进路上的各种困扰；农业银行的各项经营活动的推进，也需要调动广大干部职工的积极性和拼搏精神，增强主人翁责任感。实践证明，哪里的改革开放和业务经营活动搞得好，哪里的干部威信就高，员工的精神面貌就好，哪里就是一个团结战斗的集体，哪里的思想政治建设工作就生龙活虎。

为了进一步推动改革开放的深入发展，适应新形势的需要，农业银行提出要加强企业文化建设，把思想政治工作推向一个新阶段，解决有些单位重视不够、针对性不强、方法不新、一手硬一手软等方面问题，正确处理政治工作与业务经营、与其他各项工作的关系，这一点非常重要，非常及时，这将为农行顺利实现向国有商业银行转轨提供强有力的思想保证，也预示着农业银行的“九五”奋斗目标一定能够顺利实现。

（1996年3月28日《中国城乡金融报》一版二题，这是为专访“强化管理是农行工作主线——访农业银行副行长何林祥”配发的评论员文章，两稿均由本人撰写）

14. 社论：　　我们的光荣与骄傲

他走了，张培英，带着人们无限的敬意和怀恋，永远地离开了我们，离开了他一往情深的这片热土，离开了他日夜惦记的职工、农牧民和他的事业。

张培英，一名 60 年代支边进疆的天津知识青年，一位在贫困地区一干就是三十多年的农行干部，一位把爱心献给烈士遗孤和广大农牧民的共产党员，为支援边疆建设，为农村金融事业发展，为弘扬无产阶级正气做出了突出的贡献。去年 9 月不幸以身殉职。在他 52 年的人生旅途上谱写了一曲壮丽的生命之歌，展示了“老知青”这代人无怨无悔的选择，更为银行干部树立了勤政廉洁的典范。连日来，从新疆到延边，从天津到北京，从农牧民到农行，人们传颂他的事迹，回忆他的品格，说他像雷锋、像焦裕禄、更像孔繁森。是的，他同他们一样，具有共产党人的崇高品质；同他们一样，是祖国和人民的好儿子、我们的好弟兄。为此，中国农业银行追授他农村金融系统“孔繁森式的好干部”的光荣称号，并号召全行干部职工向他学习。

向张培英同志学习，就是要学习他党让干啥就干好啥、忠心耿耿、无私奉献的革命人生观。张培英同志 1964 年在天津中学毕业后，在支边还是留城就业的问题上，他毫不犹豫地响应党的号召选择了支边的道路，并为了改变边疆贫穷落后的面貌，一生拼搏不息。他扎根边疆不动摇，三十年只回津探视父母两次；三十年中工作一再调动，多次离别妻子儿女，他都无条件地服从组织分配，舍小家为大家，“献了青春献终身，献罢终身献子孙”。他把自己生命的终点和起点连接起来，用毕生精力实现了自己的信念。这同一些“老知青”的委屈情绪、更同一些小青年的享乐主义形成鲜明对比。张培英无愧为两代青年的楷模。

向张培英同志学习，就是要学习他对人民群众极端热忱、做人做好人、为官为好官、怜老惜贫、爱人民如父母的共产党人的高尚情怀。在张培英同志的心目中，全心全意为人民服务、时刻不忘为群众排忧解难是共产党人的神圣职责。因此，他默默接济烈士遗孤，无私资助失学儿童和贫困农牧民，并以他的博学多才义务为群众理发、裁衣、演唱、修理钟表。他总是把困难留给自己，把方便让给别人，处处献爱心，送温暖。一根最细的头发也有影子，张培英以一个普通好人的言行带给众人的是党的关怀。这也正是他多年人格修养和党性锻炼的结果，是对亲人的爱与对人民的爱的高度统一。

向张培英同志学习，就是要学习他艰苦奋斗、勤政廉洁、开拓进取、务实求效的优良作风和敬业精神。张培英同志三十年如一日勤勉节俭，不贪不占。北疆边陲地区条件够艰苦的，可是张培英还是坚持吃苦在前，坚持只付出不索取。全家人好不容易得到了进城的户口指标，他却让给了别的同志；他为职工们解决新宿舍，自己却坚持住旧房子；儿女入团，他以一名普通党员的身份只送给他们一个笔记本；女儿结婚时只用了一次公车，他知道后却加倍交了费用；他经常徒步到基层检查指导工作，一生没有一件像样的衣服，借了600元钱直到临终才还完。他从事金融工作，又身处改革开放时期，却毫不为金钱所利诱。有人抓基建是为了“好处费”，他却把数万元“好处费”全部交了公。他在福海县支行工作二十六年，支持了四大支柱企业蓬勃发展，而从未吃过企业一顿饭，从未收过一点馈赠。以苦为乐，以苦为荣，一身正气，两袖清风，这对张培英来说，绝不是做做姿态，装装样子，而早已成为他的习惯，成为他一生的行为准则。他常说：“领导干部，喊哑了嗓子，不如做出个样子。”他当行长，业务精通，带出的队伍素质好，不仅从未发生经济案件，而且总是超额完成各项业务指标。他搞扶贫，资金使用效益好，推出了全疆第一个扶贫验收合格县。他到克拉玛依市创业建行，完全按商业银行模式建章建制设机构。他用一个战士的全部忠诚实现了他在党旗下的庄严誓言。

张培英的出现绝非偶然，他同众多英雄模范一样，是党和人民辛勤培育的结果。他生在旧中国，长在新社会，五六十年代的革命传统教育是他成长的精神食粮，八九十年代的改革开放使他视野更加开阔。

而最主要的是他坚持不断地用马列主义、毛泽东思想和邓小平建设有中国特色的社会主义理论武装头脑，树立了革命的人生观和价值观，从而使年长一代的朴实与勤恳和年青一代的追求与创造在他身上得到较为完美的体现。他用实际行动证明了一个人要认识自己，绝不是通过思考，而是通过实践；证明了一个人如果不过高地估计自己，他就会比他自己估计的要高得多的道理，而这也正是对我们每个普通人的最大启迪。

在我国经济转轨时期，应该说绝大多数党员干部都能够顾全大局，紧紧团结在以江泽民同志为核心的党中央周围，为新体制的建立作出了卓越的贡献。但是也应该看到，还有一些党员干部以个人的是非利害为标准，他们或者大利大干、小利小干、无利不干；或者畏难不前，等政策、靠领导、要条件、怨天尤人；甚或贪赃枉法、腐败堕落，成为千古罪人。改革开放越深入，出现在我们面前的新问题就会越多，就越需要讲政治，越需要坚持四项基本原则，越需要科学和胆识，越需要更多的张培英式的好人、好党员、好干部。

张培英的出现，不仅是一代“老知青”和金融战线的光荣和骄傲，也是我们民族的光荣与骄傲。相信通过开展向张培英同志学习的活动，会涌现出千千万万个张培英，和我们一道去搞好金融工作的“四讲一服务”，搞好两个文明建设，并激励农行员工更加坚定信念，为实现二十一世纪的宏伟蓝图而努力奋斗！

（1996年5月6日《中国城乡金融报》一版头题，这是为消息“农行党组决定：开展向张培英学习的活动”配发的社论，两稿均由本人撰写）

15. 短评：为这种呼吁叫好

余全国副县长的呼吁“贷款担保应减少行政干预”，说出了众多金融界与企业界人士一直想说的话。

贷款担保中存在着行政干预的问题很有代表性，它是长期以来性行政干预银行信贷工作的一个侧面，反映了我们的一些党政领导干部还不大习惯按照市场经济规律办事，还喜欢对市场经济进行行政命令。

应当承认，有些党政领导进行行政干预的用意还是好的，是为了搞好地方经济。但是光有好的用心还不行，还必须考虑全局，并对其后果负责。正如这篇报道所反映的，这种行政干预只想到了这一家企业，却没想到那一家企业，由此导致这一家企业没救活，反而拖垮了那一家企业。

我国经济体制改革发展到今天，这类事情不应该再发生了。这就要求我们的一些党政领导和金融机构在决策一些重要问题时一定要科学、客观，考虑问题要全面，要顾全大局。同时，还应以法律为准绳。《金融法》已经颁布实施了，它不仅仅是金融部门的行为准则，也应该是一切金融行为的准绳。

总之，地方经济要发展，离不开银行的资金支持；而金融事业要发展，也离不开地方的经济环境，更离不开地方党政的领导。作为金融部门，我们欢迎地方党政领导都能像余全国副县长所呼吁的那样，对贷款项目多一些宏观指导，多一些客观分析，少一点行政干预。

（1996年5月27日《中国城乡金融报》，这是为消息“一个副县长的呼吁：‘贷款担保应减少行政干预’”而配发的短评）

16. 编辑寄语：　取萤火以照明

本报今天开始陆续推出的这组人物报道，目的不在于为哪个人物扬名或为哪件事树碑。我们的出发点和唯一目的正如本文题目一样“取萤火以照明”，旨在引导人们调整思路，开拓进取。

因为这场大面积的金融体制改革，对素以支农为主、受计划经济影响很深的农行干部来说冲击很大。很多人对此思想反映较为复杂，对改革后的运作定位和发展道路看得还不十分清楚。但是，与此同时我们的干部队伍中也不乏一些思想敏锐、意识超前、工作扎实、确也取得一些明显成绩的基层行行长。他们对农行的未来充满信心，并正在努力把这未来一步一步变为现实。从这里我们看到，解决问题的关键是要尽快调整思路，增强开拓进取意识和魄力。为了给人们的思考以启迪，让朦胧的未来透出些许亮光，我们初步遴选了这几位行长进行采访报道，力求实事求是，取萤火以照明，算是开个头。这些行长既有沿海地区的，也有内陆省份的；既有经济发达城市行的，也有经济欠发达的农业大省乃至贫困山区行的。他们的起点不同，但都有一个共同的思路，那就是因地制宜，积极进取，努力把银行办成真正的银行。相信人们一定能从他们的思路和做法中找到一些闪光点，这就是我们的希望所在。当然，在我们的队伍中，这样的干部还很多，我们也将陆续进行报道，欢迎大家广为举荐。

接下来有两点说明：一是采访中这几位行长普遍不愿意介绍自己的事迹，坚持不要宣传他们个人，有一篇报道就因此而不能发表；二是本报道既不是把他们当英模来歌颂，更无举荐干部人选之意，纯粹是为了“照明”，开拓一下思路，倡导一种精神，促进我们的改革与发展。

我们希望他们的开拓进取精神能够得到保护和鼓励，能有一个好的内、外部环境帮助他们实现一些好的设想，并使这种精神发扬光大，使点点萤火早日变成熊熊烈焰。

（1996年11月26日《中国城乡金融报》）

17. 评论员文章："三铁"，铁在哪

"三铁"，一个金融界人士并不陌生的概念；

"三铁"，在中国银行发展史上曾有着光辉的篇章；

"三铁"，我国银行业发展到今天又赋予它更加深远的意义。

"三铁"，过去指铁款、铁账、铁算盘。那时候的"三铁"，既是银行对自身行为的一种基本要求，也是社会各界对银行会计核算等方面的一种评价、一种赞誉，是银行信用和力量的显示。那时候，人们从银行取钱不用数，企事业单位核算以银行的账为准，国家一些决策以银行的数据为依据；那时候，银行的规章制度十分严格，工作人员也能够老老实实地照章办事，真正做到了账账相符、账款相符、账据相符、账表相符、账物相符、内外账相符，不负众望。

可是，随着社会生活的不断变化，人的思想意识行为都与以前大不一样了，银行的"三铁"不断受到冲击，乃至今天重提"三铁"，更有其特殊意义，内涵更加深刻，针对性也更强了。

在新的形势下，银行的社会地位和作用越来越重要，而银行的形象和信誉却大不如前。差距形成的原因很多，其中重要的一点是：一方面市场经济在迅速发展，另一方面相应的法律法规又不太健全。在这种情况下，社会不法分子相互勾结以银行为作案的主要目标，导致各种案件时有发生；受本位主义或个人利益驱动，银行内部有章不循，假账、假表、假数字大量出现，结果受损害的不仅仅是银行，而是损害了国民经济和社会安定。在市场经济大潮中，谁违反了经济规律，谁就必然受到经济规律的惩罚。

历史的和国外的经验教训警示我们：必须面对现实作出认真的选

择，对坚持“三铁”必须有一种紧迫感。坚持“三铁”，是重整金融秩序、有效防止和化解金融风险、加强宏观调控、保证国民经济可持续发展和保持社会稳定的重要举措之一。

朱镕基副总理强调，今天重新提出的“三铁”指:铁账本、铁算盘、铁规章。对朱镕基副总理讲的“三铁”，不能单从狭义上来理解，即不单指银行的会计核算而言，而应该从广义上来理解，即：银行作为金融部门，是国民经济的重要组成部分，是国民经济的寒暑表，是国家宏观经济决策依据的重要来源。因此，要求银行的账目要清清楚楚，不能有丝毫的纰漏和差错，更不能搞假账、账外账、两本账；银行提供的数据要真实、准确，绝对可靠，要通过先进的科学技术进行会计核算；银行要制定严密完善的规章制度，在经营运作中要依法照章办事，不能搞人治。因此，用何林祥行长的话讲，“三铁”是真正银行的标志，是向商业银行转轨的重要基础，是从严治行的重要内容，是进行工作考核的重要依据。

落实朱镕基副总理的指示，要把银行办成真正的银行，必须坚持“三铁”。“三铁”，铁在哪？铁在人上。铁账本、铁算盘、铁规章，要靠人去执行，先进的机制、科学的管理要靠人去运作，离开“三老四严”的铁人精神，“三铁”就难以落实。

解决人的问题，主要是解决两手抓、两手都要硬的问题。一手抓人的思想认识、组织队伍建设和法制建设。首先要从领导干部做起，领导干部要有铁人精神，铁人品质，铁人行动，执法如山；同时，在机制上要责权利挂钩，奖罚分明，使全行上下按统一的政策、制度、办法、操作规程开展各项工作。另一手要抓基础设施建设，抓电子化建设，解决电算化手段问题。过去很多问题的出现与信息不灵有直接关系，如果解决了电算化问题，把规章制度、会计核算、岗位职责三位一体进行软件设计，每一笔数据都要上网，一开机就进入状态系统，所有信息瞬间就能到达总行，一级法人通过程序控制人的行为，才能有效行使职权，达到“三铁”的目的。

为了重塑“三铁”形象，农总行全面贯彻朱镕基副总理的指示精神，对所有规章制度进行了反复修订，不断完善，最近又对强化内部控制作出了新的规定，并以资金组织、资金管理、财会、信贷、安全保卫和基层营业所为重点，制定了六个方面的违规处理办法。今后任何单位、任何人，凡违反规定制度，不论有无风险或损失，都要照章处理，这回可谓痛下决心。

但是，实施“三铁”是一项长期的任务。任重而道远，需要上下一起努力，需要始终坚持不懈，只有软、硬件都到位，“三铁”才有希望。

（1998年2月5日《中国城乡金融报》一版头题，**获本报好新闻奖**）

第六部分　综述·调查·专访

1.　哈市个体工商户为何连连废业

在哈尔滨市，无论是几大轻工市场还是农贸市场，都是生机勃勃。蓬勃发展的个体经济丰富了人们的物质生活，给哈市的大街小巷带来一片繁荣。从他们飞南走北地进货、起早贪黑地经营、热情周到地服务上，人们看不出个体户的难言之苦，当然更不知道个体工商户正在逐日减少。

据统计，从1986年到1987年5月，有4231户废业。其中大多数是食杂和饮食服务业，而且并非季节性停业。仅道里区顾乡工商所管户中，今年1至3月就有80户食杂和饮服业者废业，占总户数的近1/8。还有部分个体工商户，靠挂在街道委办企业中，因为按有关规定，街道委办的企业头一年可享受许多优惠政策，但国家却因此而少收了若干税费。

那么，为什么个体工商户连连减少呢？

据反映，主要是承担不起收费和摊派。据调查，目前哈市各部门对个体户收费和摊派竟有86种之多，其中有47种是各部门擅自决定的收费项目。

1. 多头收费。近几年来，对个体户行使权力的部门和单位越来越多。据统计，有城建、卫生、市容、公安、环卫、工商、税务、园林、街道办事处9个部门的二十多个单位。虽然有些基层单位没有制定收费项目的权力，但也都想在个体户这块“肥肉”上啃一口。

如道里区有的派出所向个体户收“防火档案费”5至8元，“夜间巡逻治安管理费”3元，“治安承包费”10元；各区税务所给个体户整理账目，每月向个体户收3元钱的“会计费”；有的区环卫局已收6元“垃圾清运费”，街道服务队5至10元“卫生费”，街道管委会又要收3元的“门前三包费”;“太平区除害灭疫测尘毒服务队”收“清毒灭蝇费”5元；有的街道办事处办公室也向个体户摊派10至20元，等等。

2. 重复收费。按有关规定，卫生费每户居民每月6角，企事业单位每人每月2角，个体户每月2元。可目前环卫方面收费项目就有：卫生管理费、清扫费、卫生箱集资费、下水道费、保洁费、三通费（下水道、马葫芦、厕所）、卫生宣传标语费、大院卫生费、垃圾运输费、厕所清掏费、门前三包费等十几种。道里区一家个体饭店4月份交纳11种费用69.5元，其中街道收的环卫和绿化费就有6种40元。

3. 自立收费项目。据初步统计，全市86种收费项目中，国家规定的有两种，省政府规定的有20种，市政府规定的有17种。各单位自行规定的竟有47种。有的收“三包服装费”50至100元，“文明大院材料费”30元至150元不等，“保安服务公司人员开支费”20元，有的乡向有子女上学的个体户收“集资办学费”230元，还有治安档案费、防火旗费、定期防火资料费、防火器材费、门前花池栏杆刷油费、铺路集资费、改建人行道费、餐具化验费、正月十五彩灯费、义务劳动费……

4. 擅自提高收费标准。国家和省市规定收费项目是有一定标准的，应该严格遵守，可是有些收费单位在收费时随意加码。如个体饮食业从业人员体检费规定6元，4月份实际收费是12.9元；水费国家规定每吨1角，1家个体烫发店每月用水3.6吨，应收0.36元，实收93元；卫生清扫费是市政府规定的收费项目，可至今没有一个统一标准，收20元、27元、45元、51元不等，高低相差2.5倍。

5. 摊派。1986年有的市区采用金属垃圾箱，市财政已拨款，不足部分要求环卫部门从事业费中支出；道外区却向受益单位摊派了18.5万元，个体户有的被摊5元、10元、80元不等。有的市区修建人行道，向个体户摊派150元。

6. 罚款。省政府明确规定“罚没性收费必须依法执行”。但哈市一些部门却随意罚款。有的个体户因统一制作的牌匾不美观，而自行更换醒目牌匾，被罚款50元，后经说情又改为10元，罚款后自己换的牌匾也合格了。1家个体商店因在门上贴了1张出售机油的广告，按规定每贴1天罚款1角，贴了3天，应罚3角，却被罚款550元。店主提出异议，罚款部门不仅不予理会，反而又收缴了店主的营业执照，后经有关管理部门出面交涉，才退还了营业执照，并以处罚不当而免罚了事。南岗区自行车管理所用机动车存车费的收据充当罚款收据，在火车站前广场以这里不许停车为由，向一些个体三轮车工人罚款50元，后经讨价还价，改罚15元。

一些收费部门对增加收费项目和提高收费标准也提出一些理由，一是因为工作人员编制不够，雇用人员又解决不了开支等问题，只好向受益者收费；二是物价上涨，有些工作人员的收入偏低，因此提高了收费标准；三是根据市政府“人民城市人民建”的精神，有些费用在收取之前是经过市政府有关部门领导口头同意的；四是个体户现在富了，而他们制造的垃圾又很多，因此认为多出点钱是应当的。

（1987年8月5日《黑龙江日报》）

短评：应该引起重视

国家和省政府已三令五申，禁止向企业乱收费、乱罚款、乱摊派。可这股风至今不止。现在又猛烈刮向个体工商户，致使相当一批个体户支撑不住纷纷倒闭。这个问题应引起有关部门重视。

个体经济作为国营、集体经济的补充，它对发展国民经济和方便人民生活方面的作用是很明显的。政府各职能部门和社会各界应按党的方针政策给予积极的引导和扶持，以保证个体经济的健康发展。但是，有些部门却不是这样，而是各行其是，一些部门甚至以言代法，以权代法，管严、管死有权力，管好、管活没责任。省里在去年3月就公布了“收费集资管理条例”。一年多了，乱收费、乱摊派、乱罚没现象不但没减少，反而日益增多。这种现象不能不引起人们的深思：作为国家的公职人员，还有没有一点法制观念呢！

（1987年8月5日《黑龙江日报》）

2. 购粮款已有缓和　资金紧缺教训深刻

——就资金缺口过大问题访省人民银行

进入收购旺季以来，农副产品收购资金紧缺，致使有些地方农民卖粮得不到现钱，引起社会各界普遍关注。记者日前从省人民银行了解到，由于多方努力，这种形势已趋缓解，眼下“白条”正在清理，农民卖粮款基本可以解决。但是，出现资金紧张局面的教训却十分深刻，原因何在？带着这个问题，记者走访了省人民银行。

据省人民银行行长、高级经济师陶源介绍，今年全省各家银行都在千方百计筹集、融通资金，前11个月增加贷款42亿多元，相当于去年全年贷款的增加量。预计到年底还要增加十亿多元，为我省贷款增加最多的年份之一，这些资金有力地支持了经济发展。为什么银行拿出这么多钱，各方面还喊钱紧呢？陶源行长认为，造成这个问题的原因很多，情况很复杂。主要原因有：

一是农副产品收购资金比往年增加。去年的粮食水分高、调出慢，使全省历年应下降的商业贷款居高不下。今年全省大粮和经济作物丰收，甜菜比去年增产两百多万吨，大粮比原计划多收了十亿多公斤；今年粮食和经济作物质量普遍比去年提高一个等级，麦、豆、水稻等高价品种比重增加，加上农副产品调价因素，全省共多拿出十几亿元的贷款。这是今年全省资金紧张的主要原因。

二是基建摊子过大，加重了银行信贷资金的压力。据不完全统计，截至11月末，全省在建项目达3061个，投资额134亿元。今年以来固定资产投资增加了5.8亿元，比去年多投了五千多万元，如果再加上各地上项目较多，增加了新建、扩建企业配套流动资金，银行每年都得拿出相当一部分贷款堵这个窟窿，影响了企业正常生产资金的需要。

三是由于原材料涨价，多占用了一块资金。据有关部门统计，今年我省工业原材料涨价幅度一般都在20%左右，最高的上涨一至两倍，仅此一项，全省就多拿出贷款四亿多元。不仅加重了企业负担，也增加了资金投放。

四是企业经济效益不够理想。全省工商企业因产成品积压、原材料超储、资金损失挂账等原因，压死了五十多亿元，占全部银行贷款的12%左右。前10个月全省国营工业企业产成品积压多占用银行贷款9.1亿元，其中仅乳制品、啤酒、白酒、地方产黑白电视机、收录机、洗衣机、手表等就积压了两亿多元；因运输问题，全省有2.5亿公斤大豆和大量的煤炭、木材运不出去，占压了一些资金；全省包括乡镇企业在内的大小几百家亚麻原料厂，库存亚麻足够两三年用的，今年又向农民大量收购，没钱就打“白条”。企业压死资金多，致使周转不灵。

五是企业存款增长幅度下降。到11月末全省企业在银行的存款比去年同期少增三亿多元，比10月份下降4.2亿元，相应减少了银行贷款的投放能力。

六是金融机构认购国家债券增多。为了保证国家重点建设，今年国家分配我省金融机构从新增存款中认购各种债券九亿多元，已经发行了7亿元，直接影响了银行的可用资金。

由于上述种种原因，加上今年控制货币、稳定金融的一系列政策措施从9月份以后才开始真正见效，致使第四季度形成了资金严重紧张的局面。

另据有关金融工作者分析，银行方面也存在弊端。一是金融体制不顺。现行的体制使人民银行管钱，专业银行花钱，因此花钱单位有依赖思想。前10个月有的专业银行拍着胸脯花钱，以扩大放款来增加利润分成，有的基层银行甚至一点准备金也不留，放光为止，结果使政策性放款失去了基本保证。进入收购旺季以后，人行和专业行在资金管用上衔接不好，划拨不及时，也是收粮打白条的一个原因。加上贷款资金分别归各家专业银行掌握，致使银行之间无法互相调剂。二是管理不善。有的专业银行对贷款项目考核不够，贷款效益不好，使资金调动失灵。有的银行超承受能力拆借资金，佳木斯市一家银行为了多放款拆入2.7亿元，放出后又收不回来，造成全年资金紧缺。加上银行结算太慢，致使那些在人行头寸不足的专业银行乘机挤占联行资金（各专业银行间的汇差），实际等于拿着企业的资金做买卖。三是宏观决策有误。金融机构设置过多，互相争夺存款，搞“储蓄大战”，使资金分散，重点项目资金供应失去保证。再就是政策性贷款也未单独拿出来作专项贷款专款专用，而是和其他信贷资金搅在一起混用，结果使专项贷款经常出现危机。

有群众询问，国家发行了大量“票子”，那么这些票子现在都在哪里呢？银行工作人员告诉记者，由于商品供求矛盾较大，社会各界持币待购人数猛增。尤其是一些个体经营者腰缠万贯作流动资金。全省许多企事业单位库存现金大大超过限额，不久前仅突击检查10天就收回1亿多元。

目前，为了解决旺季资金紧张问题，各家银行依靠各级政府和社会各方面的支持广泛吸收储蓄存款，清仓挖潜，清收逾期和呆滞贷款，到11月底已筹措50亿元，基本上解决了全省旺季收购资金的需要，并为明年工农业生产的原材料储备和两大节日物资采购提供了一些资金。

虽然今年全省资金紧张的矛盾有所缓解，但并没有真正解决问题，明年资金形势将更加严峻。为此，金融部门正在分析情况，研究问题，力争从银行方面采取一些切实可行的措施，进一步治理通货膨胀，力争明年既能控制住货币、信贷总量，又能促进我省经济持续稳定增长。

（1988年12月22日《黑龙江日报》）

3. 从农村市场看供销社

——肇州县供销社经营状况调查

组织工业品下乡，是解决市场疲软的一项战略性措施。那么，农村市场的潜力究竟多大？农民的消费需求有哪些特点？供销社开拓农村市场是否可以有所作为？为此，记者不久前到肇州县作了一次调查。调查结果表明——

农村消费市场确有潜力可挖，主要表现在农民仍有一定的结余购买力，消费需求较大，但由于过去农民出售农副产品不能及时得到现金收入，再加上适销对路商品较少，致使农村市场销售平平

从肇州县城乡居民的购买能力来看。据统计部门统计，上半年肇州县城乡居民货币收入近1.29亿元（其中农民总收入为0.76亿元），扣除非商品性支出，购买力总额近1.02亿元，已经实现的购买力为1.07亿元，超出按上半年货币收入计算的购买力0.05亿元。截至6月末，全县城乡居民储蓄余额0.96亿元，手中现金0.1亿元，结余货币总额为1.06亿元，与上半年已经实现的购买力大体相当。当然，储蓄并不等于结余购买力，但如果引导得好，其中一部分还是能够变为现实购买力的。

再者，去年这个县农民出售农副产品收入的一亿多元中，当年只拿到0.5亿元现金收入，到目前尚有20%的“白条”没有兑现。同时，今年农民手里光积压的羊毛就有六十多万公斤。如果这两个方面都能

变成现金收入，农民的购买力还可以增加一大块。

从农民购买需求来看。肇州县是我省典型的农业县和非沿线县份之一，40万人口中农村人口约占3/4。据对生活水平比较高的托古乡新化村调查，去年人均收入500元。全村512户现已拥有电视机和洗衣机各200台、收录机300台、小四轮46台。农民反映，家里该有的摆设差不多都买了，现在不少人家都还有两三千元存款，今后的消费顺序是：一保生产，二建住房，三改善饮食，四增加摆设。特别是农村“建房热”久而不衰，建材类商品销售仍然看旺。常用药品在农村销量也很大。上半年约占全县供销系统销售额的20%。因为农民考虑去医院看病不如自己买药便宜。农村人现在也很讲究穿着了，尤其年轻人更渴望能赶上时代“新潮流”，可是，现在购买喜庆商品和服装都得进城，农村没卖的，有时连应季服装也没有。

从供销社经营工业品现状来看。供销社的经营阵地主要在乡（镇）村。但是，近几年供销社的经营很不景气，因为个体商店遍布城乡各地。肇州县全县310个自然屯，平均每两个屯有一个供销部，而平均每一个屯就有两个个体商店；加上农村的购买力大量涌入城市，使供销社的商品销售额日益下降。与去年同期相比，下降了21%，而个体商业则上升35%。究其原因，就供销社本身来说，一是适销对路品种少；二是经营管理不善；三是重效益轻服务。除了上述主观因素之外，还有一些客观原因，比如——

政策上缺少相应的保护措施，政府职能部门收费过多，一些商品实行专营、专供也在很大程度上削弱了供销社的主渠道作用

农副产品经营政策“春定秋变”，使供销社的资金紧上加紧。譬如，供销社去年春天与农民签订的6万亩高粱收购合同，因政策改变而作废了；10月份以前收购的3000吨葵花子，也由于12月份政策性调整，使三分之二的葵花子一直压到今年5月才出手。这就不能不造成供销社的资金周转不灵，紧上加紧。

一些政策厚国营、薄集体，使供销社亏损包袱越背越重，难以自救。供销社与国营商业同属主渠道，但是，政策规定却大不相同。例

如，供销社的贷款利率就高于国营商业。仅此一项，肇州县供销社去年就多付利息60万元。有的还要受到加息和罚息处罚，这使那些“空壳”的供销社，更加积重难返。

政府职能部门的某些行为，加重了供销社的负担。各种各样的摊派、名目繁多的检查，使供销社难以承受。据一个基层供销社反映，验一杆秤收费5元，一年验了4次，比买一杆秤还贵；收取劳动力管理费人均1年近50元；营业员“乙肝检查”人均25元，等等，而这些支出又不能入账。

工业品经营受专营、专供品种制约和利差影响，使供销社的经营门路由宽变窄。不但烟、酒、食盐等实行专营、专供，而且有些放开的品种，如麻袋、轮胎、化工产品、水泥、玻璃等，有不少地方也不允许供销社经营。至于那些畅销品，更难摆到供销社的柜台上。这就使供销社的这个“主渠道”越变越窄。

商品销售差价率多年不变，而商品流通费却逐年提高，尤其是农村路途偏远，费用增多，使他们的经营常常处于亏损的边缘。即使经营比较好的肇州县，从13.5%的综合毛利率中扣除各种必要的经营费用外，纯利率最多也只有1.5%，经营稍有不慎，就是负效益。而个体商店则多数不受上述限制。由于不在一个起跑线上，今年上半年，肇州县二井乡17个供销社网点销售工业品100万元，略有亏损；而47个个体商店则销售130万元，赢利26万元。

据了解，肇州县13个基层社去年以前均无亏损，可由于上述种种原因，到今年上半年已有6个亏损，亏损额20万元，盈亏大体相抵。

但在外部条件大体相同的情况下，也有不少供销经营情况好的，肇州县二井供销社中就有半数供销部实现了时间、效益双过半。这些单位用自己的实践证明——

工业品经营的好坏，关键还在于工作。农村市场相当广阔，供销社不仅在挖掘潜在购买力上能够有所作为，而且在引导农民致富、不断增加新的购买力上，可以继续大显身手

在肇州县供销系统中，工业品经营比较好的单位，他们都有一条共同的经验，就是把销售当作活化资金、调整结构的中心环节来抓，利用当地信息快、情况熟的特有优势跟踪购买力，走街串户，带样推销或预约销售。为了扩大销售，他们根据具体情况，以不同形式进行承包经营，明确责任，兑现奖罚，调动了职工的积极性。为了解决多年来形成的不合理库存和资金占用问题，他们翻箱倒柜，不惜降价处理有问题的商品，不怕把库存卖光，把压死的资金变活，尽快投入周转。在进货渠道上，他们抓住生产厂家和批发部门商品压库的契机，以及时交付销货款为条件，广泛开展信用赊销业务，不仅解决了进货资金不足问题，而且增加了适销商品来源。同时加强销售服务，以当面安装、调试、售后保修、保换保退等种种办法，吸引了大量购买力。

肇州县的一些基层供销社，还采取以工业品与农民等价交换农副产品的办法来扩大销售。全县供销社系统收购的3000吨葵花子中三分之一是用100万元工业品换来的，县土产公司还用杂骨换出两百多箱肥皂。

此外，采取提前预告、定点定时带工业品下乡赶集等办法，也可以扩大一块营业额。

肇州县供销社还积极帮助农民拓宽致富门路。仅推广玉米地套种红芸豆一项，就为农民增收两三千万元。去年为农民的股金保息分红，又使农民增收57万元。这不仅壮大了农民的经济实力，而且也为供销社进一步开拓农村市场提供了新的资金来源。

（1990年9月3日《黑龙江日报》）

4. 企业呼唤股份制

——哈市机械行业领导干部如是说

机械行业是哈尔滨市这个老工业基地的支柱产业。这个行业转换企业经营机制，对老工业基地改造具有重要作用。党的十四大召开第二天，哈市机械局组织本系统经营状况好、技改任务重、领导班子改革意识强的一些大中型企业召开转换经营机制座谈会。企业负责人对转换企业经营机制，尤其对企业进行股份制改造呼声很高。

局长夏绍袭：局领导班子议论几次了，认为实行股份制是国有企业转换经营机制、增强活力的有效途径。工业企业改革到现在，经营机制并未发生根本变化。在这种情况下把企业推向市场，如同把捆着手脚的游泳运动员推到水里，难免淹死。要把公有制具体化，走股份制道路，把企业变成各方命运的共同体，企业才能有生机和活力。

阿城继电器厂厂长金科：不管搞股份制还是别的什么，我都干。道理就一个，不干只有死。现在国有企业的运行机制是个癌症，早晚得死，不如死前折腾折腾，兴许还有活路。这不是危言耸听。现在南方的一些集体、私营企业把原始的资本积累手段和现代的经营方式结合起来。干10年可能赚10亿，其手段比资本主义那套都厉害。我们呢？10年后可能不存在了。我们的职工工资表面上没有人家打工妹高，但如果把住房、就医、取暖、退休劳保、孩子入托等社会福利这一套加起来，支出不低于打工妹，而企业效益却与人家集体企业没法比。这样的企业为什么还能活到今天，主要靠40年攒下的这一点基础。如果广东搞电饭煲的哪天一个梦醒来，用八屋一厨把我的技术力量都弄过去也搞继电器，用不了两年我们就死无葬身之地。人家把企业推向市场的同时可以把人推向社会，（夏绍裘插话：适度的失业和劳动力市场都是企业的需要）我们不行，叫企业消化，企业怎么消化得了？我们企业从上到下都缺乏一种激励机制，只找得到握有权力的人，找不到负有责任的人。管不好，厂长什么都失不掉；管好了，什么也捞不着。下边也一样，干好了，我只能拍拍分厂长肩膀："老兄，行，这个赢了！"不过，傻干的恐怕也就我们这一代人了，加上我们领导了一帮傻得可爱的人，他们市场意识不强："厂长，听你的，往哪冲？"

总之，企业现在是个倒霉的角色，连向银行借贷买的设备也是国家的，凭啥企业还去积累资产？不如多分点，大伙还说我好。股份制企业就不一样了，产权界限明确，谁积累就是谁的。职工股意义很大，关心企业就是关心自己的利益。我把继电器分厂放了，啥也不管，只按规定缴利。结果，仅两个月成本就降了下来，这是真的白花花的银子。现在我厂劳力过剩，但每年还得雇几百人干烧锅炉等脏、累活。否则，白天安排职工干，晚上就有说情的，何苦？而且，一个月指标干完就没劲，总要千方百计把成本整到规定指标，决不下降 1 分钱。如果搞股份制，这些问题自然就解决了。干部这块也一样，董事会看我值多少钱？像现在这样累得要死，一个月只给 300 元，我就"拜拜"了。

只有改革，企业才有活路。我厂争取第一个搞股份制，越快越好，面越大越好，我厂要求全搞，百分之百。我们已准备好方案，只等上边的意思了。

哈尔滨轴承工业总公司经理侯连君： 搞股份制，我厂干部、工人都有积极性。如果上边也有积极性，就能干起来。希望中央有规范化文件作指导。我们准备了两个方案，一个是逐分厂进行。有一个分厂今年风险抵押到期，可将风险抵押金转股份。两三年内各分厂都搞完，届时全厂投入产出总承包结束，可与股份制对接。第二个方案是一步到位，全厂都搞股份制。提三点要求，一是希望市里各有关部门联合派人到厂里来和我们一起按规范化模式推进，不要反复汇报、审批，来回折腾。二是希望改革配套进行，不要企业实行新机制，上边管理还是老一套。三是搞股份制，企业办"社会"这块如何处理，希望有个说法。

哈尔滨空调机厂厂长高延生： 企业的日子越来越不好过，国内一些地方来我厂招聘技术人员，我放了不行，不放又解决不了住房等问题，非转换经营机制不可。我们已为股份制改造做好了人员培训和方案等方面的准备，上边什么时候说干就干。只是希望外部环境透明度大点，不能老是探讨。搞股份制有些实际问题要解决，既要尽可能规范化，又不要非规范化了才能干，应根据实际情况，积极稳妥推进。

哈尔滨蓄电池厂副厂长米子芳：我们对股份制有些问题弄不清，有点等的思想，市里如果决心干，我们敢干。但要有政策，一是还贷上，能否新、老账分开算；二是核定有关指标时要考虑职工入股比买债券合算才行。

哈尔滨农业机械厂副厂长于跃武：搞股份制是国有企业实现“四自”的有效途径，但我们农机行业利小，职工不入股咋办？以前总说国有企业是大家的，但有的职工到死也没拿到自己的那一份。厂里办第三产业集资，职工说：“没银行担保不行。”有能力的职工要求走，厂里拴不住，没能力的留下咋办？现在需要考虑股份制起步时如何拴住职工。

市体改委副主任徐文华：搞股份制的目的，不仅仅是为了解决资金紧缺问题，主要是为了转换经营机制，解决所有权不到位问题。进行股份制改造必须规范化，不能搞“土特产”，基本原则不能变，将来才能与市场对接。国家体改委已经发了《股份有限公司规范意见》和《有限责任公司规范意见》及其他一些文件，配套文件还将发一些。进行企业机制改造，有其特定的运行规则，一时解决不了的，可考虑过渡，如必须中止承包合同等。搞股份制，不能再抱着要优惠政策的想法，不可能再吃偏饭。市里已成立一个领导小组，办公室设在体改委，待选定试点企业后，我们将到企业去和大家一起推进。各部门要按国家有关配套文件的要求帮企业搞，即使不能一步到位，也一定要配套进行，比如股份制的会计制度就不能再搞预算内那一套。企业办“社会”问题，原则上要剔出去，股份制企业没有义务对社会设施进行补贴。原则上目前只能选择技改任务重、效益好、有后劲、班子管理水平高的企业。搞股份制必须搞好资产评估，有人担心资产评估高了企业不合算，企业可以把增值部分折股出售。还贷问题上，因为股份制企业是股东集资，可能税前还贷。为推进大中型企业进行股份制改造，市体改委将成立一个咨询机构，进一步强化服务功能。

局长夏绍袠：我们要创造条件加快股份制改造步伐。大家不要说完就撂下，回去马上把方案报局里，局里成立一个推进小组。企业改股份制后将纷纷脱离机械局，但为了企业的生机和活力，我这主管局情愿做自己的掘墓人。

（1992年11月6日《黑龙江日报》）

5. 东西合作
——中西部乡镇企业发展新思路
就支持乡镇企业发展问题访何林祥副行长

到去年底，中国农业银行实际发放的158亿元乡镇企业贷款中，有100亿元及时足额投到了中西部地区，此举足见中国农业银行执行国家方针政策之坚决，措施之果断。

自从国家确定每年增加100亿元贷款支持中西部乡镇企业发展之后，中西部地区从上到下无不翘首以盼，跑地方政府要指标要钱要上项目有之，跑中央部委银行者更有之。如果当芝麻盐撒，平均分配，继续支持中西部地区走“村村点火、户户冒烟”这种技术起点低的粗放经营的老路，不仅达不到预期效果，反而会加剧资金短缺、效益低下的矛盾。

如何运用好这笔贷款，收事半功倍之效，农业部门提出了“东西合作示范工程”方案，中国农业银行去年这一年在实践中也进行了认真探索，并取得了积极成效。“东西合作示范工程”方案要领何在？如何操作？农业银行及有关部门从中扮演什么角色？就此问题，日前记者采访了中国农业银行副行长何林祥。

何林祥副行长说，这件事确实为众多方面所关注。中央去年确定把中国中西部乡镇企业发展作为农村经济的发展重点，为此农业银行在执行中加大了贷款力度，由50亿元增加到100亿元。中西部乡镇企业问题从外部看是资金问题，实际主要还是项目选择问题。选好一个项目不容易，既要有市场、人才、技术，又要确保资金使用效益，管理也得跟上去。而中西部地区受上述条件制约，不少乡镇企业效益不理想，不能按期还本付息。加之整个经济发展起步晚，局限性大，对市场变化也不敏感。当然，资金紧张也是其乡镇企业起步艰难的一个制约因素。而东部地区乡镇企业发展早，技术和管理上有很大优势，但是现在东部地区劳动力价格提高，原材料和市场大部分两头在外，而且大部分在中西部地区。所以，从全国看，乡镇企业发展中遇到一个突出问题，就是如何让东部和中西部优势互补，互利互惠，共同发展，共担风险。这也是大势所趋，现在已有很多东部乡镇企业到中西部找资源，找合作伙伴，形成集团经营，生机勃勃。这个情况启发我们：支持中西部乡镇企业发展必须与支持东部发展联在一起考虑。年前贯彻执行中央农村工作会议精神，农业部门提出“东西合作示范工程”，与我们的想法正好合拍，其实质也是促进东部和中西部乡镇企业横向联合，形成以东部骨干企业为龙头的一些全国性的企业集团，既可缓解东部资金、规模紧张矛盾，也能带动中西部乡镇企业发展。这是农村经济，特别是乡镇企业发展带有战略性问题。

何林祥副行长对记者说，在这项工作中，各级政府和国家银行应发挥调节作用，有很多工作要做。政府部门应根据国民经济发展总体规划要求，搞好东西合作示范工程的规划，制定相关政策和措施。从农业银行来讲，首先我们应遵循这样一个原则，即按市场经济规律，主要运用经济手段引导东部和中西部乡镇企业在保证经济效益、互惠互利前提下的自愿组合。二是在贷款安排上要明确一条政策，即把优先支持东西合作示范项目作为乡镇企业信贷重点，在今年工作中把它突出出来。特别是全国性的示范项目，能保证经济效益的，要优先安排。大体上100亿元中要拿出不少于5亿元支持“东西合作示范项目”，但这5亿元不做专项贷款安排。农行既要执行政府的政策导向，又要坚持国家银行的贷款原则，目的就是使示范项目真正起到示范作用，对项目和企业负责。三是这项工作首先由农业部按区域产业政策提出国家级项目建议，作为贷款项目库，农行从中择优选贷。四是这些项目或企业集团在其所在地农行开户，接受所在地银行监督管理，并且就地申请贷款，由所在地银行按贷款条件严格审查，自主进行贷款决策。做好这项工作需要各级农行、农业部门及各级计委、经贸委密切配合。

据何林祥副行长介绍，每年拿出100亿元支持中西部乡镇企业发展，其中优先支持中西部与东部发展横向联合，这项工作将进行到本世纪末。国务院最近将对此做出明确部署，农业银行现正与农业部衔接，制定出跨地区企业集团信贷管理办法，争取尽快与信贷计划一起下达。

（1995年1月27日《中国城乡金融报》）

6. 唱响主旋律

——农行全面加强和改进党的建设工作综述之一

“学理论、议大事、转观念、出思路、建班子”，被农行党委视为近几年的工作主旋律。

为了提高行党委的领导水平和决策能力，提高党委成员的政治理论素养，建强班子自身建设，增强党委一班人的凝聚力和战斗力，农业银行作为国有商业银行，其性质决定了行党委既要坚定不移地贯彻执行党的路线、方针、政策，与党中央保持高度一致；又要全力以赴地进行商业化运作，提高综合竞争力。为此，农行党委近几年始终把政治理论学习、经济理论学习、法律法规学习放在十分重要的位置，把锤炼思想、塑造灵魂放在第一位，作为工作的主旋律来抓，在实际工作中发挥了巨大的思想政治作用、理论保障作用和带头表率作用。

——加强政治理论学习，注重突出重点，把学习中央领导同志讲话、学习中央重要会议精神和学习经济金融工作理论知识紧密结合

一是选读了马列著作和毛泽东著作，重点学习了邓小平理论，和江泽民同志的“三个代表”重要思想。二是及时学习、传达、贯彻党中央国务院重要会议和文件精神。三是适应市场经济形势发展变化和国内外金融机构激烈竞争的需要，特别加强了对经济、金融、科技、法律和世贸组织基本知识的学习。

——采取多种学习形式和学习方法，做到党委中心组集中学习和党委成员个人自学结合；对重点问题集体研讨和请专家专题辅导结合

一是党委中心组定期安排集中学习讨论，实行定时、定人、定内容的“三定”原则，把好学前、学中、学后三个环节。二是党委中心组成员八小时以外主动自学。他们结合本职工作，努力学习必读书目和经济金融理论知识，做好学习笔记，撰写理论文章。行长尚福林撰写了《深入学习“三个代表”重要思想，充分发挥党员先锋模范作用，促进农行改革与发展》的文章，并对总行机关全体党员进行了一堂生动的党课教育；尚福林还在农行天津党校作了题为《深入分析“入世”新形势，趋利避害，争取农业银行改革与发展主动权》的报告，在 APEC 国际金融与高新技术论坛上作了《高新技术产业与商业银行的更紧密携手》的演讲。

学习方法上也做了一些新的尝试。一是召开专题讨论会。去年 11 月召开了应对“入世”专题讨论会，党委中心组成员和全国一级分行、直属分行行长以及基层行代表进行了为期三天的学习讨论，取得了共识，明确了如何从全局高度、战略高度来处理和解决农行面临的新情况、新问题。二是举办专题讲座。农行党委多次邀请专家学者就重大疑难问题进行辅导讲座。三是学习先进典型。近几年，农行涌现出许多全国金融系统先进典型，如绕财富、王希、张建新等。农行党委中心组成员认真听取了先进模范人物事迹报告会，并通过召开电视电话会议、下发文件等多种形式，号召全系统向先进典型学习。四是参观“反对邪教、崇尚文明”展览，观看反腐倡廉影片等。

——针对一系列重大问题加强政策理论学习，在学习效果上做到提高综合素质与卓有成效地指导具体工作相结合

进一步理清了农行改革和发展中急需解决的一些重大问题，并带着这些问题到基层调查研究。2001 年安排了两次为期一周的集中调研活动，2002 年是转变作风年，6 月份已经安排了一次调研，后几个月还将按计划集中安排 7 个专题调研。许多事关农行改革和发展全局的重大问题都是在学习和调研的基础上发现并加以解决的，从而进一步提高了党委一班人的决策能力和领导水平，开阔了视野和思路，对农行的未来和发展极具重要意义。

最近，农行党委又对照中组部、中宣部《关于加强和改进党委（党组）中心组学习的意见》和中央金融工委的有关要求，对学习问题做了自查，明确今后必须根据党中央、国务院的工作部署，把工作难点作为学习重点，把党中央和国务院赋予农行的任务和要求作为学习主题，始终掌握思想方法和领导方法这条主线，着力培养党委成员运用马克思主义立场、观点、方法解决实际问题的能力和水平，达到提高农业银行综合竞争力这一根本目的。

（2002 年 10 月 25 日《中国城乡金融报》一版要位）

7. 强大的组织保证

——农行全面加强和改进党的建设工作综述之二

自金融系统党组织实行垂直领导以来，至今已经四年多。四年多来，农行的经营利润实现了零的突破，业务经营打了一个漂亮的翻身仗：2001 年实现利润 11.52 亿元；2002 年前六个月已实现账面利润 35.26 亿元，同比增盈 19.35 亿元；不良贷款占比在去年下降 4.65 个百分比的基础上，今年上半年又降 2.32 个百分点。四年多来，农行正是通过全面加强和改进党的建设工作，为自身的改革和发展成功地进行了保驾护航。

基层党组织多、党员多，是农业银行特有的政治优势。为了充分发挥这一优势，带动农行整体业务上台阶、上水平，近两年来，农行党委按照"三个代表"重要思想，全面加强系统党的建设，制定了一系列党的工作制度、规章、措施、办法，加强了各级行单位领导班子建设，加强了基层党组织建设和党员队伍的教育管理，紧紧围绕改善业务经营、提高经营效益，充分发挥各级党委的核心领导作用、基层党组织的战斗堡垒作用和广大党员的先锋模范作用，有力地推动了农业银行的改革与发展。

——加强组织机构建设

按照中央要求和中央金融工委的部署，1998 年 8 月 12 日，农总行党委召开了第一次省分行党委书记、行长会议，对农行系统的党建工作进行了全面部署，农行各级党组织相继改党组为党委。这次改建不是一次简单的翻牌，而是一次对党委班子的重新考核、调整和加强。截至1999年1月1日，除西藏外农行系统所有基层党组织都按时完成了党组改党委的工作。

党的基层组织是党的全部工作和战斗力的基础，这项工作必须做好。为此，农行党委提出加强基层党组织建设必须做到“四个到位”和“三个转变”，即：思想认识到位、机构设置到位、组织管理到位、工作落实到位；变被动应付抓为主动自觉抓，变流于形式抓为真抓实干，变时紧时松抓为常抓不懈。按照这个思路，农行在全系统迅速配齐了基层领导班子和党务干部，提出了“支部建在营业所”的要求，同时采取“调整党员分布、机关下派党员、重点发展一线党员”等办法，逐步减少营业网点的党员“空白点”，使基层党组织逐步健全。

——建立党建工作机制

制度建设是加强基层党组织建设的重要保证。为了规范党组织工作，农行党委决定从实际出发解决制度建设问题。一是健全了发展党员工作的制度规定，明确了工作重点、程序、考察培训方法等。二是制定了《关于加强基层党组织建设的规定》，提出了指导原则、五项建设标准、八项基本制度，明确了党委抓支部建设的职责及考核方法等一系列重要问题。三是规范了党费收缴管理工作，制定了《党费收缴管理细则》、《党费会计核算办法》，对党费审批程序等都做了统一规定。四是规范了党内统计工作，并开展了“全优报表”评比活动，促进了统计质量的提高。总行党委组织部还被中宣部表彰为“全国党内统计先进集体”。五是建立了基层党建联系单位制度，在全系统确定了十五个不同类型的基层党组织作为总行的联系单位，为指导系统党建工作发挥了“窗口作用、示范作用、试验田作用”。

——建立良好工作氛围

1999年，农行结合实际在全系统开展了“争先创优”活动，2000年指导各分行普遍建立了基层党组织建设量化考核办法，先后下拨145万元党费支持分行建立党员教育活动场所，推广了陕西分行的“党员活动室”、山东泰安分行的“党员活动室”和“党员示范岗”工作经验。重点推广了浙江南浔支行党委以“文明学校”为载体、加强基层党建工作的经验，以及山东桓台县支行党委开展“四个一流、七在前”活动经验。在全系统树立了优秀共产党员绕财富、刘彦彬、王希等先进典型，推动了“争先创优”活动的深入开展，使广大员工更加爱岗敬业，努力做好本职工作，力争为农行的发展做出更多的贡献。

（2002年10月28日《中国城乡金融报》一版要位）

8. 按照“三个代表”要求塑造领导班子

——农行全面加强和改进党的建设工作综述之三

党员队伍建设，是党建工作的重要组成部分，而领导班子建设又是党员队伍建设的关键。农行党委面对新世纪要把我们党“建设成什么样的党、怎样建设党”这个根本问题，始终保持清醒头脑，坚持按照“三个代表”重要思想，从理论学习入手，认真抓好思想政治建设、组织建设和作风建设，努力塑造各级领导班子新形象。

——一是加强思想政治建设

农行党委历来重视加强领导干部的理论学习，制定下发了各级行党委中心组学习制度和理论学习考核办法，明确了责任部门、职责分工以及学习要求和考核办法，并定期不定期组织检查、考核，使各级领导干部的政治理论学习逐步规范化、制度化。目前各级党委中心组学习、脱产培训学习和自学三结合的学习制度已经形成，理论学习已成为各级领导干部的自觉行动。为了进一步增强省市分行班子的凝聚力和战斗力，农行党委还紧紧抓住民主生活会这一关键环节，以检查整改和廉洁自律情况为重点内容，组织、指导省市分行领导班子召开民主生活会。2001 年总行七名党委成员分头参加了十四个分行党委民主生活会，帮助分行查找问题、解剖问题、解决问题，以点带面。这一做法得到中央金融工委的充分肯定，并在金融系统予以推广。目前农行系统上级行党委成员参加下级行党委民主生活会已经形成制度，并成为加强各级领导班子建设的重要措施。

——二是加强组织建设

农行系统各级领导班子建设始终把健康和协调放在重要位置，下大力气为各级行打造肌体健康、团结合作、充满活力、奋发有为的领导班子。

积极改革创新干部推荐选拔机制，是农行组织建设工作的特点之一。2000 年全行逐步推行了处级及以下干部公开竞聘上岗，2002 年在全系统全面推开，总行机关及全行 37 个省市分行和三所学院结合机关“三定”全部实行了全岗和缺岗竞聘。2000 年，总行机关实行处级干部全岗竞聘，有 13 名原处级干部主动放弃竞聘，4 名原处级干部落聘。2001 年，全行有 15005 名科级以上干部通过公开竞聘上岗。

积极稳妥地推进干部交流工作和年轻干部的培养选拔工作，是农行组织建设工作的特点之二。农行从 2000 年开始对省市分行“一把手”实行了异地交流任职制度，目前已对 20 名省市分行“一把手”进行了异地交流。与此同时，还对部分分行副职进行了异地交流。总行机关先后从各省分行选拔了三批年轻干部交流到总行机关工作，仅 2001 年就有 80 人。2001 年总行机关还下派了 15 名处级干部交流到二级分行挂职锻炼，增加了他们的基层工作经验和为基层服务意识。据统计，2002 年全行首批共选出 74 名处、科级干部进行东西部双向交流，实现了东西部地区分行经营理念、经营和人才资源共享，培养锻炼了干部。

2000 年，农行党委向全系统提出了加强年轻干部培养使用的要求。两年来，各行都加大了年轻干部的培养使用力度，许多优秀人才走上了领导岗位。据统计，2000 年 6 月以来，全系统提拔的处级干部中，40 岁以下的占 62.02%，35 岁以下的占 20.72%。同时，许多省市分行采取考试、考核和公开竞争相结合的方式，建立了后备干部人才库，提拔干部基本都从后备干部库中选拔。

——三是加强作风建设

农行党委始终把反对形式主义、官僚主义作为领导班子作风建设的头等大事来抓，要求各级行必须实事求是，不搞花架子，密切联系群众，认真解决群众关心的突出问题。几年来，总行党委成员带头深入基层调查研究，帮助解决实际问题已经形成制度。今年以来，针对全行改革发展实际情况，农行党委确定了八大调研课题，党委成员作为课题负责人亲自组织调研活动。在总行领导的带领下，省市分行都建立了重点联系行制度，领导成员积极下基层调查研究，为基层解决实际困难，每人每年下基层时间都在两个月以上，多的达四个月。在各级领导的带动下，各级行工作作风都有了明显改进，工作效率和质量大大提高，各项业务都得到了快速发展，员工凝聚力、战斗力明显增强，对农行的未来充满了了信心和希望。

（2002年11月5日《中国城乡金融报》一版要位）

第七部分　新闻理论文章

1.　批评性报道一定要注重客观真实性

最近一个时期，记者写了一些批评性报道，引起一些反响。有同志感慨地对我说："搞批评报道真不容易，肥皂问题报道使你挨了不少骂哦。"也有人鼓励我："挨骂也值得，这些问题不批评不得了。光说改革好，可是老百姓连肥皂、成品盐都买不到……"但是也有人背后议论："整这些鸡毛蒜皮的事干啥，咋不抓'大官倒'呢！"这些说法多数来自同行。也就是说，自从本报今年9月9日和9月10日在一版上先后就哈市肥皂奇缺问题发表了《千余张条子助长了抢购势头——哈轻工化学总厂不得不用上千箱肥皂照顾"关系"》和《肥皂哪里去了？》两篇报道，反响十分强烈。来自社会各界的反响，记者已在《肥皂问题报道引起的反响与思考》一文中作了扼要叙述，无非是被批评者不满意，对记者施以种种责难甚至谩骂，而广大群众是称赞和欢迎的。但是，作为新闻工作者如果也人云亦云地诋毁新闻媒介的舆论监督功能，势必削弱这一功能，因为批不批"大官倒"，不是记者个人愿望和能力所能决定得了的。这种不负责任的议论除了某种心理因素之外，只能反映我们有些新闻工作者眼高手低，或者只喜欢歌功颂德而轻视批评监督，或者对批评报道知难而退。结果对治理经济环境、整顿经济秩序都是十分不利的，而且客观上也使人感到搞批评报道内外交困，难度太大了。

除了这次肥皂问题报道之外，记者去年和今年还写过两篇社会反响较大的报道。一篇是反映林口县一些政府官员和企事业单位长期到一个个体饭店赊账吃喝，致使该饭店负债4万多元、生意难以为继的问题。批评之后，反响很大。当时正值国家要求各地都要大力扶持个体经济发展，中纪委发出通知要求整顿党员风纪问题之时，报纸连续七次报道了赊账者还钱的情况，直到前去赊账吃喝的人都掏了腰包还债为止。另一篇是《哈市房管部门为什么强迫我搬迁》，反映哈市一名个体户状告政府部门以权代法的问题。这个报道目前只报了三次（尚未结束），规模虽然不大，但问题的性质很严重。因为现在有法不依，以权代法的问题普遍存在，严重干扰了改革的顺利进行。作为一名无权无势的个体户敢于状告实权很大的房地产管理部门不执法，这在我省还是头一次。因此，被告十分恼火，为了维护自己的尊严，不惜动用了各方面的力量，甚至拿出大量人力物力与原告打持久战，大有不获胜不收兵之势。目前，尽管法院一审已经判决原告胜诉，但被告仍不罢休，甚至在上诉状里要求法律部门也应维护政府职能部门的尊严，完全是一副以权代法，权大于法的面孔。

上述三个报道，记者在采写过程中曾遇到许多阻力，受害者（像林口县的个体饭店），由于畏惧某些权力部门管卡压而不敢反映真实情况；被批评者（像哈市房地产管理部门），由于害怕批评而千方百计回避记者采访；对问题具有旁证能力的单位（像哈轻化总厂）又不愿意公开作证等等。报道见报之后遇到的难题更多，一方面被批评者往往千方百计从报道的字里行间寻找记者的“失误”，或者拿出其他一些理由来以假乱真，强词夺理，像哈市房管部门就曾安排人想从报道中找出可以作为口实的问题来否定批评报道。另一方面，被批评者往往回避报道提出的主要问题，想避重就轻、就事论事地应付了事。如肥皂问题，有些部门只是根据某位领导同志口头说的“谁写条子就查谁，把买去的肥皂追回来”这样一句话，就到肥皂生产厂家找条子，然后落实到人头，从而开脱本部门风气不正的责任。哈市轻工局集体处一人曾气急败坏地给记者挂电话，说没找到他们写的条子，是记者给他们捏造的，要求登报更正。但市政府办公厅督办后来函也证明了市轻工局集体处确实写条子买了肥皂。南岗区公安分局更是一再来报社说他们没写条子，只在肥皂厂找到一张署有“南岗分局”8 月 25 日写的条子，并说“南岗分局”不光是公安分局，还有“税务分局”等等，因此，报纸上说的条子不一定是“公安分局”的。记者只好打开记录本给他看，根据现场记录南岗公安分局的条子是 9 月 6 日写的。但对方不承认，并让记者去工厂找给他看。后来记者给工厂挂电话问及“条子”问题时，有关方面负责人说，由于各部门都去查条子（实际是给厂家施加压力），记者当时看到的条子有些已经不存在了，因为厂家没有义务保管条子，等等。“条子”哪去了？不言而喻。

从上述批评报道中不难看出，批评性报道不仅调查核实难，报道之后解决问题更难。因此，如果记者在采写过程中稍有不慎，哪怕在细枝末节上稍有疏忽，被批评者也会钻空子抓住不放，纠缠不休，不仅无助于批评不良风气，反而会给被批评者以口实，借此以一攻十，认为报纸的批评都是不实之词，从而降低党报的威信。

为了充分发挥新闻媒介的舆论监督功能，记者在采访调查过程中必须实事求是，掌握足够的证据和非常有说服力的材料；形成报道时也不宜说过头话或者以偏概全，等等，应留有余地。记者在搞批评哈市房管部门的那篇报道时，为了弄清楚被批评者究竟有什么理由强迫个体户搬迁的问题，先后找过房地局二十来次，多次无人理睬。后来通过其负责人的亲属才和负责人联系上。但对方派来的有关负责人竟说他们有权力愿意把房子分给谁就分给谁，没有什么原则要遵循。记者虽然感觉到这话毫无道理，但不能凭感觉写报道，必须拿出有说服力的证据来。记者只好带着问题走访了省人大常委会。省人大是立法机关，有立法解释权，1986 年曾颁发了“房管条例”。依据这个“条例”，哈市房管部门在收回被“二房东”转租的公房后，必须和现营业户建立新的租赁关系，决不允许把现营业户挤走，把个体经济挤垮。否则，哈市将有 5000 多户个体户重新失业。因而，哈市房地局说“没有什么原则要遵守”的话是根本站不住脚的。记者找到了充分根据后才完成了这篇报道，并请省人大的同志给这篇报道撰写了短评《要依法办事》。

同时，上述三个报道，由于反映的完全是客观事实，并且都是针对广大群众十分反感的社会问题提出的批评，具有一定典型性，因此起到了触类旁通的作用，受到广大读者的欢迎，也受到省市领导的重视。尤其是肥皂问题报道，由于党中央一再强调在治理整顿中一定要保证人民日常生活必需品的供应，省市领导也十分重视这一问题，使肥皂供应问题很快得到了解决。最近由于肥皂厂缺少原材料而停产，省市领导又研究了解决办法。广大群众也从报道中了解到买不着肥皂不是政策问题，而是社会上的不正之风、流通渠道不畅造成的，从而认识到要改革就必须治理环境，整顿秩序，使报道收到了很好的社会效果，对宣传党的大政方针起到了积极作用。如果被批评的一些部门和单位也能认真对待批评的话，社会效果可能会更好一些。

通过这些批评性报道，记者体会到真实是新闻报道的生命。尤其是批评性报道，既然要执行舆论监督的使命，就更应当注重客观真实性。要在充分调查研究的基础上，把主要问题清清楚楚地摊开，不要装点修饰，也不要含混不清、模棱两可，更无须添加过多的说明和注释，相信读者自会鉴别的。因为凡是急需舆论监督的问题，都与当时的大的政治环境有关，群众十分敏感。只要把问题明明白白地放在大的气候里，读者自己就会分析思考，相互议论，得出结论。记者过多的议论反而易于导致主观片面性。对于其中实在需要引申开去的问题，可以另外配发言论来阐述。

（原载 1988 年第六期《黑龙江日报通讯》）

2. 揭开“肥皂紧缺”之谜

《千余张条子助长了抢购势头——哈轻化总厂不得不用上千箱肥皂照顾关系》、《肥皂哪里去了？》这两条消息是在抢购风迭起、火柴和肥皂等日用品紧缺、黑市价格暴涨，群众怨气很大的情况下采写的。肥皂紧缺是生产厂家生产问题，还是流通领域里的问题，记者有责任揭开这个谜。

在采写这两条消息之前，记者曾对抢购和挤兑储蓄问题进行过社会调查，明显感到“官抢”问题十分严重。但要拿到有说服力的证据很难。因为新闻记者调查手段有限，没权到处查看票据，而且由于不懂业务也看不明白，只好请求物价检查部门予以配合。当时由于外省肥皂已经涨价，省物价检查所正要去生产厂家检查肥皂是否已被高价销往省外等问题。当记者随同物价检查人员到哈尔滨轻化总厂了解情况时，有关方面负责人无意中说道：“缺肥皂都是当官的弄的，他们带头抢购。这半个月光政府部门来走后门买肥皂的条子就有十几本。”在物价检查人员查看销售票据时，记者向厂家要“条子”看看，结果真的找出了十几本。这些“官抢”条子令人十分震惊：一是求购数量大，二是来自政府职能部门的多。还有许多“条子”上含糊其词地写着“老领导”、“一位朋友”、“我的亲属”等字样。为了弄清楚是否都属于“官抢”，记者请厂家找来知情人。经了解，该厂已规定内部职工一律不批，外部关系单位来买的必须经厂长批准。这些关系单位包括工商、税务、公安、电业、铁路、粮库等部门。厂长为了在水、电、油及其他原材料和运输方面减少不必要的麻烦，不得不批。为了避免消息单纯综合叙述所容易造成的失真、模糊、主观片面性，增加可读性，同时更为了使“官抢”问题充分曝光，在报社领导的支持下，在反映情况、提出问题的前提下，报道把“官抢”单位逐一列出，并在检查的当天晚上就以醒目标题《千余张条了助长了抢购势头——哈轻化总厂不得不用上千箱肥皂照顾关系》发稿。第二天，记者又随同物价检查人员检查了流通领域的肥皂销售情况，发现又是种种“关系”在对肥皂进行围追堵截，使进入流通领域的那部分肥皂又全部渗透在层层关系网中，结果没有一块肥皂能够摆进商店柜台销售。检查的当天晚上，记者又以《肥皂哪里去了？》为题，以围绕着小小肥皂的诸多“条子”为典型，把扰乱了经济秩序的“官抢”问题作了重点披露，引起社会各界普遍关注。群众感到党报为他们说了话，出了气；监察部门也赞扬党报敢于碰“硬”。由于对“官抢”问题抓得准，揭示得比较深刻，省及哈市党政领导十分重视，迅速组织查处，不仅使参与“官抢”的有关部门受到很大的触动，把不准党员干部参与抢购作为纪律定下来，而且很快解决了肥皂经营秩序混乱问题，使肥皂三天后即开始摆进大小商店柜台平价销售，抢购风有所收敛，类似肥皂、火柴、食盐等生活日用品产销问题也随即引起重视。

这一组报道，使记者很受启发，即要想真正发挥新闻媒介的传播和舆论监督作用，首先必须思想明确，主题突出，通过调查研究拿出有充分说服力的事实作依据，在写法上尽量全盘托出，不随意删减，这样，既可以做到客观真实，又便于读者一目了然地通过报道对问题进行独立思考，起到举一反三的作用。

（1988年第六期《黑龙江日报通讯》）

3. 浅议新闻市场的“倾斜”现象

早就有人议论：新闻市场“倾斜”了！新闻市场一边倒了！新闻市场没有“新闻”了！这里所说的“新闻”，就是指那些为读者所喜闻乐见的、真正意义上的新闻报道。确实如此，好多年以来，脍炙人口的新闻报道真的是越来越少了。而且，这种现象反倒越来越被认为“正常”。

我们的许多新闻媒体，无论是以新闻为主的报纸版面，还是广播电视节目中的新闻节目，每天都有那么多或长、或短、或新、或旧的报道被当作新闻予以刊播。可是，认真看一看，仔细听一听，竟很难找到一条像样的新闻。而且，报纸的新闻版面经常是“千报一面”，广播电视的新闻节目也经常是“众口一词”。这种统一的内容、统一的口径，甚至在很长一段时间里都没有任何变化。可是，刊播这些无聊报道的媒体反倒越来越多，从省、市，到县、乡、村，以及厂、矿、店、校、所……凡是有人群的地方，就有媒体在发声。而且除了日报，还有早报、晨报、晚报、时报等等，凡是能想到的无所不有。因此，这种不是新闻的新闻就铺天盖地而来。只是很多人拿到报纸或打开电视、广播，因为找不到可看的新闻而只能浏览一下标题、目录，便弃之而去。甚至连报人自己都不愿意看报纸了。这样的“新闻”报道，难道还能说得上是“新闻”吗？媒体多了，新闻反倒少了。那么，“新闻”哪去了？是社会上没有新闻发生吗？还是写新闻的人少了呢？认真追究起来，不仅写“新闻”的人少，甚至认真管理新闻的人都少而又少了。

因此，在浩如烟海的新闻作品中，只有极少数报道被评为好新闻。而这“好新闻”，还仅仅是新闻单位从自己角度所做的评价。如果把它们交给社会、交给广大人民群众去评判，恐怕能够称得上好新闻的就更微乎其微了。

所以，如果从市场角度来看这一问题，报道者是卖方、读者是买方的话，那么，目前的新闻市场就明显地出现了极度倾斜的现象。为读者喜闻乐见的新闻报道几乎踏破铁鞋无觅处，而报道者急于出手的作品又得来全不费工夫，连篇累牍，却不受读者欢迎。弄得新闻组织出版者煞费苦心地不断出台新方案，甚至不得不硬性派购报纸，硬塞给读者，新闻出版界变成了“垃圾”制造者。

究其原因，笔者认为，主要还是新闻工作者缺乏社会责任感，缺少与市场经济相适应的竞争意识和新闻报道的前瞻意识，还仅仅把新闻报道当作一般性工作来应付，因而新闻敏感性不强，不能努力深入社会去挖掘新闻。此外，由于长期受传统思想意识的束缚，加上落后的经济、文化生活，以及政治上“左”的东西积淀太多，致使一些政府官员、一些新闻工作管理者、一些新闻工作者瞻前顾后，不敢、也不想拿个人的政治生涯去冒险，因此不敢敞开胸襟，不敢袒露心声，不敢放开手脚。其实，这里说的敞开胸襟、放开手脚，并不是要与上边的“规定”对着干、相抗衡。因为即使是在相关“规定”允许的范围内，也有许多新闻等着记者去探索，去挖掘，互相之间展开竞争。

因为在商品经济社会里，人们不仅从事经济性活动时充满了竞争意识，而且在进行政治、文化、甚至人际交往等社会活动时，也都有着很强的竞争意识。因为只有头脑中充满竞争意识，才能选择最佳角度、寻找在最恰当的时机、采取最优方式进行活动，才能赢得对方信服，赢得第三者赞许，达到预期目的。新闻报道也是这些活动的一部分，因此新闻工作者也必须有很强的社会责任感，必须树立强烈的竞争意识，必须下大功夫到社会生活中去寻找新闻，从而才能写出好的新闻报道，才能被读者认可，才能有利于遏制新闻市场的倾斜。

笔者谨以某省报为例来说明这个问题。1984 年 3 月 3 日关于某省七届二次人代会的报道，除了会议消息之外，还推出了“会外之声”新栏目。这个栏目可谓新颖别致，单从名目上看肯定会赢得广大读者的青睐。然而内容上却令人大失所望，仍旧没有走出往日报道的旧格局，不失为典型的穿新鞋走老路。首先是信息来源面窄。组织者没有分兵把守各个山头要隘，报道者也没有深入广大人民群众中去，而是沿袭以往，选择了那些最容易采访、最喜欢人云亦云、最不容易产生新闻的社会表层进行访谈。其次是报道内容层次不高。人民代表大会是体现人民大众的资格与权利、反映人民群众当家做主人的会议，人民群众也对人代会寄予了厚望。它与人民群众息息相关，与政治生活的透明度息息相关，与落实党的方针政策息息相关。然而组织报道者们似乎并没有从这些层面上予以考虑，而是跟以往一样泛泛而谈，一味推销那些连自己都不感兴趣的会议情况反映，没有反映出人民群众内心的期望，致使这一信息产生了负面效应——读者普遍感到这些报道是在装腔作势，这一栏目也徒有虚名。而那些真正有价值的新闻却没有得到重视，没有被挖掘出来，或者是被忽略、被抛弃了。然而，最重要的还是这样的现象并不只发生在这一天的报纸上，更不只发生在这一家报纸上，几乎所有新闻媒体无一例外。

据一位新闻报道者说，人代会刚刚开幕，即有许多来自各地的上访者和上访信件，他们提出的问题大多涉及改革不到位、或政策不落实、或官僚主义作风严重等等。这就给记者深入挖掘新闻、把会上与会下、会内与会外结合起来进行报道提供了条件，记者完全可以采取积极的态度进行报道。可是事实却不是这样。比如：记者完全可以对这些材料分析比较后做一个综述，找出其中应该解决而又能够解决的政策性问题，提供给有关部门参考。或者就人民群众普遍关心的问题，对人代会相关人员进行一次访谈，从正面发挥舆论的宣传和监督作用，使人代会更接近人民群众。据说，这些上访者中有一位个体户，之前曾反映某市行政执法部门滥用权力，以权压法；而执法机关又慑于权势，对此案长期不做裁决。因为这类问题当时普遍存在，因而新闻单位对此案曾三次公开报道，但舆论监督亦无济于事。于是这个个体户希望新闻单位能将此材料转呈人代会，希望人代会能予以重视。不料，这个材料却被人代会秘书处挡驾了，他们说："个体户让转交就转交啊？……连个公章也不盖就转交？"这种情况原本就是"会外之声"，与会记者完全可以选一个合适的角度进行报道，而且还可以紧追不舍，把这些上访人和上访信中的提出的问题以及人代会的处理意见和处理结果公之于众。这样做，一是可以增加人代会工作的透明度，增加人民群众参政议政的主人翁意识，推进政治生活民主化。二是可以促使国家机关进一步了解民情民心，及时按照党的方针政策解决一些久拖不决的问题。这样做，不仅人民群众提出的问题有了处理结果，人代会的威望也会大大提升。三是如果信中确有不实之词，公开报道也可以对上访者仅从一己之利出发、歪曲事实的错误做法，起到批评教育作用，从而提醒民众任何时候都要坚持实事求是，不能滥用民主权利。四是还可以增强新闻报道的舆论监督功能，密切党的“喉舌”与人民群众的联系。这样的新闻报道才具有真正的新闻性和新闻价值。即使其中有些问题不确切或有很大的片面性，甚至带有根本性的错误，也不妨予以公开。因为其新闻性不仅在于上访内容本身，而更重要的在于人代会的立场和对待人民群众的态度和方式。可惜，直到省七届二次会议闭幕，“会外之声”的使命也随之结束，这样的报道一次也未见诸报端，不知究竟是在哪里被搁浅了。

这家省报关于七届二次人大和政协两会的报道不下百余篇，然而据有关部门对读者的抽样调查表明，为较多读者所关心的报道仅有十几篇，而且多是关于教育、森林资源、豆腐生产经营以及物价等热门话题。如果再仔细看看其内容，就会发现这些报道的探讨层次也过于肤浅了，有的只是一带而过，读后难免索然寡味。

当然，由于种种局限和“规定”，新闻报道的组织者和编采人员自然也有其苦衷和无奈，不得不如此，对此大家也都心知肚明。比如两会的报道就是这样，因为其政策性很强，不是群众期望值较高的所有问题都能拿来报道，或者都能马上得到解决。其中有些问题虽然与当前政策关系不大，但因受到国情、国力和其他一些条件的束缚而无法立即解决。也有一些问题是党和政府早已洞晓，只是一时还难以解决。但是，即便如此，新闻工作者也并非只能三缄其口。一是因为报道尽可以说明情况，区别对待。二是也应该相信人民群众的觉悟程度和理解能力。而且即使在那些被限定的报道范围里，也并非只能人云亦云地发表那些不是新闻的“新闻”，更何况很多事情如果换个角度，或者变换一种说法，就一定能写出新闻来。这需要编辑、记者动动脑筋，有点竞争意识，做个有心人，下点儿功夫去挖掘。而且，在现实条件下，政府与人民群众之间最重要的就是互相理解，协同动作。而新闻媒体也正是二者之间的一条纽带和桥梁，是协调各方面关系、推动社会发展的重要工具，既要传播党和政府的声音，也要传递人民群众的愿望、要求和意见。如果新闻工作者都能意识到自身所肩负的这一光荣使命，就一定能增强社会责任感，增强新闻敏感度和竞争意识，从而推出好的新闻报道来，而不至于以各种理由应付差事，无所作为。有一位报道组织者曾说过一句很有代表性的话：“唉，管那么多干啥？上面让怎么报就怎么报呗……反正两会也快开完了。”正因为很多人都抱着这样一种心态，缺乏新闻意识和竞争意识，致使一些真正有价值的新闻流失了，最终加重了新闻市场的倾斜，助推了新闻报道的一边倒，由此形成了一种一厢情愿的卖方市场。

可喜的是，最近已经有一些媒体正在试图改变这种一边倒的现象。比如，中央电视台的新闻联播节目就在不断革新，先是推出了“一句话新闻”，由于有些报道内容虽然不多，但是一句话又说不清楚，于是又改称为“短新闻”，继而又改为“简讯”，目前又重新称作“一句话新闻”。此外，还新开辟了带音响的“科技动态”、“文化动态”、“时代人物”、“国际新闻”等大字专栏性镜头。形式上可以说比之前灵活多了，不再像以前那么单调、呆板了，遗憾的还是内容上并没有多大的突破，为广大观众所希望、所关心、所喜闻乐见的报道仍旧不多，总给人一种变化不大的感觉。广大观众的期望值没有通过这种革新得以实现，反而使人产生了一种穿新鞋、走老路的失望感。原因何在？关键还是要在内容上下功夫，而不能光在形式上做文章，不能只是换换瓶子，所有的瓶子里装的还都是原来的水。

作为一个市场，买卖双方在供求关系上大体对等，市场才能相对平衡，也才能稳定、发展。在新闻报道这个大市场上，人民群众需要及时了解的是那些有重要价值的信息。我们置身其中的社会生活，无论政治上还是经济上，都有许多新事物或亟待改进的东西需要借助舆论工作来传播、来监督、来推动。作为新闻工作者，应该担起这种责任，随时适应社会需要，尽可能推出一些带“响”的报道。如果新闻工作者都能够带着这种责无旁贷的神圣使命感从事新闻工作，其重要意义不仅仅有益于平衡新闻市场，也不仅仅在于尽职尽责，更重要的还在于这将有利于推动政治、经济和文化进步，有利于促进我们的社会早日得到更大的发展。

（1989年4月25日第三期《黑龙江报人》，本文有改动）

4. 谈谈写“新闻感觉”

真实是新闻的生命，那么感觉呢？感觉，应该是新闻的灵魂。写感觉，就是写被深刻认识了的事物本质的真实，写记者对采访到的新闻事实经过分析和提炼之后，在头脑里烙下的最深刻、最敏感、最动人的新闻真实。这样的新闻报道才有生命力，才能够充分发挥新闻报道特有的教育和感召作用。

感觉，实际上是刹那间产生的一种思想火花，也是一种修养和灵感。众所周知，感觉可分为艺术感觉、音乐感觉、科学感觉、新闻感觉，等等。新闻感觉，笔者认为就是新闻真实与记者的思想认识相碰撞而发出的那种光华，是一个新闻工作者用自己特有的新闻敏感、新闻修养所触摸到的新闻真实。如同艺术家塑造艺术形象必须用艺术灵感去品味生活一样，新闻工作者必须通过采访先找到新闻感觉，然后才能用新闻敏感这把裁刀去截取价值最高的新闻真实。笔者在二十多年的新闻生涯中，越来越清楚地感觉到：无论写消息、写通讯、还是写评论，既离不开新闻真实，也不能简单地描述新闻真实，而是必须用自己多年历练出来的新闻敏感去捕捉最本质的新闻真实，并用最明快的文字加以表述。记得有一位相声演员曾引用陆游的名言“汝果欲学诗，工夫在诗外”的道理，说相声创作本身是社会生活在艺术家头脑中的反映，而如果艺术家的洞察力、想象力、创造力尚处于一种迷惘状态，就不会有创作的灵感和欲望，即使勉强憋出来，其作品也一定是苍白无力的。这个例子正好说明了如果没有新闻敏感，就找不到新闻感觉，因而也就写不出好的新闻报道来。今年1月7日的《参考消息》报道《李远哲成为台下任“阁揆”优先人选》，消息开头就说“下任‘行政院长’人选可能出现黑马”，就是记者对大量事实分析归纳后捕捉到的新闻感觉，发挥了先声夺人的作用，消息接下来简明扼要地记述了记者找出这种感觉的事实依据。所以，如果问新闻报道为什么要写感觉，就是因为单纯的新闻真实不足以发挥新闻特有感召的作用。

这些年来，笔者接触了大量新闻报道，其中相当多数报道苍白无力，除了套话之外就是再简单不过的事实堆砌，有的甚至连新闻都构不成。尤其是那些经过记者现场采写的报道，在不同记者的笔下报道的感染力大不相同，其区别就在于是否找到并抒写了新闻感觉。凡是找到了新闻感觉的报道，不仅有灵气、有力度，而且品位也很高。而那些没有找到新闻感觉的报道，由于只平铺直叙了谁都看得见的客观现象，写了皮毛忘了骨肉，抓住了表象弄丢了本质，因而其报道寡淡如水，毫无感染力可言。尤其是那些需要帮助人们消除对事件不确定性认识的报道，更需要记者下力气去追寻、去挖掘、去抒写感觉，而不能只是单纯地叙述客观事实。比如，关于农业银行“八五”期间累放农业和乡企贷款1万多亿元的报道，有的记者只是单纯地报道了这个数字，而有的记者则除了记述这一事实本身之外，还敏锐地感觉到了这个数字背后的故事。于是便沿着这一感觉深入挖掘，把新闻触觉伸到了这一事实的核心，通过前后对比和对经营状况的深入采访，挖掘出1万亿元背后的真实，它说明农行改善了经营管理，资金实力在不断壮大，意味着农村经济持续发展有了资金保障。这样就提高了新闻报道的含金量，给人以希望、以信心。可见同一事件，单纯写事实与写感觉效果是大不一样的。

要写新闻感觉，首先必须找到新闻感觉。美国《底特律新闻》的社论作家杰克·海敦在《怎样当好新闻记者》一书中说：“新闻专业的学生应该像哲学家培根一样，把一切知识都当作自己的领域。”“知识面越宽，就越能写好各种各样的题材。要把复杂的问题写得条理分明，就必须吃透这些问题。”我想，他说的知识应该是广义的。对我们新闻记者来说，不仅包括各学科、各门类的知识，更包括中央的方针政策、社会民俗风情以及记者自身的修养和体验，等等。比如金融产业报记者就必须经常研究金融经济政策，吃透精神实质，并将前后的政策进行比较，弄明白新政策的针对性，这一点非常重要。只有经过这样的比照、探究、掌握事情的本质，才有利于磨砺自己的新闻触觉，提高洞察力，新闻敏感度才能不断提升，抓问题才能切中要害。同时，还必须深入实际调查研究。要了解基层、了解实际，了解其中人的思想、心态和相关活动情况，从而找准政策和实际的结合点，在上下对接中融会贯通地去思考、去挖掘新闻的本质。而这本质，就是新闻感觉。有了这样得来的新闻感觉，才能准确、透彻地写好新闻报道。也就是如果要报道好中央的方针政策，就必须深入了解基层的实际情况；而要报道好基层的情况，更需要了解中央的精神。只有这样，才能找准新闻感觉，才能有的放矢，才能写出社会需要的好的新闻报道来。因为不能想象一个不符合实际的方针政策会受到人民群众的欢迎，更不能想象一个违背中央政策的做法会成为一条好新闻。笔者对此深有体会。

1987 年前后，笔者曾在《黑龙江日报》大量报道了个体经济发展问题，还创办了个体经济专栏。在连续几年的采访和报道工作中深切感受到：当时的个体经济之所以跌宕起伏，个体户之所以连连废业，其根本原因就是党的个体经济政策并没有真正落到实处。正是有了这样的认识和体会，对个体经济发展中的问题就变得十分敏感。一次外出采访，偶然听说“一家个体饭店被吃黄了”。仔细询问后得知，这曾是一个当地闻名的万元“大户”，如今已经负债四五万元，面临倒闭。笔者突然意识到这件事新闻性很强，通过这件事也许能够深入解读个体经济发展缓慢的真正原因。于是记者立即前往当地，进行了深入的调查采访，果然发现其背后的问题十分惊人。这家饭店开业一年多，不仅上万元的利润被吃光了，流动资金被吃没了，而且债台高筑，手里只剩下四五万元食客们打的欠条。然而这些赊账吃喝的食客又是谁呢？原来，从乡政府、派出所、交通管理站、土地办、司法办、工业办、银行、乡办厂矿……直到村委会，吃大户者都是当地的要害部门，即老百姓心目中的“政府”。这家个体饭店开业 600 余天，吃大户者就有 1000 多伙，仅乡政府机关就去吃了 352 次，两天不到就去吃一次，打了欠条还不算，还把一台破吉普车拖去抵债。于是，笔者不仅报道了事件本身，而且写了评论员文章《这是一笔什么债》，分析了问题的本质，指出：这不仅仅是一笔经济债，更是一笔政治债，也是一笔党风党纪债，“在那里，不仅党的方针政策并没有得到真正的贯彻执行，而且党的纪律也被一些党员干部践踏得不成样子。”这一组报道立即得到省报领导的高度重视，特许在一版重要位置连篇累牍地刊发了我所采写的相关报道，以及各部门的反响、个体户的议论、欠债者还钱的具体情况，使赊账吃喝者颜面扫地。同时，这组报道也立即在全省各级政府、尤其是个体户中引起强烈反响。省政府及相关部委高度重视，发文从严查处。各地个体工商户都纷纷组织学习讨论，举一反三，促使一些久拖不决以及一些未被深刻认识的问题得到了迅速解决，有力地促进了个体经济发展。这组报道先后共发稿 15 篇，并被评为全省好新闻。其实，那些年这种阻碍个体经济发展的事儿并不罕见，可是很多新闻报道却只是泛泛地说说而已。笔者如果没有吃透中央的政策精神，如果对全省个体经济没有比较全面的了解，对这种事件恐怕也不能报道得如此淋漓尽致。因此，一个好的新闻记者必须善于学习，积累知识，加强政策学习和道德文化修养，注意训练自己的新闻敏感。

此外，要写好新闻感觉，还必须经常研究各个新闻媒体的相关报道，必须准确把握相关报道的进度。要经常阅读主流媒体的主要新闻，浏览全部标题，注意从其时效性是否强、是否贴近读者、报道的深度够不够等方面进行比较分析，从中找出问题或者经验，找到灵感，找出自己将选择什么样的报道角度。因为对于任何一个新的政策措施、或一个实践中的新事物，都不是只能写出一篇新闻报道的，都可以追寻其背景和发展，研究其意义或人民群众的反映，从不同角度、不同侧面写出不同的新闻报道。因此，在努力研究政策，努力研究实践的同时，努力研究各新闻媒体的报道角度、报道进度也十分重要。这也是一个记者从这各个方面磨砺自己的新闻触觉、下功夫培养自己的新闻敏感的过程。有了敏锐的新闻意识即很强的新闻敏感，才能在新闻采访中很快找到独特的新闻感觉，这感觉才是真实的、正确的、透彻的。由此制作的标题才能漂亮，写出的导语才能精当，新闻报道才能动人。比如关于邓小平外交思想研讨会的新闻，国内外新闻媒体几乎都作了报道，其中南斯拉夫《政治报》记者莫·潘利奇的报道就别有一股灵气。仅从其题目“伙伴关系既不是同志，也不是敌人”就能感到记者找到了独特的新闻感觉。这感觉很妙，它反映了一种崭新的国际大家庭关系，而这正是邓小平外交思想的核心。如果没有对邓小平外交思想及其外交活动的深刻研究，没有对国际社会各方面关系的认真分析，就不会产生这样的感觉。

与此同时，作为新闻记者还必须勤奋、刻苦、大胆、富于开拓精神，这也是新闻工作者必备的新闻素质。而且，要写好新闻感觉，记者的天分也很重要。聪明、敏感、悟性强，都是一个好的新闻工作者不可或缺的基本条件。

其实，据笔者个人体会，如果记者有了上面所说的种种“修行”，很多时候一接触到新闻选题就会产生新闻感觉。尽管这种感觉可能还是一种直觉，可能还比较朦胧，还不十分确切，但却不会错误。然而有没有这种感觉，对于能否顺利、深入地进行采访报道却十分重要。因为只有带着这种感觉，才能进一步把握好新闻采访活动，从而进行恰当的提问，进行必要的记录，进行深入的挖掘，从而也可以进一步加深这种感觉，最终选取并运用好新闻素材。因此，不仅不同记者对同一事物的新闻感觉不一样，带回的采访记录和写出的报道也会不一样；而且即使同一个记者，在找到新闻感觉之前与之后，对同一新闻题材的把握和处理也会截然不同。实际上，任何一个记者都是根据自己的感觉进行采访和写作的，只是这感觉有深刻或肤浅之别，有正确、偏颇甚至错误之分。而只有找到了正确而又深刻的感觉，写出来的作品才能深刻、独到、强烈感人。而感觉迟钝者的作品，也一定不痛不痒，甚至莫衷一是。广而言之，吃饭、购物、踢球、写字、创作，等等，所有的人类活动无一不是在感觉支配之下进行的，其中成功者也一定是那些感觉深刻、正确者。而新闻报道更离不开新闻感觉，所以感觉的作用对新闻报道来说就更为重要。笔者在编发稿件工作中经常见到这样的稿件：洋洋上千字，笔下没有魂，虽然面面俱到，却毫无新闻可言。其作者虽然也拿出了只字不漏的采访记录，但却不知该给自己的报道定个什么题目，甚至写了上句还不知道下句该写什么，最后写出来的东西连自己都不愿意读。这显然是没找到新闻感觉，不过奉命行事而已，整个采访活动中自己好像只是充当了打字机。严格说来，这样的稿件也不能称为新闻报道。如果记者每涉猎一个新的报道领域，都能对其主要情况进行全面了解，做到政策、实践、报道进度三方面情况心中有数，在采访中再进一步寻找感觉，避免盲听、盲记，这样在采访过程中就会使自己的思路越来越清晰，感觉越来越深刻。有时一边采访、一边就会形成报道框架，题目也会跃然笔端。因此也可以说，这样的采访过程就是找感觉的过程，这样的写作就是在写感觉，而笔记本只起到了数字、时间、人名、关系、职务等方面的核对作用。

编辑也是一样，依据新闻感觉，在编辑稿件时也可以把事件中的人、人际关系、人的思想活动和心态等去粗取精，由表及里，从而把稿件处理得更生动、更深刻、更耐人寻味。当然，这无异于再创作。由于编辑没有参与采访过程，要把稿件处理得很精彩，是需要花费很大精力和很多时间的。

找准了新闻感觉，还必须用带有这种感觉色彩的语言进行准确表述。好的新闻语言，来源于良好的新闻和文化修养，来源于对语言文字的敏感度。英国文学家亚瑟·奎勒－考奇士曾建议作家涉猎诗歌，以培养对字句的敏感。因为言为心声，明快、朴实、生动的语言文字，对于新闻报道来说，不仅意味着记者的感觉准确、深刻，而且有助于增强报道的感染力。因此，遣词造句对于好的新闻报道来说不仅不可忽视，而且也直接反映了记者是否真的找到了新闻感觉。

（1996 年第三期《金融新闻界》，本文有改动）

后 记

此次出版的《常青作品选》为两卷本，即:《文学卷》和《新闻卷》。本书为《新闻卷》。

《新闻卷》是以1998年出版的新闻作品选《里程》为基础，增选了1998年之后又发表的一些新闻作品。所有入选作品，基本上都是本人撰稿，其中十几篇“合作”或“合署名”的也多由本人执笔。再版时只引用了五六篇他人的作品（见署名）或作品题目，主要是为了佐证相关报道的新闻性。

此外，再版还对个别作品和编排顺序做了一点调整。一是突出了所选作品的新闻性，突出了新闻引领社会生活的独特作用。比如再版突出了“深度报道”，且将之前未入选的“社会反响”等相关报道也纳入其中，不仅使所选篇目的新闻性和社会意义更显完整和集中，还可以看出采编上的立意和匠心。二是个别篇目略有增减，将原版中的几篇文学性较强的“报告文学”纳入此次一并出版的《文学卷》中。三是再版按照作品体裁进行分类，所选篇目虽然不足所发表作品的十分之一，但是基本上囊括了多数常见的新闻体裁，如消息、通讯、新闻特写、专访、调查报告、新闻综述、新闻述评、新闻评论、评论员文章、短评、编者按、编后、社论以及新闻理论文章等。四是各类体裁作品均以时间先后为序，从中可以看见记者一路奔波追寻新闻的身影。五是个别作品的文字略有改动。

2015年12月

图书在版编目（CIP）数据

常青作品选：2 卷 / 常青著 .—北京：作家出版社，2016.7
ISBN 978-7-5063-9015-6
Ⅰ.①常…　Ⅱ.①常…　Ⅲ.①中国文学—当代文学—作品综合集　Ⅳ.①I217.2
中国版本图书馆 CIP 数据核字（2016）第 160874 号

常青作品选（全两卷）

作　　者：常青
责任编辑：田小爽
装帧设计：孙惟静
出版发行：作家出版社
社　　址：北京农展馆南里 10 号　　**邮　　编：**100125
电话传真：86-10-65930756（出版发行部）
86-10-65004079（总编室）
86-10-65015116（邮购部）
E-mail:zuojia @ zuojia.net.cn
http://www.haozuojia.com（作家在线）
印　　刷：北京京华虎彩印刷有限公司
成品尺寸：152×230
字　　数：810 千字
印　　张：55.5
版　　次：2016 年 9 月第 1 版
印　　次：2016 年 9 月第 1 次印刷
ISBN　978-7-5063-9015-6
定　　价：51.00 元（全两卷）

作家版图书，版权所有，侵权必究。
作家版图书，印装错误可随时退换。

图书在版编目（CIP）数据

[illegible] / [illegible]著. —北京：作家出版社，2016.7

ISBN 978-7-5063-9015-6

Ⅰ. [illegible] Ⅱ. [illegible] Ⅲ. [illegible]

Ⅳ. [illegible]

中国版本图书馆CIP数据核字（2016）第[illegible]号

[illegible]（全四卷）

作　　者：[illegible]

责任编辑：[illegible]

装帧设计：[illegible]

出版发行：作家出版社

社　　址：北京农展馆南里10号　　邮　　编：100125

电话传真：86-10-6500[illegible]（发行中心）

86-10-[illegible]

86-10-6500[illegible]

E-mail：zuojia@zuojia.net.cn

http://www.zuojiachubanshe.com

印　　刷：[illegible]

成品尺寸：[illegible]

字　　数：[illegible]千字

印　　张：[illegible]

版　　次：2016年[illegible]月第1版

印　　次：2016年[illegible]月第1次印刷

ISBN 978-7-5063-9015-6

定　　价：[illegible]（全四卷）

作家版图书，版权所有，侵权必究。

作家版图书，印装错误可随时退换。

常青作品选

文学卷

常青 著

作家出版社

目　录

第三部分　小小说

第四部分　诗歌

（一）夏日激情：48 首（1966 年—1993 年）

写在前面的话

此次出版的《常青作品选》为两卷本，即:《文学卷》和《新闻卷》。本书为《文学卷》。

作者常青，笔名沐莲，高级新闻记者，当代女作家，中国作家协会会员。主要著作有：长篇小说《问心》、《守候》，新闻作品选《里程》等。

作者自幼爱好文学，学生时期一直是优秀学生、学生干部，学习成绩十分优异，作文成绩更为突出。在她六十多年的人生旅途中，读书占去了十九年时光，文化大革命中断了校园生活，给她增添了四年的兵团战士经历，那是在兴凯湖畔。1977 年考入大学，此后还读了社科院新闻硕士研究生。

1974 年曾在广播电台从事新闻记者工作，大学毕业后再次投入新闻行业，先后担任省报记者、编辑、主任记者、金融报总编室主任、编委等工作。1999 年由全国新闻高级职称评委会评为高级记者。30 多年的新闻职业生涯中，先后发表了近 300 万字的新闻作品，组织实施了百余篇极具轰动效应的好报道，采写的 200 多篇报道分获全国好新闻二等奖、东北地区党报好新闻一等奖、全省好新闻一等奖、省报好新闻一等奖以及新闻研究成果一等奖等。此外还获省报年度、季度好新闻奖数十次，连续被省报机关党委通报表彰、记功奖励、发文宣传其先进事迹。多次受到省政府有关部门表彰。先后被评为全省先进新闻工作者、优秀新闻编辑等。在金融报也获得很多好新闻奖项，多年立功受奖。

1998 年出版了个人优秀新闻作品选《里程》(30 万字)，大部分都是获奖新闻作品。不仅展示了一个成功记者对社会的深刻观察、对新闻的高度敏感，也反映了作者纯熟的写作功底和献身新闻事业的奋斗精神，很多作品在当时的省报上首屈一指。期间还写了很多报告文学、散文、小说以及诗歌等。退休后，2013 年开始写作长篇小说。其积淀多年的阅历和感悟一发而不可收，《问心》和《守候》两部长篇小说一稿成型，写作时间仅用上千小时。小说情感的喷发和文字之流畅如行云流水，亲切、自然，而又简洁、深刻，很受读者喜爱。这是两部现实主义小说。《问心》反映了普通劳动者解放前后最真实的生活和最深刻的母子亲情，其对“母为子亡”而“子不养母”之残酷的描写如泣如诉，令人动容。《守候》则描写了社会对一个单纯可爱的女孩的培养和给予，以及对其成功后的残酷磨砺和剥夺，深刻揭示了“给予”与“剥夺”之间的内在联系，其透彻的思辨发人深省。作者主张文学作品尤其长篇小说一定要写真实，说“现在太缺少现实主义文学作品了”，“我来自普通劳动者家庭，我的根在‘泥土’，我很想写一些‘泥土’的故事”，这两部小说也正反映了作者的这一初衷。为了鼓励、推动现实主义文学创作，作者还拟捐资成立“现实主义文学创作基金”，专门用以鼓励年轻人多关注、多写作一些反映现实生活题材的文学作品，尤其是长篇小说。

长篇小说写作之余，作者开始整理多年来未曾公开发表的一些文学作品，收集在本书里的就是其中一部分，包括报告文学、通讯特写、散文札记、小说和诗歌。此书也选录了几篇曾散见于报端的文学作品。这些作品集中反映了作者从青少年时期开始直至退休后一些特定时段的特有情怀，不仅思想性很强，而且文笔十分流畅。其中，作者投身新闻事业之后的一些作品，既包含了一个记者对社会腐败现象的愤慨和批判，也展示了知识女性对善良人性的讴歌和祈盼，以及一位记者认真履行社会职责时的正直和顽强，更不乏对美好人生的热切呼唤和渴望。尤其是散文札记《呼唤》，写了作者在一段很想忘掉却又忘不掉的日子里，一个知识女性对友情和人性的深切呼唤、一个弱者对生命的留恋和执着。有些作品，如报告文学，则采写了一些受到不公正待遇的高级知识分子和自强不息的老知青们，文章很有文采，思辨也很深邃，但当时却因“不合时宜”而未发表。从其知青时期的一些诗歌中不难看出作者青少年时期即献身革命事业的满怀豪情，正可谓“夏日激情”。而其晚年的一些诗作，则进一步流露出作者刚直不阿的天性和对不良风气的万般无奈，谓之《秋之絮语》。作者自谦地说“这仅仅是一些诗样的东西，只能放在文集的最后了”。

本书的出版以及拟捐资成立文学创作基金一事，都曾得到当时中国作家出版社总编辑张陵、副总编辑张水舟的指点和帮助，作者在此谨向二位先生深致谢意！

2015 年 12 月

第一部分　报告文学

登上“6250”

我们应该有恒心，尤其应该有自信力。

——居里夫人

去年 12 月 27 日，当代最高纪录密度的 GCR6250 数字组合磁头在中国诞生。

今年 7 月下旬，牡丹江磁头厂与美国 HDC 公司草签合同，中国的数字磁头将开始对美国出口。

国庆前夕，黑龙江省政府授予磁头产品的主设计者赵宝安省特等劳模的光荣称号。

这一连串的事情，无论在职工中，还是赵宝安心里，都搅起了一泓波澜。是啊，在振兴中华的事业中，这件事的确大长了中国人的志气。

“奇迹”在中国诞生

当今，带有某种神秘色彩的电子计算机工程，已把人类科技发展推向一个崭新时代。

磁头，是电子计算机存储的关键部件，在电子计算机上起着一支笔的作用，各种信息都要通过它输入磁带，并通过它读出或抹掉。根据国际统一规定，能在每寸磁带上达到一定记录密度的磁头，目前只有 556 位 / 寸、800 位 / 寸、1600 位 / 寸和 6250 位 / 寸这四个档次。记录密度越高，磁头的功能越强，也就意味着磁头的结构更加复杂，加工难度也更大。因此，最高档次的"6250"目前仅为美国、西德、日本等少数发达国家所拥有，并严密封锁了制造技术。

从"556"到"6250"，基础雄厚的美欧诸国用了三十年时间，而中国前后加起来不过十几年。仅仅十几年时间，它们就被一个年轻的科技人员接连研制成功，并在一个设备极其简陋的小工厂里陆续诞生了。两者相比，其加工过程和设备等方面的条件却有天壤之别。在美国壳体加工是用数控中心进行，而该厂却仅有铣床；美国用自动腐蚀系统使片子成型，该厂却全用手工操作；美国用微机综合测试磁头动态，该厂却只能单项直读……谁能想到，在如此贫瘠的土壤上，却培育了当代最优秀的科技成果。

事情来得太突然了，突然得连海外华人也难以相信。几次想把"1600"引进中国的美籍磁头专家刁会理先生对此兴奋不已："中国竟出现了'6250'?！大陆起飞了！"秘密被打破，消息传出，欧美一些磁头公司坐卧不安。美国 HDC 公司总裁抢先飞到中国，要求包销我们的全部产品。世界头号磁头企业美国 AMC 公司，不久前还怀疑中国人"是否明白'6250'这一概念"可是现在，竟迫不及待地拿出方案，希望与我们合作。东德、日本、香港等地的磁头专家也争相来牡丹江交流技术，连计算机权威——西德的西门子公司也向中国发来了请柬……

潜入一立方英寸空间

能够把大千世界的各种信息存储在磁带上的高效能磁头，大小不过一立方英寸，却含有近二百个零件，涉及数理化和无线电等多方面知识，以及电子、冶金等先进技术。它荟萃了多少智慧和才华，多少强国为之争雄。在黑龙江大学 1965 年的毕业生赵宝安看来，这种竞争犹如对各民族智能提出的挑战。为了民族的奋飞，这个炎黄子孙难以平息满腔热血，默默应战了。

1965 年，赵宝安接过了国家有关部门转交的磁头样品。不出所料，磁头外观那么简单，简单得几乎无从下手。这是 U2 型飞机的磁头仿制品。虽是最低一级的磁头，可是国内依旧既无它的技术理论，也无参考资料，使它显得莫测高深。但是，作为科技人员，赵宝安却认为“既然世界上的知识都有其内在的联系，那么各种产品也一定会有相通之处”。于是他借来了录音磁带磁头、录像磁带磁头，借来了国内外电磁学的各种有关资料——仅仅有关，太间接了。他只能仔细搜寻，从中去感受、去探索。这个大学本科毕业生，突然感到知识贫乏了，他除了重新捡起俄语和日语之外，又开始向英语和德语进攻。他家那间五口人只有十几平方米的居室里，到处塞满了他的书刊，他像小学生一样趴在炕上写，伏在缝纫机上面画……。知识伴着星光，缓缓注入他的脑海。国外专家何曾料到，在这个“谜”和“魔术”般的一立方英寸空间里，竟悄悄地潜入了一个陌生的中国人！

赵宝安勇敢地钻进来了。而且，作为中华民族的一个代表，他出手不凡：“结构，我基本弄清了，不必再按部就班地爬行。”他开始丢开单缝磁头样品，双手紧紧抓住那种可以边录边放、互不干扰的双缝磁头不放——他给祖国的计算机磁头制造设计了一个较高的起点。

1967 年，一个偶然的机会，他从外国杂志上看到了布达佩斯国际磁记录会议的有关文章。顿时，他脑海里存储的知识开始裂变，迅速膨胀，要求兑现自身的价值。一个“强大的电—磁能转化运动”的设想在他头脑中诞生了。第二年，他便拿出了第一个一寸带十六道双缝磁头。当时这在国内还是空白。其实，赵宝安填补的不仅是物质上的一项空白，而且是人们精神上的一个空白。尤其在那科学和进步遭到无情鞭挞的动乱年代里，他给科研人员带来了多大的安慰和鼓舞啊。可是在当时，赵宝安捧着生产方案，却没人安排生产，不仅图纸被关进资料室睡了整整四年，而且作为“臭老九”，成功也给他招来了各种压力。有人说他“还敢要求上磁头？简直成了厂长！”也有人说他“搞磁头是为了入党”……可是在赵宝安看来，技术人员只有协助发展生产，才能推动技术的再进步。至于“入党”，他早就以党员的标准要求自己了。否则，做一个没有什么贡献的党员，他觉得空虚。因此，这些压力并没有阻止他前进的脚步，反而使他深切体会到肩负的担子是多么沉重。因为这个时期国外又出现了半寸带磁头，若不迎头赶上，又要落后一大截。他心里很着急，作为早已许身科技工作的知识分子来说，他也无法摆脱科学技术所特有的魔力。于是，1975年5月，他又独立设计并研制成功“565”半寸带九道双缝磁头。从此，中国的磁头产品跨入国际标准化轨道。

闯过这一关

他的劳动终于得到了国家的重视。1977年，电子工业部一位领导找到赵宝安：“上‘1600’怎么样？”

“完全可以！”

“要多长时间？”

“一年。”

部里立即把为众多专家眼热的美国王克公司的两个“1600”样品交给了这个普通技术员，并拨给他一大笔研制经费。

“一年之内拿下‘1600’？！”众人哗然。“国内‘556’的机器尚不稳定，‘800’还没人敢搞，上‘1600’纯属胡闹。”其实，人们哪里知道，这些，赵宝安都已经想过了。他知道，“565”不稳定，可那问题并不在磁头上；“800”没人敢搞，那是因为人们还没有掌握产品的性能原理，而问题的关键又是人们还不敢相信自己有能力掌握这些原理。经过多年不懈的探索，赵宝安已经掌握了它的基本原理，因此，他有信心，他偏要压过几档，让人们看看症结何在。

实践总是对最讲科学的人微笑。赵宝安打开外国的磁头样品一看，其结构正与自己的设想吻合。这是多大的鼓舞呀！次年9月，他的方案实施。可惜，由于手工操作，仅仅因为“片子”加工还不理想，记录密度停留在800位上。

从“556”到“800”，已是一个不小的进步，却没引起当地有关部门的重视，有些只着眼本单位利益的人，也担心磁头发展起来会被人抢去。于是赵宝安在被接收入党的同时，年仅37岁就服从“组织分配”，上楼当了“顾问”——他被架空了。

但是他的心却离不开磁头。他知道：进口一套磁头，不仅要花三四千美元，还必须和磁带机搭配购买，而且常常遭人白眼。正是这颗难以泯灭的民族自尊心激励着他，科技工作的魅力吸引着他，强大的自信心支撑着他，他突然觉得头脑格外的冷静和清醒：偏见和技术在向科学挑战！作为一位已经献身科学的人，他必须顽强还击，征服它们，用知识为人民创造幸福！

他坚信自己的设计没有错，但毛病出在哪里？国内普遍认为材料是主要的，都在材料上下功夫。他却静静地翻出了自己早年撰写的“磁性材料对磁头的影响”等论文，又查阅了一系列化工资料，两眼呆呆地凝视着这群“片子”。

妻子不解地对人说：“正嚼着饭的他竟然愣住了！”

工人们也担心地说：“怎么喊，他也听不见！”

是的，为了破解这一难题，他太投入了。只见他一支烟接着一支烟……突然，烟雾缭绕中的他终于舒展了皱紧的眉头。他从另外一个角度找到了问题的关键，认识到：材料自身的潜力是有限的，只有搞好了工艺，才能使材料发挥更大的能量。于是他剥离出十个重要的工艺环节，挥笔重拟了试制方案。

1979 年，科学的春风消融了冰雪，赵宝安重返磁头生产岗位。他和同事们一起，用塑料布兜着腐蚀剂，用破烟筒代替管道，拣旧零件简装成“腐蚀机”，用光刻腐蚀法代替机械冲片……。就这样，“1600”在当年一举成功，荣获国家银质奖。

很少流泪的赵宝安这时眼睛湿润了，一种幸福感涌上心头……。但此时的他，欣慰的并不是个人获得的成功，而是“人们终于承认了人们自己”。他多么希望骨肉同胞的民族自信心强一点、再强一点呀！

攀登“6250”

“6250”，是当今系列化电子产品中的高档产品，在西方严密控制下一直蒙着神秘的面纱。不能早日登上“6250”，赵宝安心绪难宁！不尽快揭开这层面纱，还算什么科技工作者！

正如人类历史总是在坎坷的道路上向前迈进一样，高端科技发展每前进一步都会迸出火花，而那火花就是正谬斗争的结果。要攀登“6250”？此时有人又发出了不同的声音：“‘6250’？眼下中国能用得上吗？还不需要吧……”

十几年来的坎坎坷坷，赵宝安的许多精力都被内耗了，他懒得再去听那些闲话。何况，他当了副厂长以后，行政事务缠身，他也曾想过：别再拼了，让别人去搞吧。可是这不仅不符合他的性格，而且“6250”已经和他的神经拧在了一起，一直缠绕着他，挥之不去。于是，他马上自责：那不仅会让更多的人浪费精力，而且也将延缓祖国登上这个制高点的时间。在电子工业部召集的一次科技会议上，他不由自主地又提出了“6250”的建议。这次，“6250”终于被列入了国家重点科技攻关项目。

“6250”什么样？谁也没见过。赵宝安自己也只知道它的记录密度比“1600”高出四倍而已。但他想，既然已经跨上虎背，何不就此扼住虎头？既然“1600”在握，攻下“6250”也一定为期不远。

去年8月，赵宝安拟定的“6250”技术和施工方案，因地制宜地对产品的标准化、系列化和通用化等都做了充分考虑，因此在杭州顺利地通过了专家答辩。不久，部里通知他赴美考察。于是有人又认为这是一个获取资料的绝好机会。

赵宝安何尝不明白：剖析现成样品，或依据国外技术资料进行仿制是条捷径。但是他更清楚：充分发挥主动性、从根本上自立的路子在哪里！这条路虽然十分艰辛，但是如果不在艰辛的道路上攀爬，就永远磨不出铁脚板。何况，科学就是科学，来不得半点的虚假和骄傲，只有把知识一点一滴地都融入民族的血液，祖国才有科技的未来。赵宝安下定决心在这条路上不断攀爬，他要脱离外国的葫芦，画出中国的瓢！

赵宝安的精神感动了所有关注他的人。兵器部计算中心为他提供了测试用的机器，北京钢铁研究总院为他研制出新型铁芯材料，省内有关科研人员提出了可行性建议，工厂技术人员和工人在总体方案的指导下分工合作。经过昼夜奋战，终于在元旦前夕结束了“6250”的最后一道工序，去年12月29日赴美联机成功，开始投入长期使用。

这一产品全部采用国产材料和器件。其心脏部分，国外一般都使用坡莫合金，并用镀铬、喷涂金属陶瓷等复杂的办法来增加磁头的耐磨性。可是赵宝安却大胆使用了国产非晶态合金材料——它集中了坡莫合金和铁氧体的优点，不仅磁性能优良，而且耐磨性比一般坡莫合金还要高出三十多倍，制作程序和联机条件也都得到简化。这一突破，在国际数字磁头的制造上尚无先例。由此，国产的磁头达到了当今世界先进水平。

闪闪发光的“6250”，你给中华民族增添了多少光彩！

在这高端产品的不同档次上，赵宝安，你一再为祖国填补空白。在科技腾飞的道路上，你的脚步铿锵有力、何等耀眼！

（原载1984年《黑龙江日报》，本文有改动）

放羊娃的思考

成功的花，人们只惊慕她现时的明艳！然而当初她的芽儿，浸透了奋斗的泪泉，洒遍了牺牲的血雨。

——冰心《繁星》

“放羊娃”，你在想什么？

有人说，习惯势力是最可怕的。你却说，在人的思维领域，习惯有时也会变成可贵的动力。

1983年6月，上海，本届联合国国际遗传学会的论文早已排满。突然，一篇关于TNT作业人员细胞染色体培养技术的文章从黑龙江寄来，引起了人们极大的兴趣，被破例接收了。

文章刚刚宣读，德国、瑞典、奥地利等国专家坐席上就爆发出一阵又一阵惊奇的赞许声。

接着，黑龙江华安机械厂就收到了有关专家的来函，希望该厂继续提供科研方便。不久，某工业部又为这一项目拨来一万元科研经费。

羡慕。多少自学者把一道道羡慕的目光投向杨永林。

可是，杨永林却摇了摇头。还不知足吗？别忘了你可是放羊娃出身啊！由目不识丁到医学检验师，到环保生物化学工程师，进而有了三十多篇学术论文，进而蜚声国际学术讲坛……

也有人想：拿到了文凭和职称不正是自学成才的标志吗？

“不！”这时的杨永林一边摇头，一边捧着刚出版的《新生儿黄疸》陷入了沉思……。突然，他孩子般的一口气跑到车间：“有了！既然蓝光照射可以治疗新生儿高胆红素血症，对 TNT 中毒也一定会有明显的疗效！”

在他的心目中，成才必须有用，有用才算成才。如果学而无用，知识不能为人类造福，他早就另觅他途了。这，就是杨永林这个放羊娃的习惯思维。

一门心思

竹类植物用于利尿降压，是取其空腔形；爬藤类植物可以用来医治腰腿，也正因其形同经络；同样，核桃仁能医治脑部症候，因其太像人脑了。李时珍的形象用药法，说明古人早就看到了事物之间的某些联系。现代人呢？现代医学不仅重形，而且更重原理。正是为了给临床诊断和治疗找出最合理、最科学的理论根据，几十年来，杨永林走过了十分艰难的路程。

起步前，他还是一个孤独的放羊娃。猪舍旁那暖烘烘的草垛，庙堂供桌上那热腾腾的馒头，只有需要时他才想到它们。唯有村里那三间草屋的校舍，总是吸引着他那饥渴的目光。多少次，他赶着羊群在那里偷听老师讲课，他的头也曾被人狠狠地摁在墙壁上。看着校长那凶狠的眼神，他拎着牧羊鞭一步一步向后面退去，可是心里却在说“我也要学习！”……请不要小看这弱小的身影、这低微的心音吧，父母虽然没有给他留下衣食，却留给他一颗善良的心和一股坚韧的自信力。这颗心里的世界永远充满希望，而自信力不正是实现这希望的保障吗！终于，知识的大门被他叩响了，直到这大门向征服者彻底敞开。

人们往往都习惯用数字来计算学术著作的多少，而杨永林的医学著述却是用公斤来计量的。望着那足有十几公斤重的文稿，我愕然了。他究竟写了多少字？又是怎样写出来的？只听说有三十多篇已经在一些医学年会和刊物上发表，而绝大多数至今还没来得及整理，何况他更没有非得发表不可的愿望。为什么不发表？

“我并不是为了发表它们才写的。”

只是在 1958 年，经人提议，他才拿出了《血清糖蛋白电泳分析》等四五篇论文，有的当时就获得了“医学技术革新奖”。

可是，他并没有忘记十年前投考部队那天的情景，那时他却只会唱三支歌："大刀向鬼子们的头上砍去……"

"不错！小鬼，那么二分之一加二分之一等于几？"

"等于四！"话刚出口，他就哭了起来。他知道说错了，他没有学过算术呀。可他却是饿着肚子扒火车老远赶来投考的，考不上怎么办？

还好，他被部队入取了。

十二岁的杨永林入伍时只能当个卫生员，洗洗绷带，涮涮药瓶……眼看着到部队里来工作的日本小林医生把一粒粒子弹从战士的血肉里取出来，一个个伤病员康复后重返前线，他多想有一天自己也能像小林医生那样……如果他能有小林医生的本事，他的爸爸、妈妈也许现在还能活着。可是，可是……他一定要做小林医生那样的人！于是，别人都在那里扫盲学文化，他却丢开笔记本，跑到小林医生身边看操作。政委剋他、罚他，他还敢犟嘴："我也要学医……"

"学医也要先识字。"

似乎也就从那个时候开始，他边干边学，从东北野战军战场一直学到北京友谊医院。从他刚能看懂一张"反细菌战"传单，一直看到日本生岛隆治的《遗传细胞学的进步遗传》、美国的《光生物学》、英国的《光与生命》，以及其它一些法文版和俄文版的医学著作。此外，他还学习了世界语。哦，光是这么多种外语也够一般人学一阵子的了，何况还有那么多医学著述，还有他每年订阅的十几种报刊！

那么他一定有一个可观的书房了。可是人们怎么也不会想到，他的书房兼卧室竟是一个抬不起头、伸不直腿的小"阁楼"。而这间"阁楼"就搭在他家厨房的锅台上边，每当他爬上"阁楼"就得马上撤掉梯子，否则厨房的通道就被堵塞了。他那六口之家只有 12 平方米住室呀。在这间"阁楼"上，急用的书被他铺在身下，刚写完的笔记、论文他只能枕在头下，其它的书都只好和劈柴、煤炭一起堆放在小仓房里。"阁楼"下面的饭锅烧开了，他也只能在"阁楼"的蒸汽浴中学习，而这一学就是十六年。十六年后，大名鼎鼎的华安机械厂职工医院的杨副院长，人们却不知道他住何处，要找他，得打听老赵家，因为他爱人姓赵。由于业余时间他总是独居"阁楼"，足不出户，而且房门还常常锁着，知情的人只好到后窗户去喊。妻子有时跟他赌气，明明自己闲着，也要喊他下来扫地。他就一手翻着书，一手拿着笤帚东扫一下、西扫一下，气得妻子再也不用他。不用，可并不完全是生气，也含有多少体贴呀！有一次杨永林出差了，妻子赶紧找木料，请人帮着搬家打家具。说起这个，杨永林眼里含着感激的泪水，就像当年感激连长收他入伍、感激小林医生教他学化验一样，他感谢妻子独挑重担。只有一次，这对和睦夫妻吵翻了，而且妻子还找到了厂党委书记狠狠告了他一状，他那经过十几天才总结出来的三张化学反应方程式也被烧掉了，虽然妻子并不是有意烧的。但是，那一次妻子也确实被气坏了，因为杨永林只忙着搞医学研究，眼看着大女儿当知青下乡十几年回不来、儿子毕业分配不理想、妻子二十多年没涨工资也不吭一声……积怨成怒，能怪妻子吗?

如今虽然搬进了宽敞的住宅，可是那间“阁楼”仍旧温暖着他的心。他的学业主要是在那里完成的。在那里，他重温了热带病专家钟惠兰教授、血液病专家李天璜教授的著作。1960 年，他进北京友谊医院实习时还没来得及弄懂。后来，钟教授带他去郊外采样，蓝天下给他讲细胞和人；李教授教他提取凝血酶，灯光下帮他补写听课笔记……那景、那情，多少次涌进他的“阁楼”。“阁楼”就是他的课堂，他再也不用赶着羊群、扒窗户偷听小学讲课了。

1969 年，他满怀“阁楼”里的温暖，带着当年在北京几位教授那里学到的知识，奔赴毛里塔尼亚进行医疗援非。

人们说他长了一双医学慧眼，即擅长透视，又精于扫描，无论走到哪里都能敏锐地捕捉到医学难题。

这话不假。那年，毛里塔尼亚腹泻流行。一张张痛苦的面孔、一个个衰竭的孩子、一具具发臭的尸体……目睹这一惨状的外国医生早已有之，可是这种传染性腹泻却依旧年年发生。中国医疗队来了。身为医学检验师的杨永林越过漫天黄沙，来到临近马里边界的重灾区内马。他一眼就看到了那悬挂在木杆上的干牛肉：日晒雨淋，蚊虫叮咬，在当地却还被当作主食……警觉告诉他：这，恐怕就是传染源。

于是他立即走家串户，访问了近千名患者，采集了几百个标本。其他国家的医生采完样都乘坐飞机回“营”了，只有他还坐在荒野里检验。

突然，他笑了。1970 年，杨永林代表中国医疗队，第一个把关于兰氏贾滴虫腹泻的调查报告交给毛里塔尼亚卫生部……

由此，这一凶猛的流行病终于止住了。该国政府设宴感谢中国，频频举起的酒杯里充满了兄弟般的美好情谊，更充满了杨永林的智慧和执着。可是此时的杨永林却面容严峻，因为他深知非洲地区缺医少药，各种热带病流行，医疗援非不能就此止步。于是，一个新的医疗计划又在他心里诞生了。

他找来了两位当地医学研究生，找出了当年花 12 块钱买下的《秦氏细菌学》，找出了钟惠兰、李天璜教授的著述……。1972 年回国时，他向中国卫生部递交了《非洲地区睡眠病的调查报告》、《非洲地区血液 RH 因子的分布》等三篇珍贵的医学论文。

可惜，中国正在动乱……回忆起来，人们都为他的论文下落不明感到惋惜，可是杨永林却来不及姑息感叹。他知道，酒是甜的，人们的心愿是美的，医学检验师的责任和目标永远不会泯灭。

二次攀登

杨永林苦苦钻研，就是为了让酒更甜、让人们的生活像心愿一样美。文章虽然弄没了，但是他脑海里的知识却越积累越多。

有人说，作为万人大厂医院的副院长、副书记、检验师，如今又载誉回国，老杨今后什么都不用愁了。哪知道，他的愁事比以前还要多。

人们看到他整天伏在桌子上头也不抬地看、唰唰地写，以为一定又是医学论述了。不料，他拿出的竟是《怎样做好企业的环境保护工作》和《环境致癌物质的化学分析方法》等环保论文。在中国，当时这可是很具前瞻性的。因为又过了整整一年，有些大楼才挂起了“环保局”的招牌，可是还有人不解地说这是“因人设机构，又搞什么名堂？”某些似乎内行的人则俏皮地说道：“中国的环保是第一流的，因为工业落后，环境还来不及污染呢！”

五十年代，日本的“狂猫跳海”事件，六十年代西欧爱尔兰海域上空飞翔的十万只海鸟突然死亡，此后美国又测得一个湖泊中的鱼每公斤脂肪里含有 2500 克 DDT。但是，当时这些环保事件都没有引起中国人多大的震动。直到发现我国美丽的漓江水域含汞量超过饮用水标准的258倍时，人们才惊恐不安了。然而，杨永林回国后，自荐到本厂工业卫生办公室（环保科前身）就职，还不仅仅因为这些。那是因为一个周身黑乎乎的青年工人工作时满脸沮丧的神情，至今还不时地浮现在他的眼前，是TNT使他的血液细胞发生了严重病变，使他失去了生活的信心。虽然那已经是1965年的事了，可是多少年来，这种事情还在不断发生，它折磨着杨永林的心。十四岁时，他可以满足自己当上了模范护士，可是现在他却不能满足仅仅当个检验师。

为什么TNT接触者中会有那么多人患上肝炎、贫血、白内障？为什么对这些患者始终找不出一个特异检测指标？为什么自己只能到病人身上寻找病菌，而不能及早防止病菌入侵人体？为什么只能生了病再医治，而不能尽可能减少患病甚至不患病？

原来，一颗热得发烫的红心、一股难以遏制的深情早就在这个沉静的医生胸膛里激荡了。

不久，他当上了环保科长。科长，应该搞行政管理，而他只希望能够搞环境医学。搞普通医学，他熟悉遗传、生化、血液学；而环境医学却必须研究污染、污染的背景值和环境变化，还有工程学等等，涉及环境生物学、化学，以及食品、毒理、气象等十几门学科。这些对他来说全是陌生的。1956年他报考武汉医学院时，微生物学虽然考了个第一，可是化学却只有20分，差距太大了。他行吗？

既然他决定给自己加压，当然也勇于二次攀登。

幸好，儿子是学理化专业的，杨永林忘记了父道尊严经常向儿子请教。可是，年轻人有年轻人的生活，有一天儿子终于不耐烦了，不仅没有回答他的问题，反而一甩手走掉了。无奈，他只好去请教一位新来的大学生，可是找了四次也没找到。于是他跑遍全厂，去拜访工程师、技术员甚至学徒工……

不久，针对本厂二十多个污染项目，他写出了第一本《环境基础知识参考》。这本六万字、在厂内印了一千册的小册子，字字句句无不浸透着他的血汗，而这血汗之果不正是TNT接触者的福音吗！

但是，当时人们对环保毕竟太陌生了，何况很多人一辈子都在污染中度过，甚至被环境污染夺去了生命都不觉得奇怪。因此，还在怀疑这环保知识究竟是不是福音的大有人在。当杨永林在大会上刚讲完环保工作的重要意义时，有人就当众递上来一幅漫画，画的是列宁冲着电话说:“爱吹牛的沙皇，失败就是下场！”

可是杨永林不在乎，他想:这更说明尽快普及环保知识太重要了。可是环保科活儿多、人少怎么办？他去找领导。领导却冷冷地说:“先干出点儿眉目来再来要人吧。”对此，有些同事也有了怨气:“谁拿咱这环保单位当回事……”杨永林明白:普及环保需要一个过程，同事们的怨气中不也有期待吗!

用力挤压吧，憋足气儿的气球，压力越大，反弹就会越强。杨永林提出要加紧学习，他自己更是先学在前头。每逢年节，他给来访的客人备好糖果茶水后，便一个人捧着书坐到一边看起来。每逢出差，他在火车上翻阅读书卡，白云和山野纷纷远去，而知识却留在他的脑海。他聚集着时间上的“边角废料”，日久天长，终于形成了一条知识的长河。1981年，他顺利通过了市里组织的技术答辩，被定为环境生物化学工程师。

不料，他刚一回到家，就有人找上门来:“老杨，你怎么搞的？厂里的轧道机就是刮破了树皮，也不该你去小题大做呀！”

“老杨，你看着办吧。市里决定削减咱厂的煤炭供应量，而根据就是你的揭发信。”

“撤掉他的环保科长！”……

听到这些，一向沉静的杨永林愣然了。

刮树皮、冒黑烟的事人人都知道，怎么偏偏怀疑老杨？据说根据是他的一篇文章，在那篇文章里他分析了56棵树皮的吸氧量和滚滚浓烟中的含煤量，而且还都写得一清二楚，人们说这类知识只有老杨最明白。若单从知识角度讲，当然杨永林最了解。可是，杨永林并不是只会把知识用于揭发问题、向市里写举报信的人。这不是他的习惯。

这一晚，杨永林没有合眼。他在含泪沉思，许许多多的往事一下子都涌现在他的脑海。他想起了厂里必须改造的污染源，想起了那些遭受毒害的工人和当地居民，他也想起了过去那些负伤、牺牲的战士……。这个从小就失去了家庭温暖的人，对战士、对人民有着特殊的感情。至今他还像小学生一样喜欢观看战斗影片。子弟兵的热血曾使他当年敢于和敌人较量，敢于和细菌战较量，可眼下……。末了他想：受点冤枉没关系，关键是要把环保工作搞上去，让人们从实践中看到环保工作的重要性。那么，路子只有一条……

古人云：“人一能之，己十之；人十能之，己百之。果能此道矣，虽愚必明，虽柔必强。”他反复研究了几十种国内外有关资料，并对TNT作业人员的身体、嗜好进行了详细考察分析。结果发现：多年来，人们对毒理学和临床诊断已有许多分析，而对这些人从血液细胞遗传学角度的研究，及其可能造成的遗传效应问题的探讨却没有。于是他又进一步请教了有关专家，回答仍然是否定的。这，恰恰就是亟待解决的问题。疑点越大，他的决心也越大，解决它，一定要解决它！

设想初步形成了。

元旦刚过，他就带着几个亟待解决的问题启程了。某工业部十分重视他的项目，派专人协助他到上海和杭州等地去调研。上海第一医学院和杭州医学院的专家听了他的项目十分高兴，他们停下手头的课程帮他查资料、做实验，并介绍了各种细菌的培养方式，以及微粒体酶的制作方法。临别还送给他两种珍贵的菌种。他的视野开阔了、知识面拓宽了，仅仅二十天，比他暗自摸索的几年还要长。根据人尿代谢毒理分析，他为解决环境毒理问题找出了一条通道，他的心该是多么敞亮啊！二十天，虽然他没有去南京路和外滩领略繁华，也没有去西湖和灵隐寺观赏清幽。可是，他在他自己的思维园地里另辟了一处五光十色美景，那里既有汹涌澎湃的浪潮，也有绮丽无比的阳光和蓝天，还有鸟语和花香，更有矫健俊美的人群以及唱着歌的孩子们……

那一天，他怀着无比的喜悦，直奔冰天雪地的黑龙江，找到多次帮扶过他的齐齐哈尔医专血液学讲师郑丽芳和哈医大遗传学教授刘权章。在他们的帮助下，“TNT作业人员外周血淋巴细胞姊妹染色单体交换的研究”获得初步成果。今年初，在厂党委的支持下，他又把这一研究成果应用于本厂环保工作，为车间设计了一间蓝光照射室，工人浴后在这里一边休息，一边接受光疗，侵入人体内的TNT病毒将变成降解物由肾脏排出。他的方案全部实施后，TNT污染将从根本上得到治理。他还给工人们设计了一套美味科学食谱，采用这样的饮食，人体素质也会明显提高。于是，原来要求调离的工人不再要求调出，已经调出的人员也纷纷要求重返车间，环保科一下子成为最眼热的单位。工厂领导对他说："你干吧，要什么我都给！"

环保工作不仅改变了环境，而且改变了人们的体质和思想，科学和政治原来竟有手足情！

就在他完成这一重大科技项目的同时，他那"科研是为人类造福"的心愿也在其它许多方面结出了硕果。

根据丰富的病理知识，他用"土"办法使几十个疑难病患者恢复了健康。

他不断从《国外科技动态》上找到最新信息，改革了细菌培养基的传统做法，并为临床诊断找出了快速指示纸片生化鉴定法，以及采用"微生物分解 TNT 法"，为因地制宜解决北方水土污染找到了捷径。近十年里，华安机械厂治理污染而上马的十几项毒害物质回收，仅创造的经济价值就达数百万元，成为部里同行业中的环保先进企业。

他写的《环境化学致癌机理探讨》、《环境致癌物快速筛选法》等十几篇论文都受到有关专家一致好评，他本人也被提任部里某研究室的技术顾问和某研究组的组长等多种职务。

采访中，他翻开笔记本，让我看了一下计划中的项目。啊，什么"人的抗衰老"等一些崭新的课题还正在排队等着他。

望着这位当初只会回答"二分之一加二分之一等于四"的放羊娃，感慨之余，我不由得想到：你的文章可以用公斤来计量，那么，又该用什么来计量你脑海里的知识，还有你那敏捷的思考和博大的情怀？

你说你最爱唱歌，现在虽然不唱了，可是我却仿佛听到了那歌声，那些跳动在五线谱上的小蝌蚪，不正是你歪歪扭扭写下来的那些生机盎然的科学知识吗！

巴尔扎克说过：一天可以出一个暴发户，但是三年才能培养一个贵族。而你这个放羊娃自学成才却经历了三十多年！

你用三十多年的血汗铺筑了一条放羊娃的成功之路。在这条不寻常的路上，理想是基石，勤奋是油彩，实用是路标，而新的科技知识正是那一块一块闪闪发光的里程碑！

（原载 1985 年《学友》月刊第五期）

第六琴弦在说……

美妙动人的六弦琴，你为什么这样沉静？静得连鸟儿都在屏息，树叶也不摇曳。是爱情不够甜蜜、还是生活的节奏太急？

“不！”第六琴弦说，“那是一位高级知识分子对党、对人民、对事业特有的情意。”

希望之火一经点燃

今年“七一”前夕，当有人要发展65岁的袁忠淮加入民主党派的时候，这位高级工程师、省政协委员却在共产党的党旗下庄严地举起了右手。

“只有共产党能够救中国！”一位目睹了旧上海种种民族耻辱的知识分子，新中国的春风点燃了他的希望之火。他，心头的信念整整珍存了35年。35年里，他步履从容，坚如磐石。

1979年，曾与他一道参加国民党抗日义演的赵浩生从美国回国观光，约他在北京见面。昔日的情谊顿时涌上心头，他像小孩子一样兴致勃勃驱车前往。他知道，作为美国华裔教授、国家座上宾的赵浩生早已今非昔比。而自己却在“文革”中被禁锢了15年，俩人之间的距离越来越大了。但他却毫不窘迫地走进赵浩生的房间。他们亲切地回忆着当年在川云贵等地演“草台戏”时的情景，诉说着此后各自的际遇和沧桑。

有人说，此时这位“文革”中的“臭老九”一定想了很多：羡慕、遗憾、出走……。可是，袁忠淮对这些一点儿都没想。真的，当初他的哥哥、他的乡邻以及好友赵浩生分赴国外的时候，这一切他都想过了。他认为，留下来，是治理祖国满目疮痍的最好渠道。有了这样的决心，其它一切都无需再多想。

那以后，抗美援朝、当翻译、搞建筑，他的每一滴汗水都洒在祖国的大地上，他那颗爱国之心曾何等快慰呀："人生的道路各有不同，我就喜欢和祖国风雨同舟。"

有人不解地问他："像你这样的知识分子也受"文革"之害，未免……"

他却说，社会主义革命是一场席卷旧世界的风暴，"哪儿还不揉进点泥沙。"

"你打算今后……"

"浪费的时光不好再后悔、再弥补，今后我还会和以前一样。"

他常说："发愁多了会长癌。"在那种精神癌症蔓延的日子里，他正是高举希望之火独辟蹊径，在心灵的瀚海里铺筑了一条洒满阳光的道路。

党了解他，正如他了解党一样。

1982年，组织派他只身赴美参加第二届国际地基冻结学术会议。他有三个侄子在美国搞科研，临行前他风趣地对组织说："我溜了怎么办？"

"你呀，打也打不走。"

当年挂牌子、蹲牛棚……面对重重危难都滴泪未洒的袁忠淮，听了这种信任的话语，禁不住热泪盈眶。他的兄嫂专程从台赴美与他团聚，带他观看了那些他最感兴趣的豪华建筑和高级科研设施。哥哥说："怎么样？还是出来吧，这里是搞事业的天地呀！"嫂子则关切地询问他在国内的生活状况，并仔细地察看了他的着装衣料。然后问道："你哥哥业余打打高尔夫，你的娱乐是什么？"侄子们则指着各种高档家用电器让他挑选。亲人相见，没有人抱怨，更没有一句责难，可袁忠淮却别有一番滋味在心头。临行，他只拿了一些技术资料和一台小型英文打字机。侄子逗他："看样子，您一定是共产党了？""我还不够格，"他诚恳地说道，"但我爱国。爱国，咱们总还一致吧！"

亲人们都赞同地开怀大笑。

爱国，救国，治国，此外他还求什么?

“共产党并不欠我什么！”他常这样说。虽然他蒙冤十多年，相反，他却总觉得自己好像对不住谁似的。老伴和小孙子在无锡对他的亲切呼唤，老同事劝他离休安度晚年的贴心话语，统统被他放在脑后了。他只感到那些以往他无权过问的技术问题在向他挑战。他恳求组织:“三中全会给了我重新工作的机会，还是让我继续做技术工作，拿掉我的科研所长职务吧。”有情仙鹤不南飞，他要留在熟悉的冻土建筑战线上，尽一位工程师的天职。

“总想搞点新东西”

有人说建筑工业是一项美化伊甸园的事业。其实，在中国，或者目前的中国并非如此，我们的建筑业像一个背不动、扔不掉的包袱一样。作为非商品房，盖一栋、国家就赔进一栋。因此，西方经济不景气时首先上建筑;而我们则首先砍建筑。砍建筑，就像砍建筑工作者的心一样。机械费用高于人工费用所造成的保护落后、以及由于文化水平低而忽视应用科学等问题，带给袁忠淮的精神压力并不亚于建筑业这个包袱自身的重量。

可是，你想改革吗?改革就要涉及那些令人望而生畏的繁琐体制和复杂的人际关系，何况当时的袁忠淮又是一个“反动技术权威”。

然而，风浪只能掀翻那些颤抖的小船，袁忠淮可是一位谙熟水性的“老艄公”。

向下投放吧，那一斗斗沙、一车车石;往上垒砌吧，那一块块砖、一铲铲泥。日久天长，这些无不一层层压在袁忠淮的心头，几次从梦中惊醒。于是，像大庆铁人当初看到北京背煤气包的公共汽车时一样，袁忠怀的心里萌动着开拓者的希望和力量。他暗想:传统的槽型基础和秦砖汉瓦式的结构难道就不能改变吗?

种子说:有了春风，我就能发芽。

袁忠淮说:“好！我愿化为春风，去吹绿那片冻土！”

收工回到劳改棚，看管他的工人们自动向他围拢过来，聆听这位

“犯人”讲解“爆扩短桩”的实施和改革。这是他在1964年提出的新设想，虽然已在大庆地区成功使用近两万桩，但他仍不满足。他再一次详细分析了爆扩方法的局限性后，肯定地说：“只有机械扩桩才是解决冻土地基浪费问题的根本出路。”

有人来揪斗他，看管他的工人则说：“不行，他是我们队的。”

批斗会上，工人问他：“是不是反革命？”

“是！”

“滚蛋！”

于是改批别人。

不是偏袒，更非不耐烦，而是工人舍不得扑灭他那股执意技术改革的烈火啊！工人们早就与他心照不宣，他们说，只有这样，才能让袁工得以喘息，才能让袁工坐下来专心思考技术改革的问题。

在他的启发下，青年工人王玉吉提出在钻头上安刀片，钻孔后使之自动散开，把桩基底部切削成蒜头型的机扩设想。袁忠淮听后兴奋得第一个站出来支持。王玉吉只有小学文化，袁忠淮就帮他绘图、选材、进行科学计算。技术改革的愿望把他和工人紧紧连结在一起。在那种“政治吃香、技术受难”的年代，他和工人们一起躲在工地的角落里试验，只有满天星斗对他们微笑。

不料，正在关键的时候，袁忠淮被调走了。离开工地怎么试验？工人们有些失望。没想到，他人虽然走了，心却还留在工地上，还和工人们在一起。他那一封封书信、一个个指点、一次次关怀，无不在已患肝癌的王玉吉心里激发起改革到底的信心和力量。前不久，当这项“ZK-3型步履式钻扩机”被作为全省专利通过技术鉴定的时候，要求冠名者蜂拥而上，袁忠淮却丝毫没有想到自己。相反，他千方百计地为患肝癌病故的工人王玉吉争得了第一名。

他的谦让精神令工人感动，令科技人员敬佩，虽然也有许多人不理解，但是他理解自己。他说：“改革，就是改革者的目的。”除了技术攻关项目之外，在他的脑海里再也找不到别的位置。

人们说，在大庆搞装配式房屋，他是头一个。当时也是困难重重，从材料、设备、模板，到预制场地，甚至开辟运输道路，都要他亲自奔波。日晒雨淋还好说，可他要和人打交道。既要劝说有关领导认识这项新工艺，又要争取那些视芝麻权力如大象的人多行方便。

看他做得那么辛苦，工人们于心不忍地劝他：“算了吧。”

“不！做人有时就得大大乎乎。”

说穿了，在权力和私欲联姻的日子里，干事业反倒得靠厚脸皮。

可是，脸皮的威力能有多大？虽然他为自己争得了编撰技术资料、推广新工艺、用科学方法组织技术施工以及进行技术改革的种种机会；虽然在葫芦岛船厂、在大庆化肥厂、在联合泵站、在35公里输油管线等工地上，他都充当了技术上哪用哪到的“千斤顶”、不可或缺的技术挂帅者。可是，作为“反动技术权威”，他却始终无权过问技术成果。对此，他能一笑了之，毫不在乎。但是，当那些浇灌了他的血汗的科技成果由于得不到妥善管理而被废止时，他坐不住了，就像他的心被人捣碎了一样，痛得他大声疾呼：给我点“权力”吧。

蜗牛越冬，离不开信念的阳光。袁忠淮度过被控制使用的十五年，并不是靠权力的诱惑。

1979年，他被重新起用了。启用后他唯一的心愿还是要“搞点新东西”。他说：“不一定要发明什么，但首先必须注重引进、消化先进的东西。只要吸收营养，就能提高自己，就能改变落后。”

因此，他一到黑龙江省低温建筑科研所当所长，便全力以赴于组织新的科研上马，增添新设备，派人出国学习、考察。对那些能拿专题的科研人员，他也总要“伸出手去拔一拔”。今年年初，他累得晕倒在暖气片上，脑瓜磕破缝了15针，可是他仍然没有放下工作。他殷切地希望祖国的科技发展，就像渴望父母健康、妻子忠贞、儿女积极向上一样。

“我只能不让自己闲着”

他不善高谈阔论，甚至可以说，他一生也没有做出过什么惊天动地的伟业。但他却生活得那么充实，充实得像流动的时间一样没有一丝间隙。

几年来，他夜以继日，做了许多以前他想做而不让他做的事情。

第一件就是技术总结。那项他最早参与研制、填补了我国建筑工业空白的“ZK-3型液压步履式钻扩机”，在他的参与下通过了技术鉴定，并编写了操作规程。

第二件是组织所内科技人员大搞应用科学研究。诸如可以提高混凝土性能的外加剂——“铭渣”的试验、能改变传统楼墙结构的“轻骨料”的研制等等。总之，需要什么，他就研制开发什么。

第三件是打开对外科技交流渠道。他从国外买入急需的“X光染色仪”等重要仪器设备，引进了国外普遍采用的“强夯”技术，还多次派科技人员分赴日、美、西欧、南北极等地考察。

第四件是改变旧式楼房结构，实现装配式房屋建筑。他组织人员日夜兼程地进行设计、试验，自己主抓施工。

第五件是为了实施冻土建筑新工艺，他亲自起草了严密的技术文件，并到现场把关。当工艺要求在不动土（不被脚踩到的土）上搞基础时，国外用机械解决，他就采用吊篮的办法，即：人在吊起的筐里用锹取土。当挖基础遇到流沙的时候，他又想出了“沉箱”的办法：一边在水泥预制筒里取沙，一边使筒下沉。

……

他的智慧和实践经验多得有如万花筒里的星星。他的人品呢？

他被借调到大庆化肥厂工程指挥部任技术室主任时，也曾当过“甲方”。因为他总是及时果断地处理现场问题，而深受“乙方”的赞扬。

为了确保35公里输油管线顺利施工，他每天在沼泽地上徒步往返，逐个解决打口、修复、打压等工序中的难题，半年磨破了两双鞋。当库存材料紧缺影响施工的时候，他又亲自跑料、清库并抓具体分配……

后来，每当施工受阻的时候，人们总要愉快地回忆起袁忠淮抓的这几项工程，认为无论质量还是速度，都是建筑工程史上的光荣。

15年，对一个被控制使用的人来说是漫长的，但是用袁忠淮的工作成果来衡量，15年又太短了。他要劳动，又要组织施工、进行技术攻关、研究推广新工艺，还要撰写技术著述。15年里，他写下了《爆破短桩基础》、《季节性地基与基础研究》等著述十几种，还有一本厚厚的英文技术讲义。

他出差，自己排队买车票；他出门开会，徒步或挤公共汽车；他因公出国处处节约外汇，归来缴回一大笔差旅费。

他操劳的事情，有些甚至显得过于琐碎。工地上工人渴了，他顶着烈日去担水；老同志离休后照顾不周的，他按月为他们取、寄工资和粮票。他找思想苦闷的青年促膝谈心，替科技人员校改译文。会议室里忘熄的灯火、水龙头哗哗的流水声，甚至路边跌倒的顽童……，无不牵扯着他的视线和神经。他不惜把心掏出来揉碎了当泥使，只要社会主义大厦需要他。尤其当他看到由于改革不到位，造成一些人长时间沉迷于打牌、酗酒、闲聊时，便无限感慨地对自己说："可惜，我只能不让自己闲着。"吟诵唐诗和研习书法是他唯一的闲情逸致，此外他还自习了一套强身健体的好拳。

为什么他不愿闲着，难道他还想改变现实吗？当然想。他已经想了几十年，但在他力所能及的范围内实在想不出别的办法时，"做人不能没有标准"，他只好约束自己了。其实，各人都有自己的"标准"，只是其间区别太大了。

有一幅漫画，画着一位深陷"便签"之海的老干部在高呼"救命！"袁忠淮看了后感慨地说："我也写过很多'条子'。"可是袁忠淮呼叫的却是：

"××：王（玉吉）家属若要（用）钱，可预支200元，以后由我处理。"

"×经理：我建议，因王玉吉在病中，最好不要调动，关系在科研所（由我们科研所）给照顾。请斟酌。"

……

他容不得生活的不合理，哪怕自己只能为之改变一丝一毫，他也绝不放弃。

当王玉吉的儿子得知千方百计照顾父亲的就是袁忠淮时，写来一信。信中语重心长地说道："若九泉下的父亲得知，也会泪雨倾盆的。这就是您的为人，这不仅仅是帮助，这分明是您在用自己的光和热温暖着一个病人，让我看到了一个党培养的知识分子对党的事业的拳拳之心啊！"

也许是建筑者的积习吧，袁忠淮光忙于给别人垒窝，却从没想到他自己。搞了三十多年建筑，亲手竖起的高楼也该如林了。可是，却没有一片叶子属于他自己。作为技术支柱，当他被搬来东面挡风、西面遮雨的时候，他夹着行李卷，从自己建筑的楼群下走过。他抬头看看它们：有人在上面品茶，“吱啦啦”的烹调声钻入耳孔，他却欣慰地走了过去，向着最低矮、最破旧、多年无人问津的小黑屋走去。那里没有窗户，一位和他处境相仿的中学教师收留了他。他幽默地说道：“原子弹也找不到我呀！”

难道他只能住这样的“防空洞”吗？

并非落难之人不敢奢望。如今他已经是一所之长、高级工程师了，却依旧栖身于极简陋的独身宿舍。当他面对与自己患难与共多年的一只40度的小灯泡、一只布满尘垢的煤油炉时，他也想起过海外亲人要送他的高档家用电器，想到他远在江南的温顺的老伴和舒适的家。但眼下，“暴风雨”已经过去，他能抽空想想也就满足了。

人哪，为什么？为什么一天两包的40年烟龄被他一下子斩断，为什么一个南方人要努力习惯北方的粗粮和葱蒜，为什么他只能把自己的情趣和欲望压缩到最低点？难道他就不可以像许多人那样张口则令、出门则车吗？对现实的风风雨雨，他心里就不曾泛起一点点涟漪吗？

不！他也是人，他也有许多自己的心愿。不过，他的心愿却与众不同。

他不愿意当所长，因为他不想让行政工作浪费自己太多的精力。他厌恶那些不把技术工作当技术问题处理的事情，因为他对祖国的科技发展太痴情了。就说这次整改吧，他为了不能让年轻有为的同志领导科研工作而大伤脑筋。

但他还尽量宽慰自己说：“总有些问题一时还解决不了。作为个人，只能尽力争取，而不能激化矛盾。”他容忍人，谅解组织，唯独不能原谅他自己。他常说：“被否定的只有缺点。”其实，正是为了调整这不协调的种种关系，他才不惜割舍个人爱好，不断把自己分解开来，用自己的筋骨和满腔热血去构筑那座普通然而坚实的人格大厦。有人说“他是一只贪恋雪原的丹顶鹤”，其实他更像一颗甘居瓦砾的沙金。在社会主义通衢上，那一颗颗坚实、闪光的沙金，肩负着多大的重量啊!

如果生活是一把六弦琴，每一根琴弦都能演奏独特的心音。那么，疏朗、宽厚的第六琴弦呀，那可是知识分子赤诚的心弦。敞开你的心怀尽情歌唱吧——袁忠淮，向着坎坷的人生，向着希望的彼岸，捧出你对党、对同志、对事业的一片深情!

1984 年 7 月

眷眷游子情

——记香港同胞毕玉椿三返故里

白云眷恋山岫，清泉向往海洋，海外游子毕玉椿多少次梦中依偎在慈母的膝下。三中全会之后，他才得以三返故里。党的政策温暖了海外游子的心，他那汩汩的爱国情思再也按捺不住了。

“共产党不简单！”

1945年，年仅20岁的毕玉椿从天津某大学纺织专业毕业后，和同学们一样因找不到固定职业而纷纷出走，他只身去了香港。艰苦奋斗几十年，他成了香港太平纺织有限公司的董事兼经理。

熬出头了，他多想回老家看看哪。可是，文化大革命不仅阻断了他的归路，还使亲人背上了“海外关系”的罪名。

创伤累累。南飞的大雁啊，你已经有了新家，忘掉旧情吧。

这怎么可能！还乡报国方为赤子，毕玉椿时刻都在寻找良机。

1978年，春风吹来了，国家纺织工业部和纺织局多次邀请毕玉椿到内地考察和讲学。

他来了，几次来到广州、上海、北京……，但却未敢涉足家门半步。他余悸未消，只能怀着殷切的乡思，在飞机上凭窗远眺。父亲至死未得见面，老母尚在，难道……不！他终于下了决心。

1979年，他在北京办完公事，忐忑不安地径自闯进了家门。

“姓毕的住这吗？”

哈尔滨市松花江拖拉机制造厂车间调度毕玉杰的小儿子闻声抬起头，只见一个提着皮包和照相机的老先生站在家门口，不由得一愣：

“谁？”

他？原来就是全家都在日夜思念的大伯。亲人阔别34年了，难怪少年相见不相识，笑问客从何处来。八旬老母更是声泪俱下：

“没成想还能见到你……”

由于对政策落实情况尚不托底，亲人见面便相约：“悄悄住几天吧，千万别声张。”于是欢乐伴着忧虑，被封闭在四壁之中。

弟弟终于忍耐不住，几次问哥哥：

“出去看看吗？”

“不！没啥好看的。”

能够见到亲人，毕玉椿已经感到是奢望了，他说：“没想到你们还能维持到现在！”

但是，家境的安逸，还是触动了毕玉椿那颗饱尝竞争之苦的心。他不禁想到：这哪里是什么“维持”呀，应该说日子过得还不错。于是他对弟弟说：

“你对国家贡献不大，生活能这样安稳，说明共产党不简单！旧中国几个世纪也没办到呀！”

“应当会做这笔生意！”

十个月之后，毕玉椿带着妻子二返故里。

原来，他走后不久，就见弟弟来信说：“厂长问我‘你哥哥回来怎么不告诉一声，我们理应好好接待他’。政策变了，是真的。”

“这回终于可以伸伸腰了！”毕玉椿第二次返乡时进门就说。

七天里，他几出家门，到处观光游览。哈尔滨的变化使他感到惊喜：

“大街蛮宽敞的嘛。人们衣着虽然单调，但还挺整洁。”说罢，毕夫人摆摆手，“外面的宣传听不得，哪个‘吃不上穿不上’啊？！”来到影剧院门前，毕夫人又说：“公共场所没有闹事的，这和香港大不同呀。”然后拍拍年方12岁的侄女说：“香港的晚上可不敢让你们女孩子自己上街的。”

在松花江边，毕玉椿兴致勃勃地一再发表观感：“此地蛮好哇！不过，”他指指友谊宫一侧的开阔地带说，“这里应建亭台楼阁，给游人以休息、娱乐之便。”“花木栽培未免单调，和建筑物搭配起来，才能使人赏心悦目。这是一笔好生意，应当学会做！”

言辞如此恳切，是游客，还是主人？对这里的一草一木竟如此牵肠挂肚。

这期间，毕玉椿还和工厂领导见了面。宴席上，他拒不饮酒。他说：“饮酒误事啊！”他还劝人们：“不必做这么多菜，实实惠惠的几个就够了。吃不了不是浪费嘛！”临别，他又嘱咐弟弟：“找个地方，我要盖栋房子，好回来团聚。”

“晚年能够报国，真叫人高兴！”

去年8月5日，毕玉椿又携29岁的长子第三次回到故乡的亲人身边。

名曰“探亲”，可是，在他的心目中，此时的“亲人”已不单指自己的亲眷了。他热爱祖国同胞，关心四化建设，急于多出一把力。因此，这次回来他几乎不着家，总是泡在工厂里。

他看到有的产品销路不好，就对厂长说：“只有两个产品可不行，应当多搞几个，多生产一些急需产品才行。否则，几年后就没饭吃了。”他捡起地上的边角废料心痛地说：“这些东西扔不得。”然后又指指洗衣机：“这款式不时兴了，等我给你们寄个样机来。”

在哈尔滨亚麻厂、毛织厂等地，他从进料一直看到产品出厂，不断地对技术人员讲解怎样才能减少耗能。他风趣地说道：“我们资本家总要想法多赚钱，社会主义国家也应努力多盈利呀！”说得大家都笑了。

每到一处，他都好像走进自己的厂房一样，心情急切，毫无顾忌地发表意见。从生活到生产，从亲属到国家，事事关心，处处动容。

当他听说当了多年劳模的弟弟最近入了党，非常高兴，鼓励弟弟：“好好干！”

他看到工厂新换了一些领导成员，特别赞赏，无限感慨地说道：

“我们在海外，就盼着祖国尽快强盛起来。有一天，我们在新加坡听说祖国的卫星上了天，高兴得见到中国人就想握手，我们终于能够扬眉吐气了。”

58岁的毕玉椿这样不停地转来转去，弟弟担心地问道：“累不？”“不累！没问题。”结果原定的一周时间没够，他又延期三天。末了，他诚恳地对有关部门领导说：“你们派人到我那去，技术培训和费用我包了。”

这位黄河水哺育的海外同胞，立誓晚年报国。

不久，他不仅从香港寄来了全自动洗衣机做样机，而且寄来了许多技术资料，并提供了一些国际行情。当然，更寄来了一个游子眷恋祖国的那颗拳拳之心！

1983年12月6日

激流勇进

在许多人还认为固守田园稳妥的时候，黑龙江省农行行长王祥就冒着风险迈开了改革的步伐。在许多人面对困扰停步不前、犹豫观望的时候，王祥仍旧坚定不移，在改革的道路上大步前进。因为他看准了一个方向：改革就是为了解放生产力。他把握住了时代的脉搏，五年中，他从如何更好地发挥农贷资金效益入手，对银行改革进行了积极的探索。

东北大地培育了他的情感，他要让黑龙江的农民
把一个钱变成两个钱、三个钱……

有人说，王祥的脑袋没白长，利用率极高。这话不仅指他爱思考，而且指他经常琢磨那些关键问题。

“农民种地，为什么非得国家拿钱？”这个多年来人们熟视无睹的老问题，被1985年刚上任的省农行行长王祥咬住了。当他看到东宁县三岔乡一个百户小村几乎家家盖起了砖瓦房，总共花掉近百万元，而种地却靠贷款来维持的时候；当他听说许多农民都认为贷款反正是国家的钱，你贷我也贷，不贷白不贷的时候……他内心震撼了。原来多数农民不是没钱种地，而是国家不给拿钱就不种地，这在很多地方已经成为一种习惯。

但是，当他把这种感觉说出来的时候，却遭到很多人的反对。尤其是一些县、乡干部，当面对他说：“种地不拿钱，还要你农行干什么？”一些农行干部则说：“种粮放贷，打粮收贷，农行多少年就是这么过来的。”

听到这些话，王祥才感到：自己的想法不仅没有错，而且应该早点提出来才对，应该早点改变这种可怕的习惯。于是，王祥开始了宣传解释工作。他先从大处着眼，对农行的干部们算了一笔细账。他说：“现在，80% 以上的农户种地靠贷款，造成十几亿元的农贷沉淀收不回来，结果农民人均负债上百元，有的地方甚至户均欠贷上万元。南方用于种地和搞多种经营的农贷比例是 1 比 9，而黑龙经省则是 9 比 1。这样的农贷不仅不能使农民致富，反而成了农民的包袱，农行不就成了使农民背着沉重负担的罪人了吗！可是，如果我们早点改变这种习惯，来个紧中求活，也就是让农民自己拿钱种地进行简单再生产，而农行则集中资金支持科学种田，支持农民搞多种经营，搞乡镇企业，让农民用自己挣的钱去补农，这有什么不好？！”就这样，人们静静地听着他的分析，跟着他的思维转动着脑筋，平静的脸上渐渐有了变化，这说明人们听进去了。的确，他没有白做宣传解释，他的话在这些农行干部一向沉静的心里搅起了不小的波澜。

他的这一想法也立即得到省农行党组和省委、省政府的大力支持，决定动员各地政府和农村干部配合，组织农民自筹资金种地，国家可以补助，但不再包办。农行也立即着手开办了农业生产费用专项存款，为农民种地早做准备。由此顶下的贷款，农行再添上一些用于支持科技开发和效益好的农村商品经济项目。各地回收的陈欠贷款，可留当地发展工副业生产。与此同时，农行还进行了包县扶贫，对粮、牧、山区分别实行了区域信贷政策。

三年下来，农民自筹种地资金的比重很快由 20% 上升到 40%，甚至 50% 多。全省农行每年可以拿出 2 亿多元用于 40 多个市、县推广科技攻关田，再拿出 2 亿多元支持农民搞商品经济。于是，农民逐渐走上了脱贫致富路，农行的资金效益也不断提高，当年贷款回收率均达 99% 左右。

改革增添了他的胆识，他要

把农村金融工作完全置于农民的监督之下

熟悉王祥的人都说他敢碰硬，农村金融工作中制约手段最硬的就是农贷。土地承包后，全省 380 万农户对资金充满了渴求。一些农行干部也乘机违章放人情款、收人情息。仅1984和1985这两年，全省共发现以贷谋私5000余笔、近2000万元。

“这可不得了！”王祥非常愤怒，“这股风不刹住，还叫什么为农民服务！”可是，他没有料到，农行的一些信贷干部硬是不理他这个茬儿。

他决定公开刹风。省农行班子先后召开了七次刹风会，对30亿元的信贷资金做了全面清查，对有问题的干部动了真格的：处分了一批，撤职了一批，112名情节严重的被送交司法部门。

但是，农民反映：明的没了，暗地里的小动作还不少。这个反映提醒王祥和班子成员，应当将农贷置于农民的监督之下。

1986年初，省农行决定把老底儿都亮给农民，逐户建立经济档案、落实贷款计划，并将贷款对象、用途和数额在村里张榜公布，由农民评议监督。

可是，农民又提出：放款公开了，收贷也应该公开。“这意见提的对！”王祥当即肯定说，“这说明农民跟咱农行是一条心，都希望把钱真正用在农村经济发展上。”于是，农行马上采纳了这个意见，并进一步把贷款政策和利率也一并彻底公开。还规定：凡是以贷谋私者，一律以受贿论处。从行长到信贷员，手中不留机动款。对此，一些农行干部幽默地说：“这回我们可真成光杆儿司令了！”王祥听后苦涩地笑笑说：“这是逼出来的一招棋。还得感谢农民兄弟，是他们在帮助咱们进步呀！”

别说，这一招还真灵。农贷公开后的两年，全省两次普查，农民对贷款满意率达96%，农行干部与农民的关系也走上了正常化。这一招，不仅地方政府满意，而且受到中央有关领导同志的赞赏。今年初，王祥还被请去北京介绍经验。

由此王祥又想到：既然农贷可以办得让农民叫好，那么农村信用社为什么不能让农民参与管理，为农民当家理财？可是有人不赞成把信用社搞成民办的，怕在存贷款上争嘴，怕农行萎缩。“农行设在地方，就应当适应地方经济发展的需要，不适应的垮了活该！”优胜劣汰嘛，这就是王祥的思路。

经过充分调查研究，王祥先在双城市搞了试点：撤掉了农行营业所，把地盘让给民办信用社。接下来又在海林县照此办起了六七个，在全省办了上百个。农民像选村长一样精心挑选自己的当家理财人。新办的信用社存款取之于民，用之于民。由于是当地民办信用社，农民存款的积极性很高。1987 年改革当年，信用社存款猛增，比之前的农行营业所实力明显增强，净投放 18 亿元支持农村经济发展，为农民致富起到了重要作用。

多年的金融工作给了他一种责任感，他要
让农行工作全面适应农村经济发展的需要

1949 年考入银行的王祥，发现这些年太平行长、太平干部比之前多了起来。不管资金效益好坏，也不论下面出现多大的问题，干部照当，奖金照拿。如果再不对此进行改革，农行的问题就会“按下葫芦起来瓢”，层出不穷。经过广泛征求意见，王祥又做出一项重要决定：把竞争机制引入农行。

1987 年初，省农行系统实行了等级竞赛活动。他们要把全省 68 个县级行分出等级来，按照各项指标进行百分考核，论等级行赏。等外行一不增拨流动资金，二不发综合奖金。问题多的县行就怕这两条，因为第一条地方政府不答应，第二条内部职工不答应。于是县行行长吃不消，有的不想干了。王祥说：“那好哇！农业银行企业化，太平官当不成了，哪位不想干就早点说一声。”他的话使大多数基层行的行长们不敢再抱幻想，纷纷行动起来，组织员工投入到等级行竞赛中来。

“下面搞等级行，省行机关为什么不能搞等级处室？”顺应农村金融事业发展进程，王祥锐意改革的思路不断拓宽。他的这一提议立即得到班子成员的一致赞许。可是，一些处长却不赞成，多数处长还想吃太平饭。王祥不由得拍案大怒！

他一针见血地指出：“喜欢吃大锅饭，除了懒惰和能力低以外，也是一种习惯。穷，都穷；富，都富。看不出山高水低才好，既不用担责任，面子上也过得去。可是，一旦比出差距，效益不好的就得承担责任。不行，压力太大了——这就是那些太平官的真实思想。”王祥太了解自己的队伍了，对干部们思想深处的激烈斗争，更是看得一清二楚。其实，也正因为如此，他才坚持要在省行机关进行改革，他

说：“改革，就是要调动人们努力承担责任的积极性。”

省农行班子决定把竞赛从下面到上面全都搞起来。省行机关的等级处室竞赛一下子牵住了“牛鼻子”。百分考核，每增加一分，就是1万多元的留成，确实使人心动。……那一年，年终评比，从下到上，各项指标全都好于往年。

在一些人“打麻将三宿四宿不累”的时候，王祥却是工作起来三宿四宿不累。他虽然已经到了退休年龄，可还是一年有三分之一的时间在下边，而且经常工作到后半夜。熬不过他的人居多，但是不服他这股子开拓精神的人却太少了。不论是与他同龄的副手王君仁，还是小他几十岁的处室干部，都一门儿心思地支持他、协助他。

五年来，王祥带领这班人一环紧扣一环地开拓进取。可他还是感到改得还不够。眼下，针对以贷谋私等一些时有发生的问题，以及农村信用社的改革，他正在谋划新的招数。

（原载1989年《黑龙江日报》）

龙头跃起

——阿城市级机构改革纪实

新一轮改革潮，如滚滚春雷，由南至北而来……

大　跨　越

6月的骄阳够热了。可是，阿城市委在两千八百多平方公里的土地上又点燃了一场改革的烈火。

1992年6月16日，是黑龙江省阿城市史上永放光辉的日子。这一天，阿城市委隆重推出了《阿城市机构改革总体实施方案》。掌管全市各方命脉的副科级以上干部从四面八方走来，参加市委召开的全市机构改革动员大会。五大班子全部到场，容纳一千四百余人的影剧院座无虚席，会场气氛宁静庄严，几乎能听见彼此的心跳声。市委要求：各部门机构改革与干部人事制度改革同步进行。局级干部任命，中层干部聘任，一般干部择优上岗。此举涉及在座的每一位干部，在全市六十多万人口中引起强烈震动。人们坐卧不安，有疑惑，也有不满，但更多的还是兴奋和希冀。

消肿机构，精简人员，转变职能，兴办实体。市委决定从市直机关这个龙头改起，农、林、水、畜、粮、农机、商业、物资、外贸等12个委、办、局分两批全部转变为公司；撤销工业、二轻、建材、物价、人防等10个委办局，组建新经委和商贸委；市委与市府机关两个党委合并；市文化局与市体委合并；档案局、市志办、广播电视局等行政部门改为事业单位；大检查办、老干部局等部门降半格归口；84个非常设机构先撤掉73个，加强乡镇统揽经济工作职能，将农机、经管、水利、财政、电业、土地等15个站（所）的人、财、物权下放给乡镇管理。通过转、并、合、撤的改革方式，精简党政机构28个，占原机构总数的38.3%，行政人员中仅工口和农口就减少195人，占原有人员的57.5%。这次改革步伐之大，令人震惊。

要知道，阿城市并未被列入哈尔滨市机构改革的试点县（市），这样做很容易引起非议。更何况，4月7日，阿城市委刚刚召开过一次全市机构改革动员大会，当时宣布的还仅仅是在农口搞试点，时间刚过两个月，何故一步上千里？

追兵不舍

一个县级市，能否在县级综合改革中的一项或几项改革上有所突破，关键是那里的领导班子是否真的解放了思想，是否有改革的胆识和决心。本着邓小平提出的“三个有利于”的改革标准，阿城市的领导班子大胆推进了县级机构改革。

不出所料，种种非议很快扑面而来。

“出头的椽子先烂！”还想吃“太平饭”的人这样批评改革。中间层是这次改革的重点，阻力较大，因为从“条条”上改下来的东西是权力，改就把权力改没了。

“你们这样改有什么根据？”“不要锋芒太露！”“你把我的局撤销了，我下去时吃饭都没地方。”这些话来自省及哈市一些主管部门那些“好龙”的“叶公”之口，笑谈中不无抱怨和责难。

面对这些非议，阿城市女市委书记陈淑兰坚定地表示：“省、市领导要求各部门不要干预基层改革。阿城就这么干了，找谁也没用！”她在市体改委主任高海宽交来的一份“情况反映”上重重地批了一笔：“看来改革的难度很大，要坚持你的韧性，把改革方案进行到底！”很有一股敢坐火山口的气势。

也难怪！阿城市计划经济的架构早已压得人透不过气来。据讲，阿城市计划经济已微乎其微，每年只有200吨钢材及其它少量物资属计划管理，商品经济已经成为主体。然而一成不变的计划经济管理模式却还在束缚着人们的手脚，严重拖了商品经济发展的后腿。仅二轻系统 17 个企业的产值就在原地徘徊了整整 10 年。机构臃肿，部门重叠，人浮于事。1984 年搞了一次精兵简政，可是到 1992 年又膨胀了一倍左右。不少机关干部不知道工资是从哪来的。此外，诸如市乡（镇）关系不顺、机关人多低效办事难、财政负担过重等通病更是一言难尽了。

曾任阿城建市后第一任市长的陈淑兰说：大政府小服务培养了一种惰性。有人曾半开玩笑地说："报告大家一个好消息，经过几年努力，我们终于成为亏损县了。"因为亏损县不白当，上边给钱。我们没有这种荣幸，但也自觉不错：是财政上解县，生产走在前边，从 1987 年开始三赴山东、几下江南学习，才发觉自己这个县还不如人家一个乡镇，越看心里越不是滋味，苦森森的。人家扬眉吐气，咱们挺不直腰杆，还得听人家挖苦"你们党性强"。

市长赵汉义则沉痛地说："人家才像县长，咱算什么县长！"不少干部学习考察回来后，也都认为机构改革不能再等下去了。设庙就得有和尚，不如干脆把庙拆了，不要老是像一首歌里唱的那样"……就是好！就是好！"那是怕被人否定才首先自我肯定的。

因此，就像十月怀胎、一朝分娩一样，阿城市大胆推进机构改革并不突然。它借邓小平南方讲话之机推出，顺应了改革大潮；它经历了对生产力标准认识上的反复，不断统一思想，取得了共识。从大学数学系毕业的陈淑兰说："改革中思想认识难免有分歧，但并不难统一。改革需要团结，需要齐心协力。我还是那句老话，用他就别老怀疑他。因为追兵在后，退下来只有死路一条。"瞧！连思维都是数学逻辑。为了稳中求进，他们于年初一次派出去 7 个组，经过半个多月的充分调查，先推出了农口的改革。接着，又经市常委会多次研究讨论，在制定方案、明确政策、落实机构等方面经周密组织、充分准备，6 月 16 日各口机构改革同时上马，颇有背水一战之气概。

结果，出人意料。除了个别人和来自上面的一些非议之外，对这场经历了若干曲折才到来的真正意义上的改革，绝大多数人们欢迎它，珍惜它，敞开胸襟拥抱它。许多人宁可牺牲个人既得利益，也要推进这场改革。谁也不愿意做连阿Q都不喜欢做的那种怕革命的“孙子”。因此，这场改革进展十分顺利，人们的承受能力从来没有像今天这么强。

闸门一经打开

几十年形成的左的思想禁锢，令人窒息。如今闸门一经打开，解放了的思想就像潮水一样喷涌而出。阿城市各界人士众志成城，以“步伐再大一点、速度再快一点、思想再解放一点”的精神推进改革。

6月初开始的工口机构改革，不到一个月时间就已基本就绪。原工业局、二轻局、建材局被撤销，组建了新经委，技术监督局降半格隶属经委。四局一委原有一百三十多人只能留用五十多人。留下的人试用一年，合格者聘期两年，月月打分，年底考评时淘汰后五名。这对于那些想在机关端铁饭碗的人来说，难免要有切肤之痛。市委派出领导小组，抽调业务专家，坚持民主、公平、平等竞争、择优聘用的原则，对经过自荐、推荐、考核上岗的人选进行考试、答辩。一时间许多人像小学生一样认真复习备考，进入竞技状态。孩子给父母让出座位，丈夫为妻子洗衣做饭，竞争意识悄悄潜入千家万户。考评严肃认真，仅一次23人的答辩就进行了10个小时，而且有全程录像备查。有一位平时工作马马虎虎的大学本科毕业生，自以为这次能被选中，但因答辩不过关，考试又只得了二十多分，成了落配的凤凰。还有一位声称如果聘不上“就不活了”的机关干部，因群众评议不过关而落聘，日前也已服从分配。干部人事制度改革，能者上，庸者下，群众服气。下来的人也都得到妥善安置，因此没有一人上访告状。

最先实施改革的农业局，暂时实行“一套人马、两块牌子”，原5个机构中减掉了4个，原行政编制16人减为8人，原20项行政职能并转后只留了5项。留用人员既肩负5项行政职能，又负责创办农业总公司，集管理、服务、经营于一身，成为实体。减下来的人员充实到下属企业，与留机关的人员一样实行“一变三不变”（即组织关系变，干部或工人身份、级别、待遇不变），改革方案得以顺利实施。

截止8月下旬，阿城市44个政府部门机构改革已经完成了29个，简政放权正在交接。乡镇机构改革也已进行试点，明年即可推开。

改革触动了所有部门，企业转换经营机制，搞活流通，住房制度改革也与机构改革一起在阿城市齐头并进。改革从单项突进向综合配套进军，从经济领域向政治领域延伸，上层建筑乃至生产关系的改革也在宏观调控层面上取得突破。翻开《阿城报》头版，一行行大字标题令人目不暇接：劳动局、公安局、工商局、政法部门、审计局、监察局、税务局、财政局……，纷纷采取改革措施，支持经济发展。昔日的“婆婆”，如今俯首甘当“媳妇”。在火热的阿城大地上，在改革的大潮中，全市60万人拧成了一股绳。

改革尚未结束

改革，在人们心中掀起了波澜，在大地上留下了足迹。改革，对生产关系的改善、对生产力的发展，都起到了不可低估的作用。

改革后的工口，新经委职能集中，一竿子插到底，办事效率明显提高。他们为亏损企业跨行业选调干部，横向调动资产存量和科技力量，直接抓扭亏上项目，加快了产品鉴定速度。运转两个月来，全系统五十多家企业无不拍手叫好。经委关主任颇有感慨地说：现在的工作可够紧张的了，宏观指导不减，微观管理增多，一上班就一堆事，每天满负荷运转，谁也没有闲工夫。

农口新机构一边行使职能，一边创办经济实体。运行两个月来，共落实丰收计划和高产攻关面积90多万亩，完成重点推广项目5项，进行农业科技培训10万人次，在17个乡（镇）建立了农业技术综合服务站，而且创办了6个经济实体，还为40万农民解决了卖粮难等4件大事。他们除了为国家节约了8万元行政经费外，还创收20万元。说起这些，局长兼总经理的徐景瑞满脸兴奋的神情：“虽说办公司风险大，责任大，比不得以前下乡指导检查，坐车溜达三五天回来后一个月都不用犯愁。但是办公司有效益，动力也大。一下子从银行贷款300多万元搞经营，咱从没见过这么多钱，虽然不无担心，但心里还是很高兴。”他那得意的神态似乎在说：不干才是傻瓜！

改革，促进了生产发展。拿前8个月与去年相比，市属工业总产值、市属工业企业实现利税，以及社会商品零售总额、财政收入、市政建设等都呈大幅度增长态势，仅前6个月的增幅就分别为22.4%、59.8%、6.1%、51.8%、5.3%。不仅不像有人担心的那样：改革后“国将不国”。而且正相反，改革带来一片繁荣，一派生机。

改革，引起有识之士共鸣。阿城石化总厂厂长富国泰曾率先进行企业三项制度改革，他感触颇深地说：“要人们百分之百喊万岁，不可能！有百分之七十的人拥护就可以大胆干。搞改革，就是要敢蹚泥水。”阿城市委组织部长武树江的话更是代表了多数机关干部的心声：“改革是大势所趋，早晚得走这一步。”一位落聘的干部也道出了自己的心里话：“没承想这次改革动了真格的，咱没本事，即使上去了也遭罪。”而一些工厂的工人则说：“市里改革机构，我们工人打心眼里高兴。当初，不管能力大小都趾高气扬地坐机关，我们不服。现在没能耐的打蔫了，这就对了。不行的，就下来和我们一起干嘛，别装倔！”当然，还有不少人希望企业也改一改，他们说：“不要只见亏损的企业，不见亏损受穷的厂长、经理。企业亏损了，厂长、经理人家工资照拿，可是咱工人连干活的权利都没有了，这不合理！”

改革，增长了人们的胆识。阿城市委、市政府在之前改革的基础上，日前又进一步提出：继续解放思想，加大改革力度，乘势而上。力争后10年几项主要经济指标翻两番，再登新台阶；到本世纪末，工农业总产值年达百亿元。

历史在发展，世界在前进。改革，没有终点。

（原载1992年《黑龙江日报》，获该报好新闻奖）

抢占制高点

当今社会，科学技术已经成为国民经济增长和劳动生产率增长诸因素中的重要因素，成为推动生产力发展的最活跃的、决定性的力量。谁抢占了科学进步的制高点，谁就掌握了经济发展的未来，谁就可以在以科技为基础的综合国力的国际竞争中处于领先地位。

38 年过去了，日伪时期留下来的哈尔滨马家沟机场从沉睡中醒来。

这里再不是昔日杂草丛生的景象。短短三个月时间，首期 3.7 万平方米的现代化建筑群拔地而起，二期 11 万平方米的楼群也已投入热火朝天的建设当中。至此，一座包括 6 层楼高的创业服务中心、科研大楼、中试厂房以及供热、供电、餐厅、科技人员宿舍和车库等配套工程在内的“科技城”建设已摆开阵势，部分建筑已进入内部装修阶段。所有这些，从去年 7 月五路建筑大军开进工地至今，加起来还不到 1 年时间。未来这里将绿树成荫、鲜花环绕，具有四通八道的现代信息传疏网络及全方位的社会服务保障体系、别具一格的高科技建筑群与现代化城区融为一体。这就是哈尔滨高新技术产业开发区中的南岗集中开发区。

哈尔滨高新技术产业开发区，于 1988 年 9 月由黑龙江省和哈尔滨市共同创建，1991 年被国务院批准为国家高新技术产业开发区。它由南岗开发区、学府开发区和平房开发区三部分组成，全部区域范围 23.9 平方公里。初步确定的集中开发区（包括南岗、平房两块）共计 2.9 平方公里。整个开发区不同于集中建于一条街、一个城区或一个集团式的开发模式，而是划定区域，实行优惠政策，发展高新技术产业，在集中开发区建设高新技术企业群，形成整体形象，形成规模，使哈尔滨高新技术产业开发区成为全省带有地方特色的发展高新技术产业基地。

今年，在南岗（马家沟机场）集中开发区1平方公里的土地上，除了开发区指挥部门将进去办公外，一期工程中投资建厂房的24户企业也将陆续进区。目前，哈尔滨高新技术产业开发区已有企业134家，职工4161人，其中科技人员2083人；开发高新技术项目274项，其中已经投产197项。截至今年4月，累计完成工业总产值2.16亿元、利税3729万元。

第一位的工作

“科技兴省”落到什么地方，首先就要落到辟建高新技术产业开发区上。

辟建高新技术产业开发区在中国是个创举。记者在采访中深切感受到加快高新技术产业化足音盎然。这不单单因为一栋栋厂房拔地而起、一座崭新的科学城即将诞生，而且因为省和哈尔滨市领导者的紧迫感和危机感也与日俱增。

省市领导层在决定开发区创建之初，就在不断强化这样一个认识：再不发展高新技术，中国就会再度复制鸦片战争的历史，与西方发达国家的差距远不止100年！而黑龙江省在这方面则更加落后，不仅将会被“盘剥”，甚至沦为兄弟省市的“殖民地”。而这绝不是危言耸听！

为此，去年6月20日上午，省长邵奇惠怀着急切的心情视察开发区，并主持召开了省市联席办公会。他在会上明确提出：“要发展高科技，抢占制高点”，“要集中全省的力量办好开发区，不但不能让国家给我们亮黄牌，而且要拿金牌”。当天下午，陪同邵奇惠省长视察的哈尔滨市市长李嘉廷主持召开了全市党政干部大会，他特意提醒在座的每位干部认清大趋势，抓住这一千载难逢的机遇，加速哈尔滨高新技术产业开发区建设。

翌日，一个以“市长令”形式下发的文件《哈尔滨市高新技术产业开发区若干决定》便公诸于世，“决定”所提出的政策在某些方面比沿海经济特区的政策还要宽松。

从此高新技术产业开发区的建设快马加鞭，领导层也在实践中不断完善开发区的设计模式。美国斯坦福大学搞的硅谷模式，影响世界各地争相效仿；北京中关村的电子一条街，还有“联想”、“四通”等高新技术企业也无不令人咋舌。这些先进经验启示人们：高新技术产业发展必须进入一个智力资源相对集中的区域。可以通过引鸟筑巢或筑巢引鸟，扶持一些高新技术项目形成产业，建立多个高新技术研究、中试、开发和生产群体，形成一个改造传统产业的辐射源。按照这一理念，开发区的创业者经过反复比较，打破了在哈尔滨市六条主要街道搞开发区的设想，提出了与沿海地区截然相反的发展模式：结合市情，就地起步，项目为主，点面结合，滚动发展，形成区域。这个设想不但得到了省市领导的首肯，而且得到了国家科委的赞同。

去年下半年，面对全国各地纷纷崛起的高新技术产业开发区，省市领导也再次加快了步伐，召开了一次次现场办公会，把一项项优惠政策落实到开发区。

为了筛选地址，1991 年 4 月，哈尔滨市委常委全体成员一起来到了马家沟机场这块空地勘察。之后，李嘉廷市长力排众议，果断拍板。于是，辟建高新技术产业集中开发区就选定了这块 1 平方公里的土地。

高新技术产业开发区建设引起全省上下极大关注。省委书记孙维本一个月之内三次在省市大会上强调：要集中力量加快高新技术产业开发区建设，尽快让开发区露出一个整体形象来。

之后，开发区建设进入黄金季节，省市领导更是拿出了前所未有的热情。他们及时听取开发区负责人汇报情况，询问开发区还需要什么政策，多次去开发区调研、现场办公……

面对新一轮改革浪潮，省市相继推出了深化改革、扩大开放的若干政策。仅“33 条”中就有多项是开发区 3 年都未争取下来的高度自主自立权力。例如外资企业审批权、开发区内企业出国组团审批权、高新技术企业立项审批权、开发办享受省级土地审批权、准许外商成片开发……。

记者在采访中记录下这样一张时间表：

5月3日，邵奇惠主持省长办公会，专门听取开发区建设进度汇报。

5月26日，孙维本、马国良考察哈尔滨高新技术产业开发区，评价开发区“思路宽、起点高、启动快”，希望“龙头”跃起，“头雁”竞飞。

5月27日，单荣范组织省、市新闻界负责人听取开发区汇报，要求扩大开发区宣传。

6月5日，田凤山主持市委常委会研究《关于加快哈尔滨高新技术产业开发区建设的意见》。这个意见进一步细化、具体了以前的若干优惠政策，可操作性更强。

最近，省政府又决定成立省高新技术产业开发区领导小组，由副省长周铁农出任组长。

……

从领导层紧锣密鼓的姿态上，人们感受到了一股股热流已经汇集到开发区建设中，一双双大手正在扶持“特区”成长。

高新技术产业开发区卯足了劲儿，正待扬帆远航！

一 路 兼 程

人类的历史是先有生产，后有技术，再有科学。现在却发生了根本性变化。由于科学上的重大发现，引起了技术上的重大突破，从而导致了生产力的更大发展和社会的更大进步。高新技术产业开发区应运而生，它“特区”特建，新事新办，承上启下，一路兼程。

由于国家和省、市各级政府都给予开发区很多优惠政策，使其先天就带有强烈的新潮色彩，可以说是“不叫特区，胜似特区”。负责这个“特区”日常管理的机构叫哈尔滨高新技术产业开发区管理办公室，简称开发办，为市正局级行政单位。

开发办是省市政府的派出机构，下设综合、人事、企业和信息共四个处，一个创业服务中心，另设三个公司，即：高新技术建设开发总公司、对外贸易公司、房屋建设开发总公司。本着小机构、大服务的原则，开发办不仅机构少，而且人员精干。但它的权限却很大，由于容纳了工商税务等相关部门的驻区机构，因此它兼具工商税务等职能，使开发办可以实行一个窗口对外、一条龙服务、一个公章全管。到开发区办事，无须再跑各个部门、再经层层审批，办事效率大大提高。

开发办下属职能部门中最有特色的算是企业处和创业服务中心了。企业处主要负责进区企业的归口审批、管理、制定中长期规划，对企业进行资金和政策支持，并负责三资企业的审批和相关外经、外事及其企业优惠政策的综合协调和落实等工作。进开发区的企业实行“六自”经营，开发办和主管部门不予干涉。企业处还重点负责对区内企业每年一次的审批验收，对人员、产值、利税等方面不符合规定的企业进行清理。到目前为止，已有 8 家企业受到黄牌警告，另外 8 家企业被劝退出开发区，不再享受其优惠政策。

如果说企业处是负责企业由小向大的发展过程，那么创业服务中心就是负责企业的从无到有过程，国外称之为“孵化器”。它主要负责把具备市场前景的科研成果转化为商品，同时让科技人员成为企业家。在具体业务上，可以向创业者提供下列服务：提供场地、文秘、打字、复印、会议室、展览室、运输、通讯等综合服务；对创业者进行政策指导，对其经营活动进行监督、管理；通过多种渠道筹集资金，组织风险投资，解决创业者在创业初期资金短缺的问题；对创业者进行培训，提高其管理水平和业务素质。

创业往往是艰难困苦的同义语。哈尔滨高新技术产业开发区创建以来始终与艰难为伍。省市财政紧张，无力投入；各企业对创办高新技术产业不认识、不理解，积极性不高；一些杠杆部门也囿于种种原因，对支持高新技术企业不够热情等等。为了推动高新技术企业进区，开发区的 20 多名工作人员以“磨破嘴、跑断腿”的精神和毅力，骑着自行车四处奔波。经常风吹、日晒、雨淋，受到冷遇还不能气恼。一个研究所的负责人告诉记者：开发办的陈如松工程师第一次到他们研究所来动员时，他们谈了不到十分钟就结束了，把陈如松给晾了起来。可是陈如松仍然不气馁，三番五次来，终于把他们感动了，同意办了进区手续。

开发办当年有一项“特殊福利”，每人两年发一辆自行车，目的就是让你撒欢跑企业。

开发办的工作人员多是专业技术人员出身，文化都在大专以上。开发办的工资和福利待遇不高，有的还不如原单位。像文中提到的陈如松原来做供销工作，收入可观。来到开发区后不仅工作辛苦，收入也少了许多。但他却无怨无悔，反而幽默地说“只要能干点事业就行”。

开发区建设最困难的当属集中开发区的基础设施建设。首先是工期紧，1991 年 7 月动工，3.7 万平方米的主体工程要求在 10 月底完成主体形象。然而条件呢？道路不通，还缺水、缺电，甚至缺少电话，必要的施工条件都没有。整个工程需要边规划、边勘测、边设计、边施工，而这是违反施工惯例的。

为了确保来之不易的国家级开发区的标牌不被撤掉，开发区第一位创建者、开发办副主任何士滨豁出去了。他聘请了几位老建筑专家当顾问，自己吃住在工地，指挥五家公司、七个施工队昼夜施工。在施工最紧张的日子里，他每天只能睡四五个小时觉。为了抢时间，工地上的一切活动都是快节奏。何士滨召集的会议，一律站着开，简明扼要，说完就散。三个月过去了，七座大楼拔地而起。10 月底，3.7 万平方米的主体工程进入冷封闭。国家科委派人到哈尔滨验收时，不由得惊呼：这么快的速度？太惊人了。

走进市场　走向国际

本世纪中叶以来，一个以电子信息技术为核心的新技术革命正在全世界兴起，人类进入了科学技术飞跃发展的新时代。有人统计，在最近十年，科学技术的发明创造超过了人类过去两千年发明创造的总和。高新技术既不依赖资源，又不主要依赖劳动力，完全依赖技术和技术开发。不管当前经济状况如何，它都会很快开拓市场，并占领市场。

在哈尔滨高新技术产业开发区的企业管理处，记者看到不少来自工厂、大专院校和科研所的企业家们，在与开发区的工作人员商谈科研项目、办理入区手续，或咨询、商议有关问题。这里的工作人员被围在中间，应接不暇。据统计，到今年5月末，注册入区的高新技术企业已由1990年的53家发展到154家。其中全民性质的81家，联营的7家，集体的35家，私营和个体的23家，中外合资和外商独资的8家。准备入区的注册手续仍在继续办理。各入区企业正以强烈的竞争意识向国内、国际市场进军，已完成的工业总产值和利税，与1990年相比增长了三四倍。

这些入区企业充满改革和开放意识，不走老路。哈尔滨电子技术开发公司，从1988年首批进区开始就以开发区特有的效率开展工作。他们精简机构，实行承包，优化组合，不上岗的科技人员可以流动。全公司40多人，三年人均实现产值13.3万元，人均创利税7万元。

高新技术产业开发区还率先在哈尔滨市进行了股份制试点。第一批股份制章程草案刚刚印完就被抢光。一些企业抢到章程后连夜讨论，哈尔滨电子仪表工业总公司第二天就出资51%把控股权抓到手。目前，开发区内选择股份制的企业已有12家。

目前，大工厂、大科研所、大专院校已经成为高新技术产业开发区的主力和支柱。在哈的一些大所、大学和大厂率先划定位置进区办企业，其中大专院校办企业22家。哈尔滨建工学院有10个公司进区，船舶学院有7个公司进区，哈工大有4个公司进区。他们以其知识与技术高度密集的优势发挥了生力军的作用。

哈尔滨环境工程技术开发公司可谓这方面的典型。该公司是在哈尔滨建筑工程学院市政与环境工程系的基础上创办的科研生产实体。进入开发区后，他们以自己设计、研制的高新技术与开发的系列设备，为社会进行饮用水净化，并对城市的污水、工业废水和放射性废水进行处理，很快开发了市场，现已打入沈阳、广州等地，正与香港洽谈合作。谈起大专院校进入开发区的体会，公司总经理王宝贞说：过去科研理论与社会实践脱节不说，有时还上当受骗，企业把科研成果一拿到手就把教授甩掉。进入开发区后，使科研成果尽快地转化为商品、生产力，推动了科技进步和国家建设，社会、公司、科研人员个人也都得到了实惠，大家干得很高兴，不仅工程越干越多，也有利于把教学与实践更好地结合起来。现在，参加公司工程实习的研究生，从科研小试、工程设计到生产施工全能自己处理。

据记者了解，许多企业进了开发区后都有了很大的发展变化。目前，开发区内产值达一千万元以上的企业已有3家、五百万以上的有5家。哈尔滨高新技术建设开发总公司，坚持走工贸一体化道路，狠抓高新技术项目落实，仅半年时间就已引进落实了十项高科技项目，并形成规模生产。最近，该公司已与俄罗斯科学院乌拉尔分院合作建立了第一家中外科技合作单位——乌拉尔高新技术开发公司。

哈尔滨高新技术产业开发区稳健成长，正在走进市场、走向国际。

成功在于不断完善

即便是在太阳刚刚升起的地方，也难免还有缕缕乌云、片片阴霾。然而这乌云、这阴霾正是孕育了太阳的地方。正视困难，才能增加胆识，才能加倍鼓足前进的勇气和力量。

有关经济研究成果表明，“四小龙”的发展机遇不会再现，我们面临的世界经济形势已经发生了重大变化。我们不能再继续那种在先有生产、后有科学的老路上亦步亦趋，必须来一个较大的飞跃，承认困难，战胜困难，迎头赶上。

据反映，哈尔滨高新技术产业开发方面面临的突出问题，就是开发区所依托的大厂、大所、大校进开发区的积极性还不是很高。在南方都是抢着进，往里挤；我们则是推着、拉着还迟疑。

哈尔滨市的科技实力和工业基础比较雄厚，有24所高等院校、330个科研院所、36万科技人员，科技力量在全国排前六七名，可是科技成果转化率却居中游偏下。像样的产品很少，形不成气候，也不能打入国际市场。哈尔滨高新技术产业开发区的创办，为加速科技成果转化创造了条件。可是，相当多的大厂、大所、大校却持等待观望的态度。已经进区的企业也存在规模小、效益低、产品竞争力较差等问题。到去年底，开发区科工贸总收入、工业总产值和利税在全国同类开发区中仅居中游，名次分别是第19、15和13，在吸引人才、技术、资金方面差距也较大。原因何在?

省长邵奇惠指出：我们有些人对高新技术产业开发区和高新技术的认识，还远远落后于实际需要，还没有看到我们的危机就是与发达国家的科技差距太大。比如一谈老工业基地的改造问题，有人马上就想到买设备、盖厂房，习惯于走外延扩大再生产的老路，对购买技术或进行技术改造开发欲望很低，对高新技术潜在的能力缺乏足够认识。

此外，据了解还有以下几方面因素：

一是机制问题。工厂要进开发区必须有高新技术产品，但是高新技术产品从研制到产出无法分割，几乎涉及企业所有人员和机构，又不能让整个企业都享受减免税等优惠政策；加上企业主管部门不喜欢别人去指导他们的企业进行技术改造；已经剥离出来进入开发区的人员，也往往要受到母体在利益分成等方面的干扰。总之，种种原因造成一些大工厂对开发区兴趣不浓。一些大的科研所和大专院校也多是如此。我们还没有办法让大学有责任创办开发区。目前国外四百多个高新技术产业开发区，多半以大学为依托。因为大学既有高技术项目，又有这方面的人才。美国斯坦福大学用校园办企业，实现了大学与企业的结合，从而有了震撼世界的硅谷。而我们的大学还只注重教学，轻视科研开发。涨工资、评职称，只看课时够不够，而较少看搞了多少科技开发。掌握科学技术的是教授，管钱财的却不是教授；而且谁要想调离学校搞开发，住房还得被收回去。

此外，我们也没有完善的市场机制来牵动高新技术开发。高新技术产业化的整个过程，从研究阶段到应用开发、生产开发，一直到市场开发、形成产业，每个环节都很重要，不能全靠政府来组织，应该通过市场机制来完成，使各有关部门都能感到没有好项目就无法生存才行。

二是政策缺乏“钢”性。省里的“14条”、市里的“33条”都不错，开发区该有的政策也基本得到了。但是与南方相比，有些政策还缺乏“钢”性，不够强硬，不好落实。还有的由于对相关部门缺少信任感，加之办事不顺畅而担心中间梗阻，出了差错又没人疏通，因而等待观望，有的还随时准备退出开发区。

三是资金短缺。国内企业亏损的多，自立艰难，无力集资；政府投资有限，已经定下的资金又迟迟不能到位；对国外资金也缺乏吸引力。资金不足的直接后果就是集中开发区基础设施建设不配套，科研、生产所需的电、热供给难以保证，因此也影响了开发区对项目和资金的吸引力。资金缺口部分，目前各方面正在设法解决。当然也有人认为，有些观念也得变一变，用发展的眼光看，举债搞开发还是有账可算的。

有关人士还认为，目前是开发区创建以来的最好时期，高新技术产业开发已经成为热点。省市领导高度重视，多次前来考察指导，帮助解决问题。有关部门也已转变作风，开始登门服务。

因此，应当说，坚冰已经打破，航线已经开通。让我们抖擞精神，战胜险阻，胜利的旗帜就一定会插上高新技术产业开发的制高点。

（原载 1992 年《黑龙江日报》，获该报好新闻一等奖。本人执笔，合作者：徐峰、高学冬、刘倩华）

独　立　中　原

——农业银行南阳分行企业形象塑造写真

南阳，襟三山而蹬江汉，自古因名人而得名。历史上，相传这里曾诞育了秦相百里溪、齐相范蠡、科学家张衡、医圣张仲景、史学家范晔、汉光武帝刘秀等多位贤士将相。李白曾赞叹：“此地多英豪，邈然不可攀。”因此，南阳一度曾被誉为“帝乡”，这里人杰地灵，并非神话。正是这些先贤用自己的聪明睿智开发浇灌了中原大地，足智多谋的后来人才一代一代层出不穷。

如今，在远近闻名的农业银行南阳分行，一批新型金融管理人才正脱颖而出。他们独具慧眼，以思想政治工作为核心狠抓企业文化建设，在金融改革的浪潮中不仅没有出现思想波动，反而在市场经济发展中走上了主动开拓和发展之路，以崭新的形象独立于文化积淀深厚的中原之上。

徘徊街头的你还犹豫什么

国外有麦当劳、可口可乐和富士，中国就有美菱、四通和太阳神。市场经济有其内在规律，不可抵御。

企业形象，这个地道的市场经济产物，自五十年代在欧美兴起至今不过四五十年时间，却像狂飙一样风靡世界发达国家，给有胆识的企业家们带来了巨大财富。它在我国出现不过十年，却也激发了理论界和企业家们的极大热情。人们先是好奇，紧接着便争先研究、积极导入。

在日本，率先导入企业形象的是金融界。中国的金融界也有先行者，那就是农业银行河南省南阳分行，他们的经验目前已经引起广泛关注。

记者在采访中目睹了一些先行者们执着的探索精神，程守关、陈荣友、秦松圭，他们曾是省市分行的政工干部，率先开始研究企业文化，如今又联手撰写著述，深入推广南阳分行的企业文化建设经验，并受到广泛欢迎。省内的平顶山、信阳、驻马店、周口等地农行争先恐后邀请他们去讲课。南阳地区的南阳、南召、唐河、桐柏和社旗等县支行更是迫不及待，每堂课听讲者都不下百余人。他们之所以能够高瞻远瞩，在企业文化建设上先行一步，并非有什么先知先觉，而是基于深厚的基本功底，基于对企业形象建设重要性的深刻体会，是一步一个脚印扎扎实实走出来的，是企业发展过程中所产生的必然飞跃。

1994 年，中国的金融改革之风迅速吹遍了中原大地。组建政策性银行，专业银行向商业银行转轨，合作银行也进入酝酿阶段。于是，一些不可避免的问题扑面而来。还未来得及深思熟虑的人们，有的思想上开始波动，有的对改革产生了怀疑和畏难情绪。一些地方甚至出现了个别人工作被动、等待、观望、混日子的现象。

可是，在企业文化建设中已经打下深厚功底的南阳分行却是另一番景象。为了彻底改变农业银行的“土老帽”形象，两年前他们就站在市场经济的高度，对坚持了八年之久的文明单位建设问题进行了重新审视。在审视和回顾中，他们初步感觉到：多年的政治思想工作中已经蕴含着许多企业文化元素，他们已经自觉不自觉地做了很多企业文化建设方面的工作，因为二者密不可分。只不过他们还没有从企业文化的高度来认识，还缺乏总结和提高，对企业文化还缺少知识和系统的理论指导。因此，企业文化理论一经提出，立即触动了他们那敏感的神经，几乎是水到渠成，从去年开始他们已经顺利地将企业文化战略导入农行。他们用重塑企业形象来统领两个文明建设，对员工队伍素质、经营管理方式，以及外在形象展示等，都进行了全面的设计和“施工”。他们坚持两手抓、两个成果都要，使农业银行的整体形象大为改观，在当地几乎有口皆碑。

他们用自己的努力实践，为金融界提供了一条宝贵经验，那就是企业形象塑造，就是企业价值观的改变。实施企业文化战略，进行企业形象塑造，是国有商业银行在竞争中立于不败之地的必然选择。企业文化不愧为一门崭新的管理科学，它为改善和加强思想政治工作提供了新思路。

他们的经验说明：在这个日新月异的时代，在市场经济领域里，什么不可忽视？企业形象塑造不可忽视。企业形象塑造，已经成为不可阻挡的历史潮流！尤其是在金融市场竞争越来越激烈的情况下，企业形象塑造就成为国有商业银行的必然选择。这条路，早走早主动。

记得一条广告曾说："中原之行哪里去？郑州亚细亚。"而南阳分行则用自己的切身体会告诉你：面对企业文化建设，徘徊街头的你不能再犹豫了。

当事业来办

一个时期以来，一提起文明单位建设，人们自然会想到政治学习、思想教育、文明礼貌、环境卫生等。于是，文明单位的核心这个重大课题被掩盖、被淡化了。而一旦老办法失灵、新办法又没有诞生之际，难免就会出现一些想不到的问题。比如：工作时紧时松，政工干部遭冷遇、有了失落感，遇到机构改革首先撤并的总是政工部门，等等。在许多地方，政治和业务形成两层皮，再努力也只是字面结合或口头结合，因此文明单位建设一度陷于困惑之中。

那么，南阳地区农行系统的精神文明建设何以能够十年持之以恒、一张蓝图绘到底、一任接着一任干、一年一个新台阶呢？

该行一位老政工干部说得好：虽然说业务工作一天不抓也不行，可是政治工作落下一天也欠账。正是由于有了这样高的思想认识，从1980年农行刚刚恢复开始，面对政治工作薄弱、案件频发、员工怨气很大的困难局面，南阳分行的领导班子就及时吸取了经验和教训，坚持政治和业务同时抓。1984年，他们又把政治和业务建设同时纳入整体规划，实行目标考核，即"双文明双百分制"。

他们抓双文明建设态度坚决、措施果断，实行一票否决制。具体负责部门改兼职为专职，机构改革中“文明办”不撤、人员不减。全面推行了一岗两责制，行长分工不分家。多年来工作中不论发生什么问题，他们总是不忘从双文明建设上找原因；有了成绩，也总是从双文明建设上找根据。因此，他们对双文明建设的认识既符合实际，又得到不断提高，并使之日益深入人心。从1985年开始，他们每年召开一次全系统双文明建设工作会议，每次会议突出一个主题。到1993年已经连续召开了9次会议，分别从争先创优、巩固提高、晋档达标、深化内涵等方面提出了主题。虽然还没有明确“企业文化”这一提法，但是每个主题都紧紧围绕企业整体形象建设这一核心问题，并以企业形象为出发点和落脚点，从而使企业形象建设覆盖全辖，取得了突出成绩。

9年中，南阳分行所辖13个县（市）支行、1个营业部、481个所（社）中，省级文明单位8个、地区级文明单位36个、县级文明单位434个，创优率达100%，巩固率达98%，连续7年保持文明系统光荣称号。不仅存贷款占全地区金融系统的一半以上，而且各项业务也都协调发展，无论扶贫、纪检、综合治理还是金融工作都在全系统获得先进称号。

人们没有想到，这期间他们遇到的最大难题竟是：文明单位标准越抓越高，因此难度也越来越大，奔了地级奔省级，现在奔哪级？

畏难情绪的出现，正是实现突变的开端。而那也正是改革开放向深度和广度拓展的1993年。那一年，企业形象、企业文化作为战略问题，从实践到理念都被明确摆上议事日程，引起总行和省分行的高度重视。因此，南阳分行的企业文化建设也就顺理成章地飞跃了一步，实在是一种实至名归。

有人说，中国没有真正意义上的企业，因此也就没有企业文化。可是，这层貌似神秘的面纱并没有遮住南阳农行人的眼睛。他们从自己多年的实践中看到了企业文化的真谛，并一语道破“天机”：只要有企业萌芽，就有企业文化元素。在中国金融界，始终奉行的那种“拼搏精神”以及“顾客至上”、“礼仪服务”等形象问题，无一不是伴随“背包银行”一起诞生的。南阳农行系统10年的文明单位建设，哪一步也没有离开企业形象和企业文化这一根本，只是尚未从这个意义上进行提炼、升华。而只有认识上有了升华，行动上才会更自觉、更规范。

因此，1993年，南阳分行在第八次全系统文明单位建设工作会议上，正式提出了企业形象战略，使政治思想工作、基层党的建设、文明单位建设和企业文化建设四位一体，被当作事业来办。

他们从企业文化的三个层次，即物质环境这一外层文化、组织制度这一中层文化，以及精神、价值这一内层文化方面提出了新方案。要求地、县行先成立企业文化协会，按照新的理念正式进行企业文化试点，由此开始了现代金融企业建设的新征程。

1994年第九次会议上，他们又进一步提出了“深化文明单位建设内涵要以企业文化为突破口，培育企业文化要以塑造农行良好形象为突破口”，实施“文化驱动战略”。

那之后，从日出到日落，他们无时无刻不在这块现代企业管理园地里勤耕细作。先是全面开展企业文化理论和知识研究、宣传活动，唤起全员文化驱动热情。除了请人给全员讲课外，各级行长还既当学员，又当教员，自己向自己宣传，也向别人宣传。继而，又从领导到员工，从地、县行到所、社，进行了企业形象的全面构建和实施，包括领导者的集团形象、实力形象、公关形象等。他们坚持全面实施、全方位展开，现代金融企业建设无所不包，从而使市场竞争在某种意义上成为形象竞争。一时间，企业文化建设如春雷滚滚，那劲头，在中原大地上来势甚猛。

随后，他们又强化了制度文化建设和精神文化培育。对多年来的“制度泛滥”和“制度棚架”进行了清理，以企业文化理念为核心重建并完善了民主政治制度、企业领导制度和业务经营制度，实行科学管理、经营有序、监督有力。对精神文化的培育，采取从感性到理性逐步完善的动态过程。主要瞄准企业哲学、企业目标、企业价值观、企业精神、企业道德、企业素质这六大要素，建立起必要机制，从而顺利度过了企业形象革命的ABC阶段。

以人为本

现代管理科学的核心正是以人为本。以人为本，就是要爱人、养人、用人。

说到南阳分行坚持以人为本，打造现代金融企业的成绩时，南阳分行行长范来成谦虚地对记者说："成绩的取得，是在上级行和地方党政的领导下，几届班子共同努力的结果，但还未达到理想境界。"

主管政工工作的副行长王汉民则深有感触地说："在我们这里，一把手当班长不当家长，他见财不拾，与助手和谐共事，给我们树立了好标杆。"

广大中层干部和员工却异口同声地认为：是好行长带出了好班子，好班子带出了好队伍，在这样的单位工作，心情舒畅。

记者在多日的采访中感到，他们说的都是心里话，既反映了真实情况，也说明了他们的思想境界不低。当然，这也正是他们坚持文明单位建设、坚持企业形象建设的必然结果。其中，价值观念的改变是根本。

南阳分行塑造人，从领导班子开始。领导班子一年两次生活会，彼此敞开心扉，坦诚相见。领导带头，令行禁止，说了算，议了干。干，还得干出成绩。别人定制度是为了管群众，他们定制度先管自己。党组成员不搞临时动议，议事按规则，办事按程序。从思想作风、党风廉政建设到科级以上干部的生活事项等，都有明确规定，要求"自身清"、"门前清"。他们还对家属约法四章：不收钱物，不给基层找麻烦，不参政，不为牟取私利者说情。领导干部不私自安排子女和调动家属，其问题由组织统一按原则解决。针对群众的制度，则以激励性、说服教育性和入情入理的居多。群众最通情达理，领导干部率先垂范，群众自然心悦诚服。

在用人上，他们坚持能者上、平者让、庸者下的原则。每动一人，都要广泛征求意见。近几年，他们先后撤、免、提拔和储备的干部各达四五十人。可是，仍有老同志不服本地年轻干部管，说："咋了，你还管我？忘了你小时候……"为了鼓励年轻干部甩开膀子干，于是他们采取了异地交流制度。目前，县支行班子交流干部占一半多，平均年龄由50岁降到40.5岁。从而使领导者德高一品、才高一筹、识高一等的整体形象更加鲜明。

在员工的形象、行为塑造上，他们则采取科学和文化手段相结合，刚柔并举，重在培养员工的主人公意识。

他们制定了上岗行为准则，成立了干部培训中心、关心下一代协会、职工夜校。开展的活动有：岗位理想、道德、制度和纪律教育，岗位练兵活动，好老伴儿、好媳妇、好子女评选活动，文明教育进家庭，、"四学一树"，"学雷锋树新风报告演讲"，"爱山区、爱基层、爱岗位"，"党员身边无事故"，"党员放款无沉淀"等等。由于他们把各种活动都纳入了企业形象战略指导下进行，因此这里的人们无不好学上进，企业文化氛围十分浓厚。为了提高在职人员和即将就业人员的素质，新野县支行还规定：35 岁以下的 300 名职工三年内要达到中专以上文化水平。镇平、南召、唐河、桐柏等县支行则分别对自学成才的职工和升入大中专的子女实行了奖学金制度。

理念培育是企业文化的核心，他们重点抓了企业精神建树。对体现企业精神的几句话，各行充分发动群众，从先进事迹、优良传统、时代特征中总结提炼，先集中上来，再拿下去交给群众，经反复讨论几次之后才确定，从而使企业精神在深入人心的同时也被人格化了。

他们十分重视职工利益共同体的建设，使干部职工能够集中精力工作，无后顾之忧。通过集资建房等办法，使绝大多数职工都住上了单元房。他们加强"五小"建设，建立"夜巴黎"等娱乐场所，丰富了职工的业余生活。对于那些容易牵扯干部员工精力的事情，他们无不体贴入微，都交给组织来办。比如：交流干部家属的安置问题，他们统一解决；边远山区职工的特殊困难，他们单独解决；离退休人员的各项待遇，全部解决。

在南阳分行，现代企业形象建设作为一项崭新的事业，有理念、有方案、有举措、有行动、有严密的组织和领导。其做法丰富、多元、立体，以人为本，通过种种合情合理、入户入心的管理模式，使这项事业获得了极大成功。不仅人们的精神面貌发生了巨大变化，而且充分调动了所有人员的工作积极性，人们像丰田公司的员工爱惜丰田车一样爱护集体、珍惜集体荣誉。一位老同志发自内心地说道："生活上已经没有什么不满足的了，只希望能够经常与领导谈谈心，释放释放情怀。"他认为这是一种享受。

形象也是财富

在物质极大丰富的商品经济社会，最可怕的是观念贫穷，最可悲的是形象不好。

有谁会把大把的钞票存入一个墙壁坍塌的储蓄所？有谁会青睐一个一无资金、二无信用的银行？

南阳分行乔迁新的办公楼、更名挂牌时，13个县市的党政领导全来了。对此，地区专员开玩笑说：“就像行署召开会议一样。”在《邓小平文选》知识竞赛地直机关代表排队时，地委只相中了农行。全地区搞活动，39个彩车上街，行署指派农行的彩车打头。农行系统开大会，被地方政府当作大事，提前三天加强市政管理、部署治安。淅川县委一年之内四次转发农行的文件。新野县农行去年获得县里特等奖5万元……这些殊荣，正是南阳分行实力形象展示的结果。

也正是近几年，南阳农行系统围绕政府规划，不遗余力地支持了小康村建设、旱改水、发展乡镇企业、商业网点更新、收购农副产品、修路、采矿等等。仅去年一年贷款净增5.5亿元，余额已达40亿。新野县把大片低产田改为蔬菜温室后，农民户均收入超万元。

有为才有威，有威才有位。一位党政领导同志说：南阳经济发展，一靠改革，二靠政策，农行支持功不可没。农行的形象在地方已经形成心理定势。以前，农行需要很多人、跑很多路才能解决的问题，现在只要一个电话就解决了，连农行的司机外出都觉得光彩。

为了加强谋略和群体形象展示，在竞争中占据优势，南阳分行在完成利润计划的前提下，全面进行了环境改造，努力做到了办公楼房化，庭院花园化。地区分行庭院中的大鹏展翅雕塑上采用了舒同手书的“鹏程万里”四个大字，新野县支行用三根玻璃钢立柱托起彩带和钢球这一象征派雕塑，情趣更高一筹。淅川县支行员工还自觉献工，在39个所、社建起了新的办公楼和宿舍楼。目前，南阳农行全辖的办公和住宿条件尚未改变的已经屈指可数。

这里，柜台服务礼仪化，一线人员统一着装，挂牌上岗，确保顾客至上。

这里，电子化进程也在加快。自动柜员机和金穗卡早已面世，通讯报表四级联网已于1991年实现，数据库正在建设中，会计结算和现代化办公今年将有更大发展。

业务形象展示在这里更是花样翻新。逢年过节大规模街头宣传、与企业界和文艺界联谊、利用声像和文艺作品宣传业务、捐助希望工程、救助伤病人员等等，只要能做到的他们无不尽力去做，几乎无所不包。在这些方面，新野县支行最具代表性。

新野县支行的行长名叫董学之，他的做法很有代表性和说服力。他善于用哲学脑瓜进行思考。在他看来，企业也是一个人，因此各项工作只有人格化，才能对内形成凝聚力，对外打出知名度。在新野，农行制作的彩旗挂满大街小巷，影集、笔记本、遮阳帽上也都印有农行的字样。别人揽储靠高利率，董学之则设计了“发发发，一到即发”的大型揽储宣传活动，使农行形象对公众产生多次视觉冲击。即：通过电视介绍农行实力，广而告之8月8日举行答谢活动，这是第一次；用大型彩车散发印有储蓄知识的宣传单，则是第二次；拾到宣传单者，8月8日到农行兑现文化衫，一上午兑出6000件，是第三次；印有“心系农行前程辉煌”的文化衫，被大人小孩穿上街头，可算是第四次；宣传单兑现文化衫后只盖章，不收回，春节赠送储蓄宣传品时还可重复使用，是第五次……仅一张宣传单就可反复阅读，进行多次视觉冲击，农行的形象展示可谓到家了。此外，农行还首家在收视率最高的春节黄金时间点播了电视剧。此后，别家银行也发传单，也点播电视剧，但是创意上都不如农行，相比之下反倒加深了对农行的印象。

董学之展示农行形象，坚持“人无我有则新”这一原则，标新立异，收事半功倍之效。在他们举办的毛主席像章展示厅，通过付收藏费，20天征集了三万多枚。人们通过送像章、参观展览，看到了农行的崭新面貌。报社、电视台等媒体对此又做了报道，一时间新野农行名声大噪，形象展示可谓尽善尽美。

董学之是人才。像他这样的人，南阳农行系统还有几位。他们撰写的文章，理论密度之大，一句打你一个跟头。南阳分行正是有了这样一些优秀的金融企业家，现代企业形象建设才得以顺利进行，才能够独立于中原之上。

（原载1994年《中国城乡金融报》，本文略有改动）

仲夏之音

——记十八位老知青的苦与乐

小草啊，你的步履虽小，但是你拥有你足下的土地。

——泰戈尔

音乐是生活的阳光。但在《阿西门的街》里，这阳光却笼罩着日本“阿西门”的苦闷和怅惘。而在中国牡丹江市的“仲夏家庭音乐会”上，这阳光正喷射着当代青年的热情和希望。

近六七年来，“仲夏家庭音乐会”已经成为牡丹江市十八位老“知青”每年一度的音乐盛会。这十八位老“知青”从坎坷的经历中走来，从繁忙的劳动中走来。音乐声起，金鹏飞4岁的女儿忘记了嬉闹，行色匆匆的人们敛足倾听，一个十七八岁的女学生竟隐忍不住激情，推门进屋，要求这些兄长们允许自己演唱几支歌。

唱吧，年轻人！音乐将洗尽你往昔的疲劳和烦恼，给你的生活注入欢乐，给你的进取以力量。

“十面埋伏”

“力拔山兮气盖世！时不利兮骓不逝！骓不逝兮可奈何！虞兮虞兮奈若何！”韩信十路伏兵杀得楚霸王悲歌慷慨、呜咽唏嘘！

琵琶声声，十八位演奏者重弹古曲，是凭吊、怀古，还是“长歌当哭”？

不！垓下鏖兵，对于社会运转并不带有悲剧色彩。白居易热爱生活而唱“大珠小珠落玉盘”，邓士昌为驱赶心头的甲午风云才拨断琴弦。而今，这些“知青”们却有拨不断的琴弦。“十面埋伏”的厮杀声变成了这些“知青”对已逝年华的反省、对生活的认知和追求。一场争论正在热烈进行：

“历史可以有误会，但是人不能忘记这误会的价值。”刚从大学毕业的李斌说。

“我们没有伟人那种改造社会的力量，但是也决不能被社会所改造！”物理教师王维田补充道。

“有人说我们是‘做大梁不够料、削刀把又太费工的小松木杆’，难道不能做大梁就只配扔进垃圾堆吗？”在集体企业工作的曲明龙边说边气愤地站了起来。

……

这些“知青”们为什么这样义愤填膺？因为几年来，他们饱尝了生活的戏弄和冷落，加之新权贵的得意扬扬、同龄人的蝇营狗苟，远不是一句“尺短寸长，桃李不慕”所能了结的。

有一次，一个排队买馒头、买菜的小青年偷偷把两盘菜扣到一起想拿走。在场的陶国庆见状目光仅仅停滞了一秒钟，“什么东西！”他冲上去一把拽住这个小青年：“小兄弟，不能这么做！”不料，对方竟掏出刀来砍在陶国庆的手腕上，鲜血直流。

都是一样的社会“畸形儿”，有的丧失了理智，有的却保住了人格。

陶国庆，在花园农场“毛泽东思想文艺宣传队”时，一天到晚又唱又跳，半夜学一声鸡叫，也会引起全村鸡鸣。可是，返城后他却沉默寡言了。户口揣在口袋里，他贪馋地望着上下班的人群，甚至对扫大街、卖豆腐的也投去羡慕的眼光。望着望着，这个高大的小伙子竟脱口喊起了“卖豆腐！豆腐……”。他多么希望这是真的呀！然而，当他每月从邮局取回孙靖海从部队给他寄来的“救济”粮票时，他又希望这情景是假的，“戏”散后的生活应当是另外一副样子。中阮和大提琴一时都无法驱散他心头的苦闷，他跑到火车道旁冥思苦想，暗自落泪。心想：火车尚有光滑的轨道，人生的道路却为什么这么不平？

此时，琵琶手孙靖海（陶国庆的连襟儿）深邃的目光里正苦乐交织、悲喜和鸣。儿时当英雄、当作家、当工程师的美妙幻想已化作雨雪纷飞。然而，也正是这纷飞的雨雪才使他以琵琶特有的煞弦、绞弦、拼双弦，热切地表达着远古“列营”、“点将”、“九里山大战”的磅礴气势。当年“十面埋伏”给楚霸王带来了四面楚歌，而今自强不息的“老知青”深知：要熨平被生活揉皱的这张白纸，必须靠生命的热度，来个十面出击。

在刘玉珉简陋黑暗的住房里，聚集着从同一个农场回来的老“知青”们。他们热烈地探讨着：社会需要什么？人们渴望什么？为什么婆媳不睦、妯娌纷争？为什么同事间互相冷漠、夫妻整日哓哓不休？为什么有人只知酗酒、摔扑克牌、走向堕落，而书斋里的人又会因一记耳光去钻象牙之塔？甚至一碟菜能引起杀机、一首歌也能给人力量？

社会正常运转需要各方面力量的综合与平衡。人，在物质上可以丰吝不均，但在精神上却不能波动太大。当年被腰斩的“小松木杆”经过充分酝酿，决心以友谊为支点，以为祖国出力的朴素责任心为动力，用音乐调剂生活，去做促进精神平衡的一根杠杆。

谁知，当写有“我等年已及冠，当欣抒沁人心脾之音”的音乐会“通知书”刚一发出，有关部门即带着“阶级斗争观念”四处调查。也有人瞧不起他们，说：“要饭的唱戏，能欢乐几天！”

但是，老“知青”们没有被这些问题难住，因为他们记得：“萤火虫也曾对天上的星星说过：‘学者说你的光明总有一天会熄灭的。’天上的星不回答它。”

1979 年 8 月，十八位老“知青”纷纷携带纸砚乐器，从黑龙江省的牡丹江市四面八方汇聚拢来，在曲明龙家如期举行了“仲夏家庭音乐会”，十八颗“不安分”的灵魂一起演奏了第一支希望奏鸣曲。

前不久，他们又走上社会，应邀到一些工厂和学校参加国庆音乐会。在充满精神阳光的天地里，他们一面“苦为规矩谋生涯”，一面耕耘着自己青春年华的一片新绿。

“敖包相会”

“十五的月亮升上天空，为什么旁边没有云彩。我等待着美丽的姑娘，你为什么还不到来……”

于厚畔笛声悠扬，张党生、包克沈歌喉嘹亮。他们歌唱幸福，也歌唱为幸福付出的劳动。从1979年开始，这些几经流离的年轻人就相约:“等大伙都有了孩子，我们十八个家庭一定要合照一张‘全家福’。”

可是，生活现实并没有因为他们的乐观而减少矛盾。最后一个完婚的于厚畔妻子流产了，张党生也离婚了，包克沈夫妇之间又产生了矛盾。30岁才从农村返回城市，又像刚出生一样落上户口。何况，入党、晋级、分房子，又都以他们不具备的条件为条件。生活怎能风平浪静？于是有人嘲笑他们说:“还大家庭呢？维持好小家庭，少给别人添麻烦就不错了。”……第三届音乐会开不下去了。

“不争气！”

“不是不争气，是过于争气了。”

……

经过冷静的分析之后，他们的头脑更加清醒了。

是的，北大荒蚊虫多得无法解手，一心要在那里“扎根”的包克沈却能在蚊子堆里不动声色地埋头编写文艺节目，甚至对姑娘的追求也无动于衷。上中医学院读书时，他又因为“学朝农”，非要下乡当农民而失去了心爱的女友。眼下，他们十八个人合起来才分到三室两厨，包克沈还要腾出半间给妹妹，加之妻子要念大学，自己又想考研究生，家务活谁干？

“家庭是社会的一个细胞，众多家庭安宁了，才能促进社会稳定。”

“每个人都有自己的个性，要互相适应才能共同生存。”

“现实无暇顾及我们，我们决不能再自我抛弃，应该学习当个模范丈夫。”

……

坎坷的道路培养了他们别样思维，他们学会了在寒冬里感受温暖，在黑暗中看到光明。他们深知如果要生活下去，就必须让自己的生命爆发出热能。

此外，他们还就教育子女、孝敬父母、互相调节家庭纠纷等问题进行了热烈的讨论。1982年末，第三届音乐会虽然没有开成，但是这届“仲夏之音”却别具一格。

30年的风风雨雨，锤炼了他们的神经，他们要以最适当的灵敏度在生活的大海里畅游。

在大家的帮助下，张党生重新建立了家庭。他们又把精力投向包克沈。下班后，天已经很黑了，李斌忘记了去托儿所接孩子。妻子分娩住院了，陶国庆却放下了正准备送去的饭菜。饱尝离婚之苦的张党生抱起幼小的孩子……

就这样，在包克沈夫妇双方的三个家庭里，前来说和调节矛盾的老“知青”们常常不期而遇，比办自己的事情还认真。

有一天，刘玉珉前脚刚走出家门，妻子随后“哗啦”一声赌气地把门闩插上了。又有一天，6岁的女儿见爸爸晚饭后又拿起了自行车钥匙，便委屈地哭了起来：“今晚不让爸爸走，我都发烧了……”刘玉珉俯下身去亲亲孩子的额头，说：“爸爸知道你生病了，可是……”

“可是”什么呢？能跟孩子说“爸爸有比照料女儿还重要的事”吗？

就这样，一天，一个月，一年，他们劝说着、盼望着、等待着。终于，他们等来了一对都好强的夫妇重新言归于好。应该由社会有关部门解决的问题，他们主动承担了。可是，在回家的路上，他们总觉得还缺少点什么。

缺少什么呢？

包克沈简陋的居室以及双方亲属的意见，留给他们的印象太深了。衣柜、缝纫机、自行车等“几大件”不是他们这一代人成婚的必备条件，但是物质因素也不应忽视。他们想：为什么有人不理解我们？啊，重要的一点是在人们看得见的物质生活方面，我们还没有改变什么。

于是，月薪只有五六十元的刘玉珉，一下子拿出八十元庆贺包克沈夫妻破镜重圆。音乐会全体成员前去赋诗作画，并为这个家庭重铺地板，新打家具。随之，刘玉珉又带头给六七个家庭做了家具，郭玉君、王维田等人盖的新房，也由他们集体包干。

“宁叫身受苦，不让脸发热”。他们的行动不仅赢得了七八个家庭的敬重，也赢得了街坊同事们的赞美。生活若是个三角形，“音乐会”使它变成了四边形，更加稳定而又丰富多彩了。小草终于占有了自己足下的土地。

1983年，他们一下子办了两届“音乐会”。曲子弹完了，歌也唱足了，可他们意犹未尽。陶国庆80多岁的岳母开玩笑地说：“我看你们能唱到什么时候？”他们则愉快地回答道：“就唱到您这个年龄。”

不是哥们儿义气，也并非有君子之交，这伙快乐的年轻人在寻找属于华夏民族的“中和之美”。

“昆仲即知音，妯娌为德馨，仲夏聚一堂，楷模鉴后人。”1984年9月9日，这十八对中青年夫妇携带子女，在牡丹江公园拍摄59人的“全家福”。蒙、回、满、汉四个民族的十八位青年人个个西装革履，意气风发，全不像心灵上曾烙有伤痕的人。他们的这一举动，在当时游园的上千名群众中引起了不小的反响。

“这是谁的家庭？人口这么多。”

“是哪的学校、幼儿园吧？”

……

人们驻足围观，议论纷纷。

男人们举杯，女人们欢笑，孩子们歌舞。仲夏的草坪上泛起仲夏人由衷的笑声。应该说：这，才是这一代人应有的快乐家庭。这，才是真正的“敖包相会”。

“在希望的田野上”

“我投射我自己的影子在我的路上，因为我有一盏还未点燃的明灯。”

三中全会之后，十八位快活的老“知青”又经受了一次新的洗礼。

以前，他们是那么渴望和美的家庭。现在，家庭的和美已经拴不住他们的心了。他们懂得生活，但并非只懂生活。年长自己二十多岁的人都已陆续退休离职了，他们这些当年的临时工也已经陆续成为各单位的骨干。有的当了厂长、技术员，有的任科长、秘书。“小松木杆”被立起来使用了。

立木可要顶千斤哪，能行吗？他们问自己。

“祖辈没有一个读书人”的时代已经过去，《牛虻》一书所不能解决的实际问题太多了。立木要顶千斤，必须保证每一道年轮都富有生机，每一根纤维都充满活力。

“分几个学习小组吧。”

“或者来一个‘百日读书’活动。”

“不！搞活动容易走过场。”

“……”

经过一番认真的讨论之后，他们确定了新的人生坐标。那就是：三五年内使本职工作所需要的专业知识达到大专水平，个人工作进入先进行列。

祖国啊，请相信这些眼睛望着“好好学习 天天向上”横幅长大的孩子们吧。

在希望的田野上，40 岁的郭玉君、有 6 年部队文艺生涯的孙靖海、从高等院校毕业的胡懿范……，又全都捧起了书本。年龄最小的范丛斌，伏在市郊自家小草房的土炕上学习，白皙的面孔上，眼睛总是熬得红红的。他一个人弄了两个借书证还嫌不够，又扮作买书人到书店去看书，惹得营业员对这个小书生直瞪眼睛，他只好等走出门时才悄悄掏出本子做笔记。

在希望的田野上，他们正在逐渐走近目标。十八个人先后成为各级先进工作者，其中有十一个人加入了共产党，十人被提升为科级干部，四人读完大专课程，还有八人正在学习中。以范丛斌为主创作的 70 多篇文艺作品已有 20 多篇被报刊采用发表。

“小松木杆”们真的立起来了。

在一些人看来，这也许算不得什么。

算什么呢？早年，这些当过团支部书记、班长的人，学习上获得的奖品曾装满了书箱，文艺创作天才也曾燃起姑娘们青春的烈焰。

可今天，心情不同呀。那时只有单纯向上的劲头，现在却增加了对生活的反思。而更大、更扎实的力量不正在这“反思”之中吗！

他们自己也奇怪，这些年来他们失去了那么多，可唯独有一样东西始终没有丢，那就是奔流在血液里的忠勇和追求精神。

年轮一转，顶用的还是“小松木杆”。

现在，不知那些曾经盘查他们“参加了什么组织”，那些以为世界是自己从娘胎里带来的人又怎样想呢？

那些人曾找茬说他们："哪里的锅炉由你们烧，水就不开；哪里的房间归你们打扫，地上就总有灰尘。"

也许那些"左"面神经发达、那些对谁都看不上、得到多少都不满足的人，面对老"知青"的成长变化，连想一想的责任感都没有。而这些得到一点温暖都要感到自己回报太少的"知青"们，此时却想了很多。

看到七八百人的学校没人教外语，孙博岩说："不开外语课怎么行！就让我来承担吧。"

陶国庆家的玻璃窗坏了，有人建议他"身边有公家的玻璃，就用一块呗"。陶国庆却果断地说："这可不行。"他宁可绕很多路，也要上街花自己的钱去买。

在市体委工作的李斌破例给一位农村教师拨发溜冰鞋，他说："领导要处分就处分我自己吧。"

有人提着一大包礼物送给当医生的包克沈，要求开一张"去北京治疗"的转院单。有人找到担任厂长的刘玉珉说："你若能给我安排一个人工作，我就给你弄一个转干指标。"还有人以每月四五百元的收入诱惑金鹏飞放弃检察院的工作，跟他去经商。……

满足这些要求，对这些老"知青"来说已不再是什么难办的事了。可是，他们却不能不为社会的发展担忧：如此下去，心里不安哪。

他们想得很笨拙，但却很实在，很有社会责任感。因为时代造就了他们长于思索的大脑，前辈传给他们勇于创造的双手，两代人的血液并成一股流。

刘玉珉担任了硬质合金模具厂厂长，按照他的想法，应该组织青年人多学点知识。有人却说："还学什么，能开出工资就行呗。"可是，当有的青年人问他"厂长，青岛离山东有多远"时、当有些青年人由于技术水平低而反对实行责任制时，个头细高、面庞清癯的刘玉珉，责任心被深深刺痛了。于是，他一下子给工厂订了几十种报刊，又买进数百元图书，要求青年人多学习学习。可有些青年只拣恋爱和侦探小说看。对此，刘玉珉想：也好，开篇有益嘛。为了加强引导，他亲自组织学习班，第一讲就是："青春的价值——在于创造具有永久价值的青春"。他还让工厂购进了几台新设备，给工人讲解"机器的维护和使用”，并选送四人到外地学习新技术，搞起了定型产品。接下来，又对内部管理进行了改革，按技术水平高低分配工种和奖金，一下子吸住了年轻人。

不仅刘玉珉的厂长工作得到了上级的重视，以刘玉珉为自然“领袖”的“仲夏家庭音乐会”也在社会上引起了不小的反响，一些文艺演出活动纷纷邀请他们去伴奏。

“走向社会？”他们想，“这固然可以增加个人收入，也可以把精神力量带给更多的人。可是……”还有许多问题需要他们思考啊。

他们说：“宁愿找到一个因果的解释，也不愿获得一个波斯王位。”

在生活中游泳，相信他们的认知一定能够长出新的羽翼。

1985年的“仲夏家庭音乐会”成为他们青春力量的阅兵式。他们用《喜洋洋》倾吐心曲，用《斗牛士》抒发斗志，用《步步高》描绘前程。曲明龙精雕细刻的《锲而不舍》、刘玉珉笔墨酣畅的《一抒豪情》、包克沈雄浑奔放的《奔马图》，还有那厚厚的文史经哲学习心得和试题，无不展示了他们几年来丰硕的思考成果。

他们在风暴中汲取的是力量，在磨难中增长的是智慧，他们受的教育最扎实，历尽坎坷后的腾飞也最有力量。

放心吧，祖国，在新的起跑线上，老“知青”们依然会冲锋在前！

写在后面

现在，我的心里还常常涌起“仲夏家庭音乐会”的声浪。每逢仲夏，十八位老“知青”都要聚在一起演奏，手持琴、阮、笛、胡、琵琶……“仲夏”，既是音乐会的时间，也是他们人生的重要年龄段。

他们是一些最普通的人，普通得连生活都忘了他们。

1968年，他们分别从牡丹江市的几个中学“上山下乡”，一起成了黑龙江省花园农场的“知识青年”，并先后被抽到场部“毛泽东思想文艺宣传队”演奏各种乐器，并陆续成为文艺宣传队的骨干。

1976年根据政策规定，他们又陆续回到下乡之前所在的牡丹江市。1978年和1979年，他们先后结婚，当时平均年龄28.9岁，其中有八对夫妻是一起从农场回城的。回城后，他们当中有的接了父母的“班”算是有了工作，有的找机会上了学，也有人根本找不到正式工作，只能当临时工“混碗饭吃”，还有人手里拿着户口经过很长时间才落上。面对走后门、拉关系、买工作等种种不正之风，加之收入低、负担重、家庭矛盾多等问题，他们的身边已有许多“知青”悲观失望，有的甚至变得十分颓废。此情此景，不能不令他们担忧。于是他们之中有人率先站了出来，表示决不能自甘暴弃，要组织起来，互相帮助，克服困难。因此，他们的共同爱好——音乐就成为连接他们的自然纽带。

起初，他们只是在一起玩玩，用音乐抒发抒发情感。逐渐地，他们这种积极向上的精神成为互相鼓舞的一种力量，在当地引起很大反响。于是，他们决心把音乐会做大，用自己的力量解决身边的社会问题，与不良风气做斗争，促进同事团结、邻里相助、婆媳互敬、家庭和睦、社会稳定……

1979年6月24日的演奏被确定为“第一届仲夏家庭音乐会”。从那开始，每年不断。

我得知上述情况后，一种对“知青”们特有的情感吸引我前去采访了他们。

可是，我的这篇报道却一直没有发出，两年前我曾经试过一次。为什么？

据说是政治气候上不合“时宜”。

可是，我认为我了解他们、熟悉他们，因为我曾经和他们一样，经历了时代的风风雨雨，品尝了生活的酸甜苦辣。经过这两年的思考，使我进一步明白：人，并非都只停留在咀嚼过去，何况他们更多地是在直面现实，走向未来。

我也曾经以为，这十八位老“知青”和我一样，是无愧为时代的优秀青年。现在，我进一步确认，往昔的岁月和经历虽然相同，但留下的烙印却不尽一样。区别就在一个“爱”字上。这心境，他们特有的这种“爱”的心境，就是力量的源泉、希望的象征。

他们热爱生活，热爱人类创造的一切，包括人本身。应该说，没有什么不能发表的“政治气候”问题。可是，我却没有别的办法……

不管怎么说，我毕竟没能把它发表出去，没有为社会了解他们尽一份力量，总觉得亏欠了他们，心里很不好过。今天，我终于重新提起笔来稍作改动，希望以这笨拙的文字做我的忏悔，找个机会公开发表，也算是我对这一代“老知青”的祝福吧！

1985 年　仲夏

在希望中

你抓不到天上的星，
你不要说抓不到希望；
你摘下路边的小花，
你不要说摘到了希望；
你的希望在无尽的路头，
你不要说它太遥远；
你必须走完这条路，
你不要说它太困苦、艰难。

在多少人的日记里、心坎上，这首诗滚热、发烫。是的，“人类最宝贵的财富是希望”（法．伏尔泰），谁说它可望而不可及！

黑龙江省牡丹江市“文学青年友谊小组”的十二个年轻人，原来都是十年动乱中的中小学生，后来被命运安排在平凡的劳动岗位上，干着平凡的工作：包糖、堆煤、采石、翻砂……然而，他们并没有止步于这种“平凡”的现状，共同的爱好和理想，使他们在希望的田野上携手拼搏。三年来，他们不仅出色地完成了本职工作，而且向人民捧出了 140 篇文学作品，有的还荣获了省、市文学创作奖。其中十个人不仅都是先进工作者，有的还被评为市劳模，而且五人已经成为市自学成才积极分子，还有五人被接受加入了市文学协会。

“我是只笨鸟”

“走上创作道路是个误会，我太笨了，是只笨鸟。”小说《赶大篷车的姑娘》在《小说林》发表后，又在省人民广播电台联播七次，可是它的作者蒋炜敏却不止一次地向市文联的陈寅壬同志发问：“你看我行不行？”陈寅壬知道，这个倔强的小伙子又在寻找“笨鸟”奋飞的新途径了。

1983年春节前一天，在风雪扑面的郊外小路上，一个壮实的小伙子正在匆匆赶路。是回家团聚吗？不！“节日休息六天，起码可以转悠两个村子呀。”蒋炜敏要利用节日休息时间去乡下采风。十六年前，因家庭出身问题当不上红卫兵的蒋炜敏，曾经徒步前往新疆，那时他要去见见世面。他还记得那一路上，他心里多么委屈，提笔就想挖苦谁，可是带着情绪写了不下十万字，却没有一篇可以称为“文学作品”。

1979年，社会不正之风又在刺激着他的创作欲望，他动手写了一个被逼上犯罪道路的孤儿，可是一连写了好几年都没有写成。有一天陈寅壬看他还在写，就说：“你不要浮光掠影地总写这个了，生活并不全是这样的。”

生活是什么样的？为什么自己总是拨开光明找黑暗、去钻牛角尖？不久，这个从小在农村姥姥家长大的孩子开始写反映农民生活的小说。但小说里的“改革”是他假想出来的，陈寅壬又把小说退给了他。这时他犯愁了，“我不是搞创作的料，这条路我走不下去了。”

有一天在厂里干完活，这个壮实的小伙子无所事事地搓搓手，突然“哈哈哈”地大笑起来。原来他搞恶作剧在门把手上抹了黄甘油，被车间书记摸了一手。不久，这位书记突然把他从树下闲扯的人群里拽了出来。“要找茬吗？”他想。

“你又没事儿干了？”不料这位书记一边说，一边递给小蒋一首诗歌。这是一位青年工人写的诗，一心向往写作的小将羞愧了。

听说市文联要组织文学青年去体验生活，小蒋急忙向厂里请假。可是厂长却说：“既然是业余创作，那就业余搞嘛。”这时小蒋想起了直接领导他的那位科长很爱学习，于是他就一天两遍上楼去给科长送开水。搞卫生时，有些人躲开了，他却对科长说："这活儿我包了，但是文联办班你得让我去。"为了不耽误生产，他又去对工人说："你们干完的件儿先放着，午休两小时我回来检查。"有一次，他骑车疾驶去学习，不料一下子扑到了飞奔而来的汽车上。二十多天病假，他一天也没舍得休息，带着伤痛去学习。人们开始体谅他了，以前曾说他"爱献殷勤"的同事对他说："你去学吧，你的活儿我来干！"新上任的科长更干脆，小蒋的活儿他亲自干。小蒋过意不去，琢磨着请大家一顿饭，但人们却真诚地回答说："拉倒吧。"撞到汽车上都没哭的小蒋，这时眼里却浸满了泪水。

如今，他已经是第三次踏上这条郊区小路了。在这条路上，生活以它本来的面目呈现在小蒋的面前。农民指着脱谷机对他说："不要说政策十五年不变，五年不变我们就发了。"他走的路就像他此时的心境一样，该是何等宽敞呀！以农村生活为题材的那篇小说终于成功了。可是他的心情并没有平静下来，一想起那些耐心的老编辑、自己任劳任怨的妻子还有工友们……"如果再写不出像样的作品，我对不起的不是一个两个。"

想到这些，他那坚实的脚步踩得冰雪"嚓嚓"直响。在这风雪无情的荒野上，他要给自己蹚出一条"笨鸟"之路来。这是一条探索的路。

为了体验生活，他去过很多工厂、农村、学校，甚至在流浪儿中生活了三个月。前不久，他又到消防队去当了三十天"兵"。除夕夜，消防战士刚煮熟饺子，就急忙奔上了火场。一个刚订婚的战士皮肤被烧焦了、嗓子呛哑了，女友告吹了。到医院看望他的人直哭，他却说："唱一支《消防兵之歌》吧……"

笨鸟的翅膀练硬了，他一口气完成了五个短篇小说，一个中篇小说也已经动笔开了头。

最有灵气儿的一个

"我的第一篇作品总是成功的。"栾殿湖自豪地告诉人们。

栾殿湖，笔名电弧。人，和他的笔名差不多，总是透着一股灵气儿。“我压根儿没想搞创作，以前也从不爱看书学习。”在剧团，这个一心只顾吹长笛的小伙子，后来提笔创作的时候，无论写小说、诗歌、广播剧，还是报告文学，第一篇作品总是成功的，现在他已经是市文化局的创作员了。

成功的奥秘何在？蒋炜敏除了个人勤奋，还有外力的推动。栾殿湖呢？

栾殿湖身材瘦小，瓜子儿脸，两条浓眉下目光炯炯，身着西装领带，别有一股精神头。和他七岁的儿子在一起时，人们往往以为是小哥俩。一支长笛爱不释手，十年功夫小有名气，可剧团团长却偏偏看不上他。

“别吹了，”团长说，“没看见别人在办公吗？”

乐队解散了，他听说中央戏剧学院招生，就去求团长。团长讥讽地看着他：“你想去？”

何必这样低三下四的，命运也有一半掌握在自己手里。从小就爱编故事的小栾，写出来的第一个广播剧《失踪的新娘》就被电台采用了。团长知道后，非但不高兴，反而说：“他就能编搞对象的事。”

不巧，一天他突然来了创作灵感，就走进团长办公室：“我想要几张稿纸……”

“你搞业余创作，我给你稿纸算怎么回事！”气得他脸煞白，二话没说。不久，团长调走了，他买来两大包“喜糖”分发给同志们。是想驱赶心头的不快吗？“不！”他说，“我一辈子也忘不了这个团长，是他激发我走上了创作的道路。”

打那以后，他开始写小说、报告文学，写诗歌、电视剧，谱曲……都获得了成功。有一支九分钟的赫哲族舞曲《情歌》，还获得省歌舞团作曲比赛二等奖。人们说他是“小才子”，“小才子”自己也自鸣得意。一天，一个朋友拿给他一个剧本，他却挥挥手说：“我不看别人写的，我是写给别人看的。”于是，他铺开纸，一口气写完小说《重逢》。“一定能获奖”，他心想。谁知，连投三处，均被退了回来：“没深度”、“构思欠佳”……他只好搁置这篇，又用三天三夜写了一个电视剧本，投到省电视台，却很长时间没有回音，原来剧本被废弃了。于是，一向只靠“灵气儿”创作的小栾陷入了困境，他拿着自己编写的剧本来到《牡丹江文艺》编辑部请教，几位老编辑耐心地帮他总结了经验教训。

“吹长笛，谁敢跟你比。可是搞文学，你敢跟谁比？”这是几年前一位乐队老同事对他说的语重心长的话。如今想想的确如此，“音乐和文学分不开，你应该多学点文学。”可小栾就是不肯下功夫。结果仅靠剧团艺术工作的熏陶和灵气儿编故事，能编出多少来呢？团长的话说对了：灵气儿、聪明，老本儿吃光了，再不学习提高，就没法前进了。

说小栾聪明，就聪明在他一旦发现自己有弱点，能马上弥补。那以后一到晚上，爱人和孩子看电视，他就在厨房看书。音乐界的朋友常来找他，他就躲到母亲屋里。心爱的长笛好久没动了，他拿起来欣赏一会儿，却舍不得给它时间。小闹钟被他定时在凌晨三点半，那是催促他必须睡觉了。不久，省艺校招生进修，月薪只有 50 元的小栾凑了 600 元学费，决心集中精力学一年。在艺校，时间自主了，他一宿一宿地把自己关在地下室里不挪窝地学。

“知识，不管你以什么手段学起，一旦进去了，知识自身的力量就将对你进行批判，从而占有你，献给你。”现在，旧日羡慕他的好友，看他像个苦行僧似的，都在他面前吹嘘自己的摩托车、存款。他想，在物质方面自己虽然没啥好吹的，只有一支长笛，还不让吹。但是他并不空虚，有了知识，他更要穿西服、系领带，让伙伴们看看自己的精神头儿。

有一次，他看到江边七八个十几岁的流浪儿捡食剩饭、露宿工地，他那颗单纯的心灵被刺痛了。他回家拿了衣服和食物来到孩子们中间。整整三个月，他给他们讲故事，教他们读书识字，带着他们看工人劳动。终于，孩子们对他说了心里话。原来，有的孩子爱画画，可是爸爸撕了他的画册，逼他下矿井；有的因为作业没完成，被关进黑屋里……教育方法不当，使孩子们走出家门跑野了。他根据这个题材，写了《妈妈，把心留下》和《大篷车来了》。他呼吁社会“要担负起教育任务”。接着，他又到从南方来的修鞋工中间体验生活，写了《修鞋姑娘》等作品。他还和蒋炜敏合作，完成了电视剧本《生命的小河》，获得了省电视台的国庆征文奖。

“月亮也有红色的”

在栾殿湖心中，生活永远是快乐的，他不会想到同龄人中也有不幸者，也有自行车轮子里缺少内胎的，甚至买一碗豆腐脑也要算算价钱的年轻人，而他的身边就有这样的人。

孟繁英，这个从小被卖过三次的女孩子；刘长军，这个为了多买一本书，好几天都舍不得吃菜的男子汉，他们就是这样的人。他们不像小栾那样无形中走上了创作道路，而是在坎坷的现实生活中孕育了真善美的情感，苦乐交织中萌生了创作的幼芽。

有人问孟繁英：“你从小失去温饱，怎么会想起写小说？”她说：“当我又重新获得生活中的母爱时，就想告诉那些妈妈们，不要扔掉孩子。”

孟繁英，三十年前在山东出生不久就被送了人……后来的后来，不走正道的养母带着她东奔西走，她刚刚十几岁时，又被养母卖到一个偏远的农村与人定亲。刚强的孟繁英誓死不从，养母捆绑她、抽打她，把她锁在黑屋里。那时候，她多想一死了之呀，但是，从门缝里透进来的阳光强烈地吸引着她。终于她逃了出来，在牡丹江市郊八达村一个农民家里落了户。房东老大娘流着泪给她烧炕，房东的女儿冒雨给她送水靴……她失去了一个母亲，可是生活又给了她许多母爱，这个没念过几天书的女孩子多想写写她们呀！“我要报恩”，她说。她提笔写下的第一篇“作品”虽然谁也看不懂，可她自己却挺满意，因为她把自己的心里话都说出来了。她想，我不会写，还不会照着写呀。她把《青春之歌》、《金光大道》拿来，大段、大段地抄下来，学着构思自己的人物。就这样，她终于有了自己的“作品”，拿着到处找人看，人们被这个热情的姑娘感动了。一位业余作者一句、一句地帮她改写，市文联的陈寅壬逐字逐句地给她抄。1979 年，她的第一篇小说《秋菊队长》在牡丹江日报上发表了。这对她是个多大的鼓舞呀！从此，她一边学习，一边创作。几年下来已经发表了十几篇作品，引起了人们的注意。

十年动乱中上小学的刘长军，读《钢铁是怎样炼成的》时候，正是崇拜英雄的年龄。他多想当一名当代的保尔呀。

可是，六七年的部队生活，一度给了他不曾想到过的冷漠和无聊，他失望过、消沉过。看到从农村来的一个班长，为了女友那句“等你穿上四个兜的衣服时再来见我”的话，拼命干了四年都没能如愿以偿，而在一个晚上用枪打穿了自己的太阳穴。他还看到一个三十多岁的指导员，由于喜新厌旧而改制军装，把一个呱呱叫的连队带垮时，他痛苦极了。他不想再当什么英雄了，更不想把文学变成对这种痛苦的呼号。“完了”，他想。可是，海城地震发生后，这些平日里普普通通的战士竟那么英勇顽强。一个从倒塌的房屋里被救出来的老太太摸到战友的领章时，含泪喃喃道：“啊，解放军，亲人……”看到此情此景，他那冷却了的热情又复苏了。什么是英雄？英雄也是人，也有普通人的种种境遇。但是，英雄在关键时候能够用自己的生命去换取人民的幸福。自此，他好像突然明白了许多，也坚强了许多。生活重新给了他创作欲望，他要把这些都告诉人们，要向社会呼吁：不要再用旧眼光去看待这些兵，不要把社会压力再强加在他们身上了。

于是，他捧起了书，拿起了笔。为了换取一个安静的环境读书，他给邻居扫院子、挑水。为了买回《丹纳的艺术哲学》，他每顿少吃一个馒头。工闲时间领导不让看书，为了抗议，他宁可当个“刺儿头”。他骑上没有内胎的自行车飞奔图书馆时，活像当年的唐·吉诃德，可他是为了开拓新生活。他生活着，感受着，思考着……他看到了大街上那些漂亮姑娘，只知仰头欣赏他们建筑的大楼，而对他们这些衣衫不整的建筑工人却不屑一顾。他也看到了一些大学毕业生像他自己的女朋友一样，敢于带着他这样的建筑工人去会见知识圈子里的人。他靠自己特有的思想品格征服了生活，也征服了自己的怯懦。“生活里可写的东西太多了”，他要把美与丑都揭示出来，献给社会。他写的小说《心有灵犀一点通》发表后，牡丹江文艺编辑部又催他继续写稿、交稿，没想到他一下子拿出了好几篇。

……

一头挑着大海，

一头挑着天空，

走进雷电，
走进风云，
走进不安的岁月。
每一步，
都创造着路和流动的太阳。
世界在草帽下凝聚，
即使脚印有些倾斜，
但绿色的现实就在那里诞生。
一头挑着过去，
一头挑着未来。

这是一个青年人写的诗，虽然他不是写给这十二个文学青年的，但诗里却清晰地映现出了他们的身影。

这个文学小组从 1981 年成立以来，已经有十一个人建立了家庭，他们的文学创作活动也激发出了更大的热情，成功的作品越来越多。1983 年 5 月，《文艺报》报道了他们的创作活动，进一步引起了众多人的关注，江苏、内蒙古等许多地方的文学团体和文学青年，不断来信和他们交流体会。正如这个小组成员黄瑞在一首诗里唱的："洁白的柳絮，飘飞中寻求他的希冀。"正是在这条寻找希冀的路上，他们给每一个热爱文学、热爱生活的年轻人做出了样子，留下了奋斗的歌。

（原载 1985 年第十期《学友》月刊）

第二部分　散文·随笔

诚于中而形于外

——记国际知名学者、加拿大华裔教授叶嘉莹来哈讲学

叶嘉莹先生对中国古典诗词有着很深的造诣，她积五十余年研读、三十余年讲授之经验，今年4月下旬，应邀来到哈尔滨师范大学和黑龙江大学讲学。听者说，她那种融贯中西、洋洋洒洒，而又深沉精微、流畅透僻的讲说，犹如一首优美的散文诗，雅俗共赏，凝聚着她对中华民族优秀文学遗产的挚爱，涌流着她严谨的治学之思和真诚的爱国之忱。

叶先生虽然年已六十，但却依然豪情满怀，神态自然优雅，一口略受粤语影响的北京话格外委婉诱人。二千多名师生如同被胶粘在座椅上一般，寂静无声。26日下午6点多钟了，食堂几次催促师生们用餐，可是竟无一人走开。当叶先生走下讲台，人们不由自主地涌向道路两旁，与叶先生依依惜别。

叶先生现任加拿大温哥华哥伦比亚大学东方研究系教授。她少负逸才。从北平辅仁大学国语系毕业后，曾执教于台湾大学，并应聘赴美、日等国讲授中国古典诗词及诗论，撰写了大量文章。近几年她在国内出版的专著有《嘉陵论词丛稿》、《王国维及其文学批评》、《中国古典诗歌评论集》等三种。目前，她正与四川大学缪钺教授合著《灵谿词说》。在这些著述中，她力求以中国的诗歌理论传统为基础，从西方文学批评中吸收一些有益的东西，补我传统之不足。缪老先生曾撰文介绍叶先生说，她能从宏观着眼，把中国的古典诗词放在史诗的长河中品评；从微观入手，对诗歌“生生不已”的“兴发感动”之生命进行认真的探求，别具新创独见，自成体系。

叶先生在哈期间，我省一些中文教授、学者，曾聚集于叶先生驻地，拿出自己的研究课题与之商榷。作为海外华裔学者，叶先生一方面深刻剖析了自己早年所持学术观点的偏颇之处，同时也不赞成前几年国内文学批评的绝对化倾向。我省一些专家学者认为，她为了辨析艺术是非，专拣陶渊明、李商隐、王国维等争议较大的作家作品进行探究。她这种因迹求心、力争公允的作风十分可敬。尤其她能从唐宋古典诗词到“五四”新诗的演进中，探索新诗发展的途径。这种论古人而着眼于当代，穷源探流的治学精神，深受国内外学者赞许。

叶先生治学与为人如此严谨坦承，并非偶然，颇有其家教的印痕，也是她人生坎坷经历的结晶。1924年，叶先生生于北平，在“新知识、旧道德”的家庭教育中度过了少年时代。青年时期又适逢北平沦陷，母亲病逝，父亲在外，因而一度心境十分悲苦。后随丈夫去台湾，不料亲人屡遭挫逆，其精神负担日重，倍感“零落凋残”。继而应聘赴美讲学。为求生存，最后被迫与丈夫携两个幼女赴加拿大任教。多年来，几经辗转迁徙，“举目无亲”，历尽人间辛酸凄苦。在对自己人生道路的反省中，开始研读中国近代史及革命史。中华民族艰苦卓绝的斗争史启发了她，那种悲观和“独善”的心境有了很大改变。尤其“文革”后祖国人民昂奋的拼搏精神更加使她激动不已。她说：“千古未有的民族心态的转变，是每个流有炎黄血液的中国人，无论在大陆、在台湾、在海外，都应该对之珍惜重视，而加深自己的思索和反省的。”从此，这位海外游子多次回国探亲、讲学，并写诗填词、著书立说，“力求对祖国文学事业有更多的了解，做出更多的贡献。”

此行来哈，她还不惧旅途艰辛，不顾山寒水瘦，实现了游览亚洲著名的高山湖泊——镜泊湖的夙愿，并观看了渤海国遗迹，对祖国壮丽的山河、悠久的历史赞叹不已。沿途祖国同胞对她十分亲切，在镜泊湖，主人一再邀她瀑布有水时节再来。她亦十分高兴，感叹道：“在祖国处处逢亲人。”大有“锦山虽云好，不如早还乡”之慨。当省政府领导同志会见并宴请她时，她一再表示“对黑龙江人民热情友好的接待，非常感谢”。几天前，记者前去采访她，她挥笔题录了杜甫的两句诗“种竹交加翠，栽桃烂熳红”，作为她对青年学子的殷殷之期。

（原载1984年《黑龙江日报》）

可贵在独到

——读《一生的读书计划》随想

小T：

我要向你推荐一本书——《一生的读书计划》。作者费迪曼教授，是美国家喻户晓的广播和电视节目主持人、著名的报人和专栏作家。他说："乔伊思划时代作品中所有的新技巧，都必须先去发现、抽离。他的新技巧很复杂，包括内在独白、意识流、讽刺诗文、梦与梦魇的连锁、双关语、假话、非惯用句读或省略标点。一半作家都以作品中人物的性格或思想来满足读者，乔伊思却把书中人物的游动、梦幻般的无形之流都一股脑儿推给读者。"还记得我们对乔伊斯的争论吗？这里像解剖手术一样，费迪曼教授从关键部位入手，一切隐秘的、模糊的和难解的问题都被明朗化了。

关于读书方法的重要性，费迪曼教授在《一生的读书计划》中说："像自然科学家进攻新技术领域、进攻宇宙间和微粒子世界一样，文学家、哲学家也要以新的姿态、新的方法、新的武器进攻那些大名人的尚未被开垦的艺术天地。"因为"那里有一曲曲动人的艺术旋律，一道道醒目的艺术光电，一声声给人启迪的艺术号子"。如果不以新的姿态和方法去进攻，那么这艺术的圣殿便不会让你轻易涉足。

费迪曼正是以这样的姿态和方法，饱尝书山的跋涉之苦后，才敢于轻松地品评诸多艺术巨著，并以《一生的读书计划》介绍给读者。他的这种姿态和方法在该书中随处可见。

你我都读过卢梭的《忏悔录》，记得咱们都一致推崇卢梭的坦率和真诚，认为这种深刻的自我剖析应该是文学的创作主题，而坚决反对那种以“非绅士做派”、“下等文人”等虚妄之词来诋毁卢梭的假道学态度。但是，我们的看法还仅仅是一种直觉，至于卢梭究竟怎样以丑恶来显示美、追求美、塑造美，甚至使丑恶本身也被升华为艺术之美的和谐感，并没有真正体会到。看了费迪曼的分析，我突然感到卢梭之所以伟大，并不仅仅在于他人品坦诚，而且还在于他能以艺术家的情怀来赞美人类在生存竞争中所做的一切，这里“没落”也是一种伟大。费迪曼这样说道：“卢梭是最令人义愤填膺的一位，他的性格往往会伤害具有是非之心的人。卢梭在社会上不得意，性方面不稳定、非道德，而且感伤的令人不快”，“卢梭将自己的五个私生子扔在孤儿院中，却以保护幼儿权利的倡导者自诩”。但他又“是当时最具影响力的文坛重镇，也是文学史上浪漫主义运动实际的先驱，法国大革命重要的知识源流之一”，他“是一位具有非凡说服力的作家”。这种评论，初看起来似乎自相矛盾，但实质上它们是统一的，后面的赞誉才是根本、是一切！谁能把这样对立的语言统一起来？那就是他——费迪曼。正是费迪曼，以这样强有力的思辨，中肯地品评了卢梭其人及他那不朽的艺术作品。这才是艺术探讨。费迪曼说卢梭的“论证往往是诓骗，卢梭是一片混沌”，这也正是费迪曼式的桂冠。因为混沌之中往往有假也有真，有恶亦有善，有丑更有美。《忏悔录》留给人类的是生命的热能，卢梭是伟大的，费迪曼也是伟大的。我们平时所缺少的不正是这种思辨精神吗？我们往往按表面的，或者自己一时的好恶品评文学作品，结果反而在某些方面贻误了我们自己。

我不知道你是否同意我的意见，不同意也没有关系。我只是想告诉你，在我们目前所接触到的书评中，尤其是这种简评，很少有人能像费迪曼教授这样，评介既生动活泼，又深刻尖锐。有时强调作者的生涯与人品，有时简述作品内容，有时援引权威人士的意见，有时又劝告读者千万别为一般的传统见解所裹足，只有大胆探索、不断探索才能获得新知。而对那些读者早已熟悉的莎士比亚、歌德等人，他又能从新的层次上做出独到的评介。

对于莎士比亚，我们都异常崇拜，认为他是诗圣，是艺术之神。可是费迪曼教授却不这么认为。他说，只能认为有个叫莎士比亚的人写过戏剧，“他是人，不是半人半神的怪物”，也不是什么“万人之心”，更不是所谓超越知识的圣明。他“除了曾抛弃少妻幼子数年，莎士比亚的确过着平凡的生活”。他的作品并不是经常都能获得最高成果，“他往往为赶上演时间而匆忙写作”，“他创造的喜剧人物有时失之无趣，华丽的词语与嘲讽的戏谑有时也显得无聊”。他的剧作并非都具有深邃的意义，“只是有些难以理解”，“我认为莎士比亚的作品，最能获益的途径就是抱着一种看新戏的好奇去接近他”。读了这样的分析，不知你怎么想？我却觉得长期以来压在心上的因循的石头被搬开了，因而精神上轻松了许多。

而对于气节上曾被有些人误解为宫廷小丑的歌德呢，费迪曼教授却说：“和同时代的拿破仑一样，歌德不是人，而是一种大自然的力”。“歌德本身就是一种过程，了解他的关键字眼就在于变化与发展”。“他常常将恋爱、思想与经验不断融入自我之中，成为新的歌德”。他“像蛇一样脱皮更新”自己，“他不论什么时候都在把复杂的过去和未来未知的可能性组合起来”。唯一的、在他身上显示的不明晰之处，也不是让人们敬而远之，而是可以留待学者去研究和争论的课题。

品评一本书，难得独到的见解，难得真知灼见，尤其对于受过学院教育、而又自认为读过一些书的人来说，即便这见解过于粗犷或者失之偏颇。因为不仅作品内容本身显示的东西可能高于作者的创意，而且阅读本身也是一种再创作。费迪曼教授言简意赅的书评，向我们展示了色彩缤纷的艺术和大千世界，那是作家心灵的大千世界，为我们提供了一把阅读和批评的钥匙，这不正是艺术拓荒者的武器吗！

好了，我说的太多了。可是还有一句话，你知道吗，费迪曼教授还有一段风趣的评价，他说他的《一生的读书计划》并“不是魔法”，不会让各位读者“自动变成‘有教养的人’。它并不会替我们解决人生的终极秘密，也不会使人‘幸福’——这样的功效属于牙刷、汽车和除臭剂，却不属于柏拉图、狄更斯和海明威。但是这个‘计划’却会像恋爱一样，使你的内在生活更有意义，更有趣”。“读书可以让我们意识到自己究竟认知了什么，它既是自我提升的工具，也是自我发现的工具”。

可以了，仅就这些，费迪曼教授这本为18岁到80岁的读书人开列的大规模读书计划，对很多读书人来说都会大有裨益的。它是开门的钥匙，只要门打开了，门内的东西也就随你去取了。由此看来，我们虽然读了一些书，但相对来说，我们还是让那些几千年的文化珍馐束之高阁了。这个计划将会促使这些美味尽快溶于我们的血液之中，使书架上的书成为我们自身的一部分。我想，如果我们还都想再好好读点书的话，不妨循此一试。

（原载1986年第十一期《智慧泉》月刊）

为什么写影评

——有感于黑龙江日报通讯员数月来发表的影评

影评虽然是一种文艺理论创作，但它却不是文艺家或理论家的专利，影评也应该属于每一个影片欣赏者，属于人民群众，当然也属于报刊通讯员。文艺是为人民服务的，是人民群众不可缺少的精神生活的一部分。因此，作为报刊通讯员，不仅要反映人民群众的物质生活，而且要反映人民群众的精神文化生活；不仅要反映文艺为人民群众服务得好不好，而且要反映群众对文艺的需求和爱好。写好影评，就是这种反映的一个方面。

怎样写好影评，早已有许多文章剖析过了。比较集中的说法是：对一部影片各有各的看法，影评就是要各抒己见。这个意见对不对呢？我认为也对也不对。因为要写好影评，不仅有个写法问题，还有一个出发点，即写作的目的性问题。

请看下面的影评：

> 黑龙江日报11月13日，题为“各抒己见——对《杜十娘怒沉百宝箱》细节的欣赏”一文说，杜十娘“不是怒沉百宝箱，倒像是怒显百宝箱。”认为李甲、孙富见利忘义的本性，说明他俩不会眼睁睁地看着杜十娘把价值连城的奇珍异宝白白葬入江中，而是会耍尽手腕争夺杜十娘。这可谓“己见”之一种了。但是这样的“己见”是不是有点偏执呢？我

认为，作者似乎在就事论事地推论人物，而不是从整个影片的需要来审视这个情节。结果，杜十娘似乎是因为找不到归宿才扔掉百宝。事实并不是这样。李甲虽然贪图钱财而舍弃杜十娘，但孙富却是贪其色的。杜十娘掷百宝于流水，实际上是在怒斥灭绝人性的社会，是在蔑视李甲、孙富这些恶徒的薄情寡义，其怒气是显而易见的，这是一。二是作者说杜十娘怒沉百宝的镜头太多，因此好像是在夸耀富有。作者是不是忘了电影是一种艺术，艺术是允许夸张和渲染的。否则，简单地把百宝一下子丢入水中虽可见其“怒”，却无助于深化人物性格和主题。相反，《成功的细节描写》一文就认为：一件件投掷百宝的细节具有丰富的含量，它深刻地表现了人物性格。该文还列举了以下几点作说明：一是突出了杜十娘作为京城名妓、八年卖笑生涯的残酷经历。二是突出了杜十娘求生不能，决心一死的悲惨命运。三则展示了人物独特的性格：早年从良，外柔内刚，虽镇定从容，但又有悔恨、有嘲讽，也有绝望和反抗的复杂心理。四揭示了美好的内心世界：她视金如土，唯重生活本身，重视人的真情，与李甲、孙富之流恰成鲜明对比。

以上，在影片的艺术手法方面确属“各抒己见”了。但是，这两种见解的区别很大，恰好反映了艺术鉴赏上的是非标准之不同。影评不仅要表达个人的是非标准，而且要引导读者树立正确的是非标准。各抒己见也是百家争鸣，倘若仅是私下议论还无关大局，一旦形成文字，见诸报端，影响就大了。百家争鸣的目的，应该有利于指导人们的艺术欣赏，促进文艺自身的健康发展，而不是别的。这既反映了人民群众对文艺的需要，也是对报刊通讯员的要求。当然，作为一个通讯员，个人的文艺素质和鉴赏力会有不同，但这并不是主要的。文艺修养的深浅，只能影响影评的水准，而不至于有是非曲直之别。结论是否正确，将取决于作者的思维方式。作为一个报刊通讯员和影评作者，不仅要“各抒己见”，而且还应该立足于人民群众的需要。而作为报刊编辑，似乎更有必要立足于读者的需要了。

对于一部影片，当前人们评价较多的往往是思想意义问题。认识作用、教育作用和审美作用，被称为文艺的三大功能。一部影片有无教育意义，并不是单由一个镜头或情节来决定的，必须进行全面衡量。黑龙江日报11月22日又一篇题为“《勿忘我》缺乏教育意义”的文章，说“青年人理解不透其中的奥妙，老年人欣赏不了戏中的爱情”，如此说来作者似乎认为这部影片是“阳春白雪”了。但是，文章接下去又说该影片仍旧沿用“俗”套子，只是加了一点工，用“叔叔”、“老师”作装潢，实际上仍旧让相差二十来岁的两代人大谈恋爱，只不过爱到热烈时独出心裁，主观上使其不能团圆而已。照影评作者的说法，这部影片又似乎俗不可耐了。同一部影片，怎会又雅、又俗呢？这篇影评大谈影片的整体意义，却又始终没有深入进去，没有看到作品的艺术底蕴，对内容概括简单，流于表面化。文章甚至认为“周虹是个叶公好龙式的人物”，四十多岁了还没有生活安排，令人生疑，因此没有教育意义。其实，现实生活中，每个人都有自己的生活方式和情趣，互相之间不可能完全了解甚至适应。但是，不了解并不等于就没有意义。艺术是生活的反映，帮助人们了解影片也正是影评的功能之一。何况，影片中的周虹正表现了中华民族的奋斗精神和美好心灵，作为一个正直善良的中国人怎能说不了解呢！影评作者不应该完全囿于自己的思想意识来衡量影片，而应该以民族精神、以人民群众的共同需要来品评。有些枝节问题，人们不习惯、不适应是极可能的，但无关大局。何况艺术自有艺术独到的教育手段和思想表达方式，不应当标语口号似的直白，也不能强求一律。二十世纪的人，不应该用中世纪的眼光看待艺术。这一点，相信有志于反映人民群众精神生活的通讯员都注意到了，深信应该以人民群众的需要来挖掘影片的思想意义。

相反，黑龙江日报11月30日又一篇题为“‘十二个动作’与‘很简单’”的影评，说影片《牧马人》中的宋蕉英邀许灵均跳迪斯科舞时，把原剧本中的“十二个动作”改为“我教你，很简单”。一个不大的改动，却堵塞了学摇摆者的求师之门。评论者意在赞扬艺术家的责任感，实则表达了本文作者的思想准则，代表了人们的共同意愿。这样探讨影片的思想性就毫无牵强之感。

此外，在对影片中艺术形象好恶的评价上，出发点也很不相同。

8月8日黑龙江日报又一篇文章“一个引人深思的艺术形象”，说影片《天山行》中李倩的形象“引人深思”。可是，究竟怎样引人深思？文章一直没有说，更没有人物的性格探讨和心理分析。只是笼而统之地把人物的言行浓缩在一些形容词里，淹没了人物的血肉，而人物形象的内在意义也被搁浅在描述的岸边，最后只是主观地给人物找出了“堕落”或者“自拔”这样两个归宿。但是人物究竟能走那条路？从影评中又难以洞见，而在艺术上究竟如何能掀动读者的心扉，文章更是不甚了然。读者真是越看越糊涂，弄不明白影评作者的出发点究竟是什么。

同样，9月28日《情场上的强者》一文，盛赞《天山行》中的郑志桐是“强者”，到底强在何处也没有说清楚。文章只是在一些概念上兜圈子，却拿不出有力的证据来。因此，说影片对这位“强者”塑造得“入情入理”，也就更加缺乏佐证了。而同一时代的郑志桐就没有《高山下的花环》中的大兵气息，究竟谁更入情入理呢？这篇影评倒真有点臆断了。

而10月5日“‘断情’并不美”一文，说《勿忘我》中的周虹断情不合自己的性格。因为他十几年来能著书立说，说明他并未背上“政治包袱”，因此他不该拒绝美好的爱情。影评作者这样按照人物性格评述形象的思想性，路子不错，但结论不对。因为作者对性格的理解有悖于生活真实，未免失之于浅和俗了。人的性格是复杂的、多方面的。周虹尚能坚持著书立说，并不意味着其内心多么不平静。正相反，这是一种政治压力激发出来的力量，这种压力深不可测，其所激发出来的力量就大不可比。这正说明他是一个有着特殊性格和独特心理气质的人。因此，他对待生活才不会顺水推舟，看问题才高人一筹。他不会轻易动情，更不会把政治情绪随意发泄在生活和工作上。他沉勇、实际、果断，显示着丰富、深邃的人性美。作家抓住了这一点，实在是抓到现代人的心理深处去了。同时，他并非无情，但其情不浮、不滥。因此，他的断情并非绝情。正如10月5日“别是一种艺术魅力”一文所讲，“这是艺术构思上的翻新之处”，“周虹为了自己心爱的人而割爱，这是影片在更高的思想深度上反映了生活真实”。

综上所述，评价一个电影人物形象，必须按照现实生活中的人——

从性格见思想的逻辑进行，决不能臆测、浮泛，甚至玩弄文字。这是人们欣赏一个艺术形象的必然过程。影评作者如果仅从个人好恶出发分析形象，不仅没有说服力，而且也不能引导人们正确地理解影片、掌握艺术形象，更不用说充分发挥影评的教育和引导作用了。

此外，全面评价一部影片的，如 10 月 26 日“看《勿忘我》札记”；重点评价某镜头、某情节或某一手段的，如“这句话骂得好”，还有评价影片中的音乐、插曲的文章等，文章不分大小，各有特点，但中心始终未脱离引导群众欣赏、促进艺术发展的原则，都尽量摆脱了个人偏见。不论其具体写法怎样，人民群众追求艺术真善美的这个基本要求、基本出发点是不应该改变的。

通过上述个人的一点粗浅分析，我想说的是，报刊通讯员的影评是否应该为大众影评蹚出一条路子来呢？我以为是这样。

1983 年 12 月

配角好于主角

——说说《天山行》中的两对人物形象

郑志桐和李倩都是《天山行》的编导者着意刻画的人物，意在揭示青年人应该追求什么样的理想和幸福这样严肃的主题。为此，影片还塑造了指导员余海洲和妻子陆颖娴的感人形象作为陪衬，以其为了千家万户的团聚而分居十年，为革命不惜流血捐躯的崇高精神来加深影片的思想意义。用意是好的，但美中不足的是主角形象不如配角形象生动感人。

请看郑志桐，无论作为红卫兵、下乡“知青”、还是深山里的战士，对人民的利益、党的事业，一直是忠心耿耿、始终不渝的，这一点应该给予充分肯定。但是，对郑志桐的这种可贵精神，编导在艺术表现上却不令人满意。本来，十年浩劫对每个人都有很大影响，而这里的郑志桐却例外。思想上既无明显的时代特点，性格上也没有发展变化，始终一个格调、一副样子。在他的身上，除了编导的美好意图外，社会生活中人的东西相对少了一些，不仅感人力量不强，也有损于对英雄形象的塑造。再看李倩，比之郑志桐，其思想性格就复杂了许多，也实际了许多。并且作为红卫兵的李倩，也打破了其它影片中对红卫兵的偏见——只知造反、唱高调，而是单纯质朴、富有同情心。这种正直无辜的形象正是历史的真实，说明编导者了解当年的红卫兵。但正是这样一个刚直、纯朴、勇于追求，而又热情、坚强的女青年，后来对待她热恋中的爱人，何以会那么辗转反侧、苦恼无穷呢？在现实生活中，这种变化可能有，但对于李倩来说未免变得太快、距离太大、也太脱离人物性格本质了。前后没有必然联系，甚至判若两人。在人物性格塑造上，如果说郑志桐偏虚，而李倩则偏“实”，两人都从不同角度偏离了生活实际。

相反，作为配角的余海洲和妻子陆颖娴却大不相同。影片既没有全面展示他们的生活道路，更没有直接渲染他们对革命事业的赤胆忠心。在为数甚少的生活素描中，人们看到了什么？一次探亲而已。纵观十年，长期分居无怨，水泡帐篷无忧，子不认父无悔。丈夫身残志坚、风趣诙谐；妻子聪颖贤惠、深沉开朗。当丈夫牺牲的噩耗传来，妻子并未悲痛欲绝，而是在茫然若失的神态中一往情深：她缓缓地提起煎好的中药，好像丈夫即将归来，此时竟无一滴泪。而当孩子面对遗体第一次呼唤“爸爸”时，她却泪如泉涌心欲碎。十年阔别，一朝欢聚成永诀，她还能说什么？从这简短的生活素描中，人们看到的不仅是忠贞不渝的爱情，而且看到了对革命的执着和坚毅、对同志的热情和诚恳。他们的革命理想和奋斗精神难道不如主角吗？相反，在这两位配角身上，革命情操并未溢于言表，而是融于血肉，与其性格和谐统一。这样的艺术形象不正是我们应该追求的吗？虽然整体形象塑造还不尽完美，但至少不失为一种启迪、一种探索。

（原载 1982 年《黑龙江日报》文艺副刊）

红

雨后，华灯初放的十字街头，流淌着一派火红。公共汽车车窗上“优质服务”的红旗，摩托车夜巡人员帽徽上闪闪的红星，挽手恋人红扑扑的笑脸，绿树掩映下的红瓦红墙，美人蕉大红的花瓣，“为了你和他人……”交通规则横幅上十几个火红的大字……就连那滋润着行人头发、眼睛和鼻孔的空气也吐露出清新、温和，似乎浸染着火样的微红。这滚动而来的满街红色刺激着人们的神经，我和前来送我去省城上大学的友人禁不住张开双臂，深情地吮吸雨后的清新，拥抱这铺天盖地的火样的红色，沿着“为了四化……而奋斗”的大红条幅向前走去。

如今，我已经大学毕业当了记者，有机会来这里进行采访，心情未免有点特别。因为早就想来探望那位分别多年的老同学、老朋友了。听说他在那里当队长，虽然事先接到了被采访的通知，但他并没坐在办公室恭候，而是去了山里。也好，我们也正想进山里去看看。首先来到的就是果园。未进果园，先闻果香，浓郁芬芳的香气扑面而来，促使我们加快了脚步。只见苹果挂满枝，沙果成嘟噜，树尖儿上的果子率先染上了淡淡的太阳红，好像娃娃们的小脸蛋儿。一位脸膛红通通的老果农迎面走来，伸手摘下几个硕大的苹果一定要我们尝尝。呵，果香正浓，我急忙咬了一口，饱满的果汁溅了一脸，人们哈哈大笑起来。老果农告诉我们：队长已经来实地估产，卖了果子，少说今年也够每家农户添置一台洗衣机了……听着他的讲述，我们一边吃苹果，一边去庄稼地里找队长，还真有点不容易。以前到地边儿采访，有红旗处必有人，时不时地还有锣鼓和唱歌的声音。有些人一旦嬉笑打闹起来就是半晌，不愁找不到人。这回可不同了，一大片庄稼棵齐刷刷地站在那里，没有一点声响，更不见半个人影儿。今年虽然旱情严重，但是这里却看不到干旱的影子，因为他们早已把山涧溪水引进了农田。

眼下，火红火红的高粱穗儿扬起脸来，带着欢迎的微笑，不断地点头召唤我们前行。可是，粗壮的高粱秆儿却跸着我们的脚踝，似乎不想让我们白费劲儿地往前找。我走得有点累了，开玩笑似的问高粱："看到你们的队长没有？"然而，高粱也想和我们捉迷藏，笑眯眯地不答话。我们只好双手合成喇叭筒，大声呼唤着队长的名字，可是作答的却只有不远处那"哗哗哗"的溪水流淌声。刚坐下小憩，突然传来轻轻的马车铃铛声。不一会儿，马蹄嗒嗒，在山拐角处，一辆马车露面了。紧接着，两辆、三辆，全都拉着通红的五味子，配上马的红鬃和马鞭上的红缨，以及老把式那掩饰不住的笑容，别提是一副多么美妙的金秋美景了。只见队长不等马车停住便纵身跳下来，然后一把拽过我，照着我的肩膀就是一巴掌："哎，老'兄'！我早就说过吧：咱们就要在这种胜利的地方会面！"他这话里的含义只有我俩明白。五年前刚刚落实政策那会儿，他爸爸的冤案虽然被平反了，但是人已不在。他坚持让妹妹回城接班，自己却留了下来，非要治理好这穷山沟不可。听人转告我说：他当时穿着一件露着棉絮的破棉袄，倔强地站在村口，拒绝我去看望他。"先别让她来，等我们富裕了，我去接她来。"

回村的路上我们谈笑不止。看着家家户户竖起的电视天线杆、新盖起来的一排排红砖房、笔直的砂石路，还有正在村前鱼塘边角逐欢唱的大红冠子公鸡，以及那倒挂在屋檐下的山里红、红辣椒、红姑娘儿……，映着天边的落日红霞，和群山红成一片，好一个金秋十月！这火红的日子在我的内心留下了一道深深的烙印。我好像刚刚认识这红色一样，眼下这红是多么娇艳、透彻啊！

这时，我才发现深山里的红比之城里更胜一筹。这暖暖的红，这生命的红，这令人感动的红！它无需刻意，更不用雕琢，便红得更通透，更真实，更沁人心脾。因为它来自劳动者的双手，随着大自然的脚步落地生根。它来自太阳的故乡，太阳升起又落下，却把这太阳红无私地注入人们的血液中，潇洒地镌刻在大地上。

（原载1992年《嫩江日报》，有改动）

“月亮”还是捞一下好

孩提时代几乎都学过《猴子捞月亮》这篇课文。长大了每每把它当作故事讲给小孩子听时，他们先是瞪大疑惑的眼睛，接下来无不大笑一场：小猴子着实无知呀。

可是，这两天我突然又感到：不知月亮有无时，还是捞一下好。

最近，我列席了省政府某部门的一个工作会议。为了研究解决一些实际问题，会前这个部门曾下发调研提纲。地、县、公社的一些领导也为此做了专门的“调查”，然后带着一叠叠、一本本的数据、报表来省城汇报。准备可谓够“充分”了。于是，便逐个汇报。

外面骄阳似火，室内密不透风。人们大汗淋漓，但却毫无倦意。在会议主持者的带动下，与会者纷纷打开笔记本，把汇报者说出的一连串数字、一系列工作、一大堆成绩和问题准确无误地记录下来。记不准处还要发问，汇报者赶紧翻检资料，然后句读分明地再说一遍。单看汇报，真可谓严肃、认真、一丝不苟了。如此一个接一个过关，一小时又一小时马不停蹄。只有中途到会的局长例外，他似乎对会议发言的价值早已了然，一言不发，一字不记。

等大家都说完了，大眼瞪小眼地都面对局长时，局长这才深沉地张开嘴巴：“谁能就某个问题展开谈谈？比如……”

不料，本来你问我答非常热闹的会场却顿时鸦雀无声，一片沉寂。

局长以为自己没讲明白，便又操着南方口音加了一个解释：“比如就 × × 问题，谈谈你所了解到的具体情况。”

接下来仍旧是沉默。

主持会议的处长忍耐不住，只好又重复了一遍局长的提问，并敦促有关人员发言。

但会场还是报以沉默。

局长无奈，只好退让一步："看来大家都清楚我问的是什么了。那么，产生这些问题的原因大家想过没有？"

有人答曰："原因太多了。"

"讲具体点嘛。"

"领导不力、社员思想不通、专业人员太少……"

"主要原因呢？"

"主要就是没钱，有了钱啥都好办！"有人直言了。

"是这样，上面不拨钱，下面问题难解决呀！"

钱，像一针吗啡一样，使人们兴奋起来，陷于沉闷的会场顿时炸开了锅。

局长会心地笑了笑，但口气却仍旧很严肃："我何尝不知道办事需要钱咧，但是眼下没钱怎么办？钱是条件不是绳索呀。有了钱，还得人去使用它嘛！"

说到这，局长扫了大家一眼，又问道："你们想过解决的办法没有？"

沉默，那就是说没有办法。

"你们有过解决问题的设想没有？"听不到回答，局长不禁面带愠色，"××地区，听说你们为此刚开过专门会议。你可得谈谈了！"

"我，我……我没带那个会议的材料来。"他环顾了一下身边放着的材料，说了一句大谎话。

"我们今天开的就是这方面会议，你怎么会没带材料？概括说说也行嘛！"

"我？我没参加那次会议，说不好。"

人们不禁哄堂大笑。

局长摇摇头，又点了一将。

被点的这位行署干部许是为了防人窃笑他不深入基层吧，竟对某县的情况大谈特谈了起来。这时，只见该县的一位科长一再窥视我，而我却不由自主地汗浸衣衫。我不知局长对他所讲是否相信，并将据此做出结论和指示。我刚从该县调查回来，实际情况与他所讲的大相径庭。我不知道这位行署干部何以大言不惭？

幸好，局长并未就此做出结论，但言语已见偏颇：“就是嘛！像他们这样总可以找到出路的。否则，光摆问题，不找出路，还要我们这些干部做什么呢？”这话带有明显的怒气，以至于使出出入入为与会者办理食宿、发放电影票、安排出游车次的几名工作人员也不敢走动，暂时靠边坐了下来。

……

比之猴子，现代人可谓头脑发达、思维敏捷了。但是，他们的头脑和思维却不像猴子那样勤于探索。一面是党中央制定的许多强国富民政策，一面是基层群众的苦衷、对这些政策的渴求。二者怎么统一？政策靠什么落实？那么多的机构、那么多的干部，难道只能靠统计数字、填写报表应付会议吗？那谁来代表党、代表国家落实政策呢？猴子愚昧，并不体现在下井探月时不讲客观条件，或投身水中时忘却了危险。人之聪明，难道就表现在一举手一投足都要坐等条件吗？群众饥渴，他们却端水自饮。下面的干部脱离实际，强不知以为知，甚至不惜以表充里，以假乱真，蒙混过关。上面的干部则满足于开会听汇报，满足于一知半解，主观臆断。从上至下无不任凭官僚主义捆住自己的手脚，结果，再好的政策也只能束之高阁。如此说来，人们是否也应该像猴子一样，手脚相衔倒挂井口，认真地探一探月亮的虚实呢？

我想，在不知月亮之有无时，还是捞一下好。当然，这首先得有求知的欲望，从而才能有求知的动力。

猴子由于捞了一下，而变肯定为否定，找到了真知。耻笑猴子痴愚的人类何以要偏废猴子的务实精神呢？人类如果不能以猴子般的认真精神搞点调查，不能孜孜不倦地追求真知，实在连猴子都不如了。对此，猴子若先前有知，一定以为自己是人类的进化结果呢！

1982年6月15日

人性一瞥

——有感于黑龙江日报副刊“社会天地”栏目的《说说传瞎话》

人，似乎总要比禽畜虫豸高级。人嘛！倘若谁偶尔冒出一句“你不是人”来，闻者恐怕就要坐不住板凳了，似乎污损了自己的人性。且慢，坐下来仔细想想，人特有的某些恶劣之处，比起犬类的忠勇坦诚来，恐怕还真的自愧不如呢！

单就方明君所痛斥的“传瞎话”来说吧。传瞎话实乃人性之一种，禽畜虫豸是决无此本领的。当然，传瞎话也是人的一种劣根，本应防微杜渐的。然，既要杜绝，单靠方明军所言，不仅不能斩草除根，怕还会拔苗助长的。因为，简言之，若无瞎话，何由传之？！既然瞎话已生，仅仅指责人们不该传之，单靠堵塞传播渠道，怕是渠道不仅不能堵塞，阴沟里还会冷风习习呢！

扒瞎者既要扒瞎，就绝不只是为了造出来自我玩味的，恐怕还要拿来害人。那么他自己必是第一个传播者。倘若他选中的第二者未传，他便还要寻找新的第二者，……即喜无事生非，乐中低级趣味，为此而终日蝇营狗苟之徒，便不传不快，不速传不快，不大传不快！确有不达目的（害人）决不罢休之势。何况偏有那样的“第二者”，既便不传也难免要信的，从而使瞎话得以生根，毒菌生长。被中伤者于忍无可忍之际一旦提出抗议，扒瞎者为推卸责任，便要施展扒瞎者的惯技，一曰“我没说”，二曰“谁传的？”将罪过转嫁给“传”者，企图进一步害人。而旁观的正人君子一旦随声附合“制裁传者”，这传者便要承受“扒瞎话”和“传瞎话”的双重罪过，反使真正的扒瞎者逃之夭夭。而扒瞎者的祸心一旦得以藏匿，便会再度造谣惑众，中伤他人。如此治标不治本，岂不正中害群之马的下怀，岂非拔苗助长乎！

当然，扒瞎者的祸心能得以再度萌发的原因，除了上述客观条件之外，关键还在于其劣根未泯。仅说说方明君所例举的“私生子”一事吧。把“早产”说成是“私生”，恐怕一因扒瞎者热衷于“私生”一类的生活秘闻，不是想从中为自己搜寻一点婚前教训，便是沉迷下流，自己身体力行还嫌不足，进而以言语哗众，取悦私心。二因扒瞎者过于无知，把“婚前生”说成“私生”，实在是过于热衷此道而昏了头脑，忘了事理，可怜可悲。三因扒瞎者无视他人的人格和尊严，既要恶语伤人，又想给自己涂脂抹粉，因而不择手段，甚至不惜让自己的嘴巴变成大染缸，吞红吐黑。这种人整日无所事事，东蹿西跳，难耐寂寞，于是便无中生有，制造事端。一旦自己陷足于自挖的陷阱之中，便以泪洗面，不是洗去污垢，而是敷上一层脂粉，泼妇装秀女。一则用以骗取不明真相者的怜悯同情，二则硬把传话者拖入泥沼之中为自己垫脚。这种丝毫不知自尊自爱的人，良心和灵魂都可以拿来走私，不尊重他人也就再自然不过了。其实，他已不知道何以为人了。扒瞎是扯谎，而否认自己扒过瞎就更是扯谎。谎上加谎，此种祸心一日不除，危害必日重一日，以致后患无穷。

因此，真的正人君子，似应重操鲁迅先生痛打落水狗之棒，务使包藏祸心者再难故伎重施。而千万不可转移目标，单纯指责受害者，反而对祸首姑息纵容。

要痛打落水狗，要领很多。

第一便是大家都来揭发。不仅闻者要一传一地揭发，而且要来个一传十、传百……不仅要“私下”揭发给亲密者，而且要在大庭广众之下公然揭露瞎话的来龙去脉，让蛀虫毒菌晒晒太阳，使造谣者搬起石头砸自己的脚，方能深感其痛，得以猛醒。否则，对造谣者的祸心不揭、不传、不打、不砸，这蛀虫何以会自消自灭？

第二便是不论女士先生，切不可以为扒瞎传话仅仅是“长舌妇”的“本事”，因而仅仅拿来做茶余饭后的消遣。须知，咀嚼“李斯特”、“莫扎特”可以清心益志，而咀嚼这类蛆虫，只能落个满口腥臭，决非什么高雅之举。更何况有先生虽不愿以“传瞎话”来玷污自己的“男子汉”形象，然而从中、从后、从侧面鼓动、策划扒瞎话、传瞎话者亦不乏其人。不是有先生也借女士们的“缝隙”而加进楔子，且唯恐这缝隙太小、唯恐天下不乱，从而将自己脱胎转世而成为男性“长舌妇”一类的丑角吗！此类“男子汉”即便不是为了取悦于某秀女，“堂堂仪表”之下怕也有见不得人的用心。何况如此津津乐道地“旁观”，只能扩大事态。因此，似也有必要来一番清心正首的检讨。真的正人君子，必当严惩祸首而不怠。

第三，除了对首恶口诛笔伐外，也应对其“诬陷罪”绳之以法，虽然其尚未如自己所叫喊的那样因动手“掐死人”而触犯刑律。可惜，这条法律只适用于“产生严重后果”者。那么，不愿意让受害者再度产生严重后果的仁人，便应捉住造谣者的蛛丝马迹，在毒汁尚未出蛇口之前施以良药，使其弃恶从善。人犬区别虽大，然就善恶而言，当位于同一层次。择善而从，择恶而惩，不应有别。树欲静，而风不止。中央领导同志关于端正机关风气的讲话中也曾对造谣中伤者提出了批评。如要像方明君在文中所希望的“有益于工作”、“有益于团结”，则必须使正人君子都拿出良策来，都以身示范才好。

第四，奉劝爱扒瞎话者，切不要再“以小卖小”。如果“小”到连自爱、自尊都不懂，那便不仅要像自己所叫嚷的那样对自己“来点法制教育”了，似乎还应该一改善家教，二先进幼儿园接受学龄前教育了。

最后，此文还得感谢方明君的“说说传瞎话”一文在前指引，方能步其后尘而得以正视听。

1983 年

我的家乡——渤海镇

旭日东升，渤海镇的草房和古老的紫禁城城垣都洒满金色的光芒，好像披上了一条漂亮丝巾，美丽极了。

如果你是初次来到渤海镇，想了解这是一个怎样的地方，你不妨实际看一看。

当你怀着一种悠闲的心情登上古老的紫禁城城垣，你会发现，城垣上面生长着很多很多古老的榆树。榆树开花的季节，枝头会挂满滴里嘟噜的“榆树钱”，散发出微微的香甜气息。向南面举目望去，跃入你眼帘的是几栋高大的庙宇，被一些粗大的老榆树包围着。有人会告诉你：那里是兴隆寺。兴隆寺，是封建帝王时期的建筑，里面供奉着佛像，还有石灯等文物古迹。战争年代虽然有所损毁，但是解放后已经多次修缮，被列为省级重点文物保护单位。

这时，如果你回过头来，会看到一栋很大的U型红色楼房，那是这座古镇最新的建筑——渤海镇初级中学，我们初中二年级就在那二层楼上。这里有六七百名教师和学生，也是方圆几十公里内一所最大的学府了。它的北侧紧挨着渤海小学，那里被一大片古树包围着，校舍除了几栋高大的古老庙宇外，大多是用石头和土坯混合建造的低矮平房，但却给镇里上千名孩子带来了知识和希望。当然，镇里还有一所朝鲜族中学和一所小学，因为这里的朝鲜族人约占全镇人口的半数左右。

越过中学往北望去，有一座宫殿一样的高大建筑坐落在内城城垣上，那就是古代渤海国上京龙泉府遗址之一的舞凤楼。它的北面那一大片荒凉的草地里，还隐藏着几座宫殿的遗址，如今只有深藏的殿基和散落满地的青色砖石瓦块了。

再往北，你还会看到一条长长的玉带，风吹水面如鳞似锦，那就是绵延曲折的三陵大江。

当你信步向北走去，来到外城垣，你会看到舞凤楼前面有一排墓地，中间立有高高的石碑，上刻“革命烈士纪念碑”。这时你可能会想起渤海镇的原名“世环镇”。是的，那是借用了一位英雄的名字。那还是在抗日战争的时候，有一支抗联队伍就牺牲在这里，他们的指挥员名叫邹世环。

就在你追思抗战英雄的时候，一群大雁从你的头上向南飞去。顺着大雁的飞向望去，你会用手遮住阳光，这时一大堆瓦砾会出现在你的视野里。那是日伪时期的警察署所在地，后来被一队名叫“红姑娘”的地方抗日力量所焚毁。

这些往事，现在人们仍旧记忆犹新，因为人们永远不会忘记为了保卫国土而英勇牺牲的那些革命志士。

越过这些瓦砾，你会不自觉地向东走去。途中，阵阵轰鸣声钻进你的耳朵。你会看见东方红牌拖拉机正在地里翻起好像冒着黑油的土浪，一片连着一片。这时，你也许会欣喜地想到：啊！这就是人民公社化后的耕地呀！

站在高高的东面城垣上向镇内望去，你最先看到的就是一座高大的红砖房，那里面有一眼新建的水井，井水被提取出来供给附近的居民饮用。再往西，你会看到高耸着几座烟筒的厂房，那是酿酒厂和粮油加工厂，人民公社化后刚刚建起来。酒厂南面，烟囱正在冒烟的几排红砖房，是大跃进年代建立的工农具场，算是这个镇里最大的工业企业了。它的西面是酱菜厂和医院，北面就是镇中心了。主要道路是四条长长的砂石路和土路，它们横贯小镇的东西和南北，如同一个大大的“井”字，给这个古老的小镇日夜输送着血液和力量。

镇政府就坐落在镇南面，从南向北依次排列着银行、电影院、公安局，还有书店、粮店以及一些大大小小的商店、饭店、蔬菜水果商店等等，它们都林立在两条东西大路的两旁。北面那条路是老路，路两边的商店门前都有高高低低的石头台阶。还记得我上小学时经常和同学们一起，戴着红领巾、吵吵嚷嚷地从上面跳跃着奔跑而过。尤其是在上下班时间，镇里的干部、工人、店员、教师们，还有镇边的农民不断从这里经过，给这个镇带来了无限的生机和活力……

当你正沉浸在这些热闹的生活场景时，忽然一阵铃声把你惊醒，上下班的人们骑着自行车从你身旁经过。

这时，你抬头会看见晚霞已经升上天空。如果你是一位外地游客，你一定会奇怪：劳累了一天的人们为什么会满脸笑容？其实只要你稍微细心一点就会发现：家家户户的烟囱里正在冒出浓浓的炊烟，阵阵饭香从门缝里钻出来，吸引着行人加快了回家的脚步。而且，在他们的脸上，你再也见不到前两年那种食不果腹、面瘦肌黄的颜色了，人们正满怀信心地为祖国的繁荣昌盛而奋斗。

这就是我的家乡——渤海镇。

夕阳的光芒穿过朵朵白云照在渤海镇上空和四周的城垣上，洒下了一道道金色的光环，你会感到渤海镇就像一个待嫁的新娘，越发美丽可爱了。

1963 年 8 月

女儿怀念娘

娘走了。

1990年6月12日，农历五月二十，晚上9时20分（夏时制），娘睁着眼睛，嘴唇微张，下唇上面还有两个深深的牙印，带着一种不安的神情永远离开了日夜思念她的女儿。

望着娘骨瘦如柴的遗体，想到娘临终前遭受的病痛折磨，女儿心如刀绞，多少天来不能不以泪洗面。

娘在世八十三年，生养了十个儿女，又照看了八个孙子长大，临终却只拥有一个很小、很小的小白布包裹，那是用一小块旧白布包着的几件旧布衣和一条黑色破布裤带、两块洗得发白的蓝色棉袄袖口布。娘对女儿说："到那天，穿的戴的我什么也不要，把我穿的旧衣裳都烧掉，免得人家嫌弃。"

我知道娘说的"人家"是指她的几个儿媳妇。娘一生从未把儿媳们当"人家"看，此时可见娘终于看透了她们。是她们伤透了娘的心。娘说这话时，心情该是多么难过呀！

娘，为了自己的十个儿女，一生受尽苦难折磨。

（一）

1943年，爹娘带着六个儿女从山东逃难到东北。冰天雪地里，娘只穿着半截刚刚过膝的土黄布裤子，满山遍野捡拾人家扔在地里的冻白菜帮子，回到家放上点盐煮煮，还得先给儿女吃。娘领着三儿子、抱着四儿子到处讨饭，讨到一点儿饭没地方避风寒，就躲到厕所里先喂喂孩子。那一天，路过土台子村一块地头，娘看到几个被人踢出土的土豆，弯腰捡了起来，却遭到土台子姓杜的地主一顿鞭打。打得娘皮开肉绽，只能抱着孩子痛哭。

爹和大儿子被抓去当了劳工后，因为饥寒交迫，娘和家里的几个孩子全都患上了伤寒。是邻居每天给娘舀一瓢冷水喝，才使娘和几个孩子保住了性命。

可是，因为娘的几个儿女还都小，被自己投靠的亲戚当作累赘，私下把最小的几个孩子分别送了人。给亲戚家干活的娘突然发现孩子没有了，当天夜里硬是一个、一个又把孩子找了回来。娘搂着儿女对人说："俺的孩子一个也不送人，俺带着孩子从山东逃到东北，死也要死在一块。"

……

后来，幸亏江北范家屯富玉斌帮着找到半间土坯房子，这才让爹娘带着全家人搬去屯里过冬躲避风寒。娘一生中想起来就念叨："可不能忘了人家，咱到啥时候也不能忘了人家的大恩大德呀！"

那个范家屯，曾是女儿的出生地，女儿至今还记得，更记得范家屯的老富家。那是解放以后了，那年又遇旱灾，因为没有粮食吃，上小学的女儿和弟弟曾跟着娘，从世环镇一步一步走到江北的范家屯，就住在老富家，想去那里捡粮度饥荒。三四十里的山路，娘饿着肚子，又是裹脚人，冒着近30度的炎热，走了整整一天。没想到那里的庄稼也欠产，娘带着儿女三个人两天多才拣到两大把麦子。回到家，娘急忙把麦粒用手搓下来，放在锅里煮煮，再抱着磨杆磨下来，连皮带面一段、一段的，闻着很香。女儿当时吃得那么香甜，可是娘却一点都没舍得吃，只用树叶、苦菜掺上一点玉米糠，煮煮当饭充饥了。

娘一生心里只有儿女，可是儿女的心里却始终没有娘。

后来儿女都长大成了家，也都住进了新房，过上了好日子，娘却仍旧在受苦。住的还是临解放时从范家屯回到世环镇住的那栋破草房，房顶上连草都盖不严，还塌陷了很多坑。房门上一指宽的大门缝儿，冬天"呼呼"的往屋里灌西北风。娘既要在厨房做饭，又要照顾患病的爹爹，还要看护几个孙子，好挣儿子的那十来块钱来养活爹爹和娘自己。

娘，记得你曾说过：你的右胳膊疼了一辈子。你说那是你哺乳十个儿女睡觉时，右臂露在外面，硬是被儿女枕伤、冻伤的呀！娘这一生患过好几次病。患伤寒，邻居用一瓢凉水救了你的命。患肝炎，儿子不仅不护理，反倒还照常把孩子送来要你照看。腿骨摔折，四个儿媳说是轮流护理，却互相猜疑吵架，叫你好不生气，只好让外孙女来照顾你。

你生有十个儿女，可是有哪个儿女心疼你因为裹了脚而一辈子不能蹲着排便，想办法给你修一个方便一点的厕所呢？

（二）

可是，你对孩子的那份母爱却始终都不曾改变过。你的大儿子前妻去世时，你天天给他做水沓鸡蛋吃，一顿就吃十几个，你说“他最爱吃这个”。一连吃了十几天，家里的鸡蛋被他吃光了，你就借钱买来给他吃。

后来他虽然又娶了媳妇，却还是让你招待他的客人，把跟他做买卖的四五个山东朋友带到你这来吃饭。你借钱给他们买酒买肉，五六天吃掉四十六块多。你本指望他能给你还上钱，可是他却一抹嘴走人了，没给你一分钱。你只好节衣缩食、养鸡卖蛋来还债。你为了大儿子能有人疼、有人照顾，反倒多次耐心劝说他的儿女们尊重后妈。

你大儿子搬到你的隔壁住以后，几乎天天来你面前夸他后妻做饭如何如何好，可是却从来没让你吃他家一口饭。

……

不仅如此，娘是小脚，却还要自己担水吃。娘住在大儿子和五儿子两家中间，都在娘的老宅院里，本以为身边有儿子照顾，生活应该很平静。却不料，因为大儿媳和五儿媳打架，两个儿子又都向着自己的媳妇，结果住在两家中间的娘反倒受连累而被大儿子家掐断了水和电。五儿子又被打伤住了院，娘只好挑着两只水桶去邻居老孙家接水吃。老孙家看着娘晃晃悠悠地挑起水桶，可怜娘，都难过地掉下了眼泪。

儿子就这样对待娘，可是娘却从来不曾怨恨儿子，反而总是千方百计帮衬儿女。

早些年，因为爹的工资少，儿女们还要上学，为了给儿子娶媳妇，平日里娘总是一分钱、一尺布、一条毛巾、一双袜子都要攒起来。

儿子们成家时，娘没有钱给他们买毛衣，心里总觉得不是滋味。为了弥补，那一年听说江北范家屯养羊了，娘高兴地从那里买来一大堆人家打算丢弃的生羊毛。冒着呛人的尘埃，娘多少个日夜不睡觉，终于把羊毛全都梳理成毛胚，再纺成毛线。一连干了几个月，纺出毛线十几斤，全都分给了儿子家，自己没留下一根线。

可是，后来都八十年代了，儿子家豆油吃不完，娘却没有油吃，天天白水煮菜汤，或者只吃咸菜酱，一连 40 天滴油未沾。女儿放暑假回家，为了让女儿能吃上一顿饺子，娘只好拿着小碗去邻居家借来半小碗豆油，还不知哪天才能还上。

每逢过年，几个儿子家都有鱼、有肉，又有新鲜蔬菜。可是，娘却从没见过一颗新鲜菜，能吃上顿白菜馅儿的饺子就算过了年。记得娘临终前这几年住在儿子家，每天都得看着儿子、儿媳的脸色过日子。看到娘在饭桌前那么的拘谨和小心，女儿真是好不心痛！

娘，你先后生养了十个儿女，月子里却从没吃到一个鸡蛋。后来，你一群、一群地养鸡，可还是舍不得吃一个，因为你不得不把鸡蛋换成钱来养活自己。你病重住院了，看到同病室的患者一堆、一堆地剥着煮鸡蛋吃，你好生羡慕。可是，这时你却一个也吃不下去了。

娘，你一生以儿子为重，以儿子家为家，总觉得住闺女家叫人家笑话。

可是，可能你自己都不会想到，你老了，自己的房子被四儿子强占了以后，你先是在六儿子家住，不料六儿子却走在了你的前头。你只好来到三儿子家，你给三儿子看大了五个孩子，可是刚住了三四个月三儿子就不让住了，你只好又去了五儿子家。那天，你坐在炕沿上搓着手指头不断地叹气。女儿问你“怎么了？”直到这时你才悲哀地对女儿说：“我在想这以后可去哪呢？你三哥那是不能去了，你五哥这时间长了也不行。你大哥还有你四哥，人家从来也没说过让我去住两天呀！你二哥那就更不用说了……”你也提到我大姐，说她“还在病中，听说都下不了地了，想去看看她也去不了”。其实我大姐那时已经先走了，只是没敢告诉你。你又说我二姐“两个人总吵架，家里还有一大帮孩子，也不能去”。于是我马上说：“你就上我那去吧，别再想别的了，这回就跟我一起走吧！”可你说：“不行啊，你住那么高的楼，我上不去呀。再说，他们都在这，到时候把我扔给你一个人，你弄不了啊……”

娘，你一生信奉神明，神明呵护你度过了一道道难关，可是这最后一关——胃癌却没让你过去。你失望地念叨着：“一辈子都有救星，没想到这回没有救星了……”你病痛呕吐了整一年，自己不肯说，儿子也装作没看见，竟没有一个儿子认真带你去诊治。四儿媳不小心说走了嘴，只好装模作样地带你去做胃透，明明是机器坏了没做成，可是回来后她却没事人儿似的撒谎说：“检查过了，啥事儿没有。”

娘，为了带你去牡丹江大医院给你诊治，女儿手头钱不够，希望几个哥哥一人拿一百。可是，你的大儿子不仅不拿钱，还坚决反对去城里大医院。那天，他气哼哼地冲着女儿说：“不是你一个人的娘，不能由你说了算！”为此，他还当着你的面和女儿吵了两个多小时。事后，你伤心地对女儿说：“别和他们吵了，不让去就不去吧。”就因为你的儿子们都不支持女儿给你治病，在牡丹江医院确诊后，女儿没能给你做手术。记得那一天，女儿一个人站在凉飕飕的医院僻静处，心里翻来覆去地想了很久很久。因为没有一个亲人可以商量，自己对手术的后果又没底，既怕你如此瘦弱会下不来手术台，又怕你术后没人给你继续治疗，更没人给你化疗，如果伤口愈合不好你在儿子家会更遭罪……那一天，女儿辗转反侧，苦苦思索，心都想疼了，不知究竟怎么办才好……就这样，最后的最后，还是做了不手术的决定。我也不知道，经过那么仔细思考之后，为什么还会做出这样错误的决定。这是一个多大的错误呀！为此，女儿一想起来就后悔。恨自己糊涂，恨自己不找人商量，恨自己为什么不去问问医生，恨自己为什么没想到回单位借公款，恨自己……真是悔恨得不得了！

住院那两天，幸好女儿想到了去饭店给你买点好菜吃。其实，也就只买了一次炒虾仁、一次炒肉片，当时你吃得那么香，回家后还高兴地告诉了你的三儿子。没想到，他不仅不为你高兴，反倒因为买菜多花了几块钱还特意告诉你，他这是有意让你心疼难过。他的心真是坏透了！可是，那天出院时，你还几次嘱咐女儿去买咸鸭蛋、买虾皮要给他们带回去。

最没良心的就是娘的三儿子。你给他看大了五个孩子，还经常对孩子管吃又管住，可他一个月才给你五块钱，还说那是他“花钱雇的娘”。你病重疼痛难忍，他却毫不在乎地说“别人替不了你”。你患病在他家住时都是你自己拿钱吃饭看病，他反倒说娘“麻烦了他四个月”。你临终前，他嘻嘻哈哈，非要多给你打几支麻药不可，还故意把你最后的期限告诉你。他安的什么心？他这是巴不得娘早早离开人世不再麻烦他！

娘出院后万不得已才搬到了五儿子家去住，三儿子却又追上去哭诉不止，说了那么一大堆牢骚话来伤娘的心。后来娘对女儿说起这些时，心里那难过的样子真是叫女儿肝肠寸断。

娘走的那天晚上，娘的三儿子滴泪未流，反倒转转悠悠找酒喝。为了他和他的妻儿，娘受尽了苦累，也操碎了心，可是他和他的妻儿到头来却没舍得给娘花上一分钱。

娘啊，为了家庭和睦，你一直不让女儿多说话。为了儿孙们能够帮你做一点点零活，使你有一点点依靠，你不愿意女儿得罪他们。可是到头来，你仍旧没有靠得上他们呀。

（三）

还记得1968年，女儿高中毕业下乡成了“知青”，娘放心不下，日夜惦记着。1971年，娘竟饿着肚子坐了一天一夜的火车去兵团看望女儿。可是娘又惦记家里的活儿没人干，早晨刚到那，当天晚上又乘火车往回返。那时娘已经65岁了，接连坐了两天两夜火车，途中还要转乘两次车，又没有座位，女儿竟没能留娘住一天。后来一想起这事儿，女儿就后悔得不得了！

娘为儿女付出了全部心血，年老了、病重了、儿子家都不愿意收留了、实在没地方可去时，娘才难过地说道：“这还真是十个儿女不嫌多，一个老的没处搁呀！”想想娘说这话时，心里该是多么悲伤、难过啊。

就这样，娘直到临终前实在没处可去，看看自己也已经无力自救了，这才对女儿说："我想了一圈没处去，还是到哈尔滨找你去吧，你才是咱自个儿的人呀！"

可是，娘，女儿收到让我回家接你的信时，心里还半信半疑。当女儿匆忙回到家后却见娘已经举步维艰、病入膏肓了，哪里还能去得了哈尔滨。不料你仍说："还是去哈尔滨吧，到那天，你就把我的骨灰扔掉吧。"

女儿知道娘是万般无奈才说出了这样的话。

因为以前你不止一次拒绝女儿接你去哈尔滨，你说："不行啊，到那一天你一个人弄不了我呀！"你不愿意到时候扔给女儿一个人，你也曾多少次表示百年后不愿意火化。看来，娘这是被不孝的儿子们逼得走投无路了。病重了，你才看清楚儿子们的心迹，说这话时你的心境该是多么凄惨呀！可是，女儿因为住在没有电梯的七层楼上，没有办法让病重的娘去住呀。只能留下来照顾娘、给娘送终了。我的娘，想想这些，女儿真是好不痛心呀！

娘，女儿回去后知道你已不久人世，想陪伴你走完最后这一程。可是，别的儿子家都不能去了，你的老屋也已被你的四儿子强占了，女儿去和他商量想借给你住几天。可是，他不仅不同意，反倒举起手来要打我。娘的四儿子自己住进了新盖的楼房，却舍不得把娘的老屋临时借给病危的娘。女儿泪流满面没处诉说，更不能告诉你怕你心痛。你的五儿子见状只好让房户提前搬走，这样你才重新住进你的老宅院，住进五儿子已经搬离多年的那栋老屋。

我只好和我二姐在那栋飞蛾乱窜的破房子里日夜守护着娘。看到娘吃什么吐什么，女儿的心都碎了。最后那五天，你先是吐了一天黑色黏液，接下来又吐了一天红水，后来又吐了一天绿水，之后你总说心里热，喝了一天凉水出了一天汗，最后一整天你都在努力排便。整整十四天你没有进一点粮食。临终，你把一生吃尽的苦水全都吐了出来。你一辈子受冻挨饿，临走时虽然有粮食了，却不料你却吃不下去，活活给饿死了。娘饿得皮包骨，一点肌肉都没有，给你注射止疼药，针都扎不进。

我的娘，你给了儿女生命和幸福，临走却不要儿女一分钱，连装老衣裳都是靠你自己养鸡卖蛋亲手买来缝制的。

你空腹来又空腹去。偌大个世界，几十个儿孙、四代同堂，竟没有一个八旬老人的立足之地！儿孙的心真是比铁还要硬、还要凉啊！

娘，直到最后你才看清这一切，可是已经晚了。娘已奄奄一息，痛不欲生。娘不求别的，只求三儿子给你一粒毒药，让你早点儿闭上眼睛。这时的娘，心已碎，情已断，泪已干。

娘，临走前，你还清醒地和你四儿子家的建文商量，你说："如果你同意，到时候你就拆开一点杖子让我从你五叔这边过去，还从我原来的那个大门出去。如果你不同意，咱们再商量。"建文住的那可是你住了一辈子的老屋啊，以前你的四儿子曾答应你什么时候想回来住就回来，可是他后来却变了卦。你想从自己的老屋门前归西，却还要和孙子这样客气。听娘说这样的话，女儿真是心如刀割。

娘，你劳碌一生，节俭一生，一辈子粗茶淡饭。可是，临走前的那个端午节，你心里惦记的还是你的那些孙子们。你掏出粮票又掏出钱，让小孙子拿去粮店换回一盆子酥饼给大家吃。你看着孙子们吃酥饼，脸上露出了笑容。大家劝你也吃一个，你拿起一个来，想吃一口，却又很犹豫。好半天才揭下一点酥皮放进嘴里，最后还是没能咽下去。你叹着气把饼又放回盆里，说："还是让孩子们吃吧，吃了可快点长大呀！"接着，你又让我二姐去煮了一大盆鸡蛋，逐个分给你的孙子们。

那一天，娘看着门前那点地什么也没种，有点心疼，就想去种菜。你让我们把地挖好，培上垄，又让二姐去市场买回茄秧、辣椒秧。你乐观地说："都栽上吧，浇上水，几天就能长起来。"你说你还要等身体好了那天好吃自己种的菜。听娘说这样的话，我们的心十分酸楚，却只能让泪水往肚子里边流。

那几天，娘看到我和二姐两个人盛上一碗粥互相谦让，娘这才知道儿子家没有给我们拿碗来。娘掏出钱来生气地对女儿说："咱就是要饭吃也得有个碗呀，拿这钱去买两个回来。"其实娘不知道，女儿不是心疼钱而舍不得买碗。女儿是看着娘这么遭罪，哪里还有心情置办碗筷吃饭呢！

娘，按照你的身子骨，活过九十多岁没问题。可是，正是你那残忍的儿女没给你治病，才使你提前离开了人世间。

娘，你临走前一天才问女儿自己得的什么病，女儿只好把没及早给你动手术的事告诉了你。可你却说："治晚了，我不后悔呀。八十三了，活着没用了。"在娘的心里始终都没有她自己，一辈子都是为了儿女才活着！

娘，女儿知道这时候你可能也后悔没早些治疗，你也愿意好好活着好看护你的儿孙，可一想到你对儿孙没用了，儿子们不再需要你了，你又想早点走。这心情，何等悲哀；这胸怀，又何等宽阔。可惜，娘的儿女没一个像娘呀！

娘，弥留之际，你一再睁开眼睛看女儿，看了一眼又一眼，你心里有话却不说。那一天，整整一天娘都没说一句话。直到临终前，你说你看到屋子里不断有看不清的自家人。你心里惦记着谁？女儿知道，娘惦记半年没见着面的大女儿和小儿子。可是，娘哪里知道，其实他们已经过世，谁也不敢告诉娘。他们先娘而去，如今他们前来接娘，这也是娘最耽心的事。所以，娘看见了他们却不愿意相信，也不愿意讲。这可能也就是娘直到咽下最后一口气也没有闭上眼睛、没有闭上嘴的原因吧？

也或许娘是听见了五儿子跪在耳边大声喊："我大姐和六弟半年前就走了，你可去找他们呀！"你本想仔细问一问，但却一丝力气都没有了，只能撒手而去，因而没有闭上眼睛，也没闭上嘴。

娘，以前，你日日夜夜惦记的女儿，每年只能回去看望你三两次。你自己住时，女儿巴望着放探亲假好回去帮娘干点活，多给娘留下一点钱。可是娘从来不愿意多留女儿的钱，你总是说："不留很多钱，够花就行了。"娘住到儿子家之后，女儿只能逢年过节才能回去住两天。连亲娘都不愿意接待的儿子家，能让娘的女儿久住吗？娘，女儿痛心这些年没有好好陪陪你，没有及早发现你患上了这么严重的病，没能及早带你出来治疗。你一直牵挂女儿早点成个家，女儿也没能如你所愿，让你夜不成寐，为女儿操碎了心。如今，女儿虽然还是一个人生活，可毕竟有了自己的房子，但是你却一眼也没有看见过。如今，娘走了，女儿也就没了家，没有人能够再像娘那样疼爱女儿，女儿再也见不到自己日夜思念的亲娘了。

娘啊娘，如今女儿只能盼望梦中多多见到娘的面，盼望娘信奉了一生的神明能够保佑娘的在天之灵安详，盼望娘不再为儿女操心受苦累，能够吃得饱一点、穿得暖和点。

娘，临终前，你责怪女儿让你吃了那么多苦药，你说自己“肚子里面都是药了，还要让我吃到最后一口气吗？”娘，女儿愚昧，只幻想这些药兴许还能救活你的命。早料到结果是这样，还不如让娘吃上一点儿好饭菜。可是，走前几个月，娘没能吃上一口好饭菜。女儿也犯傻，竟然没能去饭店给娘买回一点好饭菜！几个儿子、儿媳更不用说，他们每天乐呵呵地来来往往，只是想知道娘还能活几天，竟没有一个人给娘拿一点可口的饭菜来。而且，就在娘临终前一天，三儿媳和四儿媳还把黑白孝布拿到娘的面前裁剪，其用心该是何等恶毒呀！

娘倒在炕上睡梦中还在咀嚼，还在用手抓。醒来女儿问娘抓什么，娘说“一块熟肉啊没抓住”。女儿竟愚蠢得没去给娘买回一点肉来吃。后来，娘曾多次说：“我吐得肚子里好空得慌，却见了啥都不敢吃一口。”“怎么让我受这罪？”“受不起这份儿罪。”那情景直叫女儿寝食不安，泪往肚里吞！难怪娘临终前说：“到时候让我先出脚啊，先出脚不恋家呀。”娘，你一生最惦记的这个家，临终却不再留恋它！

娘，看到你病弱痛苦地倒在炕上，女儿不忍心，默默祈祷：“我的娘，如果你能好起来，你就快点好起来别再受折磨了。如果实在不行，也别再遭受这份儿罪了。”娘，其实女儿知道，娘希望自己还能多活些时日，因为之前不久娘还指望二姐早点来帮你拆洗棉袄。最后还是娘自己动手做上了，娘说：“早点做上好留着冬天穿。”可是，从那以后，你再也穿不着你那已经拆洗干净的棉袄了。

娘啊！娘啊！我那亲娘啊！你扔下女儿不管，叫女儿上哪还能见到日夜惦记女儿的娘！

娘，你说你的“六个儿子家过得都很好，没有挂心的事儿了”。你还嘱咐你那瘦弱的小孙子“吃饭时可要和大伙抢着吃啊，养好自己的体格”。女儿因为没带多少钱回去，你可能以为女儿舍不得花钱，就对女儿说：“你自己挣钱，别难为着自己啊。”

临终前，娘留下这些话，直叫女儿刻骨铭心、永生难忘。娘一生就是因为没有钱而缺吃少穿，最后还是因为自己没有钱才有病不医，提前弃世了。娘的一生真是苦不堪言！

……

娘，你走了，你安心地去吧。娘一走，女儿一天都不想在那多留，三天刚过就回到了哈尔滨。望着娘归西的路，女儿翘首跪拜，呼唤苍天保佑，祈祷娘不再受苦！

娘，女儿多年在外，很少为娘出力，如今，娘再也不需要女儿的力气了。就让娘永远活在女儿的心里吧。让女儿做一个像娘那样聪慧勤勉、宽宏大度、诚实善良、刚强勇敢的人吧。这也算是女儿按着娘的心愿活着了。

娘啊娘，女儿永远、永远思念你啊：娘——

1990年6月15日　哈尔滨

（注：此文为悲情之释放，之后终因无法卒读而未能修改。）

我写《问心》

“大漠孤烟直，长河落日圆”。

古人用这样的诗句，抒发了对大自然壮丽景观的赞赏和感叹。我突然觉得，用她来形容娘的母爱再恰当不过了。

“长河落日”，娘走了。可是，“落日”后面的那一个大大的“圆”字，却别有一番寓意，它道尽了那看不见的万丈光华，道尽了那绚烂无比的博大母爱。

娘走后，我一直陷在深深的痛悔之中。几乎天天痛悔，痛悔了整整十年。一天，我终于拿起了笔，想把这“痛悔”记录下来。可是，刚刚记录下最后那一部分，痛悔得竟然难以自拔，就再也写不下去了。

又过了十多年。这期间，我尝试着变换一个角度去阅读这份母爱。朦胧中，我似乎有了新的感受，渐渐觉得自己能够从痛悔中有所醒悟了。

尤其那一天，我在祁连山下的戈壁滩上，直面了那干涸的长河、那轮太阳慢慢沉落的壮观景象。突然间，我看见了日落后留在世间的那圆圆的光华、那满满的母爱！她给人类以希望，她给生命以力量！

就是她，她就是娘留下的母爱，她不应该是悲哀！于是，我本想以“长河落日”为题写下这份母爱。

后来，编辑建议我换个迎合性的题目。可是，我的心怎么也迎合不了，虽然拟了多个选题，却没有一个能够迎合市场。

无奈，编辑只好同意用《问心》，即“问心有愧无？”我说:“我有愧”。于是，我就写出了一个让人流泪的故事——长篇小说《问心》。

2012年3月29日

呼　唤

那是一段很难过的时光。

那是一些很想忘记、却又总也忘不掉的日子。

因为，那时曾有一种发自内心深处的呼唤，也许那是一个需要呼唤的年龄?

55岁的我，无奈之下竭尽全力寻找善良和勇敢，去呼唤久违的关爱，希望这关爱还能眷顾我的余生。

或许这关爱听见了我的呼唤，它悄悄地唤醒了我的思维和记忆，唤醒了我那疲惫的生命，使我在最艰难的时刻终于坚持下来，给了我继续活下去的勇气和动力。

（一）

虽然睡前已经服用了安定和百忧解，可是，我仍旧每天早晨不到5点钟就醒来。起床后第一个念头就是“护士小赵再过两个多小时就来上班了”。

自从护士长去了“非典”一线之后，护士小赵接替她来照顾我，就成了每天早起后我最美好的期盼。也许因为我突然感觉自己太孤单、太需要友谊和关爱了。

每天早晨7点45分，护士小赵就会准时出现在我的房间门口。有时能听到她那平和清亮的说笑声或匆忙的脚步声，有时能窥见她的一点倩影。偶尔她不太忙的时候，换好工作服后就会第一个来看我。

与其他护士一样，小赵也戴着雪白的护士帽和大大的白口罩，只露着两只眼睛。刚来时，我一直弄不清谁是谁，接触多了才能从眼睛和声音上认出护士小赵来。她虽然是单眼皮，但是眼睛很大，就像两潭泉水一样深邃而又清澈，闪烁着善良而又聪慧的人性光芒。从她那温和的目光中，我能感到这个世界还有温暖。

她总是微笑着走进来，站在距我大约两米多远的门内问我："昨晚睡得好吗？"或者"你觉得怎么样？早饭吃了吗？"

看着她那关切的眼神和单薄的身体，我怎么也不好意思说自己不舒服。于是我只好强做镇定地说："还好，睡得很实。"或者说："刚刚吃过早点。"然后反问道："你怎么样？今天还会很忙吗？"

"能不忙吗？今天又要有两名护士被调去'非典"一线'。

往往不等她把话说完，走廊里就会传来："小赵——"或"护士——"的喊叫声。

于是，她一边答应着："嗳，我这就来！"一边叮嘱我："今天一定要按时去心理中心治疗，早点回来好输液。"

几乎每天都是这样。因此，本来还想找话题留住护士小赵多说两句话，可是一想到医护人员那里又有许多查房、落实医嘱或者消毒、更换床单之类的事情需要护士小赵去安排，我就只好放弃这个念头。望着护士小赵匆忙走出去的身影，我又有些失落感，于是早起后压抑着的心慌和颤抖等症状就会逐渐被我感觉出来。

就这样，每天早晨我既盼着护士小赵早一点到来，但又怕因她到来后又匆匆离去而带给我的不安。

于是，我又会盼着每天晚上的5点、6点或7点钟左右，因为临下班之前，护士小赵总要抽时间再到我房间里来和我聊上几句。而且往往就只有这个时候才能够多聊几句，虽然总是我找出一天来想了多少次的话题，而护士小赵也总是特别理解我似的，尽量让我把话说完，也尽量多陪我一会儿。可是，后来当我知道她那4岁多的双胞胎儿子因闹"非典"不能送到幼儿园而寄托在邻居家里时，我无论如何都不忍心再拖住她急于回家的脚步了。

"快回去吧。"我说，心里虽然不太情愿，但也不能不由衷地催促道。

她虽然心里也很着急，但还是很关切而友好地对我说："不要紧，晚就晚点吧，反正他们也都习惯了。"她一边和我说着话，一边还会不停手地给我关关窗户，或者抻抻床单、检查一下床头灯或按铃。而且总是等我找不出要说的话了，她才停下手来，友善地看着我，叮嘱一些夜里需要注意的事项。

所以，每天早起后满怀期望和寄托的这两个多小时以及下班前那段时间，几乎成了我住院那些日子里最美好的时光。

我住的是一所军队医院，闹非典以来这里各方面的管理都非常严格。住院部是一座新盖的大楼，宽敞而又整洁。但是，为了工作方便，护士台都设在医生办公区和病房区中间，采光和通风都比办公室和病房差了很多。入夏以来，气温经常高达30多度，可是为了谨防"非典"病毒的污染，这所医院一直坚持没有开放空调，也没有使用风扇，所有医护人员每天都严格按规定穿着隔离服和白大褂，戴着白帽和厚厚的口罩。我住的神内科十几名护士，每天都要按时为患者查体温、量血压、摆药、输液、记录查房情况、打印医嘱、联系有关科室会诊，以及安排患者做核磁共振等相关检查。病室呼叫护士的铃声此起彼伏，护士们推着满载药械的医疗用车或端着医用托盘在各病室间穿梭般往来。

有一次，我终于忍不住站在门口发傻似的问匆忙走过来的护士小张："现在还穿这么多衣服，你们不热吗？"

"我身上的汗都快馊了。"对面过来的护士小董没等小张答话就走近我身边轻声对我说。

"阿姨，能不热吗！"护士小张则十分平静地回答道，而且她总是很尊敬地称呼我"阿姨"。这样称呼我的不仅有小张，还有护士小穆、小樊、小佟、小王、小边、小陈、小杨、小米、小裴、小郭、小郑等人，这使我深深地感到很惭愧。

使我感到惭愧的不仅仅是这称呼和她们对我的尊重，更重要的是面对"非典"她们那平静的心态、对患者的爱心和随时准备上非典一线的牺牲精神。完全不像我，这么胆怯和懦弱。

我因为受不了一个恶魔般的新领导的折磨而愤怒。这个新领导因为自己政策和文化水平都很低，又想在我们面前摆架子，因而要手段对我百般嫉妒和刁难，使我无法正常工作，甚至不给我落实正高级记者政策。紧接着又爆发了“非典”，单位领导向我们传达“非典”信息时把情况描绘得非常可怕，而且把我们都赶回家去，准备清空办公大楼。我自己又恰巧赶上更年期，而且又面临五十五岁必须退休……一系列情况叠加在一起，使我产生了焦虑和不安，以至于对生活失去热情和信心而住进了医院。

（二）

记得刚入院那几天，我不敢回答医生的询问，因为我害怕回忆，害怕回忆当时的惊恐状态。现在虽然已经过去两个月了，而且还又一直在按照医嘱不断地服药，可是那种症状并没有完全消退。我时不时地还会感到心慌、腿软、颤抖不安、没有胃口等等，住院前那些可怕的场景还会不断浮现在眼前。

尤其是“非典”刚爆发的那几天，部门领导把情况说得非常可怕，在座的很多人当时腿就发软了。

接下来机关工作基本停摆了，除极少数人轮流值班外，多数人都迫不得已地被关在自己家里，以减少因互相接触而被感染的机会。机关大门警戒森严，外人一律不得入内。内部值班人员进门要查验体温，规定互相见面不打招呼、不握手、不说笑、不出差、不开会，连传阅文件都少了很多。所有电梯的按键上都贴着随时准备更换的塑料薄膜，梯内张贴着白纸黑字的“乘电梯、戴口罩、不讲话”。各楼层办公室内都毫无声息，餐厅里排大队的现象不见了，只有稀稀寥寥的十几个人无奈地在那里用午餐。

往日路上蜂拥的车辆和熙熙攘攘的行人也都消失了，住宅小区里横冲直窜的小轿车静静地趴在那里不动，散步的老人、玩耍的孩子全都关在自己家里。除了树叶在变绿、桃花在开放、小草在长高之外，到处死一般的寂静。面对自己早已盼望见到的绿树鲜花，忽然觉得它们来得这么不是时候，不免黯然神伤。为什么那么可爱的世界突然间会变得如此凶险？

每次回到家，我都不得不垫着纸拉开房门，进屋后马上拿出酒精棉擦手、擦指甲缝，甚至擦眼睛、擦鼻孔、擦耳朵、擦脸、擦钥匙……。外衣和手提包放下后便不敢再碰。因为担心小区里唯一的地下菜市场里空气不好而不敢去那里买菜，每天只喝稀饭吃咸菜。

就这样休息了几天之后，我虽然有点心慌腿软颤抖乏力，但还是下决心出去购物。那天，我带上购物清单和足够的现金，戴着双层口罩，为了保护眼睛还误把老花镜当作平镜戴上了。因此出门之后，突然觉得视物不清，还以为几天不出门视力下降了，只好深一脚浅一脚地跌跌撞撞地往前走。汗水从额头上流入眼睛，杀出了眼泪也不敢用手去擦。好不容易走到菜市场，匆忙买了几样蔬菜。正在交款时，忽然听到身边的一位顾客说她有点发烧，她家的小狗也发烧咳嗽，吓得我连收款员找给我的零钱都没敢拿，匆忙走出菜店。这时，我忽然想起手里提着的蔬菜刚才就放在那位发烧的顾客面前，于是又急忙把手里的蔬菜扔进了路边的垃圾箱里，只提着刚买的米面和药品回到家。

没有心思做午饭，什么都没吃就躺在沙发上睡着了。醒来后出了一身汗，头发都湿透了。朦朦胧胧记得梦中树上的马蜂窝不知被谁碰了一下，马蜂一下子都钻出来，漫天飞舞。忽然间有几只钻进了我的衣服里，路边电线杆上挂满了广播喇叭，就像当“知青”在农场时一样不停地广播，告诉人们多往自己身上喷药就不会被马蜂螫着。可是哪儿都找不到药水，急得我直出汗。路上值勤的警察也在忙着指挥马蜂，有的还被马蜂蜇死了，戴红领巾的小学生排着队来给警察献花……

这时，我也好像被马蜂螫了一样，浑身又扎又麻的不舒服。头也有些晕，一量血压竟比平时高出了 30 多，体温也超过了 37 度。看看天已渐渐黑了下来，我倒在沙发上迷迷糊糊地又睡着了。

本来由于多年做文字工作，已有些神经衰弱，工作中不公平的事情又多一些，何况只有高中文化的新领导又处处刁难，我按程序评上高级记者职称后相关政策待遇一直不给落实，因此退休年龄也得提前。几十年独身一人，没有工作干了就觉得没有意思了，因此心情一直不太好。加之又闹“非典”，于是有些撑不下去了。一天早晨醒来，头脑里忽然出现了林黛玉抑郁而死的情景。这样下去我会不会也要抑郁呢？我想，不如趁早找点药吃下算了。

自从产生这样的念头之后，我几乎每天都在想方设法地早点结束这一切。与之前那个风光体面的银行新闻处长相比判若两人。心想：那些中央媒体的记者朋友们一定想不到我会变成这样，连我自己也弄不明白自己究竟怎么了。

那几天，每次睡觉醒来眼前都阵阵发黑，都觉得今天就是了结的日子，最迟明天……

难道真的没有出路了吗？难道我真的要结束这一生吗？想到自己的爹娘，想到自己的奋斗历程，想到……。尚未泯灭的自尊心告诉我：不能被恶人耻笑，更不能因为了结生命的方法不当而格外遭罪。就这样，我拨响了机关医务室的电话，对十分友好的郝医生袒露了心声。

“那可不行！”美丽而又善良的郝医生听后十分震惊……

两天后，我被送进了这所医院。

那天晚上，我曾有过轻生念头的事儿就在医护人员中传开了，要安排夜班格外照顾。在场的几个医护人员悄悄议论说：

“50多岁了，又是一个高级知识分子，为什么会想不开？”目光里流露出同情和不解。

……

但是护士小赵却什么也不说，而且似乎还很愿意接近我。记得她满怀同情地嘱咐我：

“你什么都不要想，只要配合我们治疗就一定能好起来！”她似乎很了解我此时的心情，说得十分肯定。

看着她那深邃而又善良的目光，我好像又找回一点久违的平静与祥和。

对于一个像我这样多年独身在京工作、只知奋斗、很少有人关爱的女性来说，我觉得那目光既熟悉又陌生。那目光像母亲、像朋友、又像儿女。那目光里含有多少母亲对儿女的疼爱，含有多少友人的劝慰和责备，又含有多少儿女的疑惑和不解。我虽然没有儿女，但是我依稀感觉到目光里的那种神情，就是那个样子。

（三）

护士小赵她们的友好和善良给了我很大安慰 。不管哪位护士值班，都不忘记抽点时间来看望我，或者和我说上几句话，或者微笑着问候我一声，或者站在门口对我打个招呼：

“有什么事儿没有？有事儿打铃叫我。”

而且，每次输液前总是不忘提醒我：“有点儿疼，忍一下就好。”就像面对一个孩子。

有那么几天非常不舒服，医生给我服了安眠药，因此总是昏睡不醒。

一天晚上，似乎天已经很黑了，我醒来后只觉得头很晕，视线模糊，胃里也很闹腾，头顶上挂着好几只吊瓶。离我不远处，医生和护士长一起在向值班护士交待关于对我的护理问题。

看到我醒来，三位医护人员高兴得一下子都围拢过来。由于她们都戴着大大的口罩和白色帽子，我一下子还分辨不清男女，只隐隐约约感到她们的个头都比较高，眼睛都大大的，而且似乎都很惊喜。其中一位就是我的主治医生，是一位兼修神内和心理的双料博士后。这时她看了一下手表说：

“我说得没错，这个钟点她该醒过来了。”

另一位就是潘护士长，她高兴得轻轻抚摸着我的胳膊，又用手把我的头发理到一边，像亲人一样俯下身来在我的耳边轻声问道：

“觉得好一点儿吗？饿不饿？要不要喝点儿水？”

她的话音刚落，夜班护士立即给我端来了一杯水，而我却把头歪到一边去，拒绝了喝水。这位护士很耐心地劝我把水喝下，虽然她只护理了我一个晚上就去了抗“非典”一线，可是她留给我的印象却使我久久难以忘怀。

记得入院头几天，“嘀铃铃”的急救车铃声不断响起，因为离住院部不远处就是发烧门诊和传染病房，又是在寂静的夜里，门窗都开着，急救车的声音听得很清楚。一听到这个声音，我就惊恐不安。这位值班护士便会立即走进来，手里还拿着一条毛巾，若无其事地对我说：

“其实‘非典’也没那么可怕，我们科室没有一个人被感染，就是这铃声有点讨厌。”

说着，她还用毛巾擦去我额头上的冷汗。我觉得毛巾有点温热，像一股暖流流过一样，心里顿时有了一点儿舒服的感觉。看到我脸上的表情，这位护士美丽的大眼睛笑得都弯了起来，说：

“您长得真文静，一看就跟一般的患者不一样。”接着又自言自语似的问我：“我称呼您什么好呢？叫阿姨吧，就把您叫老了。叫大姐吧，又显得不太尊重您？”她想了想又说：“还是叫老师吧，我真希望能有机会做您的学生，一定能学到好多东西。”

“谢谢！”

这时我已经完全清醒过来，面对这样善良而又有爱心的护士，我内心里感到十分惭愧。

可是这位护士却好像洞悉了我的心理世界一样，继续温和地对我说：

“没关系的，其实谁都有想不开的时候。再说您这也算不了什么。我做护士多年了，真的很理解患者的心情，也很替患者着急，我们真的都希望患者能尽快康复起来。”

她一边说着，一边多次出去冲洗毛巾，反复为我擦拭面部、脖子、前后身儿，还有胳膊、腿和脚。

我虽然十分虚弱地躺在那里，但是心里的确十分感动。我已经好久好久没有受到这样的礼遇和照顾了。记得在家那几天，我连冲澡的心思和力气都没有了，又惊恐得天天冒冷汗，说不定身上早就有异味了。虽然我一时还没有闻到，但是知识分子的那点儿自尊心使我觉得很难堪。

“我身上一定很脏，不要再擦了。”我的声音很微弱。但是她听后却说：

“真的不脏，护士长天天给您擦，她也要求我们夜班护士这样做，只是为了能让您稍微舒服一点儿。”虽然她说得很轻松，也很自如，但我却深知那里蕴含着多少爱心和眷顾。

“我也爱买您穿的这样袜子，结实，不易抽丝儿。”

她知道我没有力气多说话，但是为了能够让我的心情轻松一些、又不触动我的心结，就东一句、西一句的尽可能地活跃着气氛，转移我对环境的注意力。按着护士长的要求，当晚这位护士就以照顾我为主，让值大夜班的护士小樊提前上班分担了一些其它工作。

我没有想到，虽然第二天她就要上抗“非典”一线了，可是那天晚上竟还能像没事儿人似的，心情那么轻松愉快地照顾患者，千方百计地为我解除忧思。

第二天早晨醒来，我觉得多少天以来一直困扰着我的那种惊恐不安的感觉似乎有所减轻。我想：难道我真的还能活下去？

刚刚 8 点钟，护士长就带着七八名护士一起来到我的房间。她们笑呵呵地围拢过来，有的喊我：

“阿姨，您终于醒了。”

有的自报姓名，有的还要和我握手。除了她们身着统一的护士服装和大大的口罩外，那气氛，完全不像是在“非典”那些最严酷的日子里，更不像是在医院。

在她们的帮助下，我洗脸、漱口、换衣服，并搬进了一件更宽敞明亮的房间。护士小赵告诉我：

“这是科里最好的房间，好久没有安排患者了。护士长说，您可以放心住在这，这里很安静，也很安全。”她那深邃善良的目光再次给我留下了深深的印象。

这时，护士小王又进来亲切地对我说：

“阿姨，护士长说您很有学问，让我们抽空多来和您聊聊，好跟您学点东西。我们听了都很高兴，大伙儿都想来呢。”

“不好意思。”说着，我十分愧疚地欠身想坐起来，小王马上过来扶着我靠在枕头上，并热情地要求和我握握手。我无力地伸出右手，看着自己的手不仅发抖，而且又那样的惨白孱弱，一片暗淡的阴云从心头飘过，我不好意思地想抽回自己的手，可是小王却深情地久久地拉着我的手不放，还说：

“没关系的，阿姨，您看我也很瘦。我愿意跟您这样有知识的人接触，好跟你说说心里话。别看我比您小这么多岁，可是我生活里遇到的难题可多着呢，身边如果能经常有您这样的老师指点指点该多好。”

接着，小王还真把我当家人一样讲述了她的一些情况。原来，她婚后因双方性格不合、加之“非典”对医护人员的影响，男方正打算与她分手，她说如果分手她也打算过独身生活。

这个话题还真触动了我，我突然有了想说话的念头。尤其是看到小王特别需要得到别人真心的帮助时，本来就爱往外掏心里话的我终于忍不住了，也不能简单应付了。很长时间没有与人像样地谈话、交流思想的我，这时终于说出了在自己心里说了多少遍的话：

“不，不行！不能独处，千万不能走我这条路。人，一定要过正常的生活，才能有正常的思维。……一定要有家庭，要有孩子。你还年轻，处理生活问题一定要慎重。两个人好好谈谈，或许能多找到一些共同之处……”

几天来，医护人员对我真诚相待，不能不令我感动。我多想把心掏出来给她们这些年轻人看看，多想告诉年轻人千万要珍惜青春年华，不为名利所动，走好人生每一步。可是，我的话刚开了一个头就被护士小王打断了，她是真心来和我交流的，只听她毫无顾忌地反问道：

“阿姨，那我问您，如果让您从头再走，您会愿意平庸度过、不要理想、不为自己的事业而努力奋斗吗？”

这问题很尖锐，但是我也不是没想过。于是我很直率地回答道：

“你说得很对。如果让我重新度过我的人生，恐怕我还会这样，这是因为我的性格已经决定了我的思维方式。可你不一样，你还年轻，刚走入社会，经历的事情还少，思维方式也还没有定型，完全可以改变。所以，你一定要慎重处理眼前的家庭矛盾……”

护士小王听得很认真，不住地点头，看来她是真的把我当老师看待了，于是我们就多聊了一会儿。

后来，在我住院的那些日子里，护士小王甚至把她处理婚姻问题的每一步都要告诉我，并征求我的意见。这使我觉得我活着还有用，远不像我精神崩溃时所想的那样“再活下去已经没有意思了”。

又过了一会儿，主治医生就来查房了。一进门她就说：

“哦，我看你的气色可是好多了。饿不饿？早饭吃了吗？”

“不觉得饿，但我还是按照您的要求把稀饭喝下去了，馒头我咽不下去，就把它当成药用稀饭冲下去了。”我回答道。

“你怎么可以把饭当药吃？！”我本以为主治医生知道我能吃饭了一定挺高兴，没想到她会很吃惊。她说：

“我们人类接受暗示的能力很强，要善于暗示自己好的东西。善于从自己生活、工作的环境里观察、体验那些善良美好的东西，你就会得到美好的东西。吃饭细嚼慢咽不仅有助于消化，而且由于吃法不一样，吸收的营养也不一样，食物对人体的作用也不一样。比如当你吃一个馒头时，你如果想到小麦里有阳光的能量、有雨露的滋润、有农民的爱心……，你就会吃得很香甜，你的胃里就会觉得很舒服，你的精神气儿就会很足。这就如同你欣赏文学、美术、音乐等美的东西一样，你欣赏美你就能得到美，你与开朗愉快而又能干的人接触，你就会受其影响而愉悦，充满活力。反之，如果……”

“如果我能看到馒头里有阳光，那我首先得有好胃口，得愿意吃饭。”

没想到，这时我忽然又有了那股较真儿的精神头儿。虽然反驳着，但我心里还是觉得主治医生说得很有道理，我反驳只是想知道得更多一点儿，使她说的这个道理基础更扎实一些，更令我信服，也许真的能让我觉得活着很有意思。

“你说得很对。有没有胃口不仅和食物、和对食物的认识有关系，而且也与人的心情有关系，但是它们之间又是互为因果的。因此，在你的心情完全好转之前，首先也要好好吃饭，为自己的精神好转打下物质基础……”

我无话可说了，我把她的这一饮食观叫作“美食疗法”。她听了之后又说：

“这不是我的个人看法……”接着她又给我讲了一些道理。我觉得她讲的东西的确很科学，不仅接受了这一观点，而且日后对我影响也很大。

那之后的日子，只要我不是特别难受，只要我还能坚持下床活动，我就尽量坚持吃饭，努力咀嚼、吸收食物里的“阳光、雨露和爱心”。当然，也包括吸收医护人员的那片爱心。

刚能下地走动那天，我想到的第一件事就是：应该早一点向单位领导报告自己住院了。这不仅仅是组织纪律性问题，我也不想这件事被弄得满城风雨，不想让整我的人看笑话。没想到部门另一位领导对我住院的事情一点都不觉得奇怪。他还说：

“听说你身体不太好，反正现在闹‘非典’大家也都轮休，你就好好休息治疗吧。等医院允许探视时你来个电话，我们好去看看你。”

接着我又给机关医务室的郝医生打了电话，郝医生很友善地反复劝我一定要努力配合医生治疗，并要求我不要胡思乱想。还说：

“很多事情都与一念之差有关。你是一个很坚强的人，以前那么多坎坷都走过来了，这次也一定能够渡过难关，千万不要让我们失望……”

我知道，郝医生的话是发自内心的，因此也很感谢她。

（四）

一天下午输液后，我半躺半靠地坐在床上想心事。这时，潘护士长和护士小边过来了。在我清醒过来之前，护士长为我做了那么多事情，可是面对面交谈这还是第一次。

护士长高高的个儿，秀气挺拔。虽然护士装把她包得严严的仅露着两只美丽的大眼睛，但是冷眼看去，头脑里仍然会闪现出一个靓丽温柔的女性形象。

她和蔼亲切地站在我的面前，像是看透了我的心思一样直言不讳地说：

“你在医院好好休息一段时间是对的，不要着急。现在患者少，基本上是每人一个房间，互不影响，也有利于治疗和康复。”

我知道，这样一来就增加了医护人员的工作量。她们要逐个房间照看病患，为所有房间搞卫生消毒，光消毒一天至少要进行 4 次。我以为护士长接下来要向我诉说他们工作上的困难，但是护士长对此却只字未提，反倒说：“你和别人不一样，没人陪护，因此，有需要我们做的事儿尽管说，千万不要客气。人生都难免遇到各种各样的困难，谁都离不开别人的帮助，你这几十年不也没少帮助过他人吗，而且也从中获得很多乐趣和安慰。”看来，护士长已经了解过我的情况了，我很受感动，却不不知说什么才好。

“尤其是一个一生都艰苦奋斗、勤奋工作的人，面临退休时他还是停不下脚步，一旦被强迫停下来，他就会有许多的不适应。我父亲就是这样，原来当总经理时非常忙，看不惯的事情他也敢说敢讲，活得有滋有味。其实他完全靠惯性在工作，身体各方面器官都逐渐老化，而他并没有察觉。所以，一旦退休回家，他就会觉得身上哪都不舒服，动不动就说自己‘是个废物，活着还有啥意思’。一开始还养花弄草的，后来也觉得没意思。而且他脾气也大了，心情又不好，没有胃口，经常不好好吃饭，刚两三个月就瘦了二十几斤。我姐姐给他弄了各种药，起初他还吃，后来也不吃了。我就打长途电话过去劝他，后来他连我的电话都不接了。我们都很着急，但又没有别的办法，只好让我妈妈整天陪着他。现在半年多过去了，听说我爸爸已经适应退休生活了。前天他还主动打来电话劝我工作起来要适度，别累坏了身体，更要注意防护‘非典’的感染。你看，我爸爸只是用了半年左右的时间就使自己发生了那么大的变化。多给自己一点时间，就等于多给自己一次机会。原来我爸爸总以为活不活、怎么活，只是他自己的事儿，他哪知道他的健康状况对我们的影响有多大。我虽然与父母远隔千里，但只要我知道他们生活得健康愉快，我的心里就踏实，工作起来就觉得精力充沛……”

虽然是第一次谈话，护士长却和我聊了半个多小时，看来她是有备而来。说得更准确一点，她为我花费了不少的心思，甚至把自己家里的事情都拿来启发开导我。我也知道她说的都是心里话，而且用心良苦，的确是为我好。可是，对于我这样一个精神一度彻底崩溃的人来说，她的第一次谈话只使我明白了一个最浅显的道理，那就是人不可能一辈子都一个劲儿地工作下去，随着年龄的增长，人的身体会逐步老化，需要退休养老，继续拼命工作会超出生理及心理承受极限的。看来，工作只能是生活的一部分，而生活似乎也只是生命的一部分。像我这样心情不愉快、不能适应环境变化的人大有人在。想明白了这一道理之后，我突然觉得不必像刚来时那样自卑了，看来我真的应该尝试着努力活下去。

潘护士长很讲究工作方法，心也很细。她好像从我不断地点头中看出了我的心理活动，只听她说：

“慢慢来，不着急。其实您比我有学问多了，我应该多向您学习才对。”

最后这句话她说得很客气，我却觉得很有分量。这是护士长在让我明白了一个基本道理之后，又漫不经心似的重重地击了我一掌，是让我用高一点的标准来要求自己。

“您好好休息，明天我再来看您。下班前，每个病房我都得去看看。”

站在旁边的护士小边一直没有讲话，这时才笑着对我说：

“我最爱听我们护士长开导患者了。”

护士长走后，我一直在想：和我谈话，千方百计开导我、启发我、给我信心和力量，这不应该是护士长工作范围内的事儿呀。难道医护人员真的这么重视一个人的生命吗？我的康复和生存真的这么重要吗？我终于开始怀疑自己之前的行为了。

接下来那几天，几乎在同一时间，护士长都要来我的房间和我聊上二三十分钟，而且每一次谈话似乎都是在聊家常，都很轻松愉快，话题也很随意，并不那么严肃沉重，但对我的心情来说，每次谈话都会受到一次撞击和启迪。记得第五次谈话时，护士长很随意地告诉我：

“明天我就要去‘非典’一线了。”

“去一线？抗‘非典’？不去不行吗？”我很吃惊，这么好的一位护士长，万一被感染了怎么办？

“不能不去，我很想去，而且我也应该去。因为我学的就是对传染病患者的护理，都干这么多年了，工作起来很顺手，我也很喜欢这个工作。我早就报名了，这批总算把我安排上了。”

原来，在她们这些医护人员眼中，抗“非典”好像是一件多么难得、多么大的好事儿一样，当时的我实在有点不理解。我很难过地望着护士长，也很想说“那您一定要小心防护，我等您平安回来”。可是忽然间，我又觉得对这样一位坚强的护士长来说，这话太无关紧要了，我张了张嘴终于没能说出口。可是，她好像已经看出了我的心思，反倒轻松地安慰我说：

“没关系的，人自身都有很强的免疫力。你看我在传染科这么多年了，身体不是好好的嘛！”

顿时，我又由一个安慰者变成了一个被安慰者，不禁深切地感到了自己的脆弱和不健康。

其实，我本来不是这样脆弱的人。几十年来，我经受过那么多的艰难困苦，从未退缩过。那么现在的我到底是怎么了？怎么会变成这个样子？……

护士长的几次谈话使我清醒了好多，使我开始认真的反思。我好像又看到自己几十年来、尤其是前些年那一往无前的奋斗精神，那个似乎永远也不知道疲倦的优秀记者形象。想到这，又使我对自己的人生有了一种光荣感，有了一点好好活着的勇气和力量。

护士长在我脸上似乎也看到了一点希望，或者说是对我终于有了一些信心，她拍拍我的肩头说：

“以后您多和主治医生聊聊，除了药物治疗外，她可以从心理学角度多给您一些指导。您现在已经能自己行动了，也可以请主治医生帮您联系到心理科做些治疗。”

护士长走了之后，护士小张、小王、小樊等人每逢值班空闲时总要来和我聊上几句，我们之间似乎已经很熟悉，也令我感到很亲切了。她们的言谈和话语对我潜移默化地产生了很大影响，不断地冲撞着我的心灵。我的精神在这些撞击中一点一点地清醒过来，我似乎终于又找回了我自己，又多多少少看清了一个人应该怎样活着，或者说起码又愿意思考这个问题了。虽然心慌、颤抖、血压不稳等不舒服的感觉还不断地袭击着我，因为不愿意再遭受病痛的折磨而时不时地还会浮出轻生的念头，但比刚入院时已经好了许多。

我把护士长的话和我本人愿意配合治疗的想法告诉了主治医生，主治医生听了十分高兴。她说：

“太好了，科主任昨天查房之后还和我们一起研究你的问题，认为这些天来的治疗在你的身上已经见效，你比刚入院的时候好多了。我们准备安排请有关科室给你做些会诊和必要的检查、化验，同时让你进行心理治疗。你是有知识的人，我们估计你会很好地配合，因此如果没有大的器质性病变，你会很快康复的。现在你的想法已经和我们合拍了，这真是太好了！”

主治医生说着还把两手握在一起举到胸前，那种为我高兴的样子，至今我还记得很清楚。

从那天起，我开始了各项检查、会诊和心理治疗。

（五）

接下来，几件令我费解的事情发生了。我不明白，为什么连主任和专家也都对我那么耐心和友好？

给我做会诊的几乎都是科室主任或专家，而且我可以足不出户，只在病房里等着就行。心内科主任早晨查完房马上就过来了，人很和气，对我的身体情况问得也很仔细。内分泌科主任一周内接连来了三次。还有妇科、中医科，也都是专家前来会诊。有一天，妇科主任比预约的时间晚到了仅半个小时，可是一进屋她就抱歉地说道：

“对不起，为一位刚入院的产妇做检查。您等着急了吧？”

“没有，没有，反正我也没有别的事情可做，多等一会没关系。”我也真诚地回应道。

一连好几天，每次会诊一结束，主治医生就会立即过来告诉我：

“主任说了，你的体质不错，只是有点功能紊乱，需要调理。”

按照妇科主任的诊断，我的雌激素水平太低了，低得几乎测不到了，因此她认为我只要坚持每天服用四分之一片雌激素就会好起来。我照做了，那几天感觉真的很舒服。

接着，又服用了一周中医科大夫开的中草药，效果也是出乎意料的好。

而心理科主任则希望我去做心理治疗。

那是一天早饭后，护士通知我去做头、颈部核磁共振。我拿着护士给我的检查通知单慢悠悠地来到另一座大楼。我刚把单子递给登记室，就听里面有人说道：

“来了，那个患者来了。”只见一位医护人员推开检查室的门，一边喊着我的名字，一边指指旁边的鞋套说：

“请您穿好鞋套后进这间屋子。”

我按照她的要求把身上带有金属的东西统统取了下来，然后躺到一个检查台上，她怕我着凉，就问：

“要不要给您的腿脚盖上毯子？”

“不用了，谢谢！”

因为是第一次做核磁共振，听到那“轰轰”的声音后未免有点紧张，那位医护人员又和蔼地对我说：

“不要紧张，尽量放松自己。如果哪儿不舒服，等声音停下来时您可以稍微动一下。”

于是，我按照她的要求，尽量想一些轻松的事情。我想着乘坐飞机时，时而见到聚集起来的厚厚的云层，时而又有淡淡的云团飞过；时而蓝天碧野、海阔山高，时而又越过一望无际的层峦叠嶂、群峰峻岭……有一次去湖南，我坐在飞机上往下看时，禁不住为居住在大山深处的人们发起愁来：他们什么时候才能走出这深山老林呢？可是后来，当我走下飞机，置身大山深处的时候，我才真正体会到生活在群山峻岭中独有的乐趣。我又想：为什么一定要走出大山呢？我真傻。其实，环境对人有益处时，大山也是宝。可是如果环境不利，即使平原不也无异于山吗！那时，我才知道我原来也会有那么多幼稚的想法。于是，我又想到了小时候去姐姐家过暑假。姐姐家住在镜泊湖边的一个林场，几十里的路程既要坐车又要乘船，一路上看不尽美丽的湖光山色。尤其是湖那边接近原始森林的宽阔地带盛开着一片片红色、黄色、蓝色的小花儿，好多很大很大的花蝴蝶在鲜花上面飞来飞去，我和家住同一林场的两个同学追着蝴蝶一路奔跑向前，说说笑笑……

就这样，不知不觉中我竟进入半睡眠状态。半个多小时过去了，只听操作核磁共振的医护人员对我说：

“您配合得很好，很多人坚持不了这么长时间。”

我自己也奇怪，没想到我还会有这些美好的儿时记忆？难道我的病痛真的与心情、与情绪有关？我真的还可以自控？

每次检查和化验过后，不管多忙，主治医生都会及时把结果告诉我，并及时给我增减药量，叮嘱我注意事项。而且，每次总要多少占用点儿时间对我说一些关于心理治疗方面的知识和道理。当我得知从各项检查结果综合看，只是内分泌有问题，尚未发现大的器质性疾病时，我本来应该高兴起来，可是我却陷入了一种茫然的状态：我没有想到我会被我自己的情绪所打倒。

以前，我曾非常担心自己的身体会患上什么疾病，因为我身边没有亲人可以依靠。可是我万万没有想到，我会为精神问题而倒下，我几十年的坚强都哪去了？我还能再坚强起来吗？

经过心理科会诊后，多日来我对自己那种忽隐忽现的信心有了一点增强，也找到了一点科学依据。心理科主任不仅善解人意，而且每次与其交谈都能被她那轻松愉快的谈锋所感染。

也许因为要去妇科或中医科进行治疗必须得更换到其它病房的关系，或者还有别的什么原因，按照主治医生的要求和心理科的会诊，取消了妇科和中医科对我的治疗，我被留下来进行了一段较长时间的心理治疗。

后来我才知道，如果当时能够让我在妇科和中医科坚持进行治疗，把内分泌紊乱问题调整过来，或者再有个老家可以回去散散心，说不定会康复得更快一些，起码少受一些精神科药物的伤害。因为据说，只要一些更年期症状减轻或消失，我的心情就会好很多。但是，没办法，我不懂，既不能到处询问，也没有家人可以帮助我，我又不好意思拒绝心理科医生的好意，因而在治疗上走了很多弯路。

心理科治疗之初要进行心理问题测试，我对那几百道心理问题十分反感，没有心情一一作答，便推说自己没戴花镜看不见。不料，治疗师很耐心，非要一条一条地念给我听，等她念完了，我只要在“轻”或“重”等四个类别里选择一个即可。无奈，我只好照办。

后来治疗师刚一念出大概意思，我就回答说“严重”。再后来，不等治疗师念，我瞥一眼知道基本意思后就选择“最严重”作答案。结果，我的心理问题打分为“最严重”。

第二天，心理科主任和我作了认真的谈话。她说：

“按测试结果来说，你的心理问题打分最高。但是，这并不意味着你的心理问题不能解决。昨天，我已经详细调阅了你的病案，并与你的主治医生进行了沟通。认为你患的是‘混合型焦虑抑郁症’。由于你既没有既往病史，又没有比较重的器质性病变，只是心理障碍较重，又是有诱因的，因此完全可以治愈。个别人如果症状始终难以消退，也可以终生用药物维持，这方面的药物毒副作用不大，只是对记忆力有轻微的影响。”

心理科主任首先给我吃了一颗定心丸，接着她又让我讲述了自己的大致情况，说道：

“一来您的工作压力那么大，二来对您的知识分子政策待遇不公平又使您感到郁闷，三是工作环境不好您却总是逆来顺受。这么多的压力一重又一重的全都压在您的心上，这么多年来您从不找人倾诉，也不向外发泄，而是不停地忍让、不断地退缩，结果早已超过了您的心理承受极限，您说能不得病吗。”接着，她给我讲了人的自主神经和不自主神经等关于心理学方面的知识，使我感到很新鲜，那是一个我十分陌生的领域，当时我有一种如梦初醒的感觉。

这事儿直到我快出院时，心理科主任才给我解释说：“其实，当时您只要打一针安定就没事了。”可是接着她却又说：“当时你对自己一点信心都没有，在那种情况下，必须先给你一个‘精神支撑’。”

我本想问她“如果打安定就能好，那为什么没给我打？”可是，这话好像是在责备她，何况经过心理治疗又取得了效果，所以话到嘴边我却没好意思说出口。何况这个“精神支撑”也很重要，它在很大程度上支撑着我主动寻求治疗办法，或者说做到了积极配合医生的治疗。

“我这种情况算作神经病还是精神病？”这是我刚入院时的一个心结，我很想弄弄明白。

心理科主任好像很了解我的意思，她从医学角度和民间说法这两个方面原则地回答了我的提问，然后说：

“我们常把类似你的这种情况叫作‘心理障碍’或者‘精神感冒’。”

接着她又向我说明了她给我制定的“心理问题治疗方案”，主要是一日三次服药、两次“放松疗法”，每周两次心理问题谈话。

她的说法，让我觉得入情入理，因此浑身轻松了许多。

但是在做“放松疗法”时，我发现我前边的那位患者没戴口罩，未免担心室内空气被污染了，便向治疗师提了出来。可是过了一天我发现那位患者还是没戴口罩，而我又和她用同一套治疗设备，因此疑心大增，便找到心理科主任说明了自己的想法。我直言不讳地对她说：

“我希望治疗设备和过程都能像主任的谈话一样是一流的，否则反倒会增加患者的心理负担，因此我不想再做下去了。”

科主任很感谢我能给她提意见，高兴地对我说：

“太好了，这说明你对你自己和对我们的治疗工作都很关心，是一个有责任心的人。但是你不要放弃治疗，明天你再来，看看我们的工作是否有改进？”

当我如约再去时，我发现：她们不仅为我单独准备了一套头部用的治疗器具，并当着我的面对房间和器具进行了消毒。当时正值“非典”扩散时期，心理科患者很少，如果遇上我前面的患者不愿意戴口罩进行治疗，这时治疗师就会把治疗设备搬到另一个房间给我治疗。这使我很受感动，而且由于减轻了心理负担，治疗效果也随之提高。

可是科主任反倒谦虚地对我说：

“医生不太了解患者的心理，这是心理科的大忌，谢谢你帮助我们改进了工作。”

后来我发现，去心理科治疗每次都得路过“发烧门诊”，未免有点打蹙。心理科主任得知后，就叫治疗师带着我走地下通道，这样就可以避开“发烧门诊”了。虽然这条路比较长，要绕过两座楼的地下，但是我觉得这样很安全，心情不紧张，因此才使心理治疗的积极性得以保持。

心理科主任本是一位心理学博士，但她却口口声声地称我为“老师”，而且她的两位治疗师也都这样称呼我，我几次想纠正过来她都不同意，这使我感到有些汗颜。可是她却说：“我们了解您，无论资历还是人品，您都是我们的老师。”

我的住院，以及住院后所发生的这一连串的事情，不能不引起我的思索：我的情况她们究竟是怎么知道的？他们为什么对我这么好，为什么对我的治疗安排得这么周到？因为如果没有一个好的治疗环境，我就很难树立信心、坚持治疗。因此我觉得似乎有人自始至终在进行周密的安排和指挥，可这个人是谁呢？又为了什么？尤其是到医院进行这么多的检查和会诊，若在以往，不知要多少次地起大早去医院排队、挂号、预约、再挂号、再就诊等等，最后还不一定能够解决问题。

这个谜底我不知问过多少人，但是一直没有解开。

更令我惊奇的是，一天傍晚，有人通过护士台转交给我一部手机，以及两块电池和充电器，没有任何说明，只留下一张纸条，上面写着这部手机的电话号码和“祝您早日康复”字样。

此后，几乎每天都有人往这部手机上面发短信，起初我不以为然，以为有人在与机主联系。

一连两天都是这样，于是我禁不住好奇地看了一下，只见手机上已经储存了许多短信了。其中有几条的内容是这样的：

“你的事情只有我们两人知道，我们是你的朋友，所以请你千万不要有心理负担，一定要好好治疗，等你出院后再和你细聊。”

“你不应该悲观！因为你是靠自己的力量一步一步艰难地走过来的，又不像那些有靠山的人。因此你不可以再软弱，眼下这一关一定要渡过！让我们来帮助你。”

“即使哪个篮子的蛋出了问题，我们还有别的可以依靠，除非我们的篮子里装的是任何时候都摔不破的金蛋。那么最好为我们漫长的人生多准备几只篮子，把幸福分装几处。”

“我想要昙花永不凋谢，我想要冬天阳光灿烂，我想要流星永不消失，我更想要看短信的人永远开心。”

“一老农向往北京天安门久矣，但只在宣传画上见过。几年后终有缘一见，却大失所望：假货！怎么不发光呢！”

“删除昨天的烦恼，选择今天的快乐，设置明天的幸福，存储永远的爱心，取消世间的仇恨，粘贴美丽的心情。”

“早上好！送你一只香甜的粽子，以芬芳的祝福为叶，以宽厚的包容为米，再用友情的丝线缠绕。相信你一定能品尝出人生的美好和这五月五的春天。”

“我是棕叶你是米，一层一层裹住你，粽子里面多少米，代表我有多想你。祝你开心！”

……

所有短信息都没有署名，只有一个电话号码。我曾试图拨打这个电话，想知道对方是谁，为什么愿意帮助我，我甚至不相信世界上还会有这么好的人。可是这个号码不是关机，就是没有人接听。显然发信息的人不想和我对话，或者说目前还不想和我对话。这就更令我感到奇怪了。

（六）

潘护士长去了抗“非典”一线之后，护士中与我接触最多的就是护士小赵了。

她每天依旧至少来看我两次，每次时间都不长。后来由于与她熟悉了，我把这称作“蜻蜓点水”。但即使是‘蜻蜓点水’，我也很期盼。

护士这么有规律地来看望我，是护士长临走所作的安排，还是护士小赵有很强的责任感，或是出于她对我的同情和关心？我虽然一直没能从小赵口中得到明确的答案，但是那答案似乎已经不重要了，因为她就是这样一个人。

而我最珍惜的也正是她的真诚和友谊。我这样说虽然有点一厢情愿，可我并不难过，而且也永远都不会忘记。

因为那是在医护人员拯救了我，又唤醒了我的生存愿望之后，我主动寻找到的一种宝贵的东西，她给我积极配合治疗以很大的精神力量。虽然我至今都不知道护士小赵长的什么样。因为当时我所见到的医护人员除了两只眼睛外，其它地方都被大大的口罩和白色的防护服包裹着，如果除去口罩，见了面都难以辨认。好几次我想请护士小赵摘下口罩好让我记住她的相貌，但都没好意思开口。只有一次我忍不住问她：

“为什么你总是站得离我那么远？至少两米开外？”

她笑笑说：

“没有‘总是’啊，可能是习惯了吧。”接着她又解释道：

“你忘了我还给你拔过针，还修过床头铃了吗？”

“哦，对了……”我当然没有忘记。

记得，第一次对护士小赵留下印象，那是刚入院时，在一次输液之后该拔针了，我打铃呼叫护士，但是按键坏了，护士没有听到。我掀开被子举着瓶子下地去叫护士，护士小赵刚好路过门口，她问我：

“您要做什么？”接着又自言自语道，“啊，没液体了，不要着急，我来给你拔针。”

“我打铃叫护士了，可是，床头铃坏了？”我解释道。

拔下针后，她跟别的护士一样让我多按一会儿。然后她看了看床头铃说：

“可能是接触不好，一会儿我来给您修一下。”她的这些举动并没有给我留下特别的印象。可是她修理床头铃的举动却使我久久不能忘记。

记得当时她身边还站着一个个头儿稍高一点儿的小护士。高个儿护士碰了碰小赵，低声说着什么。小赵却毫无反应似地继续拆卸床头铃，似乎既没听见，也没看到。

凭我的敏感，我已经意识到高个儿护士一定是在好奇地询问小赵“她就是那个……？”当时不管小赵对此表示肯否，恐怕都会使我难堪，因为那说明人们背后都在议论我的事儿。但是我又想：对，我就是那个人，那又怎么样？愿意说你们就说去吧。可是小赵似乎很善解人意，偏偏一点声色都没有，好像什么事情都没发生一样，继续十分专注地转动着她手里的改锥。而且她还十分友好地对我说：

“马上就修好，这个铃特别容易短路，不好使您就随时叫我们。”

对此我十分感动。我想：这个护士真有修养，她懂得怎样尊重患者。于是我对她产生了好感，我喜欢和素质好的人交往，而且从她那双深邃善良的眼睛里，我似乎又重新找回了那个已经久违了的美好而又纯洁的世界。

从那以后，护士小赵几乎每天来看我都是站在距我两米开外的地方。而且我注意到了她的站姿，如果她可以多待上一会儿的话，那从她的站姿上就可以做出判断，她一定是一条腿站得很直，而另一条腿微微弯曲，因此上身略显闲适。如果她两腿都站得很直，说明她一定很忙，只能说上三两句话就得走。

此外，护士小赵总是一边和我说话，一边麻利地随手关上卫生间电灯和排气扇的开关，或者拉上桌子的抽屉。有一次我半开玩笑地问她：

“总爱给别人关灯，是不是你总是想着自己的职责呀？”

她不经意似的笑笑说：

“可能吧，”但是接着又说，“也不全是，我们每天都要进行成本核算的。”

“你们也有成本核算？”

“当然了，你是不是以为只有地方医院才核算成本呀？”她口气转而温和地反问我。看来我对军队太不了解了。

接着我又发现小赵不仅站得离我很远，而且医护人员中只有她每天都戴着医用手套。当时我还想：看来护士小赵很注意自身的防护啊。也对，她毕竟是两个孩子的妈妈呀，起码得对孩子负责。

没想到，我完全误解了她。

听一位护士说，就在护师小赵给我修床头铃那一天，中午查体温时发现一位70多岁的老先生发高烧，而且呼吸急促，症状很像“非典”疑似病人。于是，护士小赵与值班主治医生一起参加了对这位重患的抢救工作。

“救过来了吗？”我迫不及待地问道。

“没有。”

“那？”

我不禁担心起来，既担心护士小赵，也担心我自己。因为那位患者的病房与我的房间仅相隔两个房门。也就是那天下班之前，护士小赵没有到我的房间来。她不想让我知道这件事，怕我会因此加重心理负担。之后，这件事她也一直没有对我提起过。

但是，当天我就知道了这件事，真的更加担心起来，晚饭也没吃，觉得浑身哪都不舒服，不仅体温要比每天高，而且血压也越来越高。值班医生给我加了药，我服药后才慢慢睡去。

第二天，我照例不到5点钟就醒了，虽然药物还在起作用，有些迷迷糊糊的，但是感觉心里不像昨天那样慌乱了。于是我照例洗漱后开始在屋里散步，我不愿意乘电梯到户外去，因为电梯里人多。我从门走到窗户，又从窗户走到门，大约19步，我数过。

情绪好些了以后，每天我都能从5点多钟一直走到近7点，直到听见送餐护工喊一声“9号床打饭了！”我才停下脚步，顺手拿起早已洗好的饭碗开门打饭。

我不愿意排大队，因此每天都是最后一个打饭。护工小李对我很好，遇上我输液不方便打饭时，她总是帮我把饭打好。我想，等我康复出院时一定好好谢谢她。

我虽然是在室内散步，但是我想只要坚持下去，多少会增加一些体力的。

我像每天一样，一边走，一边想：再过两个多小时，护士小赵就来上班了。我一定要说自己还好，免得让她担心。

有时，我一边走，一边听着窗外的鸟叫声。这所医院离河边很近，河边的树林中经常栖息着各种鸟儿。天刚刚放亮，它们就迫不及待地亮起歌喉。遇上心情好时，我会驻足窗前，一边听一边学着鸟叫，从叫声中分辨着鸟的种类。

我觉得鸟的音域很窄，要学得准很不容易。就连喜鹊“鹊、鹊”的叫声我都学不准，但是我一看到喜鹊就高兴，好像它会给我带来喜讯一样。还有一种鸟叫，总是连叫四声，那声音很特别，我很想把它描绘出来却做不到，于是就把它翻译成“健康就好”、“健康就好”。我想，连鸟儿都告诉我“健康就好”，而且还都活蹦乱跳地寻找着属于它们自己的快乐，我有什么理由不好好活着呢？

于是，我就会继续坚持散步。

可是，这天早晨，我刚刚走了半个多小时，就又有点心慌腿软了。总是想象着前一天护士小赵抢救“疑似患者”的情景，而且怎么努力也挥之不去。

我担心会因为再次出现心慌而继续加药，于是就上床躺下了。可能是镇静药药效尚未完全消失，迷迷糊糊中我竟睡着了。

护工小李给我打饭进来时把我叫醒了，她说：“趁热吃吧，不然就凉了。”

我很感谢她的一番好意，但却没有胃口，就这样迷迷糊糊地躺着，生怕再心慌腿软手麻发抖。因为一出现这种感觉，我就会觉得活着太痛苦了，何况这个念头一直没有离开过我，只要病情稍有复发，它就会不自觉地闪现在心头。

就这样，我一直躺到快要上班的时候。7点半刚过，护士小赵就来了，隐隐约约中我听见了她的脚步声。

她先在我的门前探了一下头，问道："怎么没散步？知道我昨晚给你打电话了吗？"

其实，一听到她的脚步声我就醒了，但我没有起来，我想说不定小赵会以为我不舒服而多待上一会儿。

"怎么还没吃早点？不舒服？"她不等我回答就敏感地又问道。

我本想告诉她"我不舒服"，好留下她多说几句话。可是一听她说昨晚曾给我打过电话，我又觉得不能过于奢望了，于是翻身坐了起来：

"没有哇？你是打的手机吗？"我很奇怪，的确没有人叫我接听电话。

"你的手机关机，所以我打的护士台，护士说你睡下了，等你醒来再转告你。其实也没有什么事儿，只想告诉你我昨天走得急，没空来看你了，免得你着急。今早，我马上还要去院部开会，等有时间我再过来，你先去做治疗吧。"刚转过身去，她又探头回来命令似的说道："先把饭吃掉！"

就这样，我等了一早晨的关心和安慰转瞬即逝了。为了不触动我的敏感神经，护师小赵对昨天参加抢救的事儿只字未提。与每天一样若无其事，甚至也没有给我机会去弄弄明白，一切似乎都很正常。

而且此后，护师小赵这样"蜻蜓点水"似的看望也就多了起来。后来我才知道，因为她经常与病患接触，自己也不知道是否已经染上病毒或是否处于潜伏期。为了不再传染别人，因此才总是尽量与我们保持一定距离。但是不管怎样，她能够这样惦记着我，已经使我很开心。可惜当时我并不知道这些。

小赵走后，我满怀疑虑地勉强喝了两口稀饭，有气无力地来到心理科治疗。

"是不是不舒服？和我谈谈再治疗。"心理科主任对我一目了然。

我无力地坐在主任对面的沙发上，说："昨天非常不舒服，以前那些不好的感觉昨天又出现了。现在我也不敢回忆，一回忆还会令我不安。”

“不要回忆。”主任可能看到我在发抖，果断地说，“因为回忆会使大脑皮层重新兴奋，把信号通过中枢神经向下传递，这也叫‘暗示’，我们人类接受‘暗示’的能力是很强的，也是下意识的。我不知道您是怎样对付回忆的？”

“我努力不去想它，尽力去想一些令我愉快的事情。实在不行时我就想您是怎么跟我说的，尽可能用您那轻松活泼的形象和话语去抵抗不好的回忆，我把这叫作‘转移法’或‘嫁接法’。”

我以为心理科主任会赞许我的做法，不料她却说：

“你已经尽了自己的努力，不过这样做不行。在我们身上的伤疤未痊愈之前，你什么时候碰到它都会有疼痛感。对心理障碍问题的回忆就同触动这伤疤一样，在您的焦虑和抑郁症完全消退之前，对那种症状的感受和记忆不可能忘记，但是不能抗拒它。因为你越抗拒痛苦，就等于你特别看重痛苦，痛苦的力量反倒会越大。要淡化它，轻松地对待它，它也就不那么强烈了。比如您想：疼就疼一点呗，不就是一点伤疤嘛，都快要好了。这样想，您的疼痛感就会减弱。如果您能够再进一步想：我已经不是以前的那个我了，我通过治疗已经在好转。这样一想，痛苦可能就会进一步减轻。”

说到这里，主任停了下来，因为电话铃声响了。我以为她会像有些医生那样，接完电话之后问我“刚才说到哪了？”可是她并不是这样，而是充满信心地继续说道：

“您原来是把痛苦的记忆与您抗拒痛苦所产生的反作用，以及您在治疗之前心理上的弱势这三股力量拧到了一起。您想，这样的回忆对您的打击该有多大。反之，如果您能够把这伤疤的疼痛看淡一点，不去抗拒它，并对自己说：我已经快恢复健康了。这样一来回忆对您的打击就会小多了。这在心理学上就是‘大我’和‘小我’在进行自我辩论。当‘大我’说服了‘小我’时，您就会觉得轻松一些；否则‘小我’会继续与‘大我’争斗下去。这在心理治疗上也叫‘森田疗法’。”

接下来，她又给我讲了日本学者森田的故事。我听了之后觉得自己瞬间明白了许多道理和方法，如果“大我”不能战胜“小我”，总是把各种方面力量拧在一起，一加一再加一就可能大于三；反之，如果把拧在一起的各种反面力量分拆开来，三减一再减一就会小于一。我自己应该努力使那种经常复发的痛苦的感觉逐渐消退下去。

她没有让我回忆痛苦，却解决了我对这一痛苦的回忆问题。而且她对患者的治疗，自始至终都保持着十分清晰的思路，这使我对她的人格和说法产生了很强的信任感。尤其她说的“人不能太刚烈了，要多点儿韧性，多留点余地，佼佼者易折”。这些语重心长的话给我留下了深刻的印象。

做完治疗后从心理科回住院部，我沿着那长长的地下通道走去，心里轻松了许多。

通道里静悄悄的，许多粗粗的管道就铺设在通道的上边，间隔几米处就有一盏日光灯，半明不暗地照着前边的路。不断见到按时给各工作间和通道消毒的护工，还有匆匆走去的医务人员，她们都戴着口罩与我擦肩而过，谁也不讲话。

通道各出、入口和拐角处都有醒目的路标：住院处、实验楼、图书馆、ECT 室、核磁共振室、供应间、配餐间等。不过这一天我没有看到“太平间”字样，心里暗喜，觉得是个好兆头。

各出、入口都有戴口罩的警卫人员看守，他们几乎每天都能看到我身穿疗养服从这里出入，那种盯着我看的目光和神态起先似乎是疑问，不久转而换作同情，日子久了也就有些木然。今天，我反倒有点同情他们了：在这闷热的地下通道里，你们什么时候才能不戴口罩呢？

开电梯的小护工，仍旧带着口罩微笑着问我：

“还是去 7 层吗？”我对她点点头表示谢意。

这天上午，与心理科主任谈话后，又照例进行了“放松治疗”。回到病房时已经 11 点多了，送餐的护工小李正在给我打饭。我接过饭后朝护士台看了一眼，只有一名护士正在写着什么，那不是护士小赵。

“小赵哪去了？还没开完会？”我心里不由得掠过这个念头。

放下饭碗，我径直来到护士台，本想打听小赵的去向，可是又怕护士会问我有什么事儿。我犹豫着终于没有问，转了一圈又回到自己的房间。我觉得饿了，因此午饭吃得很快。

饭后，护士给我输液时仍然没有见到小赵。那时，已经到了医护人员午休的时间，看来上午小赵不会来了，我心里不免有些失望。

每天中午输液，我基本上都能睡上一觉，可是这天中午却怎么也睡不着。于是我想：干脆别睡了，不如坐在沙发上输液，沙发正对着门口，这样小赵路过时我就能看见她，我为我的这一想法感到高兴。

可是到了下午两点钟，医护人员都上班了，小赵还没有来。我想：再等等，反正还有一瓶液体没输完呢。

就这样，我的眼睛一直盯着门口，而且房门也没有关，谁路过这里我都能看见。可是第三瓶液体都输完了，仍然不见小赵的踪影。我不免有些疑惑不解，但是为了在晚上下班之前能够见到她，我想：不如抓紧时间先去进行下午的放松治疗。

不知不觉中，天完全阴了起来，好像有场暴风雨要来临的样子，我不由得加快了脚步。

当我做完治疗再回到房间时，早已雷声大作，黄豆大的雨点劈里啪啦地打在玻璃窗上。这时我才发现，不知是谁好心地帮我关上了窗户，使我塞在纱窗缝里用来挡蚊子的纸条都掉了出来。

我本想打开窗户把纸条再塞进去，可是接连三个蓝色的闪电在眼前闪过，紧接着一声声刺耳的霹雳就在身边炸裂了，吓得我竟然哆嗦起来。以前我是不怕打雷的，而且还有点儿喜欢暴风雨，好像暴风雨够能帮我抒发胸臆、荡涤污浊的工作环境一样。

不料这天我却被暴风雨吓到了。我本能地坐到了床上，看着雨水撞击对过楼顶后四处飞溅，又被狂风卷起，像一条条白色的雨龙在翻滚。原本已患精神感冒的我在医院高高的楼上看到这惊心动魄的景象，顿觉心情格外紧张。我本想拉上窗帘，不料房门又被一阵大风吹开，突如其来的冷气打在我的身上，我竟趔趔趄趄地感到十分寒冷。

糟糕，我想，这个时候可千万不能感冒，尤其不能发烧。如果发烧就可能被送到发烧门诊去，那里离“非典”可就近了。

我越这样想，就越觉得冷。我赶紧上床盖上了棉被，不一会儿就出了一身汗。想掀开被子，又觉得凉。尝试着下地关门，身上的热汗顿时变成了冷水，不由得又缩身回到了被子里。正在两难之际，护士小张过来帮我关上了房门。她听说我觉得冷，让我测一下体温，结果37.2度，我更紧张起来。可是护士小张却轻松地说：

“不要紧，多喝几杯热水，上几趟厕所就好了。”

我虽然按照她说的去做了，几次侧体温也都没超过37.2度，但是，我身上那种心慌腿软发抖的不好感觉又在冒头。我按照心理科主任讲的“自我辩论说”暗自告诉自己：

“没关系，不就是心慌一点嘛，这不过是整个治疗过程中的一点小反复而已。我已经经过了药物治疗，又有了心理支撑，而且最重要的是我正在向着‘好好活下去’的方向努力，这点儿反复很快就会过去的。”

我这样想着，心里果真稍微轻松了一点，体温和血压也不再往上冲了。

又过了一会儿，暴风雨终于停了。我拉开窗帘，打开窗户，一股清新的空气冲了进来，但我却觉得多少还是有点冷。

正在这时，护士小赵突然在门口探头对我说：

“刚才的雷雨没吓着你吧？天气不好，人的心情也往往不好，可是我在院部开会又不能回来，只好打电话让别的护士帮你关上了窗户。”

这话让我高兴，而最让我高兴的是小赵的确还在关心我。接着她又说道：“今天不能多和你聊了，因为下雨，我先生开车来接我，我得走了，明天再见。”

我看了一眼手表，已经快6点钟了，于是说：

“你快走吧，别让他等久了。”

小赵来了又走了，她没有踏进我的房间，而且我注意到：她也没有像以前那样动手开关我的房门，没有用手碰我房间里的任何东西。于是，我又担起心来：难道她参加抢救的人真的是“非典”患者？

我像往常那样，一边想着心事，一边从窗户到门、再从门到窗户来回踱步。每天这个时间门前很少有人经过，因为陪护人员大都在房间里给患者喂饭。

于是我又想起我刚清醒过来那几天，每天晚上都能听到隔壁房间传来一个女人唱歌的声音，唱的都是“文革”之前的那些老歌，有欢快的，也有感伤的。“让我们荡起双桨”、“红河谷”、“草原之夜”等等，都是我熟悉的歌曲。单从声音上判断，我觉得她起码是一位业余歌手，唱得深情而又动听。出于好奇，我曾几次向隔壁房间张望，发现患者好像是位男士，总是昂着头、直挺挺地躺在那里，有时能看见他的嘴在动着。唱歌的女人也总是坐在床头椅子上，单从穿戴上看像是一位农村妇女，无论什么时候她都戴着口罩，所以我无法判断她的年龄。

于是每逢听到这歌声我都非常感动。我一边踱步一边想象着：丈夫如此病重，妻子还能宽心地天天唱歌给他听，可见他们之间的感情一定非常深厚，可能也是当年的下乡“知青”吧？后来我才知道，原来那里的患者是一位比植物人略强一点的老太太，唱歌给她听的是陪护，多年在她家做女佣。老太太生有 4 个子女，可是我只见过她的大女儿一次，那是在一个礼拜天，她来病房坐了不到 10 分钟。

再里边房间的患者是一位刚刚入院的老太太。据说，她的女儿也是一位护士，老太太的褥疮已经烂得看得见骨头了，女儿也不来看一眼。老太太几次想找女儿来说句话，可是女儿一直推说没有时间。

我右边房间的患者也是一位老太太，这个房间经常传来一个女人很粗野的喊叫声：

“大妈，吃饭了！”

“大妈，吃！再吃一口！”

“大妈，喝奶！……往里吸！使劲儿吸、吸呀！”。

有时竟然还喊：

“拉屎啊，大妈！”

而且，还经常发出“嚎……唠唠唠唠！”好像喂猪似的那种叫嚷声。

这个声音不分早、午、晚，不断在这层楼四处回荡。起初我还以为经常喊叫的这个女人真孝顺，后来才知道她是以陪护为职业，以耐心为包装。知道了她的真实面目后，我不由得顿生反感。其它房间似乎也都很讨厌这个声音，一听到喊叫声就“咣！咣！”地关起自己的房门。

走廊顶头房间的患者还是一位老太太，她的两个女儿轮流陪护。经常能听到老太太痛苦的喊叫声，据护士讲“她见人就笑”。

走廊另一头的患者中有几位老先生，经常看到年轻的女陪护拉着他们的手乘电梯出去散步。有一天，一位老先生竟然在等电梯时悄悄摆脱陪护，拿着一张纸走到开水房去大便。我听到护士们在走廊里说：

“您怎么在这大便呢？您的陪护哪去了？走吧，我送您回房间。”接着，护士又去找来他的陪护，一边让她收拾粪便，一边耐心地叮嘱着什么。

（七）

这天晚上，我照例在房间里从窗户到门、再从门到窗户，一边来回踱步，一边哼唱着凤飞飞的《海鸥爱我》：

“穿过大海，吻着波涛，你把方向告诉我，我的心有了寄托，从此我就不寂寞。穿过大海，吻着波涛，每天你都来看我，海鸥呀因为有你，我的生活多快乐……”

这几句歌词我已经反复哼唱过上百次了，也不记得是否准确，可就是喜欢唱它，觉得它很能表达我当时的心情。那是一种很神圣、豪迈的情怀，似乎唱着它我就可以勇敢地走下去。

有一天，我突然觉得护士小赵不就像这首歌中所唱的“海鸥”吗，因为在住院那些日子里，小赵每天都能来看我。一想到她那双善良、深邃、泉水般的眼睛，想到还有人在关心我、鼓励我、帮助我，我就觉得又有了好好活着的勇气和力量。

有一天，我又对护士小赵提到了手机短信的事儿，并想拿给她看一看。可是她却马上说：

“我没洗手，你能念给我听吗？”

我很高兴地给她念了起来，她听得很认真，一点儿也不像应付我的样子。她一边听还一边笑着说：

“你看，多好呀，有这么多人关心你、惦记你，你一定要好好生活下去。”接着她又说：

“我还接到过三个电话，打电话的人只说是你的朋友，他们都很想了解你的康复情况。”

我没有问是谁打来的，我知道问了也没用，但我心里多少有点数了。他们这样关心我，肯定是我的朋友，我很感动，有朋友真好。

那天小赵走后，我一边散步、一边还在高兴地想着这事儿。不由自主地朝门口看了一眼，突然发现一个戴口罩的男士正站在我的门口向里面张望。起先我没去理睬，可是当我回转身又走到门口时，这个人竟然一只手摘口罩、另一只手伸过来要推门的样子。我突然发现他长得很丑，好像“非典”病人，不由得顿生反感。于是我不假思索地伸手把门“咯噔”一声锁上了。那人虽然离门而去，却再一次引起了我对“非典”的恐惧。我觉得心慌，“咯噔咯噔”地跳个不停；又觉得腿软，我立即躺到床上去不想再散步了。

晚上 8 点钟，护士小樊前来测体温和血压，发现我的体温又超过了 37 度，血压也升高不少。

“阿姨，你下午不是好好的吗？怎么这会儿又不舒服了呢？”小樊关心地问我。

当她知道了刚才发生的事情后，马上对我说：“阿姨，您别着急，我这就去给您叫医生。”

当夜值班医生正好是我的主治医生，不用多问她就能看透我的心情，也知道在什么时候该使用什么方法。她很快来到我的身边，一进门就直截了当地说道：

“治好了就是治好了，不会复发的，你放心好了。何况你现在用的药疗效还是很不错的，只不过在康复过程中可能会有点儿小的反复罢了。你想，什么病能一下子就彻底治愈了？！但是，对于心理障碍来说，一定要学会用心理疗法来配合药物治疗，才能尽快康复。我们人类求生的欲望还是很强烈的，在我们这个科室你是病情最轻的一个，其他人病情都很严重，可是她们还都努力配合治疗，希望能够生存下去。一个人不可能一帆风顺地度过一生，挫折和烦恼的事儿总会遇到，遇到了怎么办？要学会不断增强自己的心理抵抗能力。只有自身强大了，才能做到什么都不怕。”她略作思索后又说：

“科里的每个人都很关心你，科主任甚至说：如果能对你的康复有帮助，你边治疗边拿电脑在这里写作我们都不反对。”

接下来，她又给我例举了很多伟人、学者，讲述他们战胜各种困难的坚强毅力，并讲了“适者生存”的道理，还用我之前努力奋斗的精神来激励我。说：

“药物的作用总是有限的，一切都得靠你自己，只有你自己能够救你自己。”她看了我一眼又轻声说道：

“但是，你目前的代偿能力还比较低，难以承受较大的打击。今晚少加一点儿药，好好睡一觉，明天就会好起来。”

果然，第二天早起后精神好了一些，我照例进行一天的各项治疗。但是到了下午又有点发蔫儿，好像对自己信心不足似的。而且晚饭时，我右边房间又传来了“大妈，吃饭了……大妈，吃！再吃一口”的喊叫声。

我心里很烦，便“咣！”的一声关上房门，又上床躺下了。

我似睡非睡地一直躺到天渐渐黑了下来。就在这时，护士小赵突然推开门走了进来，而且我注意到她又开始帮我开灯、关卫生间的门，而且她也没再像前几天那样总是戴着手套。

“你怎么来了？”我奇怪地坐起来问道。

“怎么，你不欢迎我来？”

“当然不是，”我这样说着，但却高兴不起来，“你也值夜班？”

“我就不能值夜班了吗？”说到这，她见我一副无精打采的样子，就干脆直截了当地对我说：

“告诉你一个好消息，我们前几天抢救的那位患者不是“非典”病人，所以我到你这来就可以不用再担心了。”

这的确是个好消息，可是她没有想到我听到这个消息时竟流出了眼泪。我自己也不知道这消息对我来说究竟意味着什么，只知道我内心里对此已经期盼了很多天了。

我坐在床上，双手抱着膝盖，觉得自己如今竟是那样地无能、无力和无用。

“今晚儿我可不想‘蜻蜓点水’了，我现在已经把各病房的活都安排完了。而且，你看……”

我抬起头来看到她手里拿着一摞照片。原来那是她那双胞胎儿子的照片，小哥俩搂着肩膀拍照，那神态、那动作还有那模样真是太可爱了。看到这照片，我似乎明白了小赵的眼神为什么始终都是那么的深邃而又善良。不仅如此，小赵还特意给自己或者说是为我安排了一个夜班，好弥补这些天来对我探视不多所留给我的空白。而这正是我所盼望的，于是我的眼泪竟止不住了。

她似乎已有心理准备似的，毫不奇怪地帮我拿纸擦眼泪，然后又给我倒了一杯热水，自己却依然严守护理部规矩站在我的床前不肯坐下。

我一边擦拭眼泪，一边向她诉说我是怎样从一个小镇考进城里读高中、怎样下乡当“知青”、怎样考取大学、怎样从事新闻工作，以及这些年来如何先进、如何正直、如何一个人艰苦奋斗的大概经历，并诉说了关于我如何评上高级记者后政策不落实、待遇不公，以及所受到的种种委屈和磨难。总之，我想尽量向她说明两个问题，一个就是我原来并不是现在像这样的脆弱和无用的，另一个就是希望她以后不要像我这样只知道傻干，适可而止就行了。

小赵默默地听着，一直没有说话，深邃的目光总是含着微笑。中间，她跑出去两次，因为有护士喊她。

这一晚，我们虽然谈了好多话题，对一些方面情况都加深了了解。但是，依然是我说得多，她说得少。我知道，她在给我时间让我倾诉，让我放松，她在努力使我明白：这个世界上除了“非典”，还有关爱和友谊，而关爱和友谊不是我们一生都在努力追求的吗？

“你看过托尔斯泰的《安娜·卡列尼娜》吗？”我说完了自己的情况后向她提出了这样一个问题。

“看过。”她不知道我要问什么，因此没有往下说。

“你还记得托尔斯泰描写安娜临终前准备去撞火车时坐在马车上沿途所见所闻吗？”

“记得……”她还要说什么，我却把话接了过来：

“以前我看这部小说的时候，总觉得这段描写那么生动感人，很多文学评论家也都对此发过很多感慨，说什么‘死得壮烈’、‘死得从容’。可是，现在我才觉得这段描写那么虚假，起码说明作者对一个已经对生活绝望了的人的心情并不了解。”

说到这，我抬头看了她一眼，想知道她对这个话题是否感兴趣。可是，我看不出来，因为我只能看到她的两只眼睛，而她的两只眼睛又总是微微笑着的。于是我只好当作她愿意听我的议论继续说下去：

“其实，一个精神崩溃了的人是没有心情再去观看周围的世界、再去细细体会人生的变故的。我还记得我心情最坏时，对我曾经是那么珍视的工作、那么爱惜的家里环境，竟然都毫无感觉地放弃了。我不再关心单位的事情，穿着鞋在家里的木地板上走来走去。衣服掉在地上也不再捡起来，什么名呀利的全都抛在了脑后。我勉强锁上家门，跌跌撞撞地向前走去。身边有什么，迎面走来的又是谁，我根本就没有看见。”

我对她说这些的目的只是想说明：人一旦精神崩溃了，许多明摆着的道理他也不再去想，更很难想明白。当然并不是道理本身不好懂，而是他不想去弄懂，因为在他看来，一切都无足轻重了。

这时，我看见小赵很赞成似的点着头，可是我仍然没有等她说话就又说了起来：

“你知道，一个曾经绝望、失去自控能力的人，一旦苏醒过来，是多么的渴望友谊和帮助。你可能想不到我为什么天天哼唱《海鸥爱我》吧？因为这支歌能带给我力量。我想象着：我就像那大海边上的一个孤独的旅行者，而你就像那只高高飞翔的海鸥……”

“我有那么好吗？”这次是小赵没等我说完就接了过去。

“起码在我心里是这样。”我不知该怎样回答她，但决不想恭维她，此时我只想说出我的心里话。

就这样，我和小赵东一句、西一句地说着一直没有时间说的话。又一起看了一遍发在我手机上的短信息，只见后来又多了这样几条：

“该‘通风’的不只是空气。”

“有人说‘等非典过去，我他妈的天天下饭馆，想咳嗽就咳嗽，想打喷嚏就打喷嚏，谁也管不着’。”

“缘的流星对你说：爱＋爱＝非常的爱，爱－爱＝爱的起点，爱×爱＝无限的爱，爱÷爱＝唯一的爱。我们要你得到所有的爱。”

“日出东海落西山，愁也一天，喜也一天。遇事不钻牛角尖，人也舒心，心也舒坦。常与知己聊聊天，古也谈谈，今也谈谈，不是神仙，胜似神仙。”

“忙碌中别忘了给心灵一点空间，让快乐与平静自然滋长；随时给生命来个深呼吸，会发现美好无处不在，快乐随手可得。”

“我们都很惦记你，每天都在关注你，但又不能去看你，希望你能早日告诉我们好消息。”

“朋友，不一定合情合理，但一定要知心；不一定形影不离，但一定要心心相惜；不一定锦上添花，但一定要雪中送炭；不一定常常联系，但一定要放在心上。”

“祝你今天开怀地笑、甜蜜地睡、天真地发呆、放心地酒醉！”

“芸芸众生，失意与烦扰皆是在苛求得到时萌生。做一个施人以爱、赐人以福的人，精神便愉悦舒畅了。于是佛说：‘爱出者爱返，福往者福来。’”

……

于是我们又说起了关于友谊的话题，我说我的朋友对我确实都很好，但是在这样的非常时期，我不能给朋友添乱。我说我的确有许多朋友，多数都比我小，最小的一个比我小15岁。

“不对，应该是小24岁。”小赵不希望我再说感伤的话题，很快就把我的话接了过去，因为她比我小24岁。我明白她的好意，也很感动，我相信这是她的心里话，因此我由衷地说了一声：

“谢谢你能这么想。”接着我又问道：

“闹‘非典’，对你们的影响太大了。你没想过要转业改改行吗？”

“没想过。”她回答得很干脆，“不就是一个病毒吗，染上‘非典’大不了一死，何况也不一定就能染上，日子总得一天一天过，干吗每天总是愁云惨雾的。再说，我干护理工作都快十五年了，我很热爱我的工作，我觉得能亲手帮助患者解除痛苦是件挺温暖的事情。尽管有时候看到有患者病故时我也哭，有时候我们护士说我哭得比死者的亲属还痛苦。”

“如果你继续从事医疗工作的话，你没想过应该主张‘安乐死’吗？人没有选择生的权利，还是应该有权利选择死吧？！否则，像那些没有多大希望医治好的重患，看着他们这样活着不是太痛苦了吗？”

“我可不这么认为。我认为人不能光从自己这个角度想问题，还要为他们的亲人想一想。我每天不管工作多累，一回到家里见到我的两个儿子一边跑过来、一边喊着‘妈妈回来了，妈妈回来了’，我就感觉不到疲劳了。”接着，她给我讲了关于她外公的故事，末了她说：

“只要我们知道他还活在这个世界上，我们的心里就踏实。”

于是我们又聊到了心理治疗与生理治疗的问题。在这方面我们有共同的认识，都认为心理治疗与生理治疗同等重要，尤其是应该重视年轻人的心理健康问题，医院应该帮助他们提高生活质量，从而提高社会生活水平。至于心理与生理二者之间的辩证关系，我们并没有多想，也许因为我对此还不熟悉、不知道该怎么说吧。

小赵走了之后，我觉得很多想说的话终于都说出去了，心里痛快了许多。也许是因为过于兴奋的关系，夜很深了，我还没有睡着。不一会儿，门开了，我睁开眼睛，看见小赵走了进来，她给我拉了拉被单儿，说：

“我来看看你，睡吧，好好睡一觉。”

（八）

后来，我的病情有了很大的好转。虽然说自从有了轻生的念头之后，身心一有不舒服就会不由自主地想到“与其活受罪不如……”，但是，在医护人员和朋友们的关心、帮助和感召下，好好活下去的愿望已经明显增强。

记得出院那天，医生和护士都来到我的房间，对我千叮咛、万嘱咐地说了好多话，令我十分感动。我由衷地说道：

“真没想到我对这所医院会恋恋不舍。”其实，“非典”二字在她们每个人的心中都沉甸甸的，但是我看到的却只有一双双美丽的眼睛、一颗颗善良的心。这时我才明白：“非典”留给人们、尤其留给医护人员的回忆就是要珍惜健康、珍爱生命。

当我走到门口时，护士小赵跑了过来，深邃的眼神依然微笑着。她说：

“我代表大家来送你。”

我和她几步就来到了电梯间，我说：

“真的谢谢你了，握个手吧。”

她把手伸过来，我轻轻地握着。接着她用力握了一下后随即松开手，拍着我的肩头说道：

“记住，回去后一定要按时服药。”

那语气、那动作，俨然我俩的年龄颠倒了过来，好像她年长我许多似的。我感到温暖，像一个聆听教导的孩子似的连连点头答应着。

电梯来了，我一边上电梯，一边听她说道：

“因为医院暂时还不允许探视，所以你的朋友只能在楼下边接你。见到他们以后，你想知道的事情就会都知道了。”

我听了以后先是一愣：小赵对我保守了这么长时间的秘密，原来她早就什么都已经知道了。我的心里顿生愧疚之感。

我想再看一眼小赵，把她对我的关爱永远记在心里。更想看清楚小赵内心里是否真的会保存着对我的友谊。可是，电梯关门了，我心里只留下了她那深邃、总是微笑着的眼神。

我孤独地站在电梯上，好像周围什么都不存在了一样。电梯工同情地看了我一眼，说：

“您出院了？”

我似是而非地点了点头，我出院了吗？我康复了吗？我有信心了吗？我能独立勇敢地站起来、走下去了吗？我说不清楚，也不知道。

此时，我的心里一直在想：小赵给我的友谊是否会因此而结束？因为那是在我最痛苦的一段岁月里给了我力量的最可珍惜的东西，不管它有多少，我都衷心地希望它永存。想到这，我突然感到还是不要再去探寻究竟了，模糊一点、朦胧一点未尝不好，这样也许可以让希望永存。否则，如果看得太通透、一览无余了，可能也就什么都没有了。

难道小赵只是我渴望的友谊和爱心的化身？

我提着原本不属于我、只在住院期间使用了一段时间的衣物，茫然若失地走下电梯，走出院部大楼，踟蹰不前地挪动着脚步。

我不知道我将面临的是什么，我又将走进一个什么样的环境。在经历了这样一段痛苦的日子后，我能适应吗？

突然，我睁大了眼睛。眼前果然站着我们机关医务室的郝医生，这在我的意料之中，因为她也是我的朋友。但是，在她旁边站着的那位秀丽的女士，好像是我大学的好友阿娟，这我可没有想到。第三位好像一位男士，我怎么也认不出他是谁。

三个人都同时认出了我。阿娟先是愣了一下，可能是被我的孱弱、憔悴吓着了。

“哦，你们怎么来了？”

“太好了，终于出院了。”

这两句话几乎是双方同时说出口的，因此谁都没来得及回答。

“来，还是让我先来介绍一下。”郝医生说着，把手指向了阿娟，“这位你该认识吧，你的好朋友。这位呢？也是你的好朋友，他见过你多次了，可是你却不认识他。他叫叶林，是这所医院的医务处处长，也是……”郝医生还要说下去，可是被叶林打断了：

“够了，是朋友就足够了。走，咱们先上车。”叶林的话音刚落，一辆小轿车就停在了我们面前。司机是位军人，麻利地下车先向我敬了个军礼，然后为我打开车门等我上车。

我木然又略带惊奇的几乎是被人扶着上了车。

叶林没有上车，他嘱咐了司机几句后对我说：

“大姐，我今天还要陪同院领导检察院里的预防‘非典’情况，不能前去送您了，但我会抽空去看望您的。请您务必多保重！”

叶林上中等个儿，穿戴着医务工作者的白色隔离服和大大的口罩，看不出胖瘦和模样，眼睛虽然不大，但却炯炯有神，说话干脆，动作敏捷利落，很有军人风度。

“非常感谢您。”此时，我除了说感谢外，还能说什么呢！

小车快速行驶着，驶出人迹寥寥的医院，又驶向宽阔的街道。大街怎么显得这么宽呢，哦，可能是因为闹“非典”人车都明显减少的缘故。小车很快穿越两条横街，一直驶向阿娟的家。

车上阿娟不断地笑着看我，很想和我说话，可是又必须得给司机指路。郝医生则语气深沉地对我说：

“医院的账我都结了，你什么都不用担心。你现在的任务就是好好休息，按时用药，有什么问题直接找我，或者直接找叶林也行。我们认识多年了，这个人很好，对人热情诚恳。咱们单位有事儿我经常求他，只要能办的他都尽力而为、认真去办。现在咱们大家都是朋友了，所以你千万不要客气。其它的事儿，一会儿咱们到家再说。”

“还是直接送我回家吧。”

我坚持着，明知道我当时那种状态一个人独处恐怕不行。可是，我从来不愿意轻易求人或者给别人添麻烦，在这种状况下去麻烦阿娟，违反我的做人原则。何况我也知道，阿娟与我差不多，也是一个工作狂，手里的工作多得做不完，我怎么忍心去给她添乱呢？

“这怎么能说是添乱呢！”阿娟争辩道，“平时请你都请不去，你就给我们点儿机会吧。现在我知道得都晚了，还没怪你呢，幸亏郝医生找到我。如果在关键时候朋友不能尽力，还算什么朋友？再说我心里也会难过的。”

阿娟性格开朗热情，虽然只小我五六岁，可是看起来好像小我十几岁的样子。她是一所大学的教授，又是学科带头人，不仅工作成绩显赫，而且家庭也不错，儿子在国外读书，丈夫现在已晋升高官，正在国外，据说还要过一两个月才回来，家里有保姆。所以她说：

“你在我家可以安心地住着，否则我就陪你上你家去住。不管怎么说，这段时间我都不能离开你。再说，我现在已经不像以前那么忙了，每天只在家里写写书稿，说不定你还能帮我一把呢。”

我像一个无家可归、饥寒交迫的流浪儿一样，得到这突如其来的看护和照顾，一时真不知道该说什么才好，只好从命了。

阿娟家住房宽敞，上下两层，她领着我们看了一下已经给我安排好的房间后，对郝医生说：

“你看住这还行吧？这样你也就放心了。尽管把她交给我，我会经常和你保持联系的。”

阿娟的盛情我是无法抗拒的。她先让保姆去厨房做饭，然后带我们到客厅里坐下，就我最关心的问题由郝医生告诉了我。郝医生先对我做了肯定，她说：

“幸好你还知道找医生寻求治疗，这就对了。有知识和没知识的人就是不一样……”

接下来，涉及郝医生的事情，郝医生讲述的就简单了。大致经过是：

郝医生送来了换洗内衣及住院用的物品，还有一部手机以及手机上的短信息。

从郝医生的讲述里我还得知：

叶林几乎天天来科室探视，经常与郝医生通电话商量治疗等方面的事情，并把我当作自己的姐姐一样。而且按照郝医生的要求，一定要安排我单住一个房间，安排多科室专家为我会诊，尽量给我创造良好的治疗环境。郝医生知道我喜欢清洁，特意叮嘱说“这一点很重要”。

而且，为了不再给我增加心理负担，郝医生与叶林商量后决定暂时为我保守秘密。

后来，两人对我出院后的康复问题感到为难了，他俩家里的条件都有限，“非典”期间又不能送我回已经没有父母的老家，于是郝医生千方百计地找到了阿娟。

郝医生平静地对我说：

“当时，也就是觉得多一个人多一条路，再说平时也常听你讲阿娟的事儿，心里早有好印象，于是我终于找到了阿娟的电话。没想到，阿娟刚一听说你住院就坐不住了，这两天天天来找我，要我想办法让她来医院探视，又问我她还能帮着做什么，并主动提出来出院后由她来照顾你。这时我们才说出了我和叶林面临的难题……”

听着郝医生的讲述，我不由得闭上了眼睛。我不敢面对我走过的这段路，我不敢回忆那情景、那心态、那选择。记得我当时煞费苦心地决定寻求治疗，也是不想让同楼居住的同事们为我不安……

我还想起了我在极度的不安和颤抖中，歪歪扭扭地给侄子写了一封没有寄出的“信”，嘱咐他千万要吸取我的教训，做人不能太认真、太拼命了。我对他说：

“现在，我感到从未有过的孤独和无助。这时我才明白，我的信心原来失于这里：我孤独一生，没有组织家庭，没有孝敬父母，一辈子都为工作拼命。像我这样一个只知道从工作中寻找成就感的人，当工作欺骗了我，当应该归属我的政策待遇不给落实、面临退休的时候，真正的孤独到来了，精神支柱垮了，我站不起来了。一个 24 小时都在思考工作的人，退休了，没有工作需要思考了，真的患上了恐慌症。现在我才明白，工作这个支柱原来这么虚弱，原来人的精神支柱这么重要。我忘了，工作应该、也只能是生活的一部分，永远不可能是生活的全部。否则，当我这辈子都不需要再工作的时候，当我上无老、下无小、没有任何牵挂和惦记的时候，也就是当我完全可以无忧无虑地为自己活着的时候，我觉得活着没有意思了……你可千万不要像我这样：把工作和生活的位置弄颠倒了，一辈子都在工作里寻找生活和快乐。”

回想这一切，我多么希望这是一场噩梦啊，连同“非典”，都应该是一场噩梦！

让这场噩梦快一点儿、再快一点儿过去吧！

我多么想尽快忘记这段难忘的日子。

为此，我出院之后总想早点宴请帮助过我的医生、护士和朋友，以示谢意。还好，他们很给我面子，都高高兴兴地答应了。叶林、主治医生、心理科主任、我们的郝医生、阿娟……都来了。看到我又有说有笑的，大家都开心得不得了。只是护士长没有来，那天她又遇有临时抢救任务。而护士小赵虽然一再婉拒，但最后总算抽时间赶来了。

之后，他们也一直都很关心我，经常给我打电话。只是那几位医护人员，虽然她们还都很热情地接听我的电话，但是除了问候之外似乎没有更多的话要说。

面对着桌子上的电话，我几次拿起又放下。我不敢拨动那几个早就熟记在心的电话号码，我不愿意只是听到那几句客气的问候声。起初我还在心里责怪她们的冷漠，可是后来听说随着“非典”疫情的减缓，住院患者越来越多，因而医护人员也就越来越忙了。

于是我又渐渐醒悟到：疫情虽然在减退，但是医护人员的警觉和斗志并没有消退。她们的热情正不断地从一批患者转移到另一批患者身上，他们的爱心也在其他患者身上继续发挥着特殊的作用，继续温暖着生命、铸造着健康的躯体和灵魂。

2003年6月28日—7月15日

第三部分　小小说

和　平　鸽

“和平鸽”在办公室里“飞”来“飞”去。

“李主任，抽烟！”

“王主任，来一支！”

“老张，接着！”

“……”

“哦……”

“哦！谢谢。”人们笑呵呵地纷纷伸手去接。

“前门”牌香烟，每人一支，“和平鸽”已经扔习惯了，所以十分准确。

“客气什么，你们都是我的老师和领导。”“和平鸽”婉转地鸣唱着，把似是而非的赞语送到人们的心头。

“和平鸽”本名袁元，个头不高不矮，总是睁着笑眯眯的眼睛，张着欲言又止的嘴巴，在领导面前围前围后地转悠，努力去讨人们喜欢。而且从不顶撞别人，尤其不顶撞领导，因此而被新来的女大学生们称为“和平鸽”。加上他口袋里随时都有的香烟，总能让周围的人们对他露出笑脸。何况那个年代，可不是谁都能抽得起“大前门”的哦。

“你怎么把这些都删掉了？”临桌小徐看完袁元他俩合作采写的批评报道后问袁元。

“不删掉主任能通过吗？”

“可是删掉这些，这篇批评报道就没劲儿了。”比袁元大几岁的小徐看袁元年龄不大就这么圆滑，不解地问道。

“光‘有劲儿’，不能发有啥用？”

小徐当时还有点看不起他，心想：怎么能连争取都不争取呢？只不过比自己早到这家报社半年，又是工农兵学员，咋就这么自以为是。

小袁似乎也看透了小徐的心思，笑而不语，那意思是“等着瞧”。

第二天，李主任就在这篇批评稿上签了字。当时李主任还拿着稿子来对小袁说：

“火候掌握得不错，太激烈了可不行。”

小袁听后看了小徐一眼，似乎早有准备地赶紧站起来递烟。

李主任接过香烟，顺势坐在小袁的对面。说：

“小袁，你说说，咱部们的工作还有些什么问题？明后天总编辑可能要开个会，征求你们大学生对各部门的意见。”

“我看挺好的，主任领导得好，还有组长领导得也好。哦……”说着他环视了一眼在座的其他人，又说道：“组员也都不错。”

“那你自己哪？”小徐顶了他一句。

“我和大伙一样，嘿、嘿……”

“哈、哈、哈！小袁说得真好。”办公室里的人都笑了起来。

又过了几天，新来的女大学生小邓问小袁：

“听说你爸爸在运输局当书记，我妹妹大学刚毕业，学的也是他们那个专业的，去别的单位专业不对口，你给问问他们局里要不要人呗？”

“嗯，你的事儿还有不行的？”因为小邓长得十分乖巧，小袁对她挺动心。但无奈自己有家室，所以只能在心里盘算她，表面上经常对她嬉皮笑脸的。

“跟你说真格的呢。”小邓用报纸捅了一下小袁的头，露出柔情的笑容。

小袁笑而不答，低下头在一张小纸条上写了几个字，然后把纸条叼在嘴角，笑眯眯地、慢条斯理地看着小邓说：

“我回去问问吧。不过，听说他们单位也超编，但是如果有门子的话也能进去。上边给谁他们都要，也不管专业对不对口。”这话听着挺顺耳，可是仔细一琢磨，小邓要是有门子还能来求他吗？不愧是“和平鸽”，不仅圆滑，反应也真快，只用一个软钉子就把门儿给封死了。

小邓一时还没醒过味儿来，“谢”字刚要出口，小袁就走到她身边把叼着的字条放在她面前的桌子上。

小邓拿起来看了一眼，脸红红的站起来用手里的报纸使劲儿打了一下小袁的肩膀，说：“真讨厌……”

这时小徐凑过去看了一眼那张字条，只见上面写着“等男宠”三个字。谁都知道他俩经常打情骂俏，小袁字条上写的也是他心里虽有、但却说不出口的话。

这时只见小袁一边缩着被小邓打的肩膀，一边继续嬉皮笑脸地冲着小邓说：

“我也没写错呀，你不是叫‘邓楠丛’吗？‘楠丛’不就是‘男宠’吗？这你还不明白，白念大学了。再说你又姓邓，不等也不行呀……”说完小袁怕挨打，机灵地躲到桌子里边去了。

“还说？你……”小邓红着脸追了过去，卷起报纸照着小袁的头上用力打去，“还说不说、还说不说……”

“不说了、不说了！……嘿、嘿！今天不说了……”

小袁被挤在桌子和墙壁中间，无处可躲，急忙两手招架着，那姿势有点像要拥抱小邓似的。小邓打了几下见编辑老张开门进来了，只好赶紧挪出身儿来，嘴里还说着“你等着……”

“等、等、我一定等……嘿、嘿……”

“想什么呢？臭美，让你等着挨打呢！”小邓嘴上还是不依不饶。

“那、今天不打了吧？不打我可要走了。”小袁一边说着，一边围上围巾，“不跟你玩儿了，我还得赶紧办事儿去呢。”

只见他拿起李主任从北戴河给妻儿捎回来的螃蟹和大虾，又从桌上找出自行车钥匙，笑嘻嘻地跑下楼给主任办事儿去了。

“她知道李主任家吗？”小邓问小徐。

“咋不知道，上次不是他帮着搬的家吗！”小徐说。

“真能溜。”小邓自言自语着。

第二天一上班，小袁就交给王副主任一张去北京的卧铺票，说：“不太好买，昨天下午我爸爸找了好几个人，说‘是王主任要的，怎么也得给对付一张’。这不，今早就给送到我家去了。”

王副主任接过票，笑呵呵地说：“还是小袁有办法，谢谢你父亲。”

小袁得意地一笑，顺手从口袋里掏出一盒香烟，先递给王副主任一支，接下来又照例扔给每人一支，末了还带着挖苦的口吻问小徐：“你也来一支？”

小徐也不客气，一语双关地回敬了一句：“还是留着你送人吧。”

小袁不作理会，只是微微一笑，拿起总编辑交办的一件上访信汇报去了。

“小袁，刚才你爱人来电话。”小袁汇报完回来刚进屋，就听小徐说。

“啥事儿？”

“她没说，你回个电话问问吧。”小袁的爱人在省委宣传部工作，小徐见过一次。

只听小袁在电话里问：“你干啥去？”

“……”

“啊，是吗？那得动手准备了……行，我这就去。”

当时谁也没听明白小袁说的是什么。

下午，部里商量了一下去易县调查一个生产队长私卖土地的事儿，确定小袁和小徐两人同去。因为小袁还没回来，主任就让小徐转告。

晚上，住独身宿舍的小徐又来到办公室，仔细查阅了有关买卖土地问题的一些资料。第二天早晨上班小袁一来，小徐就把去易县调查的事儿告诉了他。

不料小袁却说：“啊，去易县？我恐怕不能去……孩子病了。”说着，小袁就到隔壁王副主任办公室去了。

五分钟后，王副主任过来问小徐：“你自己去行不？”

“我？”小徐没弄明白，心想：不是规定对批评报道的调查至少要两个人吗？

这时只见小袁看着王副主任说：“要不……我就去？”

“别了，让小徐先去看看情况，不行回来咱再派人。”说完，也没再商量，王副主任就走了。

当小徐调查回来的时候，正赶上总编辑召集报社新来的大学生开会，主要是传达省委宣传部关于技术职称评定工作会议精神，同时征求大家的意见。

新来的大学生大都简略地谈了自己的看法，并对报社的工作提了不少建议和意见。小徐也不例外，她想：自己上大学前就已经当了五年编辑了，发表了好多新闻报道，这回评上编辑职称是理所当然的事情。而且，就因为自己对新闻工作熟悉，因此才对编辑部的工作提了一些建议和意见。

大家发言都快结束时，小袁举手要求发言。他先做了自我介绍，然后说：

“我虽然是工农兵学员，但是下乡在青年点儿时就一直做宣传工作。大专毕业后分配到妇联干校，编了一本妇女工作通讯，两年前还发表过的两篇儿童故事，读大专时给报社投的3篇通讯也都发表了。我虽然没学过新闻，但是我非常热爱新闻工作，调来报社后得到了领导的关心和帮助，比以前有了更大的进步。业余还自学了3本新闻理论著作，先后从群众来信中发现了13个新闻线索，先后采访过9次，还编辑过35篇新闻稿，基本上都在报纸上发表了……”

没等他说完，大学生们就开始交头接耳地议论起来：

“他是哪个部门的？说这干啥？”

“他早就知道要评职称吧？要不咋准备得这么细。”

“听说这两天都没上班呢。”

“谁也没提前通知咱们准备发言呀？”

“是啊，如果咱也统计一下，比他发的稿件可要多多了……”

小袁看到大家在议论自己，先是犹豫了一下，接着他又看到总编辑在记着什么，便又勇敢地说了下去。说是给报社提意见，其实都是赞扬性的：“当然，我能编发这些稿件，都是离不开我们主任和老编辑的帮助和支持……”接下来，他又说他遇到了什么困难，自己怎样、怎样以工作第一、努力完成任务等等，一直说到似乎没什么可说的为止。

……

下午，大家都开始搞卫生了，小袁从书店买回两本书《怎样写新闻》、《新闻学初探》，先拿给王副主任看。王副主任接过去，翻了一下，说：

“不错，年轻人就应该多看看书。”

说着，把书交给了小邓。小邓翻了一下，说：

“哎，小袁，你看完也借咱看看呗？”

小袁顺手扔给她一本：“这本先给你看。”

晚上，有人看到小袁又到副刊部文艺编辑家去了一趟。两天后，小袁的“初恋”就在副刊上发表了。

不久，部主任分别找小徐、小邓和小袁谈话，公布了总编辑会议关于新来大学生职称评定的结果：除了小袁被定为正式编辑之外，其他的人都是助理编辑。

小徐有点儿不服气：“我上大学前就在报社当过五年编辑哪，发出的稿件至少一千多篇。”

可是，部主任却说：“以前的不算，从到咱这报社算起。”

“到这报社后，我们发的稿件也都比小袁多呀！”

“啊？……可是……小袁比你们不是还早来半年嘛。”

小徐还想说点什么，可是张了张嘴，见大家谁都没吱声，也就没再说。

部主任见状，可能也知道大家不服气，于是又补充了一句：“别急，这次名额有限，以后还有机会……”

1983年12月6日

光 荣 癖

不胖不瘦的李嫂是“文化大革命”以后进厂的，说起来工龄也不短了。她爱这个厂子吗?

每天，她早起做饭，打发丈夫上班、孩子上学，把家里收拾一遍之后才一路小跑着去工厂上班。尤其家里那不该扔掉的瓶瓶罐罐和皮头儿、布片儿什么的，她都不厌其烦地拾起来，放到棚子里。

“攒多了卖个毛儿八分的，也能凑合着打个酱油、醋。”她这样念叨着。有时走在路上见到玻璃瓶子什么的，就更舍不得丢开不捡了。

也许习惯了，在厂子里看到扎进土地里的钉头儿、铁片儿，她也总要弯腰捡起来，放在她自己的工具箱下面，天长日久越攒就越多了。

“拿回家去吗?可这是公家院儿里的东西呀。”她这样想着，于是就很自觉地一点都不往自家拿。

厂子大门口光荣榜上的大照片儿里虽然没有她，但她熟悉那些人。

“那都是些干大事情的人，谁像我只会捡些小玩意儿。可这也是为公呀！”她有时也模模糊糊地这样想一下。

天长日久，她捡到的边角废料车间里堆不下了，班组长就帮她用车拉到废品收购站。没成想，竟卖了300多块钱。

300多块，在当时可不是个小数目，相当于李嫂好几个月的工资呢。于是，这个蔫不几儿的李嫂一下子成了厂里的“英雄”。年末评比时，同车间的姐妹们都举手投她的票，连那个总爱叫她“捡破烂儿的”的毛头小伙子也向她竖起了大拇指。

她自己也没想到，一夜之间，她那其貌不扬的大照片儿竟然也挤进了“光荣榜”，表彰大会上还奖励给她50块钱。

晚上，丈夫和孩子都夸她，她在家里、在街坊邻居里的地位似乎也跟着提高了一截。

打那以后，她整天像过年一样心里乐呵呵的，脸上也有了笑模样。刘妈夸她：

“给厂子捡了300多块钱，换了个劳模当，值。赶明个儿准能给你涨一级工资。”

王大愣子也凑上来说：

“李嫂行呀，涨一级工资没问题，咱组长有啥贡献？还涨了呢。”

小刘黑却不以为然：

“李嫂，若不给你涨工资，你就到厂子把那300多块钱要出来分一半，按比例提成也不能只给你50块呀。”

……

李嫂听了只“呵呵”一笑，心想：“50块钱就不少了，那都是公家的东西呀！”

这天晚上，人们都走了，李嫂还蹲在地上抠哧着陷在泥土里的碎铁棍儿。有几个走得稍晚一点的工人手里都拿着给自家干的灯杆儿啦、弹簧床架子一类的私活，从她身边走过，总要对她笑一笑。李嫂可不稀罕他们手里拿的那些东西，再说“家里一铺小炕就占了多半间屋子，俺要这玩意儿没地儿放。”

路过厂门口时，李嫂又得意地瞥了一眼“光荣榜”上自己的照片。可是不知为什么，今天她突然产生了一种异样的感觉：那光荣榜上的照片儿好像不是在笑，而是在嘲弄地看着自己。

于是她心里生出了一阵儿莫名的不舒服感，一路上都很不自在。这一夜，她不再像以前那样，头一挨枕头就“呼呼”入睡，她头一次知道了什么叫“失眠”。她想了很多：是呀，人们说得在理，自己付出那么多，也没给自家干私活，为啥只奖励50块钱呢？……她心里的平静消失了。

第二天一上班，她就大着胆子找班组长，班组长支吾了半天，不知该怎么答复她，最后冒出了一句：

“这、这是厂长的决定。”

难不成还要找厂长吗？入厂20多年了，她好像没跟厂长面对面地说过一句话。“人家那么大官儿，能听咱工人说话吗？再说，连厂长办公室的门儿自己还都摸不着呢。可是，如果不去找吧，也真觉得亏得慌。”这一天，李嫂心意恍惚地过得很不舒坦。

又过了一天，她终于下决心去找厂长。

“厂长开会呢。”文书说，“这是支部开会讨论过的，50块就不少了。”

李嫂听到这，突然来了勇气：

“支部开会定的，那就找支书。”

没想到，支书说了一句她听不太懂的话：

“爱厂是件光荣的事儿，奖励的是思想不是物质。”

她弄不太明白物质和思想有啥不同。她想：“自己在捡这些小‘物质’时觉得扔了可惜，攒多了能卖很多钱的。东西和钱不都是物质吗？思想能当饭吃吗？要是没有这么多思想，她这些天兴许还不会这么苦恼呢。”

她越想越觉得自己有理，于是她就天天找。厂里不行她就找科里，科里不行找局里，最后竟然找到了报社。

她很不熟练地从口袋里掏出了一盒香烟，见人就给一支：

“领导费心、多帮忙。”

“大姐费心了。”

“报社最公道，大伙多费心吧。”

……

后来，李嫂自己也吸上烟了。每次给人分完烟后她自己也点燃一支津津有味地吸着。

烟学会了也没有想出更好的办法，只能不上班，天天上访。奖励的50块钱花光了，又跟丈夫要了30块。30块钱花光了，又跟邻居借了30块……

原本十分勤劳朴实的李嫂，这时似乎完全变了一个人，对谁的话都不敢相信了，她总是睁大眼睛看着每一个接待她的人。

她说：她尤其恨厂里那个“光荣榜”，要不是“光荣榜”的诱惑，要不是想当劳模的话……

……

到最后，她也没弄明白：厂里为什么只奖给她50块？

1983年10月19日

江水汩汩

国琴是我的朋友，我们相处5年，她的死不能不使我感到十分悲凉。本来高中毕业以后，我俩都可以在大集体就业，可是国琴的妈妈觉得：国琴的爸爸当镇长，自己又是镇文教办主任，女儿考不上大学，是给老子丢脸，说什么也得让她复习再考。

当时，为了与国琴做个伴儿，我白天进厂干活，晚上就和她一起复习功课。

说是复习功课吧，可是我俩的底子都很差，常常被一些难题憋住，谁也弄不懂。于是就干脆拿着书上江边儿去聊天。

我给她讲一些工厂里的事儿，逗得她直乐，常羡慕地对我说："我若是也生在工人家庭就好了。"

有一次，我接连加了一个星期晚班，好不容易结束了，赶紧跑去看国琴的学习进度。不巧，家里没有。我就去江边儿找她，老远儿见她正和一个男生捧着书在那又说又笑。原来那男生是铁黎。小镇不大，几个毕业生互相都认识的。我看国琴学习有了伴儿，后来也就不常去找她了。

春节，国琴带着铁黎来我家拜年，聊天儿中我感到国琴考学的信心还是不那么足。爸爸和妈妈还鼓励了她一番。

可是，这一年，国琴和铁黎她俩仍旧谁也没考上大学。铁黎一气之下也进了工厂。国琴却不能，在妈妈的挖苦声里常常一个人捧着书流泪。我也只能劝她："想开点儿，再考不上，你妈妈也就会同意你进工厂了。"

国琴多么盼着逃出父母的看管，到社会上独立生活呀。可惜，她说她没这福分。前几天她对我说：他哥哥来信讲自己在林伯伯的照顾下，已经从连队调到团部政治处去了。过几天林伯伯就给他找个差事，可以借机会回家来住几天。为此，妈妈乐坏了，和爸爸商量，要设宴招待几个给哥哥帮过忙的老同事。第二天妈妈又给哥哥寄去了50块钱。

后来，国琴的妈妈还把一中的刘老师请到家，让刘老师抽空辅导国琴考大学。妈妈说："刘老师，我把国琴交给你了。她若能考上大学，明年你家的住房问题我一定想办法给你解决。"

可是，据国琴说她自己当时撅着嘴，一脸的不高兴，因为她最看不惯她妈妈玩弄权术了。所以，她被她妈妈当着刘老师的面臭骂了一顿，说："看你哥哥多出息！咱家有了军官，再有个知识分子就好了。你要是再考不上，就别想再在这个家里待下去！"

刘老师深知国琴的知识底子薄，但出于某种考虑，她还是不管国琴是否学得下去，每天一下班就到国琴家里去，这可给国琴套上了枷锁。尤其是那一大堆作业题，一做做到深夜，也不敢说头痛，否则又要挨妈妈的骂了。

说到这，国琴叹了一口气："活着真难呀！"

可是，现在我才知道，当时国琴并没有把她的全部秘密都告诉我，那就是她和铁黎的关系。那是在铁黎下夜班后发生的，他们经常偷偷约会，并且铁黎使国琴怀上了孩子。

铁黎说，国琴一点儿也学不进去，何必一定要学呢。他们打算今年高考结束后就结婚，把国琴接到他家来住。

可是，谁知道，国琴的妈妈看到女儿竟然有了身孕，每天除了骂就是打。有一次一直把国琴逼到大江边儿，说："就这一条道，你不进去我就进去！"

当时国琴泪流满面，向着江里走了几步，又回过头来，一下子给妈妈跪下了。没想到，她妈妈回转身就走了……

国琴满眼含泪，望着汩汩流淌的江水，又回头看看妈妈冷酷的背影，看看自己熟悉的小镇、还有不远处的铁黎的家……

泪水掉进江水里，水面溅起了涟漪，涟漪上面映出了国琴那散乱的头发和惨白的面容。那个美丽、活泼的自己哪去了？她不相信似地看着自己的影子。看着、看着，渐渐支撑不住，身子顺势倒了下去。她、她甚至都没有挣扎一下……

就这样，国琴真的淹死在那条江里了。

没想到，尸体打捞上来那天，国琴的妈妈没流一滴泪，反倒说："国琴把我这个党员领导干部的脸都丢尽了。"

就在那天晚上，她家又灯红酒绿地忙着宴请从城里来的人。

左邻右舍也都见怪不怪地下班照例先接回孩子，然后做晚饭。跟每天一样，让身边的事儿随着时间、随着江水流走……

我失去了一个好朋友。望着这汩汩的江水，我流着泪想：我爱这小镇的什么呢？

1983年10月19日

苦　衷

我当二十多年会计了，却从未感到工作像现在这样难做。虽然我管账很严，可是还不到半年时间，今年厂里的账面上又已经负债累累了。

也有人说我："算了吧，别得便宜卖乖了。谁还不知道批条容易报销难，谁都得听你的。"

真的是我说了算吗？凡是领导签了字的，哪一个条子我敢不收、不付？

比如今年夏天吧，我们养貂场一下子进了一万斤鱼。这当然是好事，养貂就不能舍不得花钱买饲料，于是我在账上照常收鱼、付款。

不几天鱼就大幅度消耗掉了，而貂也越来越少了。我在账上又一项一项地用红笔往下勾，可心里却纳着闷……

后来我才明白：人心都在鱼上，貂食又不足，病的病，死的死。谜底一揭开，我赶紧找到孙场长。可是，孙场长却两手一摊，拿这事儿没办法。

后来，还是局领导有"魄力"，感到影响养貂可不行，完不成出口任务将来要挨批的。于是，李局长带着郭处长和刘科长、王干事等六个人来到场里。说是要搞调查、整顿，改变班子不齐、领导不力的现状。

大伙都挺高兴，千里迢迢派出两个小汽车去省城接他们，顺便还买回来一些新鲜菜。

"领导蹲点儿不能不吃饭呀。这汽油和菜款你给报了吧。"孙场长打着饱嗝来找我。我能说什么呢，又下了一笔账。

“整顿”开始了，上午领导讲话，下午大家伙儿发言。六个局领导、五个场部干部、七名班组负责人，坐在一个屋子里，大伙儿热得不得了。孙场长说：

“去买桶冰棍来吧。”

我没吱声，但不同意也不行。

可是，一桶不够，借桶的、跑腿的、传信儿的、过路碰上的，谁都想吃一根儿。结果，一下子就买了两桶。

中午和晚上，每餐都是三箱啤酒。

“怎么能喝那么多？”

人多呀！你不想想，光局里、场里的大小干部就快二十人了，还有临时借来帮忙的、食堂做饭的，能光看着吗？如果都喝的话一人一瓶还不够呢。

“多少天？”

光整顿就是五天。人家大老远从省城来的，也得参观参观呀。

小车开出去两天，弄了两次野餐。听说郭局长的儿子要结婚，还临时备了几张貂皮。

“不能光给郭局长一个人吧？”

那还用说，一起来的也得带上点儿，要不面子上过不去。我们场长可是要脸面的。

临走，孙场长特意嘱咐我：

“这些都是土特产，又不是花钱买来的，咱多出把力有了。那鱼，还有没有像样的？如果没有就去买。省城新鲜鱼不多见，一个人带回十来斤儿，人吃比貂吃重要。”

有人问我：“整顿结果咋样？”

我也弄不清楚。反正，职工看看鱼没了，貂也少了，能上班的也不来了。来了的也学会了跟着混，谁还有心思工作。甭说别人，我这个几十年的会计，也突然觉得自己怎么不会记账了。这几年，几乎全是场长把着手教我的。

工作组走后，孙场长说：

“咱场今年盈利 3 万元。”

我听后吓了一跳，心想：该不是孙场长糊涂了吧？

可他却摆摆手不让我讲话。他说：

“老会计，按数提成。该交技术合同单位的那4000元，明天你先寄去。局里那4000，郭局长说‘为了发展养貂事业，就免了。’其他单位的，过几天再给。”

可我回去一拨拉算盘，怎么也算不出这3万元。

后来，还是孙场长悄悄点拨我说：“你傻呀，不会‘寅吃卯粮’，先把明年的……”

“那、那明年怎么办？”

“明年？明年你还想把这个养貂场办下去呀……”

我，我说什么好呢？心里不知啥滋味，愣把泪水咽了下去。别说什么“老会计”了，现在做账，我是一个不够格的小学生呀！

1983年12月6日

妈妈哪去了

一天晚上，火红火红的太阳眼看就要下山去了，可是妈妈还没有回来。我趴在玻璃窗前，心想：太阳的爸爸妈妈一定是又圆又亮的。

“咚！咚！咚！”来人了！我爬下窗台去开门。仰脸一看：不认识。又是一个大胡子叔叔，和太阳一点儿也不一样，黑乎乎的。我忙到外边去找妈妈。

“你来了？快坐吧！”妈妈擦擦手，搬过唯一的一把木椅子。看样子，他们好像认识似的，只是妈妈好像有点难为情。

晚饭，桌上摆了四个炒菜。记得以前好像只有几个不认识的叔叔来，妈妈才做四个菜。去世的爸爸因为总和妈妈吵架，所以妈妈从来也不给他做四个菜。

上桌后，我抬头看看妈妈，又看看叔叔，不敢动筷子去夹我最爱吃的炒鸡蛋。可是叔叔真聪明，一下子就看穿了我的心思，把一块煎得油汪汪的鸡蛋夹到了我的饭碗里。还笑嘻嘻地瞅着妈妈说：“得优先照顾孩子呀！”妈妈瞥了他一眼，趁机对我说：

“小生，想不想叫他‘爸爸’？往后，他就是你的爸爸了。”

我不敢反对，只是很不情愿地‘嗯’了一声。赶忙咽下最后一口饭，溜下地，躲到门外边，悄悄看着他们慢悠悠地边吃边唠。叔叔端起酒杯，只是抿一抿就放下，完全不像别的叔叔总是大口大口地喝，更不像爸爸把一杯酒一下子全倒进嘴里。

夜里，我做了一个很甜、很甜的梦。梦见太阳又升起来了，照得我身上暖洋洋的，真舒服呀！面前还开满了鲜花……

早饭后，不仅妈妈换上了一身新衣服，叔叔也给我穿上了新球衣，还有一双新球鞋。我高兴得真想叫他一声“爸爸！”

这天晚上，太阳又下山了，我的肚子已经饿得“咕！咕！”叫了起来，可是妈妈和叔叔还都没有回来。我想：他俩也一定都饿了，回来还得现做饭。一股子“表现欲”一下子就冒了出来。我不由自主地摸摸口袋，又去抽屉里翻了半天，加上昨天买菜剩下来妈妈忘记要回去的几分钱，总共凑了一毛九分，加上六两粮票。我拿着它们一口气跑到街角上的食杂点买了三个烧饼，得意地拿着跑回家。放在小炕桌上守着，闻着烧饼的香味，咽着饥饿的口水。

开始还觉得肚子饿得挺难受，渐渐地忘了饿。也不知过了多长时间，不知不觉就趴在小炕桌上睡着了。

不料，打那以后，妈妈和叔叔很晚才回家就成了常事儿。

有一天天刚亮，我就给饿醒了。可是饭桌上的盘子和碗里都是空空的，酒杯也倒在一边。我刚想喊妈妈，只听叔叔瓮声瓮气地对我说：“小生，去棚子里拿点柴禾！”

我以为妈妈又病了呢，就顺从地去拿柴。叔叔又递给我两毛钱：“小生，去买豆角！”

没想到，我把买回来的豆角刚放到地上，叔叔拿起一把来捏了捏，回转身就打了我一巴掌，打得我一头攮倒在门外。他嘴里还骂骂咧咧：“他妈的，就会吃！买这么老的豆角咋做菜？”

我捂着被打疼的脸，没敢哭出声，倒退着躲到邻居家墙脚的那棵老榆树下面。

过了挺长时间，家里也没有人来喊我吃饭。我想，昨晚妈妈一定是生病没回家吧，要不怎么会不来喊我呢。我很想回家去看个究竟，可是又不敢，因为叔叔打我这已经不是第一次了。

太阳已经升得老高老高了，我忍不住悄悄地往家里慢慢走去。快到家门口时，突然好像听到了妈妈的声音：“你快说呀，小生到底哪去了？”

我刚想喊：“妈妈，我在这哪。”可是，话音还没出口，就听叔叔说：

“你肚子里的这个就要生了，我又没了工作，还得给英子（他和另外一个女人的孩子）抚养费，往后这日子可咋过？”

“那你也不能不要小生呀？”

“不是不要，只是先把他送乡下住几年，等日子缓过点儿来再把他接回来。”

“我不要！妈妈，我哪都不去……”听他们说到这，我再也忍不住了，使劲儿喊着冲进门去。

妈妈一把拉住我，什么也没说，搂着我一起哭了起来。

第二天傍晚，我正趴在窗边儿照着天上的落日往玻璃窗上画太阳，突然看见叔叔急匆匆地走了进来，我忙躲到门后边。只听叔叔对妈妈说：“今晚就有人来。”

妈妈小声说：“你看着办吧，说好了就两年。也别当着我的面……”

我不知道他们在说什么，但似乎有一种不祥的感觉爬上心头。我想等一会叔叔出去了我就和妈妈在一起，再也不离开她。妈妈是我的，她一定会保护我。

叔叔出去时，我看见妈妈把我的几件旧衣服包了起来。我说：“妈妈，我哪也不去。”

妈妈一下子揽过我的头去，说：“孩子，到哪都要学乖点儿才不吃亏，记着妈的话。”我本想争辩“我哪都不去”，可是我抬头看见妈妈那蜡黄蜡黄的脸，就什么也说不下去了。

没想到，那竟是我和妈妈在一起的最后时光。

就在那天夜里，我梦见火辣辣的太阳照着我，她在笑话我呢。我不服气地想：哼！等我长大了，我会把妈妈接走，接到一个好大好大的城里去。不要叔叔，什么样的叔叔都不要！只有妈妈和我在一起，还有太阳……

我被一阵“吱呀呀”的门声惊醒。叔叔一把抓起我，放到他的自行车后座上，飞一般地骑到工厂后院锅炉房里。起初，我还以为自己在做梦。当我明白过来时，叔叔已经用毛巾堵上了我的嘴，一个耳光子就把我打晕了……

我再次醒过来的时候，周围什么都看不见，黑洞洞的。我好像被捆在一张床上，胳膊很疼。可是一想到凶狠的叔叔不在这，就感到一阵轻松。突然，我想到：妈妈呢，妈妈哪去了？

……

我被卖到了乡下。打那以后，我再也没有见到我的妈妈。

1983年7月5日

乞　　儿

乞儿伸着一只黑黢黢的手。

月光淡漠，但却始终盘桓着车厢里被乞儿行乞过的人的面孔，直到人们随便掏出一点什么：1分纸币或1两粮票。乞儿间或毫无表情地指指自己的耳朵或嘴，以“聋”、“哑”之意来回答人们的询问目光，抑或深深地鞠上一躬，以回敬眼前这些“小气鬼”的吝啬。

我坐在车厢的另一端，看着乞儿渐渐地逼近我的身旁，拖着沉重的步子。身穿一件已经泛白但还依稀可见草绿本色的上衣，只系着两个扣子，咧着领口，颈前绽出黑黢黢的疤痕。蓝黄相间的单布裤子歪歪扭扭地吊在肚皮上，脚上趿拉着一双已经磕碰得破了皮的棉皮靴。

他走到我面前，恭恭敬敬地向我鞠了一个躬，然后静静地等着我的施舍。

我呢，我急忙把目光从他的光秃秃的头上收了回来，手在口袋里摸索了半天。糟糕！口袋里没有零钱？只有1元钱是留着下火车后买汽车票的。何况，我每月才只有8块钱的助学金，买书本、吃饭、回家的路费……每一块钱我都是掰碎了花的。

再就是还有半张两角纸币，是小商贩找给我的。不能花，却又没舍得扔掉，据说拿到银行还能换回1角钱。如果此时我有一两毛、哪怕五毛，我一定会拿给他。

想到这，我的心咚咚地跳了起来，手几次碰到那张1元的票子，却始终都没舍得往外拿。再说给他1元也太“那个”了，一定会引来很多奇怪的目光……

不然，就给他这半张角币，让他拿去银行兑换一毛……不行，跟他说不出口，说不定还会被别人耻笑……

因此，我不敢抬头看他，跟同座席的男士一样假装没看见，强作镇静地把目光移向车窗外绿色的大地。啊！山是绿的，树也是绿的，虽然已是仲秋。

我任思绪胡乱漂泊，以掩饰自己不安的心情。但是，仍旧依稀感到深绿色的原野上似乎有无数匕首般的目光刺到我的身上，十分的不舒服。

列车一声长鸣，我悄悄地回过头来，看到乞儿把黄色（1 分）纸币放在蓝色（2 分）的纸币上边，再一起放到绿色（5 分）的纸币上边。手指头沾着唾沫数了数，并无怨言地从我身边默默地移了开去。一阵庆幸使我的心情稍微放松了一点。

虽然没有受到责难，但是我的自尊心此时却早已体无完肤。我的手依旧在口袋里几次触摸到那 1 元钱和半张角币，愧疚地悄悄看着他离我而去。

“这小孤儿，刚才列车员拽他下车，他死活不下去，到底又从另一个车门爬上来了。”同座席的那位中年男子似乎在为我和他自己的小气做辩护。

“哪的人？”座席对面有人回应。

“他自己说是横道河子的，没爹没娘，被县收容所关起来刚两天就又跑出来了。”

“这样下去可咋整？听说刚 11 岁呢。”

“是哑巴吗？”

“啥哑巴，能说会道的。”

邻座毫不犹豫地给了乞儿 5 分钱的一位军人也参与到对话中来。听到这，他皱起了眉头，欲言又止。同座席的这位男士看到人们兴致还挺浓，于是边说边站了起来，把他道听途说来的东西又添油加醋地描绘了一番。邻座四五个打扑克牌的机关干部模样的人不时停下抓牌的手，报以赞赏的微笑。

乞儿虽然不聋不哑，对人们的说辞却毫无反应，他一步一挪地向前移动着两只笨重的棉皮靴。同车厢里的人对乞儿的淡漠，使我一毛未拔的惭愧心理渐渐平复了许多。可是乞儿那张土豆一样灰黄而又不光滑的面孔，却深深印在我的脑海里。他眼角上的眼屎已经结痂，耳朵上脱皮斑驳，尤其是后脑壳上那两个长着几根长发的脓包，令人同情中夹杂着恶心，却又怎么也挥斥不去。

“别看这小子长相不济，可还挺会来事儿，上次我在车上见着他给人家又递烟、又点火的。”一位刚上车在对面就座的年轻人插话道。

“他常坐车？”一直不言语的一位农民模样人吃惊地问他。

“可不，火车上的常客。不然上哪去要钱呀。光我就在这车上见到他好几次了。”

“啧啧……”一位妇女叹息着，心里有话却没有说出来。

“甭可怜他，不会有出息的。”同座席的这位男士终于找到了较为高见的结束语。

“加上200分，给他加上！这回我看你小子钻不钻椅子！”

“哈！哈！哈！……”

打牌的一伙人互相撕扯了起来，吸引了人们的注意力，也扯碎了人们的同情心。

“……一支小小橄榄，啊，它又酸又涩、又涩又酸……”我和着车厢里广播歌曲的节拍轻声哼唱着，仿佛什么也没有发生过。

“咣！咣！”列车停了下来。

“高岭子车站到了，请下车！”播音员一站不落地行使着她的职责。

“唉，你过来。要了多少钱？”同座席的这位男士又发现了他的目标，继续穷追不舍。

“一块来钱吧。”乞儿并无不满地、晃晃悠悠地踱了过来，两手还向上扯了扯裤子。随即又用手背抹了抹嘴巴。

“喝醉没有？”

“没有！”乞儿满不在乎。

“你小子行啊，白坐车不说，还有吃有喝。”

“那可、可不！”乞儿一歪头，就势偎在附近的一个座席的边儿边儿上。

“咱吃剩的那些菜也够一盘吧？”对面座席的一位男士说。

“差不多！还有旁边那两个盘子里的，我也都倒给他了。两个瓶里的酒差不多有半斤。”他身边的人附和着。

“都是色酒，我不爱喝！”乞儿有点儿不满。

“呵！你还挺挑剔呀！”顿时人们又像蚂蚁啃骨头似的围拢过来，不管骨头上是否还有肉。

“流浪几年了？”

“三年。”

“不老老实实地在收容所呆着，到处乱跑什么？”

“待、待腻了，上、上哈尔滨玩儿玩儿。”

好奇的人们听乞儿这么说，顿时无言以对，想不到乞儿的眼界还挺宽。

“再到别的车厢去要点儿吧！”

“不要了，够，够抽烟就，就行了。”乞儿不贪，人们又是没想到。

“你到哈尔滨吃啥？”

“拣折、折箩。”

“行话呢，‘拣折箩’！看样子你没少串呀？！”

“啥是‘折箩’？”我低声询问身边的一个人。

“就是饭店里那些剩盘子、剩碗的。”

“哦！”乞儿的生命力和觅食能力使我十分惊讶。想想为生计疲于奔命的自己，一时不知该作何感想。

“哥们，抽吧！”只见乞儿从破裤口袋里摸出一合压扁了的纸烟，两棵折断的都被他摔掉之后，终于摸到一棵带“把”的，得意地递给了同座席的这位男士。

“哼！我抽你的？”这位男士似乎被将了一军，难堪地在上衣口袋里摸了半天，究竟是舍不得给别人、还是压根儿就没有烟，总之他掏了半天，最后什么也没有拿出来。

“你、你抽。”乞儿无意羞辱这位男士，也不理睬他对自己的蔑视。这时，转过头又把烟递给了一位工人。

“这小子还挺‘溜’的……”同座席的男士辩解着。

“哈哈哈！”人们终于忍不住一阵大笑。

“还是你留着吧，我有烟。”这位工人诚恳地说着，拿出自己的烟，点燃，吐了一口烟圈。烟雾里，乞儿伸手过去兑火，可是两只枯瘦的手不听使唤地瑟索发抖。兑了十几下，都没吸出一口烟来，“×！点、点、咋点不着呢？”

乞儿除了脏话之外，其他的话不仅不准，而且口吃严重。

“过来！”同座席的男士从一位农民的手里拿过火柴给乞儿点烟。乞儿使劲地吸着，却始终没有一口烟是浓浓的。他似乎再也没有力气吸出烟来了，就气愤地把手中的烟摔到地上。又伸手去烟盒里摸索着，可是摸索了好半天，都没找到一棵满意的烟。最后，他气愤地把烟盒使劲儿扔到地上，在上边踩了一脚，还吐上一口唾沫，表示他的失意和不满。

“人不大，就……”

离乞儿很近的我刚说了半截话，手又触到了口袋里的1元钱和半张角币，这时就更没勇气拿出来了。我没有乞儿那样大气，把1元钱拿给他，或者像他扔烟一样把半张角币扔掉。当时，我只是想附和众人的口吻说几句话，却又怕伤着乞儿。毕竟乞儿可怜，但又不能夸奖他。因此，一时竟不知说什么才好。乞儿只顾生烟的气，表演没有成功，全然没有注意到我的小气和羞愧。人们看我也说不出什么来，便失望地陆续散去。

乞儿虽有不满，但却很知足。他什么也不多想，刚刚11岁，就似乎阅尽了人世间的沧桑。

而同一车厢的人们，不仅年龄大大超过了乞儿，自身的缺憾恐怕也大大超过了乞儿，却没有意识到自己不也和乞儿一样在人生路上不停地乞讨嘛。

乞儿能够轻易讨到他所需要的东西，而人们却总觉得很难讨到自己想要的，也许因为人们想要的东西太多了……

想到这，我突然感到：人们似乎一边“乞讨”，却又一边制造着什么，因此而又失去了什么……

我默默地想着心事，听着列车的轮子周而复始地铿锵着，停下，又重新启动，接着飞驰。

1983年10月2日

赏罚分明

全套设备已按合同如期引进国内，急待安装。可是作为省里当年重点工程的01号工厂，主厂房的屋顶三脚架却刚刚打造完毕。端午节那天，乙方公司党委书记兼总经理薛原同志接到局里电话：“立即吊桩，月内必须封顶！”

“吊桩？”薛原虽然对上级打了保票，可内心里又不能不有所犹疑：五百多榀三脚架的质量不合格，他已经听说了。能不能想个办法呢？

他急忙拿起电话，找到了现场指挥、公司副总经理石成。回答说：“质量问题已经被孟士仁妥善解决了，但是倔强的工程师海光拒不签字，现在还不能起吊哇！”

孟士仁是三处技术科长，现场技术组负责人，着儿虽多，但靠得住的却很少。海光是本公司科研所所长，被局里指派来做技术质量检查的，虽然可靠，但他的上司总觉得他有点不投脾气。

一想到这些，薛原就来火，他“啪”地一声撂下电话。

局里要求召开的技术分析会马上就要开始，伏尔加轿子早已等在门口，他那位谁也弄不清职务的续弦夫人总是和车子一起随用随到。

会议已经进行了两个多小时。孟士仁继续以偷梁换柱、瞒天过海的手法，把曾经被海光否认了的措施又在党委书记薛原和众人面前说了一遍，并拍着胸脯打保票。

在那个只重政治、科学技术受排斥的年代，工程师海光没资格参加这样的会议。

而参加会议的多数人又不了解具体情况。何况又事不关己，于是意见暂时得到统一，该拍板定案了，薛原松了一口气。没想到今天的事情进行得这么顺利，尤其没想到孟士仁会这么长脸。作为自己的技术支柱，孟士仁还是头一次拿出能被众人通过的办法来呢。但是，工程师海光为什么还是拒不签字认可呢？

“去找海光，让他马上来！”

此时的薛原，似乎已经不在乎海光签不签字的问题了，叫他来显然是要训斥他。

在质检现场，海光听到喊声，无力地放下回弹仪，消瘦的身子格外缓慢地从三脚架上滑了下来。只见他左手捂着胸口，当时只说“胃有点痛”。可是事后拍片人们才知道，他的左肋当天在三脚架上不小心被撞断了一根，

海光冒雨向会议室走去。他心里捉摸着：五百多榀三脚架的混凝土，按设计要求应当全部达到三百号。可是入冬以来，经过三个阶段的质检，达到三百号的竟然一榀也没有。多数在一百五十号以下。有的甚至没号，自己就断裂了。明知都不合格，可是现场指挥却非逼他签字同意吊桩。今天既然公司、局领导都来了，争取机会说一说吧。

拉开门，一股烟浪立即冲出，几十只眼睛以不同的姿势一起射向海光。他不由得趔趄了一下，见会议室门口新加了一只木凳，他抹了抹脸上的雨水，就在木凳上坐了下来。抬头看了看前面的黑板，只见上面纵横交错地画着许多圈圈和杠杠，他认识，那是孟士仁的笔迹。

“三脚架的两端拉上槽钢后，新的受力结构大大提高了承载。你为什么还是拒不签字？”一位主持会议的公司领导按照薛原的吩咐气愤地斥责海光。

“依我看，这样做有可能扩大质量事故。不仅不能起吊，而且应当考虑强行这样做是什么性质的问题？”海光毫不示弱地反驳道。

“这可是省里的重点工程，是‘七一’省委向党中央的献礼工程，任何人都无权从中作梗！”

“正因为事关重大，所以更应该把质量放在第一位！”

“今天会议解决的就是质量问题，孟士仁已经拿出了具体办法……”

“他的办法解决不了根本问题。因为五百多榀三脚架一榀合格的都没有，强行吊桩无疑是在欺骗上级，将来一定会出大事故。”

“那你的意思就是一定要把三脚架都废掉重做？”

“这是唯一可靠的办法。”

“那‘七一’献礼就来不及了，给公司和局领导造成恶劣影响你负责呀？”

“我只负责技术问题……”

不管海光怎样解释，这位公司领导就是听不进去。在他看来，不能允许海光这个反动技术权威为所欲为，何况他们还有孟士仁等一些心腹。于是，这位公司领导声色俱厉地对海光吼道：

“你不要再说了！你的问题必须查清，回去等着严肃处理吧！”

接着一声“散会！”公司和与从局里来的干部早已无心听会，纷纷立起。

海光怎么也没想到，有局总工参加的技术会议上对自己竟是一片责难声，半个小时过去了，竟再也没容他讲话。看到马上就要散会，如果再不讲出实情，以后就没机会了。于是强烈的责任心在海光的心里又占据了上风：

“我可不可以发言？薛书记。”

书记薛原的目光吃惊地从合起来的眼镜盒上抬起：

“你？……你讲什么？……一定要讲？那就讲吧……”

四十七岁的海光捂着胸口，从沙发的夹缝里慢慢向黑板走去，严峻的声音里带着改不过来的川腔，迫使人们又坐了下去。

“我先对会议本身谈点意见。依我看，这是一个是非会。一是技术理论是非，二是政治见解是非。”他说到这里略微停顿了一下，扫视着满屋子疑问的目光，又平静地说道：

“不知各位对三脚架的结构质量是怎么估价的？有谁做过计算、做过受力分析？如果有，那么请上前来，咱们当场算一算！”

说着，他拿起一段粉笔，从容地走到黑板前面，把孟士仁在那上面划的一堆杠杠圈了起来，好像要把这种技术上的虚伪和丑恶圈到地球外面去。他气愤地想：孟士仁竟如此厚颜！可是局里那两位高工怎么也会通过，难道装作看不见？

“请问，按分类，这算什么体系？是混凝土？是钢架？还是二者的混合物？”

会场一片沉默，只有局里的一位高工微笑着点了点头。

“不错，用槽钢拉住三脚架的两端，是可以提高荷载。但是，这种做法只能应付质检。设计要求的三脚架上并没有槽钢。那么，吊桩后槽钢必须撤下来，那时三脚架的荷载难道就不降下了吗？何况眼下有些三脚架已被槽钢拉得起了拱、变了形……各位可曾到现场看过？”

“不对！你是错误的！……”这时，身材剽悍的孟士仁禁不住由脑而怒，他怎么也没想到，自己按照领导的意图苦心琢磨出来的办法，局领导好不容易开会拍板定了砣，他一个海光竟然当众给戳破了底。想到这，他不由得又摆出了“文革”中造反的架势，一阵狂呼乱叫。遗憾的是，现场那么多领导，竟无人阻止他。

“文革”中对孟士仁早已领教过的海光深知，孟士仁叫唤得越欢，内心越空虚。他海光不喜欢斗嘴，更不愿意涉及有人想利用这项工程为自己捞取政治和经济资本的问题。他，一个党培养多年的科技工作者，此时一如既往地只希望讲清技术问题，及早阻止可能发生的重大质量事故。

“请问孟科长，你脱离图纸，造出这种‘超型’结构，将用于何处？”

孟士仁顿时语塞。

“你说说，按要求，混凝土三脚架的回弹标号应该是多少？”

“五百号！不，六……”孟士仁有些蒙了，语无伦次。

“笑话！你硬把三百号谎说成五百号就能证明产品合格了吗？请你出来解释。”

此时，孟士仁已经汗流浃背了，只有小学文化的他，哪经得住这般技术拷问。这时他的支持者也坐不住了，站起来替孟士仁、也是替自己辩解道：

“那些小裂缝没关系，水泥预制品，放时间越久越坚固。”

说出这样的话来，海光觉得简直可笑至极。

“可是，这些三脚架不是长期放着养生的。它们马上要承载，要经受车间里冷、热、酸、风的侵袭。不仅裂缝合不拢，里面的钢筋也会被锈蚀、拉断。何况，《规范》要求的标号是三百，而不是其它！”

这时被激怒了的海光，虽然努力克制住自己的情绪，但长于思辨的他仍然振振有词，越说科学根据越充分。这一连串的技术诘难轰炸着每一个人，人们的眼神游来荡去，又不好直视局领导，只能静观其变。

不料，孟士仁似乎突然感到书记和总指挥的脸色不好，不禁有些发慌，嗫嚅道：

“我向总指挥打保票的，要把三脚架都用上。这没错，可、可是，三脚架不合格也不是我让用的，是公司……”

这时，只听“啪”的一声，一位公司领导把桌子拍得山响，吓得孟士仁赶紧收住了话题：

“我，我错了……我……”

愤怒的情绪灼红了人们的脸膛。二十多年来一直从事土建科研而又一再遭受非难的海光深知：那一系列工程质量事故，远不是一个“错”字就能解决得了的。不由得又提高了他那文静中带着厚重的语调：

“还有一个问题，有人不是说‘要对我查清、严肃处理’吗？所以我认为这里还有一个政治见解是非问题。但应该处理的不是我，也不仅仅是哪一个个别人，而是长期在建筑工业上作怪的一种思想，一种‘打棍子’作风。我受上级委托，在现场行使一个工程师的责任。可是，半年来，甚至几年来，质检工作中受到多少非难，各位是清楚的。如今，六届人大正在召开，可我们这里竟不让一个工程师按科学讲话。对技术问题尽职尽责，反而被说成是‘有严重问题’，请拿出根据来！”

面对这掷地有声的问题，人们左顾右盼，没人回答。

“拿不出根据又说明什么？把技术问题硬扯到政治范畴来处理，使用强硬的政治手段。请问，这是什么性质的问题？”

会场开始有些骚动……

这时，只见公司总工刘玉斜视了一眼薛书记，嘀咕道：“是啊，海工带着五六个人，每天风餐露宿在工地质检，应该看作是对工程质量负责任。”

“如果海工不称职，那么是否请三处自己负责质检？看来三处是有这个‘能力’的。”一言未发的局总工王志明此时话里有话。

“不！不！我们三处哪有这个能力。我们信服科研所，非常信服海工！”三处张主任急忙找了个台阶扭转了话题。

一直在薛书记身边静坐的他的新夫人私下拉了一下老头子的衣角。工人出身的老干部薛原此时脸色灰暗，好像是在小憩一般。“内助”的提示把他的思维唤了回来，他这才感到自己应该说两句话了。于是便冲着石成问道：

“你们谁反映的情况？为什么不全面谈？”

但老头子并不糊涂，他不需要、也不待回答，便又把脸转向海光，此时却多少有点语无伦次：

“这是政治任务，你不干也得干。当然，我有错，不该批评你，我也检讨……”

直到下午两点多种，人们才走出会议室，纷纷向着早已摆好午宴的餐厅说笑着走去。海光谢绝了对他的邀请，回到工地屋檐下面。和他一道来进行质检的五名同事看到他迟迟未归，都担心地聚到这里来等他。

这时的海光虽然心里十分愤怒，但是一心为公的他并不想把情绪带给工人。只见他若无其事地拿起人们带来的粽子和鸡蛋，大口地吞了起来，爽朗地说道：

“受点儿委屈没啥，该干还得干！”

听他这样说，大家都深深地松了一口气。

一榀三脚架价值六百多元，五百多榀……本来水泥预制件不合格，就已经给国家造成了不小的损失，但却没有上报，领导让公司各部门暂时分摊一下损失。可是，如果再把这些废品当正品都用到这么大的厂房里去，出了事故就将不仅仅是经济问题了。海光越想越觉得自己应该坚持原则。

可是，尽管海光对那些不合格的三脚架拒不签字，最后多半还是被吊桩了。

如此建筑质量，主厂房开工后能否持久？这是海光他们最担心的事情。于是，他不顾一切地向上级技术部门如实做了书面汇报。

不料，不久公司进行改革，海光他们科研所被作为“包袱”解散了。六十多岁的薛原被提拔当了副局长，四位现场施工的负责人也都以“操劳有功”的名义每人晋升一级。

1983年4月22日

小小“接待室”

省报这个信访接待室太小了，小得只能同时容纳四个人。

叫它“信访接待室”，是因为它被用作报社的群众信访接待工作。其实它不过是报社老楼的楼梯下面的一个角落，外面加了一层木板墙和一个门而已。门上边挂着一块小木牌，上写：信访接待室。从一楼上二楼的脚步声就敲响在它的“房顶”上。

接待室里一张桌子，四把椅子，周围堆满了待修理的破桌椅。靠近楼梯的地方还堆满了废稿纸和作废的报纸“大样”。门边儿上虽然开了一扇很小的窗户，但是窗外边悬挂着报社卫生评比大黑板，不用挂窗帘已经一丝光线都不透了。门口正对着报社的大门，人来人往，十分嘈杂。只有门锁被拿掉后留下的一个小孔可以里外通气。

可能是因为光线太暗的关系，走进报社大门如果不定睛细看，根本看不见“信访接待室”字样，因此经常弄得“上访者”楼上楼下地四处打听。也可能是因为他们谁也没有想到，这个连库房都不如的暗室，会是他们寄予很大希望的申冤诉苦的“衙门”口呢。

一次，一位抽暇前来看望我的大学同学吃惊地问我：“一个堂堂省报记者就在这里办公？”

是的，这就是我接待群众上访的地方，当时我的工作时间相当一部分就在这个暗室里度过。

可是，就是这个小得不能再小的暗室，却装满了社会上各种各样的诉求和冤屈。

起初我还能借着头脑里特有的光线看清上访者的心理，与他们一起感受人间的种种遭遇，把用尽一生恐怕都难以消化掉的那些诉求硬塞进脑瓜里。虽然，我也经常抽空咀嚼它们，可越是细嚼慢咽，就越觉得心里涨满。由于光“吃”不“吐”，只能聆听上访者宣泄，却不能为他们做点儿什么，有时竟涨得我喘不过气来。不过，时间一久，这点怜悯之情也就有些麻木了。何况，部里是两个人轮流接待群众上访，一个人一周只接待一次。

也许就是这样的缘故吧，长期以来都没有人动议认真清理一下这个小“房间”。遇到我“值班”时，面对上访者虽然还有些汗颜，但渐渐地也能和其他人一样将就着把事情做完。

那是一个星期五的早上，因为是一周两次接待的最后一次，从外地远道而来的上访者一大早就排队挤在报社大门口。他们不愿意再蹲火车站等上三夜，更不愿意失去到这个“清水衙门”说话的机会。

我翻开“信访笔录”，也不看看对面坐下来的是谁，便习惯地顺口问道：“你有什么事儿？”

“我……”

“等一下，”我说，“钢笔里没水了。”我急忙从抽屉里的废纸堆里找出墨水瓶，吸了半天都画不出道道来，原来墨水瓶干了。

“我上办公室去吸点墨水。”说完，我走出门外，“唉！……”只听里面坐下的人长长地叹了一口气。

我不在乎，因为已经习惯了。叹气算什么，哭的、骂的、闹的、磕头的……，我见多了。

可我毕竟是刚走出校门的大学生，良心未泯，何况自身的经历已经在我的心上种下了同情弱者的种子。

抽完墨水走下楼时，我不由得扫了一眼门前排队上访的“蛇阵”。只见人们担心的眼神闪了一下亮光，对我投来一丝“讨好”的微笑。

这微笑使我的责任感很快复苏。于是我加快了脚步，急忙走进接待室，顺手虚掩上房门，向坐在我面前的人歉意地点了点头。他本来急于述说的嘴此时竟不知怎么了，张了半天都没有发出声音来。我抬起头看了他一眼，问道：“怎么了？是不是还没有想好？如果没想好就先换别人进来吧。”

“啊？不！不！不！我、我在想从哪说起好呢？”

我打量了他一下：啊，结实的身材，额头棱角分明，看年龄不过三十几岁，还穿着一身褪色的军装。可是浓眉下的眼睛里却一点精气神儿都没有，好像几天没睡觉了，面色苍白。他先是把手放到桌子上，然后又移到膝盖上，开始下意识地揉搓膝盖并低下头去。

就在我打量他的空档，只听“扑通”一声，他突然一下子跪到了地上。“求求你了，记者，我不需要你帮我解决什么问题，更不需要你报道我。我只希望你能耐心地听我诉诉苦，我就知足了。我心里实在憋得慌，都快把我憋疯了……”

他这一举动把我吓了一跳，急忙问道：

“你这是干什么？先坐下，有话慢慢说……”

“呜呜呜，呜呜呜……”

没想到他竟失声痛哭起来。我不知所措地搓着手，想去扶他起来，又不敢。只好说：

“先坐下，先坐下。你这样跪着，我怎么听你说话呀？”

“那你可一定要听我说完……”

“好的，你尽管说，说多长时间我都听。”

他这才站起来，掏出手绢把眼泪擦干，重新坐回椅子上。

“喝口水，慢慢说，姓名、单位、反映的主要问题是……”

我想按照程序，把必须记录的内容都一一记下来。不料，他看着我手中的笔，十分恳切地央求道：“我的话你听过就行了，不要记录，千万不要对别人说。否则，我的日子就更难过了。”

当我得知他的身份后，问道：“哦，听说你来过好几次了，不是让你向省里反映吗？”

“你看，你看，我就知道你们内部都通气了，谁都不愿意听我把话说完。”

“哦，对不起，我不是这个意思，我只想知道你去没去省里？”

“去了，该去的都去了。可是，结果都一样，都说不好办而不听我把话说完……我也知道这问题不好解决，但是不说完我心里憋得慌，吃不下饭，睡不着觉。求求你，今天就听我说完吧。你解决不了也没关系，我只想找组织倾诉一下心声！”说着，他又伤心地流下眼泪。

“好，好，我知道了，你说吧。”

原来，他两年前从部队转业来到市委担任处长工作。没想到“文革”后有人混进了组织部，带着“文革”中的派性任用一些人、打击一些人。他直接向市委反映了这一问题后，遭到打击报复，被停职反省。他不服，又无奈，因无处诉说，这才把报社当成了“知音”。我心想：报社也并非人人都是“知音”的……

他一口气说了一个多小时，中间我一次也没打断他。因为他言语流畅，逻辑性很强，前因后果说得很清楚，不需要重说，完全不像我们经常接待的那些来自农村的上访者。

这时我又仔细看了他一下，想判断他那些话的可信度。也许因为他那一副知识分子模样，形象端正、体面，不像会说假话、做坏事的人，因此我心里还稍微踏实一些。

说实话，当时我的第一感觉就是震惊！没想到，这么大个城市，又是这么重要的组织部门，还是一位大处长，怎么会有这么大的冤情要向我这个年轻编辑倾诉呢？

他很敏感，可能看出了我的内心活动，就说：

“你代表的是省报啊，不相信你们还相信谁？要求解决的不是我个人的事，而是组织工作上的大是大非问题。”

……

“咚、咚、咚！”

“请进！”

门开了，两位编辑大姐站在门口，以为我遇到了难题，来为我解围。一看来访者果然是她俩接待过的这个人，就对我说：

“都开中午饭了，咋还没说完呢？下午再说吧。”

“好的，再有一会儿就差不多了。你俩别等我了，先去吧。”

我站起来去关门时她俩悄悄对我说：

“他的事不好办，差不多就让他走吧。”

“好，这就快了。”

然后我问他：

“我去给你打点饭，你吃完再说？”

“不用，我一会儿就说完了，说完我就走。”

……

他临走，我突然想到两件事情必须得跟他交待清楚。赶忙说道：

“我们读者来信部的编辑人手少，任务很重，因此都很忙，加上很多来访者的问题都是我们力所不能及的。这种情况下，往往都建议他们直接去向有关部门反映，也是为了使问题尽快得到解决。这一点还希望你能理解。再就是你反映的问题涉及党的组织工作，最好只对组织上说。”

“当然，我明白，我不会到处乱讲的。今天真的很谢谢你，很谢谢你！终于把话都说完了，我这心里也就轻松了。你们能解决更好，实在解决不了我也没有怨言了……”他很通情达理。

可是，我在这本“信访笔录”上却破天荒地只记了一个日期，连上访者的单位和姓名都没有。

合起“信访笔录”，我突然感到这个小小的信访接待室是如此庞大，庞大得能装下整个世界。如此值得珍惜，它的价值难以用它这简陋的外表来衡量。就在这里，就在我新闻工作的头几步，我听到和了解到了越来越严重的社会问题，它们就像这个破败不堪的信访接待室一样，被一层光明的薄幕包裹着。

也许就是从那时开始吧，我对每一位上访者的接待都更加认真仔细了。他们反映的问题即使解决不了，我也总要千方百计给他们一个答复，来为平复他们的心情洒点细雨。

……

后来，他的问题还真解决了。除了我们给中央发了内参之外，政治气候的改变起了决定性作用。

再后来，我被调离了信访接待室，专职公开批评报道工作。每每进行调查采访时，接待室里所发生的这一幕都会经常浮现在我的脑海里。

1983年10月2日

照　　顾

“咚！咚！咚！”

“来人了，”妻从厨房三步两步就窜了过来，嬉笑着对丈夫说，“别急，才敲头遍，等会儿开。”

听了妻的话，本来已经直起腰来的宝伏只好把墩布挎了挎，又伏下身去擦地。抽空，两条目光还不时从黑框眼镜后面溜出来，扫射一遍放在床下的茅台酒和虾仁罐头。一种满足感爬上心头，甜丝丝的。

敲门声再次响起，妻一脚踩住墩布。宝伏抬头看了妻子一眼，他明白收礼也得摆点架子，急了不好，现在妻示意他是时候了。于是，宝伏站起来扯过一条毛巾，一边擦汗，一边拧锁开了房门。

“老师，不好意思，这么早就来打扰您……”

“啊！来、来、来。这不，我忙完了这点儿活就去系里。李妮，你有什么事儿还是去系里……”身为班主任的宝伏照例说着谢绝的话。

“大清早也不让消停点儿。这年头当班主任真不容易，宝伏地还没擦完，有事儿到系里办吧。”宝伏妻说这话，一方面是想显得自家做事清廉，另一方面她曾听宝伏说过李妮被丈夫遗弃的事儿，就有点看不起她，便摔打着东西给宝伏的话上加钢。

正说着，一阵“扑嗒”声从门外传来，宝伏向门外探探头：“你这是……”

“几只小鸡儿，我妈让送给老师尝尝。”早就有点难为情的李妮，一想起在系里已经三天不见老师的影子了，心里急得什么似的，赶紧把话接了过来。

“跟老师还这么客气……”宝伏没等李妮说完，一边推让着，一边伸手拉开李妮带来的手提包拉链，提起一只来说：“嗬！典型的乡下母鸡，这只有五斤多吧？这一包足有三十多斤了。你拿得动吗？”

“拿得动。”李妮拎过手提包往地上一倒，“扑扑啦啦……”六只母鸡虽然都捆着腿，但还是滚了一地。

“哎呀，这么肥。快，宝伏快挑两只，一会我去上班顺便给他大姨带去！”此时，宝伏妻也乐得忘记再顾什么脸面了。

妻的高兴劲儿使宝伏绷紧的脸皮松开了，嬉笑着对李妮说道：“别着急，你的事儿我记着呢，到时候我一定想办法。你还信不过班主任？不就是不把你分配回你婆家的那个城市去嘛！”说着，宝伏两手一摊，一种无可名状的眼光一闪，使李妮产生了误解，以为万事大吉了，便把早就想好的话咽进了肚里，此时只是喃喃道：

“老师，我的特殊情况您知道，我的老领导也希望我毕业后能去他们工会工作，如果可能……”

李妮的话宝伏究竟听没听进去不得而知。只见宝伏一边把给妻挑选好的鸡装进袋子，一边念叨着：

“呃，对！对！你看……”他边说边走进里屋，拽出一叠纸，“你们的成绩、证明、鉴定、要求……统统都在这。我最同情你们，谁分配得好，我都高兴。娘不嫉妒孩子，老师不嫉妒学生。”

班主任老师宝伏是工农兵学员，毕业后留校当了老师，身上沾满农民学城里人学的又不太像的那种混合习气，虽然经常被学生学来开心，但他本人却自以为得意。

李妮还记得有一次上大课，宝伏端着书本给学生读课文：“西出阳关无‘敌’人……”

“哈！哈！哈！……”寂静的大教室顿时哄堂大笑。

“怎么了？笑什么？……是‘西出阳关无敌人’呀？！……”宝伏的脸红红的，还没弄明白怎么回事，继续一字一板地念着。看他那么认真地以错为对，教室里再次爆出一阵大笑声。

年龄小一些的学生忍不住了，纠正道：“是无‘故’人……”

“啊？怎么、怎么、是无‘故’人？……”

“哈！哈！哈……”

此时宝伏脸色通红通红的，早已难过得无地自容。同学们都不好意思笑话他了，因此笑声也就小了很多。

那场景，李妮至今还历历在目。

如今两年过去，宝伏可能早把这事扔到了脑后，也可能这类事儿在他身上太多了，他根本就不在乎了。

这时，只见宝伏边说边屈着指头数着，眼角过早出现的每一条鱼尾纹都在扭动。

李妮以为班主任老师真的心里有数，于是悬着的心也就多少有了点底儿。但是，她又觉得这个底儿就像老师脸上那忽闪忽闪的笑模样一样，令人摸不着边际。本想再追问几句，可是心地实诚的李妮又有点不好意思，嘴巴张了张什么都没说出来。只是在心里默默想着娘的一片苦心，希望女儿毕业后不再回原地受婆家人的欺负，为此不惜把自己养了好几年的鸡都抓来给女儿送礼用，但愿老师能像娘希望的那样把毕业分配的事给办好。

就这样，不知是恭敬还是难为情，李妮向老师低下头，走了出去。

“嘭”的一声，宝伏关紧房门，掰着手指头对妻说：

“老鄂（书记）昨天还把他收的茅台送我两瓶，这鸡一会儿得给他送过去两只。工会的领导虽然指名要李妮去省工会，但是这么做别人会有意见的，先驳回，这个指标留着安排教务处长的女儿吧。鄂书记那个关系户的去向就那么定了。可是，小周，他爸爸昨天还从部里打来电话让照顾。还有丽丽她姑，这可是咱自家的事儿……”

一听说“她姑”，妻就烦了：

“什么她姑她姑的，留市里，三天两头得来咱这儿，你伺候哇？要我说，这个名额就给小王，他不是说‘五一’来给咱做家具嘛，你怎么忘了？教务处长和周主任那，到时候还会有好‘缺儿’，甭愁！”

妻虽说没搞过毕业分配，但总比第一次干这事儿的宝伏精明，几句话就揉开了宝伏皱在眉心的疙瘩。

这时妻又说道：“对了，我得赶紧给她大姨送鸡去。她明个儿就出差，咱那药费还得她走前给报了。这两只给老鄂。剩俩，晚上回来我熏上，明天不是要请……”

李妮送来的鸡还是太少了，不到半个钟点儿，六只母鸡便被分配光了。师生之情，朋友之谊，亲人之爱，也都随之烟消云散……

毕业分配名单公布那天，李妮没去教室。在班主任宝伏老师的“照顾”下，她虽然没回婆家所在的那个城市，但是全系唯一的支边名额给了她。为了明天欢送会上能随车出发，她正在写信安慰远方的娘。

1982 年 5 月

爸爸和妈妈

在我刚记事儿的时候，爸爸就走了，而且是在和妈妈狠狠地吵了一架以后，在我的哭声里走出了这个家。打那以后，很长很长时间都没再看到爸爸，我都有点儿想他了。可是，妈妈总对我说，咱家的倩倩没爸爸，是妈妈从菜地里捡回来的。说着说着，妈妈的眼圈就红了。

有一天晚上，爸爸突然来了。我正在玩给娃娃打针的游戏，妈妈打开门，愣住了："你来干啥？"

"我来看看孩子……"

没等妈妈让他进来，他就自己走进了屋子。看了一下周围，然后径直走向我：

"倩倩长这么大了。"说着还递我一袋我最爱吃的大虾糖。我接过糖，很想喊一声"爸爸"，可是妈妈瞪了我一眼，把我搂在身边，好像怕被人抢走似的。

爸爸虽然压根儿就没有要抢我的意思，但是，他说是来看我的，却一点儿也不问我们托儿所的事儿，总只是一个劲儿地问妈妈：

"炉子还冒烟吗？"

"钱够花吗？"

"学习累不累？"

……

妈妈一边抚弄着我的头发，一边爱理不理地回答着爸爸的问题。我听妈妈说"不累"，便插话道：

“还说不累呢，忘了那天睡觉你都直‘哼哼’了？”

妈妈拍了我的头一下，申斥道：“倩倩，不许瞎说！”

我不服气地“哼”了一声，觉得他们大人都不肯说实话，便溜到窗前吃糖去了。

过了好半天，爸爸和妈妈好像谁都不讲话了，但也不像以前那样因为爸爸坚决不让妈妈上大学而互相赌气。这时，我听到隔壁张妈家收音机里的“体育节目”都播完了，便嚷嚷说：

“妈妈，我要睡觉。”

可是爸爸还不走。

“你回去吧，孩子困了。”妈妈不客气地说。

爸爸这才站起身来说：“下礼拜六我再来看看……”

“妈妈，爸爸来看谁呀？”爸爸刚出门，我就问妈妈。

“看你呗！”

“哼，我才不信呢。”我心里嘀咕道。

好几个星期过去了，爸爸每个礼拜六都来，也都照例给我带点儿糖果来，我都有点儿感动了。只听姥姥说：“你爸爸都回心转意了，你妈妈还犹豫什么呀？”

又是一个礼拜六，小朋友们都陆续被爸爸接走了，平平的爸爸来接她时还说明天要带她去坐儿童火车呢。我，只能盼着妈妈了。

可是，怎么等，妈妈也不来。阿姨看我急得要哭的样子，就说：“倩倩，还是我送你回家去吧。”

谁知道，那天天都黑了，妈妈还没回家。我和邻居家的两个小朋友在门口路灯下跳皮筋儿都跳不动了。她们被妈妈喊回家后，就剩我一个人坐在门口的台阶上，等啊等……

忽然，妈妈的同学来了，还领着一个赶毛驴车的老爷爷。她老远就喊我：

“倩倩，进屋去取棚子钥匙来，你妈妈买煤球来了。”

“妈妈呢？”

“你妈妈去你爸厂取抚养费去了，一会儿就回来。”

……

后来的后来，听人说：妈妈在爸爸的厂子里又碰上爸爸和王阿姨在一起了。

我不明白，他来了是爸爸，他走了还是爸爸吗？爸爸为什么不和妈妈我俩在一起？

1983年7月6日

五月的鲜花

阿瑛手里拿着笔记本，站在社长面前不住地点头微笑。那种心有灵犀的样子在我酸楚的心上又抽了一鞭子。我离开社长家的窗前扭头就走，怎么也想不到她——这个我多年信任的朋友竟会落井下石。在我最困难、最盼望得到她帮助的时候，她做了不该做的事情，使我度过了一段艰难的岁月。我想，要不是在这碰上了她，我还一直被蒙在鼓里，甚至还对她满怀希望呢。

离开社长的家，我走上大街，只觉得阳光刺眼。

好久以来，天都没有这么晴朗了。五一节金灿灿的阳光穿透林荫，洒满大街小巷。盛开的丁香花，一树一树，湛蓝、绛紫、洁白……

我曾经多么热切地盼望着这个季节呀，五月的鲜花应该是友谊的象征。然而今天，我却凄苦地望着它，不知该哭，还是该笑?

三三俩俩的行人嘲弄似的围绕着我，在我眼前晃来晃去。我心里烦乱极了，被一种友谊突然受到践踏的复杂情感煎熬着。仿佛在污水里漫游多年，早已窒息得不堪一击，直到把那沉重、郁闷的心从胸膛里挖出去才好。我避开人群，意气用事般的专走曲径幽森之处，像笼子里的动物一样，茫然地撞来撞去。

生活在微笑。然而健美的精神却像中午的太阳一样，先是烘烤着我，又渐渐离我远去。

我不相信那就是我所深知、所欣赏的好友阿瑛。我俩上中学时就比较要好，那以后她无形中亦步亦趋地跟随我。我俩都从学校去了生产建设兵团，先后都调到团部工作，又都先后离开了兵团，而且又都回到我们原来一起读书的这个城市里。因此，基本上是前后脚地走着同样一条人生路。她小我四岁，个头没我高，肤色很白，清秀的脸上总是挂满稚气的笑容。一双眼睛不大，却很深邃，好像能看穿地球。人们说我比她端庄，也比她内向。虽然我俩不同之处较多，但彼此之间总能心照不宣。

十多年来，我俩之间友谊的花朵一直在我心头开放。愉快的日子里，我饱尝它的馨香；痛苦的时刻，也能看到它的笑脸。然而今天它却开败了，没有留下一丝芬芳，只剩下一颗遭受鞭打的灵魂在躯壳里颤抖。

我不由自主地沿着江滨公路径直走去。迷茫中，阿瑛好像就在前面。我奔到江边，看见她在微笑。那是冷酷的一笑，她好像和我素不相识。然而，我却认识你呀——你这洒满阳光的两双脚印，你这烙在水面上的一对身影，还有你这弥漫着笑语欢歌的紫丁香，你这记载我们讨论美学问题的秋雨春风……

我站在明媚的春光里，忽然觉得那脚印和那身影都在缩窄，渐渐由两人变成了一个人……自己竟如此孤寂和可怜起来，那不尽的思索和回忆伴着一江春水涌到眼前……

那是1968年秋末冬初的一个清晨，我在烈火中奋战整整一夜了。伤痛、疲劳、饥饿、寒冷，一起向我袭来。这场烈火已经烧掉了一个连队所有的房屋，我们团部增援扑火的队伍正在撤出。在撤出火场必经的沼泽地上，我无力地走在最后边。忽然发现前边不远处的水面上匍匐着一个人。我急忙走了过去，原来是阿瑛。我大声喊道：

“阿瑛！啊瑛！”没有回音。

我想：糟了。我不敢再想下去，可是粗粗察看了她一下，又不见伤痕。哦，我突然想到可能是她的心脏又出了毛病。一种急迫的心情顿时给了我很大的力量，我一下子就把她背了起来，蹚着没过大腿的冰水艰难地向路边走去。脚下的“塔头墩”时隐时现，球鞋早已脱落了，光脚踩去，不时滑下来陷进泥水里。比人还高一头的芦苇草在寒风中抖擞，遮挡着我的视线。看不见大道，但还能隐约听见召集人的哨子声时断时续。

必须赶快出去，我想，否则就有被丢落在荒野里的危险。阿瑛那微弱的呼吸声鼓励着我，我接连走了几十步，便再也挪不动脚步了。

我开始呼喊，可是声音太小了，又是逆风，几乎只有我自己能听到我的声音。

忽然，她的右手从我的肩上垂了下来，我分明地看到她那被水浸泡得发白的手里还死死地捏着红色语录本。当时，这本小红书就是我们心中的太阳，我们虔诚地信仰着它。于是，我不由自主地默念着：

“下定决心……”

好像真的感到了一丝温暖和力量。借此力量，我又蹒跚着走了十几步。当这种纯朴、崇高的力量用完之后，我感到疲乏极了，但还企图往前走，哪怕一步也好。忽然，我的右脚踩在一把刀子上，好像是镰刀。接下来一阵剧痛使我的心缩紧了。我下意识地站在那里，心里默念着：“不能倒下！一定要把阿瑛背出去！”我这样命令自己。于是，我又想到了我们长征中的“雪山草地”。我真的觉得自己也像红军战士一样，于是咬紧牙，努力要走出这沼泽地。

可是，没走多远，我的两脚由剧烈疼痛变得麻木无力，深深陷进泥沼里，实在拔不出来了。我想，拔不出来也好，索性陷得再深一点、再结实一点吧。这样，也许我就能像一棵树一样立在水中，容易被人们发现了……

没过多久，忽然听到一阵纷乱的喊叫声：

“水里有人！”

“水里有人！”

……

“啊，我们得救了。”这个念头刚一产生，我就无力地瘫了下去，一片鲜红的血水从脚下涌了上来，在眼前闪过……

醒来之后，我已经躺在团部医院的床上了。阿瑛见我终于睁开了眼睛，高兴得哭了起来。团政治处协理员也站在旁边，风趣地说道：

“阿瑛一哭，就更像个洋娃娃了。”说得阿瑛又笑了起来。

到兵团之后，我和阿瑛已经半年多没见面了。她那削瘦的面颊稍微胖了一点，依然目光炯炯，配上那副紫檀色的细框眼镜，显得格外有神。说起话来，总是一脸的庄重。此时，我发现她的嘴角上神秘地笑纹里略添了一丝忧愁，和她16岁的年龄不太相称。我知道，那是在为她狱中的母亲担心。她父亲已经荣任市革委会主任，没有时间照料家，她的弟弟还在中学读书，因此不能不令人惦记。

协理员嘱咐了一些事情之后就走出了房间。这时阿瑛朝他的背影做了个鬼脸，然后高兴地告诉我说：

“首长刚才来过了，调我到宣传股报到后的第一个任务，你猜是什么？”

看她那高兴的样子，我想了想说：“让你回家？”

“才不呢，你再猜。”

我想了想，说：“是写剧本。”

“是护理你……”

“啊？这真太好了。可是，你的心脏？还有，你刚从连队调上来，要工作呀。”

“我那都是老毛病了，吃点药就好。这不，首长说护理你第一，我在医院也可以吃点药治治，但这是第二。”

我知道，阿瑛只要掰着手指头说到“第二”，就一定还有“第三”。果然，她又神气地说道：“第三，就是由我来采访报道你的事迹，因为是你救了我一命。”

好长时间没看到她那调皮的样子了，我为能重新和她在一起工作而感到高兴。但我忽然又想到了别的，便若有所思地说道：

“我当然愿意让你护理了，但是你却不能写我。因为我没什么可写的，不然……”我刚伸出手，不由得疼得我“哎呀”地喊叫了一声。

她急忙扶住我的胳膊说：“不能动，你两臂还有烧伤呢。”

原来，除了脚上的刀伤和腰椎扭伤，我的两臂还被火烧伤了。我躺在床上不能动弹，一切活动都得靠阿瑛了。她虽然没有受伤，但过度劳累加上她心脏不好，使她非常虚弱。但是，她却忘记了自己，把全副精力都用在了我身上。

每次换药都像揭皮一样，使她搀扶我的手都颤抖了。她恳求医生：“轻一点”，“能再轻一点吗？”

医生只是对她笑一笑。她看这已是最轻的动作了，便不再言语。事后，她跑去找医生商量办法。

以后，每逢换药，她都千方百计转移我的注意力，不是给我念诗，就是唱歌、讲故事。那本我俩共有的《朗诵诗选》已经破损得换了几次书皮，她还像宝贝似的带在身边，一有空就念给我听，有时还让我和她一起背诵。就在那段时间，我俩背熟了毛主席诗词三十七首，还背了一些没发表过的主席诗词。《毛主席语录》我们早就一字不落地背下来了。在医院期间，只是时不时地背一段来鼓励自己，经常是我刚背头一句，她就接着背下去，于是我俩一阵“哈哈哈”大笑，疼痛也随之消散了许多。

阿瑛有很动听的嗓音，讲起故事来绘声绘色。她的故事多极了，有书本上的，也有生活中的。那次扑火也被她编成了美丽、动听的故事。那些人人都能讲的传统故事，一通过她的嘴，就被镀上了一层浓郁、鲜美的文学色彩，吸引得医生几次忘记了缠绷带。

我打趣道：“你这半年是不是光练嘴了？”

“才不是呢。”她不好意思起来，像以前一样，在我面前撒着娇，逗得医生和我都笑了起来。这种幸福感大大减轻了我的伤痛。

我俩之间从不说那种互相感激的话，但是看得出来，她是在用尽心思报答我。面对她那异常聪敏的头脑，我简直不敢流露一点不适或倦意。

有一天夜里，她端着橘汁把我从睡梦中叫醒，我奇怪地看着她。她说：

“你不是喊‘喝水’吗？”

在我住院的那些日子里，她几乎一刻也不离开我。只有一次，那是被我从烈火中救出来的两个孩子的父母来看我，临走，她送她们出门，一去竟待了两个小时。原来，这两个孩子的父母也被她列入采访提纲，她利用这个机会采访了他们，在她已经写好的我的事迹报道中又加上了一段。

终于伤愈能回机关工作了，而且政治处女“知青”只有我们俩，于是我俩就被安排在同一间寝室，真是高兴极了。只要我俩在屋，说笑声就在四壁之间碰撞，好像又回到了学生时代。

那时我家住在市郊，我在城里读高中，住宿舍。阿瑛家住市委大院，她读初中。我俩刚刚认识不久，我们班是她们班的辅导班，我负责培养她入团。她妈妈是革命干部，有一次去她家，她妈妈看我比她成熟稳重，就让她认我为姐姐，并说如果以后发生什么特殊情况，希望我能照顾她。

阿瑛的妈妈好像有什么先见之明一样，“文革”中阿瑛的父母果真都被打成反革命进了监狱。我顿时觉得自己肩上的担子加重了，几乎每天都要抽时间去她家看看我能帮着做点什么。因此，我俩也就能经常在一起啃书本了。什么《政治经济学》、《列宁哲学笔记》、《中国文学史》、《鲁迅杂文集》、还有一些大学课本以及我小学二年级时买的《东周列国志》等等，都是那个时期我们反复读的书，反正弄到什么我俩就读什么。偶尔也能偷偷地借到一两本外国小说，像《红与黑》了、《简·爱》啦，于是便像发疯了一样躲到她家里去，我看一本，她看一本。只要两天两夜就能读完，因为说好了必须尽快归还。

我俩在一起时间长了，我便真成了她的姐姐。她因父母问题不能当红卫兵，我也跟着借了光，于是我俩都成了保守派组织“八八红卫团”的成员。直到她的爸爸因为揭发别人“有功”而被提前释放，后来还被“结合”进了革委会。否则，我俩根本就没有资格报名上兵团。

到兵团以后的一天晚上，我俩拿着刚借到的《世界通史》从一位老同志家出来，她突然感到一阵心慌，便对我说：“我心慌得很，是不是家里出了什么事儿？”

我听了后先是一愣，接着也担心地反问道：“不会吧？可不要再出什么事儿了。”

果然，没过几天，我俩就收到了她妈妈的来信。她妈妈说自己身体不太好，虽然已经保外就医，但是哪都不能去，而且关于“叛徒”的问题还在审查中。信中说了很多感谢我照顾阿瑛的话，并说阿瑛还小，遇到什么事儿要多听听我的意见。

看完来信，我俩都有一种说不出来的感觉，心情十分沉重，好半天谁都没有讲一句话。

阿瑛他们宣传股办公室是团部“知青”经常聚集的地方。因为司令部和后勤部的“知青”们都不愿意到我们干部股办公室里来，说我们这的“人事”秘密太多。因此我们经常在宣传股争论问题，吵嚷不休，气得她们的股长直往外轰我们。

“算了算了，你们的问题啥时候能吵完？”

我们干部股股长的耳朵似乎特别的灵，每当这时候，他总是出现在走廊里对我们说：

“你们都到我们办公室来吧，我们今晚没有工作。”

只有这时候，大伙才会一窝蜂似的拥进来，继续争吵。当时争吵的问题面很广，有毛泽东的军事思想问题、辩证唯物主义问题、毛主席诗词里的美学问题，以及珍宝岛历史上的归属问题、苏修究竟能不能打我们，等等。我们的股长也常常参与辩论，但是作为军人，他和我们这些“知青”的看法难免不一致。对股长的观点别人都不好讲什么，参谋股的小徐他们常常偷偷地笑，只有阿瑛毫不胆怯地予以点破，弄得股长的脸红一阵、白一阵的未免难堪。

股长越是惧阿瑛，阿瑛就越不示弱。不仅如此，每当股长用一种莫名的眼光盯看我们女青年看时，她总要“哼”的一声，还做出一个鄙夷的鬼脸气他，逗得大伙“嘿嘿”直笑，我便担心地扯扯她的衣角。

一个节日的下午，阿瑛下连队采访还没有回来。我一个人从收发室拿到报纸，边看边上楼梯，一直往办公室走去。我不记得是怎样开的门，好像一切都很顺当、很平静。可是我万万没有想到，当我刚一抬头时，忽然看到一个可怕的场面：在那张值班用的床上，我们股长正拥抱着一个女青年……当时吓得我回头就跑。

晚上，我一个人坐在宿舍里，心里很不平静。我不知道自己应该怎样做才好，心想：是不是应该向组织汇报？可是股长不承认怎么办？我拿不定主意，非常盼着阿瑛回来。

就在这时，我忽然听到一阵儿脚步声，开门一看，是政治处的秘书来找我。秘书也是现役，人很精明。他说组织要了解我最近的思想情况，好考虑对我的“纳新”问题。

那时还非常单纯的我，一想到当时的“整党”可以解决机关的风气问题，就高兴地把什么都说了，当然也说了白天见到的股长的问题。秘书听后先是故作吃惊，接着又故作镇静，然后又严肃地叮嘱我：

“事实真相还有待组织进一步了解，我代表组织要求你不许再对任何人讲！”

我答应了。可我不能不对阿瑛讲。

阿瑛回来听说后非常愤怒：“我早就看出你们股长不是什么好东西！那个秘书也一样，都是一路货色。”

后来的事实证明，秘书果然和股长一样，两人互相包庇，都和那个急于返城的女青年发生过关系。

可是，我没想到股长的事儿很快就在机关青年中传开了，阿瑛得知后很得意，可是我却有点担心。果然，那以后不久我的“纳新”资格就被取消了，培养对象的名单里添上了阿瑛的名字。

阿瑛气得晚饭也没吃，手一甩就跑去找政治部主任讲理。

这件事给了我一个很大的教训。因此，我怕阿瑛把事情搞僵了，急忙去追她。政治部主任是阿瑛父亲战友的部下，曾受委托关照阿瑛。

我刚走到政治部门口，就听阿瑛在里边大声嚷道：

“做得不对就不能怕人说！再说，他们股长的事情是我传出去的，与她无关，为什么要取消她的入党资格？”

“怎么能说‘无关’呢？你不是听她讲的吗？”这是主任的声音，“何况原因也不只这一个，据说她还鼓动你争取上大学，这可是不安心边疆的表现啊。这事儿总有吧？”

“我个人也有这个想法，再说上大学又不是什么坏事儿？”

“好，你还小，我不和你争论。她的问题你就不要管了，而且据说她的政审外调材料至今也没有来，所以入党问题得放放再说了……”

听到这，我突然想起前几天阿瑛对我说，她到干部股找我时，我们股长正在看我的外调材料，怎么又说是没有来呢？我思索着，没听清后面的讲话，也打消了进去叫阿瑛的念头，转身走回宿舍。

不大会儿工夫，阿瑛回来了，两眼红红的，见面就说：

“姐，我对不起你！”

这是我第二次见她哭，而且两次都是为了我。我忙拿毛巾给她擦脸，不让她再说下去。其实我为什么被取消“纳新”资格，原因不是很清楚吗！

这一夜，我俩谈了很多、很久，心情一直不能平静。仿佛看到一条缝隙，横亘在我们与我们多年来所向往、所热爱的社会之间，幼小的心灵上那个像万花筒一样万紫千红的生活画面模糊不清了。

因为无法入睡，我就拿出了还没写完的《向祖国致敬》一诗，把最后两段写完。这时，阿瑛走到我身后，提笔在后面又加了一段：

祖国——
您用乳汁把我们哺养，
您用枪支把我们武装。
是战斗的时候了，
请您调兵遣将！

“好，这几句针对性更强一些！”

“我真想手里能有一杆枪……”

夜很深了，我俩还都没有睡意。阿瑛突然感到孤单般的问我：

“姐，你能永远跟我在一起吗？”

那表情就跟四年前一样。那时她父母刚被红卫兵隔离审查，她家被查封，她弟弟又去了姥姥家，她就住到我家来了。

我家是普通教师家庭，生活比较简单。我妈妈怕她睡不惯硬板床，就把家里唯一的一块棉毯折叠成四层，放在阿瑛的新褥子底下。妈妈走后，我则把我铺的那条棉絮也铺到阿瑛的褥子底下，换出薄棉毯来我自己铺。阿瑛不肯，我说：“没关系，睡木板床对我的腰有好处。”

我俩重新躺下，躺在那张简陋的木板床上，想着连日来红卫兵的革命行动。阿瑛不安地问我：“姐，你能永远跟我在一起吗？”

如今，已经过去了四年多，可是那情景还宛如昨天，宛如眼前一样真切。当时，我俩都觉得，什么人都不能把我们分开，因为我们被一种爱祖国、爱人民、爱理想的力量连接着，那是一种纯洁的、真挚无私的爱。那应该是不可征服的。

然而……

阿英文笔很好，在她父亲老战友的关怀下，不久就被调到师部宣传科去了。我也很快被派到一个基层学校。临走，股长挖苦地对我说：

“你在这干得不错嘛！到基层锻炼锻炼会更有发展。”

“我一定会好好干给你看看！”我不服气得这样想着。

果真，我在学校干出了成绩，使一个全校闻名的后进班变成了先进班，学生的学习成绩有了普遍提高。这其中也有阿瑛的一份功劳。

因为师部离我们学校不远，比到团部还近呢。因此，那段时间阿瑛总想方设法到我们学校来。她很赞赏我的事业心，每次来也总能提出一些别具一格的好主意，而且带一些中学生喜欢的课外学习资料，让我发给学生，学生都很喜欢。有时阿瑛还帮我组织主题班会，而且，她总是那么兴致勃勃，简直有十二分的热情和干劲儿，对学生影响很大。

她一来，我俩还要抽空去划划船、游游泳。伴着碧波白帆和落日余晖，听她讲述师里的见闻。她那滔滔不绝的谈吐，使我分明地感觉到了一种新的思想脉搏、一束闪烁的火花在她的头脑里长大。看来，她正生活在很合适她的政治环境中，我为她高兴。

我们学校也很快在师里出了名，她又以新闻记者的身份来采访。不用说，她对一切几乎都了如指掌。而且下笔千言，二三十页的“事迹材料”两天就弄出来了。但在几个具体问题上，我俩发生了争执。我说：

“阿瑛，这不是过于夸大我个人的作用了吗？”

“不能这么讲。党的领导不就是通过每个人的作用体现出来的吗？”

“可我总觉得‘拔’得太高了，调子还是低一点好。”

“低一点思想性就不强了，总得给人以启发呀。”

“可是，有些做法还仅仅是一种尝试，还需要……”

“那没关系，”我话还没说完她就接了过去，“尝试就是第一步，我们就是要写这第一步。”

不管我高兴不高兴，她都不改变观点，并且对我说：

“教学质量永远是第一位的。你这一炮打得好，有超前意识，因此必须站在新的高度上来认识才行。而且，如果没有新高度，那还有什么新闻性！”

阿瑛这些年越来越能说了，理论上总是一套一套的。我说不过她，也就只好作罢了。

刚过去不久，她又匆忙跑来。一见面就告诉我：

“姐，形势变了，首长说需要你们这块教育革命的样板在全师带个头。”

我已经听过广播了，并且对批判教学质量问题很有想法。便有点不高兴地对她说：

“算了，既然形势颠了个个儿，我心甘情愿跟在后边。”

“那怎么行！”她说，“大势所趋，人人都得上阵呀。再说，你们本来就是师里的典型。我替你想过了，可以把那个‘小淘气’再说成是批‘师道尊严’的典型。”

“小淘气”是我和阿瑛一起帮他成为三好学生的，现在阿瑛又说这话，真叫我生气。可她却强辩道：

“这问题可以从另一个角度来认识嘛。”

“那不行，我不能今天风、明天雨的。”

阿瑛不喜欢恳求，我也不爱让步，其他老师心里也都有情绪。就这样，我们第一次不欢而散了。

阿瑛走后，我心里很郁闷，觉得应该和她好好谈谈。没想到还没等我找她，那天傍晚她突然出现在我们学校的门口，对我说：

“姐，上午是我自己要来的，态度不坚决，回去后挨了批评。这不，首长又派我来了。你看怎么办？”

听她这么一说，我反倒犹豫了，只好退让了一步：

“说两句应付一下可以。不过有个条件，假的不能说。”

“行！”她高兴起来，“你们说个大框框就行，其它的话用记者的口吻讲。”

就这样，我满足了她的要求，由强调知识、强调教学质量的重要，转而又换了一副嘴脸，把那套形式主义的东西摆在了前面。因为心里不情愿，所以感到难过。不过，阿瑛倒挺满意，这使我觉得我们俩之间似乎有了距离。

临走，我送她到湖边，有意引她回忆我们去狱中和她母亲道别后，一起踏上列车来北大荒时的情景。我说：

“你还记得那时你对伯母说过的话吗？你说‘当年你和爸爸去延安，今天我和姐姐去兵团，都是干革命。’”她听我话里有话，就说：

“当然记得。今天我也在革命呀。”

“是在革命，可是你好像太革命了。我觉得革命应该始终如一，不能今天‘左’、明天‘右’的，还把这些都叫‘革命’。阿瑛，说真的，我真担心咱们这样顺杆爬，总有一天要摔下来的。”

“呵呵呵！姐，我还以为你要说什么呢。放心吧，我不会那么傻的。在上边这一年多，我看出了许多门道。我要利用这些，发展自己的东西——笔杆子。再说，新闻是党的喉舌，不紧跟怎么行呢？”

是啊，不紧跟怎么行呢？仔细想想，阿瑛的话似乎也没错。“革命”，毕竟是领导者手中高高举起的大旗，这面旗帜指向哪里，群众就应该跟向哪里。

我这样想着，迷茫地望着阿瑛乘帆远去的背影，顺手折下一枝丁香花挥动着。这时，随着湖水的涨落，一下子涌起好多感慨。我想：你这时涨时落的潮汐呀，曾使多少沉渣泛起，又在这湖岸上留下多少残迹，也带给人们多少哑谜……

暮色悄悄淹没了她的背影，我渐渐觉得我和她之间的距离正如我和她的背影一样，越来越大了。

转眼又过去两年，我得到了一个读师范学校的机会。虽然高中毕业生再读中专，有点走回头路的感觉，但我还是很高兴能有机会上学。而且，就是这次师范学校毕业后，被留在我向往已久的报社工作。阿瑛也借助她爸爸的力量，被调回市委宣传部。我俩阴差阳错地又都回到了同一座城市，而且，又迎来了一个丁香花盛开的季节。

我捏着“新闻机关必须整顿”的意见书和我的检查材料向阿瑛家走去。

长时间与社会碰撞，使我刚直的个性多少有点变化，容易激怒，又易于伤感，似乎对什么问题都清楚，但一遇到问题又不知该怎么办才好。我怨恨自己，却又感到委屈。想不到报社的“整顿”结果，竟是让我这样一个刚来不久的青年记者做“检讨”。“检讨”什么呢？不就是无意中得罪了领导的一个熟人吗。何况，我又立过功，又当过先进。这些刚过去半年，怎么一下子都变样了呢？我弄不明白，只觉得有点本末倒置，我苦笑着。

也巧，阿瑛刚调到宣传部来就被上级借去搞“讲师宣讲团”去了，而且一去就是好几个月，现在刚好回来。而且最想不到的是，她又成了来验收报社“整顿”工作的宣传部验收组成员，负责跟我谈话。要不是为了配合她的工作，我才不写这“检讨”呢。

我一边这样想，一边急切地走进阿瑛住的房间。她不在，小弟弟说她刚出去，马上就会回来的。我坐在床上，看到阿瑛用的床单还是在兵团时用的那条旧的，上面蓝色的花纹都被磨得发白了。床边码放着一排排整齐的书籍。别看她不爱料理家务，对书可是从不乱放的。只是理论书籍多了一些。也难怪，她妈妈保存的文学书籍早被查抄一空了。

我顺手翻开阿瑛的一个笔记本，扉页上留着她那刚劲秀美的笔迹：

光辉的生命在牺牲中，
艳丽的景色在奇峰中，
无限的温暖在冷酷中，
……

果断、敏锐，有着独特的观察力，既继承了她妈妈的才智，又带有她爸爸的冷峻，这就是阿瑛。

说来也有意思，多少年来，不管我们之间有过多少次争吵，也不管我是多么不喜欢她爱利用别人这一缺点，可她在我心目中总是占据着一个特殊的位置，对我总有一种奇怪的吸引力。是什么原因呢？是她那闪光的文采吧？

“姐！”我正在出神地想着，冷不防，阿瑛一下子扑上来，搂住我的脖子，“什么时候来的？我正想你呢！”

我不好意思地掰开她的手，握住她的两只胳膊，说：

“得了，‘想’我，为什么不事先告诉我？要不是我到部里去，还不知道你回来了呢！”我说的是真话，阿瑛近期的情况，我几乎都是从宣传部老同学李玲那里得知的，都是“二手”消息。

阿瑛被我说中了，一时语塞，“啊……”了半天，才说：“我错了，还不行？”

她一旦找不到别的词儿时，总是“狡猾”地道歉，以此做缓兵之计。“事缓则圆”吗，她学会了变通，也带有领导干部子女独有的特点，这方面可比我强多了。我已经不止一次产生这种感觉了。这时，只见她调皮地眨着眼睛，眼镜片上的光圈一闪一闪的。

“不是你错，是我错了。阿瑛！”

我意味深长地、几乎没容她多问，便把“检讨”材料递给她。同时，愤怒的洪水就再也刹不住闸了，把所受的委屈毫无保留地全部向她倾诉出来。

报社，我本来是熟悉的。因为阿瑛的妈妈曾在这工作过，“文革”中我也曾参与过对它的“接管”，虽然只待了一个多月。但是，这次来这工作却觉得格外陌生，不知是谁在改变？

我历数着自己到报社以来所做的工作、所见的不平事儿、所受的委屈。我说我在两年多时间里，写了二十多万字的新闻报道，先后立了三次功，两次被评为年度先进记者。后来，还被抽到“社会主义教育工作队”下乡半年多。脚崴了，肿得穿不上鞋，还带伤在乡下工作。难道这还不能说明我的表现吗？难道就仅仅因为这一点点小事儿，就让我写检讨，还要把我调出报社吗？！

这点小事儿是什么呢？我一五一十地对阿瑛讲了事情的经过。我说我是怎么对同宿舍的一个客人总是深夜才回来，回来后还又洗又涮的影响休息一事不满，而且乱动我的东西。给她说了她又不理睬，因此不愿意跟她多讲话，使我俩的关系越来越僵，以至于她到处给我造谣，等等。而这个客人仅仅因为是社长的朋友的孩子，就借宿在报社，而且就在我下乡期间擅自把我的行李打开，留男孩子过夜。我几次回宿舍她都不给我开门，却反咬一口，给我编了那么多的谎言。社长就以这些谎话为准，拿我是问，还不许我反驳。我仅仅说了一句“请社长调查调查”，社长没等我说完就火冒三丈地拍着桌子喊道：

“我不会调查，你会调查。你来当社长，我让给你怎么样？嘿嘿！还反了你了。”

社长这样没水平，让我很瞧不起他。当时我心里想道：我虽然干不了社长，但是起码我不会像你这样官僚！……

阿瑛听到这，抬头看了我一眼，从眼神里我看得出来，我这想法被她猜到了。于是我改口说：我真后悔我这样努力地工作，结果自讨苦吃。我怨恨过去的生活留给我的“认真”劲儿，结果碰了这样的钉子。

因为跟社长闹僵了，于是社长就让政工科在报社给我罗织“黑”材料。实在凑不出来，就把我坚信阿瑛的妈妈不是叛徒也列为一大“罪状”。因为社长和她是两派，我自然就被说成是带着阿瑛妈妈这一派的派性在从事工作。因此，我就成了报社这次“整顿”的对象了。

终于有机会让我诉诉苦了，就这样，我实话实说地说了半天，当然也带着个人的情绪色彩。因为眼前坐着的是阿瑛，我用不着担心什么，甚至还加进了一些自己的意见和别人的看法。

我这充满哀怨的倾诉把小弟弟也吸引过来。他气愤地帮我说道：

“我看你们社长就不像个好人。他常来我家对我爸爸说你们的坏话，还说你崇拜我妈妈就是崇拜叛徒……”

“不许你多嘴！”阿瑛斥责道。小弟弟从小在姥姥家长大，和阿瑛感情不深，他不服气地做了个怪模样走出房间。这时阿瑛的父亲也回来了，他见我在这，就走进来把一叠纸递给阿瑛说：

“报社给你的，叫你回来后先看看这个。”

我瞭了一眼：是我打给宣传部的报告，上面有社长的批语。阿瑛很快就看完了批语，不解地问我：

“姐，你经常不下乡采访吗？”

“什么？”我吃惊地问道，“没有的事，一次也没有。我很乐意下乡采访。”我想了想，又补充说：“有两回我和别人一起下乡采访，走了好几个地方。结果，哪里招待得好，就报道哪里；招待不好的就不报道，我当时就提出了反对意见。是不是指的这回事儿？”

阿瑛听我说后摇了摇头，没有言语。

“再就是，”我想了一下接着说，“有一次对中央会议连夜锣鼓喧天的庆祝，派我去找几个工农兵表表态。你也知道对这一套许多人已经腻了，于是我就做了如实报道，而没有进行“拔高”。结果领导审稿时就说‘热情不够’。从那以后有好几次不让我采制‘重要新闻’。这是不是也算‘不下乡采访’？”

听到这话，阿瑛紧蹙双眉，连说了两个“难怪！难怪！”

我一时没弄明白她说的“难怪”是什么意思，还以为她在帮我说话呢，就指着我写的那份“报告”对她说：

“如果不是因为这个就要把我调出报社，我也不会给上级打这份‘报告’。可我没有想到，这份报告又被打回了报社。现在看来是要由你来调查此事了？”

阿瑛没有正面回答我的问题，把材料翻到最后一页时又问我：

“姐，我再问你一点，你经常不回宿舍住吗？”

“你信吗？”我气得不知该怎样回答，就反问道。

“我不信。”

“你不信就好！这就是我宿舍那个客人造的谣言。”说完之后，我又觉得这种诽谤太无耻了，还有什么比这更叫一个女孩子难堪的呢？我愤怒地站了起来，说道：

“阿瑛，你不要再问了，我去找社长。”

阿瑛一把拽住我说：“那可不好，这是咱俩的谈话呀！”

阿瑛的父亲听说我要去找社长，就走进来说道：

“不光社长这么说吧？你的事儿他可都是听群众说的。”

“哪来的群众？不就是社长那个朋友的孩子吗？她纯粹就是倒打一耙！我上‘社教工作队’半年多，怎么回来住？”我气呼呼地反问阿瑛的爸爸。

我知道阿瑛爱爸爸，也爱妈妈。父母离婚时，妈妈为了不影响阿瑛的前途，而劝她跟随爸爸。阿瑛知道她爸爸对不起她妈妈，可是又不喜欢别人不尊重她的爸爸。她见我这样对她爸爸说话，一缕沉思般的笑容掠过她的脸庞，在本子上略记了一点什么，就收起材料对我说：

“姐，等我再问问别人，然后我再找你。”

“也好。伯父不是说到‘群众’反映吗？你去报社一问就知道了，群众对我是有些议论，不过都不是我的问题。比如：会计因我出差没坐卧铺给我补贴我没要，使她不好结账，她不理解；有人投稿时送礼，别人都收了我不收，因此也有人不理解；有人劝我送个礼、认个错，跟社长缓和关系，我没听从，因此说我倔。但这都是善意的，他们同情我。何况，我三次立功、两次被评为先进，那并不是假的。当然，我也有做错的时候，可总不至于把我调出报社吧？”

“同情你，这次为什么没有人帮你说话呢？你不要……”看来，阿瑛的爸爸对我成见还挺深，这是我没有想到的。

“爸爸，您……”

“阿瑛，还是听伯父把话说完吧。”

“算了。我也不用多说，阿瑛是清楚的。你也掂量掂量自己吧。”说完，他一摔门走了出去。

这时，阿瑛毫无表情地看了我一眼，随手又在本子上写了点儿什么。

我知道，阿瑛的爸爸不满意我。可我没法使他满意，我甚至也不想让阿瑛使他满意。我不理解这个在妻子被打成“叛徒”时而自己还能升官的人。他说“阿瑛清楚”，“清楚”什么呢？当然，和他们那些有权势的人相比，我算什么呢？父母都是普通教师，没有能力帮我保住这个记者岗位。有权势的人谁肯为我这样一个对他们没有用途的人说句公道话呢？何况派性又这样严重，都怕站错了队，躲避还怕来不及呢。

我越想越生气，就悄悄把报社闹派性的事也对阿瑛说了一些。并说：“社长这派势力大，受打击的当然是你妈妈他们那些‘学问’派的人。上级要报社整顿主要就是要整顿派性，可报社是以派性来整顿派性，很多人受到了打击。为了在上报整顿结果中掩盖派性，拿我当了替罪羊。如果不是我得罪了社长也不会如此。这些年，我在兵团、在报社，工作上都是先进，从来不喜欢搬弄是非，这你知道，你要是也在报社就好了。你知道我多么盼着你回来呀！”说到这我再也说不下去，难过地哭了起来。

阿瑛停下笔，深表同情地对我说：

“姐，你不要哭了，我明白。不过，生气踢石头，疼的是自己的脚。我明天就去反映你的意见，相信组织会妥善处理的。”

阿瑛的冷静和清醒使我有点不好意思。我知道她不喜欢当面许诺，但我确信她会帮我说话的。

但是，我错了。

假如我当时稍微看一眼她在本子上记了些什么，假如我仔细观察一下她那少有的镇定情绪，我也不会听任自己的情绪一泄无余，说什么派性的事，甚至对阿瑛满怀希望呀。人心可畏，可惜一切都晚了。

那天说完后从阿瑛家出来，我像卸掉了一个包袱、等着升起一颗启明星一样轻松愉快。哼着久已不唱的歌：“生活好像逆水来行舟，留下了记忆在心头。……，亲爱的朋友可记得，……”

可是，接连过了好几天，阿瑛都没有找我。我有时能看见她从报社出来进去的，但是为了“避嫌”，为了让她能够客观公正地进行调查，我没主动前去跟她搭话。因为当时不仅我的工作被停了，就连会议也不让我参加。我莫名其妙地实在等不下去了，就趁‘五一’节放假跑到阿瑛的家里去找她。不料，阿瑛不在。小弟弟对我说，阿瑛被叫到社长家去了。

我实在忍无可忍，就来到了从来没有来过的社长家。

我在门外徘徊了很久，迟疑着不敢进去。忽然传来一阵笑声，是阿瑛在笑。笑得那么开心，那笑声敲打着我的耳鼓，弹弄着我的神经。看来不是在说我的事，否则不会这么高兴。可是，我又侥幸地想：也说不定社长又同意我留下来继续工作了，所以阿瑛才这么开心。本来就是我有理嘛，谁能想到事情竟会如此本末倒置：社长打击报复我有理，而我求社长留我继续工作反倒没理。真是其有此理！

于是，我慢慢走近窗前。这时只听社长说：

“阿瑛的意见很好，就这么办！部长说你们宣传部那边由你汇报就行了。结论就你刚才说的那一条：她刚到报社不久就参与派性问题，不适合在喉舌部门工作，让她自己找单位调出吧。其余几个人先放放，以后再说。……啊！没想到阿瑛这几年进步不小啊，很像你父亲。

到底是老战友的孩子，有发展，肯定有发展！啊，哈哈哈！……”

听到这，我知道“糟了”，心也“砰砰砰”地跳个不停。我不由自主地倒退了几步，拐了个弯儿，走到旁边的丁香树下。这时，我看到阿瑛走了出来。

等她走到岔道口，我迎了上去。我想听她怎么说，我想知道社长最后说的那几句结论性的话不是阿瑛的意见。可是，我失望了。

“让我调出报社，是吧？”

“啊？你知道了？”阿瑛有点措手不及。

“是的，我在窗口听到的。还听到了你的……”

“姐，没办法。我妈的事情还没有结论，组织上要我和她划清界限。而你又公开推崇她，我得回避……”我从没见到阿瑛像今天这样尴尬过。

我没听她讲完，好像挨了当头一棒，眼泪扑簌簌地直往下掉。内心里留给她的那块“友谊”的位置，好像被塞上了一块冰冷的石头。

我明白了。还有什么不明白的呢？

我失去了，什么都没有剩下。我屈服了，这是崭新的屈从，不甘心的屈从，它带有时代的印记。

其实，我应该明白：整个宇宙都在运动，为什么人性就只能静止不动呢？

但是，我当时就是想不通。我擦干眼泪，收起笑容，埋掉哀怨。一切都不要了，偌大个世界就剩下一个无奈的“我”。

我奔跑着：寻求、探索、回忆、追击。

我呼叫着：铺开来吧，真理的阶梯。

我渴求着：太阳之神，不要枯槁了，生命还有一汪新绿！

……

从那以后，多少天来，我都是一个最清闲的人。每天只需要到收发室里取送报纸和信件，迎送骄傲和冷淡，迎送同情和怜悯。

不久，连这一点事儿也无须做了，我成了天底下最自由的一个人。

又过了不久，我被一个政府部门借去帮助工作。据说，要看我在借用期间的表现如何，才能决定是否调我过去。我一如既往地“表现”自己，很快就得到认可，并办理了调转手续。于是，我又忙了起来。

新单位的同事们对我很好，很看重我的为人和文字能力。但我却觉得心里好像被掏空了一样，对什么事都爱不起来，也恨不起来。

幸好，高考救了我。得知可以参加高考的消息后，我激动得一夜没有入睡。虽然只能一边工作一边复习功课，但我仍以高分考取了大学。只是学校不太理想，因为我曾经读过中师，因此只能录取本省“师”字类的大学。

入学三个月后的一天下午，我坐在丁香花树下想心事。班里的学习委员突然给我送来了一封信。一看信封我就认出了阿瑛的笔迹。我知道在恢复高考的第一年她也考上了大学，而且是考上了我们都共同盼望的北京的一所大学。

我们之间不联系已经快一年了，只是偶尔打听一下彼此的情况。什么时候能够打开心结呢？我不知道。我只觉得自己已经受了很大的伤害，受了伤的心经不起再碰钉子了。或许她会主动给我来信？虽然在期待之中，却又不敢相信。而且，我还没有准备好，还不知道该怎样和她交流。

我踟蹰着，半天没有拆信，我害怕见到我不想见到的内容。

晚饭后来到图书馆，我终于忍不住打开了信封。

来信很长，写了整整六大页，第一页上还有泪滴的痕迹。看到她的眼泪，如果我没有记错的话，这应该是她第三次因我而哭了。我有点动心。

她照例称我“姐姐”，告诉我她妈妈已经被平反了，现在又回到报社上班，而且主持报社工作。社长已经退休。

接下来，她先是向我道歉，并说她妈妈上班后过问了我的事情。信中写道：

> 我们当时就知道你没有错，但是作为一社之长认定的事情是轻易不会改变的，作为下属只能顺着来，宁可当时吃点亏。可是你太认真了，使社长下不了台。报社鼓动你站出来讲话的那一派很想乘机搞垮社长，我们部长是社长的老朋友，为了化解一些派性，部长说只好委屈你了。部长说，他

会帮着你调转工作的，所以你很快就被调到政府机关去了。因为你在兵团时曾做过先进事迹报告，当时部长也在座，他对你的印象很好。他也是我妈妈的老朋友，他一直在为妈妈的平反做努力。只是，我为我在这个事情中扮演的不光彩角色而感到难过和不安，我真的非常、非常对不起你。妈妈说，她来晚了，没能及时阻止对你的伤害。妈妈狠狠地批了我一顿，以至于我一直没有脸跟你说及此事。我不知道现在是不是到了我们化解心结的时候，也不知道姐姐能否还像以前那样，原谅你这个还没有长大的小妹妹？……

后面，她用了很长的篇幅来写她对美学问题的看法，针对的都是以前我们议论过多次的话题。她学的是新闻专业，我读的是中文，美学是我们共同的爱好。我从她的一些美学观点中可以看出，她对政治问题已经逐渐淡化，学术问题重新占据了她的思维，这也正是我愿意原谅她的唯一原因。我不想再回忆自己的痛苦经历，过去了的就让它过去好了。我在回信中对她说：

“毕竟，我们的生活又重新开始了。而且，这是一个崭新的开始。谁的生活能像我们这样：经历了痛苦之后又重新充满阳光！因此，让我们向前走，和伯母一起，和小弟弟一起，去创造真正属于我们自己的未来。”

封好信，看着窗前盛开的紫丁香，我在自己的笔记本上写道：

五月的鲜花，也有开败的时候。

然而，五月还会再来……

1979 年 6 月 25 日于哈师大

选　择

初春的天空阴晴不定，近日来越加雨雪纷飞，但是“文明礼貌月活动”却丝毫没有受到影响。

记不得这是我大学毕业来到报社后第几次清扫马路上的积雪了。为了不显得孤独，我紧握锹把，尽量靠近还不熟悉的老同志身边，和他们一道努力铲除那些被车轮碾压得很硬的冰雪。虽然已经大汗淋漓了，但我却不愿意停下来擦汗，更不愿意直起腰来加入老同志的说笑或“小憩”之中。我想：最好一直这样干下去，直到完活收工。

我渴望着人们早点散去。否则，我会觉得有许多的目光、指点和议论，犹如冰雹一样打在我的身上、脸上、心灵上。我怒火中烧，却又不能发作，任凭痛苦烧灼得浑身颤抖。

决定和老冯分手时，我就想到了可能会引起非议，我也做好了承受非议的心理准备。但是，我没有想到的是：人们对此事竟然如此热衷，传言如此之多，上楼下楼似乎总有人一边斜视着我，一边交头接耳，故事已经完全变了形。我却只能听之任之，没有解释的余地。

我常想：说去吧，我三十年的生活问心无愧，其中最“难过”的大概也要比你们的伪善纯洁得多。何况你们当中还有人夫妇互相背叛、在外“偷鸡摸狗”……但是，即便如此也没人谴责，似乎唯独不许我选择。

我又想：我错在什么地方呢？不该到这里来工作？这里的环境给我的思维套上了枷锁，我不仅不能选择自己的生活道路，甚至连属于我的思维也不能自由支配了。我真后悔：毕业分配时为什么要考虑个人生活问题呢?

当然，最使我头痛的还是老冯这个人，为什么与我以前所了解的不一样了？“好人”，只能作为我们交往的基础，而不是全部。可是，舆论似乎强迫我非得选择他不可，一旦选择了一生都不许改变。

那是毕业前夕，我去党校看望正在学习的一位老主任时见到了老何，老何是我之前当记者时的熟人，现已调到省报，他又介绍我认识了老冯。

年长我20岁的老冯丧偶后一直没有续娶，没想到他竟会对我产生极大的兴趣。回想当时他给我的印象并不像后来这么模糊。他虽然个头矮小，但却目光犀利，脸膛清矍，很像一个比较清爽干练老新闻，又是同行，因而使我产生了一种朦朦胧胧的崇敬感，于是我同意处处看。

后来和老冯的一次正式谈话并不是问答式的，简直就是在听他的人生故事。我惊奇地发现他似乎并不想了解我，不论我的个性多么倔强、家务活上多么笨拙。我几次向他说明我的这些缺点，希望他能做出正确的选择，都被他打断了。他摇摇头说：

“没关系，家务事我可以多做点。性格上你倔强，可我没脾气，打不起来的。”

我没什么好说的，反倒觉得他还挺幽默。而且，在他面前我似乎显得比较尊贵，心里又有点暗喜。

不久，他约我去他家看看，并说已经和他的两个孩子讲了，可以和他们见个面。我觉得见他的孩子为时尚早，就婉言拒绝了。

这样又过了一个星期，他又约我去他家，说是“随便聊聊，没有别的意思”。我不好再拒绝，就答应了。

记得当时他两眼含笑直视我的脸，使我不得不经常把脸转向一边。我不喜欢这样。他也很敏感，便马上做点别的事情来分散我的注意力。

他先给我削了一个苹果，接着又去抓出一把糖块，摸摸先泡的那杯茶凉了，就又去泡了一杯。并把这些全都堆砌在我的面前。还说：

“我忘了买茶和糖，是办公室小张提醒的。”又说他忘了给我买电影票，好像这是我留给他的作业一样。

听到这，我几乎笑出了声。我第一次这样被一个外人哄着、捧着，心里真有点儿美滋滋的。

看到我高兴，他也越发想表现自己。于是就从桌子到床头柜，又到厨房，手足无措的忙活着，也不知他想干什么，不大工夫已经来往了五六次。

而且，他还用被他改造过了的那口川语讲述着他的过去。从他的讲述里，我想寻找他在北上解放大军里的呼号，在军大校园里的笑声，以及下放龙江劳动时的酣歌。可是，对这一切他全都轻描淡写，不加任何评语和感慨。连他妻子的突然离去、两个孩子的哀思，他都能一笑了之。

起初，我还有些惶惑不解。渐渐地，又觉得他的这种个性未尝不好。我自己经常喜怒溢于言表，不仅影响及人，自己也很吃了苦头，说不定以后可以借助他的影响改改自己的性情了。

一个小时过去了，他想让我见见的那个儿子始终睡在床上没有起来，他的女儿去商店也没有回来。我觉得之前他言过其实了，他的儿女似乎并不想见我。但我又不好问什么，决定不再等下去了。便说：

"我得回学校去了。"

"慌什么，吃了饭再走嘛。"

"不！不！"我极力推辞。

"那我去送你。"

没办法，我只好同意他送我到汽车站。

走出房门，寒风刺骨，他却不肯放下帽耳，我不免有点不忍。

走着走着，突然，他几乎被斜插在地上的半截电缆绊倒。我以为他有眼疾，他却淡淡地说道："好多年前就近视了，不碍事的。"

公共汽车来了，他硬是挤了上去，并选定了站着的位置，我劝他下车已经来不及了。

不料，车刚启动，他就前仰后合地站立不稳。我不由自主地伸手想去扶他，但很快又缩回手来，毕竟我们的关系还没到这一步。但是，他这种老迈的印象在我的心头却久久挥之不去。

一天晚上，我被一个同学从图书馆匆匆叫回宿舍。原来是入学前原单位的老主任来看我。她笑眯眯地久久端详着我，然后硬拉着我陪她到宿舍外边走走。

“那个老冯行吗？”这是走出门后的第一句话。我噎了一下：

“还没……没最后定呢。”

“五十多岁了？”

“嗯，说是五十五岁。”我有点难为情。

“为这事，我今天特意来找你，想好好谈谈。咱班儿上的人都说，怎么也不能让你这么办。光看学问就不顾年龄了？这是生活，家庭生活要的是感情，可不是学问……”

对她的话我虽然不以为然，但又不知该怎样回答老同志的深切关怀。

她看我不语，知道我没有听进去，便换了语气又说：

“你自己的事情，当然还得自己做主。我们也不过谈谈想法，大伙在一起议论，总觉得不那么对劲儿。”这番话，虽然淡漠了些，但却深深触动了我。于是我说出了自己的困惑：

“我的个人问题已经不好办了，都快三十四岁了。而且不管事实怎样，总是背着‘离婚’的名义。老母亲也已年迈，多次催促，我不忍再伤她的心了。”

“离婚那件事不怨你，是那个人有了外遇就丧了良心，但你不能总背着这个包袱。再说前些年你当‘知青’一下乡就是好几年，连对象也不找。回城里工作了，又非得干好了再结婚。这几年上大学，又想考研究生，对自己的事儿想也不想。现在想了，却还是沿着老道儿非得找学问大的。你妈妈上岁数了，上次我到那，她一提起你就哭，说你一个人在外快三十年了，没有亲人依靠，她不放心哪！”

我知道老主任说的都是实情，句句在理。上大学前在老主任手下工作时，办公室杨大姐、徐副主任、小王、小李、小刘等老同事对那个有外遇的男人七嘴八舌、义愤填膺的样子宛若眼前。我知道人们希望我好。但是，如果找一个文化程度低的人我怕自己难以适应。可我又没有充分理由说服老主任，只能诚恳而沉静地听凭老主任指教。

眼前过往行人不多，清雪裹着严寒扑面而来，我都冷得有点毛骨悚然了，可是老主任仍然心血很盛，说个不停。

“说归说，生活是你自己的，大概你还不至于是为了毕业分配才找他的吧？”

我愣了一下：“怎么这么说？”

“有人这么猜测。可我不信，你不是那种人。”

老主任对我的印象很好，我很感动。

说实话，当时我以为我真的会喜欢老冯。当然，我也想过如果能到他们那个报社工作更好。但是，我的确没想利用他，因为我不是那种爱利用别人的人。

接下来，老主任又说：“你毕业后的去向，我们也想过。我从党校回去后得知，可能马上要被调来省工会工作。如果你愿意的话，到时候我还想要你去我那工作呢。不知你愿不愿意？但这事现在还没公开。”

“我当然愿意跟老主任一起工作。”

没想到，毕业分配时，老冯所在的报社先来学校点名要我。后来才知道报社要我是想成全老冯，而且老冯也很想促成我们的事儿，便暗中做了工作。而我因为自己上学前就是记者，所以报社去大学要其他几个同学时也要了我，我还以为这很正常。

春节一过，报到的日子就近了。我急于上班工作，也急于进一步了解老冯。

我俩虽然不在一栋楼里办公，但几乎处处都能听到人们对他的议论：

“孩子病了也不知去弄药……”

“老婆咽气那天，他还在办公室里看稿子不回家。”

“家里只有那张大木板床，一点不像过日子样。”

……

我虽然不想听到这些，但又几乎一句不漏地都听到了。

尤其他那张贴在大门口“光荣榜”上的大照片，我一度曾为之欣喜，经过人们蜚短流长的言语冲涮，仅仅几天在我的心里就已黯然失色，只剩下“从来不迟到、不早退”这一句赞语了。

有一天，我回到宿舍，从名牌大学新闻系分配来的小杨和小赵见我脸上失去了往日的笑容，便再也隐忍不住一起向我发起了“攻击”。小杨心直口快：

“你没在的时候，我俩就说，一定得告诉你，我俩反对你找老冯这样的人，他不适合你。”

“小杨说得没错。要我呀，宁可一个人……”已经穿好球鞋、拿起羽毛球拍正要出去的小赵气愤地把球拍往床上一仍，接着说道，“啊，你可要知道，你的事不是你一个人的，代表了我们大学生！”

我惊呆了，傻傻地站在那里看着她俩。

“一个人可不行，生活是自己的，谁也管不着！”小杨穿着拖鞋走到我面前，拉着我的衣角接着说，“你先坐下，听我们慢慢告诉你。别看你以前离过婚，可是你今年才三十四岁，人生才刚开始啊，为什么要一头栽进柴米油盐里？”

“就是！哎，你知道他们是怎么议论咱们大学生的吗？”

“要不，我俩一起去找你们主任，报社风气不正，歧视大学生。还不许别人选择了？去找老冯也行，怕什么，也没做犯法的事。你越掖着，他们说得越欢。”

“他们还说是我俩挑拨你不理老冯的。这你知道，我俩这是头一回跟你说这事儿，对吧？”

以前我的确听我们部里的人说过，说是一起分来的大学生不给我出好主意，确实冤枉她俩了。但这话不是当我面说的，我也没有办法为她俩辩解，更不能跟她俩说去。小杨的男友是一名大学助教，人很好，也很帅。小赵的男友是一位机关干部，两人青梅竹马，但是上了大学的小赵似乎对他不太满意，这我们都能理解。我只是没有想到，他俩对我的事有这么多看法，这么关心，又这么大胆。

“就是，你的思想那么深刻，你看你来报社后写的报道多好啊，大伙都很羡慕你呢。你说你和老冯这么一个老脑筋能有共同语言吗？到时候过不到一块去咋办？”

“你俩不仅不是一路人，而且根本就是两代人。再说了，及早分手总比将来后悔强。”

……

我无言以对，深感对不起他俩。但当时我对老冯的印象还不坏，我还没想放弃老冯。

经过了这样的“道听途说”，经过了这样的“开导”之后，想见面但又怕见到他的那种情绪逐渐控制了我。我迟疑着没再主动去找他。

一天早上，我正在办公室里擦地板，电话铃声响了，一位同事笑嘻嘻地叫我听电话：

“老冯抓得真紧哪！”

“呵呵呵……”

人们对老冯的议论灌满了我的耳朵，几乎听不清老冯在讲什么，我脸红红的好半天都说不出话来。

老冯曾在我现在的这个办公室工作多年，人们从呼吸声里就能辨认出他。那议论针对性自然极强，总让人感到似乎有点什么问题隐匿其中。

晚上下班后，我如约来到老冯的办公室。他早已等在那里，仍旧笑呵呵地让我坐下。然后倒水泡茶、拿糖果……

这一连串熟悉的动作里无不包含着他的呵护，但我又总觉得那是父兄师长般的呵护。

我找不到合适的话说，便坐在侧面桌旁随手翻阅一张报纸。

这时，只听老冯压低了声音对我说：

“我告诉你一点事儿，千万别说出去。老何那天跟我说你见到他没理睬，把脸扭到一边去了……”

我吃惊地抬起头，不明白他是在说笑话呢还是当真？可是看到他那副严肃认真的样子，我才知道他说的是真的。

我茫然了。我以为他叫我来一定想谈我们都共同关心的事儿，尤其想听一听他儿女的态度。没想到他说完这句后就没话了。而且，我怎么也想不起来自己什么时候这样“忘恩负义”地对待过我们的“红娘”老何。可是当时我却一点儿也不想争辩，好像没那心情，一种“无聊”感充斥心头。

记得，我们的“红娘”老何曾经对我说过：“不要急于结婚，好好处处再说。”当时我只觉得这话多余，现在才感到它的分量。但是，那时老何说这话可是很真诚的，现在为什么这么无聊地编瞎话呢？是不是也承受不起人们对我俩的议论而想改扮“旁观者”、看热闹呢？

此外，还能有别的什么解释。总不会是老冯“自编自演”吧！

没想到事情竟会越来越复杂，而且顿时我俩都无话可说。他也不再讲话，就这样又沉默了一会儿，我不想再坐下去了，便站起身来问道：

“你还有别的事儿吗？”

老冯对我的问话似乎很意外，这时才急忙说道：

“你别急，听我慢慢说……”

“还有什么事儿？”

“……也、也没、没有什么了……”

“那我走了。”

我不喜欢他的吞吞吐吐，更担心他会像前两次那样让我躲避不及地贴近前来，我有些反感，不由得带着一种烦躁的心情急忙走了出去。

回到宿舍，我又有些内疚，毕竟他是个好人。应该跟他谈谈，把心里的想法对他讲清楚，这样不即不离的可不好。

周末我买了两张电影票，主动约他去看印度影片《流浪者》，算是对前一次不周之处的一种补偿。他很高兴地答应了。

我喜欢这部影片，拉兹的直率，丽达的深情，令人沉醉。然而正当我随着丽达轻声哼唱“只剩我一个人，我的心神恍惚”时，身边却响起了沉闷的鼾声。我扭头一看，老冯睡着了。

我顿觉索然无味，对他的歉意和希冀也随之消散了。

走出电影厅，互相间一句话都没说，他似乎只是仆人专门来陪伴我一样。

我突然觉得，他比我年长20岁这件事一下子变得如此真实、如此具体、如此明确起来。之前我为什么没把这20岁当回事呢？仔细想想，那时候20岁的年龄差距好像还仅仅停留在一个概念、一个数字上，并不像现在这样明显。而且，现在看来这差距好像远不止20岁……

想到这，我不仅有点悲哀的感觉。快到分手时，脑瓜里突然产生了一个念头：算了，今后就和他保持同志关系吧。我犹豫着还没开口，他却嬉笑着问我：“人们都在开我的玩笑，说我快要结婚了。你是怎么想的？”

“……什么？我们不是讲好了先处处再说吗？”

“那怎么行？我没法跟大伙解释呀？”

我大惑不解：“解释什么？我并没有对谁许愿，为什么要解释？”

“可，可是，我已经和领导说过了，我们的关系已经、已经定下来了……”

听他这么说，我十分生气，原来他讲了过头话。

“你怎么能自作主张地这么说呢？”

“我寻思你只要进了报社就一定能同意哪。”

“那你也得问问我的意见呀？”

“定下来不也挺好的吗？我对你非常满意……”

“我本来还想跟你处处再说。你这么弄，我连处下去的心情都没有了……”

“那咋办？”

“咋办？既然是你讲的，你自己去纠正吧。再说，你的儿女还都没同意，我怎能……”我没有忘记去他家那天，他已经工作了的女儿躲了出去，而他的儿子装睡不起的尴尬场面。

“我的孩子迟早要离开这个家的，可以不用去管。可是报社领导那，要是没有我这层关系，你恐怕、恐怕也来不了报社……”

他终于直言了，看来我的直觉没有错。可是当他说出这话后，我却好像一下子掉进了万丈深渊一样，手足无措，不知怎么办才好了。

又沉默了半天，我只好诚恳地说道：“说心里话，你是好人，对我也很好。可我总觉得你更像我的兄长，像我的老师和领导。如果是这样的关系，也许我们能处好。否则，对我太困难了……”终于把憋在心里的话说出去了，我轻松地长长地呼出了一口气。

可他还是带着疑问的眼光盯着我说：“我没法解释……”

“我真的觉得如果就这样答应你，以后合不来怎么办？”

“咋合不来？我能合得来。”

“能不能合得来，那是两个人的事情呀。”

“我什么都能将就，你也将就一下不就行了。”

“你看我像那种什么都能将就的人吗？”

“到时候就能了，现在想那么多干啥？”

“你怎么能这么说……”

我觉得话都说到这个份儿上了，他怎么还不懂，这么难以沟通，以后怎么相处？看来还真得分手了？

但是，他还没有要走开的意思，不住声地嘟囔着：

“我是为你好，处处为你着想……”

“这我知道，也很感激你。可是……”

我突然感到怎么把话又说回来了，问题又回到了起点，但他还是坚持不放，似乎我非得答应不可。而这一关当时怎么也通不过，尤其是在发现了我与他互相间难以沟通之后就更通不过了。

我想来想去想不出更合适的说法，只好说了一句可能会伤害到他的话：“如果你认为我来报社工作就必须得和你结婚，那你对领导讲吧，我可以离开报社。”

我没有想到，他并没有觉得这话对他有什么伤害，只是终于感到了我心意已决，便脱口说了一直以来他没有说出口的话：“你不愿意也行，我不过上当受骗就是了。”

“真是岂有此理！你怎么能说是我骗你呢？是你自己自作主张说了过头话，难道我只能同意，别无选择了吗？”

我见他瞠目结舌了好一会儿，便很坚决地说道：

“那好吧，我自己去说，明天我就辞掉报社的工作，回我老家去。”说完这句话我不由得拔腿就走。

一路上我都在想：我没有对不起他的地方，我从来也没有答应过他一定要结婚的，我一直在说要“处处看”。至于他曾问过我“想不想到报社来工作”，我说“当然想了”。我说的也是心里话，但毕竟没有因为分配问题而对他承诺什么。

这究竟是怎么了？是阴差阳错，还是我不谨慎造成的呢？想来想去，我又觉得这世界很不公平，为什么偏偏我的旅途这么坎坷，倒霉的事儿又一次叫我猝不及防。

我两眼噙满泪水，大步向前走去。不料，老冯竟从后面大呼小叫地追上前来，也不知道他又要说什么。行人都停下脚步看着我，以为出了什么事情。

此时，我突然觉得他简直有点可恨，该说的都说了，他还要喊我做什么？

我头也没回，径直向前走去。但是心里很难过，不用想我也能知道，明天我对老冯的态度又会成为报社的一个新闻了。

迎面走来两位女士，很像财务科的会计和出纳员。我觉得她俩好像在说着什么："没良心，人家把她弄来啦，她又不干了。"

我恨恨地看了她们一眼，这才发现，我弄错了，不是熟人。可是耳边似乎又响起另一个声音：

"哼，大学生有什么了不起，说变卦就变卦……"好像是办公室打字员的声音。

"他究竟看上老冯什么了？比老冯年轻20岁，长相和个头都比老冯强多了，又是大学生，能过到一块去吗？要我说还不如早点分手。"

"老冯干吗非得缠着人家不放？让人家重新再找一个多好……"

……

我突然感到：明天，明天会有若干这样的声音在我耳边响起。人们为什么这么热心这件事儿？搅得我无法平静，真是太可怕了，怎么办呢？

干脆走人算了。我才不是因为要进报社才和老冯相处的呢。明天就找部主任、找人事处，主动说明情况。如果人事处证实，的确是因为老冯的关系我才被分到报社来，那没说的，我走人。大不了还回到我原来的地方，又有老主任她们照顾，躲着点原来婆家的人就是了，他们还能把我怎样。一想到因为第一次婚姻失败，怕被婆家威胁，怕他们再去捣乱才留居此地，才发生了老冯这回事，我觉得我真是太不幸了。

不知不觉，我来到了美协门口。美展广告板上画着一把小提琴，底色蛋黄衬着五线谱，典雅极了。虽然没画演奏者，但我突然觉得大街上的每个人不都是演奏者吗，每个人都在演奏着自己的生活，而且余音袅袅……

人，就是这样活着的，一些最美好的东西往往不在现实生活中，而是在追求和幻想里。和老冯相处，人们会说"为了进报社不顾一切”。不和老冯相处，人们又会说“进了报社就甩了人家”。怎样做都会有人说，莫如按照自己喜欢的方式做去。

主意一定，我顿觉轻松了许多。

第二天一上班，我想先把手里的稿子处理完，再找部主任说清自己的想法。不料，刚走进办公大楼，就有人问我：“听说你们的关系结束了？不再进行了？”

又是“听说”，我故作不懂地反问道：“你说什么？”

“听说你发了脾气，没再理他？”

……

可我万万没有想到的是，当我把处理好的稿件及手头工作都一一向部主任交待完，说明准备辞职走人的时候，部主任吃惊地看了我半天，然后厉声说道：

“你先别走！”

接下来，他看着我，语气和缓了一点，说：

“怎么这么点磨难都经不起？你听人说的那些事我们也都听到过。可是那毕竟是一些人自己的看法，何况又是一些猜测，代表不了组织。昨天编委会上，总编辑还说你搞的这一组批评报道很有分量，在省里引起了很大轰动，省委领导在一次会上还表扬咱们报社舆论监督很有力度。还说你来报社后写的一些报道都不错，有功底，能吃苦。所以总编辑还让机关党委整理一下你的事迹，号召新来的大学生向你学习呢……”

要不是主任说得那么认真，我还真以为他在拿我开心呢。从主任那里我得知，原来我的事情也在会上公开议论过，有人提出这时候表扬我好不好。总编辑说：“去大学要人时的确考虑了老冯的因素，那是为了照顾他本人。但是因为报社‘文革’这十几年没有进大学生了，所以也正想要一些像小梁这样当过记者的人。这是一种巧合，和老冯处不处是他们的私事，两人成不成都不影响她在这里工作。我们不能眼看着一些不良风气毁了大学生……”

听到这里，我已经泪如泉涌。不料主任又像我的家长一样和蔼地说道：

“不处下去好哇！大家早就觉得不处下去好一点。可是你们正处着时谁能说什么呢？你还年轻，应该有自己的生活。多数人还是关心你的。老吴她们前天还念叨，说是要帮你另外考虑……”

“主任……”没等主任说完，我深受感动的眼泪早已夺眶而出了。真没想到天无绝人之路，荒山中还有金，枯井里也有泉呀！

从那以后，我干工作更卖力，也更动真情了。

1982年12月25日

第四部分　诗歌

（一）夏日激情：48 首
（1966 年—1993 年）

1.‘知青’年代 30 首（1966 年—1974 年）

（1）敢叫日月换新天

十八天了，
风雨交加，
漫山遍野立着庄稼——
玉米披着湿淋淋的雨水，
大豆也涨破了豆荚，
稻谷低下了倔强的头，
瓜秧耷拉在支架下。

春播滴雨未下，
夏锄用汗水浇它，
多少心血多少梦，
盼望幼苗快长大。

如今怎么收割？

怎么拉打？
老人愁眉紧锁，
女人泪水滴下，
男人坐卧不安，
要求队长快快发话。

“不能让灾害横行肆虐，
不能看着风雨损毁庄稼。
看看今天是哪个年代？
问问现在谁主宰天下？
再不能‘头顶柳条圈，赤腿光脚丫，
去乖乖地、乖乖地给龙王跪下。’”

甩掉破棉袄，
毛巾头上扎，
男女老少齐出动，
誓与风雨比高下。
你追我赶忙抢收，
挥镰割谷声唰唰。
手提肩扛头上顶，
大车小辆拉回家。

小雨冲去汗水，
大雨清洁脸颊，
雷电轰鸣来助阵，
灾害乖乖认输了。

我们是人民公社社员，
红日在心中高高悬挂。

1966年10月　农忙假支农

（2）我看见了苏联的山

路程越走越近，
峰峦起伏的高山就在眼前，
只隔着一条河呀，
友谊多年的苏联。

可是今天，
苏维埃的旗手刚刚更换，
政党的颜色就变了，
山河的颜色也在变。

我看见了苏联的山，
我和你站在同一块地上，
顶着同一片蓝天，
沐浴着同一轮太阳啊，
可爱的苏联的山。

时间已过十几年，
我们要给你换容颜。
在这同一条河两岸，
应从事同一个伟大事业，
弹奏共产主义同一根琴弦。

盼望着啊那一天，
我们要把马列红旗重插你的峰巅，
再与你热烈握手交谈。

相信吧，
这一天不会很远，
这一天已近在眼前。

1968 年 6 月 24 日

（3）向祖国致敬

刀光剑影，
雷电轰鸣，
在这战斗的日子里，
祖国——
您的战士向您致敬！

伴随十九年国庆节的钟声，
战士的红心激荡奔腾，
跨过条条澎湃的江水，
越过座座壮丽的山城，
怀着七亿人民的共同心愿，
载着军垦战士的雄壮歌声，
向着北京、
向着第一面五星红旗、
向着天安门城楼、
向着伟大领袖毛泽东，
——致敬！

我们曾生活在泥土之中，
满怀对祖国母亲的深情，
是你给了我们一个温暖的家，

从此不再挨饿受冻。

我们曾幼小懵懂，
满怀对老师的崇敬，
是你教育我们长大，
从此有了知识和本领。

我们手挽着手，
与祖国并肩同行，
在血雨腥风中磨炼，
披甲从戎长成。

祖国啊——
翻开你鲜红的史册，
历数你光辉的历程，
多少个抗日的夜晚，
多少个解放的黎明，
多少次浴血拼杀，
多少次英勇冲锋，
……
为了您，亲爱的祖国，
多少英雄的儿女洒尽热血，
多少年轻的战士献出生命。

今天，
我们深知祖国还不够强大，
人民尚未衣食丰盛。
帝修反还在背后蝇营狗苟，
操纵反革命分子夺权执政。

十九块不平凡的里程碑上，

几度风起云涌、
暗枪声声，
无形的争夺战啊，
从来就不曾平静。
步步为营，
步步为营，
祖国多次危在旦夕，
乌云迷雾笼罩领空。

历史在发问，
风雷在怒吼，
七亿人民决不答应：
革命！革命！
跟着毛主席革命到底，
定要红旗猎猎飘太空！

祖国啊，
暴风雨洗涤了你的手脚，
你的生命从此更加年轻。
战火铸造了你的筋骨，
你的步履从此更加坚定。
挥舞起鲜血浸染的战旗，
又开始了新一轮长征。

两条路线的斗争，
教育了学步的雏鹰。
无产阶级使命，
指引着新的航程。
迎着光芒四射的红日，
我们欢呼——
毛泽东！

您光辉思想的火种，
深深扎根我们心中。
牢记您的最新指令，
我们宣誓——
要把帝国主义颈上的绞索勒得更紧，
让秃头上的跳蚤日暮途穷。

蓝天的白云高空的风，
长江的波浪兴安岭的松，
和我们一起向您致敬！
放心吧，祖国，
保卫您——
我们浑身是胆，
热血沸腾。
建设您——
我们劈山造海，
智慧无穷。

我们——
双肩重担，
满腔忠诚，
誓叫东风吹万代，
万代战旗红！

1968年8月31日

（4）抗洪

朝望绿草地，
夕愕水连天，
疾风吹不去，
云雨列窗前。

病房踱步急，
忽闻歌声起，
扁担复箩筐，
雨过见大堤。

1968年8月31日　看战友抗洪

（5）赞“比”

出工比学，
针对问题学语录，
看谁问题找得准，
看谁理解最深入。
比学，互相帮助，
时刻不离红宝书。

工地比用，
哪里艰苦往哪冲，
风吹雨打若等闲，
千锤百炼骨头硬。
比用，战斗在哪里，
哪里出英雄。

收工比讲，
毛泽东思想指航向，
斗私批修挖根源，
刺刀见红敢上纲。
比讲，完全彻底，
披荆斩棘亮思想。

比，
比出一双接班的手，
比就一身硬骨头。
比，
比得帝修反心惊胆战，
比到红太阳照亮全球。

1968 年 10 月 5 日

（6）风口浪头炼思想

油灯拨得亮，
灯前把话讲，
手捧红宝书，
越说越激昂。

秋收战役已打响，
挥起镰刀摆战场，
你挑战，我应战，
风口浪头炼思想。

冰霜裹脚暖洋洋，
寒风扑面志如钢，
备战备荒为人民，
刀山火海我敢闯。

1968 年 10 月 7 日

（7）遥寄战友

遥远的问候，
请你接受，
它来自冰天雪地的荒原，
满载战士那热情的歌讴。

分别虽只半年之久，
信件倩诉不尽屯垦戍边的感受。
见面的日子又那样不可揣摩，
全肺腑的话儿，
只有在这最思念的时候，
用这最质朴的语言，
寄给另一条战壕里的战友。

半年风雨的洗练，
半年阶级斗争的考验，
生产实践，
反帝反修，
……
都想向你倾诉啊，
亲爱的战友。
不过最紧要、最紧要的还是——

宝书四卷爱不释手，
活学活用尝到了甜头，
思想体力都获得大丰收！

“书生意气，挥斥方遒”，
远大的理想在实践中刚刚开头。
我们还要练就搏击苍穹的翅膀，
才能参加埋葬帝修反的战斗。

现在，我们虽然不在一起，
却可以用豪迈的歌儿一起迎新辞旧。
在向共产主义进军的征途中，
我们都永远风雨同舟。

……

亲爱的战友，
你知道——
我不是歌手，
自然没有伴奏，
只能用这干哑的歌喉、半秃的笔头，
写两句心底里的声音，
寄给你，远方的战友。

让我们约定吧，
约定握手的时候——
当东风劲吹大地，
当红太阳照遍全球！

1968年12月20日

（8）向新年致意

时间啊，你慢慢走，
江水啊，你慢慢流，
伸出稚嫩的、没长茧的双手，
试图将你挽留。

让我们再回顾一下半年多的战斗，
再剔除一些无知和谬误，
好迈开更坚实的脚步，
跨进更辉煌的征途。

一个年头接着一个年头，
战斗中青春一步一步溜走。
警惕啊，不要让头脑生锈，
我们的人生才刚刚开头。

在这辞旧迎新的时候，
战友们肩并肩、手挽手，
聆听元旦社论的号令，
意气风发，挺胸昂首。

幸福的歌儿唱了一支又一支，

欢快的舞蹈跳起来就没有尽头，
张张笑脸向着新的一年致意，
颗颗红心把美好的未来铺就。

1968 年 12 月 31 日

（9）我爱大自然

大自然，我最亲密的朋友
你向我伸出了无私的双手。

你给我衣食，
又教我奋斗。
哺育我成长，
让我记住了生生不息的理由。

你用冰雪锻造我的骨头，
又用风雨洗净我的双手，
烈日把我的心血晒红，
荆棘召唤我大步向前走。

从我迈出人生第一步，
至今已度过二十二个年头，
我的每一丝头发、每一寸皮肤、
每一捧春光、每一粒晚秋，
无不满载你的给予和温柔。

可是，在庆生的时候，
你却悄悄地在窗外守候，

连一粒美食也不享受，
把全部欢乐都留给我和战友。

大自然，亲爱的朋友，
你如此憨厚，
怎不叫人把你歌讴。
你这么亲切，
有了你，
我们才有和平和自由。

我知道——
表面看来你那么平和，
但心里却装着许多忧愁：
你担心我们年轻不懂自然规律，
更担心过度垦荒会让水土流走。
……

你的忧愁正是我们努力的理由，
在接受你恩赐的时候，
我们已把忠告放在心头。
放心吧，
大自然，
今年我们已改变计划，
并将为新目标而奋斗。

我爱你，大自然，
我愿做你的一棵小草、
一条溪流、
一阵微风、
一滴美酒，
做那一片飞絮、

一抹彩釉……
即使只有一声问候，
那也由感恩造就。
为了那数不尽的小草溪流，
我愿永远守在你的左右，
终生为你战斗。

如今，
握着大自然温暖的双手，
我终于明白：
真正的完美不是拥有了百分百，
而是在为百分百奋斗的时候。
只要人类与自然和谐相处，
自然界就永远是人类最忠实的朋友。

1969 年 3 月 22 日

（10）我们是劳动者的后代

我们是劳动者的后代，
生来就把劳动爱。
有毛主席引航掌舵，
我们前赴后继走过来。

我们是新中国的青年，
踩着父兄的脚印朝前迈。
千难万险无所惧，
社会主义大厦我们建。

我们的双手像父兄一样大，
父兄双手打天下，
千年铁索全劈开；
我们双手造江海，
挥笔握枪掌大权。

我们的双脚像父兄一样坚，
父兄双脚闯天涯，
千里冰霜脚下踩；
我们威风凛凛站起来，
昂首阔步多豪迈！

我们的胸怀像父兄一样宽，
父兄胸怀装全球，
容纳风雨多少载；
我们阶级斗争揣满怀，
大好河山我主宰。

我们有父兄的智慧英雄的胆，
战斗豪情满胸怀，
双肩挑起革命担，
一颗红心来接班。
志存胸内跃红日，
誓叫全球红烂漫！

1969 年　纪念“五一”

（11）迎接上海‘知青’

青松扬起了手，
碧波昂起了头，
早来一步的老兵啊，
正焦急地在这等候。

啊，看见了——
你们满载产业工人的嘱托，
沐浴“九大”的东风，
奔赴北大荒，
昂首阔步雄赳赳。

哦，听见了——
你们正放开歌喉，
“屯垦戍边”
“反帝反修”
开足马力来战斗。

欢迎你，新战友！
你们来自黄浦江畔，
虽千里迢迢，
却精神抖擞。

把红宝书高举再高举，
千难万险不回头。

1969 年 5 月

（12）准备收割

两手油泥一抹，
满脸笑呵呵，
徒弟围着机车转，
个个部件都摸过。

“油缸要加满”
“舵盘要灵活”
“擦一擦风挡”
“再试试刹车”
……
师父叮咛又叮咛，
嘱托、再嘱托。

麦地已晒干，
明天就收割，
分秒必争忙抢收，
坚决不误车。

1969 年 8 月 12 日

（13）愤怒的三月

三月举刀枪，
三月挥铁拳，
三月的大地要战斗，
三月的怒火烧红了天。

看，苏修老混蛋，
驱使“乌龟壳”，
越过“中心线”，
向我战士开枪炮，
鲜血染红江两岸。

打！子弹飞出膛，
打！怒火遍地燃，
打得他滚的滚来翻的翻，
把他的装甲坦克全砸烂！

记住，仇恨又一笔，
讨还，血债一篇篇，
高举红旗向前进，
三月的怒火烧红了天！

1970年3月2日　遥望珍宝岛

（14）看战友演出

军歌嘹亮，
鼓乐震四方，
喜看你跃上舞台，
英姿飒爽。

救战友——
你歌喉震四方，
两道浓眉紧锁，
两把“利剑”闪光，
尽斩熊罴豺狼。

战火海——
你高举红旗向前闯，
烟熏火燎若等闲，
皮肉烧伤志如钢。

讲理想——
你遥望亚非拉，
把赤道战鼓擂响再擂响，
不解放全人类不返航！
……

曲尽情不尽，
舞姿更昂扬。
喝彩声一浪赛一浪，
旌旗猎猎似战场。

哦，我的战友——
放声唱吧！
让雄壮的歌声激荡五洲四海。
纵情跳吧！
用战斗的舞步迎来全球得解放。

1971 年 9 月 24 日

（15）迎接 1972 年元旦

看捷报纷飞，
听战鼓隆隆，
大江上下钢花飞溅，
长城内外万紫千红。
托白云把战果带给亚非拉人民，
捧瑞雪迎来 1972 年的脚步声。

在这战斗的时刻，
是谁——
在印度支那战场被打得丢盔卸甲？
是谁——
在联合国的讲坛上被驳得理屈词穷？

在这胜利的时刻，
是谁——
挥舞大刀长矛？
是谁——
英姿飒爽、满面春风？

让历史的车轮滚滚向前，
对倒行逆施者处以极刑。

任凭风急浪涌，
革命的旗帜将永远鲜红。

在辞旧迎新的日子里，
让我们放声歌唱：
“满腔的热血已经沸腾，
要为真理而斗争！”

1971 年 12 月 31 日

（16）汽车报晓

星儿跳，
月儿笑，
马达突突叫：
“报晓公鸡快快起，
莫要睡懒觉。”

公鸡伸伸腰：
“是谁在那吵？
现在天没亮，
等会儿再报晓！”

突然，一道强光把眼耀，
“莫非太阳出来了？”
公鸡急忙探头瞧，
汽车隆隆远去了……

雪白的“皮哈”身上穿，
红光满面乐滔滔，
两手紧握方向盘，
四轮飞转冰雪消。

就为红日照五洲，
咱千里万里不抛锚。

1972年2月10日　四师乐器厂

（17）乐器生产迈大步

铲刀跑，
锉刀飞，
砂布一个劲儿把手催，
玻璃一见着了急：
“留下两块我来推。”

锯条“嚓嚓”叫，
镟床“嘶嘶”追，
瞟锅乐得合不上嘴。
小张刮板平又快，
师傅一旁笑微微：
“多做乐器送连队，
参加斗争显神威。”

小提琴拉着收割曲，
三弦弹奏联欢会，
扬琴绷紧战斗的弦，
刺杀声声赛春雷。
乐器生产迈大步，
千歌万曲齐来汇。

1972年2月11日

（18）爱什么

有人说我们年轻幼稚、没有情感，
有人说我们只会干活，不懂恨和爱。
这是因为他还不了解我们，
不知道我们这一代的感情从哪里来。

（一）

还是在我刚刚戴上红领巾的那一天，
妈妈抚摸着我的头顶，
我抬头看见妈妈热泪充满了眼圈。
我的心砰砰直跳，
不知道发生了什么事件。

妈妈打开箱子，
双手捧出一个包裹，
一面褪了色的红旗
在我面前展开。

“要它做什么？
现在的红旗多鲜艳？”
妈妈把那一块块斑点指给我看：
啊，斑斑血迹，

血迹斑斑！

那是1933年，
红军来到祁连山，
突然，旗手倒在雪地里，
他已无力睁开眼。

连长接过他手中的这面红旗，
毅然把热泪擦干——
同志们，为阶级弟兄报仇，
我们一定要尽快翻过这座山！

可是，胡匪包围了这支队伍，
密集的枪声响了一夜又一天。
子弹从身上穿过，
鲜血把红旗浸染。

按着滴血的伤口，
连长把你爸爸叫到面前——
我不行了，通讯员，
这面旗，请你一定打到延安……

就这样，
这面来自井冈山的红旗
又插到了延水河畔，
飘扬在敌后根据地，
三随部队下江南。

它带着长征的艰辛，
熏染了抗日的硝烟，
记载着三大战役的丰功，

又听军号响彻海南……

在你爸爸牺牲时，
首长把它送到我面前，
说等你长大时，
好接革命的班。

这时，我早已泪水盈眶，
眼前模糊一片，
好像我正高举这面红旗冲锋，
对，它正飘扬在我的胸前。

从那以后，
爸爸他们那些高大形象
就一直活在我的心田。
我爱他们，
我要好好学习，
做永远革命的新一代！

（二）

今年毕业的前一天，
我拿着“工作分配表”
去征求妈妈的意见。
妈妈看见“志愿”一栏还是空白，
问我为什么没有填。

我说——
今天的幸福是父辈用血汗换来，
我准备用双手去开垦荒原，
响应毛主席的伟大号召：
下乡上山！

妈妈高兴地拍着我的双肩——
好！孩子，
你已经懂得了革命、斗争，
记住了幸福的源泉。
我告诉妈妈——
明天就要出发了，
我们也要上“前线”。

妈妈又像十年前，
双手拿出一把军用铁锨——
拿着，这是你今后的战斗武器，
不要忘了：
它砍过鬼子头，
也曾开发过南泥湾。
一道道手印一层层汗，
交给你了，
用它为革命做贡献。

红旗高高举起来，
妈妈送我到站前，
放好行李，
背上挎包，
从上到下
妈妈看了一遍又一遍。

——放心吧，妈妈，
不结实的地方，
我会用烈火来熔炼。
我是那样地激动、快乐、
勇敢又庄严。

汽笛长鸣，
车轮飞转，
眼前涌过送别的张张笑脸。
——再见，亲爱的妈妈，
——再见，美丽的家园。

迎着北大荒的漫天风雪，
我们把屯垦戍边的重担扛上肩。
为了让井冈山的红旗永远飘扬，
我们要经得住战斗考验！

（三）

前年的今天，
我刚刚到兵团，
首长拍拍我的肩——
小江，革命需要你种地，
努力学习，好好干！

我自豪地举起这把铁锹——
放心吧，首长，
有战斗的红旗父辈的胆，
誓叫江水乖乖流，
能让荒野变粮川！

第一次劳动是挖渠，
风吹雨淋整一天，
腰酸腿疼捧起书，
油灯底下读“四卷”——
愿意并且实行和工农兵结合的，是革命的。
毛主席指引革命路，

我下定决心走向前。

让扁担磨硬双肩，
让两手长满老茧，
火热的战斗生活，
把雏鹰磨炼得格外矫健。

擦去钢枪上晶莹的霜花，
查看待命出击的颗颗炮弹，
抡起前辈攥热的铁锨，
一掀要把穷白连根砍断。

雷击霜染，
做傲岸的松柏。
风吹雨打，
当穿云的海燕。

不畏寒风刺骨，
何惧烈日炎炎。
爱听枪刺突突，
喜看银镰闪闪。
迈开大步向前闯，
烈火练就真情感。

今年，红色的营房一片片，
金色的麦田望不到边。
我们却打起背包
准备“换防”，
新的战斗又把我们召唤。

让战歌永远给荒原报晓，

双脚要走完新的两万五千。
为了这里鲜花烂漫，
我们愿意战斗一百年。

到那时，我们将骄傲地向妈妈汇报——
北大荒已变成我们的新家园。

（四）

这就是爱的考验，
这才是真挚的革命情感。
这样的爱，再深的海也不能比拟，
这情感来自父辈那宽阔的胸怀。

我们是一代共产主义新人，
新生活的赞歌我们高声唱起来。
犹如天和地有缘、太阳和月亮有缘，
我们与奋斗结下了不解之缘。

为了解放全人类，
我愿捧出忠心和赤胆。

1972年2月15日

（19）赞运动员

好！运动员，
我大声为你叫好！
谁有你——
投得远，
跑得快，
冲得猛，
跳得高！

要跑，
就跑它个万马奔腾！
要跳，
就跳它个龙腾虎跃！
看手榴弹遍地开花，
任标枪一扎穿云霄。

南极北极都投到，
赤道一条向前跑。
不插遍红旗不罢休，
不到终点不歇脚。

膀大腰圆多威风，

条条肌肉在夸耀:
为了解放全人类,
咱枪声一响大步跑!

1972 年 6 月 7 日　师部运动会

（20）打靶

这哪里是靶，
分明是侵略者的贼脑瓜，
他正横眉立目
——用谎言欺瞒本国人民，
——又把战火烧向亚非拉。

这哪里是靶，
看那狰狞的血齿獠牙，
就知道他
——吞噬过多少越南兄弟，
——奴役着大小多少国家！

这不是靶，
这是吃人的魔鬼在窥探，
这是杜勒斯的幽灵在挣扎，
——他在北美洲张牙舞爪，
——他在莫斯科称王称霸。

瞄准他，
狠狠地打，
满腔仇恨开火花。

不打倒帝修反不罢休，
不解放亚非拉不下马。

1972 年 6 月 10 日

（21）练兵场上

集合——似闪电，
前进——齐刷刷，
冲锋——赛蛟龙，
突刺——杀杀杀！

练兵场上，
军号哒哒，
民兵战士，
容光焕发。

再打一个十环，
又砍倒一个活靶，
“大办民兵师”号召震四海，
手榴弹遍地开火花。

生产战线的突击手，
练兵场上当行家，
建设祖国保边防，
红旗一举呼啦啦。

1972年6月10日 “大办民兵师”十周年

（22）时代气象员

一道闪电，
一声霹雳，
一个顽强的形象
巍然挺立。

我们
脚穿水靴，
身披雨衣，
风向杆下，
挥动铅笔——
风向：正东，
风速：30 米。

啊！它能拔起枯藤老树，
吹得天下飞沙走石。
这风力——
足有八九级……

一笔笔，
一字字，
沾着汗水和雨水，

烙在气象表格里。

打开百叶窗，
观察湿度计。
看！红色水银柱不断上升，
好像不到顶点就决不停止。
它骄傲地向人们显示——
雨越下越大，
风越刮越急！

伴着雷鸣，
伴着风雨，
气象员健步走回战备值班室。
那大幅“气象形势图”上，
分明的红蓝标记跃入眼底——
大范围的暴风雨正迅猛到来，
要把二十世纪的污泥全部荡涤！

我们
笑容飞上眉梢，
心里雷电骤起——
风雨过后定会红日高照、
晴空万里……

啊！
快把亚非拉的风暴、太平洋的雷雨
全收过来，
放到时代气象员的心里。

1972年6月15日　四师气象站

（23）送烽火

“柴拖拉”爬山头，
“汽笛”跟着喊“加油！”
“柴拖拉”一声吼，
山低头，
云颤抖。

车上煤块拍手笑，
青年司机热汗流。
四轮生风体生翅，
千山万豁车下走。

红日映车窗，
车辙绣五洲，
双手把稳方向盘，
要把烽火送全球。

1972 年 6 月 15 日　43 团运输连

（24）党员老赵

共产党员老赵，
年届五十不显老，
多少风火秀脸膛，
两鬓斑白、红光闪耀。

当年闹革命，
走南闯北路一条，
火线挂过花，
坐过大监牢，
率领部队战海南，
“三八线”上查过哨。

解放转业到工厂，
办公室难锁狮和豹，
几十台车床心头响，
数百个工人眼前笑。

上擂台——他是红旗手，
搞革新——他像一把刀。
定工艺、改设备，
样样少不了。

千斤重担挑肩上，
他大步流星、不晃不摇

毛主席发出新号召，
工宣队要进学校。
一道命令下，
队长是老赵。

老赵深知担子重，
捧起“四卷”上跑道——
复课闹革命，
他打响头一炮。
批判“无政府”，
他大街小巷跑。
校园里书声琅琅，
新秩序人人夸耀。

可是眼前还有难关一道：
“教改”怎么搞？
从不皱眉的老赵，
急得把头挠——
俺斗大的字识不了半升，
编课本还是头一遭。
外行能够领导内行，
社会主义文化课一定要上好！

多少花苞要开放，
多少树苗苗盼雨浇。
——俺风暴里炼出骨一把，
天大的困难难不倒！”

小学生书包肩上挎，
万里征程从头跑。
买回资料，发动教师，
还和学生去商讨。
党支部深入群众，
智慧无穷似海潮。

老赵心里乐滔滔——
入党三十年，
好像刚填表，
共产党员时刻听从党召唤，
俺专拣重担挑！

1972年6月20日“迎七一” 宁安一中

（25）门卫

你满脸皱纹，
却长着鹰一样犀利的眼睛。
你鬓发斑白，
却能辨得清水滲虫鸣。

你是那样的严肃——
没有证件任何人不准通行。
却又这样热情——
举着报纸信件
呼唤过往工人的姓名。

你是一个普通的群众，
却可以对大车小辆发号施令。
你是一个平凡的工人，
师傅、徒弟却都把你尊重。

车间里的每一台机器
都连着你的神经。
每一下杂乱的锤声
都震动着你的心灵。

你“悠闲”地坐在椅子上，
可谁都知道你的担子有多重。
你守卫在工厂的大门口，
不！你保卫着共和国的万贯财经。

在社会主义大厦上，
你是平凡而又伟大的卫兵。
如果有豺狼来行，
——宁可筋折骨断，
也要献出对党的全部忠诚。

在日夜轰鸣的机器上，
你是一颗普通的螺丝钉，
党员的心和党的事业浇铸在一起，
党的事业使党员重获新生。

1972年6月20日　住宿宁安化肥厂

（26）校园新歌

一排排白杨钻天外，
一朵朵葵花向阳开，
一行行松柏绽青翠，
一队队学生读书来。

轻盈盈的身材多矫健，
齐整整的步伐多豪迈，
革命事业接班人，
红彤彤的铁流滚滚来。

学　文

一双双明亮的眼睛
跟着粉笔转，
一个个深刻的问号
印上稚嫩的脸盘。

热烈的争论响彻教室，
一只只小手举到耳边——
我发言！
我发言！

一阵阵掌声表达了同学的勉励，
一行行正确的答案写上黑板。

学　工

书包挂一边，
围裙扎腰间，
手工刨催着刨花飞，
锯条奔忙不眨眼。

开完隼，
刨光面，
师傅指挥往上按，
“小木工”心灵手又巧，
一张张书桌多威严。

学　农

银锄斩尽杂草，
铁镐抡过双肩，
稚嫩的汗水渗进沃土，
把饥渴的青苗浇灌。

快扶起歪倒的小苗，
棵棵向阳花开在心田。
把肥沃的黑土捧上垄台，
条条革命路筑在心坎。

我们与禾苗一起生长，
只等祖国一声召唤。

学　军

红五星在头上红光闪闪，
红领章在眼前红色漫天。
——向解放军学习，
三大纪律、八项注意，
嘹亮的歌声响在耳边。

练集合——
整齐一条线，
戳穿了骗子的梦幻。
练刺杀——
喊声响天外，
帝修反闻风丧胆！

钢铁长城筑四海，
每一寸土地都喷射革命烈焰。

革命大批判

火，呼啦啦地烧起。
地，轰隆地震撼。
“迫击炮”在无休止地射击，
众目睽睽，
把骗子批判。

什么“读书无用”论，
纯粹是“读书做官”论的翻版。
两样腐朽的货色，
一副骗子的嘴脸。

我们沸腾的血管里，
纵横着党的基本路线。
我们年轻的双眼
把一切阴谋诡计看穿。

毕业证书上，
写着工农兵的意见。
火热的胸膛里，
汇集着时代的熔岩。

十几年的哺育——
化作满腔忠诚，
千行万业——
任祖国挑选。

到荒山探宝，
我们披肝沥胆。
去海防巡逻，
我们文武双全。

在前辈开辟的道路上，
纵有千难万险，
也要站起来，
挺起肩。

啊！
我们的青春似火，
如钢花飞溅。
我们的躯干坚强，
如巍巍高山。

传递革命的接力棒，
像滚滚长江，
掀起万丈狂澜！

1972年6月21日　宁安一中

（27）出航

浓云蔽日，
细雨蒙蒙，
停机坪上一排锃亮的银燕
待命出征。

绿色信号弹突然升起，
祖国发出歼敌的命令，
霎时间马达怒吼，
长机和僚机展翅腾空。

在浓云里搜索黑影，
飞行员擦亮“猎人”的眼睛。
在密雨中掌握航向，
战士的心里亮着北极星。

哦，再密的云雨，
也扑不灭我们的豪情。
雷击电闪，
正好磨炼杀敌本领。

突然，“雷声”隆隆，

是你的机关炮把敌人命中。
快看，“电光”闪闪，
敌机燃烧的烈焰把战区映红。

人民的银鹰，
保卫着神圣的万里领空，
我们的胸怀如海，
能将五洲风云包容。

1972年6月22日　牡丹江空军机场

（28）送粪

月牙儿挂树梢，
星星眨眼笑，
村口柳树旁，
一阵闹吵吵——

妹妹拽车把，
弟弟拉绳套，
姐姐一旁傻了眼，
到底送哪好？

妹妹要送队里，
弟弟要送学校，
姐姐急得大声吵——
都是咱社的地，
都为上“纲要”，
送完队里送学校，
谁也误不了。

妹妹乐弯了眉，

弟弟拉直了套，
姐姐鼓着腮帮推起车，
脚步比春早。

1973年3月　带学生下乡支农

（29）妇女顶起半边天

你的头上曾压着三座大山，
你的四肢曾缚着“四权”的锁链，
试问旧时的木棍和皮鞭，
谁没浸染姐妹们的血汗？

一层层苦难，
一次次熬煎，
旧社会的十八层地狱，
你从最底层挺起了肩。

闹革命你心红志坚——
娘子军用枪杆捣毁了深宅大院，
刘胡兰的硬骨头叫敌人羞愧汗颜，
枪林弹雨中你披肝沥胆，
渣滓洞集中营你大义凛然。
……

搞建设你一马当先——
三八带电作业班横跨江河，
邢燕子立志务农经受冶炼，
英雄的女飞行员驰骋长空，

吸引嫦娥辞月宫重返人间。
……

千余年的高龄你历经摧残，
一朝获新生你勇闯各条战线。

为祖国你处处添砖加瓦，
为人民你时时把青春奉献。
你虽然只是一棵小草、一缕阳光，
然而你却撑起大厦、顶起了天！

1974年3月7日　牡丹江师范学校

（30）赞手

请看这双手，
布满伤痕、青筋和褶皱，
苦水里不曾畏缩，
屠刀下不曾颤抖。

它饱尝了多少心酸和哀愁，
多少根皮鞭将它抽，
伤痕是血泪的控诉，
囚牢里看它紧握拳头。

它抚摸过多少冬夏春秋，
血汗浇铸每一块钢、每一座楼，
褶皱里闪耀着骄傲的光芒，
创造了多少幸福和自由。

青筋里蕴藏着爆炸的铀，
热能在褶皱里奔流，
为着和平随时准备释放，
直到歌声响彻宇宙。

现在它又擂响战鼓，

发出解放全人类的进军前奏，
美帝苏修闻风丧胆，
试问谁敢抗拒这革命的洪流！

伤疤、青筋和褶皱，
布满双双劳动的手，
它们像经线和纬线，
正把光明和温暖织遍全球。

1974年4月22日　纪念“五一”

2. 大学时期 12 首——献给国庆 30 周年

（1979 年 9 月 9 日—9 月 15 日）

（1）坚贞的爱

——“民主”自白

出生就是一片火光，
腐朽的世界分化动荡。
自由是姐妹，
人民是爹娘，
贫穷为襁褓，
汗水为乳浆。
即将萌生的人类春天，
我来到你的心坎儿上。

我来了，
带着天真和热情，
曾被“资产”迷上。
为了我，
他不惜赴汤蹈火，
还带我参加竞技舞会，
可是一有新欢，
我便成了他的美丽牌坊。

他的冠冕堂皇使我厌弃，
乘新文化摇篮我来到长江。
啊！古老的中华，
你的忠勇和坚贞，
使我一见钟情，
深深地把你爱上。

我来到古国，
却陷入情场。
封建老儿恋我温良恭让，
纠集群氓，
对我百般嫉妒、造谣中伤。

凄凉和痛苦塞满心房——
衷肠未吐，
心花未放。
幻想和期望爬上脸庞——
只有爱情在你我心中闪光。

别说冰雪难消，
可曾见五星红旗空中飘扬？
受伤的心总该得到抚慰，
谁知封建老儿依旧得意扬扬。

从此，我掩盖了爱，
深藏了情，
无限愤怒在胸中生长。
长江大河怒涛汹涌，
八面来风为我伸张。

我悄声扣问祖国母亲心房，
顿觉热血滚滚流淌。
母亲和女儿心心相印，
星儿明瞭，
鸟儿欢唱。

我站立起来，
挥舞时代的罡风。
六十个春秋，
两度潮涨。
亲爱的中华，
你拥抱我，
激情满腔。

我来了，
脚步铿锵。
僵死的桎梏逐渐消亡，
封建老儿末日已到，
新的中华正一片曙光。

献给你了，
我的满腔热情、一片忠诚，
请你珍藏！

（2）生活告诉我

你来了——
点燃青春的火苗。
我不相信——
冷漠中生活还会微笑。

你留下来——
编织爱情的锦袍。
迷恋中——
我忘了朝霞会变成夕照。

你走了——
留下荒诞和萧条。
多少杯浓烈的苦酒，
将我的心灵浸泡。

我恨自己——
失掉的本来不该再要。
轻信中——
造成了多少苦恼。

去吧——

请把你的“恩惠”带好。
孤独并不可怕，
嘲弄才是难忍的煎熬。

因为爱得深切，
恨才更加狂暴。
生活告诉我——
不要痴情地等着。

我既能热烈地追求，
也就会无情地“回报”。
挫折算得了什么，
卑怯才真正渺小。

“报复”虽然无力，
毕竟是人格的闪耀。
“思考”在爱火里燃烧，
看我把新生活创造！

（3）警惕和嘲笑

一栋小房守卫着门旁的大道，
两只明亮的眼睛搜寻着来往的人潮。
走进来的——
请出示证件，
出校门的——
请打开挎包。

“警戒”加上“通告”，
爱校的心拧成一条。
请检查吧，
小民从来不怕扰。

房后的塌墙忍不住嘲笑——
大车小辆快从这儿逃。
公家的东西我们会管好，
“秋毫无犯”，
那是愚民的信条。

九百六十万方国土，
这样的“洞豁”谁知多少？
星罗棋布的“嘲弄”四起，
正把“警惕”的眼睛包抄。

（4）写给“安娜”

我要找那多情的安娜，
不让她生活在列夫的笔下。
五洲四海的山山水水，
哪里不希望她来安家。

过去的日子何需回忆，
今天的生活才像彩霞。
谁的爱情有你纯洁，
宁死也容不得半点泥沙。

快旋起你那镶珠的舞裙，
让光环唤醒那些麻木的面颊。
快张开你那明媚的双眸，
去戳穿耳畔情话的虚假。

活过来吧，
时代的安娜，
盼你给生活带来一些火花。
爱情如果只埋在心底，
太阳就不如干脆退下。

（5）年轻的母亲

亲爱的宝贝儿，
你怎么不睡？
妈妈还没做饭，
今晚又要开会。

我的小宝贝，
你什么时候才睡？
妈妈好去抱柴，
还要去挑水。

可别醒来呀，
妈妈去去就回。
不要害怕、
不要哭叫、
不要掉下地，
我的小宝贝儿。

醒了？
看你乐的。
怎么——
你也要参加国庆晚会？

要是爸爸能够调回，
妈妈也会像你张嘴拍手乐弯眉。

真的，
你怎么不笑了？
别担心——
妈妈早去早回，
我的小宝贝儿。

（6）不息的火

我胸中有一团火，
每根肋条都被灼热。
它积压了三十年，
今天要爆破。

说什么树上的枯叶已落，
秋风中只见树影婆娑。
岂不知严寒正培育新绿，
几时见过大地沉默！

说什么空中只有白云朵朵，
任你把苍穹捅破。
怎不见穿云的万道阳光，
我这里自有五彩笔墨。

站起来——
我的学友，
我的祖国，
战士的歌声从不寂寞。
即使罡风把我紧缚，
总有一天，

我还会扬鞭挥戈！

谁让上帝创造了我，
刮风下雨是上天的杰作。
生活给人辩证法，
辩证法也能给人以生活。

啊——
让我把珠峰握在手，
把大海揣心窝。
看我年轻的热浪喷薄，
铸就一个新的天高海阔！

（7）唱不尽的歌

是谁说——
“日出”才是我们的主题歌。
歌声里
不应该看见日落。

可我说——
如果只能歌唱日出，
人类就会哑默，
天河也将干涸，
太阳不如不落。

歌若只要一个，
人又何需许多？
我的歌像天上的星星，
而唱歌的人比星星还多。

歌声里有一个人间天堂，
流云伴着日月花朵。
歌声里也会卷起风沙，
就像大海升腾烈火。

管它什么原则，
歌声就是刀戈。
如果不能战斗，
一支歌也嫌太多。

“音乐是生活的阳光”，
没有歌还叫什么生活？
喜怒哀乐伴人一生，
每个人都将终生唱自己的歌。

（8）献给祖国

我的心里有一条小河，
它日夜流淌，
唱着欢乐的歌。

山洪没有使它暴涨，
酷暑不能叫它干涸，
寒冷中不会结冰，
悬崖前不曾滑落。

这是一条永恒的河，
河水清澈，
日月微笑，
星光闪烁。

河水灼热——
消融了冰雪，
带走了缄默。
水里蹦跳着醉人的花蜜，
波涛里凝聚着生命的乳酪。

秋雨送来爱人的抚慰，

春风吹来慈母的嘱托。
它一泻无余，
纵有九曲十八折，
坎坷越多越快活。

我心里有一条小河，
那是一支激情的战歌。
我早就想歌唱，
只碍于空气冷漠。
我早就想歌唱，
只碍于心性被迷惑。

可是，女儿哪能不恋母亲？
战士怎能不爱生活？
我的歌里有恨也有爱，
我的歌里有冰也有火。
只要花儿还能开放，
我的歌就是激越的脉搏。

我心里有一条小河，
这是一泉爱情的碧波。
它虽然来自雪山，
却不该流进沙漠。
年轻的心像热核爆炸，
激情的歌要献给祖国。

（9）生日蛋糕

那是什么？
甜蜜蜜、香喷喷，
橙红闪烁。

从哪里来？
万千个佳节、
千百个寿诞，
从未见过。

没见过吗？
辱骂的余音还在缭绕，
敌视的目光依旧条条。
斑斑羞辱，
累累伤痕，
怎说没见过？

哦！
请相信我——
生日蛋糕，
以友为敌使我终生懊恼。

我悔千年的愚昧，
愁云像雪花飘飘。
我恨往日的孤独，
怒火使大海咆哮。

当新世界的阳光洒满心田，
深切的关爱就像开闸的春潮。
当现代化的电流涌入血管，
恨爱之火使每一根神经燃烧。

不相信还谈什么骨肉同胞，
流连忘返非七尺男儿道，
不能自拔才是没有头脑。

请接受我吧——
那块西式的蛋糕，
四海的情，
五洲的爱，
——我是代表。

迟到怕什么？
你的忠勇勤劳，
堪称民族之林的骄傲。

同是一条轨道的列车，
究竟谁迟、谁早？
争夺王冠的小丑，
将永远罪责难逃。

我们呢？
我们情同手足，

我们心是一条。
我们要用爱的明珠，
将生活装点得更加美好。

将遗恨留给历史吧，
快站出来，
和我们一道！

（10）有这样一片土地

有这样一片土地，
大气是它的胎衣，
长江给它乳汁，
灌木长满躯体，
花儿开在枯枝。

白云从这里飘过，
——没有歇息。
大雁向这儿飞来，
——又掉头离去。
小妹妹裹着寒风，
歌声里充满了恐惧——
猫头鹰来了，
妈妈，
你在哪里？

有这样一片土地，
曾静谧得无法呼吸，
又喧嚣着电闪雷击。
高山上下伤痕累累，
大江南北枪林血滴。

五十个民族同一部血写的历史，
数万万儿女共创一个奇迹——
你出脱得无比壮丽，
日夜像彩虹般绚烂，
生活像丁香般浓郁。

五洲风云际会，
四海宾朋来聚。
960万方公里土地
每一寸都是一面旗帜。

小妹妹偎着妈妈歌唱，
歌声里花儿美丽。
花儿开在心里，
生命有了意义。

(11)“夸”中华

好！中华，
我大声将你夸！
谁有你站得高、
看得远、
伟岸挺拔！

几万年进化，
百千年挣扎，
数十年高压。
你的历史如此悠久，
你的筋骨锤炼得无比发达！

且不说你——
曾披毛散发，
勇敢地在山洞里钻爬。
也不说你——
唯唯诺诺
长辫子扎着棉袍乌纱。
更不说你——
引狼入室
齐眉举案向列强跪下……

这些又算得了啥?
刚刚一万两千零五十万年，
谁还没个成长变化?

好，中华，
今天你总算长大。
谁不羡慕你——
红日高照，
红旗飘飘，
红花朵朵，
红心颗颗。

夸你七尺钢躯、
居高临下。
——哈哈!
老兄修了，
老弟（帝）朽了，
老子红到了家。

——什么化学板的高楼大厦?
咱有的是秦砖汉瓦。
九亿人九亿双手脚，
一天还不堆它俩仨。

——别小看咱的弯镰钩锄，
省钢铁又赛过机械化。
其实咱的原油多如井水，
谁能炼，
咱源源不断供给他。

——你的导弹能上月球，
俺的弹道直穿地下。
你能用现代武器轰炸，
俺就敢挖地洞钻爬。

——万里长城使俺固若金汤，
深居简出俺谁也不怕。
九亿人民一个大脑，
一道“金箍”永放光华。

呵！好一个中华，
没有自知还算什么伟大？
论年龄你该一跃五尺——
大步飞跨。
却不料——
你像独具慧眼的井底蛙。

论志气，你该首当其冲——
独创天下。
却哪知——
你畏缩不前夜郎自大。
真是“天若有情天亦老”，
文明古国为什么难开化？

好！中华，
从今后你必须伟岸挺拔。
你不是有九万万臣民吗，
谁不攥着双拳咬紧牙？
你不是有九百万方土地吗，
早已泪水滚滚迸血花！

血泪里刻着两个字：
伟大！
那是说：
世纪末的四化，
不要再拖现代的尾巴。

（12）笑

——日本影片《吟公主》观感

笑，
一声声，一阵阵，
笑声悄悄。

笑，
一层层，一片片，
笑声渐高。

——笑什么？
——有什么好笑？
——嘘，别吵！
有人莫名其妙，
更有人十分气恼。

笑吟公主切腹殉情？
笑高山右近愚忠不开窍？
笑丰臣秀吉威逼利诱，还是
面对真善美的横行和残暴？

不！吟公主的聪慧美丽醉人，

弱女子尚敢追求幸福美好。
故事的悲壮令人动容，
十五世纪邻国也掀爱的狂潮。

如今又三个世纪已经过去，
比之前、比邻国……
我们又强了多少?
何况有些人只知传杯递盏，
真是近代人比之远古逍遥!

这笑声并不意味着愚昧和无知，
那是苦涩的无奈和自嘲。
它象征着学子的警醒和震撼，
涌动起激情热浪滔滔。

笑吧，敞开胸怀放声大笑，
每一道笑容都是一场抗争的风暴。
有勇气一丝也会换回生命万条，
有真情一毫也会金光万道!

用智慧去捍卫做人的权力，
让每一个笑声都变成愤怒的狂飙。
为了你、我、他、大家的幸福，
同学们切莫一味痴情地等着。

3. 黑龙江日报时期 6 首（1983 年—1993 年）

（1）永不乞求

沉醉也是一种解脱，
醉酒、醉烟、醉心……
在瞬间的虚无飘渺中，
我活着。

透过弥漫的烟雾
窥视自己的事业，
我知道，
我在奋斗。

啊，K
你说你把我当作朋友，
我知道那是你还有所求
……

没关系，
只要对你有用
请尽管伸出手，
只要、

只要我还拥有
……

似乎支持你
就等于追逐事业，
忽略人品，
我只看重你的外刚和内秀。

因此，
虽然你从未做过我的朋友。
虽然我至今也不懂厌倦。
可是，
不要忘了，
我很执着，
永远都不低头乞求！

1983年12月3日

（2）给 S 弟回信

你问我——
你在哪里？
我也时刻都在找我自己。
这样的日子你不曾经历，
因此你对虚妄和痛苦没有记忆。

你问我——
对生活是否满意？
我说生活不应该有定型的模式。
每一天我过得都很充实，
因为寻找和努力就是我的日子。

你说你看到了我奋斗的足迹，
虽然人生不可预知，
但是人不能倒立着看世界，
学会思考后必须重新立起。

你还说人不能完美无瑕疵，
缺失百分之三才有魅力，
如果能够学会思辨，
每一步都会坚实无虞。

所以，如果连你都觉得那人是我，
那么请你相信存在就是真实。
我要闯出一片新的天地，
就像打造一个真实的自己。

至于你盼望的那位“姐夫”，
他像春天里那片冰雪的花絮。
如果时光能够倒转，
如果现在不是夏季，
如果雪花永不消融，
也许吧，
我只能说也许，
那时候我将不再迷失自己。

1985 年 5 月 28 日

（S 弟——舒扬，中山大学中文系博士生）

（3）无处可去

又是一个礼拜日，
又是无处可去的日子。
大学毕业已经七年，
却始终住在集体宿舍里。

房间里小青年打闹嬉戏，
因为她们小我十好几。
礼拜天男友来来往往，
我得知趣儿给她们腾地儿。

办公室玩牌和闲聊者齐聚，
若在那里看书就变成了异己。
七年中迎来送往一批又一批，
连同宝贵时光也都随之流逝。

无处可去！
无处可去！
我漫步在周围的马路上，
一次又一次。

突然，

百货商店那宽大的橱窗引起我的注意。
我贪馋地看着它，
艳羡那里摆放的玩偶、鞋帽和布匹……
连它们的空间都能那么宽敞而又独立。

我多么渴望得到一间小屋子，
哪怕就是这橱窗，
哪怕它没有玻璃。
或者它阴暗而又潮湿，
就像我们那不足五米的“读者接待室”。
只要能让我住进去，
我就决不会嫌弃。

只要这个空间只属于我自己，
那么我的时间也就会复活。
我要在这个空间里熬尽血和汗，
让每一个细胞都爆出光和力。

可惜，
我只能看着别人分房子，
因为他们具备分房子的先决条件。
那就是们都有家庭和子女。

而我虽然也曾结过婚，
虽然已经四十而有余。
可是在当权者眼里——
既然离异就不算有家庭，
独身者的生活不能予以考虑！

回归集体！
不给房子独居！

因此，我至今要不到房子，
时间啊，
时间都付诸流水白白消逝。

1985 年 6 月

（4）有了“房子”

耗力九牛二虎，
跨年三五六七，
终有一间小屋
允我暂时独居。

半地下室且只四米，
只容一张铁床、一把木椅，
毛巾、衣物、书籍和笔，
全部家当伸手可及。

右邻夫妇携一幼女，
吵架声常伴小女哭啼。
左邻三位孤身男士，
年龄三十、六十、九十好几，
日夜絮叨、咳喘声急。

洗漱、烧饭都在过道里，
黑的墙、泥的地难分彼此。
院里蚊蝇横飞、污水井冒气，
四五十户、上下两层，
尽在原日本兵营“圈楼”拥挤。

……

但是，
比之集体宿舍打闹嬉戏，
比之街头流浪无依，
总算能忘我读书、尽情挥笔，
年届四十、青春再现，
我乐此不疲！

1985 年 8 月

（5）终于入党

今天，我被接受加入中国共产党，
这是我二十多年前就曾有的愿望。
经尽艰难坎坷才得以实现，
可是我仍旧激动得像当年一样。

只是我的感触要比之前更深更广，
因为磨难曾使我几度迷茫——
正直成为一大缺点，
只要是非不辨、曲直莫讲。

事业可以受损，
上司权益不能受影响。
学着闭目塞听、迷迷茫茫，
即使邪恶也得忍让。

努力奋斗——
那是傻子的信仰，
提倡逢迎绝不许坦荡。
一旦交友就不许分手，
接受不了会遭到责难和诽谤。
有口难辩才最最正常，

谁管你价值观一样不一样。

无奈，
我只能低头做人、
目不斜视，
一个脚印、一个脚印往前闯。

不愉快的事儿渐渐不再去想，
心里面只有采访、采访、采访……
好报道一篇接一篇，
终于得到认可和嘉奖。

这嘉奖真的很有分量，
它使我重新感到努力的价值和希望，
能够重新抬起头来做人，
正直的人给了正直者信心和力量。

那种感觉就像明媚的春光，
真实、美丽、兴奋、坚强。
我高举右手庄严宣誓：
坎坷的路上不会再徘徊、
也不再迷茫和忧伤。

1987年12月28日

（6）义无反顾

最开心的十几年生涯，
最显赫的一大段里程，
最骄人的新闻业绩，
多年拼搏在这里成名。

此生难忘的报社，
将永远在我心中。

今天毅然与你作别，
并非为名为利所动。
只因幼小即向往神圣的京城，
何况急流勇退也是一种奋争。

留给你百万字的新闻报道，
希望为你的史实增光添荣。
再就是两年前分给我的住房，
虽只四十多米，
或可周济无房者应急时用。
……

我本想再为你做些许奉献，

也正琢磨如何一一说明。
不料副社长却急不可耐，
突然瞪圆了贪婪的眼睛——
“房子怎么办？房子……”
是呀，房子……
我不假思索——
“交公！”

“啊？……”
他又惊又疑没弄懂。
……
接下来——
没说一字谢意，
更无一分补偿，
只是急忙拨响电话，
叫人来把钥匙“盯”！

一份调令只换得一纸“证明”，
一片心意一瞬之间化为零。

许多同事愤愤不平——
更有亲友闻讯震惊——
“你傻呀？”
房子可卖大价钱，
得之不易，为何一定要充公！

不能辩解，
也无须说清，
众人好意，
我神会心领。

我知道——我不精明，
但也不想抓西不放东。
我不贪婪，也不想猜忌声声，
身无分文，也决不假意虚情。

既想奋斗，
就不能为财物所累。
无须回报，
也不要史上留名。
“舍得”、“舍得”……
毫无拖累才能轻松前行！

崭新的书橱、衣柜和沙发，
尽数送人不心疼。
漂亮的盆景、写字台，
拉紧我手诉叮咛。
唯有儿时的梦想和书籍，
不离不弃随我行。

……

谢谢你——
助推我成功的报社！
再见了——
磨砺我成长的省城！

1993年1月　调京

（二）秋之絮语：23 首
（退休后 2014.8.13—2015.12.6）

（1）小草

我羡慕你——小草，
你虽长于土地，
却拥有整个蓝天；
你只立足一点泥土，
却为大地披上一片新绿。
你唱着歌、跳着舞，
挥动春风秋雨，
为净化空气尽力。

记得去年的今天，
也是一场风雨过去，
你托起一滴晶莹的水珠，
上面辉映出一轮红日，
你骄傲能与红日站在一起，
把五湖四海尽收眼底。

你说这是最美、最惬意的日子，
因为上苍滋润了你的根系，
身边又长出一棵棵幼芽，
你骄傲你的生命仍在延续。
哪怕你只是最弱小的那一棵，
也从不感到孤独和恐惧。

今天，你几乎完全忘了自己，
更忘了冰雪带给你的冷漠和战栗。
你的心里只装着光明，
因此你的子孙才绵延不息。

可是，你的努力却未得到重视，
你的身上烙满践踏者的足迹。
还有，你的根也被狗儿刨出泥土，
带着伤，忍着痛，
你暗自哭泣。

因此，
小草——你总是让我惦记，
担心会有更大的伤害扑向你，
天天都想去看你。
看到你，
我甚至会想起我自己。

我虽走遍大千世界，
到头来却十分孤寂。
你把我当伙伴张开热情的双臂，
还放声唱起了童年的歌曲。
你依然那么天真无邪，
也许你想给我最好的慰藉。

我慢慢俯身下去，
想抚摸你的微笑、你的美丽。
可我又急忙抽回手来，
因为我的手沾满污泥，
那不是水和土的组合，
而是冰与火的遗迹。
我不能让冰火靠近你，
因为我已被它们所窒息。

今天，
如果草木也不再繁华，
那尚存的人们将如何喘息？
为此，
小草你也要终生美丽。
在还有我们的日子，
在我孤寂的心里。

就这样，
我轻轻地、轻轻地
把祈盼留给小草，
而把小草的清纯和友善
融进我的记忆里。

2014 年 8 月 13 日

（2）草坪

我爱那一片绿油油的草坪，
小草不高刚好安抚我的眼睛。
它来这里整整十年零一个月，
却很少见到我的行踪。

奔波奋斗的岁月一路匆匆，
有时竟不能在这里停一停。
受伤的日子最期盼见到草坪，
请小草不要长高再等等。

可是之后三年一次没去成，
因为伤痛始终无法成行，
何况爬过高高的过街桥要两步一阶，
就像翻越九十二个小板凳。

再后来我终于找到一条“捷径”，
绕个大弯儿、躲过天桥去走红绿灯，
磕磕绊绊总算闯过了车水马龙，
连小草都为我欢呼、拍手庆幸。

可是这样的见面刚过去几次，

车鸣犬吠便淹没了往日的平静。
草坪上不再只有阳光和笑声，
甚至有人在草坪打开了乌鸦笼……

黑毛红嘴的乌鸦在头顶扑腾，
也扑灭了我去草坪的热情。
一颗颗躯体斑驳的灵魂，
带着惆怅在草坪外飘零。

……
隔着长长的车水马龙，
隔着九十二个小板凳，
还有那不断眨眼的红绿灯，
远远地，
我祝福我思念的小草，
也祝福我心爱的草坪。

2014 年 8 月 14 日

（3）小巷

能找到一条僻静道路真不容易，
偌大个都市，
数不清的机动车纵横行驶，
废气笼罩着所有街区，
与行人拥挤，
令行人窒息。

只有古城墙下这条小小的巷子，
才愿意接受我那缓慢的步履，
它让我放松脚步，
放松呼吸和思绪。

明城墙、绿草地、历史遗迹——
难道这就是你存在的价值？

——是的，如果没有我，
大厦早就选在这里林立。
人，住在高楼里沾沾自喜，
楼在地上无情地把人类压榨、排挤。

仔细想来确也如此，

人区别于动物在于智慧和四肢，
人能盖楼、造车。
之后呢？
再用自己的心肺去过滤浊气，
而这是否也是人类的伟大之举？

没有人给我谜底，
我只能在小路上走来走去。
迎面都是无奈的样子，
看不到一丝快乐的痕迹。

一天、两天、三天……
时间逐渐流失，
我只找到了些许自由的影子，
还有影子后面那纷乱的记忆。

2014年8月15日

（4）生日

我也有生日，
可是我从没过过。
虽然常常想起，
却总是不知具体日子。

因为我像野草一样出生，
存活下来已是奇迹。
生日蛋糕是什么？
在娘胎里我只见过草根、树皮，

六十七个生日悄悄逝去，
生日快乐永远唱响在我心里。
虽然每天都过得那么普通，
但是每分每秒我都十分珍惜。
虽然不知道生日是哪一日、哪一时，
但是我却知道我也有生日。

……
每一次日出，

每一次风起，
我都数着手指，
却一直没找到出生的日子。

2014 年 8 月 16 日

（5）寄托

什么才是寄托？
我每天都对自己这样说。
二十多年过去，
一天都不曾忘过。

我用努力作为寄托，
努力平静地活着，
没有奢望，
也不乞求，
只觉得健康就会让我好过。

我用回忆作为寄托，
回忆却使我更加难过。
也许回报可以弥补？
可是回报越多就越觉得失落。

面对上苍，
这么渺小的我
现在真的不知该怎么做？

忘记吧，
也许忘记就是最好的寄托，
无能为力时也别无选择。

2014 年 8 月 17 日

（6）时间

没有牵挂，
没有期待，
没有天性，
时间变成远古的荒城。
虽然它依旧滴滴答答响个不停，
可是突然间却让我倍感陌生。

心情是轻松还是沉重？
每天从早到晚、从暗到明。

人退休了，
心还在狂奔不停，
睡梦中也在奋力抗争——
还是那个初谙世事的少女，
还是一路狂奔那么真诚。

时间不停，
心就不会平静。
只要空气随行，
也许梦就不会醒。

2014 年 8 月 17 日

（7）生活

生活不断地眨着眼睛，
像夜空的星星、
像星后的夜空？
我努力睁开双眸，
想把它一一看清。

可是，我越是努力拼争，
生活就越加模糊迷蒙。
尽管信仰依旧坚定，
奋斗依然满腔热情。

渐渐信仰和目标化为泡影，
星后的夜空竟是一个黑洞。
是欺骗、
是幻景？
我揉揉眼睛想让自己早点清醒。

我终于醒来了，
却不是我把生活看清，
也不是生活把我捉弄，
而是我有太多的幻想，
太过轻信和激情。

如今虽已年近古稀，
却仍然那么幼稚、那么冲动，
不是生活欺骗了我，
我本来就不该一路狂奔疾行。

2014年8月17日

（8）31号

31号，我赞叹你的普通，
你普通得既像酷暑，也像寒冬。
虽然一年只有七个，
但每一个都那么娴熟、优雅和从容。

如同那思绪、那沙、那云，还有那风，
你总是穿过黑暗，牵着太阳和光明。
你来了又去，周而复始，
留下长长的影子、颜色和味道在我心中。

人生路上可能几百次与你相逢，
可是有谁能让每一次都不平庸？
如果用一生来赌你的风采，
人的生命就会像时间一样永恒。

但愿我也能像你一样运行，
每一个日子都是一次新生，
在生命的轨道上不断爆发生机和活力，
让每一个足迹都像一盏明灯。

因此，普通也是一种伟大，

伟大得能把苍穹包容。
你推进了若干生命的分分秒秒，
你归去的路就藏在阳光和旋律之中。

2014 年 8 月 18 日

(9) 晚秋之歌

年迈体弱怎么还会有歌?
虽然唱响的时候并不多,
可是一旦努力唱起它,
有时一天就唱好几个。

晚年就像海水那样沉着,
平静时只有涟漪无边辽阔,
连海鸥从上面轻轻飞过,
都问海水为什么有话却不说?

海水说:
这不过是瞬间小憩,
一旦奔腾飞溅就决不好惹。
因为海的天性就是不宁静,
何况海有太多的能量要爆破。

退休只是人生的一个大下坡,
之前曾有若干体验和收获,
晚霞映照更显端庄绚丽,
每一次回眸都是一首歌。

若干支歌波涛汹涌，
天、海、人生凝结成一个。
连日歌唱无休无止，
不是歌来迟了只是积累太多。

大海波涛汹涌，
是因为风、引力、内能如火。
我的歌却是因为一生都不平静，
稍许平静那只是在等待突破。

我要把一生都变成歌，
歌唱一生为什么那么执着，
连劳累和辛酸都那么美好，
还有那每一次成功、每一个坎坷。

一生中虽然也曾歌声不断，
但似乎都不如这迟来的歌，
它的内涵太深也太多波折，
总想只要活着就要不停地唱歌。

当然，
唱歌也是因为我活着，
我多想、
多想此后歌声永不落。

2014 年 9 月 19 日

（10）不再怕路黑

几十年走来一直怕路黑，
没有光线难辨东、西、谁与谁？
如临万丈深渊不敢再举步，
踌躇不前只能往后退。

有一天我的心突然静如止水，
虚空中我眼前阳光明媚。
原来倒立和站起之差不止是姿势，
颠倒的再颠倒过来人生才最美。

心里有阳光就充满了智慧，
风雨来袭会让胆识更壮伟。
就像流星只把划痕留给自己，
即使燃成灰烬那也是一种光辉。

心告诉我生活不只有花蕊，
未来不能只被幻想包围。
如果有一天世界改变了笑容，
也要再改变世界把笑容捧回。

无和有本已互相包容，

何必拆开来装扮别样思维？
看到云霞后面的日月光华，
运用潜能把自己做到更完美。

因为有阳光，
我珍惜每一滴眼泪；
因为有希望，
我不再怕路黑。
学会思辨我欣赏太极图，
崇拜天地、日月、行云、东流水。

2014 年 9 月 21 日

（11）秋之恋

记忆里儿时最最喜欢的是秋季，
有鲜花、有果实，能吃饱肚子。
因此，
我曾经忽略春、夏，忘记冬，
睡梦中也奔波四野捡果实。

长大后我喜欢的依然是秋季，
总能看到劳作的人脸上有欣喜。
因为，
只要能把血和汗化作收获，
就能让家人过上好日子。

到京后秋天的色彩更加浓郁，
蓝的天、红的枫，还有黄的梨……
人来人往依旧欢声笑语，
可是，
儿时的记忆却渐渐淡去。

是忙忙碌碌无暇顾及？
还是因为皱纹爬上眼际？
衣食无忧却少了乐趣，

风来云往，
脚步为何还是那么急！

本以为中年刚刚开始，
奋斗中时光却悄悄流逝。
猛回头，
仲秋已悄无声息，
叶落花残添了多少心思。

空虚中凝视虚空之光，
空即是色受想行识。
喜欢秋收就应喜欢晚霞，
因为，
每一寸光阴都烙有闪光的足迹。

翻开书，拿起笔，捧起重阳，
大小老少不再有距离。
逝去的日子何必再回首，
让夕照辉映每一页纸、
还有这纸上的每一个字。

把灿烂的秋之恋深藏心里，
任美丽的祥云从眼前飘去。
相信：
只要心里有空的感应，
秋比之春就一定更加壮丽。

2014年9月23日

（12）盼雨

傍晚，
乌云翻滚，
憧憬中瓢泼大雨将至。
我矗立窗前，
兴奋得不想归去。

凌晨，
雷声隆隆，
这回真的要下雨？
我走出门去，
凝视苍穹寻找雨滴。

——没有雨，
花木对我摇头；
——没有雨，
小草轻轻叹息。

看看草坪里的喷灌体系，
早已干涸无水汽，
绿化人员理由十足——
物业怕花钱把水闸锁起。

闻此言不由怒从心起，
有人为私利不惜破坏自然规律！
多年来气候变暖雨水稀少，
如今自然循环已无正常秩序。

一味攫取！
一味攫取！
为中饱私囊绞尽脑汁，
连人工灌溉也被停止！

小草摇头：照此下去
——岂不毁了大自然？
我低头悲戚：照此下去
——也毁了人类自己！

贪婪埋没了人的良知，
残忍泯灭了人伦天理。
巧取豪夺连小草也不放过，
还有什么手段是人所不能及！

草木青春期毁于权贵更年期，
花也凄凄，
人也迷离，
渴水！
盼雨！

我抬起头只好回屋洗菜、洗米，
打开净水机加快过滤，
一盆盆废水舍不得挥霍一滴，
提到外面去滋润草地。

既想节水，又要浇地，
腿脚不便，没有力气，
只能坚持着倾尽微力，
盼草木长大、
盼苍天下雨。

一天天、
一次次，
小草深情地向我致意——
日月花木皆要生存，
人类无权扼杀生机。
……

终于下雨了，
我望望天、看看地，
一、二、三、四……
数着雨滴。

滴滴答答，
淅淅沥沥，
从早到晚，
时下时止。

可怜之至，
可怜之至，
盼了春、夏又盼秋，
却始终没下过一场像样的雨。

我面向上苍双手作揖，
祈求自然界不要再扭曲！

企盼人类恢复理性，
珍惜草木吧，
珍惜上苍所给的恩赐。

草木与我互相勉励——
努力啊，
努力活下去，
人间正道是沧桑，
哪怕只有一丝活力、一线生机！

2014 年 9 月 23 日

（13）不能输正直

正直是什么？
说不清、看不透，
我揣测了一辈子。
是血液，是秉性，是脾气？
它使我多少次火花四溅，
几十年没学会把头低。

善良的人给我揭开谜底——
不妨把“正直”当游戏。
切记——
叫你向东就不要向西，
让你低头就不许直视，
永远不能问“为什么”，
还得把“不”从字典里面抠出去。

而这正是正义者的大忌，
东西不辨人还怎么直立？
适者生存虽然是自然规律，
但是、但是，
不适者难道
“还得更换姓氏和血液？”

“或者打回娘胎重转世？”

“这叫顽固而非正直”，
“不会随机应变就是能力低”。
哦，
说说容易却做不来，
天性里有正直两个字，
便捆住了思维和四肢，
不怕什么利诱和威逼。

吹嘘、谎话不入耳，
陋行、腐败如针刺。
曾想做墙头草随风摆，
也想做小溪水绕岩石……
可是，
看不惯就把“不”字挂嘴边，
骨子里刻着“公”与“私”。

不会卑躬屈膝，
不容阉割公理，
是非曲直装在心，
冷眼、诋毁全不惧。
一路打拼不怕输掉名和利，
就是不能输“正直”！

2014年9月25日

（14）也有哲理

有人说——
以无为有是伟大的哲理，
失就是得，得也即失。
那么以有为无呢？

有人说——
以有为无也有哲理，
因为占有多少都不知足，
得了天下也视为沧海一滴。

有人施舍所得毫不吝惜，
为民祈福是最大慰藉，
从沧海到一粟，
包括虚空，也包含自己。

有人侵吞国库也不放过民脂，
中饱私囊腐败奢靡，
夺一粒米，更贪一方天，
爱公仆桂冠，更爱大权小利。

狼毫泼墨小大由之，

公仆贪腐大小不弃。
不讲道义只要逻辑，
这是强盗的逻辑、虚伪的哲理，
这样的辩解一文不值。

把自己放在虚空的，
他在众人心里。
把自己放在中心的，
被人们淹没在唾液里。

适者生存离不开道义，
弱肉强食不全是规律。
人类进化已无须生食，
社会文明必须走出原始。

自诩公仆者只配自诩，
贪腐者被法治才合民意。
哲理和正义是孪生兄弟，
创造者拥有一切天经地义！

2014 年 9 月 26 日

（15）也想写朦胧

我也喜欢诗的含蓄、深刻，
有时也想写几句朦胧凑成诗歌，
可是我却总也学不会朦胧，
开口就是直白甚至带刺的歌。

之前我也写过一点诗歌，
其中既有秋末的苦涩，
也有暑夏的甘果，
还有寒冬的白雪，
当然还是初春的心花最多。

为什么写不了朦胧？
不是岁月蹉跎，
也不是没有生活，
更不是人生太浓烈、奔波。

那原因虽然不知该怎么说，
可我想过，
也许还是性情太直率，
加之思想不够深刻？

如今几度重阳已过，
对许多事情早已看破，
生活有它自己的步伐，
不管你怎么想、怎么说。

但是深沉对我有了更大的诱惑，
虽然它早已被罡风撕破，
今天哪怕只能拾起一点点，
我也要尝试一下不再放过。

因为不管怎么写、写什么，
创作都是最大的快乐。
失去的何须再去顾惜，
重要的是别把当前再错过。

唱响自己的心曲吧，
我们这一代最有资格。
朦胧和明快都是我的选择，
因为它们在我的心里一直醒着。

2014 年 9 月 27 日

（16）呼唤人性

——看电视剧《产科医生》

是谁说医生是白衣天使、
医院以救死扶伤为使命？
——那是指尊重生命的年代、
对崇尚天职的医生而言。

请看：
这是怎样的时刻，
这又是怎样的觉醒，
一个婴儿用第一声哭啼，
迎来人生的第一缕光明。

医生双手捧出了爱的结晶，
捧出了人类繁衍的又一个新生命。
不管他将来是弱者、是英雄、
是科学家，抑或芸芸众生。

面对新生命——
谁不怦然心动，
谁不对上苍感激涕零？
感谢医院这方诞育生命的热土，

对医生更是倍加敬重！

而今，
却阵阵腥风带着铜臭，
使这方热土不再神圣。
产妇胎儿成了试验品，
手持术刀只想夺利争名。

——胎盘不完整、
——产妇血崩、
——胎儿窒息、
——纱布遗留腹中……

重重遗患屡屡发生，
互相包庇纵容恶行，
句句谎言掩盖真相，
蒙蔽患者处处邀功。

观之心痛，
令人发指，
叫人动容！
而这还是反复筛选才被搬上荧屏，
更糟糕的案例可能比比皆是，
这哪里还算医院！
这还叫什么医生！

有人说医生也是人，
是人就有六欲七情。
我说医生是人，但不该普通，
只重六欲七情的人不配当医生！

牛马尚有舐犊之情，
人何以不珍惜人的性命？
医生的职业不是普通工种，
不能玩忽职守甚至抛弃人性。

不管医院大小，
也无论专家还是普通，
医院是重塑生命的地方，
理应十分圣洁和光明。
医生再造生命与魂魄，
需要至高的医术和心灵。

……
在这个十分神圣的地方，
有这么一些人名为医生。
一个个新生儿在沉默中奏响生命的音乐，
期盼中点亮了多少双眼睛。

2014 年 10 月 3 日

（17）清明街边景

一簇簇、
一枝枝，
花红柳绿。
一声声、
一句句，
虫鸣鸟啼。

春风吹开了冬的尘封，
街边花园涌动着生机和活力。

保姆折下一枝花朵，
婴儿接过来丢弃在地。

男孩抠去椅边的石子，
女孩忙去踩踏逃生的蚂蚁。

爷爷喊着小孙儿：
“来这铲花——
快去！拿你的铲子……”

妈妈指着标语牌教孩儿识字：

"要——爱——护——草——地——"

树下几位男士大口吐着烟雾，
吐沫星儿拌着污言秽语。

有人不时把皮球抛进草地，
看狗儿撒着欢儿飞奔追去……

又一只狗儿蹿上长椅，
爪上沾满了污泥，
舌头伸向男主人的手机……
主人抚摸着狗儿的耳朵：
"听！吃肉肉……妈妈叫咱快回去！"

老园工拖着长长的水管子，
绕过树下拍照的男女，
绕过跑跳的狗儿和孩子，
绕过红领巾的追逐嬉戏……
把水浇向每一棵倒伏的小草，
还有每一寸无草的土地……

夕阳西去，
老奶奶擦去椅上的泥迹，
又拾起地上的花枝，
轻拂手臂、
轻拂手臂，
把阳光、把春意、把晚霞……
一一收起。

2015年4月5日

（18）你对我说

你永远那么平静——
呼吸轻轻、态度温和，
喜怒从不形于色。
却又总是那么敏锐——
目光犀利，
既能分辨隐患、微疾，
也能清除顽症、心魔。

人们都尊敬地靠近你、
竖起耳朵，
想听清你说的每一句话，
把你的每一个眼神、每一个叮嘱，
都记住，
揣进心窝。

那一天
我的懦弱被你看破，
你毫不留情，
一针见血地对我说——
不要太在意那些奇怪的现象，
不要把看不惯的事情都放心上，

社会就这样不可琢磨。
看不惯的人总会存在，
不好的问题总有很多，
要学会平静面对，
保护自己别伤着
……

你话语不多，
普通而又淡漠，
但却声声入耳，
像甘泉、
更像烈火……

那一天我向你坦言——
一个人孤独的生活，
没人需要我惦记，
也没有人惦记我，
我已失去生存的动力了。

你吃惊地直视我——
怎么这样说？
我看了你的著作，
知道你刚直不阿、
是个优秀记者，
用新闻引领社会发展，
你付出了很多、很多……

停了一下你又说——
我虽然已经七十岁，
今后还想好好活，
想看看八十岁时什么样，

还有……九十岁的我
……

也许你想说：
每一个年龄都很难得，
七十像春天、
八十如盛夏、
九十才入秋、
……
人像微尘一颗，
只是匆匆过客。
生命很脆弱，
应该好好活。

你用最朴实的话语，
唱响了一曲人生之歌，
描绘出一个生命王国——
我看到了春的绿芽、
夏的繁花，
还有秋的硕果、
即使寒冬，
白雪里也透着生命之火。

我突然明白：
你美丽、高雅
——因为你胸襟开阔，
你备受敬重
——因为你对生命负责。

不分高低贵贱，
每个患者你都十分爱护，

诊查，又诊查，
嘱托，再嘱托。
你开方取药、
开单检查，
还开具心理处方一个个。
你用最精湛的医术、
最平实的话语、
医治无数的躯体和灵魂，
一路前行不退缩。

老教授——
你的形象、你的人格，
已化作语言和力量，
拯救了多少痛苦的患者，
使多少弱者不再迷惑。

我想：
如果每个医院都像协和，
如果每位医生都有你这样的情怀和气魄，
那将给生命带来多少光和热，
生活中将增添多少希望与欢乐。

2015 年 5 月 11 日

(19) 一棵银杏树

你曾经高大笔直，
与伙伴一起，
被移植到小公园里。

我喜欢你的高洁清爽，
喜欢在你的身边歇息。
不料你的气色却渐渐枯黄，
心痛之余不免惊异。

那天鸟儿在枝头问你——
为什么突然低头不语？
绿叶也渐渐萎黄，
夏季不过刚刚开始。

你摇摇头、叹叹气，
情绪低靡，欲言又止。

那天风儿吹过你的身躯，
轻抚你那疲弱的树枝，
问你为什么皮肤开裂，
连枝芽也了无生机？

你把头微微抬起，
眼角挂着泪滴。

太阳也从云层里伸出手臂，
轻轻抚摸你的病体，
问你究竟是阳光不够温暖，
还是根系缺乏地气……

“不！”大地不再沉寂——
我从不厚此薄彼，
只因根系被人折去，
营养再足也无法汲取。
种植者再不及时治理，
是必遭受自然的惩治。

伙伴们纷纷挥洒浓绿，
风雨阳光也都亲切呼吁——
重新站立起来吧，
银杏树，
还有这如同银杏树一样的日子。

2015 年 7 月 4 日

（20）回报

小草对着太阳微笑，
感谢你哺育我长大长高。

鸟儿在枝头啾啾鸣叫，
歌唱树木为自己遮挡风暴。

花儿对着游人撒娇，
诉说着园丁的辛苦操劳。

儿女用电话向父母问好，
那也是对养育之恩的一种回报。

唯有你把人民忘掉，
认为中饱私囊最重要。

你说
——权力不是人民给的，
是自己不择手段才弄到。

——当官不为己“天诛地灭”，
“为人民服务”只是唱高调。

——“什么为官一任造福一方”，
头戴乌纱就应该拼命捞。

——谁见过“滴水之恩涌泉相报”，
那只是傻瓜们的低俗和无聊。

——君不见“天若有情天亦老”，
金钱至上才是今天的为官道。

2015 年 7 月 1 日

（21）贺周全得子

恭喜！
恭喜！
姗姗来迟的小公子。

你在亲人的期盼中降生，
带着光、
带着热、
带着多少责任和希冀。

希望你腰缠万贯，
希望你顶天立地，
希望你清除腐朽和奢靡，
希望你创造公平和正义。
……

可是，
为什么你突然放缓步履，
延迟多日不面世？
是人们的要求太多、太急，
使你闻而怯步；
还是你准备不足，
没有胆量和勇气？

哦，
不要怕。
人心不古，
世道已今非昔比。
有人不努力，
却要孩子有出息。
有人想奋斗，
也已错过好时机。
儿女就是未来和目的，
所以各种要求无休止。

因此，
你大可不必有压力。
睁开眼，
松开手，
尽情呼吸。
亲人指望你能力出众，
但也喜欢你自食其力。
你的选择就是大家的心愿，
希望你能做回你自己。

放心吧，
小公子，
切莫再迟疑。
快，迈出你的人生第一步！
快，闯出你的生活新天地！
一路承骐一路歌，
永远做幸福、周全的好儿女。

2015 年 6 月 28 日

（22）究竟谁怕谁

从小就听老师说——
坏人怕好人，
地痞流氓怕人民，
反革命最怕解放军。

长大以后才明白——
法律面前没有人上人。
罪犯怕法律，
谬误怕真理，
邪恶怕正义，
小人怕君子。
违背公理就要受惩罚，
因为人民当家做主掌权力。

正如鼠怕猫、
虫怕鸡、
老虎怕棍子
……
玩的不仅是游戏，
弱肉强食是规律。

如今自然法则被颠倒，
人类历史无规律。
小猫怕老鼠，
小鸡怕虫子，
歹徒无视民主和公理，
不讲公德和秩序。

居民小区不宜居，
没处讲理干生气。
民警遇贼也躲避，
法官执法没底气。

公仆作秀装样子，
当官只想保位子，
掌权者都怕得罪人，
社会失去公平和正义。

试问：长此下去——
好人不仅怕坏人，
还将怕鼠、怕鸡、怕虫子
……
那样的日子何等可怕，
那样的日子却近在咫尺。

2015 年 7 月 7 日

（23）奉献歌

为什么？
有人不解地问我，
为什么要捐出所有，
奖励不相识的作者？

面对提问我不知怎么说。
也许……
也许我只想让好书多一些，
让读好书的人多起来，
让文学成为生活的一盏明灯，
让生活成为文学奔腾的长河。

因为，原本没有我，
也没有生活和性格。
就像那路边的一粒石，
能铺路是因为太阳给予光和热。
或者像大地里的一把土，
能育苗是因为上苍把水肥施舍。

其实，
我就是那石、那土，

前辈的热血和嘱托，
一代一代传到我。

因为——
奉献是一种快乐，
奉献也是一种解脱，
奉献更是生命的一把火。
哪怕只献出一寸心、一支歌，
人生都会有花也有果。

因此，
我要放声唱响奉献歌，
终生奉献是我终生之选择。
青春和人生都不吝惜，
此外……
还有什么不能割舍！

2015年12月6日

图书在版编目（CIP）数据

常青作品选 : 2 卷 / 常青著 .—北京 : 作家出版社，2016.7
ISBN 978-7-5063-9015-6

Ⅰ . ①常… Ⅱ . ①常… Ⅲ . ①中国文学—当代文学—作品综合集 Ⅳ . ① I217.2

中国版本图书馆 CIP 数据核字（2016）第 160874 号

常青作品选（全两卷）

作　　者: 常青
责任编辑: 田小爽
装帧设计: 孙惟静
出版发行: 作家出版社
社　　址: 北京农展馆南里 10 号　　**邮　　编:** 100125
电话传真: 86-10-65930756（出版发行部）
86-10-65004079（总编室）
86-10-65015116（邮购部）
E-mail:zuojia @ zuojia.net.cn
http://www.haozuojia.com（作家在线）
印　　刷: 北京京华虎彩印刷有限公司
成品尺寸: 152 × 230
字　　数: 810 千字
印　　张: 55.5
版　　次: 2016 年 9 月第 1 版
印　　次: 2016 年 9 月第 1 次印刷
ISBN 978-7-5063-9015-6
定　　价: 51.00 元（全两卷）

作家版图书，版权所有，侵权必究。
作家版图书，印装错误可随时退换。